《唐代文学研究年鉴》编委会

TANGDAI WENXUE YANJIU NIANJIAN

唐代文学研究年鉴

【2021】

中国唐代文学学会
广州大学人文学院 编
广西师范大学出版社

GUANGXI NORMAL UNIVERSITY PRESS
广西师范大学出版社
·桂林·

图书在版编目（CIP）数据

唐代文学研究年鉴. 2021 / 中国唐代文学学会，广州大学人文学院，广西师范大学出版社编. --桂林：广西师范大学出版社，2021.7

ISBN 978-7-5598-2239-0

Ⅰ．①唐… Ⅱ．①中…②广…③广… Ⅲ．①中国文学—古典文学研究—唐代—年鉴 Ⅳ．①I206.42-54

中国版本图书馆 CIP 数据核字（2021）第 129582 号

广西师范大学出版社出版发行

（广西桂林市五里店路 9 号　邮政编码：541004）

网址：http://www.bbtpress.com

出版人：黄轩庄

全国新华书店经销

桂林日报印刷厂印刷

（广西桂林市八桂路 1 号　邮政编码：541001）

开本：880 mm × 1 240 mm　1/32

印张：16　　字数：480 千

2021 年 7 月第 1 版　　2021 年 7 月第 1 次印刷

印数：0 001～1 200 册　　定价：88.00 元

如发现印装质量问题，影响阅读，请与出版社发行部门联系调换。

目　录

一年记事

会议综述

深切怀念罗宗强先生

一年研究情况综述

新书选评

问题研究综述

港台及海外研究动态

盛德清风

索引目录

一年记事

第十四届唐代文化国际学术研讨会
在台湾召开

　　2020年11月27日至28日,"第十四届唐代文化国际学术研讨会"在台湾召开。会议首日于淡江大学举行开幕式,邀请王三庆、气贺泽保规二位先生,分别进行《从丝路遗珍到东亚秘藏——以应用文献为中心》《关于新发现的〈隋炀帝墓志〉及其墓葬之新阐释:作为唐初政治史的一个侧面》之专题演讲;次日会议于台北大学进行,由杜文玉先生演讲《唐大明宫西掖、西院考》,三位专题演讲皆提供新文献数据、新思考脉络,更提供新的诠释观点,启发在场学者甚多。

　　本次唐代会议,不仅发表题目类别众多,发表人次亦足有58人,参加学者包含现场及在线,更达百人,并会集不同年龄段及职级的学者,并有"青年学者午餐论坛",延邀青年学者踏入唐代研究的范畴,现场从研究生至特聘教授,皆积极发表意见。本次研讨会的主题,更是横跨历史、文学、哲学。在史学方面,以制度史、社会史、政治史等为研究侧重点,探究某些人物或朝代定位;在文学方面,则多在唐诗研究,尤以对白居易发微甚多,古文运动、形象书写及敦煌学也是研究重点;哲学方面,则主要在宗教及儒道间,追索其核心与仪式,并探求其哲学史上的定位。

　　本次研讨会虽处特殊时期,部分学者不得不以视讯方式进行研讨,但与会学者仍不减热情,为期两日的研讨会不仅圆满成功,更透过青年论坛及现场学者间的互动,增添了唐代研究的生力军与新视阈。

(林淑贞、洪国恩)

中国唐诗之路研究会首届年会暨第二次学术研讨会、浙江诗路文化带高峰论坛在浙江台州召开

2020 年 11 月 21 日至 22 日，"中国唐诗之路研究会首届年会暨第二次学术研讨会、浙江诗路文化带高峰论坛"在浙江省台州市天台县召开。本次大会由中国唐诗之路研究会主办，台州市委宣传部、台州学院、台州市社科联及天台县人民政府共同承办。来自全国各地的高校、研究机构、政府机关等单位的 120 余名学者参会，提交会议论文 80 余篇，就唐诗之路综合研究，唐诗之路主要诗人、诗歌与路线研究，唐诗之路沿线文学、艺术、哲学、宗教研究，浙江诗路文化带的研究与开发，"浙东唐诗之路目的地"——天台山研究等议题进行了深入热烈的讨论。

四川省杜甫学会理事会暨四川省杜甫学会成立四十周年纪念会在成都召开

2020 年 12 月 2 日上午，2020 年度"四川省杜甫学会理事会暨四川省杜甫学会成立四十周年纪念会"在成都杜甫草堂博物馆举行。四川省杜甫学会会长张志烈教授，成都杜甫草堂博物馆刘洪馆长、贾兰书记、方伟和李霞锋副馆长，四川省杜甫学会理事及《杜甫研究学刊》编辑部工作人员等共 34 人参加了会议。会议由四川省杜甫学会秘书长彭燕主持，分为工作报告和专家

讨论两个环节。

在工作报告环节,成都杜甫草堂博物馆副馆长方伟代表博物馆做了博物馆2020年工作开展情况的报告。随后,彭燕秘书长代表四川省杜甫学会总结了2020年学会工作,并汇报了2021年学术年会筹备情况。

在专家讨论环节,四川省杜甫学会会长张志烈教授首先发言,他深情回忆前辈学者的杜甫研究,希望大家加强学习传统文化精华,并随时注意马克思主义中国化最新成果,要坚持弘扬传承以杜甫为代表的优秀传统文化的工作宗旨,踏踏实实把各项工作做好,把杜甫文化精神、学会优良传统传承下去。

之后,与会的专家学者围绕学会的发展历程、前辈学者的人品学问、学术方法、《杜甫研究学刊》的办刊、杜甫研究人才的培养、与其他学会的交流合作、学术年会筹备等问题进行了深入讨论。四川省杜甫学会副会长祁和晖教授对专家发言做了总结,并赋诗:"月白风清一草堂,杜学重兴国运昌。诗圣文脉后浪涌,精神家园满书香。"祝贺学会成立四十周年。最后,刘洪馆长对学会老师四十年的坚守、付出和对草堂工作的大力支持表示衷心感谢。

此次会议,通过回望四十年来四川省杜甫学会的发展历程,梳理成绩,总结经验,坚定了坚守学会优良传统、工作宗旨的信念,为学会继续前行积蓄力量。

(刘晓凤)

成都杜甫草堂博物馆第三届全国硕博论坛
在线上召开

2020年8月20日,由中国杜甫研究会、四川省杜甫研究中心、四川省杜甫学会、成都杜甫草堂博物馆主办的"成都杜甫草堂博物馆第三届全国硕博论坛"以线上视频会议的形式举行。来自中国人民大学、中央财经大学、北京大学、安徽大学、山东大学、中山大学、南京大学、南京师范大学、上海师范大学、河北大学、华侨大学、四川大学、四川师范大学、西华大学、西南大学、西南民族大学等单位的学者和硕博研究生,以及各地的杜诗爱好者共 106 人参加了此次论坛。论坛内容涉及杜甫研究、杜诗文本与批评研究、杜诗接受研究、杜诗文献研究、中国古典诗歌研究等多个方面。

浙江大学图书馆藏唐代诗人墓志拓片展
在浙江大学开展

2020 年 6 月至 12 月,由浙江大学图书馆和浙江大学中国语言文学系联合举办的"昨夜星辰——浙江大学图书馆藏唐代诗人墓志拓片展"在浙江大学图书馆古籍碑帖研究与保护中心、浙江大学古籍馆、中国丝绸博物馆巡展三场。展览以"昨夜星辰"为题,意指唐诗宇宙浩瀚,其间的诗人也如同昨夜星辰一般,虽已离去久远,但他们的作品依然在今朝闪耀,以至不朽。

拓片特藏是浙江大学图书馆古籍特藏建设重点,旧藏晚清民国拓片共计 290 种、969 张,多为玉海楼与潘鉴宗先生所赠,涵盖墓志碑记、雁荡摩崖、乾隆石经、名家书法等类,其中汉三老碑、汉中全拓、龙门二十品、龙门百种、《淳化阁帖》、乾隆石经为个中翘楚。新藏以墓志、买地券、镇墓文为主,近年从西安、洛阳两地购入,所藏墓志拓片兼具历史、文学、宗教、艺术价值,是学术研究的重要材料。迄今新藏拓片共计 8575 种、10079 张,陆续收入浙江大学中国历代墓志数据库(http://csid.zju.edu.cn/tomb/)。

近年来,浙江大学图书馆拓片特藏中心不仅对本校出土文献与文史方向的学术研究提供了文献资料的重要支撑,而且进行深度的合作研究。教授们对拓片选购提供了宝贵建议,使得拓片特藏建设很快形成规模与特色。近期,恰逢中文系胡可先教授与杨琼博士新撰《唐代诗人墓志汇编(出土文献卷)》即将出版,双方商议策划以诗人墓志为主题的专题展览,作为学科研究与馆藏资源相结合的展示成果。

诗人墓志是新出土墓志的精华所在,是文学研究的原始文献与直接资料,其价值难以估量。胡可先教授提供的唐代诗人墓志清单中,浙江大学图书馆藏有 62 种,经过背调,对拓片类型进行分析共聚,并就志主文学成就、诗歌存佚情况、诗人后世影响、墓志内容的故事性、墓志人物关联性、墓志拓片的清晰度等各方面进行比较考量,大致将拓片分为名家书法组、女性诗人组和唐各时期诗人组,每个专题以"大类型+小组合"的模式展开,为观者提供逻辑清晰的观展切入点,提高展览的可观性。

"铁画银钩"主题重在名家书法展示,以颜真卿所书郭虚己墓志拓片为重点展品,辐射到几幅相关联的拓片,如李岘墓志、殷亮墓志。《郭虚己墓志》拓片,是颜真卿早期书法作品,保存完好,是习书珍品。徐浩晚年所书《李岘墓志》,为其较成熟的书法作品,与颜真卿《多宝塔碑》用笔有诸多相似之处,二者对照展出,于书家而言,难能可贵。殷亮是颜真卿的内侄,颜殷两家世结秦晋,关系密切。据陈尚君先生《贞石诠唐》考证,殷氏乃书画世家,颜真卿幼年丧父,《殷践猷墓碣》云:"长妹兰陵郡太夫人,真卿先姚也……君悉心训奖,皆究恩意,故能长而有立",可见颜真卿早年受到殷家诸多关照,书法启蒙也可能受殷氏影响。殷亮本人在仕途上多蒙颜真卿提携,他为颜杲卿撰写传记,为颜真卿撰写行状,记录二人之浩然正气和生平事业,留下二家世代姻亲之不朽嘉话。多个辐射点的展示能使观者对颜真卿的书艺历程及风格影响具有立体丰满的认知。除颜楷外,柳璨所书卢大琰墓志,颇具柳体风姿,还有盛唐书碑名手张少悌为名臣高力士所书行楷墓志、八分书家史惟则为韦元甫所书八分书墓志等,展示了墓志书体的多样性。

"红妆咏絮"主题重在女性诗人展示,女性墓志本来不多,女性诗人墓志更是罕见，本次展览所选上官婉儿、宋若昭、谢迢墓志，皆为女性墓志中的精品。上官婉儿在当时权势极盛，被称为"巾帼宰相"，关于她的故事众说纷纭，但其诗才卓绝，作为初唐诗坛的领袖人物，品评天下诗文，甚至影响了唐诗发展的进程。宋若昭与上官婉儿同属宫廷女性，但终生未嫁，颇具传奇色彩，是两《唐书》后妃传中唯一一位以内学士尚宫入传的女官、才女，该墓志对研究唐代女官与女性史具有较高价值。谢迢虽非宫廷女性，但家世显赫，墓志中称其"九岁善属文，尝赋《寓题诗》曰：永夜一台月，高秋千户砧。其才思清巧，多有祖姑道蕴之风，颇为亲族之所称叹"。谢迢能够具有这样的文学才能，与她较为显赫的文学家世有关。虽然唐代女性诗人的诗作数量与知名度无法与男性诗人比肩，但她们依旧在广瀚无垠的唐诗宇宙中坚定地闪耀着独特的光芒，值得后人仰瞻风貌。

"俊采星驰"主题重在多元文化展示，所选展品，或拜相封侯如刘祎之、孙偓，或状元及第如韦瓘，或名动天下如李邕、耿湋，或有文学世家如窦氏、韦氏，亦有当时颇具诗名但无作品存世的李浑金、郑鲂，反映丹阳诗人群体的蔡希周，以及特殊类型——与宗教相关的程紫霄、韦渠牟等。志文展现的诗人交游、家族属性、思想取向、文学环境等都是探究唐诗繁荣的关键因素，所选展品尽可能涵盖不同元素，以此更好地展现作品的学术价值。大历十才子之一的耿湋，其墓志尺幅虽小，但蕴含丰富的文学信息，是研究"大历十才子"的重要文献。李邕官至北海郡太守，世称"李北海"，书史有"右军如龙，北海如象"之说，但其成就远不止此。《李邕墓志》赞其"公才杰艺能，皆兴器也"，据胡可先教授考证，在当时，李邕的文学名声远超书法名声，其著述非常丰富：《李岐墓志》载其文集一百八卷，《艺文志》又载李邕撰《狄仁杰传》三卷、《金谷园记》一卷。《通志·艺文略》载有李邕撰《唐韵要略》一卷，《日本国承和五年入唐求法目录》载有李邕撰《演和尚碑》一卷、《道圆山龛碑》一卷，更有碑颂《麓山寺碑》《李思训碑》等流传至今。此方墓志拓片与另一唐代诗人仓部员外郎李昂墓志拓片上下悬挂展出，源于李昂为李邕族子，并为李邕撰志，由此可见诗人家族之关联。另一组对照展出作品是韦渠牟和窦牟墓志拓片,这两方墓志皆被收入传世文集中,然出土志文与文集所录异文颇多,可将出土墓志与传世典籍参照对比,观摩思考。

本次展览是浙江大学图书馆与浙江大学中国语言文学系学术合作的起点,未来浙江大学图书馆将在支持学术研究方面不断精进,继续践行倡导宣传专题文化之使命,与各学科在"馆藏资源+学术研究+作品展示"的合作模式的基础上,举办更多的精品专题展览,以馈师生。

(本文参考了胡可先《上官氏族与初唐文学——兼论新出土〈上官婉儿墓志〉的文学价值》,《求是学刊》2014 年第 5 期;胡可先、杨琼《21 世纪出土文献与唐诗研究综述》,《中国诗歌研究动态》2015 年第 2 期;胡可先《出土墓志所载唐诗考述》,《文献》2019 年第 5 期。特予说明,并致谢意)

(应潇潇)

林继中先生文集出版

林继中先生是闽南师范大学教授、博士生导师、国务院政府特殊津贴专家、闽南文化研究院名誉院长,曾任中国杜甫研究学会副会长,福建省古典文学研究会首任会长等职务。2020 年 11 月,《林继中文集》由上海古籍出版社出版,共 8 册,分别是:《杜诗学论薮》《杜诗菁华》《文化建构文学史纲》《文学史新视野》《唐诗:日丽中天》《唐诗与庄园文化》《我园论丛》《栖息在诗意中:王维小传》《中晚唐小品文选》《我园杂著》。《文集》主要围绕杜诗、文学史、唐诗、文化诗学等论题展开,是林继中先生从教近 50 载学术思想的精华。

刘学锴先生文集出版

刘学锴先生早年执教于北京大学中文系，1963 年调入安徽师范大学工作至今，曾任中国李商隐研究会会长。刘学锴先生多年致力于李商隐研究，包括李商隐诗文的收集、整理、校勘、笺注，李商隐生平的考证、评论及其接受史的梳理，得出大量有突破性、创新性的结论。2020 年 12 月，《刘学锴文集》由安徽师范大学出版社出版，共 22 册，分为 10 卷。分别是：《李商隐诗歌集解》《李商隐文编年校注》《李商隐资料汇编》《李商隐诗选》《李商隐传论》《李商隐诗歌接受史》《温庭筠全集校注》《温庭筠传论温庭筠诗词选》《唐诗选注评鉴》《古典文学名篇鉴赏及其他》。该文集是刘学锴先生近 70 年学术成果的合集，全面展示了刘学锴先生在中国古代文学研究，特别是唐诗研究方面的主要成果。

会议综述

台湾中国唐代学会"第十四届唐代文化国际学术研讨会"综述

□ 杨适菁 林淑贞

一、活动简讯

"第十四届唐代文化国际学术研讨会"原定于 2020 年 5 月举办,兹因新冠肺炎(COVID-19)疫情影响,延至 11 月 27 日至 28 日举办。本次会议由中国唐代学会、台北大学人文学院、淡江大学文学院主办,并由台北大学历史学系、淡江大学历史学系协办,11 月 27 日的会议于淡江大学守谦国际会议中心举办,11 月 28 日的会议则改至台北大学人文学院举办。

此次会议共有三场专题演讲、四十七篇论文发表、两场青年论坛,发表论文数量丰富、讨论面向多样,为历届罕见。惜因疫情影响,大陆、香港、日本、韩国、美国等地之学者无法来台与会,改以视讯或代宣读方式参会。此外,也因疫情关系,本次会议宣读论文,各场次所发表的二至三篇论文均由一位台湾学者讲评。

第一日安排两场专题演讲,分别是成功大学中国文学系名誉教授王三庆的《从丝路遗珍到东亚秘藏——以应用文献为中心》及日本明治大学东亚石刻文物研究所所长气贺泽保规教授的《关于新发现的〈隋炀帝墓志〉及其墓葬之新阐释:作为唐初政治史的一个侧面》。第二日由陕西师范大学历史文化学院教授、中国唐史学会会长杜文玉教授发表《唐大明宫西掖、西院考》的专题演讲。会议最后进行综合讨论,由台北大学人文学院院长、历史学系教授陈俊强主持。

二、会议综述

2020 年 11 月 27 日于淡江大学守谦国际会议中心举办"第十四届唐代文化国际学术研讨会"首日会议,在开幕式后,先由王三庆教授进行专题演讲,讲述《从丝路遗珍到东亚秘藏——以应用文献为中心》,林淑贞教授担任引言人;接着由气贺泽保规教授进行专题演讲,讲述《关于新发现的〈隋炀帝墓志〉及其墓葬之新阐释:作为唐初政治史的一个侧面》,由高明士教授担任引言人。

专题演讲后,由林淑贞主持第一场的青年学者午餐论坛,邱婉淳发表《唐代法华应验记研究》,罗健祐发表《从刘长卿到杜甫:我的研究方向》,许凯翔发表《唐宋蜀地庙市的宗教空间——以三月三日蚕市为例》,于晓雯发表《法制史学习研究的我思我见》。

青年学者论坛结束后,安排三节论文发表。第一节共分为三场,A 场主题为"形象书写",由王国良主持,苏珊玉讲评,蔡月娥发表《〈大唐西域记〉"龙"的形象寄寓》、潘启聪以视讯发表《唐传奇中的鬼形象分析》、李蕙如发表《论从祀孔庙与昌黎祠中的韩愈形象》。B 场主题为"律法与刑罚",由朱振宏主持,赖亮郡讲评,陈俊强发表《隋唐流刑补阙》、桂齐逊发表《唐代法官形象举隅——"循吏"与"酷吏"的比较研究》、陈登武发表《张说的司法经验与法律思想》。C 场主题为"两京与敦煌",由王三庆主持,蔡荣婷讲评,林仁昱发表《敦煌〈和菩萨戒文〉的样貌与应用探究》、简佩琦发表《敦煌维摩诘经变图文研究(1):隋代最初的型态》、梁树风以视讯发表《开元二十八年"两京道路并种果树"考述》。

第二节分为 A、B 两场,A 场主题为"唐诗与域外",由林冠群主持,廖幼华讲评。此场次论文发表人均在海外,石云涛发表《唐诗中的安西》,由王信杰代为宣读;刘子凡以视讯方式发表《重塑"瀚海":唐代瀚海军的设立与古代"瀚海"内涵的转变》。B 场主题为"地方治理",由杨俊峰主持,陈登武讲评。此场次论

会议综述

文发表人亦均在海外,王晓晖发表《重庆朝天门灵石唐代题刻的政治关切》,由于晓雯代为宣读;夏炎视讯发表《建亭之后:唐代亭记石刻与地方治理》;幺振华、张文文也以视讯方式发表《重内轻外背景下的唐代京官请求外任原因探考》。

第三节论文发表分为三场,A 场主题为"交通与传播",由萧丽华主持,王三庆讲评,林韵柔发表《古代东亚海域的行旅风险与航海信仰——以〈入唐求法巡礼行记〉为中心》,白若思以视讯发表《唐代讲唱文学的题材与目连故事图像在东亚传播演变(10 至 17 世纪)》,张蜀蕙发表《唐代湖湘路交通与文人纪行题刻研究》。B 场主题为"讯息与治理",由宋德喜主持,朱振宏讲评,刘后滨视讯发表《安禄山起兵与唐王朝的信息处理》,古怡青发表《以图证史:从图像看唐代乘车等级与仪制》,杨晓宜视讯发表《治官·治民·治天下:从唐律结构看唐代的统治理念》。C 场主题为"宗教礼仪",由廖幼华主持,杨俊峰讲评,本场三位发表人均在海外,因此均以视讯方式发表。张小贵发表《神像与圣火:中古祆教东传过程中的调适与嬗变》,严茹蕙发表《唐日傩礼活动比较——以"方相氏"角色为主》,雷闻发表《隋唐时期的聚众之禁——中古国家与宗教仪式关系之一侧面》。

第二日移师至台北大学人文学院举办,会议由杜文玉教授的专题演讲《唐大明宫西掖、西院考》揭开序幕,陈俊强教授担任引言人。专题演讲之后,就是第四节的论文发表,本场次亦分为三场。A 场主题为"藩镇与社会",由李广健主持,桂齐逊讲评,胡耀飞、刘雪婷视讯发表《长庆镇州行营考——兼议白居易对行营体制的反思》,翁育瑄发表《唐代支硎家族研究——藩镇体制下的家族与社会》。B 场主题为"文本解读",由王基伦主持,王国良讲评,潘铭基视讯发表《论〈群书治要〉的以史为鉴:兼论〈群书治要〉的"通史"意义》,吴琦幸同样以视讯方式发表《从文本解读到综合研究:北美唐代文学研究概述》。C 场主题为"白居易研究",由欧丽娟主持,侯迺慧讲评,林淑贞发表《符号、叙事与比兴:白居易寓言诗"托喻类型"析论》,唐瑶发表《从积极入世到淡然面对:以空间流动看白居易江州时期诗歌的转化》。

第二日同样也有一场青年学者午餐论坛,由古怡青主持,锺晓峰发表《中晚唐诗研究》，林泓任发表《诗史互证与唐诗研究》，吴承翰发表《传统中国的债务与政治》，李志鸿发表《七至九世纪唐代佛教王权的建构与展示》。

青年论坛结束后，论文发表紧接着登场。第五节论文发表，共分为三个场地进行。A 场主题为"边界与天下秩序"，由邱添生主持，甘怀真讲评。冯培红视讯发表《隋玉门关的东西移动与西域范围的变化》，李军同样视讯发表《唐大中年间宣宗经略党项政策之演进——以石刻资料为中心的考察》，林冠群发表《两件吐蕃赞普弘佛盟誓诏书史料价值之探讨》。B 场主题为"儒与道"，由廖美玉主持，周德良讲评。王基伦发表《韩愈道统说的道源意义及其发展探究》，林东毅发表《"重玄"在道教思想史中的历史定位》，涂宗呈发表《唐代"孝子"服丧的理想样貌——以哭泣和饮食为中心》。C 场主题为"墓志考述"，由陈登武主持，郑雅如讲评，本场次三位发表人均以视讯方式发表，陈丽萍发表《再议唐"十王宅"制——以〈大唐故内命妇赠五品王氏墓志〉为中心》，马强发表《出土唐人墓志所涉唐代交通地理考述》，毛阳光、邓盼盼发表《西安出土唐代戎进、戎谅父子墓志补考》。

第六节论文发表同样分为三场，每场各有三篇论文。A 场主题为"政事探微"，由赖亮郡主持，李广健讲评。徐畅视讯发表《白居易与新昌杨家——兼论唐中后期都城官僚交往中的同坊之谊》，朱振宏发表《"玄武门事变"后李渊、李世民关系变化》，罗永生视讯发表《寻找被埋没的唐朝历史——懿安郭皇后史事散佚探微》。B 场主题为"制度与礼仪"，由桂齐逊主持，李长远讲评，三位发表人均在海外以视讯方式发表，萧锦华发表《唐宋两朝畿内制度论析》，仇鹿鸣发表《"伪梁"与"后唐"：五代的正统之争》，金相范发表《唐代后期毗沙门信仰的展开与国家祭祀编入》。C 场主题为"古文运动"，由康韵梅主持，王基伦讲评，刘磊视讯发表《盛中唐馆阁书风与文学复古思潮之关联》，兵界勇发表《"韩文学杜"考》，陈成文发表《柳宗元〈晋问〉创新"七"体结构之考察》。

会议最后，由台湾中国唐代学会理事长、台北大学人文学院院长陈俊强教授主持综合讨论，林淑贞教授、陈登武教授为引言人,为两日的会议做全面性的回顾与评述。

本次会议除了三篇专题演讲之外,其他会议论文共计四十七篇。此外,还别开生面地举办两次青年学者论坛,给予助理教授、博士生参与学术讨论的场域。

就论文内容而言,此次会议论文研究面向多元,例如从诗文当中勾勒出研究对象的形象,还有文本解读、法制、宗教、典仪、制度、社会等面向,其中不乏跨领域的研究。此外,多篇论文的研究素材除了以往常见的史书、文集,还有石刻、墓志、图像的运用,显现了唐代研究的多样性。

三、专题演讲

王三庆教授在专题演讲《从丝路遗珍到东亚秘藏——以应用文献为中心》中,介绍了多年来研究的敦煌文献,细数这些在丝路出土的珍贵文物与东亚各国图书馆秘藏的图书版本。王教授在演讲中提到,上个世纪初在敦煌、吐鲁番、黑水城出土的珍贵文献,直到世纪末才大量公布出来,但研究者必须从书局的出版品或 IDP 网站才能阅读或研究。这些出土文献除了可供现存典籍校勘,更有不少遗佚的作品和新发现的史料,可以补充或修正传统文献的不足。而除了这批珍贵的敦煌出土文献,在唐朝或宋朝时,西夏、辽、金、高丽及日本的遣唐使,时常带回不少同时代或前或后的典籍文物。这些典籍文物过去也是秘藏于各国博物馆中,不易进行全面性的阅读与研究。

王教授透过他多年来研究的敦煌文献,如《重刊增广分门类林杂说》、《文场秀句》、《月仪》、《朋友书仪》、法会仪式斋愿文本、《心经》注本等文献,分享他是如何取得各种抄本、复本,以及在进行各版本交叉比对分析中的研究心路历程。王教授强调"以敦证唐,持唐论敦",绝对不是口号。尤其传统文献经过灾难及被时间淘汰,已经遗佚大半,幸存下来再经繁衍,错漏讹夺及变形者所在多有。但敦煌洞窟及丝路沿途特有的气候条件,使当地存留不少第四到十一世纪中叶未曾经过文士拣选过滤的文献和社会史料,以及雕塑壁画建筑等真实物件。若持与历代传世文献两相对照,可以讨论或发明者极多。以往这些藏于东亚各国图书馆的珍贵文献,非常不易阅览或取得复件,因此在研究上的确颇具难度。但如今随着网络条件的具足,各国图书馆纷纷将其珍藏的古籍予以数字化,公开挂于自己的网站,一则招徕入口流量的数据,用以推销自己学校;再者,也是减少读者借阅书物的磨损。所以现在的读者可以坐在自己的书房中或学校的研究室里,遨游世界各国的图书馆,读到前辈学者花费不赀也看不到或梦寐难求的珍贵典籍文献。所以王教授勉励在座诸位,要好好把握机会,分出部分时间,在用手机时迈向远方的一端。

气贺泽保规教授的专题演讲题目为《关于新发现的〈隋炀帝墓志〉及其墓葬之新阐释:作为唐初政治史的一个侧面》,气贺泽教授对 2013 年发现的"随故炀帝墓志"进行解读,推测炀帝是以"准皇帝"的待遇入葬。"随故炀帝墓志"的志石受到风化影响,仅有部分文字可以被识别。气贺泽教授再次复原墓志的文字内容,认为已被考古学界判定的炀帝正式埋葬年之"贞观元年",可修正为"贞观九年"。气贺泽教授认为,太宗在玄武门之变掌握政权后,为了宣扬自己的正当性,批评炀帝的"暴君、暴政",一定没有在贞观元年(627)为炀帝造墓。到了贞观九年(635),北方的突厥和西部的吐谷浑都得以控制,国内体制也稳定下来。贞观十年(636)府兵制建立,贞观十一年(637)贞观律令颁布,标志着唐代前期体制的确立。在这个时期,与其否定炀帝,不如将其视为前朝皇帝,"贞观九年"与太宗的支配体制确立的时期大致重合。此外,根据墓志,其中于年后有加上日期,以此日期查对朔闰表,在贞观元年无法找到对应日期,但在贞观九年可找到两个候补日期。

根据复原的文字内容,气贺泽教授认为其与将皇帝葬于山陵的"哀册文"类似,推测炀帝是以"准皇帝"的待遇入葬。唐太宗为炀帝营造陵墓,为他准备的《炀帝墓志》称其为"炀帝",明示隋朝(使用随字),还使用了炀帝的"大业十四年"年号,而非使用唐义宁二年,这是唐代对炀帝的尊重,给予前朝末代皇帝的荣誉。唐太宗为隋炀帝准备了"哀册文",但不是镌刻在"玉册"上,而是以"墓志"的形式刻在墓志石上,由此可见唐与隋的区别。

会议综述

《炀帝墓志》盖上的铁函少有人研究,气贺泽教授认为铁函内可能收有"谥册文"或是太宗所赐铁券。气贺泽氏认为,墓志上的铁块物体为铁券的可能性很高,因为透过铁券的赐与,可令"死者"炀帝臣服于太宗,同时避免了对炀帝的否定。

杜文玉教授发表的专题演讲《唐大明宫西掖、西院考》先梳理了西掖、西院的称谓及其变化。杜教授提出,唐人称中书省为西掖的记载很多,不过更多的情况应是指舍人院。西掖在唐后期亦指翰林学士院,宋代沿袭唐制,一直将翰林学士院称为西掖。唐大明宫的西院,杜教授根据史书记载及唐人墓志,认为是指枢密院。之所以如此称呼,是因其位于大明宫中轴线以西。宋代沿袭唐制,仍称枢密院为西院,或称西府。

至于西掖、西院的地理方位,唐大明宫以含元殿、宣政殿、紫宸殿为中轴线,宫内机构主要分布在宣政殿东、西两侧,其中门下省位于东,中书省位于西。由于中书省位于中轴线以西,故称西掖,具体应指其中的中书舍人院。翰林学士院的地理方位,根据《长安志》《雍录》可知,翰林院在大明宫右银台门内右藏库之东偏北,三殿即麟德殿西廊之西的位置上。而枢密院在大明宫的方位,在中书省之北,宋初仿唐制仍建在中书之北,宋神宗元丰改制时,移到中书之西,这是宋代发生的一个变化。

四、论文简述(一)

以下兹以会议场次为序,就各学者的论文简述其研究成果。

第一节 A 场主题"形象书写"。

蔡月娥《〈大唐西域记〉"龙"的形象寄寓》,从《大唐西域记》"龙"的形象叙事中,探究龙族与佛教的密切关系。由龙的形貌寄寓其神异的形象生成因缘,就龙的神力业报寄寓佛教的果报教化思想,并以龙的解脱道寄寓成佛的理想人格典范之完成。文中针对《大唐西域记》中有关龙的形貌之相关传说,分析龙族拟人化性格的或善、或恶、亦正、亦邪的形貌寄寓,认为其善恶形貌的形象因缘,其实与心念的善恶有关,也与龙的神力业报及解脱道有关。龙的神力与果报寄寓"人身难得"的修善功果,与心念的造作功过。如以龙身"业报"警策人心,以龙的神力寄寓出家功德的"福力"及布施的供养功德,以鼓励布施行善。龙的解脱道则寄寓行善福德的俗谛福德资量,作为修行修心的解脱道真谛因缘。关于龙的解脱道因缘,寄寓真正的解脱道是指"成佛",因此《大唐西域记》中关于佛陀的出生、修行、成道,甚至涅槃都与龙族有关。

潘启聪《唐传奇中的鬼形象分析》一文,将焦点放在唐传奇有关"鬼"形象的描述,并分析鬼题材在唐代的特点。文中先由"鬼"字本义出发,发现"鬼"字在六朝志怪小说及唐代传奇中,至少有人死为鬼、亲人之灵、邪恶化身和精灵怪物四种意思。而在比较六朝志怪小说和唐传奇之后,作者发现两者间有相似与继承之处。例如在身体形象方面,鬼的身体可以随意变化,面容常常异于常人,而且形态和肤色多样。在行为举止方面,鬼的行为大概有三种特征:具备一些神奇的能力,有试图还阳的行为,故事中的鬼仍然有饿、有病、有死。除此之外,唐传奇中的鬼形象还有其独特之处,包括唐代传奇的死后世界观更有体系、唐代传奇反映出更多佛教的影响及唐代传奇的鬼形象更为鲜明。

李蕙如《论从祀孔庙与昌黎祠中的韩愈形象》一文提出,列于孔庙"先儒"中的韩愈,被定位为传道之儒,昌黎祠中的韩愈则经由神化,两相比照之下,能一窥韩愈的人/神形象。宋神宗元丰七年(1084)因韩愈"发明先圣之道,有益学者",对儒学发展有贡献,准其从祀孔庙。由此可知,除了唐代以来所重视的传经之儒外,传道之儒同样值得重视。韩愈提出道统之说,为正统儒学传承的中坚份子,亦可见其人践行与宣传孔子之道。而韩愈因治潮州八月,所以其被视为具有庇护潮民的神力,宋代开始,潮州即将韩愈作为神明,加以崇拜。屏东昌黎祠中的韩愈则与民生经济较无关联,前往祭祀祈福者多为学子,祠中文化祭等相关活动的举行也加强韩愈师者形象。

第一节 B 场主题"律法与刑罚"。

陈俊强《隋唐流刑补阙》一文是在作者以往针对魏晋南北朝隋唐间流刑的系列论文中,再对流刑刑名的源流、流刑与鲜卑旧法之关系、周隋流刑的刑期、流刑执行完毕的争议等问题深入探

会议综述

讨。作者认为北魏孝文帝将徙逐远方的刑罚订入正刑之中及以"流"作为其刑名，固然与追慕汉化，取法儒家经典圣人之制有关，但不能忽视自魏晋以来，"流"已经逐渐成为放逐刑的名称而使用了。而将重罪犯人流徙边地的做法，中原既古已有之，流刑创制入律实在不需强调鲜卑旧俗惯例之必要。周隋的流刑既有苦役年限，亦有刑期，周隋都是有期流刑。流刑自无期刑发展为有期刑，与流放罪犯是否为军队的重要来源密切相关。

唐代流刑的主体是"强制徙逐"和"强制苦役"，假若流人已至配所，强制徙逐的处罚已然执行完毕，纵逢帝王恩赦，只能惠及尚未执行的刑罚，所以最多只能免除居作。一旦居作期满，流刑所有刑罚理应执行完毕。犯人留在流放地，是刑罚的结果或效果。此时纵逢恩赦，犯人仍是无法返乡，原因就是帝王大赦无法赦免已经执行完毕的刑罚。

桂齐逊的《唐代法官形象举隅——"循吏"与"酷吏"的比较研究》一文先由中国古代"灋"字的起源谈起，并介绍唐代法典编纂与折狱规范，再举例说明唐代循吏与酷吏的形象。作者提出唐代要求法官折狱、断案时，所应遵守的规范，主要就是《律》《令》《格》《式》，尤其是《唐律》，违者本身要依律处置。同时由于唐律准许"比附援引""轻重相举"，以及"不应得为"等判案方式，所以法官自由心证的空间很大。

因此，法官执法时的心态十分重要，文中所举的唐代三位"循吏"，无论是戴胄、徐有功或狄仁杰，在执法之时，多能遵守朝廷法律规范，依法判决；如若违背君主的旨意，也能据理力争，引导君主"依法行事"。依据法律规范，来追求正直、公义，正如我国古代对于"灋"字的定义一样。而在古代中国，也几乎是代代均会出现各种曲法而行、违法判决的酷吏，唐代酷吏文化的残暴性与狠毒性，更是远迈前代，如来俊臣、索元礼、吉温即为其中代表。但此等酷吏，就如同主人家中所养恶犬，久了、厌了，或在他们完成阶段性任务后，也正是他们走下舞台之际。

陈登武《张说的司法经验与法律思想》一文与以往学界集中在张说的文学成就方面的研究不同，从张说的家庭背景入手，讨论其法律思想的养成与实践。文中除了分析张说法学实务的家庭背景之外，还从其应制举时的对策、地方治理的政绩、司法实务经历等方面探究张说的法律思想。作者提出，就整体而言，张说重视礼教防乱重于法律治国，他更重视礼教的教化功能。法律固然有其作用，但不应为苛刻官吏所滥用。他一贯主张"轻刑""慎刑""恤刑"，并且重视"刑不上士大夫"的意义。张说担任中书令期间所撰写的《狱箴》一文，尤可看出他对于司法的审慎态度。

第一节 C 场主题"两京与敦煌"。

林仁昱《敦煌〈和菩萨戒文〉的样貌与应用探究》针对数量众多的《和菩萨戒》的敦煌写卷，分析其样貌及应用的意义。作者考察敦煌写本《和菩萨戒文》的写卷样貌，发现部分卷号有与若干戒会文书联抄的现象，也有与《散花乐赞》联抄，或是抄入丛抄卷、杂联抄，另有超过三十卷号的专属散片。由此可见，《和菩萨戒文》是运用相当广泛，且具有显著带领大众（不论僧俗）与传播效果的重要宣戒文书。菩萨十戒是佛弟子相当重要的基本要求，所以敦煌《和菩萨戒文》写卷数量如何丰富、多样，显见其流行，可以证明其普及于信仰文化，成为彼时敦煌佛教寺院摄领僧、俗二众的重要信念。

简佩琦《敦煌维摩诘经变图文研究(1)：隋代最初的型态》一文针对敦煌隋代 12 铺维摩诘经变进行现场考察，并首度公布至今没有图版的画面内容。作者经由风格年代排序后，厘清敦煌最早有维摩诘经变的隋代(581—619)本身也有不同发展阶段，是从位置最高(一)西壁顶部龛上，下降至(二)西壁龛外两侧，最后离开正壁挪移至(三)北壁的发展趋势。

其图像特征也有阶段性发展，第一阶段的维摩诘经变全部以"弥勒菩萨"为画面中心，文殊在左、维摩诘在右，分两侧描绘，并描绘两组用以表征维摩诘神通的手段：A 香积菩萨＋(化菩萨)、B 天女＋舍利弗。第二阶段的图像，文殊、维摩诘主体意涵升级，单独存在就代表维摩诘经变，此阶段并没有空间来描绘神通场景，而须弥山、城墙图像是后代更丰富情节的滥觞。第三阶段的图像，就算合为通壁文殊、维摩诘还是分置两侧，且开始尝试与"二佛并坐"结合，开启初唐维摩诘经变大规模通壁发展的契机。而透过隋代维摩诘经变的图像可知,其所描绘的经文内容,在第一阶段就已包含了五个品秩的内容:《佛国品》第一、《文殊师利问疾品》第五、《不思议品》第六、《观众生品》第七、《香积佛品》第十,其后第二阶段、第三阶段并没有超过这些品秩的范围。

梁树风的《开元二十八年"两京道路并种果树"考述》从开元二十八年(740)唐玄宗所下达的政令入手:命两京路及城中苑内种植果树入手,探究玄宗此道政令背后的政治意涵。通过文献梳理,作者得出玄宗所种植的是"桃""李"两种果树,采种此两种果树的原因一方面是桃、李本身与唐朝国姓关系密切,隋末所流行的唐受命谶《桃李子》便是以此两种植物为咏。另一方面,桃、李原产中土,且在域外名气颇大,玄宗在此之前即欲建立大唐"原美帝都"的国际形象,故以之作表亦能突显中土之美;再加上唐人想象中的仙都亦多种有桃、李。故此议一出,玄宗与众群臣都一致认同"桃李好"这个选项。在这项政策下,种植桃、李也成为当时的一大风尚。而这项以桃、李作道旁树的设计,甚至影响了当时入唐的僧人普照,他回国后上奏日本国依此模式种植,可见玄宗这项政令确实能让当时四方远近之士留下深刻且美好的印象。

第二节 A 场主题"唐诗与域外"。

石云涛《唐诗中的安西》一文从唐诗入手,探讨唐诗中"安西"的意涵,以研究唐代西域史和唐人社会心态。该文提出,唐朝在征服西域后,于原西域古国的龟兹设置安西都护府,此地成为唐朝经营西域之政治和军事中心。唐诗中的"安西"一般指此地。作者在分析咏及"安西"的唐诗后认为,"安西"寄托了唐人复杂的思想情感。在初盛唐时代送人赴安西的诗中较少凄苦之情,往往多勉励之词。对于当时广大士人来说,赴西域是为了功名,效命边境战争可以获得立功扬名的机会,因此"安西"是将士们建功立业追逐梦想的地方。安史之乱后,安西陷于吐蕃,唐诗里的安西成为失地的象征,诗人们表达了国土沦丧的悲伤。作者认为西域形势的变化反映着国力的盛衰、疆域的收缩和唐人自信心的增强和丧失。唐诗则为我们展现了唐人丰富多彩又复

会议综述

杂变化的心路历程。因此,研究唐朝西域的历史和丝绸之路的发展变化时,应重视唐诗的资料,以弥补其他历史文献之不足。

刘子凡的《重塑"瀚海":唐代瀚海军的设立与古代"瀚海"内涵的转变》梳理了自汉代到清代"瀚海"内涵的转变,认为真正引发"瀚海"内涵转变的是唐代北庭瀚海军的设立。作者认为,"瀚海"作为一个自汉代一直沿用到清代的重要边疆地理概念,其内涵发生了明显的重塑现象。汉唐时期文献中所见的"瀚海"地理景观都是指漠北的大型湖泊,而且很多情况下是指向贝加尔湖。贞观二十一年(647)在漠北回纥部置瀚海都督府,自然是取自漠北的瀚海。武周长安二年(702)改庭州为北庭都护府,在此设立烛龙军,以加强唐朝在天山北麓的军事力量。翌年,又改烛龙军为瀚海军。一个设立于西域地区的重要军镇,何以"瀚海"为名呢?作者提出,这显然是与漠北回纥及其周边部落有关,是唐朝经营北方草原战略的体现。尔后,随着瀚海军影响力的扩大,出现了瀚海军省称"瀚海"的现象,于是又分化出了西域"瀚海"。明代将特指瀚海军的西域"瀚海"与西域大沙海混同,清代又将"瀚海"定为蒙古戈壁,最终形成了"瀚海"专指戈壁沙漠的内涵转变。作者认为,真正引发"瀚海"内涵转变的就是唐代北庭瀚海军的设立。

第二节 B 场主题"地方治理"。

王晓晖《重庆朝天门灵石唐代题刻的政治关切》一文,以重庆朝天门长江与嘉陵江交汇之地的一处水下磐石的题刻为对象,探究其中所蕴含的政治关切。朝天门灵石的题刻群中,年代最早的是出现在东汉光武年间。此后,唐代又出现十一段题刻,宋、明各一段,清代五段。而唐代的十一段题刻,基本上都以记载或者关联唐代的政治事件为基本内容,如崔旰之乱、安史之乱、李希烈叛唐。作者认为,朝天门灵石是极其有特点的题刻,大部分都与政治、社会密切关联,使其不仅仅只是"兆丰年"的工具,更是一种地方官向百姓进行政治教化的舞台,向朝廷表明政治态度的媒介。如天宝十五载(756)的张萱《灵石碑》、乾元三年(760)的王升《灵石碑》、广德二年(764)的郭英干《灵石铭(并序)》三则题记,都可以看到他们作为渝州刺史,在"安史之乱"从爆发到平定过程中想要表现的态度。叛乱爆发之初表明坚决与朝廷站在一起；肃宗即位后，对其表现出恭敬和愿意勤王的态度；叛乱被平定后，高声歌颂天下太平、五谷丰收。此种借用枯水题刻将自己的所思所想和所作所为记录下来的方式，也是儒家士人对自己的立德修身和政治理想进行宣示和垂远的一种独特手段。

夏炎《建亭之后：唐代亭记石刻与地方治理》是从唐代官方建亭的传统与亭记的内容进行梳理，从地方治理的视角，揭示亭记背后隐藏的复杂历史形象。作者先从各种文献中收集得到七十个唐代地方官建亭的案例，在这些案例中，建亭官员绝大多数是刺史、县令以及藩帅，体现出唐代由长官主持建亭的地方传统。而这些地方官建亭，多与政绩有所关联。按照制度，地方官员离任后，当地官民为了颂扬其德政可以向朝廷申请建立德政碑。然而，德政碑的建立有一套严格的制度规定，并不能随意建立。为了避开德政碑建立的繁琐环节，地方官们便找到了一个颂扬德政的捷径。亭记石刻便是在这种政治文化背景下产生的文字载体。地方官本人或其僚佐、友人，通过将亭建筑的特征、官员建亭行为与官员政绩相关联，编织出地方官的良好形象。继而将亭记文字付诸石刻，借以广泛传播。亭记石刻另辟蹊径，采用了一种"德政物化"的崭新途径，通过由亭及人、借亭颂人的写作方式，将物与人完美融合，既不需要经过朝廷审批，又能够起到德政碑的作用，从而达到了地方治理的效果。

幺振华、张文文的《重内轻外背景下的唐代京官请求外任原因探考》考察在唐代官场重内轻外的背景下，仍有部分京官请求外任的情况。作者爬梳各种文献，探讨京官请求外任的原因。作者认为，唐代京官请求外任，主要是出于经济原因请求外任、出于政治原因请求外任、为寻求更好的发展而求外任、因性格和个人观念原因请求外任，还有少数京官出于唐朝任官的亲属回避制度、自身或家人疾病等其他原因而求任外职。

唐代京官请求外任虽然是出于个人的主动求取，但以受制于客观原因为主，从中不难看出在唐人心目中京官的地位始终高于地方官。唐前期京官地位远超地方官，故京官请求外迁者极少;唐后期京官地位依然高出地方官,只是在程度上有所降低,但京官更多是受制于种种客观因素而谋求外任。通过对唐代京官请求外任原因的探讨,不难发现唐代京官地位始终高于地方官,这也是与唐朝大一统的国家政权相适应的。

第三节 A 场主题"交通与传播"。

林韵柔《古代东亚海域的行旅风险与航海信仰——以〈入唐求法巡礼行记〉为中心》从入唐日僧圆仁(794—864)所撰之《入唐求法巡礼行记》及相关文献入手,梳理出古代东亚海域行旅者在航海行旅时的风险与相应的举措,进而探究相关信仰于各地受容与变容的过程。文中指出,九世纪至十二世纪为止,东亚海域的移动人群,是以新罗、高丽、唐、宋、日本的海商为中心,加上随之渡海的外交使节、僧侣等人士所构成。这些行旅者所出多元,但结成一个网络,为了避免遭遇海难风险,除了选择适宜季节、相对安全的航路,还会祈求航海安全。海神、龙王、观音、住吉明神、船神、妈祖等,均成为东亚海域的守护神。对于东亚海域的行旅者来说,航海信仰与他们面对行旅风险的心态有密切的关系,对于其间关系网络的建立与维系也有直接影响。

白若思的《唐代讲唱文学的题材与目连故事图像在东亚传播演变(10 至 17 世纪)》先探究目连图像在东亚的起源及其意义,再从中、日、韩三国"目连救母"故事的图像中进行比较,发现它们颇具相似之处。作者指出,"目连救母"的故事不见于印度和中亚的早期佛教文献,但出现在四世纪的汉译佛经《佛说盂兰盆经》中,并在中国广受欢迎。"目连救母"故事在中国佛教史上意义重大。《盂兰盆经》阐明了佛教对儒家主要道德之一"孝道"的态度,这对于佛教在中国的传播和融入是非常重要的。作者透过十至十三世纪的中国目连故事图像以及十二至十七世纪日、韩的目连故事图像的比较,认为"目连救母"的故事在东亚国家广为流传。它不仅在不同国家以当地语言进行了多次改编,还衍生出大量的图像。早期目连故事图像的出现很可能是为了配合故事讲唱。在日本和韩国,目连故事相关的文本与画作也一度十分流行。它们有的诞生于寺院,有的融入了本地文化元素。但毫无疑问的是,它们都从十至十三世纪中国的俗文学作品中取材。

张蜀蕙《唐代湖湘路交通与文人纪行题刻研究》透过唐人在湖湘路上的纪行与题刻考察"交通"的因素对文人的行程与行旅产生的影响,以及如何建构出文人特殊的旅行内容。唐人的纪行湖湘诗文不少,但题写于湖湘与岭南的石刻并不多,这些题刻有一个特殊的现象,"交通"是最重要的因素,无论是"游览题刻""开辟道路题刻",还是因军事、游历、宦游不同行旅目的,都留下停驻、经行的痕迹。文中从湖湘路的鹿角镇、侍郎簌以及祁阳浯溪三个交通段的题刻与歌咏,探讨纪行交通与书写的关系。无论是鹿角镇、侍郎簌、浯溪,皆是可以小歇小止之处,因此有纪行诗文与题刻。这些文字记录了可贵的地域文化风土与交通旅程的讯息,可从中推知当时的交通情形与游人宦游情形及其文化意义。

第三节 B 场主题"讯息与治理"。

刘后滨《安禄山起兵与唐王朝的信息处理》认为安史之乱主要是由于直接信息的拖延和整个情势的误判而贻误了解决的时机。究其原因,是因为安禄山在天宝后期以范阳、平卢、河东三镇节度使的身分兼任河北道采访处置使,对河北道二十四郡的控制强化到无以复加的地步,使得信息传递出现障碍。安史乱后,唐朝吸取采访使职权过重的教训,乾元元年(758)改采访处置使为观察处置使,由于节度观察区较小,观察使的职权与诸道采访使已不可同日而语。唐代信息收集与整理的渠道开始调整,以节度观察使为长官的"道"继续保持与朝廷信息沟通的权力,朝廷打通刺史信息上奏的制度通道,也保留观察使府沟通朝廷与州郡的职能。制度调整的落脚点是通过使职体系建构起来的信息收集渠道与以尚书六部和州县为主体的信息汇整机制合流。在地方层面体现为藩镇的州郡化,在中央层面则是各种使职撤并为尚书六部的下属机构。

古怡青《以图证史:从图像看唐代乘车等级与仪制》透过图像文献与文本文献的对照探讨唐代车驾形制种类与仪制。作者从隋太子杨勇墓道壁画的出行仪仗图、唐懿德太子墓卤簿仪仗图、北宋《大驾卤簿图书》、南宋"卤簿玉辂图"的卤簿图像中发

会议综述

现,唐代皇帝行幸时乘坐的车驾,可分为有车轮的"辂"和无车轮的"辇"或"舆"两类。这两类车驾,最大的差异,除外观上有轮、无轮的不同外,尚有两个特色:一是人力与畜力的不同,二是级别的差异。"辂"有轮,由马匹拉车,帝王车驾中级别最高;"辇"或"舆"均无轮,由人力扛抬行走,帝王车驾中级别较"辂车"低。"辂""辇""舆"这三种唐代皇帝巡幸的大驾卤簿中的车驾,除外观形制不同,在礼制的身分秩序之中还具有辨贵贱、序尊卑的意义。无论是"辂"或"辇"或"舆",若无特殊情况,官员不得与皇帝共乘。另外,隋唐皇帝多礼遇患病或身体不适的官员乘"舆"入宫殿,显示对官员的恩宠。唐代官员和民间百姓陆路出行时,严格遵守礼制规范,使用"辂""辇"的情况相对较少;但在实际生活上,从民间普遍乘"舆"的风气看来,级别最低的"舆"逐渐成为唐代民间普及的交通工具,可视为唐代出行工具发展的重要演变。

杨晓宜《治官·治民·治天下:从唐律结构看唐代的统治理念》透过唐律各篇展现的秩序观分析唐代的统治理念。作者结合魏晋至隋唐律典篇章顺序、结构,综合分析其间的变化与国家的统治蓝图。唐律各篇的顺序与架构,都呈现出统治者如何看待这个帝国,以及如何安排统治的核心。作者认为,就唐律篇章之安排顺序,首先要重视国家安全的法律空间,接下来是治官、治民、纳税库存、军力维护与国防安全,这是帝国统治理念下所安排的各种组成要素,唐律的前半部就是以国家制度运作为中心的法律规范。唐律后半部则是内部法律秩序的维护,包含一般犯罪行为之惩罚与司法。从唐律篇章的安排,可清楚看到唐代统治理念与理想秩序之蓝图,此统治理念就是"官—法律—民"的支配关系。因此,唐律十二篇的顺序安排,除了是皇权统治轻重之分,还是唐代统治理念的展现。

第三节 C 场主题"宗教礼仪"。

张小贵《神像与圣火:中古祆教东传过程中的调适与嬗变》考察祆教传入中国后不同时空背景下的神像与圣火,探究祆教在东传过程中变与不变的因缘。祆教自中亚传入中国后,一般认为其不行圣像崇拜,信众以拜火作为与上神沟通的手段,但无论是萨珊波斯本土,或是以粟特为主的中亚地区,或北朝隋唐时期的中土,到处可见丰富的祆神形象,亦不乏信众取火咒诅的习俗。作者根据文献记载与考古发现,祆教徒们对圣火的尊崇,从古波斯到粟特,从粟特到中土,从未发生改变。不过,与波斯本教不行偶像崇拜相比,粟特地区发现了丰富的祆神画像和偶像,传到中土的祆教更是崇拜各式各样的祆神。到了唐末五代,由于胡汉的融合,敦煌地区的祆庙成为游神赛会的娱乐场所,祆神成了民众祈赛的诸神之一。中国自古即为圣像,尤其是偶像崇拜的民族,在这种历史背景下,祆神"被动"地被汉人改造,从而演化、嬗变出符合汉人习惯的种种祆神形象。因此,从古波斯的无偶像到粟特地区祆神崇拜多元化,再到中土民众私自改变心目中的祆神形象,生动再现了这一外来宗教东传过程中的调适与嬗变。

严茹蕙《唐日傩礼活动比较——以"方相氏"角色为主》从国家礼仪的观点出发,比较检视日本在吸收中国傩礼之后,方相氏于唐与日本的任务,以及在历史之中的变化。方相氏此一古老文化,原属原始传说及信仰,因驱魔与军事性质进入凶礼与军事活动。在唐与同时期的日本,方相在傩礼中尚有主导地位,由唐至宋,方相渐被道教神明取代,但本质是驱疫除鬼的傩礼却演变为艺术活动。在日本方面,八至十二世纪的傩礼,尚保持着驱疫除鬼的性质,但方相却沦为被驱赶的角色(鬼),甚至从追傩礼中消失,与中国发展的情况有相似亦有相异。

雷闻《隋唐时期的聚众之禁——中古国家与宗教仪式关系之一侧面》从隋唐时期各种"聚众"及国家的禁约探讨隋唐时期国家与宗教仪式的关系。国家为了统治的需要,常常有聚众的情形,最常见的就是国家礼仪与处决死囚,另外还有一些需要合法聚众的场合,例如处理犯赃罪的官吏时要"对众决杖"。但是对于百姓私自聚众,自汉代以来朝廷就心怀戒惕。唐代也继承了隋朝的聚众之禁,《永徽留司格》《神龙散颁刑部格》、开元三年《户部格》,以及唐代前期许多诏敕都对各类聚众做出限制。《永徽留司格》中可能就有了对僧尼俗讲的限制措施,《刑部格》与《开元户部格》也都有相关禁令,其对象包括了宿宵行道与白衣念佛的佛教斋会,也有隐逸人的广聚徒众,以及百姓的排山社等社邑组织。唐代中后期，国家的聚众之禁更加严格。代宗宝应元年（762），下诏不许州县公私借佛寺道观居止，并严禁僧尼道士进行斋会礼谒之外的"非时聚集"。之后又严格规定两京与诸州寺观的俗讲聚众的时间、寺观数量。总而言之，隋唐的聚众之禁趋向严厉，反映了国家对宗教性聚众的天然恐惧与警惕，官府总是希望将僧道人士固定于寺观之内，尽量限制他们与俗人之间的联系，更不愿他们与俗人过多往来。这一点，也对日本的律令有所影响。

五、论文简述（二）

第四节 A 场主题"藩镇与社会"。

胡耀飞、刘雪婷的《长庆镇州行营考——兼议白居易对行营体制的反思》以白居易《论行营状》为出发点探讨长庆年间唐廷对于行营体制的实践与思考。白居易的《论行营状》共有五道奏状，是了解长庆元年（821）秋至二年（822）春河朔叛乱事件的重要史料，文中对镇州行营在镇压行动中战果不佳、收效甚微所暴露出的问题，提出了分析与建议。作者提出，在《论行营状》中可以看出白居易最为关注的两点：一是行营中的领兵问题，二是长时间大规模作战带来的巨大后勤和财政负担问题。领兵问题包含两个方面：一是军将协调合作问题；二是兵员数量问题。至于粮料问题，藩镇时代，唐廷在平叛战争中实行食出界粮制度，在这种情况下，前往平叛的魏博兵在食出界粮的制度下，索性出界后不再进讨成德，也不参与解围深州，徒耗军费。《论行营状》准确分析了长庆元年最后几个月河朔地区的战争形势，指出镇州行营在运作中的种种弊病，并提出了自己的解决思路。可惜并未引起穆宗重视，随着长庆二年春唐廷"以廷凑为成德节度使，军中将士官爵皆复其旧"，实际上宣布了放弃收回河朔地区的有效控制权。镇州行营的历史任务不久也结束了。

翁育瑄《唐代支竦家族研究——藩镇体制下的家族与社会》是透过支竦家族跨越五个世代的墓志群，探讨在藩镇体制下的家族与社会的发展。目前所见的支氏家族墓志拓片共有十一件,由支竦之父、祖与其子女、子媳、孙女等成员所构成。作者交叉比对支氏家族墓志后发现,以琅耶为郡望,世居江南的月支后裔支氏家族,在支竦过世后,家族遵从其遗愿,迁葬洛阳邙山。之所以进行大规模迁葬,一方面是该家族以洛阳为家,欲生根洛阳的表现;另一方面,可能跟该家族与上层士族的通婚有关。唐代的士族,尤其是山东士族,有不少家族居住洛阳,并且在邙山经营家族墓。除此之外,从支竦到其诸子的仕宦经历,可以发现从南到北,从中央到地方,分布极广,显示这个家族长年"宦游"的生活。而官职方面,无论是京官、地方官,或是使职、幕职官,皆出现于家族的仕宦经历中。尤其是任职使职的倾向,可以说是该家族重要的晋升管道。对于藩镇体制下的官僚而言,使职与幕职官的经历,是人生重要的投资选项。而支氏家族女性成员的墓志,记载了当时的地方社会动乱,也是相当珍贵的资料。

第四节 B 场主题"文本解读"。

潘铭基《论〈群书治要〉的以史为鉴:兼论〈群书治要〉的"通史"意义》是从魏徵等人编撰的《群书治要》所载录的史部典籍,探究其蕴含的治国进谏之道。《群书治要》是唐太宗命魏徵等人编撰的,包括经、史、子三部,史部典籍包括《史记》《吴越春秋》《汉书》《后汉书》《三国志》《晋书》。《群书治要》一书,其目的在于"昭德塞违,劝善惩恶",所采用之书"爰自六经,讫乎诸子;上始五帝,下尽晋年"。内容遍及君道与臣道,所摘取史部典籍皆以人物为本。从《群书治要》所引典籍,可以清楚看到"以史为鉴"的目的。《治要》所载史部典籍皆具备"考兴衰""审沿革"的功能,唐代君主览之,必可以史为鉴,见贤思齐。再者,《治要》引史籍六部,就其时代断限而言,引先秦及秦史事,采用《史记》;引前汉则只用《汉书》。《治要》所以一取《汉书》,乃因初唐特重《汉书》之故也。此外,《治要》多载有用之文,以存臣下言策。且遍载各朝历史,通古今之变,具"通史"特色。

吴琦幸《从文本解读到综合研究:北美唐代文学研究概述》介绍了北美唐代文学学界在翻译、论述、断代史研究等领域呈现的丰富成果。作者认为应该将北美的唐代文学研究放在整个北美汉学研究领域中来考察,因为北美的唐代文学研究较少有传统研究路径,跨学科研究唐代文学、比较研究等是目前北美唐代文学研究者所关注的。

第四节 C 场主题"白居易研究"。

林淑贞《符号、叙事与比兴:白居易寓言诗"托喻类型"析论》从白居易歌诗入手探论其以新乐府体式创作寓言诗的托喻类型及其所欲达到的审美效能。作者首论寓言诗与符号之关涉,说明寓言诗以诗歌为载体、以叙事为技巧、以传达寓意为主体。二论乐府、叙事与寓言诗之异同,揭示叙事诗重在叙述铺陈而寓言诗重在寓意之豁显。三论寓言诗与咏物诗之交叠与分歧。四论寓言诗所运用的技巧与"赋、比、兴"之关涉。作者认为,白居易喜用寓言诗表述,意在借由故事来说明事理,以故事来吸引读者进入胜境,让大家能透过简型故事达到"以彼喻此",理解作意所在。

唐瑀《从积极入世到淡然面对:以空间流动看白居易江州时期诗歌的转化》透过白居易被贬谪到江州的三年间所创作的百余首诗歌,探究白居易的心境转折。白居易在元和十年(815)被贬为江州司马,从京师流放到江州的移动过程中,白居易在诗里表达了他对异域的想象与不安及踏入异域的真实感受,对地方的乡愁、对人的思念、对朝廷的埋怨、对自己的挫折感等种种曲折、凄苦的心境感受全都包括在诗歌中。到达江州之后,白居易对当地气候、自然人文地景与生活环境逐渐调适,诗作多以创作闲适诗为主,诗歌风格由关怀社会的志向转为旷达、恬淡自然的风格。受贬谪的日子越久,白居易从担心害怕的心情,转变成放下对世俗的执着,向佛道思想靠拢,用平静对待的心境在江州闲适地游山玩水、修筑草堂,调适居住于江州的人生。

第五节 A 场主题"边界与天下秩序"。

冯培红《隋玉门关的东西移动与西域范围的变化》针对以往学界认定的隋代玉门关界址从敦煌西北东移到进昌城附近的说法提出异议,并进一步讨论隋代西域的概念及范围变化。作者从《隋书》及出土墓志的记载,发现玉门关址的移动与隋代整个西域边界的移动是同步的。隋文帝开皇初年,在陇右设置盐泽、蒲昌二郡,用于安集内附的西羌,这两个地名原本位于罗布泊一带,这代表了西域的东部边界产生了东移,因此作为邻接西域的玉门关也从河西敦煌东移到了陇右一带。到了隋炀帝大业五年(609)灭吐谷浑后,隋朝疆域向西拓展到今新疆地区,玉门关也随之向西迁徙至晋昌城东。作者认为,隋代玉门关与西域的东西移动,与隋朝的西疆形势及丝路胡商贸易息息相关。

李军《唐大中年间宣宗经略党项政策之演进——以石刻资料为中心的考察》透过《王宰墓志》及其他石刻资料与传世文献探讨唐宣宗经略党项之政策演化及其与大中政局的关联性。《王宰墓志》在2006年于洛阳出土,墓志中有涉及王宰率军征讨党项的详细记载,作者分析后发现,从打击对象、依靠力量、作战地点及路线、战争结局等方面来看,传世文献中大中元年(847)王宰击退吐蕃和党项的联合入寇事,与《王宰墓志》中王宰以招讨党项使的身份出击党项之事当为两场不同的战役。透过对《王宰墓志》的分析,可知在经历大中二年(848)征讨党项之役的失利后,宣宗在大中四年(850)五月至九月间重启了针对党项的大规模作战。但受到党项截击交通路线的影响,唐军物资运输的问题并未得到根本的解决。宣宗最终以文臣出身的白敏中全面负责征讨党项事宜,经略方式也由全面征讨转为以安抚为主、招讨为辅的做法,长期以来威胁唐朝京西北安全的党项问题最终得以解决。

林冠群《两件吐蕃赞普弘佛盟誓诏书史料价值之探讨》透过十六世纪的西藏典籍《贤者喜宴》中抄录的两件吐蕃赞普弘佛盟誓诏书及现存的吐蕃碑铭,探讨吐蕃王室对当时佛教的认识,以及他们为何坚持弘扬佛法,当时吐蕃社会又为何抗拒佛教信仰,吐蕃王室又以何种方式推广佛法等问题。根据两件弘佛盟誓诏书所载,墀松德赞与墀德松赞父子在推动佛教信仰时,遭遇到部分大臣的反对,蕃廷发生了一场反佛与拥佛之间的斗争倾轧,反佛阵营甚至立法禁佛。此显然已冒犯到赞普的威信,刺激了墀松德赞必须面对部分大臣的嚣张跋扈,否则危及自身政权的存续。其子墀德松赞进一步订定六项弘扬佛教的具体措施,使得吐蕃弘佛大业得以持续开展,并扩大且巩固弘佛的成效。墀松德赞与群臣盟誓兴佛,君臣共誓,却是共同效忠佛教,邀请包括十方诸佛、一切正法、一切发大乘心之僧侣、我佛及一切声闻者（听经者）、天地各级诸神、吐蕃地区之神、一切九尊之神、龙、夜叉及一切非人等，作为见证。公元七世纪初期发誓的对象似为吐蕃传统的天神，至公元八世纪晚期则外来的神佛已与吐蕃本土的神祇掺杂混合。此意味着吐蕃已逐渐向印度大乘佛教文化圈发展。

第五节 B 场主题"儒与道"。

王基伦《韩愈道统说的道源意义及其发展探究》一文指出，韩愈领导古文运动，提出道统说，促成了宋代以下文化系统的形成。但后人对韩愈"道"的来源及其原始意义有些误解，于是北宋以下"道统"有了不同的分途发展。因此，作者先还原韩愈的"道"，再辨明北宋以下古文家与道学家对"道""道统"的解释差异，以及造成"道统"分途发展的主要原因。作者认为，唐、宋以来的古文家或是道学家，都有崇古、尊圣、宗经的主张，都能继承儒家圣贤代代相传下来的"道统"。他们的相同点都是"道胜于文"，不同点则是道学家认为古文家先文后道，甚至于学文弃道，古文家其实并非如此。韩愈所领导的古文运动，旨在复兴儒家之道，同时提倡古文的写作，因此他们重视"道""文"合一，"道""文"并重，甚至于时有重"道"轻"文"、先"道"后"文"的主张。因此，古文运动的核心主张在于"明道""贯道"，古文运动的关注重心在"道"同时也不轻视"文"。而北宋古文家从来没有置身于道统之外，写作古文即是提倡古道，道统从未离他们远去，古文也因此享有崇高的地位。

林东毅《"重玄"在道教思想史中的历史定位》先讨论"重玄"的多重意义与概念构成，再谈论"重玄"在道教思想史中的演变历程，最后说明"重玄"在道教思想中的历史定位。1945 年，蒙文通提出"重玄"的概念，点出隋唐时期道教思想中存在着"重玄之思"，开启了一系列关于"重玄"思想的研究。许多研究者认同将"重玄"视为唐代的道教学派，但若以学派的诸多定义去验证，却无法确实将"重玄"定论为学派。作者认为，"重玄"就如同道教中所谓"无为""自然"一般，只是一种修炼心性的"共法"，跟佛教的"空"极为类似。因此，除了道教徒运使"重玄"，佛教徒也同样使用"重玄",到了宋代则许多不同宗派道教徒也共同采用"重玄",可见得此思想并非出自单一学派或教派,而是一种共通使用的思想观念,更是一股盛行于隋唐之际的"学术思潮"。

涂宗呈《唐代"孝子"服丧的理想样貌——以哭泣和饮食为中心》从礼典的相关规范入手,讨论唐代服丧时作为主角的儿子(孝子)在哭泣与饮食方面的理想样貌,再讨论史书和墓志所塑造孝子服丧形象的书写方式。《孝经》中定义了孝子的几项标准:"居则致其敬,养则致其乐,病则致其忧,丧则致其哀,祭则致其严。五者备矣,然后能事亲。"其中非常重要的是服丧时作为孝子要表现出哀伤之情,所有服丧的要求都与致哀或尽哀有关。《大唐开元礼》中也详细规范了饮食、哭泣的方式与服丧时的居家规范。透过哭泣、不食、禁食酒肉等外在方式,表现出孝子内心的哀伤之情。而在墓志与史传中,塑造孝子的形象书写时,往往更加重礼典规范的哭泣和节制饮食表现,特别强调泣血、绝浆、不食、长期乃至终生素食,借此彰显孝子光环。因此有不少人是因为服丧过度而生病乃至死亡,中间分寸颇难拿捏,表现不够会遭致批评,表现太过可能送命。但从墓志或各种传记资料中可以发现,对于这种毁身灭性的踰礼行为,虽然偶有责备,但大体上是颇为赞许和肯定,毕竟服丧不足,恐招致不孝之骂名,服丧过度则更能呈现出孝子形象。

第五节 C 场主题"墓志考述"。

陈丽萍《再议唐"十王宅"制——以〈大唐故内命妇赠五品王氏墓志〉为中心》以新刊唐玄宗时期赠五品内命妇王氏墓志为中心,论述唐代十王宅的构成与诸王不出阁的发展,十王宅内宫人与宦官的设置与职掌,以及十王宅内诸王与亲属的丧葬问题。唐代诸王出阁制度在玄宗时期开始转型,重大变动始于开元十三年(725)。玄武门兵变后,太宗陆续令年幼诸弟出阁州刺,但对自己的儿子还是放松尺度,导致高宗、中宗、睿宗朝也没有严格执行。开元初,玄宗诸兄弟皆历任多州刺史,显示出阁制按班执行。但开元九年(721),玄宗悉将在外任都督、刺史之诸王诏还京师;开元十三年(725),在安国寺东附苑城建大宅安置庆王等十三子居住,取概数称"十王宅";开元二十一年(733)再迁入信王等六子,遂改称"十六王宅"。后人将此一诸王聚居的制度简称为"十王宅制"。然"十王宅制"的诸多弊端改变了唐玄宗以后嫡系宗室的命运以及他们与王朝之间的关系。之后"十王宅制"逐渐僵化,唐代后期宗室婚嫁不以时,诸王多以宫女为配偶,因此宫女、诸王妃妾、后妃三者间存在着身份转换的可能,但作者认为在"十王宅制"仍可控管的玄宗时期,王氏的官方身分应是宫官而非诸王侍妾。而随着唐代宗室整体地位下降,"十六王宅"的宦官不仅负责宅内日常的运作,甚至还能掌控县主的婚嫁、克扣日常供应,甚至发挥监视告密之能,参与宫廷斗争。

马强《出土唐人墓志所涉唐代交通地理考述》从出土唐人墓志中涉及唐代交通地理的讯息做比对研究。其中,唐代驿道交通的拓展在墓志中有多方面反映,诸多墓志志主曾经参与过驿道开拓与馆驿管理,留下了非常珍贵的唐代交通地理的历史信息,如馆驿制度的运作情形、馆驿管理的废坏、驿道交通的安全问题等。作者在唐人墓志中发现了"邮驿使"这一正史文献失载的使职。正史文献一般载为"馆驿使",中唐以后多由宦官担任,是中央在藩镇战争中对地方驿传控制力加强的表现。还有一些志主生前曾经出任与漕运相关之职,墓志中也披露了盛唐、中唐时期长安面临的漕运紧张问题及其解决途径。新出土唐人墓志中还提供了一批有关唐代海上交通的珍贵资料,有助于加深对唐代海交史的具体认识。

毛阳光、邓盼盼《西安出土唐代戎进、戎谅父子墓志考补》从洛阳龙门博物馆 2017 年征集到的两方唐代戎姓墓志,发现志主戎进、戎谅是父子关系,为唐代西域胡人后裔,戎氏父子可能来自西域的罽宾国。由这两方墓志,可以勾勒出南北朝时期西域胡人的入华路径及迁居情况,还有宗教信仰、汉地生活与汉化等问题。根据墓志记载,戎进的祖父戎勖在南朝梁已经仕宦,这个家族之后逐渐向北迁徙,可见戎氏家族应是由天竺周边地区通过海路来到中国。《戎谅墓志》中"恒州灵寿人"的记载,指出恒州应该是戎和、戎进父子生活过的地方,在北齐灭亡后,戎氏家族又由恒州迁居长安。迁居长安之后,戎和、戎进父子以经营商业谋生,并终老于此。从墓志的内容来看,戎进家族都具有较高

会议综述

的汉文化素养，讲求恪守儒家的忠孝节义，在数代的汉化过程中，他们身上的外来文化元素消弭殆尽，已经完全融入汉地社会了。

第六节A场主题"政事探微"。

徐畅《白居易与新昌杨家——兼论唐中后期都城官僚交往中的同坊之谊》梳理了白居易与长安新昌杨家的交往及同坊其他官僚的交游，复原长庆、大和年间科举官僚的往来情景。弘农杨氏是通过移居都城实现"中央化"，涉足科举实现"官僚化"的中古世家大族之代表。白居易与杨于陵之子杨嗣复的早期仕宦经历颇有交集，元和三年（808）制科事件时，更与时任户部仕郎的杨于陵有了直接联系。长庆二年（822）白居易以多年积蓄购得新昌坊贫民住宅区的宅第，与居住在新昌坊的杨家有了同坊之谊，常会参与在杨家私人空间举办的僚佐交游。即使之后白居易、杨嗣复身处两地，两人一直保持文字往来。作者在考察牛李党争全面展开的九世纪上半叶后发现，新昌坊堪当牛党的大本营、秘书处。而白居易在元和年间仕宦迁转的关键时刻，常得到李党或接近李党立场的大僚支持，但是在入居新昌坊之后，与牛党代表人物的接触越来越多，政治立场产生微妙的变化。白居易对新昌同坊之谊的珍视，不仅体现在大和中离开长安后，仍与新昌坊的邻居杨嗣复、牛僧孺、张仲方、李绅、舒元舆等保持交往，还体现在移居洛阳履道坊后，希望长安同坊之谊能在洛阳续写。作者认为同居一坊之谊成为都城文人官员之间发生社会联系的新纽带，甚至左右了他们的政治立场与仕宦前景。

朱振宏《"玄武门事变"后李渊、李世民关系变化》聚焦于"玄武门事变"之后自李渊退位到过世的九年期间，李渊、李世民父子的相处模式，讨论父子二人的关系。作者认为，在这九年期间，李渊与李世民的关系并不融洽，双方都没有走出"玄武门事变"所造成的阴影。表面上，李世民透过"跪吮上乳"举动，展现出不会加害李渊的善意，但李渊仍时不时防备着李世民可能的加害，并对李世民以军事政变方式胁迫其退位极度不满；李世民也未因李渊提早让位，对其在武德年间的威逼胁迫释怀。作者认为，从李世民即位后改变武德时期诸多措施、强迫李渊移居大安宫,李渊移居大安宫后父子二人极少见面等方面,认为李氏父子关系并不融洽。此外,两人见面几乎是由李渊主动提出,见面时李世民都极力表现出低姿态且都会与他人一同前往,以避免与李渊独处。作者认为,这可能是因为李世民在玄武门事变后,患有"创伤后压力症候群"的夸张反应。

罗永生《寻找被埋没的唐朝历史——懿安郭皇后史事散佚探微》是对传统史传中关于懿安郭皇后的记载重新整理分析,探究传统史书对郭皇后描述贫乏的因由。懿安郭皇后是郭子仪的孙女,驸马都尉郭暖与代宗女升平公主之女。郭氏出身名门,在宪宗朝是贵妃,却是穆宗的生母,敬宗、文宗、武宗的祖母,宣宗的嫡母。郭氏以太后、太皇太后身份经历了穆宗、敬宗、文宗、武宗、宣宗五代唐朝君主,《旧唐书》称其"历位七朝,五居太母之尊"。然而这位中晚唐最有权势的女人,在两《唐书》中的相关事迹记载却并不详细,唯独在"不效武氏"临朝称帝一事,颇有笔墨。《旧唐书》对郭氏与宣宗的关系没有详述,而成书较早的《东观奏记》却另有记述,直言郭太后与宣宗关系异常恶劣,太后之死与宣宗的厌恶有莫大关联。对于郭皇后的史事散佚,作者认为除了客观的政治环境使然外,史家的取态也起着相当重要的作用。唐代为官修史学的开端,史官下笔之际,难免把部分敏感的话题避而不谈。另外,史家个人的喜好也可能在史书中得以反映,如北宋初年欧阳修以"春秋笔法"撰史就是一例。欧阳修等人修撰《新唐书》之际,非但对唐代女性在政治层面上所做的正面贡献甚少提及,反而创造"女祸"一词以形容武、韦之世。郭氏自穆宗即位开始,历经五帝,应该有更重大的事情可载,但欧阳修却只提及"不效武氏称制"之事,可见相较于政治影响,他更重视所谓的"女德"。

第六节 B 场主题"制度与礼仪"。

萧锦华《唐宋两朝畿内制度论析》考察了唐宋两朝畿内制度的发展历程并分析其内涵与特色。萧文指出,唐高祖因袭隋制,建立西京长安所在的雍州"一州畿内"制,并营建东都洛州为河南乃至东方的军政中心。太宗在雍州"一州畿内"制的基础上,进一步在关中十二军屯驻的雍州及近畿的华、同、宜、岐、幽、泾、宁八州的徭役军事要区,增置"数州畿内"作为全国的军事与经济基地,并行一州、数州两畿内制,以巩固京畿朝廷。武周朝为摆脱关陇集团的影响,扩建以神都为中心的"十九州大畿内"制,又创设"两畿"行政特制,进一步发展"强干弱枝"的国家战略势态。中宗至玄宗朝更从唐初"数州畿内"制发展成"京畿、都畿"两道监察制度,一直沿用至唐亡。北宋朝廷仿效唐朝尤其前期的"强干弱枝"国策战略,建拓东京开封府大畿内体制。其畿内制的诸方面内涵也都继承了唐制的若干内容特征,或加以变革施行,甚或续有发展。如唐朝畿内为供给京城皇室御地、京官军帅之职分田区以及供奉皇陵之重地,也作为皇帝巡幸安民和狩猎练武之要区,北宋亦有相同规定。又如唐朝于畿内实行的特殊官僚管治和监察制度以及军事国防等方面的相关规范,在北宋也可看到类似的政策规定。

仇鹿鸣《"伪梁"与"后唐":五代的正统之争》认为五代时期六次的王朝更迭当中包括了"禅让"与"革命"两种不同的形式,朱温代唐和宋太祖黄袍加身是前者,其余四次是以力取。宋受周禅,是"禅让"在中国古代历史中最后一次行用。而在五代这个分裂时期,"正统""德运"之说在统治合法性的构筑中有相当重要的影响,五代各朝的正统建构中,以梁、唐之争为主线。李克用、李存勖父子出身沙陀,因有功于唐而获赐姓,在朱温代唐后,偏居河东的李氏一直以复兴唐室为号召,最终一举灭梁。灭梁之后,后唐以"中兴"自况,后晋、后汉、后周三朝在德运上仍承自后唐,因此后唐至后周的德运次序是土—金—水—木,仍视梁为闰统,北宋亦承此谱系,以火德自居。

金相范《唐代后期毗沙门信仰的展开与国家祭祀编入》探察毗沙门天王被编入国家祭祀体系对于信仰的扩散与世俗化的影响。在唐宋时期,可被称为佛教附属神的"毗沙门天王"不仅为佛寺的护法神,还作为祈愿战胜的"战神",以及守护国家与社会的"守护神"而受到崇拜。九世纪时,毗沙门天王被正式编入国家祭祀体系,政府官员定期主持祭祀,对信仰的扩散与发展带来重大影响力。作者提出,在唐代后期,毗沙门神的"安西战胜灵验神话"得到扩散,在战胜神话中,利用天宝之后造成的战乱局面,增进了密宗与皇权间的紧密关系,以及包含有密宗教团试图以此来扩散密宗的努力。后来,毗沙门天王信仰还避开了武宗毁佛的政策,在佛像被大举毁撤的危机中,只有天王像能完全保留下来,不仅是因为毗沙门神被纳入国家主持仪礼的"正祠"中,还因为其收受过皇帝赐予的"天王"敕额。唐代后半期之后,国家权力公认与赞助,推动了毗沙门信仰的万能神化与民间社会的扩散。

第六节 C 场主题"古文运动"。

刘磊《盛中唐馆阁书风与文学复古思潮之关联》探究了开元、天宝至大历年间集贤院、翰林院的馆阁书家与文学复古者的深层联系与相互影响,认为馆阁书风和文学复古思潮相互渗透影响,对于盛唐、中唐文艺发展具有重要意义。文中提到,唐初以来崇文重学,对唐代文化、艺术发展有极重要的影响。而玄宗好尚之影响,使得唐代文学、书法的复古风气越来越高涨。与太宗、高宗、武后等人崇尚"二王"秀美书风不同,玄宗受睿宗影响,喜好、擅长隶书等古朴书体。玄宗甚至对东汉以来的隶书进行了改进,笔法更为丰满肥厚、强化波磔,形体更趋于宽博、方正、厚重,体现了盛唐时期书法的审美风尚。玄宗的隶书新体不但直接影响了馆阁书家,而且影响了整个盛唐书坛的审美风尚。在文坛方面,开元天宝年间,文坛上活跃着一群崇尚儒道礼乐、反对骈体文风、提倡古文的文士,他们一般被称为中唐古文运动的前驱。这些文儒和馆阁书家不但各自内部交游密切、突显较强的群体观念,两大群体之间也存在着较为密切的交游关系。这些盛唐文儒和馆阁书家在古文和书法的创作实践上,都倾向于古体、古文,改变了初唐秀美书风和骈俪之文的统治地位。

兵界勇《"韩文学杜"考》认为韩愈除了诗学杜甫为世所共知之外,杜甫之文对韩愈也深见启迪。杜甫的文学成就,向来以诗歌见称,号为"杜诗"。然而细考其文坛发迹的历程,可知杜甫生前之文名,并不在于诗,而在于赋。杜甫最脍炙人口的创作论,莫过于其晚年之作《江上值水如海势聊短述》诗中所云:"为人性僻耽佳句,语不惊人死不休。"杜甫"语不惊人死不休"之说,与韩愈主张"惟陈言之务去"颇为相契。作者认为,韩文学杜,有其私淑背景的必然。盖中唐时,杜甫诗名传遍天下,与李白并称,韩愈学诗,取法于杜诗;韩愈学文,自会注目杜文。此外,杜甫当时赋名实高于诗名,杜文早受时人称誉,韩愈学文,亦不能忽视杜文。

陈成文《柳宗元〈晋问〉创新"七"体结构之考察》一文指出,最早将"七"视为一种文类的,是从西晋傅玄的《七谟序》开始,从汉至初唐,"七"体凡有五十余篇,但多已残佚,结构完整者只有八篇。直到中唐,柳宗元《晋问》才别立机杼,创新"七"体。作者将柳宗元《晋问》与其他八篇"七"体的结构进行比较分析,考察柳宗元的创新"七"体的成就。作者得到三点结论:一、柳宗元《晋问》突破"七"体"一事七发"的定型结构;二、柳宗元《晋问》调整"七发"的构段模式;三、柳宗元《晋问》更动"七发"的高峰位置。而柳宗元作为晋人,用饱含热情的笔墨铺写晋地之宜,开启后世"七"体走从风土地志的题材新发展。

从本次会议发表的论文可以很清楚地看到,当今的唐代文化相关研究已出现跨领域的研究课题,而非以往单纯的文学、敦煌或史学的分类。此外,除了传世文献,墓志、碑刻等石刻资料也是唐代文化研究相当重要的资料,透过传世文献与石刻资料的交叉比对,能修正以往的误解、填补史籍失载的空白。

中国唐诗之路研究会首届年会暨第二次
学术研讨会、浙江诗路文化带高峰论坛
会议综述

□ 吕继北

　　2020 年 11 月 21 日至 22 日,"中国唐诗之路研究会首届年会暨第二次学术研讨会、浙江诗路文化带高峰论坛"在浙江省台州市天台县召开。本次大会的主办单位是中国唐诗之路研究会,由台州市委宣传部、台州学院、台州市社科联及天台县人民政府共同承办。来自全国各地的高校、研究机构、政府机关等120 余名学者参会,提交论文 80 余篇,就唐诗之路研究中的各类问题进行了深入热烈的讨论。

　　在大会开幕式上,浙江省台州市政协主席陈伟义在讲话中表示,党的十九届五中全会、省委十四届八次全体(扩大)会议召开以来,台州力争为诗路建设厚植更大的发展契机和优势,做精做深诗路文化的大课题,推动诗路文化发展繁荣、走向世界。台州学院党委书记崔凤军谈到,浙东唐诗之路是浙江省诗路文化带的样板工程,是具有中国气派和浙江标识度的文化品牌;台州作为浙东唐诗之路的主要目的地,是展示全国唐诗之路研究与建设的重要窗口。天台县委书记杨玲玲指出,大会对天台山诗路文化宝藏与时代价值的讨论,对发掘先贤古韵、复兴魅力诗路有重要价值,可共同推进天台山诗路文化创造性转化和创新性发展,助力将天台山打造成为诗路文化带上的耀眼明珠。中国唐诗之路研究会会长卢盛江表示,台州是浙东唐诗之路的主要目的地,以中国唐诗之路研究会为平台,作高层次、大格局的系统性研究,将研究与个人成长、高校建设相结合作为立足点,最终可将唐诗之路建设成为大家共同的美丽家园。浙江省社科联名誉主席蒋承勇在致辞中谈到,唐诗之路具有非常重要的学术意义和文旅价值,台州各级党委、政府、台州学院及广大社会工作者在诗路文化带建设中积极有为,共同努力,推动唐诗之路的学术研究、文旅开发迈向新台阶。

在本次大会中,多位著名专家学者就诗路研究的重点论题进行了精彩的主题报告。大会所讨论的主题主要分为唐诗之路综合研究,唐诗之路主要诗人、诗歌与路线研究,唐诗之路沿线文学、艺术、哲学、宗教研究,浙江诗路文化带的研究与开发,"浙东唐诗之路目的地"——天台山研究五个方面。

一、唐诗之路综合研究

二十世纪八十年代,竺岳兵先生提出了"唐诗之路"的概念,并于 1991 年"中国首届唐宋诗词国际学术研讨会"上发表相关论文,引起了学术界的强烈反响。针对目前学界对唐诗之路研究的现状,卢盛江教授从宏观角度谈到应予以重视的三个基本点:第一,关于唐诗之路的研究应建立在对一手材料的挖掘、梳理和研究之上;第二,面临唐诗之路研究的三重困境,即史实脉络难以厘清、综合研究难以展开、在文献材料的基础上进行理论提升等方面,专家学者需进一步寻求突破;第三,高校研究者应将实地考察、熟悉地方史料等工作与自身的研究相结合。卢教授同时发表了《浙东唐诗之路年表(初盛中唐篇)》,年表中将初盛中唐诗人在浙江的活动予以编年,具有重要参考价值。

在大会主题报告的环节中,新疆师范大学薛天纬教授提出应进一步对"唐诗之路"概念的内涵与外延进行探讨,呼吁重视"一个人的唐诗之路""皖南唐诗之路"等论题,并强调浙东唐诗之路在地理环境与人文传统方面具有唯一性。台州市天台山文化研究会学术委员会副主任、佛教文化研究部部长朱封鳌先生在《天台山佛道文化对浙东唐诗之路的影响》中指出天台山丰富的佛道文化是促使唐代诗人纷至沓来,走出这条浙东唐诗之路的重要原因。浙江大学文学院林家骊教授的发言聚焦唐诗之路中的重要人物——司马承祯,其与天台山之间深厚的渊源是浙东唐诗之路得以形成的关键。人民文学出版社编审宋红女士汇报的主题是李白杜甫唐诗之路游踪,使用史料辨析与实地考察相结合的研究方法对诗路遗迹进行考证。苏州大学罗时进教授的发言主题是"干时与游心——南北唐诗之路精神向度的比较",其中指出南北唐诗之路的精神向度在信仰追求、生活状态、与社会之间的关系及求奇性审美四个方面存在明显差异。中南民族大学王兆鹏教授以辛弃疾的《菩萨蛮·书江西造口壁》为中心,强调了现场勘查与历史钩沉相结合的研究方法对宋词之路研究的重要意义。北京外国语大学中文学院古代文学研究所所长石云涛教授发表文章《唐诗中的原州和萧关道》,指出考察唐人诗歌中对原州、萧关及萧关道的描写对于了解这条道路在唐代的利用、盛衰及行经此道的诗人心态有重要意义。西南民族大学徐希平教授的《"西山白雪三城戍"——杜甫〈野望〉诗旨及首句异文再考》中提出《野望》诗的首句"西山白雪三城戍",从底本依据、题旨辨析等角度分析,"三城戍"都不当作"三年戍"或"三奇戍"。

在闭幕式的主题发言中,复旦大学资深教授、中国唐代文学学会会长陈尚君谈到,唐诗之路的研究发展至今,仍是当下文学研究中的热点问题。随后他以初唐诗人宋之问题咏灵隐寺诗的末联"会入天台里,看余渡石桥"为例,勾画出浙东唐诗之路的路线,并明确指出天台山是浙东诗路的目的地。首都师范大学詹福瑞教授探讨了李白游仙诗中体现出的生命意识,那是一种建立在生命苦短与才不见用的痛苦体验之上,寻求心灵解脱的内在情感。南京师范大学钟振振教授认为研究应拓宽视野、打通界限,并提出唐诗之路的概念应总结为以唐诗为代表与典范的中国诗词之路。王小盾教授以《永嘉证道歌》为例,从文献学、传播学等多重角度辨析了唐诗之路是对唐诗特色形成起到决定性作用的道路,论题以小见大。浙江工业大学肖瑞峰教授在《唐诗之路视域中的刘禹锡》中谈到,刘禹锡因屡遭迁谪而与诗路结缘,他的诗歌通过对诗路风物以风景画、风俗画、风情画的形式进行描摹,赋予了诗路以鲜活明媚的内在气质。西北大学李浩教授指出,对唐诗之路的研究应拓宽思维,从一到多,从深化阐释唐诗之路的概念、多学科协作推进唐诗之路研究、开拓多轨并进的研究路径等方面继续努力,开创唐诗之路研究的新局面。台州学院李建军教授在《司马承祯与浙东唐诗之路》中提出司马承祯长隐天台山,吸引众多文人名士前来寻访,形塑了浙东唐诗之路安顿身心、清修隐逸的独特品性,对以天台山为主要目的地的浙东唐诗之路的最终形成起到了关键作用。

二、唐诗之路主要诗人、诗歌与路线研究

唐诗之路在规模上辐射全国,所涉诗人作品众多。对唐诗之路的具体路线、在此活跃的主要诗人及他们的诗歌创作进行研究,不仅有助于梳理史实,逐步勾勒出唐代诗路的全景式面貌,同时也是弘扬地方文化并进行文旅项目开发的重要基础。

关于唐代诗人在诗路上的活动与创作研究,张海在《贯休与浙东人士交游考略》中对晚唐五代诗僧贯休在浙东地区的交游情况进行了详细的考证。朱红霞《宋之问越州诗事研究及其他》、俞沁《宋之问与浙东唐诗之路》、张家庆《韩愈赴潮、袁行迹及所作诗文考略》、刘亮《李绅越州行踪及诗歌创作考》、胡永杰《别业、两京道与岑参早年的诗歌之路》等文也分别考论了宋之问、韩愈、李绅、岑参等人在唐诗之路沿线的交游活动及诗歌创作。

在唐诗之路上产生的诗歌作品不可胜数,戴伟华在《浙东唐诗江南书写的文化意义新论——以〈状江南〉创作为中心》中以大历诗人以江南风物为吟咏对象所进行的唱和组诗《状江南》为中心,探讨诗人在具体规则的约束下如何以诗歌对江南风物进行系统而直观的展示,包括《状江南》组诗在江南文化史建构中的文化意义和认识价值。徐跃龙的《屹立在浙东唐诗之路上的人文丰碑——以唐白居易〈沃洲山禅院记〉为缘起的诗路金石遗存》中辨析了白居易撰写《沃洲山禅院记》的时代背景与石碑拓片的存续演变情况。吴怀东《杜甫作〈江南逢李龟年〉补正》、翟满桂《柳宗元永州诗的情感倾向》、罗宁等《由词藻看"直挂云帆

济沧海"之诗意——兼论李白离京时的隐居与求仙计划》、周琦《〈题峰顶寺〉唐宋诗考》等亦是就诗路中的典型作品加以考论，体现出了唐诗之路研究中诗人与诗歌的主体地位。

在唐诗之路的路线研究中，胡可先《西陵·鱼浦：浙东唐诗之路的起点》提出，西陵和鱼浦作为由杭州进入浙东的重要通津，不仅是唐代以前山水诗的发源地，也是浙东唐诗之路的起点。李德辉指出现有关于唐代交通与文学关系研究的几大特点，并对以后的研究提出以作品为中心、以史学为根基、熟知人事、了解制度四点要求。孟国栋《由〈世说新语〉看浙东唐诗之路的形成》指出，《世说新语》在唐代流播甚广，其中所记载的魏晋风神令很多唐代文人心驰神往，书中涉及浙东的内容，对于唐诗之路的形成或起到某种促进作用。张朝红《唐诗天台之进出水陆游线》将史料与实地勘察相结合，对天台地区水陆交通路线进行辨析，包括胡正武《为何台温诗路唐音稀》、俞志慧《东山何处》等文章，都是对于唐诗之路路线研究的有益补充。

除浙东唐诗之路外，唐代还存在若干条重要的文化诗歌线路。严正道《文人入蜀与蜀道唐诗之路的形成》对唐五代文人入蜀的动因、诗人对蜀道山水的书写及蜀道唐诗之路诗歌的主要风格特征几个方面加以论证，对蜀道唐诗之路的行程、入蜀诗人群的基本情况及诗歌创作都做出了精要的考论。高建新《"丝绸之路"与唐人的疆域观念及文化胸怀》谈到，历经南北朝的分裂，"丝绸之路"在唐朝得以再次贯通，它不仅改变了唐人的疆域观念，也成就了唐人阔达的文化胸怀，使国家变得更加开放、富裕和强大。另外，随着国际交流的不断深化，唐诗的境外传播也是中国文化输出的重要途径。方新蓉在《唐诗在美国的翻译与传播》中谈到，《中国留美学生月报》作为中国留学生和西方人士把唐诗介绍到西方的重要平台，充分展现了两种文化的碰撞交流，并促成了唐诗在形式和思想上的现代化转变。

三、唐诗之路沿线文学、艺术、哲学、宗教研究

以唐诗之路为线索，在空间上拓展开来，沿线的文学艺术创

作和宗教文化活动更进一步丰富了诗路历史与思想内涵。就浙东诗路而言，除绍兴、嵊州、新昌、天台等地外，浙东各地均在一定程度上处于唐诗之路的辐射范围之内，其间的历史遗迹、文学创作与思想发展情况仍值得关注。

在唐诗之路沿线的文学与宗教研究中，杨万里《论南宋初台州外来文人之创作》指出，南宋初台州曾有大量南渡士大夫及官僚寓居，他们遍咏台州名胜、组织文学唱和，有力地推动了地域文学的繁荣。杨晓霭《李白的越中"梦游"与岑参的陇右"苦旅"》论述了李白与岑参行走于东西两条诗路所怀抱的"沧波客"之梦和"取功名"之想，并指出诗歌中寄寓的"兴来洒笔"的风流与"勤王敢道远"的坚持。冯国栋《曹勋笔下的浙江佛教图景》一文探讨了南北宋之际名臣曹勋参与佛教活动及结交僧人的基本情况，梳理了其作品中体现出的南宋初期临安佛教的发展演变情况，并指出这些诗歌对后人理解两宋之际的佛教地理流动大有裨益。

在对浙东唐诗之路沿线的历史文化遗产与人文自然景观的考察中，刘重喜在《"浙东唐诗之路"古代诗歌刻石初探》中谈到浙东唐诗之路上的两类代表性石刻：余姚《续兰亭会诗碑》与黄岩摩崖诗刻，它们既是诗学文献，也是"诗刻景观"，体现了浙东诗路上存在的兰亭文化与阳明学两种文化类型。房瑞丽《浙东唐诗的空间想象——以安放心灵为中心的考察》从五个方面分析浙东作为记忆空间，如何满足来此的诗人"游"（失意慰藉、乘兴恣意）与"居"（禅意栖息、吏隐官适、避难安家）的心灵需求。仲秋融《论"浙东唐诗之路"诗歌中的寺观园林抒写》指出，诗路诗歌中的寺观园林抒写，反映出了唐代浙东寺观选址布局、植物景观等方面的造园特征及其走向山林的时代性转变，且对新时代浙江诗路文化景观建设具有借鉴价值。论文角度新颖，且对现代旅游开发具有一定启示意义。

四、浙江诗路文化带的研究与开发

2018 年 6 月，《浙江省大花园建设行动计划》提出打造唐诗之路黄金旅游带的发展策略。2020年浙江省政府在台州市天台县召开大会，正式启动诗路文化带建设。在诗路沿线各地均着力打造唐诗旅游线路、文史遗迹景区与文化产业带的今天，如何更好地实现研究成果在文旅开发中的现实转化，使学术研究与地方发展真正形成相互促进、和谐共振的关系，也是值得进一步探讨的议题。

朱文斌、张恬、丁晓洋的《诗路建设背景下浙东唐诗之路的现实转化路径探讨》一文谈到了对浙东唐诗之路文史资源进行现实转化的优势与困难，并提出加强基础研究、强化应用研究、消除合作障碍、推进故事化建设、优化整合各方力量、创新推广宣传等几点路径与思路，在具体举措中实现"唐诗＋旅游""唐诗＋文化""唐诗＋乡村振兴""唐诗＋互联网"的融合发展。刘臻《关于建设贺知章文化 IP——打造浙东唐诗之路源起地的对策建议》为打造浙东唐诗之路源起地贺知章故里，今杭州市萧山区蜀山街道知章村建言献策。张密珍《天台山唐诗古道的保护与开发利用》聚焦天台山的诗路开发，对当地文旅资源的开发与保护提出了补充意见。赵豫云《浙东名胜与陆游诗词——以南宋绍兴府、浙东运河为中心》对陆游山水诗词中的会稽山、鉴湖、山阴道、若耶溪等浙东名胜做出了辨析和介绍，并结合文学作品探讨了水驿、古桥等浙东景致及山水庙观等人文遗迹，对梳理并推广本地的旅游资源有参考意义。童剑超在《"浙东唐诗之路"嵊州段风景名胜与人文典故》中详细总结了嵊州地区毕功了溪、刘阮遇仙、雪夜访戴、诗肠鼓吹等典故传说，并介绍了金庭观、崿浦潭、戴公宅、应天塔等富于人文意蕴的历史胜迹。另外，张久灵《连州唐代历史文化遗迹的保护和重塑刍议》、黄贤忠《地方传统文化在渝东北文旅开发中的赋能作用》等文章也对诗路研究中相应的文旅开发问题进行了深入讨论。

在学术研究高度数字化的今天，大数据的研究方法同样可对文学研究有所补益。徐永明在会上将浙江大学"大数据＋学术地图创新团队"建设并运营的学术地图发布平台进行了推广，并介绍了平台上已经录入并发布的诗路地图，这项工程对诗路研究成果的数字化、可视化和进一步传播都可起到重要作用。

五、"浙东唐诗之路目的地"——天台山文化研究

素有佛宗道源、山水神秀美誉的天台山,不仅是浙东唐诗之路的目的地,在自然地理、人文底蕴与宗教文化等多重角度上,都在中国古代历史中占有一席之地。天台山文化研究从研究范围、内涵纵深等层面来说,都是浙东唐诗之路研究中的重点内容。

在天台山文化研究中,于此诞生的佛教宗派天台宗亦是重中之重。邱高兴教授提交的论文《天台宗讲经制度述论》从中国佛教讲经制度的两种基本类型——僧讲和俗讲出发,论述了天台宗讲经中的开讲、点读、习读与锁试等内容,大致梳理出了古代天台宗讲经制度的整体面貌。陈坚在《台岭山众,一焉是嘱——智越与天台宗》一文中从地方文化与历史文献相结合的角度,从民间传说"白鹤大帝"出发,论证了曾于临海市河头镇馥泉山露山精舍常住的智越法师与天台智者大师之间的关系。

司马承祯是唐代天台山道教的代表人物,高平《论司马承祯的文学创作》指出司马承祯的文学创作如诗歌《答宋之问》、假传《素琴传》及颂论文等展现出一定的文学价值,他在文学史研究中亦应受到一定重视。

此外,寒山诗因其独树一帜的个性化特征和纷繁复杂的思想内涵,亦成为天台山文学研究中的重要关照对象。韩焕忠《寒山子诗的老子思想》指出,寒山子熟读《道德经》,他将道家无为与佛教寂灭两种观念相融合,并在创作过程中吸纳了老子的思维方式,使寒山子诗体现出了强烈的佛道融合色彩。王正《寒山禅师综论》用文献"外证"和诗歌"内证"(包括禅学思想、山水意象和诗体形式等)再对寒山身世进行考证,并深入阐述寒山禅悟经历及思想内涵,诠释其山水诗"超逸清绝、虚灵淡远"的审美内涵。另外,何方形《论寒山山水诗的情愫、境界和时代特质》等论文也对寒山其人与寒山诗进行了考证与论述。

在这次大会上,不仅有来自全国高校及研究机构的教授学者,很多地方文史研究者也都结合地方实际做出了精要的发言,

为大会的讨论增添了亮点。在本次大会的闭幕词中,胡可先教授谈到举办这次会议的重大意义主要有三,分别为:唐诗之路研究与各项工程建设拓展的承前启后、唐诗之路学术研究方面的境界拓展,以及多类型多学科研究的多元交融。今后唐诗之路的研究要做到高校与地方、基础与应用、学术与普及、文学与跨界、国内与国际的结合。

唐诗之路是唐人用满腔热情走出的文化之路,是沟通历史、现在与未来的桥梁。台州作为浙东唐诗之路目的地——天台山的所在地,近年来大力推广诗路文化,由台州市委宣传部联合多部门共同主办的"和合文化百场讲坛"于 11 月 19 日在上海推出"解码台州:浙东唐诗之路目的地的文化魅力"、22 日在天台推出"浙江省诗路文化带建设"专题活动,将"唐诗之路"作为重要窗口,突破地域藩篱,贯通古今中外,令在场人士感受到了传统文化的魅力所在。对唐诗之路的深入研究,不仅可以更好地实现历史文化的传承,对地方的文旅开发、增强民族自信也大有裨益。

成都杜甫草堂博物馆第三届全国硕博论坛综述

□ 贾 兵

受新冠肺炎疫情影响,2020 年 8 月 20 日,由中国杜甫研究会、四川省杜甫研究中心、四川省杜甫学会、成都杜甫草堂博物馆主办的"成都杜甫草堂博物馆第三届全国硕博论坛",首次以线上视频会议的形式举行。来自中国人民大学、中央财经大学、北京大学、安徽大学、山东大学、中山大学、南京大学、南京师范大学、上海师范大学、河北大学、华侨大学、四川大学、四川师范大学、西华大学、西南大学、西南民族大学等单位的学者和硕博研究生,以及各地的杜诗爱好者共 106 人参加了此次论坛。论坛由致辞、研讨、总结、颁发证书四个环节组成。

论坛致辞环节由四川省杜甫学会秘书长彭燕主持,成都杜甫草堂博物馆副馆长方伟、中国苏轼研究学会会长周裕锴分别致辞。日本杜甫学会会长下定雅弘、副会长松原朗,四川省杜甫学会会长张志烈、副会长祁和晖、副会长吴明贤也为本次论坛发来了贺函,《杜甫研究学刊》编辑张月代为宣读。方伟副馆长首先代表成都杜甫草堂博物馆对与会全体人员表示热烈欢迎,他认为,此次论坛时值四川省杜甫学会成立四十周年,具有特殊的纪念意义,"一批富有朝气的年轻杜甫研究学者正在成长,他们将自己的研究成果发表在《杜甫研究学刊》。我馆通过论坛发现并培育学术新人,新人以自己的学术成果反哺草堂,这种相互促进的良性循环正在形成"。

周裕锴教授就杜甫的儒家情怀给予了深刻阐释,他认为杜诗中饱含人道主义精神、忧患意识、现实批评精神及民本思想和反战意识，对当代社会仍有借鉴意义。下定雅弘教授和松原朗教授对此次会议给予了高度评价，"你们的报告和讨论是对我们中老年学者很大的鼓励、很愉快的挑战"，并欢迎广大研究者在日本杜甫学会会刊《杜甫研究年报》上发表研究成果。张志烈教授在致辞中深情回忆了四川省杜甫学会和《杜甫研究学刊》的创立过程，并希望与会学生能继承老一辈学者的尊杜、研杜传统，将杜甫精神发扬光大。祁和晖教授在贺信中说，"读懂诗圣杜甫便是读懂中华文脉优秀传统。本次论坛盛会是诸君的幸运，更是杜学的幸运，令人欣喜，值得点赞"。吴明贤教授认为，"论坛的举办表明了人们对杜甫其人其诗的研究并未因灾祸放缓或停止，相反人们总是不惧困难、坚持不懈、奋勇前进，使杜诗研究不断取得了新的成就，这种精神值得称道和发扬"。

本次论坛的研讨分四场，由王燕飞副教授、王猛副教授主持。本次论坛共选出 13 篇优秀论文，内容涉及杜甫研究、杜诗文本与批评研究、杜诗接受研究、杜诗文献研究、中国古典诗歌研究等多个方面。

一、杜甫研究

关于杜甫自身的研究论文有 2 篇。在杜甫行踪方面，李江才《再论杜甫去蜀时间与行止》认为杜甫应在严武死前去蜀。他通过文本细读的方式，结合相关历史地理史料，从杜甫在严武死前去蜀是否合情、去蜀时间行止是否合理两个层面进行论证，并通过梳理杜甫去蜀行程，对其去蜀这段时间内所作部分诗歌系年进行了纠正。张朝富副教授认为文章对部分杜诗的重新解读补充了既有研究，辨析环环相扣，较有说服力。同时，他还建议文章第一、二部分可再精炼，以突出主题；以杜甫对其他友朋去世后的表现来推断严武去世后有无哭悼之作是否合情，在逻辑上只具有或然性；论文部分地用词不当，可再商榷。

在杜甫形象的变化方面，沈润冰《略论唐宋笔记中杜甫形象之异同》认为唐宋笔记中杜甫形象的相同之处在于任诞猖狂的个性与卓越的诗歌才华,但二者在形象特征、书写方式和情感态度等方面存在差异;唐五代笔记主要采用叙事、描写相结合的方式来刻画杜甫形象,有意突显其贫寒困顿,富有小说、传奇色彩,作者的情感态度较为复杂,即崇拜、同情、平淡交织;宋代笔记以品论、鉴评为主,注重杜甫忠君爱国内在形象的建构,带有劝惩化、学问化倾向,持论者怀有高度的宗仰、崇敬之情;文章最后还分析了形成这一差异的原因。潘殊闲教授认为杜甫的影响是广泛而巨大的,而唐宋笔记多达数百部,因此论文选题很有意义;论文叙述平实客观,总体符合学术规范;但还有改进之处,如综述部分对既有研究一笔带过,不够全面;个别提法不够严谨,如唐宋笔记中的杜甫形象均任诞狂傲;文章结构需做较大的调整,分析杜甫形象形成的原因应当成为文章的重点;文章的研究材料需要进一步拓宽,参考文献不局限于笔记,唐宋诗话、历史著作等也应纳入探讨范围。

二、杜诗文本与批评研究

关于杜诗文本的论文有 1 篇。张诺丕《试解杜诗"晋室丹阳尹"的含义》通过对《送元二适江左》"晋室丹阳尹,公孙白帝城"两句历代注家观点的梳理,力图对"丹阳尹"本身的历史意义做出考察;文章认为"丹阳尹"在东晋时期是掌控京师的机要之职,因此杜诗中的"晋室丹阳尹"可能并不只是对某一具体的历史事件的运用,它还可能像"公孙述"一样,是作为一种叛乱者的符号出现。王燕飞副教授认为论文在既有的优点之上,还存在一些问题,如在引用《九家集注杜诗》时使用《四库全书》本,似可更优;在引用文献时转引较多,如部分杜诗版本现存,却转引自《杜诗详注》;对"乱后今相见"之"乱","风尘为客日"之"风尘"的理解似可商榷,"乱"不可确指,"风尘"很有可能指时间,《送元二适江左》作于夔州的可能性更大;"晋室丹阳尹"在后世的用例较少,似无叛乱之意。

杜诗艺术批评方面的论文有 2 篇。曾惠娟《论"杜甫似司马迁":〈八哀诗〉中议论与〈史记〉论赞之比较》将《八哀诗》的议论与《史记》的论赞进行比较,认为《八哀诗》以议论入诗,受到了《史记》"太史公曰"的影响,其思想倾向的独特性和深刻性也都与《史记》论赞有共通之处。其次,《八哀诗》之议论与《史记》论赞都具有深沉浓郁的情感,具体表现在一己的人生感慨与对现实政治的强烈关切。亦即,从思想与情感两方面,确证了"杜甫似司马迁"。房锐教授认为文章立足个案研究,在前人的研究成果基础上,征引文献丰富,具有较高的学术价值。但论文仍存在一些欠妥之处,如杜甫《八哀诗》的议论未必仅仅是受《史记》"太史公曰"的影响,如何评价有疵点的人物难以代表杜甫议论的独特性;文章的主观色彩略显浓烈,存在断章取义的情况;文章引用前人论述较多,论证还可深化,如对司马迁本人的说法过于偏爱;征引应尽量引用第一手资料;此外,房教授还建议作者在表述时应尽可能平实,避免绝对化;多读《史记》,尤其是司马迁的天命观,深化对史、诗两种不同文体的理解。

苑宇轩《由"史诗"到"诗史"的诗学意义及哲学价值》认为杜诗的诗史性之所以成为经典诗学,并非仅仅由于其诗歌记叙反映了史实,而在于产生了诗史效应。这种诗史效应首先植根于古代中国诗史结合,以诗叙史的文化传统,再通过杜甫的融创扩大了表现范围,使之兼有审美领域、现实领域及文化领域三重内涵,并最终对中国文学的发展及士人的话语权力产生了巨大的影响。徐希平教授认为本文虽属老话重谈,但有新的视角,如在比较文学的视域下将西方的"史诗"概念与中国的"诗史"类比,有新的时代意义。论文在理论叙述时缺乏较好铺垫,部分地方遽下断语,如在论述以诗写史时,认为诗歌丧失了载史的功能,明人把杜甫拉下了神坛等表述;文章在文献来源、材料引用上须注意学术规范,如在征引苏轼诗文时引用《宋诗话辑校》,而不用其文集。

三、杜诗接受研究

关于杜诗接受方面有 3 篇论文。王亚男《鼎革之变与诗学演进——苗蕃及其集杜、拟杜考论》对明清易代之际的苗蕃的生平、政治立场及著述做了介绍,并对其集杜、拟杜情况做了一定的梳理,论文认为苗蕃已由"袭杜"走向"变杜",反映了明末清初学风下诗学观念及学杜方式的新变。孙尚勇教授认为苗蕃处于明清之际,其时代背景的复杂及其诗文的艰深隐晦使得论文的写作难度较大。论文个别地方论述尚需再考虑,如将苗蕃视作明清易代之际仕、隐纠结的文士代表,似乎拔擢过高,他只能是那个时代身仕两朝的中下层文士的一个典型;《集杜百绝》既已散佚,则难以判断其在明清易代背景下所具有的诗史价值及在明清集杜诗作品中所具有的承上启下的独特地位。

邹丹娜《抗战时期陈寅恪对杜诗的接受》从字句、属对、风格等不同层面对抗战时期陈寅恪诗作学杜情况做了梳理,文章认为陈寅恪多取法杜甫"安史之乱"后高阔浑成之作,且在总体上呈现出为宋诗所继承的杜诗特征,书写具体史事时更偏向晚唐体所继承的杜诗风格,并对形成原因及其对陈寅恪诗歌创作的影响作了一定的探讨。卞超编辑认为学界目前对陈寅恪的研究已经比较深入,陈寅恪先生具有的广阔古代文学研究背景,使其诗风颇具特色,文章的切入点较好,表述清晰。此外还有一些可以提高的地方,如未能准确界定抗战时期;存在转引和误引的现象,如将《岘佣说诗》误为《岘佣诗话》;文章还可增加陈寅恪在其他时期学杜、步韵、和韵的研究,对陈寅恪学杜的优劣进行评述等。

苏德《近代报刊拟杜〈诸将〉浅论》对近代报刊所见拟杜《诸将》诗歌进行了分析,认为这一时期的诗作数量丰富,作者在继承原作的同时,又在主题、结构、语言等方面进行了一定程度的创新,并可由此窥见这一活动反映了近代中国社会的真实面貌,促进了先进思想的传播,同时兼具时事新闻的性质,具有较高的文学价值和史料价值。王红霞教授认为文章选题较好,条理较为清晰。此外还存在一些不足,如文章可以增加对《诸将》创作背景的分析;论文对《诸将》在杜甫夔州诗中的地位过于拔高;时间界定不清,如仍将民国时期的部分诗作归于清代晚期;文章在统计保存的近代报刊时是否足够全面,选取的例子是否具有代表性;论文对期刊、杂志的分类不够统一;文章在阐释时,流于诗歌赏析,可进一步提高理论深度;建议删除与文章论述无关部分,凸现文章的论述主题。

四、杜诗文献研究

关于杜诗文献研究的论文有 2 篇。黄珊怡《〈宋本杜工部集〉卷目刍议》对《宋本杜工部集》每卷所题总数、每卷卷目罗列作品数量及每卷正文实际所载数量之间的差异及其原因进行了分析:从版本牉合来看,卷目中数量等相关问题主要在南宋翻刻王琪本及相关补抄部分,体例等方面的差异来自吴若本及其相关补抄部分;卷目修改正题、离合篇章等诸多特征,系编者对杜诗的重新考量;《宋本杜工部集》收录作品数量的增益,既非完全出自王琪等人之手,亦非直接源于吴若本的拼合,其中南宋翻刻王琪本部分与王琪等人当时所成之本已有不同,其卷目存在再次整理甚至据当时正文重新编成的可能。曾祥波副教授认为论文将重点放在了杜集宋本源头之上,选题好但难度较大;作者对杜集宋本系统的了解还不够,比如卷目与篇目的不一致未必是二王本产生的,而是宋代刻书背景下的常态化现象;建议继续推进王琪本在数量上、吴若本在体例上存在的规律性现象的研究;可以充分利用"杜甫研究资料汇编""全宋笔记"等大型工具书中所包含的杜诗异文材料。

姬喻波《〈全唐诗·杜甫集〉异文来源、校勘特征及学术价值》对《全唐诗·杜甫集》的底本进行了较为深入的研究,认为其异文来源是据钱注而增删,体现出"广参众本、矜奇炫博"的校勘思路,后世杜集对《全唐诗·杜甫集》校勘"重而不用"的态度,反映了清代私修杜集"隐性话语"与官修杜集"显性话语"之间的话语互动。《全唐诗·杜甫集》作为杜诗异文发展的重要节点,对研究杜诗异文的演变具有重要的学术价值。孙微教授认为论文全面总结了《全唐诗·杜甫集》的异文情况,谈到了官修话语与私修话语的互动,较有学术价值;但部分结论值得进一步推敲,如以就近原则借鉴了仇注,实际上《全唐诗》与仇注的成书时间非常接近,似应再加验核确认;从辩证的角度来看,文章还可增加对《全唐诗·杜甫集》缺陷的讨论，如缺乏校勘原则、未能系统梳理存世杜集等。

五、中国古典诗歌研究

关于两晋时期诗歌研究的论文有 1 篇。林高享《论刘琨、卢谌对老庄思想的接受——以刘、卢赠答诗文为例》对刘琨、卢谌两人赠答诗文的创作时间做了考订，从引用老庄原文表意、借老庄思想安己心、借老庄哲学命题表己意三个方面分析卢谌对老庄思想的接受，并对刘琨的反老庄立场的表现及原因做了解读。吴怀东教授认为此文具有较强的问题意识和创新意识，较为宽广的学术视野，他指出近年来的先唐文学研究受制于文献缺乏，因此要敢于突破学科壁垒、贯通文史哲的界限。刘琨、卢谌作为西晋重要的政治家和军事家，其诗文研究值得重视。论文还有进一步修改的空间，如应首先回应曹道衡先生的研究，在既有的研究基础上，继续对第二首诗的写作背景及创作心态加以分析；思想研究不应抽象化，而应落实到具体情景之中，形成文献—背景—情感—思想这一研究理路，如对卢谌个人如何理解言意之辨等哲学命题的分析；此外，论文还存在对文本的误读、表述不当、结构有待深化等问题。

关于唐代诗歌研究的论文有 2 篇。潘伟利《唐诗孤篇经典化与其读者——以〈枫桥夜泊〉为中心》认为《枫桥夜泊》成为经典，主要是由于唐代高仲武在其《中兴间气集》中最先收录此诗，宋代欧阳修关于"夜半钟声"的质疑使该诗成为诗话中津津乐道的话题以及宋代王珪将《枫桥夜泊》刻碑于寒山寺；并可由此窥见从选者的编选到诗话的讨论，再到实景的题诗这一经典化历程。王红教授认为文章以《旧唐书·文苑传》《新唐书·文艺传》均未收录张继，证明其"才秀人微，取湮当代"，略显武断，实际上两书并不能代表唐人时贤对张继的态度，应当以唐人选本为主要文献依据；论文还可从诗歌的不同接受群，从人情之情、风景之景、境界之境、声情之音等角度进行文本分析，《春江花月夜》的流行就是极好的例子；此诗所具有的人类情感的独特性、复杂性、不可模仿性应是其得以经典化的内在原因。

徐韫琪《视觉与想象的交汇——论王昌龄七绝的影像化叙事策略》以王昌龄七绝为例，力图从影像叙事的角度，讨论文字与图像之间的张力，文章认为王昌龄的诗作中呈现的画面感和情节性可视作一种"蒙太奇思维"，体现为成熟的时空架构意识与"以景结情"的收束方式。诗人将分散的镜头串联成有情节起伏的叙事段落，这一影像化的叙事策略精准地传达了尚未被概念固化的原初审美体验，开拓了想象空间；并认为这一叙事手法与七绝文体的形成过程有关，启发后世诗人对诗境的开拓。王猛副教授认为文章在理论上的创新意识值得表扬，论文应注意对影像化、影响叙事、闪回、二维影像等概念进行准确界定，目前的使用较为泛化；在理论使用上，用蒙太奇理论来分析王昌龄的诗作是否恰当；此外，文章还可充分利用王昌龄自身的诗歌理论，应参考卢盛江等人关于王昌龄对前代诗歌的接受研究；部分段落论证过程还很不足，论据较为缺失，应加强对王昌龄诗歌及其对后世的影响的分析。

徐希平教授在总结发言中说，"今年是一个难忘的庚子年，必将载入历史"。此次线上会议惠及更多来自全国各地的广大学子，而作为未来杜甫研究的生力军，他们提交的论文视野广阔，评议老师认真负责，提出了确切、可操作的修改意见，值得称赞。会议最后宣读了本次获奖论文名单，希望广大研究者在以后的学术道路上，能够继承和发扬杜甫精神，在学术上取得新的进步。

（原载《杜甫研究学刊》2020 年第 3 期）

深切怀念罗宗强先生

本色书生谁堪比

□ 陈　洪

深切怀念罗宗强先生

　　虽然在新冠肺炎疫情开始时就听到宗强先生身体渐衰的消息,有一定的思想准备,但噩耗传来,还是伴随着强烈的震动与刺痛。

　　宗强先生是我的大师兄,又是合作多年的直接领导,他的学问、人品,正如颜渊所言:"夫子步亦步,夫子趋亦趋,夫子驰亦驰;夫子奔逸绝尘,而回瞠若乎后矣。"

　　从电话中得知先生仙逝,几十年的情景一幕幕闪过心头,一个强烈的印记不断重复着——"本色书生"!

　　我是 1978 年考入南开,师从王达津先生攻读中国文学批评史的研究生。宗强先生是 1961 年进入王门的,所以说虽为师兄,亦兼师长。我在读期间发表的第一篇论文,就是经过宗强先生指导、斧正的。当时在这位"温而厉"的超级大师兄面前聆听教诲,那种混杂着兴奋与忐忑的感觉,思之犹如昨日。

　　记得上世纪九十年代初,宗强先生的《玄学与魏晋士人心态》问世,士林瞬间洛阳纸贵。当时,我陪先生去上海,王元化先生、章培恒先生等沪上学界翘楚轮番设宴,席上话题大半在此书。诸位先生皆盛赞宗强先生对那一段历史"同情的理解",而史料之扎实,文章之赡逸犹在其次也。当时,感慨良多——八十年代中后期,南开的中文学科陷入困境,以致在公开场合有南方学界大佬肆意谤讪。不意数年间竟有如此大的反转。当时之感慨,集中于一点,就是学问、学术的力量乃至于斯!

　　十几年前,宗强先生的研究领域转移到明代文学,半年之内数次邀我恳谈、讨论。我对明代小说研究略有所知,而他的思考深度其实远远超过。但是,关于《水浒传》作者与写作年代,《金瓶梅》的传播途径,李开先的仕宦经历等,都是虚怀若谷地听取我的意见。其实,他当时对这些问题已经有相当充分的了解,却仍然愿意听到多方面的观点。我当然也是直陈所见,包括对于不同时段"文学思想史"范式的变通等。有些看法彼此并不完全一致,而宗强先生不以为忤,过后仍然招我品茗畅论。

宗强先生性格偏于内向,但对朋友、对晚辈之热心直如春日。记得 1991 年,我晋升教授,请詹瑛先生做学术鉴定。由于学校工作的粗疏,给詹先生留出的时间相当迫促。宗强先生出于对詹先生的尊敬,也怕误了我的时机,就亲自去给詹先生送材料。当时刚刚降过一场大雪,雪融复凝,路上满布冰沟雪垯。罗先生车技很差,骑行在那样的路上实在令人不安。但他不听劝阻,硬是摇摇晃晃上路了。酷寒的冰雪与温暖的热流,那一幕终生难忘,真是"冰炭置我肠"!

宗强先生多才多艺。诗文写作自不待言,而水墨写意犹见功力。一幅"送君者皆自崖而反,君自此远矣",把《庄子》的精神境界表现得悠远超卓。他与夫人同嗜丹青,相对挥毫,并有合集付梓。南开同仁每谈及此,无不欣羡不已。

称宗强先生"本色书生",似乎不够高大上。但在我辈心中,能够全心全意心系学术,不慕浮华,远离名利,实在是当今世上最可宝贵的精神。先生的楷模,虽不能至,但高标在前,终如浩浩天宇中的斗辰。

宗强先生精研南华,对迁流之大化早已彻悟。今驾鹤归去,可谓了无遗憾。但在吾侪心中的哀思却是如何销得!

(原载《羊城晚报》2020 年 5 月 3 日第 6 版)

深切怀念罗宗强先生

本色书生谁堪比

立言彰精义　承教沐春风

——追忆罗宗强先生

□ 戴伟华

一、乡音

得知罗宗强先生去世的消息，我很难受。自去年开始先生越来越虚弱，我本想寒假去天津看他，但由于新冠肺炎疫情影响，未能成行。没想到这竟成了永远的遗憾。

2010 年中国唐代文学国际学术研讨会在南开大学召开，会前我和武汉大学尚永亮兄等几人去罗府拜望先生，其间先生在闲谈中问起我在广州的生活。我坦言虽在广州多年，还不能讲和听粤语；罗先生亦笑言，出去多年，努力讲普通话，现在人老了，不知不觉又说回一口家乡话。乡音也许是惦念故乡的最好印记，如今先生仙逝，但他的话依然回响在耳畔，如同他的人格与学养，温润而深情。

想着和先生交往的点滴，心绪不宁。因傅璇琮先生的关系，我能较早向罗先生请教，受益很多。在上世纪八九十年代，傅璇琮、罗宗强先生既是学术界的领军人物，又为引导学术健康发展殚精竭虑，像唐代文学研究能有后来的领先地位，应归功于他们的示范和努力。

傅、罗二位先生是学术上的好友，傅璇琮先生为罗先生《玄学与魏晋士人心态》作的序中第一句便提到："宗强兄是我的畏友。我说这话，一是指他的学识，一是指他的人品。"罗先生在后记中亦云："我要感谢傅璇琮先生，他给了我许多的关心和鼓励，这次又拨冗为我的这本小书作序。我十分庆幸在短短的十年的学术生活中，能够结识几位像傅先生这样真诚相待、学问人品皆我师的朋友。在艰难的学术之旅中，有这样的朋友是人生的一种幸福。"他们的关系非同一般，傅先生也多次向罗先生介绍我。

二、无私

从两位先生那里，我获得过很多无私的帮助。我非常敬重罗先生，他有过一段艰辛的时候，但不改学者本色，"青灯摊书，实在是一种难以言喻的快乐"。这同样是我向往的读书境界。

和罗先生在一起，就像和傅先生在一起的感觉，敬重而又随意。1990年罗先生收到我的《唐代幕府与文学》，给以鼓励，并说："也可以做唐代政治与文学，不过牵扯面太广，一时不易写好。"罗先生晚年比较关心时事政治，其实他一直在思考文士的生存状态，政治和文学的关系。

1994年《唐方镇文职僚佐考》出版后，我甚至请傅先生和罗先生帮我"推销"，此书第一版由天津古籍出版社出版，自印征订发行，我给在唐代文学学会里的前辈、同行都发过订书单，学者们亦多有响应和支持。一方面因为拙著是工具书，对相关研究或有帮助，另一方面学者们也知我们年青人出书不易，自费印刷，因而多向单位图书馆推荐。

罗先生收到书后，还推荐给他的老师王达津先生，王先生给我回信说："此书补前人之阙，大有利于搞唐史、唐代文学的人，可谓功在国家，遥表敬意。"每每想到先生对后进的奖掖与提携，便不能不动容。

三、胸怀

罗先生对后学的关心，同时也体现在对学术推进的期待上。2000年世纪之交时，我曾写过一篇题为《交叉学科中的古代文学研究》的文章，发表在《社会科学战线》2001年第6期上。我当时觉得古代文学的本体研究似乎到了一个瓶颈，学界的研究

深切怀念罗宗强先生

立言彰精义　承教沐春风——追忆罗宗强先生

视野多局限于作品分析、作家研究，重复较多，鲜有新意，这至今仍是一个问题。我受傅璇琮先生文史交叉研究的影响比较多，于是撰文谈了对古代文学交叉学科研究的看法，倡导在广阔的文化视野中推进古代文学研究的深化。后来罗先生看到了我的这篇文章以及康保成《90年代景观："边缘化"的文学与"私人化"的研究》与蒋寅《文如其人？——一个古典命题的合理内涵与适用限度》二文，有感而发，在《天津社会科学》2002年第5期上发表了《目的、态度、方法——关于古代文学研究的一点感想》一文，结合我们三篇文章中的观点，对古代文学研究中的"目的、态度、方法"三方面谈了许多深刻的见解。

罗先生在文章中婉转地对我们的想法提出了一些不同意见。他既肯定了我文章中的观点，同时也十分深刻地指出"多学科交叉的研究，如果没有用来说明文学现象，那就又可能离开文学这一学科，成了其他学科的研究"，提出古代文学的多学科交叉研究应有文学本位的立脚点。后来我的文章和罗先生的文章都被多次转载，这也可以说明学术界对此问题的重视。

应该说，罗先生对我们即使有批评，也是一种深切的爱护，他怀着对学术推进的热切期待，从学术发展的大局考量，密切地关注着后学的研究成果和学术方法。老一辈学者的胸怀与对学术事业的热忱，在罗先生身上体现得尤为明显。

另一方面，罗先生也对我们的发展前景寄予厚望，有鞭策与关怀之意。老一辈学者中，罗先生与傅璇琮先生、陈允吉先生，均卓然一家，傅先生做文史交叉研究，罗先生做文学思想史的研究，陈允吉先生则做佛教与文学的专题研究，均具学术领域开创之功，沾溉后学颇多。

四、悼挽

昨日我发朋友圈，并拟挽联哀悼罗先生。联曰：

> 承教如沐春风，垂范有雕龙李杜明心史；
> 立言每彰精义，退隐约书艺丹青写夕阳。

罗宗强先生是揭阳市榕城区人,学术成就卓著,其《李杜论略》《隋唐五代文学思想史》《唐诗小史》《玄学与魏晋士人心态》《魏晋南北朝文学思想史》《明代文学思想史》等都以学养深厚、开拓创新而被学界视为典范。傅先生说:"他的著作的问世,总会使人感觉到是在整个研究的进程中划出一道线,明显地标志出研究层次的提高。""总表现出由深沉的理论素养和敏锐的思辨能力相结合而构成的一种严肃的学术追求。"

挽联中只能择取其一二,"雕龙"指《读文心雕龙手记》及《晚学集》中相关论文;"李杜"指《李杜论略》;"明心史"之"明"可作动词为"阐明"意,也可为名词指明代。继《玄学与魏晋士人心态》之后,先生又有《明代后期士人心态研究》,写文士心灵历史。先生晚年以书法和绘画为娱,故下联云"退隐约书艺丹青"。

五、丹青

2009年元旦收到罗先生寄来的新年贺卡。当时在知识分子中间还不时兴自己印制贺卡,罗先生却赶了个时髦,寄来的卡片上印的是自己的画。我向来喜欢学者的书法、绘画作品,欣赏其中的文人气息和韵致。罗先生的画很有意味,我一见为之倾倒,便"斗胆"去信索画。我期望能够收藏先生"青灯摊书"之余的画作,时时欣赏。本以为先生已八十高龄,而且还在著述不辍的阶段,不会很快有回应,谁知3月16日就收到了先生的回信和这幅画,画中题诗:"一叶何尝又入秋,韶光有意为淹留。仿佛蝶舞风飞日,望里轻风过梢头。"老人心底透露出阳光。

回信中罗先生十分谦虚地称自己的画为涂鸦,并且顺带提及了自己的学画经历与师承,信中说:"弟十三岁时,曾从其时大画家陈文希、黄独峰学画,十八岁之后弃之如敝屣。至近年忽重发痴想,重执画笔,意在引起对于童年之难忘忆念,给失落寂寞之人生以一点小小慰藉,如斯而已。"

罗先生的老家揭阳本就是岭南绘画的重镇,黄独峰少年随邝碧波习任伯年花鸟,后入春睡画院从高剑父学艺;而陈文希则先后在上海美专及新华艺专学习，师从潘天寿。因此，罗先生的绘画兼有岭南画派和海派的因子，又不拘于形貌，自有逸气与拙趣。

罗先生是中国学术的代表人物，我在岭南工作整整二十年，为岭南有罗先生而骄傲。

（原载《羊城晚报》2020 年 5 月 3 日第 6 版）

深切怀念罗宗强先生

立言彰精义　承教沐春风——追忆罗宗强先生

望之俨然，即之也温：罗宗强先生印象

□　高克勤

深切怀念罗宗强先生

望之俨然，即之也温：罗宗强先生印象

对于编辑来说，工作中最快乐的事莫过于发现一部好书稿、一个好作者，以及书出版后得到好的反响、作者成了知交。对我工作的上海古籍出版社和我来说，已故的罗宗强先生（1931—2020）和他的著作《隋唐五代文学思想史》就是这样的好作者和好书。

一

记不得是什么时候什么场合第一次见到罗宗强先生的，但知道他的名字读他的著作很早。1983 年 9 月，我开始随王水照先生研读唐宋文学，有了研究生助学金，像贫儿暴富似的，开始买我曾经想读想藏的书，其中就有罗宗强的处女作《李杜论略》，这本内蒙古人民出版社 1980 年 7 月出版的书我买的是 1982 年 12 月第二次印刷的版本。这部不到 20 万字的著作是拨乱反正后第一部全面客观地比较李白与杜甫的思想、艺术等的专著，表现出作者对李白、杜甫作品的深刻领悟，其中"李白与杜甫文学思想之比较"已是作者首开文学思想史研究之先河的牛刀小试。

1986 年 7 月，我研究生毕业后到上海古籍出版社工作，不久就读到了次月由上海古籍出版社出版的罗宗强所著《隋唐五代文学思想史》，当时并没有意识到这本厚达 500 页 35 万字的书开拓了中国文学史研究的一个新领域。在学界对这本书已有定评的今天，有必要回顾这本书的出版经过。

据罗宗强在这本书的后记中所述，他在 1982 年完成这本书的初稿，而起念则在 1979 年。写这本书的由来是，他"有感于我国古代文论中一些基本概念的内涵和外延都不易确切理解，便想来做一点释义的工作，考其原始，释其内涵，辨其演变。于是选了二十来个常用的概念，如兴寄、兴象、意象、意境、气、风骨、势、体、调、神韵等等，多方收集资料，仔细辨认思索。但深入下去之后，便发现这实在是一件不自量力的工作。其中遇到的一个问题，就是这些基本概念的产生，都和一定时期的创作风貌、文学思想潮流有关。不弄清文学创作的历史发展，不弄清文学思想潮流的演变，就不可能确切解释这些基本概念为什么产生以及它们产生的最初含义是什么。因此，只好中止了这一工作，而同时却动了先来搞文学思想史的念头。这又是一件很吃力的工作，只好从比较熟悉的隋唐五代开始"。

1982 年 3 月 28 日，罗宗强致信给有过通信来往的上海古籍出版社副总编辑汪贤度（1930—2017），信中说："赐示多所鼓励，至为感谢。拙著《隋唐五代文学思想史》正在撰写过程中，殊无把握，蒙关心，并嘱完稿后送贵社，更觉不安，故迟迟未奉复。撰《中国古代文学思想史》，为愚思虑再三之后之选题，有生之年，当努力完成此一选题，更无力他顾。而工程甚大，故拟分阶段进行。第一册即为《隋唐五代文学思想史》，现已至由盛而中转折时期，观点大抵与他人异，盖或亦因着眼点在文学思想之发展，而不在某一人上，出发点不同，评价亦异之故。此册明年上半年当可脱稿。脱稿之后，当奉上求教，非敢望一稿成功，意在求得教正，以便修改而已。届时如或尚有可取之处，而蒙接受出版，则当大出所望也。明年下半年当转入魏晋六朝文学思想史之撰写。此段甚为重要，而愚于此段较比熟识，可能会较顺利些。将来费力之处，当在先秦两汉部分。但此是后话，届时再说吧。"汪贤度 1958 年从北京大学中文系毕业后进入中华书局上海编辑所（上海古籍出版社前身），一直从事编辑工作，当时分管以古典文学典籍整理出版为主的第一编辑室。他将此信收文后，当时分管以古典文学论著出版为主的第二编辑室的副总编辑魏同贤（1930—2015）即批示："此选题好，作者亦有相当水平，

深切怀念罗宗强先生

请二编室研究可否列入规划?"魏同贤1953年从山东大学中文系毕业后也长期从事编辑工作,曾负责上海古籍出版社《陈寅恪文集》的编辑出版。二编室即发信给罗宗强,请他完稿后寄来。

1984年3月28日,罗宗强致信上海古籍出版社,告寄《隋唐五代文学思想史》书稿事。同日,他有一信致好友杭州大学中文系郭在贻(1939—1989),谈到寄书稿事:"拙著已于本月24日寄出,寄上海古籍二室。并给汪贤度同志一信(有一般通信关系,未见过面),此外该社无一熟人。兄有可能,望代为推荐扶持。此书以文学创作倾向与理论批评相印证,论隋唐五代文学思想之发展,不以人为纲,而以文学思想发展中自然形成之时间段落立章。就弟所知,此种写法之断代中国文学思想专史,国内外至今均未见。水平虽不高,但写时是认真的,力求做到凡言必有据。另有两家出版社想出,但考虑到上海古籍的学术地位,弟还是冒昧送上海古籍。兄若能推荐,当于该社审稿时有影响。"(《罗先生致郭先生书第(二)》,《郭在贻文集》第四卷《旻盦文存下编》,中华书局2002年版)郭在贻此时已有论文集《训诂丛稿》为上海古籍出版社接受(次年出版),故罗宗强信中有"望代为推荐扶持"之语。

《隋唐五代文学思想史》书稿到后,编辑室安排王勉(1916—2014)审稿。王勉是一位资深编辑,三十年代就读于清华大学社会学系,对中西文论都有精深的了解。他审稿后,提出了详实的意见,除了肯定书稿的独创性价值,也对书稿的不足和体例提出了修改意见,主要有如下三点:"1.全部目录改写,删除空泛提法,突出论述的内容。2.增加引言一篇,阐明本书主旨,最好能扼要地把本书论点的轮廓勾勒出来。3.对于诗歌部分,过多的作品介绍作适当的删节。"罗宗强全部接受了修改意见,在《隋唐五代文学思想史》后记中写道:"出版前,又承上海古籍出版社同志提了很好的意见,'引言'就是接受他们的建议而写的,同时,改动了一些章节的标题,作了一些删节,使全书眉目更加清楚,这是我所衷心感谢的。"三十多年以后,他还铭记在心:"我的一本《隋唐五代文学思想史》,1986年在上海古籍出版社出版,因考虑到这是准备编写的《中国古代文学思想史》中的一册,为了以后与编辑部联系方便,希望就近转到中华(书)局来出。我征求了傅(璇琮)先生的意见,也征求上海古籍出版社方面的意见。蒙上海古籍的领导和编辑给了很大的照顾,同意了。他们为此书付出了许多心血,要把此书转走,我真是有些不好意思。"(罗宗强《学人的学术家园》,《中华读书报》2012 年 3 月 28 日)

值得一提的是,几年前,我去四川大学拜访项楚先生,说起出版往事,他说当年是他向罗宗强建议投稿上海古籍出版社的,因为该社编辑有眼光。项楚当时已在上海古籍出版社的《中华文史论丛》发表有关敦煌学的论文,在学界崭露头角。他与罗宗强是南开大学中文系系友。他 1962 年毕业,比罗宗强低一届。他大学毕业后考取四川大学中文系研究生,从庞石帚先生治六朝唐宋文学。罗宗强大学毕业后则考取本系研究生,从王达津先生治中国文学批评史。就在罗宗强寄上海古籍出版社《隋唐五代文学思想史》书稿的同时,上海古籍出版社也约项楚撰著《王梵志诗校注》。《王梵志诗校注》经过作者和编者长达八年的打磨,于 1991 年底出版。这部著作在校勘和注释中将语言、文学、宗教融会贯通,开创了大量利用佛教文献进行中古汉语词汇诠释的先河,成为这一研究领域杰出的创新之作。《王梵志诗校注》的责任编辑也是一位长者,是年长项楚二十岁的资深编辑陈振鹏(1920—2005)。有意味的是,二十多年后,项楚《王梵志诗校注》和罗宗强《隋唐五代文学思想史》先后获得第一届和第二届思勉原创奖。

二

《隋唐五代文学思想史》完成后,罗宗强紧接着又花了八年时间撰写了近 35 万字的《魏晋南北朝文学思想史》(中华书局1996 年版)。这书真是写得他"心力交瘁"(罗宗强《魏晋南北朝文学思想史·后记》)。因为他觉得"魏晋南北朝这一个时间段落,实在是我国文学思想史上异样的、又是十分重要的时期,许多的问题,如何认识,如何评价,似都需要重新回答。尤其是《文心雕龙》,既艰深复杂而又隐约朦胧,把握不易"。他"有三四年时间，就在《文心雕龙》上徘徊，一遍一遍的读，一遍一遍的想，把它放到当时的文学创作实际中考察，把它与当时的其它批评家比较，当然也读已有的研究成果。终于慢慢的有了一点看法，觉得这《文心雕龙》所表述的文学思想，并非如学界所曾经认为的那样，与其时之文学主潮异趣，它们之间，其实是一致的。在这个认识的基础上，才逐步梳理它的理论的脉络，写成了现在这个样子。"（同上）后来，他把研读《文心雕龙》的十几篇札记集为《读文心雕龙手记》（三联书店 2007 年版）一书。

在写《魏晋南北朝文学思想史》时，罗宗强感到，有一个问题是他无法回避的，"这就是魏晋士人心态的巨大变化。魏晋文学的新思想潮流，说到底，都与士人心态的此种巨大变化有关"。（罗宗强《玄学与魏晋士人心态·后记》）于是，在写文学思想史的同时，他又断断续续花了四年时间写了近 30 万字的《玄学与魏晋士人心态》（浙江人民出版社 1991 年版）一书。他认为，中国历史上，"只有魏晋和晚明，似乎是两个有些异样的时期。士（或者说是那些引领潮流的士人）的行为有些出圈，似乎是要背离习以为常的传统了。而此种异样，于文学观念的变动究有何种之关系，则黯而不明。于是产生了来探讨魏晋士人心态的想法，目的只是为撰写《魏晋南北朝文学思想史》做一点准备"。（罗宗强《玄学与魏晋士人心态·再版后记》）这本作者自谦为"副产品""准备之作"的书写得真是精彩，对士人心态的分析鞭辟入里，正如傅璇琮在本书序中所说："读着读着，感到极大的满足，既有一种艺术享受的美感，又得到思辨清晰所引起的理性的愉悦。"年近八十的程千帆先生 1991 年 7 月 14 日致罗宗强信，谈读这本书的感受："顷奉论魏晋士人新著，弟比岁以来，已若枯木朽株，诚所谓不知有汉，遑论魏晋者。今得大著启沃之。亦庶几死井中起微澜乎！尊著精妙，多有昔儒今彦展齿未及之境。如此著书，不特有益于今人，且有恩于古人也。"（程千帆《闲堂书简》，上海古籍出版社 2004 年版）这本书为历代士人心态研究开了先河。

此后，罗宗强又花了十二年时间撰写出版了 60 余万字的《明代文学思想史》（中华书局 2013 年版），以及 40 余万字的《明

望之俨然，即之也温：罗宗强先生印象

代后期士人心态研究》（南开大学出版社 2006 年版）。在《明代文学思想史·后记》中，他感叹道："终于把这个题目做完了。十二年，日日夜夜。其间为这题目的研究做准备，写了《明代后期士人心态研究》。但大量的精力，还是耗在了材料的阅读上。即以别集为例，不读不放心，读了与研究题目有关的十不得一。十个别集有九个属于白读。我研究的是文学思潮的发展，总想了解其时之文学思潮究为何种之面貌，与该面貌无关的创作与理论批评，一律舍弃。大量的理论批评，多属陈词滥调，前人已反复言说，明人再说一遍，并无新意，亦无理论价值。当然，经过大量的阅读，对于明代文学思潮发展的环境氛围，还是有一个感性的认知，还是有益的。"由此可见作者治学的踏实和艰辛。这时他已年过八旬了，他还感叹道："已到风烛残年，像这样的研究，以后是不会做了。回顾一生，感慨万端。一个人的一生，所能做到的毕竟极其有限，何况其中又有十几年时光在莫名所以中虚度。……可自慰的是，我此生努力了，勤勤谨谨，不敢丝毫懈怠。"确实，罗宗强是勤奋的，仅从上世纪 70 年代末以来的三十多年间，他就奉献出如此多的足以传世的佳作，这在当代学人中是不多见的。

三

我与罗宗强先生开始交往是在 2004 年。2004 年 2 月 3 日，罗先生写信给我："奉上千帆先生信函三件，请审处，看能否编入程先生书信集中。去年陶先生曾来示征集千帆先生信函，其时弟因搬家，杂乱不堪，不少师友信件均已遗失，无法应征奉寄。近日忽从积稿中发现程先生信三件，喜出望外，重读这些信件，先生之音容笑貌又如在目前，思念之情，不可已已。程先生来信不止此三件，但其余均无法找到了。记得一九八九年有一长信，感人至深，至今只存记忆了。"2 月 16 日，他又给我一信："近日又从杂书中发现程先生信函三件，现奉上。当已无法编入，只是请先生便中一读，知有此事。其中第一封是程先生赠我一册'程千帆沈祖棻学记'，弟以为此书乃先生治学之精华所在，程先生就此复信者,中言及他之所重亦在于此,从中可以看出程先生之学术思想之倾向。"先一年,为纪念程千帆先生诞生九十周年,程先生夫人陶芸编了程千帆书信集《闲堂书简》,由程千帆先生弟子程章灿教授与我联系。罗先生寄来程千帆信时,这本书已出校样,于是我将程千帆信寄给程章灿编入书中,赶上了这本 2004 年 7 月出版的书。从这些信中,可以看到程千帆与罗宗强的同道相应。

程千帆 1986 年 12 月 30 日致罗宗强信:"承赐新书,拜读感佩。仓卒不能尽其妙,然致广大尽精微兼而有之,则校然矣。居尝窃念文学批评史之研究方法,今日似已入穷途,即有从理论与理论之间架设空中桥梁,居然自成框架与体系,而其来源自创作之变化、在文化背景之差别,则弃置不一探索,诚可惜可叹也。先生之书,诚所谓独辟蹊径,扫空凡俗者。"这是程千帆对罗宗强《隋唐五代文学思想史》的高度评价。

程千帆 1998 年 1 月 6 日致罗宗强信:"《学记》承奖饰为愧,然亦深叹公之知我。盖平居最慕能开风气主持风会之前辈,然心有余而力不逮。惟先生能道破其所祈向,此所以特为心折也。"对罗宗强能领会自己的学术祈向,程千帆由衷地表达了欣喜之情。

与罗先生通信之后,他接连寄赠其著作给我,当月寄赠的就有旧作《魏晋南北朝文学思想史》和新版《玄学与魏晋士人心态》(南开大学出版社 2003 年版);此后又陆续寄赠新作《因缘集:罗宗强自选集》(南开大学出版社 2004 年版)、《明代后期士人心态研究》《读文心雕龙手记》(三联书店 2007 年版)、《晚学集》(南开大学出版社 2009 年版)、《明代文学思想史》。

2006 年 9 月 20 日,罗先生给我一信,信中说:"弟因急需《全明文》与《全明诗》,令人惊异的是二书南开图书馆竟然都未购进,弟从杭州天目山书店邮购得《全明文》第一册,其余各册与《全明诗》均遍访不得。今日汇款三百元至贵社发行部,求购《全明文》第二册(弟不知已出至几册)和《全明诗》第一、二册(未知出至几册),并购近出之《明代驿站考》。全明诗与全明文极难觅,先生能否请库房想法找出一、二册。"他还告诉我:"(天津)古籍书店离学校远,购书者不多,因之贵社书常购不到。"当时,罗先生正在系统阅读明代文学资料,撰写《明代文学思想史》。《全明诗》已出版三册,是1990、1993、1994年先后出版的;《全明文》已出版二册,是1992、1993年先后出版的,都是十多年前的老书了,社里已无库存。于是,我将自藏的《全明诗》三册和《全明文》第二册寄赠罗先生。能为作者提供一点力所能及的帮助,我也很高兴。

2006年9月,我将拙著《王安石与北宋文学研究》寄罗先生求正。先生收到后,回信鼓励道:"先生研究从实处着手,扎实细致,非虚空立论者可比。"又言:"以前学界有海派与京派之说。以弟观之,年来海上学人治学,严谨扎实,海派实从前京派作风;而京派几成数十年前之海派矣,一笑。"

2010年11月,我去天津公出,特意抽空去南开大学罗先生家拜访。当时在南开大学中文系从事博士后研究的前同事杨万里博士随我请益。当时交谈的内容已不记得了,罗先生书房里挂的画却引人注目,罗先生说这是他的画作。

罗先生工书善画。他早年在家乡广东揭阳师从岭南派画家陈文希、黄独峰习画,有扎实的笔墨功底,有很强的艺术领悟能力。这对他后来研究文学作品应该有很大的帮助。晚年他重拾丹青,又将大半辈子研究文学作品的心得融入绘画的艺术境界。读他的画,在色彩斑斓绚丽的岭南画派风格中,更洋溢着盎然诗意。2009年,罗先生寄赠他和夫人王曾丽合著的《罗宗强王曾丽画作》(香港天马出版有限公司2009年版)。王曾丽毕业于天津美术学院,长期从事中学教学工作。此后不久,他又应我之请,寄我一幅他画的荷花图,还题诗道:"一自斜风细雨后,淡香入水亦婆娑。"

罗先生去世前一个月,在家人的陪伴下过了九十岁生日,家人为他编了《因缘居拾笔——庆祝罗宗强先生90华诞绘画作品集》,收录了他大多创作于晚年的画作。他去世后,其好友复旦大学中文系陈允吉教授受其女儿委托,送了我这本画册。看到罗先生的画作,回想往事,更引起了对他的怀念。

深切怀念罗宗强先生

望之俨然;即之也温:罗宗强先生印象

我知道，罗宗强先生对我的关爱，不是纯然出于私谊，而主要是出于对上海古籍出版社及其编辑工作的肯定和感激。

（原载《南方周末》2020 年 9 月 17 日）

76

深切怀念罗宗强先生

望之俨然，即之也温：罗宗强先生印象

一日心期千劫在

——和罗宗强教授相处二三事

□ 黄天骥

收到了南开大学罗宗强教授逝世消息，我走出阳台，遥望北方，黯然神伤。其实，我也料到这不幸的事情，迟早是要发生的。因为今年春节，我辗转托人代我向宗强兄拜年，得回的讯息是：他已不省人事，认不清人，听不到声。我知道他病情危殆，且进入高龄，自然规律无可抗拒，因此，对他会出现状况，也未尝没有思想准备。但一旦成为事实，伤感之情，依然无法自制！多年来，宗强兄和我相处的情景，点点滴滴，历历在目，一幕一幕地在脑海中回放。

我和宗强兄，毕业于不同的学校，工作在不同的地方，见面的机会也并不多，但彼此都从事中国古代文学的教学科研工作，一旦相识，一夕深谈，就像纳兰性德所说的那样："青眼高歌俱未老""不信道、遂成知己"！我知道，我的业务水平，远不如他，性格也全不相同，竟然意趣相投。显然，只要心灵沟通，"一日心期千劫在"，彼此可成神交。

关于宗强教授在学术上的成就，学坛是公认的。他不仅著作等身，在中国古代文学研究领域中做出了很大的贡献，还培养了一批出色的中年学者，有些已成了这一领域的骨干。在宗强兄逝世当天晚上，有报刊记者采访我，问及对他在学术上的评价。我认为，在中华人民共和国成立以来，罗宗强教授对中国古代文学思想发展史的研究，最具体系性和创新性。他在继承前人研究的基础上，又超越了前人。刚刚由中华书局出版的十卷本《罗宗强文集》，正好集中地展示出他杰出的成就。

我和宗强兄的认识，开始时纯属偶然。记得在 1984 年，我被聘为国务院学位委员会第二届学科评议组成员。召集人是北京大学副校长，著名的语言学家朱德熙教授。其他近二十人，都是老一辈的大师耆宿。此外，被聘的还有叶子铭、严家炎、章培恒、裘锡圭先生和我。那时，我们几位都属五十岁左右的"年轻人"。现在，这届成员绝大多数已归道山。剩下的包括裘、严先生和我，都成为幡然老叟矣。

我第一次参加学科评议组的工作，印象最深的是三件事。在这里，也顺便回忆当年工作的情况，好让诸君多少知道学位评议问题的来龙去脉。第一，我清楚记得，在各学科评议组成员首次全体大会上，教育部的领导首先郑重说明：本来，凡是教授，自然就可带博士研究生，这是全世界的通例，没有所谓"博士生导师"的说法。但在八十代初，刚刚恢复研究生招生，如果一下子全面放开，很容易出现"一放就乱，一乱就收，一收就死"的问题，因此，有关高校博士点的设立，和对博士生导师的评选，要逐步摸索。首先要有一段时期过渡，由国务院学位委员会统一审定。等到条件成熟，才把授予权逐步下放，那时候，"博士生导师"的衔头，自然逐步取消。谁知道，后来所谓"博导"，竟成为教授之上的一个固定层次，实在匪夷所思！

第二，各学科评议组，也研究了学术杂志分类的问题。当时，大家都很明确，杂志应依照学科级别分类。例如在中国语言文学学科中，中国文学属一级学科，凡属刊载研究中外古今论文的杂志，属于一级的刊物。在一级学科之下，古代文学，属二级学科。那么，专门登载研究中国古代文学论文的刊物，便属二级的刊物。这一级和二级杂志，纯属是出于学科分类的需要，而不是以学术水平高低，以优良中劣来区分。有些论文，研究对象越专，便越会发表在三级学科所属的杂志上，由于所论及的问题，会更专门化，论文的学术水平，甚至会高于一级学科杂志发表的文章。当然，我们也都明白，有些学风严谨，历史悠久的名刊，刊登论文的水平，或会高些，这也是事实，但并非篇篇如此。因此，我们在评审论文时，就只从论文的水平考虑，而与它由什么杂志

深切怀念罗宗强先生

一日心期千劫在——和罗宗强教授相处二三事

发表无关。谁知道,这属于常识性,而且应该是有案可查的规定,后来竟被误解,把学科分类的杂志,视为水平高低的标志,更是匪夷所思!

第三个最深的印象,就和宗强兄有关了。那时,学科评议组集中在"京西宾馆"工作,每天除开会外,主要时间,用于审阅各高校送交的材料,包括申报博士导师学者的论文。这一来,评议组成员,对各校的师资力量,有了清晰的比较。当年,在申报博士点中,就有南开大学中文系和有关罗宗强的材料。那时,我并不认识宗强兄,当仔细拜读他的论著时,反复推敲,知道他水平很高,但又怕判断有失,便敲开章培恒教授的房门,向他请教。谁知章先生已阅读过他的材料,看法和我完全一致。那一届,南开的王达津先生也是评议组成员,他翔实地介绍了有关团队和罗教授的情况,经过背靠背的讨论,多位老一辈的学者,也都审读过南开博士点的资料和罗宗强教授的论著。经过投票,宗强兄的博导资格,顺利通过。

又大约过了两月,我出差赴京,顺便拜访《全元戏曲》责编弥松颐先生。弥兄毕业于南开,在人民文学出版社工作。我到达弥府,原来宁宗一、张燕瑾、黄克先生等诸位南开校友,都已在座。其中还有一位,素未谋面,一经介绍,原来就是罗宗强教授。初次见面,只见他面貌清癯,话并不多,还有点拘谨。

那天,弥兄请大家吃饺子,我看见桌上有大蒜,剥开便吃。大家很奇怪,怎么广州人也能吃生蒜了。我便解释,1958年,我赴天津,探望在女七中教书的女朋友。在饭堂里吃面时,看见大家都吃蒜,我好奇,也逞能,试着也吃,觉得别有风味。同桌的中学老师笑了,都说:"您既能吃蒜,不如要求到南开工作吧!这可以很快结婚。"我又对一起吃饺子的诸君说:"如果当年真的求调南开,如今和诸位,便是校友了!"当时,大家都笑了。谁知罗教授轻轻说了一句:"如果当年您到南开工作,那就麻烦大了!幸亏您没来。"当时,大家都嘻嘻哈哈,我也不以为意。不过,这是我和宗强兄初次认识时,唯一记得的一句话。

过了两三个月,我忽然接到宗强兄的来信,说他有事要返家乡揭阳,想顺便到中大拜访。我立刻表示欢迎。过几天,便在中文系主任办公室里,见到了他。寒暄几句后,他径直说,他离开家乡,已二十多年,很不方便。广州离揭阳近,因此,希望调到中大中文系工作。我一听,大喜过望,立即表示,他如能成行,我一定可以和校方沟通,满足他提出的一切要求。当时,他也很高兴。我赶快把党总支书记请来,说明宗强兄的想法。书记也很支持。但又提出,按照程序,需要由宗强兄写一公函,寄给我们,我们才能发出商调函。当年,人事制度比较严格,宗强兄也很理解,表示回津后,立即和有关方面沟通。这一次会面,我们相谈甚欢,我觉得他虽不善言辞,但诚恳可亲。我们交换了通讯方式,愉快分手。

宗强兄想到中大工作,让我非常兴奋,以为鸿鹄将至,我们很快能够增添新的博士点。但是,等了一两个月,却未收到他寄来函件,只好去信询问。他打电话告诉我,说来不成了,王达津老师不同意,只好作罢。我知道,师命难违,没有回旋余地,实在遗憾得很。以后几年,逢年过节,也互寄贺卡,彼此致意。

1990春天,我到杭州参加学术评审会议,恰巧和宗强兄编在同一个房间,我大喜过望。那一晚,彻夜长谈,彼此交流学习和工作的过程。我这才知道,尽管他得到王达津老师的赏识,但一直被视为走"白专"道路,不断挨批。毕业后,即被派往赣南师专工作,其后又被派到乡下,参加中小学的整改。在"文革"期间,备受种种折腾。我也才明白,他所说幸亏我没有调往南开的意思。其实,当时高校的风气,也差不多。我告诉他,在六十年代,我曾和学生下乡,参加"整风整社运动",长达一年,地点就在揭阳。宗强兄很高兴,问我对揭阳有什么印象。我老实告诉他,印象最深的,是挨饿。每顿吃的是一小盅清沏的稀饭,叫"糜",外加一小碟只醃了几天,带有虫卵而没有煮过的芥菜。每次开"饭",大家便唱"洪湖水,浪打浪"。不久,我患上水肿。后来调回学校,一天,到膳堂排队买饭,忽觉肛门奇痒,回身搔抓,谁知啪的一声,一条长及数寸的蛔虫,应声而下,还能在地上蜿蜒蠕动。同志们大笑,实在尴尬得很。我告诉宗强,这是拜盛乡之赐,也是当年留下最深的印象。宗强兄乐了,赶紧拿出一袋茶叶,用泡"工夫茶"的办法,给我泡茶,表明这是从家乡揭阳带来的名茶，给我一尝，算作补偿。这茶香气扑鼻，入口回甘。毕竟时代不同了，经过十年的开放改革，从茶香中，我们都感受到揭阳人民生活的变化。

那晚深谈，奠定了我们之间的友谊。我们谈学问，谈人生，谈彼此的治学方向，也谈及对现实情况的认识，想法完全一致。他说知道我受到一些委屈，但看到我坦然乐观，也就放心了。我们越谈越兴奋，加上同是岭南人，真感相见恨晚。我们一边聊天，一边喝着浓茶，到了深夜三点多。忽然，我觉一阵晕眩，冒出冷汗。宗强兄一见，说我醉茶了，赶紧扶我卧床休息，我很快便睡着了。原来，茶能醉人，友情更能醉人，我感受到"人之相知，贵相知心"的真谛。

第二天早上，不用开会。早餐后，便一起到西湖散步，在分花拂柳之间，迎面走来两位年轻的尼姑，面目比较清秀。我在广州，解放后从未见过尼姑；何况她俩年纪轻轻，便要剃头出家，实在不可思议！那尼姑发觉我在看她，也回看着我。宗强兄在后面，小声说："她在看您哩！"又暗暗推我一把，赶紧离开。我有点不好意思，只好搭讪说："色即是空。"宗强兄一笑，指着西湖的水光云影，回应说："空即是色。"宗强兄一向严肃，不苟言笑，这是我们平生仅有一次的开玩笑。我也发现，宗强兄有时似较木讷，其实思维十分敏捷。

宗强兄做学问认真，教学和工作认真，有时连鸡毛蒜皮般的小事，也很认真。有一次，我们谈起傅璇琮先生的近况。我不经意告诉他：前一阵在北京开会，我和老傅同住在国务院第二招待所。晚上，一起在房里看电视。忽然，电视信号出了问题，画面不见了，全是雪花。老傅连说怎么办。我生性顽劣，到老不改，便想逗逗老傅，说"不要紧，看我搞定它"。于是，坐在床沿，两手指着电视机，作发气功状。很快，电视画面恢复了。其实，我哪里懂得气功？只是逗着玩。老傅却大惊，以为我真在"发功"。第二天开会，还告诉一些朋友"小心了，黄天骥会气功！"我说起这故事，宗强兄也笑了，说他常和老傅见面，要告诉他别胡说。我说："算了，这只是趣事一桩，别认真。"宗强兄说不，这事可大可小。过了一段时间，宗强兄告诉我，他问过老傅了，老傅依然

深切怀念罗宗强先生

一日心期千劫在——和罗宗强教授相处二三事

半信半疑！我大笑。在学界中，老傅做学问非常勤奋，编辑书稿，明察秋毫，却又有点幽默，也会有点迂气。但我更发觉，宗强兄事无巨细，都要认真落实，一丝不苟。

1991年，宗强兄被选为南开中文系主任。我心想，以他轻微内向的性格，年纪也渐大，能胜任繁冗的行政工作吗？后来知道，他干得很认真，连学生宿舍的清洁问题，也跑上跑下，检查督促，为集体事业的进步，非常认真地工作，得到师生们的爱戴。当时，我们各忙各的工作，见面机会少了。但从1995到2004年，情况又大不相同。因为，从1995年开始，我们都应邀参加了由袁行霈教授主持的中国文学史教材编写工作。宗强兄和我，分别参与魏晋隋唐卷和宋元卷的分卷主编。到1999年底，复旦大学被教育部批准成立中国文学史重点研究基地，章培恒教授任主任，同时，成立了学术委员会，研究基地邀请了宗强兄和我参加。会上，培恒教授被选为学术委员会主任，宗强兄和我，分别被选为学术委员会副主任。这七八年间，我们差不多年年都能相聚，我向他学习的机会，也就多了。

记得在1996年，文学史编写组在济南召开全体编写人员工作会议，特别着重讨论如何贯彻"守正出新"的编写方针。会上，在如何安排章节的问题上，展开热烈的讨论。分卷主编的意见，还未完全统一。会议结束后，放假一天，会议组织者让大家乘坐大巴，同登泰山。那天，年纪稍大的老师坐在前边，较年轻的坐在后面。我和宗强兄，则分别被安排在两边靠窗的位置，不便交谈。于是互相打个眼色，一同站起来，走到车厢的最后一排，请两位年轻人和我们互换位置，好让我俩方便交谈。

那天，一路上，我们挨在一起，促膝交谈。从如何对待"新三论"，谈到如何坚持历史唯物主义，以及如何辨证地看待文学发展的问题。记得当时谈得最多的，是如何评价李商隐。因为宗强兄认为，过去的文学史教科书，对李商隐评价偏低，认为在新编的教科书中，应该增加论述李商隐的分量，应该着重关注他对爱情诗的创新价值问题。我支持他的主张。同时，我知道他很关注明代的文学思想，便向他请教明代戏曲与诗坛文学发展的关系。他也提醒我，多注意汤显祖与李卓吾之间文学思想的异同。我谈得非常投入，忽然，他问我："在李商隐的所有诗句中，您最喜欢哪些句子？"我稍犹豫，回答说："您要我说真话？还是应酬话？"他说，当然是真话。我沉吟半晌，只说了一句："一春梦雨常飘瓦。"宗强兄一听，轻轻拍拍我的大腿，感慨地轻吟："尽日灵风不满旗！"然后，我们相视而笑，看来我们对李商隐的朦胧、伤感、凄清而有所期待的感情，都有同情的理解。显然，他在灵魂深处的审美观，也和我一样。而这一切，又尽在不言之中。

今年春节前夕，我收到他寄来由中华书局出版的《罗宗强文集》，书共十册，十分厚重。打开一看，扉页上，是宗强兄画的一幅画，竹叶斜飘，仿佛灵风拂过，微雨迷蒙。梢头上，偎依着一对小鸟。画面的题字，正是李商隐《重过圣女祠》中的那两句诗。我多少明白宗强兄刊登这幅水墨画的意趣。李商隐的这两句诗，也许正是宗强兄大半生心情的写照。我逐一翻读他的文集，也想起当年同往泰山的情景。那天，从济南到泰山，旅途计有一百公里。在近两个钟头车程中，我和他根本没有看那沿路的景色，只一味论文论学。到了泰山脚下，我们也累了，没有登山，只在附近溜达休息。等到乘坐缆车的年轻同事下山，便匆匆分手，我从附近机场，径返广州。那一天，我收获真大，觉得比登泰山、看风景，有意思得多。

我们在复旦和在京相叙的时候，常常会交流如何培育博士研究生的问题。他问我："中大戏曲研究团队很完整，你们是怎样上课的？"我告诉他，我们采用两种办法，一是集体讨论。讨论时，同一学科的几位导师，全体参加。每次找一个论题，让一位学生先做准备，会上作简短的发言，然后师生以这论题为由头，展开讨论。可以互相争拗，互相补充。从讨论中，研究生可以了解不同老师的治学思路，转益多师；也让学生在争议中，碰出思想火花，培养敢于创新的能力。至于个别辅导，只要同属戏曲史学科的老师，可以随时请教，无须考虑谁是谁名下学生的问题。宗强兄很同意我的做法。我知道，他对研究生的指导，非常严格，在生活上则十分慈爱关心，也向他请教培养研究生的做法。他告诉我，上课时，指定学生同读一本经典，又指定同读几本不同的版本、注本，然后在讨论中，各抒己见，这可以让学生基础扎

深切怀念罗宗强先生

一日心期千劫在——和罗宗强教授相处二三事

实。我大受启发。有几年,我发现中大古代戏曲的博士生,对元典不够熟悉,基本功不够扎实,便参考宗强兄的做法。集体上课时,在不同学年,分别研读《论语》《道德经》《易经》等元典。在研读中,则以同一注本为靶子,提出各自的解释。最后由我提出自己的意见。研究生们认为,我对《周易》的理解,有些新意,鼓励我将它的六十四卦,全部论析。这就有了《周易辨原》一书的出版。我明白,这本论著,应是我吸取了宗强兄的教学方法,从而获得的成果。当然,在相处的过程中,我知道他学风的严谨,学习的勤奋,对所从事的学科有全盘的思考和系统的研究,是我不能企及的。但作为同一辈学人,在相处的过程中,也得到精神的启示。

有意思的是,在 2015 年初,我接到复旦大学黄霖教授的电话,他告诉我,将由傅璇琮先生主编,由复旦大学出版社出版一套"当代中国古代文学研究文库"。入选者共十人,希望我把书稿寄交。我当时答应了。后来一想,不妥,因为刚把一本书稿交给了另一出版社。对方已答应出版了,我哪有功夫又弄出一本?不得已,便拨通傅璇琮先生的电话,问他主编这套"文库",到底是什么一回事,也告诉我的为难之处。傅先生毕竟是老行家,他问我,和对方签了合同没有?我说:"还未签哩。"老傅便大声说:"黄天骥,您赶紧取回来,宗强也有一本书,收在'文库'内,您怎能缺席?"我一听,如梦初醒,赶紧把书稿取回,题上了《冷暖室论曲》的书名,奉交黄霖教授。

到 2016 年《文库》出版,我翻阅其中所收书目的名字,不禁愣了。但见宗强兄的书名,竟是《因缘居存稿》。"因缘"与"冷暖",都不是对立与统一,相对成文么!那一段,我和宗强兄,并没有联系过,怎么新书命名的意趣,竟然如此相似?我想,也许是我们都深受辨证思想的影响,也许是其中真有一种缘分的存在吧!

2020 年 5 月 9 日于中山大学

(原载《澎拜新闻》2020 年 5 月 10 日)

深切怀念罗宗强先生

一日心期千劫在——和罗宗强教授相处二三事

无尽的思念
——深切缅怀恩师罗宗强先生

□　卢盛江

第一次见罗先生，是 1978 年 10 月，那时我在江西师院（后来叫江西师大）学报工作，到全国各高校学报访问。这天到南开大学学报编辑部，和编辑部的老师座谈。一个瘦小个的中年老师过来，听说我们从江西来，特别热情，自我介绍说，他原来在赣南师专工作过。那时出差联系住宿还很困难，前一天就是这位老师为我们联系好住宿。中年老师带我们到他的"家"。那时学校百废待兴，又刚刚经历地震，学报编辑部蜷缩在一间学生宿舍。中年老师的"家"就在隔壁，是学报的一间资料室。床上躺着一个病人，病人略一欠身，点头笑笑，算是对我们表示欢迎。知道是中年老师的太太。

一路杭州、上海、南京、苏州、曲阜、济南，后来还有北京、郑州，接待我们的太多了。天津，南开，还有接待我们的这位瘦小个的中年老师，已有过的一点印象，早就被忙忙碌碌的一大堆事情冲得淡而又淡。印象中，我似乎说了一句我是赣南人。

将近两年以后，1980 年 8 月，我仍在江西师院学报，参加庐山全国文艺理论研讨会。这是一次盛会。三百多人，全国除台湾省之外的 29 个省市，高校、报刊出版、研究单位，都有代表参加。会议间隙，游览风景点：仙人洞、龙首岩、三叠泉……

这一天，游完东林寺，到下一个景点。四周群山苍翠，寺边稻田环绕，我抄近路，从田埂上走去。这时，近身后一个清晰的声音："小卢!"我回头看去，一个中年老师，身材不高，脸清瘦清瘦，但眼睛很有神。我一下子想不起是谁……"我是罗宗强啊！"我还是茫然。那老师又说："我是南开大学的，学报的。"这下我想起来了。连忙问候："罗老师好！"罗先生眼神很慈祥，一边说话，一边就拉着我的手。习惯了远远地看着那些名人，那是一种稍带点紧张的疏远之感。罗先生则一下子让我感到亲切。我问罗先生："您觉得这次会议怎么样？"我以为先生会大为赞叹一番，然后作些细细的分析。清楚地记得罗先生只淡淡地说了一句："老一套。"参会的有全国和省文联的高层领导，一些著名作家、文艺评论家，很多都是红极一时的人物，先生这样的评价确实让我吃惊。

从庐山下来，我便写信问候。先收到罗先生寄来新著，《李杜论略》。题签："恭请盛江学兄指正，宗强赠。"这之后，信件来往越来越密切。罗先生希望我参加一些学术研讨会，又向《古代文学理论丛刊》推荐我的稿子，问我的研究方向。我不断汇报读书心得，汇报硕士论文选题，还给先生寄上茶叶、莲子。不久，收到先生寄来傅璇琮先生等编撰的《唐五代人物传记资料综合索引》。1986年，暑假时分，罗先生来信告我，国务院已批准他为博士生导师，问我愿不愿意报考他的博士研究生。

这一年，罗先生开山纳春，全国只我一个人报名，也只录取了我一个人。从1978年第一次见面算起，整整八年，从1980年庐山会议算起，也有六年，终于投到先生门下。直到现在，我还奇怪，庐山会议那么多人，罗先生怎么一眼就认出了我。我永远忘不了那一声"小卢"，那是我听过的最亲切的声音之一。自那以后，直到我已快七十，直到先生仙逝前的春节之前，我去府上看望先生，那时先生还能说话，先生还叫我"小卢"。我是先生永远的"小卢"。

后来我知道，1978年我到南开学报访问时，先生一家人挤住半间资料室，靠门口的一半堆满了学报的资料。靠窗的另一半，一张学生用的双层架子床，床边几个旧箱子，脸盆碗具，窗前一张非常简易的三屉书桌，一张旧椅子，就是先生的全部家当。师母卧床不起。先生有一个女儿，那时还小。先生白天学报上班，下班回来，要接小女，生火熬药做饭，护理卧病的师母，照护小女,洗涮,全是先生一个人。一天忙碌,收拾停当,已是晚上九十点钟。这才坐下来,看书,思考,写书。常常到凌晨两三点钟才休息睡觉,睡三四个小时又得起床,生火熬药做饭,护理师母,送小女去学校,上班。罗先生的那部不朽著作——《隋唐五代文学思想史》,就是这样写下来的。

我后来知道,先生研究生毕业后,1965年初,到赣南师专十年,受了不少磨难,"文革"中挨过批斗,挨过枪托,下到赣南各县,搞"中小学教改",常常在只有五六个学生的山村小学听老师教拼音。但这些先生说得不多,说得最多的是:"赣南的山水真美!崇义,空气真好,那山里,真安静,清早起来,山里那鸟叫,真好!"还有信丰,全南……赣南十八个县,先生都去过。每当这个时候,先生就显出无限留恋的神情。"下面的人也好。"赣南是我的家乡。先生很重情,开山纳春,只招我一个博士生,显然带有难以割舍的赣南情结。

读博三年,先生对我放得很宽。他只是要我看书。给我讲课,是以文学思想史课题讨论会的形式。讲过先生刚完成的建安文学思想。他给本科生、硕士研究生开课,校外在天津讲座,我要去听,他不让,说,那都是一般的东西。"自己看书吧!"但平时有问题闲聊交谈比较多。谈学术现状,学术界谁在做什么,谁的治学特点是什么,谁的东西有货色,谁的东西没有多少看头。先生的眼界非常高。讲到"德才学识",罗先生说:"最重要的是识。"

先生让我到北京图书馆复印台湾某学者的著作,也是做中国文学思想史。这位学者计划用五到六年时间,把从先秦到近代全部写下来。先生大吃一惊。这位学者的《魏晋南北朝文学思想史》已经出版,五六十万字。复印回来,先生看过,释下重负。这部书的写法,政治社会背景、作家创作、文学理论,各一块,不过把历史、文学史、批评史各自复述一遍。先生批了四个字:"大而无当。"

专业课简单。"关键是论文。"开学一些日子,先生说:"写玄学吧!写魏晋玄学与文学。"过些日子,罗先生又说一遍:"写玄学吧!写魏晋玄学与文学思想。"当时我不知道,指导我做博士论文的同时，先生自己正做《玄学与魏晋士人心态》，已经形成很多想法，但是他当时都没有讲。他不愿打乱我的思路，他是让我独立思考。

先生于我恩深如海。读博三年，我的学术水平有一个质的飞跃。毕业留校，长期在先生身边，能够时时亲聆教诲。先生精神思想学术的熏陶比什么都重要。在坚实史料基础上的严密理论思辨和整体传神把握，从纷繁复杂现象之间寻找内在联系，准确把握历史发展总的趋势，文学本位，审美把握，浓厚感情。先生学术思想的意义和影响，实不止他所开创的文学思想史和士人心态研究两个领域。先生独有的学术境界是很难达到的，但我却由此找到学术的方向。先生在那半间资料室的"家"写下不朽著作，那张双层旧架子床，那张旧办公桌和那把旧椅子，几十年来，久久地定格在我的脑海里，它让我知道，不论什么环境，都要坚持做学问。我不敢做"老一套"的东西，大而无当的东西，不相信行政权威和学术权威，而相信学术本身的深度和创新。

先生支持我做《文镜秘府论》。从我所在的单位，听到了传言，说我只做个人项目。我感到莫名的压力，而这，对我的后来，也造成了困难。但是，先生默默地支持我。那时先生已是中文系主任。我在日本，期限已满，先生毫不犹豫同意我延期，并给我的日本导师写信，表示支持我。信中对如何研究《文镜秘府论》作了详细指示，说："《文镜》之课题，望不停留在版本上。我意是：一、日本研究《文镜》之历史及成就；二、《文镜》对日本汉诗发展之影响；三、《文镜》在日本文学批评史上的影响；四、《文镜》版本之流变。"我从日本回来，给先生写信汇报研究情况。先生时在新加坡讲学，回信说："要超过王利器本，并且做到几十年内人们要超过你，须下很大力气，因此须处处小心，一定要有识见。"中华的书出版之后，送给先生。先生专门打电话，说："做得好！做得好！"《文镜秘府论》几部书，先后两次获教育部社科优秀成果奖，一次获全球华人国学大典奖。扪心自问，如果没有先生熏陶和思想影响下的学术训练、思维训练，我做不到那种程度。

毕业留校不久，阮国华教授调离。当年，先生把阮国华教授从湖北调入南开,准备让他做明代文学思想史。那天,我去见先生,先生喃喃地说:"不知道小卢能不能做明代。"至今我还没有弄清楚,先生这是征求我的意见,还是自言自语;是已经确定了,还是在考虑之中。我没有介意。当然,更没有积极去争取。

机会从此错过。一个偶然的机遇,我走进了《文镜秘府论》。我不能不做下去。在日本,得到数不清的老师朋友的帮助。寺院长老把四个珍贵古抄本无偿地复印给我,"带回国去好好研究"。又一位寺院长老,在那里吃住五天,不但一分钱不要,还每天用小车送我去查资料。又是朋友帮忙,看到了即使日本教授也难得一见的非常珍贵的古抄本。在我失去经济来源,极为困难的时候,我的日本导师,个人要资助我三十万日元,那时,这相当于我几年的工资。在中国,尊敬的傅璇琮先生,为我规划蓝图,一个字没写,就为我在中华书局签订了书的出版合同。之前,人们研究《秘府论》,都要去日本看日本人的东西。我希望,以后人们研究《秘府论》,也要到中国来看中国人的东西。

这一做就是十几年,很多事情因此错过。直到今天,我也不知道,那时的我,应该做文学思想,还是应该做《秘府论》。《文镜秘府论》书出来那天,先生对我说:"不要只做《文镜秘府论》。"又一天,先生对我说:"现在很多学者,都是手头同时做几个项目,几种书。"后来,我确实没有只做《文镜秘府论》,手头也同时做几种书,但确实舍不得十几年积累的问题线索和研究方向,这一做,就收不住。再后来,偶尔的缘由,走上唐诗之路,更无法回到文学思想了。

作为弟子,一些事情我都能做到,包括先生生病,到医院彻夜守护,甚至端屎端尿。我对自己亲生父母,都没有过这样。这时我也六十多岁了。记得有一次,先生说:"我要的不是这个啊!"我能体会先生的心情,理解先生的意思。文学思想史,是先生一生的事业。开山纳春,把我招入门下,显然寄予希望。就个人来说,在学术上可能做了一点事,先生学术思想,时时影响和指引我前行,但是,对先生开创的事业,我却一无所为。我显然让先生失望了。先生仙逝,除了悲伤,感恩,只有愧疚。

4月29日下午,护送先生去总医院太平间,就跟平时陪先生去医院看病一样。在总医院，看着给先生更衣，身边就是先生，一点没感觉先生走了。

三次梦见先生。

第一次，知道先生已经走了，却总觉得他还活着。很多人来了，像是吊唁，又像是看望。先生果然活着，还是叫我"小卢"，非常亲切。师母让我陪陪先生，说他需要你陪。我就陪着，说话，说了很多话。还给先生按摩。按腿，按腰。那是送别先生那天，我去墓地看了。墓地不错，但毕竟在郊区，周围都是不认识的人。先生在天堂，是不是感到寂寞，所以要我陪他说话？

第二次，梦里先生对我说，他住的房子要加固。我跟先生的爱女罗健说。那时先生还没有下葬。罗健赶紧到墓地，置办了最好的灵盒，并且发现墓穴底部，泥土地，修墓穴时掉下的水泥块，果然不平。于是赶紧叫人铺上上好的汉白玉，墓穴整修一新。

第三次梦见，先生说，他在做《玄学与士人心态》续集，给赣南师大做。原来先生跟我说过，德才学识，"识"最重要。我问先生，"才"和"识"都重要吧，"才"怎么做到？先生说，经常练。先生是不是还放心不下他开创的事业？他是不是还惦着他工作生活了十年的赣南？

处理后事几天，特别累，连流泪的时间都没有。办完事，终于停下来，那天迷迷糊糊，似睡非睡一整天，眼泪才止不住地流！

先生的一生，一件件往事，涌上心头。先生说过，青灯摊书，是人生最大的快乐。我在想，青灯摊书之时，陪伴先生的，有那一轮皎洁的明月，这明月，让人想到先生的高洁人格，想到这一轮明月，曾在人生艰难岁月陪伴先生，而先生仙逝，我们也唯有对着明月，思念先生。我因此写下：

> 青灯伴月，有等身宏著，拓文苑新途，三万里河东入海；
> 翠柏凛霜，树耀世高标，创学林伟业，五千仞岳上摩天。

我想到师恩如海，想到先生对爱女，对学生，有一颗慈父之心！想到先生对赣南的深情。让赣南如镜犹江，如蓝赣水，清秀

的庾岭风光,在天国陪伴先生。我还忘不了庐山上先生那一声亲切的"小卢"。我因此写下:

> 硕恩似海,怀犹江如镜,赣水如蓝,津涛如雪。
> 淳德比山,仰庾岭之清,庐峰之秀,盘岳之雄。
> 有慈父心,孤松骨,长怀庾岭林涛山籁。
> 创明贤业,硕儒功,永恋津河晨月清风。

我还写下:

> 通隋唐魏晋南朝李杜朱明而贯之,千古风云凭指点,
> 融国学理思审美诗情画韵于一体,百年潮浪任激扬。
> 拓学坛新域,育满园桃李,怀邦国情襟,后进尊宗师之誉。
> 传百世宏篇,有温暖家庭,享九旬仁寿,先生乃全福之人。

深切怀念罗宗强先生

无尽的思念——深切缅怀恩师罗宗强先生

怀念罗宗强先生

□ 汪春泓

罗宗强先生在 2020 年 4 月 29 日走完了他奋斗的一生,半年多来,我时常会想起先生,仿佛他并未离开这个世界。

我第一次见到罗先生,那是 1985 年南开大学中文系五四学术报告会,地点在主楼小礼堂,上台讲者分别是邢公畹先生和罗宗强先生。那时的罗先生五十出头,说话带南方口音,声音低沉,面容瘦削,显露出睿智的学者风采。他讲了《庄子》内外杂篇思想境界差别及作者问题,后来全文发表,我也认真学习过。

1986 年,罗先生被国务院学科评议组评定为博士生导师,从副教授晋升教授,他为我们年级开设中国文学批评史课程,同学感到罗先生讲课水准比其他老师高出一截,入学近两年,才算遇见令我们折服的老师,真有点遗憾!然而也是幸运!罗先生带着对于学术真正投入的态度来从事研究,来教导学生,对于学问只要有一点兴趣或灵性的同学,无不感受到罗先生所传递给我们的学术激情,他没有说大话或空话,可是就像春雨般润物无声。就我自己而言,从此结束在图书馆胡乱翻书的状态,按照罗先生指引,对于古典文学相关书籍开始系统阅读。

1987 年秋,中文系遴选我为免试保送研究生,我提出想跟罗先生读书,罗先生说,他不带硕士生了,改招博士生。我说你不带我的话,我就不读了。于是他同意我的请求,我成为罗先生门下弟子。

这三年硕士研究生学习,对我有至关紧要影响,确立了我的志业方向。1991 年硕士毕业,我到复旦大学中文系读博士。博士毕业，于 1994 年到北京大学中文系任教，时常受到罗先生提携、关怀，深感由罗先生引领我进入学术领域，他是我一生的导师！

如今回想恩师在我心中留存的形象，首先感觉他是一位具有高度尊严感的学者。罗先生仪容庄重，不苟言笑，在他面前，我说话从来不敢溢出问学范畴，甚至到宿舍楼办公室打公用电话，请示何时去他家里受教。我的声音很紧张，有时还口吃，此反映恩师在我心中的威严感，这激励我不敢辱没师门。譬如他给我开一书单，我就全力以赴照单阅读，不打半点折扣。

当时一位同专业而不同老师指导的同学与我一起到罗先生家里上课，他年龄比我大十岁左右，在社会久了，想法就不像我那么单纯，罗先生定好上课时间，这位同学因为私事，竟然提出要改时间，罗先生不答应。到上课时，罗先生严厉地批评他，指出岂有学生给老师定上课时间之理，这位同学被吓得面如土色，从此不敢造次；另一次罗先生主编一本学科研究综述性书籍，邀请天津师大一位教授合作，我也参加编撰，某日某时在罗先生家中开会，讨论相关事宜，时间已到，可是那位师大的老师还未到，那时没有手机，我们只好坐等，大约过了一刻钟，罗先生生气了，他说，这位先生是学术晚辈，晚辈见前辈，绝对不能无故迟到，这么做很不礼貌！他嘴里把"很不礼貌"说了三遍，终于等来那位先生，此公也没有作抱歉表示，会议进行过程里，罗先生神色严峻，估计为找此人合作感到不快。

而对于学界他所敬重的学者，罗先生钦敬之意溢于言表。譬如老一辈的南京大学中文系程千帆先生，复旦大学中文系王运熙先生，等等；同辈的像南京大学中文系周勋初先生，中华书局傅璇琮先生，还有四川大学中文系项楚先生，复旦大学中文系陈允吉先生、章培恒先生，北京大学中文系张少康先生，南京师范大学中文系郁贤皓先生，等等；甚至晚他一辈的如北京大学中文系葛晓音先生，复旦大学中文系陈尚君先生，南京大学中文系张伯伟先生，中国社会科学院文学所刘跃进先生、蒋寅先生，扬州大学中文系王小盾先生，等等。他在上课和平日言谈里，时常会称道他们的学术造诣和成就，有时他与周勋初先生谈得兴浓，

怀念罗宗强先生

深切怀念罗宗强先生

通电话达一个多小时，他还会就所谈内容讲给学生听，两位先生见解高妙，我们听来也兴味盎然。在学界，我见过颇有成就的学者，似乎已达天下无双地步，显得自我膨胀，目中无人，然而罗先生的尊严感却建立在尊重同道基础上。在其涉猎领域，无论老中青哪一辈学者，他读其文，只要有一得之见，有独到的创新，就不吝赞美，甚至逢人说项。每一次出席学术研讨会，他自始至终，都认真聆听，即使到八十高龄，也不倦怠。当然对于某些学者经不起推敲的论文著作，甚至学界浮躁的学风，罗先生也常常发表批评意见，此乃爱学术如生命的学者的自然反应。此种风度、胸怀令我认识何谓学术乃天下之公器。罗先生立身学术共同体，他对同道以礼相待，也博得同道肃然起敬，绝对不做学术之外结党营私之事，因此，其尊严感颇有利于学术共同体良性建设，可以高尚君子来形容罗先生在学术界之存在！

　　而学术之外的尊严感，也让我理解罗先生何以成就人生的强者，此与潮州人力争上游性格有关。罗先生出生于潮州揭阳，近年来我曾坐高铁游历潮汕地区，深感韩江气势宏阔，彼地士女勤劳精悍。记得罗先生与我说起，七十年代，他刚从赣南调回南开，潮州人尚喝工夫茶，他去天津市内一家茶叶店买茶叶，问一种高档茶叶价格，看他穿着朴素，女营业员就没有好脸色，此刺激了罗先生，他问清价格，一斤八十元钱，于是他对这位势利眼女人说："你给我来一斤。"

　　罗先生留给我的第二个印象：他是穿上学术红舞鞋的学者，按照丹麦童话作家安徒生的故事，艺术红舞鞋一旦穿上，就一刻也停不下来。罗先生自1956年考进南开大学中文系，就立志献身学术，从本科到研究生，他治学不敢有一天松懈。透过八载寒窗苦读，毕业后，被分配至赣南山区教书，他多次谈及，在赣南，虚掷十年光阴，他感到十分痛惜，他说："否则这十年能做多少事啊！"七十年代重返南开校园，他已年过不惑，时间于他太宝贵了。

　　从学术积累而言，当时系里同辈老师或与他相去并不太远，可是厚积之余，能够薄发者却仅二三子而已，而且此二三子都是离开母校十余年的归来者，他们倍感需要争分夺秒地把失去的

怀念罗宗强先生

时间补回来。所以我认为行走在赣南山野的十年，于罗先生未必就是损失，世事有时很难逆料。记得我上研究生的第一学期刚开学，罗先生就病倒了，我与师兄把他连夜送至医院。至第二天，系里通知我去医院把罗先生接回，我赶到医院，罗先生正躺在病床上输液，等输液完毕，拔下手臂上的针头就要出院，于是马上办好出院手续，我陪他打车回校。本以为他会在家休息一两天，可是到家后，他就开始伏案工作。作为罗先生学生，时间久了，感到奋斗，住院，再奋斗，再住院，这于罗先生几乎是其生活的周期律。有一位老师不怀好意地暗示，长此以往，罗先生命将不久矣。然而，罗先生却如奋勇向前的沙场战士，以顽强的生命力，斩将搴旗，一次次战胜病患，以九十高寿驾鹤西去。此令我想到《庄子》所谓"用志不分，乃凝于神"。高度专注事业的人生，才是学者的不二法门。

戴震有由训诂明义理的观点，在文献资料阅读爬梳和观点思想发明阐释之两端，人文学者所面临的都是无底洞，两者又如"征鸟之使翼"，绝对不可偏废。在我受教的三年里，不止一次听罗先生谈及如何处理此二者之关系，他指出文献资料考辨是从事学术研究的基础，必须严谨扎实，一丝不苟，不可无根游谈，随意立说；但是仅仅整理文献资料者，则尚未臻人文研究之第一义，学者若能在文献考证基础上，再进行高层次的思辨、阐发，形成可信的观点、结论，经得起时间的检验，这才可以称之为完整的学术研究。罗先生知行合一，把所认识到的，均付诸实践，开创出文学史研究的新路径，即古代文学思想史研究，深为学界同道所推重。罗先生经常自谦读书不多，这是相对于上一辈学者而言，到罗先生这代学者，自入大学以来，政治运动无休无止，以及分配工作之用非所学，导致他们知识结构、思想观念及理论修养上有所不足，要知道在他们入大学的时候，所谓的学术研究都服从政治形势之需要，绝不敢越政治风向雷池于一步，学术凋敝一至于斯！故文革结束，在进入学术研究状态时，罗先生会感到书读得还不够，况且其治学从先秦汉魏六朝隋唐五代通贯至明代，必须于书无所不窥。因此，借书、购书及读书，然后抄卡片，做笔记，沉思擘画，到论著告竣，就构成其焚膏继晷的生活主旋律,仅德国哲学家康德著作,他就曾费尽心力地想读懂它们。若有一天病了,不得不离开书桌,他会感叹:"脑子没地方放。"一年三百六十五天,休闲、娱乐对他而言,那是奢侈的,怎么消受得起?他不止一次地对我说,邢公畹先生除夕还在挑灯夜读,为其老师精神而感动!而他也是如此发愤用功的人!

犹记 2002 年,罗先生在首师大文学院及诗歌中心担任兼职教授,某天秋高气爽,我陪他到海淀蓝旗营的万圣书园购书,此书店自九十年代开张以来,在北京读书界大名鼎鼎,老店本来在北大校园墙边成府路上,后来蓝旗营建造北大、清华教师宿舍,为了方便学者、学生购书,所以它就搬到蓝旗营最北端靠马路的商用建筑内。我扶着罗先生拾阶而上,进入书店大门,里面空间巨大,装饰也颇为典雅,白天帘幕低垂,使用柔和灯光营造静谧的人文气氛。我以前在天津也去过几家书店,其规模自然不能与此京城名店相比,看到有如此丰富的各类书籍,在幽幽的灯光里,罗先生两眼放出光来,抓住我的手,说:"我要是在你这个年纪,就把这些书全部买下!"犹如小孩子看到玩具那样纯真的心情,体现了他对于读了一辈子的书籍,有永远的爱,而且是发自心底的爱,这与其视"青灯摊卷"为人生至乐境界完全吻合。

我自 2004 年受北大委派到澳门大学任教,于 2006 年则离开北京大学,来香港岭南大学任教,罗先生对我这样的人生选择不无惋惜,确实北大是治学者最好的安身立命之处,我不能脱俗谛之桎梏,深感辜负恩师的期望!离天津远了,为了适应香港学术环境,我陷于各种忙乱之中,这十多年来与恩师见面自然也少。2018 年夏天,我去天津看望罗先生,他已经卧床不起了,有护工在照料其生活,他见到我,竟然带有羞赧地说:"我不能看书了!"

2019 年南开百年校庆,此前我跟罗先生约好,百年校庆那天我去拜见他。10 月 16 日我从香港到天津,10 月 17 日上午就趋步先生府上,向恩师请安,他床边还是摆着呼吸机,随时需要吸氧,由于吃得少,人变得很瘦弱,然而意识十分清醒。见面时候,他又说:"都不能看书了!"脸上依然是满面无奈,无奈中似乎还带着一丝自责,我怕打扰他休息,很快就拜别退出。

午餐时候，与老同学二三子小聚，谈及罗先生身体状况，我不禁悲从中来，潜然泪下，似乎预感到此次天津之行，意味着与罗先生做最后的告别。

罗先生一生功德完满，事业有大成，家庭很温馨，在我见到罗先生以至他逝世这35年时间里，从国家到个人所发生的事情太多，可是有两件事令我记忆深刻。一则在1989年春夏之交风波之后，他召我去家里，自从八十年代以来，这是中国知识分子的黄金时期，罗先生意气风发，在治学道路上高歌奏凯，一切都显得如春天般美好！可是突如其来的事件，亦令罗先生深感忧虑。他坐在书房椅子上，我坐在他对面，看着他忧心忡忡的面容，我面对的似乎是一个未曾见过的罗先生。他低沉地说："我们民族是一个多灾多难的民族！"许多同道当时陷于茫然之中，而饱读史书的罗先生，其内心感受可以百感交集来形容。我甚至认为此后不久出版的《玄学与魏晋士人心态》一书，亦带有这一时代印记。

在罗先生这一辈学者心里，祖国文化就如水和空气，与之须臾不可分离，他们由文化而深爱乡邦，衷心希望国家汲取文革教训，所袒露的是一片赤子之心！东汉王充谈及古今必须兼知的道理，而治中国文学思想史，若对自己脚下土地都漠不关心，就注定不会产生任何有价值的研究！

另一则是在九十年代，罗先生应北京大学中文系袁行霈先生之邀约，参与编撰由袁先生领衔主编的《中国文学史》第二卷之魏晋南北朝隋唐五代部分。由于袁先生的学术地位和影响力，所延请者皆为各个时段文学史研究之专家，并且实行严格的同行审稿制度，以保证修史之水准和质量。在北大，由孟二冬老师负责协调撰稿和评审两端之间交流沟通。孟老师是袁先生器重的学生，当时他还是一位青年学者，为人为学敦厚勤勉，然而十分不幸，他在2006年英年早逝。由于撰写文学通史，兹事体大，头绪繁复，所以孟二冬老师仅在执笔者和审稿者之间充当津梁信息的角色，而担任罗先生主笔部分的审稿者，亦是相同领域之资深学者，本着对此项工程的高度责任感，此位先生直率地提出修订意见，且不假辞色。当时罗先生已年近七十，若孟二冬老

深切怀念罗宗强先生

师能够将审稿信稍作处理,出之以更为柔性的语言和口气,可能更适于罗先生之相与切磋。然而,或许工作流程就是如此安排,罗先生接到评议,显然有点儿难以接受。

子曰:"君子和而不同。"关于中古时段文史问题研究,由于文献不足徵,顶尖学者有时也实难所见略同,这其实是不可避免的,所以罗先生感觉不太能适应。1998年,我当时正好由北大中文系派往韩国一所学校教书,在韩国山水之间,就收到罗先生寄来的长长的书信,引述那位先生相关评议,也抒发其郁闷的心情。依我之见,那位先生治学纯属朴学风格,全是骨头少见肉,却于考证极见其长处;而罗先生则是在文史骨架上,欲复原其血肉、筋脉及肤色,以至一笑一颦,所以无关高下,仅仅缘于两者治学路径、性情倾向及行文风格之不同,本不妨二者并存,共同为学界树立研究之典范!故而作为弟子,我立即驰书宽慰,其间多有书信往还。

然则关于某一学术问题所引发不同观点,却如高手过招,令我领教治学方法之余,也令我感悟。实际上,人文研究从来都是极其私人化的精神生产,诗歌可以皮陆唱和,而学术之同道合作往往会招致压力,尤其像罗先生这样具有诗人气质的学者,他拥有极其敏锐的艺术感悟能力,古人及其文学作品会栩栩如生地复活于其心间。我想苦心孤诣、一意孤行才是其最好的治学门径,在学术舞台上,罗先生穿上了红舞鞋,因而不到倒下那一天,他的舞步不会停歇下来,而这也正是一个学者的宿命!

写于 2021 年 1 月 16 日星期六

忆罗宗强兄

☐ 周勋初

近年来,常为罗宗强兄的健康担忧。自 20 世纪末,他的健康情况渐告恶化,这倒并不是因患什么恶疾,而是自然衰老,不知是否因为早年的肌无力等罕见的病症在慢慢摧毁他的健康,但在日常通话中,可以明显地感受到健康情况的日益退步。

2015 年时,承黄霖兄的好意,复旦大学中国古代文学研究中心组织了一套《当代中国古代文学研究文库》,首列十人,均为国内年长一辈的学者,我与宗强兄都名列其中。拙作《锺山愚公拾金行踪》和宗强兄的《因缘居存稿》有幸并列其中,自然会对彼此的选文与写法交换意见,此时宗强兄即很悲观,一再提到"怕是看不到此书正式出版了",我就安慰他,既无危及生命的恶疾,有事可做或许还可以延年益寿。果然,丛书顺利出版,我俩也就习以为常地交换各自的选集,留作纪念。

多年老友虽然常在念中,但均已年过八十,行动不便,很难谋面。一在南京,一在天津,平时只能通个电话交流近况。开始之时,我总是每隔个把月去一次电话,随着时间的推移,我逐渐感到,通话可能也会成为他的负担,于是我常处在又想通话,又怕通话的忐忑心情之中。我不知道他家如何布置,电话可能放在客厅里面。电话接通后,总是夫人前来接听,然后喊宗强兄来交谈。宗强兄身体还好的时候,听到夫人叫他,便迅速起来接听了。随着年龄的老去,他走路的速度越来越慢。后来才知道,他在家走路也要以拐杖支撑,这倒使我担心起来,心想这会不会发生危险?于是我俩的通话也就越来越少了。偶尔顺利地谈上一段时间，总是会高兴多时。

到了最近几年，一年也打不了几次电话，只能默默地将思念之情埋在心中。

去年八月底，宗强兄突来电话，说是要我帮忙，我赶紧接着谈，但他的声音极为微弱，已把电话转给他的女儿罗健。我的口音重，罗健听不懂，便由妻子祁杰接着交谈。原来他们想叫我找一个行家，在他的全部画作中挑选出一些可以展出的作品，准备办一个罗宗强画展。罗健说他前时大病一场，已在为他准备后事，后经医生抢救，才脱离了危险，他目前已回家，但仍需卧床静养。最近中华书局已将《罗宗强文集》出版，罗健打算亲自把《文集》和画一起送来。这两件事，自不必让她千里奔波，我就立即与文史馆业务处负责人丁骏兄商量，他也认为容易解决，不必让罗健来南京。于是二人通过网络视频，请这里的书画家与鉴定家萧平先生帮忙，从中挑选了 30 多幅，且云：此乃粤东画派风格。这个工作，前后只花了半个多小时；罗健还要来面谢，我力辞，让她用快递将《文集》寄来，她后来也说，把一箱子精装本文集提到南京，一个弱女子也会困难重重。

宗强兄的艺术修养之佳，在我们一辈人中很少见。他童年时代就随从揭阳一位画家学画，此人成名后移居新加坡，我俩于1991 年去新加坡国立大学参加《汉学研究的回顾与前瞻》会议时，宗强兄还专程去探望了那位老师。宗强兄夫人王曾丽，毕业于天津艺术学院，宗强兄八十寿辰时还出了一册夫妇画作合集，宗强兄用大写意的笔法，夫人则精于工笔画，于此可见其家庭中艺术氛围之浓郁。

宗强兄还爱好书法，他送我的书中，好多是用毛笔题写的，他还喜欢作诗，新体诗、旧体诗都喜爱，对于新诗作者海子等人，曾有专题论文发表。由此看来，他的艺术修养很全面，鉴赏与创作兼善。从我们偏于从事研究工作的人来说，这样的修养，这样的水平，很少见，因此无不给予高度评价，他的研究工作如此出色，即与其涵养的丰富、深厚有关。

我们二人都喜读唐诗与《文心雕龙》，平时交谈很多，晚年尤甚。我在晚年完成《文心雕龙解析》一书，就曾得到他的帮助。

深切怀念罗宗强先生

《解析》之成，对我来说实属意想不到之事，其时我已年过八十，精力不敷，思绪常嫌迟钝，本拟放弃这项著述，然在若干朋友相劝下，终于提振了完成全书的信心。当时感到这类著作社会上流行的已很多，不少是前辈名作和友辈的力作，而自己的原有讲义，是否有其特点，值得不值得加工推出，始终下不了决心，于是将已成的十五篇《解析》样稿分寄有关各位学者，宗强兄亦在咨询者之列。事后蒙兄明告，此稿完全有我个人的特点，值得加工，这才激发了我完成全书的热情。其实我在请他审阅时，心中是很忐忑的，我已知道他当时患有青光眼，阅读不便，但他还是勉力读我寄去的文字，且一一作答。我在书前有一篇很长的前言，列举我对"龙学"中各种问题的看法，颇多与人不同。蒙兄认可，信心倍增，而我用语时见疏忽，蒙兄改正，文义始安。如我在历数《文心》研究者中前后阶段作出贡献的一些专家，论及改革开放之后的一些代表人物，不再囿于前时的苏式理论，而是结合自身思辨所得，在理论建设上可以牟世金的《文心雕龙研究》与张少康的《刘勰及其〈文心雕龙〉研究》为代表，宗强兄建议，此处可改为"其中有的人则以构建刘勰的文艺思想体系为着力之点。这方面的成果很多，其中可以牟世金的《文心雕龙研究》与张少康的《刘勰及其〈文心雕龙〉研究》为代表"。这样改动，论证始见周密。随后我又接着介绍"在理论探讨方面作出重要贡献的著作，可以王元化的《文心雕龙创作论》与罗宗强的《读文心雕龙手记》为代表。"如此评价，绝非囿于人情的酬答。罗书篇幅不大，讨论问题时条分缕析，论断精严，时能给人以启发。读者不难复核。

　　我在《前言》一文中，还曾尝试对建国后《龙》学界指导思想的变化作出解释。建国初期，文艺理论界还未统一于某种理论，源于亚里斯多德《诗学》理论的季摩菲耶夫的《文艺原理》颇为风行，其时就有查良铮的译本面世，不但在学术界传播，高校中也被列为教材。当我介绍到此书时，宗强兄随即来示，说明查良铮即诗人穆旦，南开大学外文系教授。罗兄对其诗作评价极高。我因平时不大读新诗，故了解不多。自兄提示后，始觉应该介绍得详细一些，除了向他讨教，还向我校文学院内研究穆旦的年轻

深切怀念罗宗强先生

教授李章斌讨教，充实了内容，借此说明改革开放之前文艺理论界的变化。由此可知，宗强兄在健康不佳的情况下还能帮我完成最后一部著作，友情可感，我对此一直铭记在心。

宗强兄的治唐诗，与我的情况有其类似之处，均为郭沫若的《李白与杜甫》中的一些偏见所激发，由是他写成了《李杜论略》，我写成了《高适年谱》，其后均在李白研究上留下很多笔墨。

世纪之交，我一连串写了好几种有关李白的著作，而对其中《诗仙李白之谜》一书，罗宗强兄还特地在《文学遗产》1998年第4期中写了一篇书评《李白研究的一个更为广阔的领域》，副标题即"读周勋初《诗仙李白之谜》"。我在书中提出了许多新的论点，如剔骨葬友的奇特习俗，"笔题月支书"的不同于常人的学识，宗强兄认为，我从文化方面研究李白，确是开辟了一条考察这位伟大诗人的新路。从当下的情况看，我所提出的"李白为多元文化的结晶"之说，已为学界众多人士所接受，但像宗强兄这样从理论上加以进一步论证并推荐的还并不多见。

不但如此，我的李白研究成果，还曾得到他的大力推广，当他协助袁行霈兄编写《中国文学史》唐代部分中的李白时，就提出了许多新的见解。有的则说明出自我的某种著作。如果说我的李白研究有着独辟蹊径之处，蒙兄褒奖，也就帮助拙论扩大了影响。

2006年8月下旬，首都师范大学在北京宽沟举办"唐代文学学会13届会议暨唐代文学国际学术研讨会"，是我俩晚年共同参加的一次大型国际会议。会后还去金鸡岭长城游玩，其时宗强兄还能顺利攀登高高的城墙，且与年轻人一样，走了许多险峻的地方，事后却又生了一场病。他对自然界的美景，总是尽情享受，即使体能有所透支也在所不惜。

在这次会议上，他留下一张他至为珍视的相片（我、傅璇琮兄、罗宗强兄的合影），先是用在他八十寿辰的纪念集中，后又用在中华书局出版的文集里，无不放在突出的位置。

唐代文学研究是我们共同研究的中心问题之一，我与他的结交，自唐代文学始，直到去年收到他的文集，一直联系不断，而今人琴俱亡，实在令人不胜痛惜。

自我出任《全唐五代诗》第一主编起，宗强兄一直密切关注此一巨著的进展。此书初盛唐部分即将出版时，陕西人民出版社领导希望得到国家出版基金的资助，希望我找两位知名专家写推荐信去争取。为此我就请罗宗强兄和陶敏兄二人帮助。那时陶敏兄已患癌症，开刀后，正在休养，但他力疾撰文，可惜没能见到此书的面世。宗强兄亦病患缠身，也在预期内完成申报事宜。陶敏兄的逝世，我一直深感痛心，但从未写过什么纪念文字，这已成了我的精神负担。今借纪念宗强兄之机，将二人的申报文字附上，借以一起纪念二人对这一大书的贡献。

2020 年 6 月 11 日改定

【附一】

罗宗强推荐信

　　唐及五代时期的诗歌吸收了此前诗歌艺术的丰富经验，达到难以企及的高峰。唐代伟大诗人如李白、杜甫，几乎成了我国诗歌的代名词。由于唐诗是中国古典文学的瑰宝，因此历代学者均努力搜集编纂，力求展示其全貌，而以清康熙时代所编的《全唐诗》为第一座里程碑，其中收集诗歌 49403 首，诗句 1555 条，作者 2873 人。由于文献与文物的不断发现，加之唐诗研究的不断深入，学界对唐诗文献持续地补遗、考订、阐释，已知唐代诗人、诗作是清编《全唐诗》的两倍左右。新时期以来，学界纷纷成立唐诗文献的研究机构，力求在总结前人研究成果的基础上，再加发掘，以更高的学术要求，编纂一部能取代《全唐诗》的《全唐五代诗》。因此，这项工作是对中国文化中宝贵遗产进行全面深入挖掘整理的文化工程，不仅可为深化中国古代文学史的研究提供更为丰富的文献基础，而且会产生积极的社会与文化影响，为实现我国文化大繁荣贡献力量。

　　文学文献的整理本身就是一种高水平的研究，也是传承中国传统文化的重要手段。这一基础性工作一直受到学界重视，自 20 世纪 80 年代以来，包括《全唐五代词》《全唐五代小说》《全宋诗》《全宋词》《全宋文》《全元戏曲》《全元文》等大型文学总集陆续编纂出版,而《全唐五代诗》无疑是诸多总集中最具文献价值的一部。该工作的编纂队伍阵容强大,主编周勋初、傅璇琮、郁贤皓、吴企明、佟培基等先生都是研究唐诗的前辈与巨擘,所在工作单位均是中国古代文学和文献的研究重镇。1993 年该项目就被全国高校古委会立项,予以资助。教育部和全国高校均十分关注这项工作。第一主编周勋初先生的工作单位南京大学将此工作列入国家"985 工程"资助项目,目前已完成初盛唐部分,进入出版阶段;中晚唐部分也初具规模。该项目投入了大量时间、人员和经费,如能获得国家和社会更多支持,将更有利于这项工作的进行。我作为一名唐代文学研究者,深知其事艰巨和意义重大,急切地盼望这项工程早出成果,利益学界,为此,我衷心地祝愿《全唐五代诗》顺利出版,愿意推荐申请国家出版基金。

南开大学中文系教授　中国唐代文学学会顾问　罗宗强

2012 年 6 月 15 日

【附二】

陶敏推荐信

　　唐五代时期是中国古典诗歌的极盛时期,唐诗是中国文化的瑰宝,唐人就开始选录集结本朝诗歌。宋、元、明、清以降,唐诗选本层出不穷。清康熙皇帝酷爱唐诗,遂命江宁织造曹寅(曹雪芹祖父)主持编纂了《全唐诗》这一巨帙,且称"唐三百年诗人之菁华,咸采撷荟萃于一编之内,亦可云大备矣"!

　　由于编纂时间仓促,《全唐诗》中遗漏甚多,此后海内外学者展开了补遗与考订工作。其中比较重要的成果有王重民先生查阅敦煌出土文献时辑录出的唐人"佚诗",孙望先生从《永乐大典》及大量的野史、小说、诗话、笔记,以及域外汉籍中辑录出的《全唐诗》未见作品,童养年、陈尚君两先生又做了很多补辑工作,而唐代文物、域外汉籍中还存在不少佚诗。由于唐诗学界不断地进行唐诗辑佚与唐代诗人别集的考订、补遗与研究工作,新成果层出不穷,于是学界倡议在近三百年唐诗整理研究的基础上新编一部唐诗总集,定名为《全唐五代诗》。1993 年,该项目被列为全国高校古籍整理与研究工作委员会重点项目,由南京大学周勋初先生、中华书局傅璇琮先生、南京师范大学郁贤皓先生、苏州大学吴企明先生、河南大学佟培基先生担任主编。至2006 年,已完成初唐、盛唐时期 237 卷,以及部分中唐和晚唐的整理稿,其内容将是清编《全唐诗》的两倍,增作者约 1000 人,增加诗歌约 5000 首,足以取代清编《全唐诗》。在新时期以来整理的诸多中国古代文学总集当中,《全唐五代诗》无疑是最具文献价值和历史价值的大型中国古代文学总集之一,对深入发掘中国文化的宝贵资源,推进中国历史文化的研究与普及,增强民族文化的自信心和凝聚力,实现我国文化大繁荣的目标均将产生积极的影响。

　　这是一项历时长久、凝聚了许多学人心血的文化工程,我本人也长期从事这项工作,收集、考订、编校了韦应物、刘禹锡等一批唐代诗人的诗歌,深知这项工作在文献收集和组织工作方面的艰难,更希望这项工程得到政府和社会各方面的支持,为此,我竭诚推荐《全唐五代诗》申报国家出版基金项目。

湖南科技大学文学院教授　中国唐代文学学会常务理事　陶敏

2012 年 6 月 15 日

（原载《中华读书报》2020 年 6 月 3 日第 13 版）

深切怀念罗宗强先生

□ 赵敏俐

4月29日下午,惊闻罗宗强先生去世,深感震惊,心情也很沉痛。罗先生的学术成就、人格人品令人敬仰,对此学界早有定论,无需我多说。罗先生对我所在的首都师范大学中国诗歌研究中心和古代文学学科的巨大支持,及对我本人的关爱,尤其令我难忘。此刻,我情不自禁地回忆起与罗先生交往的一些故事。

我对罗先生仰慕已久,时间最早可追溯到1981年。那时,我正在读本科三年级,有一天在书店,发现了刚刚出版的罗先生的《李杜论略》。这本书没有前言,没有后记,也没有作者介绍,我当时孤陋寡闻,不知道作者罗宗强是何许人也。只是出于对李白杜甫的喜欢,便把这本书买了回来。没想到,刚读了第一部分关于李杜优劣的历史回顾,就被这本书深深吸引了。

上大学之前,我曾经非常认真地阅读过郭沫若的《李白与杜甫》。那时的农村无书可读,郭沫若的这本书曾经对我的影响非常大。1977年考上大学后,适逢改革开放,学术界对郭沫若的一些观点多有不同看法。罗先生的这本书让我大开眼界,一是知道了有关李杜优劣的问题在历史上曾经有过那么多的争论,二是感到这本书内容的丰富、立论的公允和分析的透彻。从此让我有了重新认识李杜的想法。

我从图书馆专门借来了王琦的《李太白诗集注》,从头到尾认真读过一遍,做了一厚本的笔记。我还买了一部《钱注杜诗》来读,可惜没读完,因为当时为了报考研究生而复习准备,就把这个读书计划打乱了。但从此,罗先生就成为我心中所仰慕的学者之一。之后，陆续拜读了他的《魏晋南北朝文学思想史》《隋唐五代文学思想史》等书，对他的仰慕之情也日益增强。

记得在读他的《玄学与魏晋士人心态》一书时，除了被书中许多精彩论证所折服，读到《后记》时也颇受感动。短短两页，却写出了他面对生活磨难的坚强，对学术的执着，对光阴的珍惜。特别是最后一句话："青灯摊书，实在是一种难以言喻的快乐"，让我感动了好久。

我与罗先生第一次见面，是在十多年之后。那是 1996 年，我有幸参加了袁行霈先生主编的《中国文学史》第二编汉代部分的编写，罗先生则是第四编的主编。当年 3 月，我们一起参加了在济南举办的文学史编写会。在会上，我第一次听到罗先生的高论，会下又向他表达了我的仰慕之情。

我向他说起读《李杜论略》时的体会，没想到罗先生当时对我说，他很惭愧，他的那部书写得并不理想，有许多不如意之处，可惜白纸黑字写出去就再也收不回来了。我听了他的话之后，颇有一些尴尬，同时也很感动。我尴尬的是，突然感到我说的话有些冒失，与罗先生提起这部在他看来不太满意的书，这是不是不太礼貌？我感动的是，罗先生对自己的治学要求竟然如此严格，他在我这个年轻的陌生人面前毫无矜持之态，坦诚内心，谦逊亲切。我顿时对他有一种肃然起敬之感。

我与罗先生更多的接触则是 2000 年以后。那一年，我们申报教育部人文社会科学重点研究基地——首都师范大学中国诗歌研究中心（以下简称"诗歌中心"），拟请罗先生出任学术委员会主任。我们怕罗先生不答应，先请他的高足左东岭教授做些工作，然后让南开大学的老毕业生、我们的老主任张燕瑾先生出马敦请，终于得到罗先生的俯允。从此以后，罗先生主持学术委员会工作，先后两届，直到 2008 年任期结束。

8 年间，他对诗歌中心的发展关怀备至，对诗歌中心的总体发展规划、科研项目的确立、人才的培养等出谋划策，付出了大量心血，对我的教诲帮助尤多。可以说，诗歌中心的发展能有今天，与罗先生的关爱是分不开的。2004 年至 2009 年，我们又聘请罗先生任首都师范大学中国古代文学学科的特聘教授。罗先生同样尽职尽责，为研究生开课，又举办讲座。对我校中国古代文学学科的建设发展，罗先生同样厥功至伟。也因为这一机缘，2009年，由左东岭教授组织，我们在首都师范大学举办了"罗宗强先生八十华诞学术研讨会"。这是罗门弟子对导师的感恩回报，我们也借此机会表达了对罗先生的感谢之情。

随着与罗先生交往的加深，我对他的学问人品也有了越来越多的体会。罗先生做学问有高境界、高追求，做人做事也是那么的认真。可在平时的交往中，他又是那么亲切随和，是一位慈祥的老人。每年，诗歌中心学术委员会的会议都由罗先生主持，既严肃认真，又惠风和畅。会后聚餐，大家尽兴畅谈，气氛热烈。罗先生话语不多，不喝酒也不抽烟，他总是笑眯眯地坐在桌前，认真地听着别人的高谈阔论，神情可爱。

罗先生的两位高足——左东岭、雍繁星教授也在首都师范大学文学院和诗歌中心工作，两位不仅传承了罗先生的学术衣钵，成就斐然，也传承了罗先生的学风人品，我们结下了深厚的友谊。记得在罗先生受聘于首都师范大学期间，有好几年的春节，我都会跟左东岭和雍繁星一起，到南开去给他拜年。我一直把他当成我尊敬的师长，想借此机会获得更多的教益。罗先生对我这个门外的学子总是那么客气有礼，处处体现出长者之风，包括给我们这些后辈的赠书，落款也总是写"宗强奉"，每次收到后都让我有受宠若惊之感。

最近几年，我与罗先生的接触逐渐减少，但还是借赴南开开会之机，先后拜访过罗先生几次。最后一次是去年9月10日教师节，我借参加南开主办的"叶嘉莹教授回国执教四十周年暨中华诗教国际学术研讨会"之机，与罗先生高足张峰屹教授联系，由他带我前去罗先生家中探望。罗先生的行动有些迟缓，但是头脑仍然清晰，谈吐依旧，精神状态甚好。没想到这竟然是最后一次拜访！

与罗先生同时代的这批学者是我们的师长，我们是在他们这一代学人直接教育和影响下成长起来的，所以说起他们，总有一种特殊的亲切感。如今，这一代学人逐渐离我们远去，想来不免多有感伤。罗先生无疑是这一代学人当中的优秀代表，他把学问和思想、性情与智慧有机融为一体，取得了杰出成就，令人敬仰。这短短的文字不足以表达我此刻复杂的心情，仅以此寄托我对罗先生的深深怀念！

罗宗强先生千古！

（原载《中国社会科学报》2020 年 5 月 15 日第 8 版）

深切怀念罗宗强先生

对罗宗强先生的点滴回忆

□ 张伯伟

昨天上午,勋初师打电话来,告诉我罗宗强先生于前天去世。我不用微信,消息自然迟滞些。曹虹有微信,但不一定及时看。我的第一反应是:人生怎么有这么多遗憾。说起来难以相信,我直到现在也没去过天津。从前年开始,我就一直盘算找个时间去,目的还就是单纯看望宗强先生。记得有次见到陈洪兄,我向他表达过此意,并且询问了宗强先生的身体状况,得到的回答是还不错。陈洪兄还说欢迎我去,到时找人陪我喝酒云云。阴错阳差,终未成行。去年初,南开大学历史学院的孙卫国教授约我下半年去开会,我便答应了,当时就想正好可以借机去看望宗强先生。谁知事与愿违,六月我自己病了,住院手术,出院后遵医嘱深居简出,至少休养半年,也就未能北上与会。到了今年,不知从哪儿冒出了新冠病毒,竟演变成一场全球性灾难,不封城也要居家。没想到就在国内疫情稍缓的此时,宗强先生竟然离开了我们,我的一点小小愿望也永无实现之可能,所以很自然地感叹:人生怎么有这么多遗憾。

我最早记住宗强先生的名字,是在《文学评论丛刊》第 5 辑(1980)上读到的文章《我国古代诗歌风格论中的一个问题》,其写作要更早一些。当时"文革"结束没几年,学术范式大多还停留在过去机械僵化的套路,而此文探讨中国古代的风格论,不仅将理论阐发和作品分析相结合,而且将文学评论和人物赏鉴、书画品评相结合。这样的研究路数,与我当时自己误打误撞的学术取向相当合辙,所以不但从中受到很多教益,也增强了对自己的学术信心。在 1981 年提交的本科毕业论文《意象批评论——从钟嵘〈诗品〉谈起》中，还引用了宗强先生的这篇文章（此文收入《南京大学中文系本科学生论文选集》，南京大学出版社 1999 年版）。所以，尽管我未能有"亲承音旨"的缘份，但还是蒙受了宗强先生的学恩。

冥冥之中的学术缘分，还有一事可述。1991 年，宗强先生出版了《玄学与魏晋士人心态》，一时洛阳纸贵，不胫而走，我自然也购置阅读。当时学术界不仅对于"心态"的研究很少，甚至"心态"一词还让人感到陌生。而我恰好在 1982 年初与曹虹合撰了《李义山诗的心态》，并在同年五月南京大学八十周年校庆期间的学术报告会上作了报告（正式刊载于《唐代文学论丛》第 6 辑，1985 年），但"心态"研究无论在当时还是此后相当一段时间内，仍然是寂寥的。所以读到宗强先生的这本著作时，就有一种说不出的亲切感。在该书的"后记"中，他有一句常为人引用的表达其"素心"的话："青灯摊书，实在是一种难以言喻的快乐。"而我在 1991 年的《禅与诗学·后记》中，也幸福地写到与曹虹"共同度过了无数个青灯摊卷的苦读之夜"，"快乐"和"苦读"正可形成一种呼应和互文。虽然有年辈的差别，但在学术上却有着相近的"甘"与"苦"的体验，让我感到跳动在宗强先生胸中的是一颗"年轻的心"。同样要说的是，我从宗强先生的这部著作中受到了很多教益，也又一次增强了对自己的学术信心。这些教益和信心都是其论著给予我的，虽然是一种无形的力量，但数十年来，我能够在学术探索的小径上孤怀独往，在质疑和嘘声中勇敢前行，支撑着我的精神的，就有来自于宗强先生论著的这份力量。

与宗强先生有稍多的接触，是在 2000 年 9 月的日本京都。我那时在京都大学担任客座教授，宗强先生则是应大谷大学之请作短期讲学，在京都逗留数日。检查当时的日记，实录如下。9 月 15 日："晚饭前钱鸥来电话，罗先生在她处，邀我前去会面。她开车来接，正逢大雨。其女儿看到我颇亲近。饭后钱鸥开车送罗先生夫妇，再送我。罗先生约过两天晚去他家。"9 月 18 日："去罗先生处。罗大叹其校内有小人，此次竟做手脚，使其签证为旅游签证,以致讲学活动变为非法活动。几经周折,明天拟去入境管理局改换签证。"9 月 20 日:"下午听罗先生演讲。……晚上与罗先生电话,他说自己下午心不在焉,因为中午得到一个确切的消息,极为气愤。这次居然是天津市外事部门与日本法务省联系,提出不要批准罗来日,法务省来大谷大学调查,是校长担保,结果中方只好放行,但提出给旅游签证。真是奇怪。"宗强先生是很纯粹的读书人,面对阴谋诡计,通常无法可施。但天佑善人,最终还是解决了这些麻烦。那年岁末,我完成了一篇《评点四论》,寄给《中国学术》。不久,主编转来了外审意见,称此文是"迄今为止研究评点最为深入之作"。后来遇到主编,他告诉我审稿者就是宗强先生,不禁在心头浮起一些知遇之感。

2009 年 7 月 12 日,在北京举办了"中国文学思想史学术研讨暨罗宗强先生 80 寿辰纪念会",我和曹虹应邀参加,这是我最后一次见到宗强先生。我知道此前宗强先生患"肌无力"病,此乃顽症,很难痊愈。还是天佑善人,且有贤弟子尽心照顾,感动上苍,这时他已完全恢复,精神矍铄,思维敏捷。我平日很少外出开会,在学术共同体中,我努力以边缘自处,以期保持清晰的头脑。那个会议的规模不小,很多人我不认识,少数旧相识也因多年未见而不认得我。但我高兴地看到这么多优秀学者同聚一堂,"以介眉寿"。尤其是罗门弟子,如我较为熟稔的卢盛江、张毅、左东岭诸兄,在学术上都各有优异的表现,并且培养出新一代弟子,也正茁壮成长。我当时想,"晚有弟子传芬芳",宗强先生看到此情此景,应该特别地满足吧。

从此我再也没有见过宗强先生,当然还有学术上的往来,也只限于互赠著书。这都是因为我从年轻的时候就不太热衷与人交往,虽然见到朋友也很愉快,高谈阔论起来有时也手舞足蹈。年龄越大,意态越"老懒",尽管远未到"如深山道士,见人便欲退缩"(借用袁昂语)的程度。抽屉里正好存着两封宗强先生的书信,一色娟秀的毛笔字,使见字思人之情油然而生。一封写于 2012 年 3 月 9 日,应该是收到了我寄奉的拙著《作为方法的汉文化圈》,其中有调侃语云:"海内此一领域之研究,先生独占一席，天津话所言'大拿'是也。"可以想见他的谐谑。另外一封写于 2014 年 11 月 16 日，那是收到了我的《读南大中文系的人》一书，内容稍有点沉重，笔调则故作轻松："蒙赠大著《读南大中文系的人》，读罢别有会心。弟前不久住院手术，因填入院家庭地址为南开，为我开刀的主任问我哪个系，弟回答中文，弟见其表情，真是微妙极了，似谓中国人还要学中文？工作于中文系，法定为浅薄之徒也。自我作乐，浅薄归浅薄，弟正以浅薄为乐也。"其实直到十九世纪末的西方，人文学仍然是一种更优越、更高级的知识形式，中国传统就更不必说了。科学至上是二十世纪，尤其是第一次世界大战之后的事情，所以有"两种文化"之战。科学至上强化了人类的傲慢，从某种意义上说，新冠病毒就是对这种傲慢的反抗或反扑。至少到目前为止，有效的防控主要还不是依赖于科学，而是社会的组织力。所以，人文学、社会科学的学者正任重而道远。前些时候，我自觉在学术上的一个南宗画意义上的"圆"即将画成，其核心问题就是如何把文学当作文学来研究。我相信以宗强先生的"雅人深致"，对此必有独特的会心。我多想再有机会请益，那样的谈话，或许可臻"不信人间有古今"之境吧。无奈的是，人生就是有这么多遗憾！

（原载《中华读书报》2020 年 5 月 13 日第 13 版）

深切怀念罗宗强先生

对罗宗强先生的点滴回忆

先生的书房

□ 张峰屹

深切怀念罗宗强先生

先生的书房

恩师宗强先生离开我们,已经八个多月了。这八个多月,我总是不自觉地回想起与先生在一起的一幕幕情景,先生的指点和教诲,表扬和批评,或是轻松愉快的闲谈,大多都在先生的书房里。

1995年4月,我第一次拜见先生,就是在北村四号楼一单元202室先生的书房。那一年,我报考了先生的博士生。那时,我已过而立之岁,在内蒙古大学汉语言文学系担任讲师。授课之余,反复拜读先生的《李杜论略》《隋唐五代文学思想史》和《玄学与魏晋士人心态》,惊诧于学术著作竟然能写得这么引人入胜,兴味益然。尤其先生的语言表述,竟能实现清晰准确与灵动多姿水乳交融,清明的思理逻辑与真挚深沉的感情完美融合,让人一读就放不下。这和以往的学术著作太不一样了,我感到由衷的钦佩和向往!可在当时,我还是学术研究的门外汉,只是领略到先生的学术著作论域拓宽了,观点很新颖独到,至于其内在的思想肌理和学术开拓,一时还茫然不明就里。于是,我毅然决定辞职报考,热盼跟随先生学习这奥妙而有趣的中国文学思想史。

首次拜见先生,内心充满了崇敬和惶恐——这主要是缘于先生誉满学界的学术声望,以及我自己的无知寡识和不自信。先生那年64岁,清癯干练,步履矫健。先生就在书房接待了我,具体说了些什么已经记不清了,大概就是考察我的学历和读书、科研情况吧。印象最深的,一是先生的思想敏锐、洞察细微,那温和而犀利的眼神，那一口听不大懂的广东普通话，以及不等我回答完毕就提出另一个问题的谈话情景，迄今犹在目前耳畔。再一个就是先生的书房：两壁到顶的灰蓝色木制书架，整齐地排满了书籍。一张同样颜色的写字台，摆放在靠窗一侧的地中央，桌面上放着很多书，有的打开，有的堆叠在一边。还有一组黄面黑格的绒布沙发，一个木架玻璃面的茶几，茶几上也堆满了书籍。书架和写字台的样式比较普通，一看就是在小家具作坊订制的那种，能看出有些地方已经变形；沙发也是那个年代最常见的弹簧坐垫制式。唯一显得比较高档的，就是那把黑色人造革面的高靠背转椅。简朴、丰富而有秩序，这是我对先生书房的最初印象。

入学后的第一个学期，我和学弟成君其圣（同年入学，小我一岁）听先生讲《庄子》课，就在先生的书房。每周有一个上午到先生家里上课，先生每次都为我俩泡上好茶，有时还会摆一盘水果，感觉特别温暖。开始听课的一两个月，先生的广东普通话我听不大懂，好在其圣兄是扬州人，我听不明白的地方，课后就问他。先生的授课，方法与众不同：不是他讲，而是要我俩讲，他来批评指点；不是要我们只读一种本子，而是指定多种历代代表性的《庄子》注本，一起对读讲解。这种讲读法真是令人生畏，但是一个学期认真扎实地读下来，竟收获了意想不到的学习效果。毕业多年后，我在拙著《跬步集》（天津人民出版社 2006 年版）的《后记》里，写下了自己对这种读书法的心得体会："读一种经典，就可以了解某一侧面的学术发展史梗概，可以对文本本身认识得更为细致清晰准确，可以锻炼思维的明辨，可以发现值得研究的问题。经常这样读书，就可以建立高瞻远瞩的学术视野，可以树立一种优良的学术态度，可以达到事半功倍的效果。而这，也只有真正这样苦读过的人，才可能体会个中的美妙吧？"我在自己指导博士研究生之始，就一直沿用先生教给我的读书方法，带领学生细读经典，让学生体悟这种读书法的益处，期望能薪火相传。

1996 到 1997 学年，先生应邀赴新加坡国立大学讲学，带师母同去。那时师妹罗健远在深圳工作，我便受命住到先生家里，替先生看家。于是，先生的书房，这一年便成了我的书房。我不仅可以随意使用先生的书籍，还可以使用先生新近购置的电脑。那个时候电脑还不普及，更没有家用的互联网，电脑的作用主要就是打字作文和打印文稿。先生家里的台式机还是"386型"的，九寸的显示器还是显像管的那种，操作系统是 WPS 的。不过在当时，那已经是最先进的电脑了，售价超过万元，异常贵重。电脑就摆在字台旁边一张专用的小桌上，先生出国之前，手把手教会我怎么建文档、怎么打字、怎么打印。同时，还为我准备了二十个航空信封，信封上都已打印好先生在新加坡的英文通讯地址，并且都已经贴好了足资的邮票。先生嘱咐我，学业上有什么问题，可以用电脑书写打印，装在那些信封里寄给他。我这才恍然大悟：原来先生是为了随时关注、指导我的学业，又不想让我花费那昂贵的邮资——他把一切都为我考虑到并且准备好了！

这一学年，除了去食堂吃饭、上床睡觉，我就一直待在先生的书房里，读书思考，撰写博士论文，过得非常充实而高效。除了写完学位论文的大部分，我在读博士期间发表的八篇期刊论文，大多也是在这时这里完成的。现在想想，如果这一学年不是待在先生的书房里，我的毕业论文可能就不会写得那么顺利。因为，这里不仅有足够使用的书籍，静谧适宜的环境，更有先生那简朴、丰富而有秩序的"书房气息"的感染、鞭策和启迪。

1997 年夏秋之际，先生携师母回国。不虞几个月后，先生患上了重症肌无力的疾病。转年三月，终于联系好北京东城区的北京医院，先生需要去那里住院治疗。我们在读的几个师兄弟轮流随侍照护，晚上就在医院东边隔着东单公园的一间民宿里休息。因为肌无力，先生睁开眼睛看东西会很吃力，也不利于说话。主治医生不断要求他不要看书，少讲话，多静养。为此，先生感到非常抱愧，不止一次真诚地对我说："因为我的病，耽误了你们的学业。"同样的话，他也对前来探病的好友傅璇琮、张少康、黄克等学术前辈说过。而实际上，先生并没有放松对弟子的学业指导。先生总是趁着医护人员不在病房的时候，跟我们说论文、谈学问，指点学术路径。那年的五月，我和其圣兄将要毕

深切怀念罗宗强先生

业答辩，先生就躺在病床上，特别吃力地审阅我俩的学位论文。每人二十万字左右的手写文稿，厚厚的两大摞，先生逐页仔细阅读。我守在旁边实在不忍，就要求念给他听。先生听得非常认真，有时要我回过头把这段再读一遍，有时就把文稿拿过去自己细看。每到有需要修改的地方，先生口述修改意见，我们就伏在病床上记录下来。我经常就是这样，泪眼朦胧地笔录先生的批改意见。包括后来答辩必需的导师对论文的整体评价意见，也都是这样记录下来的。先生住院的这几个月，北京医院的那间病房，其实成了他指导我们学业的特殊书房。惭愧的是，我已经不记得那间病房的房号了。

　　1998年6月，我顺利毕业并留校任教。2000年，经过两番搬迁，从筒子楼住进了偏单。幸运的是，分配给我的住房也在北村，与先生家距离仅两百米。这期间，我还是常常跑去先生的书房，聆听先生的教诲。先生的一个郑重嘱咐，让我深自警惕，铭记终生："写文章要慎重！白纸黑字，那是抹不掉的。不需要写那么多文章！写那么多文章有什么用呢？你写十篇好文章，别人不一定会关注你；你写了一篇坏文章，别人就会记得你！"我至今还清晰地记得，那是夏天，先生穿着白色衬衫，端坐在那把人造革面的转椅上，身子微微前倾，紧紧盯着我，郑重地讲出这几句话的样子。现在我也接近杖乡之年了，每当有所心得要撰写论文时，头脑中仍会浮现出先生谆谆叮嘱时的声貌，促使我再一次检讨：这篇论文能不能写？该不该写？

　　2002年，先生家搬到了西南村新建的住宅楼，新书房的面积更大了，书籍也更多了，书架、字台、座椅和电脑也都换了质量更好的。可是我对先生书房的印象和感觉——简朴、丰富而有秩序，却并没有改变。先生的书房，还是那个我熟悉的温馨所在，仍然是我解惑加膏、心向往之的地方。这时的我作为"青椒"，有自己的教学科研任务，还要担任本科生、研究生的班导师，还必须参与系里随时而来的其他编撰任务。2005年底以后，我又担任了古代文学教研室主任和文化素质教学部的副主任，各种琐事烦杂忙乱，时间紧张且被扯得散碎。我就不能像从前那样，可以随意随时拜访先生的书房了。但是念兹在兹，一有

117

先生的书房

深切怀念罗宗强先生

空儿还是要跑去先生的书房,向先生汇报最近的研习心得,闲谈工作事务,倾听先生的指点和教诲。那时先生的一个说法,令我印象特别深刻:"不要自己去强求当教授,你要让人家来请你做教授!"当时我真的是被惊到了——哪里会有这种事情,怎么会有这种可能! 过了许久,我才想明白个中的真义,这应该是先生对我的期待和激励。可是特别愧对先生,虽然我当教授已经十四五年了,当年也的确是水到渠成自然晋升的,没有苦心执意地求取,但是学术成绩,距离先生的期望还差得太远太远!

先生荣休后的书房,命名为"因缘居"。我体会,这是先生晚年根据自己一生的经历,融会了道、佛两家思想精髓的一种人生感悟和精神寄托。世间万事熙熙攘攘,纷纷扰扰,你来我往,悲欢离合,莫非因缘;世界和人生的本相,乃是莫名而恒定的变动不居,倏忽轮回,亦赖因缘。而俗世间一切动静和实相,人们内心的执着与是非,不过是瞬息迁转的虚无幻境。唯有融入天均大化,顺任自然,始可得其环中,才能实现逍遥和永恒。我觉得,这就是先生晚年的精神所寄,所以先生说:"自强不息易,任自然难。心向往之,而力不能至。"这应该是先生晚年对人生最深刻的体悟。可与智者道,难为俗人言。

2021 年 1 月 17 日改定

先生的书房

深切怀念罗宗强先生

一年研究情况综述

初唐文学

据中国知网、超星期刊数据库查询统计,2020 年直接或间接与初唐文学研究有关的期刊论文与学位论文共计 140 多篇,数量与上一年基本持平。总体来看,研究队伍涉及面广,研究内容涵盖考据、义理、辞章,文学史发展背景下的宏观观照和基于文体流变纵向视野与初唐文学横断面坐标点的综合考量是研究亮点,间有学科交叉之作,是本年度研究的基本特点。兹择要综述。

一、总体研究

初唐文学总体研究有 10 多篇论文,内容包括文学思想、文体类型、文学接受等。关于初唐文学思想,潘链钰《破立视阈下的初唐诗学建构研究——以"四杰"和陈子昂为中心》(《中国海洋大学学报(社会科学版)》2020 年第 1 期)认为,太宗晚年齐梁余韵之回潮肇引出初唐诗学必破之格局,"初唐四杰"与陈子昂以"风骨""兴寄"大旗欲立初唐诗学新面貌。以王勃为首的"四杰"呼唤刚健诗风的同时未能很好地实践"风骨"之旨。陈子昂则超越"四杰",秉承儒家诗教、亲爱风雅,援《诗》立文,以"兴寄"推动初唐诗学继续深入发展。文体研究涉及初唐或初盛唐的五言诗、歌行、边塞诗、山水诗、婚恋诗及赋等。研究初唐五言诗的文章有 2 篇值得注意。黄琪《初盛唐五言"古风"型诗歌的诗史意义》(《文学评论》2020 年第 5 期)认为,初盛唐以来,题为"古意""拟古"的诗作,部分实为沿袭南朝的声律体。王绩、骆宾王、陈子昂等开始创作"咏怀""感遇"类五古,恢复汉魏诗歌传统,建立了五言"古风"型诗歌的基本体制。张九龄、常建、祖咏、储光羲、贺兰进明等人也进一步推动五言"古风"创作,李白则作为集大成者对这一诗型做了充分完整的总结,由此形成开、天诗坛创作五言"古风"的风气。当时五言"古风"的创作是从诗的音响效果这一总的艺术性出发,对沈宋新体声律加以反思和利用。评价初盛唐五言"古风"型诗的诗史意义,应注意这一诗型对盛唐诗歌风骨内质的建构所起到的推助作用,以及它所承载的当时诗坛比较一致的追求"建安风骨"的理想。中唐以降,作者的古诗趣尚走向多元分化,汉魏风骨和兴寄不再是诗坛的一致理想,这一诗型也就难以再形成创作风气。项鸿强《长撷腰、长解镫:初唐节奏论与五言诗流变》(《文艺理论研究》2020年第4期)指出,长撷腰的情况在六朝五言诗中较为常见,"二一二"的节奏句式是诗行构建的常用方式,是诗歌写作的主流。"二二一"句式经谢朓、何逊之后渐趋成熟,但在数量上仍处于弱势,故诗行之间缺少节奏变化。龙朔之后,长撷腰的情况开始改变,卢照邻、崔融、杜审言等人的五言长诗中对撷腰、解镫采取间而用之的手法,诗歌节奏变得更为流转。这与元兢提出长撷腰、长解镫之论相关。诗行之间的节奏关系开始受到人们关注,并且在诗歌实践中得以贯彻。故长撷腰、长解镫是五言诗发展流变中的一大关捩。有若干篇文章从文学书写的角度研究歌行和赋。向铁生《初唐歌行的都城书写及其诗歌史意义》(《西北大学学报(哲学社会科学版)》2020年第6期)认为,初唐歌行呈现出大量的都城书写,其书写模式有:运用散点透视的手法描写两京都城的建制和建筑景观,记录两京都城中的文化生活和都城意象的书写。其中,记录都城文化生活多有采用"公子""娼妇"对写模式,浓缩化的都城意象书写则扩大了都城的文化内涵。这种书写深受都城赋影响,同时也与统治者的喜好、宫廷诗的影响及京都生活时尚有关。在这些书写中,诗人们将两汉以来都城建制中天人合一思想转换成宇宙意识,推进了唐诗时空意识的思考,也富含诗人们的盛世想象和英雄怀才求志的抒写,是诗歌盛唐到来的重要准备,影响其后的歌行创作。余丹、康震《礼制与政治:初盛唐明堂赋的文本语境与书写策略》(《求是学刊》2020年第4期)认为,唐代是明堂礼制的繁荣期。明堂是东都洛阳城市空间不可或缺的礼制建筑,行明堂礼是帝王功德伟业和政权统治的象征。明堂赋在书写策略上的差异性,是明堂礼制与政治体制变迁、士人身份阶层等因素共同影响的结果。由刘允济《万象明堂赋》《明堂赋》,可见武则天营建洛阳礼制的建筑体系,由李白、王諲、任华等人《明堂赋》,可见唐玄宗终结武周政治遗绪、开启政治新局的历史过程。历代明堂书写共同累积、构成了明堂的意义系统和礼制内涵。关于初唐的文学接受,安敏《经史定位与文士知行的殊途同归——论初唐屈骚接受》(《三峡大学学报(人文社会科学版)》2020年第1期)认为,初唐文士对屈骚接受表现在对屈原其人与其作的有意切分、创作观念与创作实践的高调背离两个方面。对于屈原其人,他们肯定了屈原的忠君爱国精神与文士身份。对于屈原其文,他们在观念上颇有微词,在创作上又多受影响。其余关于山水诗在初唐的分流、初唐边塞诗的愤郁特色、初唐科场试赋对《文心雕龙》的接受等文章,限于篇幅,不一一举例。

二、帝王及其重臣与文学研究

此类文章近20篇,主要探究初唐帝王的文学思想、文学创作和帝王影响下的文坛状况及与帝王关系密切的初唐重臣生平行事与文学创作。

初唐帝王与文学研究依然集中于唐太宗、高宗、武则天三人。首先值得关注的是几篇与唐太宗有关的文章,兹举2例。吴光兴《唐太宗的西晋文学情结与唐代文学的"祖宗之法"》(《武汉大学学报(哲学社会科学版)》2020年第4期)认为,唐太宗御撰《晋书·陆机传论》是他晚年对陆机的定论,其论反映的西晋文学情结不仅关乎他个人的文学趣味,而且在当时的文学观念语境与历史背景中也顺理成章。隋唐政权与十六国北朝一脉相承,对于正统性的根源认同,自然偏向推崇西晋。中古隋唐时期,唯美的、贵游的文学正统趣味,客观上正是以陆机为主要典范的。作为三百年王业的创始之主,唐太宗的文学趣味、文学修为,可称为唐代文学"祖宗之法"。从文学史长时段的角度观察,明人胡应麟有关唐太宗文学趣味与唐代文学价值取向之间具有特定关系的论断,言之成理,值得重视。王珺《唐太宗的初唐思想与文学创作中的嘉遁情怀》(《天津大学学报(社会科学版)》2020年第5期)认为,唐太宗虽是马上皇帝,却一向重视文学,笼络了一批谋臣学士,太宗的言行也由此直接影响到士大夫阶层。太宗存诗70首,虽诗作质量并不高,但世人多以雅正宏丽评价太宗的诗文,并认为他对初唐的文学生态影响颇深。太宗在歌咏现世人生的诗作中,往往会镌刻着嘉遁尚隐的情思表露,体现了唐初"重贞退之节,息贪竞之风"的文坛风尚,也丰富了宫廷诗歌的内涵,并影响了初唐诗坛。

唐高宗、武后的文学创作虽乏善可陈,但两人对于初唐文坛的影响却很大,许多文章也就此着笔,内容涉及高宗、武后影响下宫廷诗、郊庙歌辞、策文等文体的创作情况。卢娇《武周与太宗、高宗朝宫廷诗歌比较论——兼谈五律写景规范的确定》(《苏州科技大学学报(社会科学版)》2020年第3期)认为,武周宫廷诗歌是初盛唐诗歌演进中极为重要的一环,与太宗、高宗朝相比,发生了较大变化。武周宫廷诗人在歌功颂德诗中多结合自身的独特经历表达对武则天的感激,使这类诗歌摆脱了自西晋延续到唐初的程式化模式,具备了个性化品质。在宴饮游赏之作中,诗人们在武则天的影响下,由耽于诗酒之乐到陶醉于壮伟清新的自然景物,与太宗、高宗朝宫廷诗人相比,表现出不同的审美趣味。尤其是"沈宋"二人,在应制近体中求新求变,不仅减少了唐初诗歌中普遍出现的"合掌",也确定了近体常用的写景规范,拉开了近体与古体、唐初半古半律的杂体之间的距离,强化了近体的体式特征,对盛唐五律的写作产生重要影响。左汉林《唐高宗武后朝郊庙歌辞的创作及其特征》(《内蒙古大学学报(哲学社会科学版)》2020年第3期)认为唐高宗、武后(含中宗、睿宗)时期郊庙歌辞的撰写有着非常特殊的意义,此时的郊庙歌辞具有很强的政治性,它不再是简单的对上天和先祖的歌颂,而是朝廷政治的最直接反映,甚至成为政治斗争的工具。除高宗时期郊庙歌辞数量较少外,武后前期的郊庙歌辞多为其篡唐作舆论准备。中宗和睿宗时期的郊庙歌辞,则显示出对李唐复国及拨乱反正的祝颂。这个时段的郊庙歌辞虽然歌辞拟古,文学性不强,但其政治背景及其所包含的政治意义却耐人寻味。刘全波、曹丹《论〈兔园策府·议封禅〉产生的历史背景》(《甘肃广播电视大学学报》2020年第4期)指出,敦煌写本《兔园策府》是唐高宗时期蒋王李恽的僚佐杜嗣先针对科举试策而编撰的一部赋体类书,其《议封禅》一策正是唐太宗、唐高宗两朝屡议封禅的缩影;《兔园策府》的成书时间极有可能是唐高宗时期第一次热议封禅的龙朔二年(662)前后。

初唐与帝王关系较为密切的重臣如魏徵、许敬宗、乔师望父子以及上官婉儿诸人,其文学创作或多或少都带有帝王影响的印记。陶广学《魏徵诗文对五帝的颂赞及其政治兴寄》(《信阳师范学院学报(哲学社会科学版)》2020年第2期)认为,魏徵赋诗作文,字里行间洋溢着对上古圣王的崇敬之情,其盛赞五帝并借以颂扬唐太宗,同时也体现了自身对太平盛世的执着追求。魏徵《五郊乐章》20首,按宫、角、商、徵、羽五音,分别礼赞黄、青、赤、白、黑五帝,体现了顺应天地之气祭祀五帝之神的特色以及祈祷"四海之内合敬同爱"的目的;其奉和唐太宗之作,以黄帝等为题来颂扬明主,也蕴含着对唐太宗的深切厚望;其进谏之疏、论政之文,以三皇五帝为帝王最高标准,为唐太宗树立效法楷模,并借以批评其执政得失。魏徵的政治理想就是期望唐太宗和贞观重臣励精图治,圣贤相遇开创盛世太平,直至超越古人,为后世师法。刘顺《许敬宗与唐高宗时期的政局兼及其与"龙朔初载,文场变体"之关系》(《求是学刊》2020年第6期)认为在唐高宗前期政治观念与权力结构调整的过程中,许敬宗有着举足轻重的影响力。作为贞观以来久任中朝的政治人物,许敬宗在高宗朝礼仪与格式制定、国史修撰与人事调整等领域均留下了深刻烙印。及高宗后期为实现皇权的平稳过渡限制母氏干政,"去许敬宗化"又成为政治行动的风向标符。在后世文学史中颇为著名的"龙朔初载,文场变体"的判断,若衡之以文本的内部逻辑、咸亨至上元时期的政治走向、王勃的人际交游及许敬宗在政坛与文坛的影响，则此一言论所指向的批评对象应为许敬宗而非上官仪。陈尚君《乔驸马家的儿女》(《文史知识》2020 年第 9 期)详考唐高祖的女婿、驸马都尉乔师望及其三子一女乔知之、乔侃、乔备、乔氏的事迹，指出因军功发迹的乔师望重诗文读书，泽及子女，三子一女皆以诗闻名，可以看到家风的变化。然而他的诸子女成长在高、武之际，武后以女主掌政，借弱宗枝的措施打击李唐皇家之宗室势力。诸乔在武周时期之不得志，乃至乔知之受诬而死，皆与此有关。师望三子一女，有才分而未能臻于大成，原因也在此。林宗毛、曹旭《论上官婉儿的诗学地位——从两〈唐书〉载其神秘出生的差异切入》(《学术交流》2020 年第 1 期)指出，两《唐书》都记载了上官婉儿颇具神秘色彩的出生经历却稍有差异，此差异显示了前后两期史家对上官婉儿由权臣到才女认识的转变，其变化的原因在于后者对上官婉儿诗学地位的逐步肯定。后期史家肯定上官婉儿诗学地位的原因是：在初唐诗坛，上官婉儿以女子之声倡导风靡绮丽逐渐向骨气回归的诗歌理念，以女子进行奏响盛唐之音的诗歌创作，从而奠定了其以女子之身而能在初唐诗坛上拥有峻极于天的诗学地位。

初唐重臣之一的虞世南，舒昊《"浙东唐诗之路"诗书名家系列——虞世南诗书考论》(《作家天地》2020 年第 10 期)在"浙东唐诗之路"诗人群体与诗歌研究逐步深入的背景下进一步挖掘虞世南诗书的价值。作者认为，"浙东唐诗之路"一大显著要素为"文化的继承性"，虞氏一族数百年来在浙东地区传儒立业，早已成了浙东地域文化中极为重要的一环。虞世南虽历经三朝，却直至唐初才得以显露真功，将虞世南视作"浙东唐诗之路"诗人体系中代表性的一员，既从地域出发又从文化继承性的角度考量，都确为可行；而《奉和幸江都应诏》有着早期虞世南应制诗作饰丽繁多但也不失典雅深意的特点，"稽山秘夏图"更化用大禹藏九州图的典故，以此突出浙东大地的厚重文明，故将其纳入"浙东唐诗之路"诗歌总集中确为合理。该文是对中国唐诗之路研究会成立及学术研讨会成功召开学术热点的回应，特此详述。

三、作家作品研究

本年度初唐文学作家作品研究重点关注的对象仍然是王绩、四杰、陈子昂等作家,今择重要者略述一二。

(一)王绩研究

本年度的王绩研究有论文 10 余篇,涉及生平事迹、作品解读、文学贡献等,略述 4 篇为例。殷丽萍《从〈无心子传并序〉看王绩的初次出仕辞职归隐之因》(《文化学刊》2020 年第 10 期)认为,王绩的《无心子传并序》以曲笔寓含了王绩初次出仕时的多种人生观,有儒家积极进取、奋发有为、兼济天下的思想追求,也有道家的随性自适、无用之用、独善其身的思想追求。文章重探讨了王绩儒道思想影响下独特的人生观和处世哲学,有助于深入理解王绩初次出仕辞官的原因。李健《王绩〈野望〉主题新论》(《文化学刊》2020 年第 1 期)提到,王绩《野望》一诗因使用"采薇"的典故,其诗旨向来众说纷纭,有"归隐说""思故国说"等。但通过对"采薇"这一典故的考辨可知,"采薇"不仅有归隐的寓意,而且它在《毛诗》的传统中也有着积极入世的含义。结合王绩"三仕三隐"的人生经历和他"学剑觅封侯"的志向可知,《野望》一诗融情入景、借景生情,表现了诗人空有入仕从政之心,但不得其位、难以施展才华的苦闷之情。张国安《王绩为律诗体最初定型者之文化文体学新证》(《人文杂志》2020 年第 1 期)认为,五言诗律化经王绩已臻于定型。王绩五言诗歌创作已表现出"古""近"与"齐梁格(古律)"体制三分的意识与自觉,对唐代诗歌文体格局形成与建构具有突出贡献。王绩之所以能推进律诗体定型,当与其家族学术传统及其个人独特的思想、人格、文学观有关。先秦汉魏以来的"言志"诗说与"缘情"诗说在王绩"适性会意"之文学思想及其实践中得以有效整合。"适性会意"文学观的要义是"全和保真",而和韵错置以为体、相须而为用之律体声文乃属和其声、理其气、性其情及助益"全和保真"的最佳文体形式,自有其转喻、替代礼乐之妙用。莫砺锋《有问无答之诗引起的异代唱和——读王绩〈在京思故园见乡人遂以为问〉》(《古典文学知识》2020年第1期)一文指出,《四部丛刊续编》影印明赵琦美脉望馆钞本王绩《东皋子集》卷中载《在京思田园见乡人遂以为问》一诗后附录朱仲晦《答王无功问故园》(亦见于《全唐诗》卷三八)一首,朱仲晦并非王绩同乡,而是宋代朱熹(字元晦,一字仲晦),《答王无功问故园》一诗见于多种版本的朱熹文集。这说明古代文学中存在一种异代对话的现象,也反映出朱熹思想活泼、趣味盎然的一面。

(二)初唐四杰研究

总论或分论四杰的文章有30余篇,数量较多。四杰整体研究的文章中,有2篇值得注意。赵耀锋《论20世纪前半期的"初唐四杰"研究》(《宁夏师范学院学报》2020年第2期)总结了20世纪前半期四杰研究若干方面的成果:四杰人格研究有闻一多为之翻案的"沉静"说;四杰诗歌艺术渊源有杨启高、胡小石的"齐梁"说;四杰诗歌艺术特征有陆侃如、冯沅君的"六朝的新乐府"说,郑宾于的"骈律"说、"有气魄"说,苏雪林的"音乐之美"说,胡适的"白话倾向"说,刘大白的"老成"说;四杰诗学思想有罗根泽的"唐代复古运动萌芽"说;四杰的诗史地位有陆侃如、冯沅君的"形式内容均有所推进"说以及七古的成立、五律的成立和郑振铎的"成熟的律体"说。文章认为,在中国古典诗歌史上,初唐四杰对律诗、古诗、歌行各体诗都有改造推进之功,20世纪前半期的学者对初唐四杰在古典诗歌史上地位之重视开创了中古诗歌史研究的新境界。兰翠《初唐四杰诗歌中的民族情感探析》(《烟台大学学报(哲学社会科学版)》2020年第6期)认为,初唐四杰创作了不少与塞漠相关的作品,这些诗作反映了出身中下地主阶层的文人在当时的民族情感。杨炯、卢照邻的诗歌借咏边塞战事表达报国之志,抒写立功热情,对待其他民族的情感比较理性。骆宾王的作品抒写真实的塞漠生活体验,因为抒发情感的不同,对待其他民族的态度则有相应的差别。当他情绪比较慷慨高昂时,对方民族常被施以贬义,当他在边地因思乡而情绪较低沉时,对其他民族的态度则比较平和。四杰借边塞诗抒写轻生重义为国立功的情怀,以及扬威边塞的强烈民族自信,成为后代诗人不断咏叹的主题,对盛唐诗人的同类作品产生了直接影响。

本年度王勃研究的文章集中于生平事迹考证和《滕王阁序》的解读，举 2 篇为例。严正道《王勃被斥出沛王府考论》(《西华师范大学学报(哲学社会科学版)》2020 年第 5 期)认为，王勃被唐高宗斥出沛王府一事，新、旧《唐书》及《册府元龟》均有记载，以《册府元龟》较为可信，高宗并没有亲见《檄英王鸡文》，而是有人挑拨离间，利用高宗对诸王争斗的敏感心理，有意将此事上闻，引起高宗对交构之渐的担忧，因而斥勃出府。虽然这件事具有一定的偶然性，但考察王勃"浮躁浅露"的性格特征及其沛王府的供职环境，又可以看出事情其实具有一定的必然性。裴媛媛《王勃文心研究的历史审视与本土维度——以〈滕王阁序〉为例》(《枣庄学院学报》2020 年第 3 期)认为王勃的文学思想在理论上主张反对六朝文风，提倡刚健骨气，但在实际创作上，其作品却依然深受齐梁文风的影响，这种理论与作品之间的矛盾关系在中国文学发展史上具有一定的普遍性。其原因不在王勃的文论与作品自身，而是后人审视这一现象的理论前提有问题。文学理论与文学创作的二元关系是在现代西方学术主客二分思维模式下建构起来的，两者之间既没有对立关系，也不应僵化其指导与被指导的主客体关系。文学创作的唯一依据只能是作者之用心，亦即文心也。以"文心"为切入点，可以为王勃研究提供一种新的本土维度。

杨炯研究方面，黄水云《文学、宗教与政治：论盂兰盆节与〈盂兰盆赋〉》(《天中学刊》2020 年第 4 期)指出，唐代群众性的文化活动丰富多彩，尤其是节日活动，为作家提供了多样的文学素材。农历七月十五日，道教称为中元节，佛教称为盂兰盆节，民间俗称鬼节、七月半。武则天如意元年(692 年)七月，宫廷内举行盂兰盆法会，杨炯的《盂兰盆赋》成了最为翔实的宫廷盂兰盆法会史料。此赋不仅发挥赋体铺陈之功能描绘了盂兰盆法会之壮丽景象，更以赋体"抒下情而尽忠孝"呈现"孝悌"之道德伦理，将盆斋法会演化为符合"礼治"的皇室颂孝大典，反映了作者歌功颂德之政治目的。该文以小见大，颇有启发。

卢照邻研究的文章虽有 8 篇，但多缺乏新意。刘园园《论卢照邻边塞乐府诗的艺术成就》(《柳州职业技术学院学报》2020年第 4 期)认为,卢照邻早年所作的 11 首边塞乐府诗虽然都沿袭汉魏乐府旧题,但在内容和形式上有所突破和发展,表达了自身建功立业的热情和才高位下、志远身屈的忧愤;诗歌中吸收运用了赋体的表达技巧,具体描绘战争的阔大场面和独特的边塞景象;内容丰富、感情真挚,表现出一种刚健壮美的诗歌风格。周伟《论卢照邻的后期文学创作》(《六盘水师范学院学报》2020年第 1 期)认为,卢照邻后期文学创作主要是根据自己在生活中所获得的实感经验来进行的,题材上集中于书写自己的政治贬谪、漂泊身世。

　　骆宾王研究的数篇文章中,可注意者为莫砺锋《骆宾王的"易水"情结》(《古典文学知识》2020 年第 6 期)。作者认为,在初唐诗坛骆宾王的侠骨豪情举世无双,骆诗的英风豪气也是举世无双,他身上具有一种快意恩仇的侠义精神。骆宾王敢于为李敬业草檄讨伐篡唐自立的武则天,其忠肝义胆与荆轲一脉相承。况且司马迁对荆轲故事的描写不但词意激愤,而且诗意盎然,当侠义诗人骆宾王想到易水送别之情景,定会诗思如潮。骆宾王在唐高宗调露元年(679)十一月所作《于易水送人》,是亲临易水触动了埋藏在诗人心中蓄积已久的满腹牢骚。骆宾王多年不遇,壮志难酬,格外丰富的情思与格外愤激的情绪,赋之点到辄止的《于易水送人》五绝短篇,这是一种出奇制胜的写作策略。诗中"今日水犹寒"的感受是对侠义精神千古长存的深情礼赞,长期保存在诗人心中,在骆宾王各个阶段的诸多作品中都有体现,这反映了易水是一代英杰骆宾王内心永不消失的情结。

　　(三)陈子昂研究

　　陈子昂研究文章有近 20 篇,主要包括诗人行迹与创作、作品主旨、文学思想以及文学影响等。乔志《陈子昂北征行迹与诗作考辨》(《宁夏师范学院学报》2020 年第 6 期)认为,陈子昂北征大致的行踪和创作情况:垂拱二年(686)春,陈子昂从洛阳出发,三月,过陇坂,作有《赠赵六贞固》(回中烽火入),四月,在张掖,作有《观荆玉篇并序》,之后从张掖沿弱水(今黑河)过高台县,到酒泉金塔县,进入内蒙额济纳旗,五月次于同城。在同城作有《题居延古城赠乔十二知之》《题祁山烽树赠乔十二侍御》《居延海树闻莺同作》《感遇》(其三)、《感遇》(其三十五)、《感遇》(其三十七)。七月,独自南归,从原路回到张掖,作有《还至张掖古城闻东军告捷赠韦五虚己》,从张掖返归途中经过山丹峡口,作《度峡口山赠乔补阙知之王二无竞》,八月返京。王群丽《陈子昂〈蓟丘览古〉诗写作地点析疑》(《杜甫研究学刊》2020年第2期)认为,《蓟丘览古》诗应作于武攸宜军次渔阳的时间节点,蓟丘应该定位于渔阳附近的古蓟门关,而非幽州。孙微《陈子昂"怒碎胡琴"故事的文献解读》(《古典文学知识》2020年第2期)认为,通过文献追踪可见,《太平广记》《唐诗纪事》等记载陈子昂怒碎胡琴故事的文献,其最早出处是《独异记》,《独异记》成书时间上距陈子昂所谓"怒碎胡琴"之时至少已经有160至190多年,出现得较晚,在早期文献如卢藏用《陈子昂别传》中不见任何记载,故而杜撰的可能性大。关于陈子昂作品主旨分析,赖晶、范元莉《陈子昂〈修竹篇〉干谒目的发覆》(《南昌师范学院学报》2020年第5期)认为,陈子昂《修竹篇》的干谒目的在于博取左史东方虬延誉,激活相识"珠英学士"成员能量,并试图使其能入选《三教珠英》编撰集团。苏秋成《从"陈拾遗体"到"五古正宗"——论宋元时期对陈子昂五古的接受》(《名作欣赏》2020年第11期)认为,两宋时期陈子昂五古从初唐一体上升到"唐古诗之祖",元代中后期的诗论家在"正变观"的指导下对其五古继续推扬,并得到了选家的响应,确立了陈子昂以《感遇诗》为代表的五古作品的诗歌范式意义。在诗论家与选家的合力作用下,陈子昂"五古正宗"的诗史地位最终确立,并对明清时期对陈子昂五古的接受产生了重要影响。

(四)文章四友研究

关于文章四友的研究文章约10篇,可注意者有3篇。胡旭、林静《"文章四友"及其政治、文学考论》(《厦门大学学报(哲学社会科学版)》2020年第5期)认为,"文章四友"称号主要来自文的成就,其排名源于一种与声律相关的语言习惯,而非年辈、地位及文学成就等因素。"文章四友"凭文学才华在武周时期仕途大盛,他们自觉忠于武则天,并与"二张"、武三思等过从甚密,政治倾向事实上已经背离了李唐政权。"文章四友"属于御用文人,成就在庙堂文学,他们主导的宫廷诗风,对近体诗格律的最终形成有重要影响,李峤、杜审言的作用甚至超过"沈宋"。"文章四友"虽有足以奠定自己文学地位的经典作品,但长期的台阁生涯及侍从身份,导致他们日渐缺乏文学创作的源头活水,不少作品内容苍白,思想贫乏,这是他们不为后世所重的重要原因。陈尚君《困扰在天后罗网中的人生——诗人崔融的生平经历与文学局限》(《文史知识》2020 年第 4 期)认为,从崔融在高宗调露二年(680)撰《启母庙碑》成名,到神龙二年(706)撰《哀册文》去世,女皇给过他奖励,让他一生多数时间在朝为官,但他的文学道路也被女皇所裹挟、所困扰,似乎一直没有找到人生的定位。崔融去世后谥文,但他在文学史上留下的成就,却远不及权德舆、韩愈、白居易等人。陈尚君《幸有冢孙诗冠古久欺公等竟成真——诗人杜审言的生平与诗歌》(《文史知识》2020 年第 1 期)指出,从一定意义上来说,因为有了杜审言的成就,才有杜甫的后出转精,卓然挺出,伟大诗人不可能脱离他的时代、家族、朋友。

(五)沈宋研究

直接或间接与沈宋有关的文章有 10 余篇。王珺、陈洪《武周时期佛教文化交流与"沈宋"诗歌中的佛教意蕴》(《天津师范大学学报(社会科学版)》2020 年第 2 期)认为,武周时期,大乘佛学思想借助古丝绸之路得以传播,影响了以长安为代表的京畿文化和以东都洛阳为代表的都畿文化,对当时的士人文心产生了深刻影响,其中尤以"沈宋"为代表的在河洛地区成长起来、又在长安为官的宫廷文人最为典型,特别是武则天崇信佛教,带领宫廷文人一起参与宗教活动,吟诗唱和,使佛理更加深入士人文心。可以说,没有她在掌权的半个世纪里采取的一系列崇佛重文的措施作为铺垫,就不会有张说所描绘的文坛局面,更不会有即将到来的盛唐文学高峰。卢盛江《大庾岭与唐诗之路》、钟乃元《容州路上》(《光明日报》2020 年 3 月 2 日)从诗歌之路的视角间接论及沈宋贬谪岭南时期的诗作特征。另外,方锦彪《沈佺期贬谪诗创作心态探微》(《文化学刊》2020 年第 6 期)、刘天

初唐文学

一年研究情况综述

禾《宋之问人格的两重性与其诗风的演变》(《宁夏师范学院学报》2020年第8期)从心态与人格的角度探析沈宋心灵世界与诗歌的关系,其中,刘文强调对宋之问人格的复杂性进行全面踏勘,重塑其超越人格的镜像,探索其超越人格的成长与诗歌美境演变的对应关系,破除人品论争对诗美欣赏的枷锁,重建对其诗歌美学价值的公允评价,尤为重要。侯体健《幻象与真我:宋代览镜诗与诗人自我形象的塑造》(《文艺研究》2020年第8期)提到初唐沈佺期、宋之问等诗人加入览镜诗的创作当中,而且特别强调沈宋览镜诗中女性形象(朱颜)隐退,代之以男性(白发),对览镜诗产生从朱颜到病翁角色的更替起到了重要作用。

有关张若虚《春江花月夜》的论文约10篇,其中3篇值得注意。徐振宇《张若虚〈春江花月夜〉诗中景地推测》(《江苏地方志》2020年第1期)认为,根据张若虚《春江花月夜》诗中所描写的江潮连海、芳甸、汀等实景,与诗中景致相符的景地只有瓜洲一带。扬州市瓜洲镇所建张若虚纪念馆暨春江花月夜艺术馆,再现千年前春江花月夜胜景,对理解与体悟《春江花月夜》诗中唯美意境,感受这一千古名诗的魅力等,均起了积极的作用。刘天禾《〈春江花月夜〉的美学解读》(《湖北师范大学学报(哲学社会科学版)》2020年第2期)认为,张若虚《春江花月夜》具有以哲入情、以情为本的基调,多层次兼融交互的特征与诗境建构中蕴蓄的美学内涵。从主线上看,月统领全篇并经历了自然意象、哲学意象、世俗意象、超越意象的多重转化,在这其中人的身份也在不断变化。从氛围上看,全篇从明暗、浓淡、远近、虚实、巨细、悲喜这六组具有对立属性的审美范畴上落笔,于交感边缘处迸发无限诗美。该诗的文学接受经历了一个漫长过程,今天仍处于这种美学阐释的进程中,这大大丰富了其美学价值。刘火《文章〈孤篇岂能压全唐——兼论唐诗鉴赏的流变〉》(《现代艺术》2020年第12期)则对《春江花月夜》"孤篇压全唐"的"共识"进行反思,指出从唐至明的各种唐诗选本中,只有宋郭茂倩所编《乐府诗集》收录《春》一诗,清代亦只王夫之《唐诗评选》、王尧衢《古唐诗合解》等若干种选本收录,其中王尧衢给予了自《春》诞生以来的最高评价。清末民初王闿运、闻一多对《春》的高度赞扬,并非唐诗鉴赏的主流。现代最早之一的陆侃如、冯沅君《中国诗史》和游国恩等编《中国文学史》,对《春》也仅是泛泛而论。从唐诗鉴赏流变的视角来看,自唐宋以来,李杜并论,兼论其他,是中国诗话的主脉和重要内容,《春》在唐、宋、明,或许从来就没有进入过诗话系统。清诗话打破杜诗独尊或者打破只论李、杜、白、王等成为某种共识,如此,其他诗才有了空间,张若虚的《春江花月夜》才得以浮出水面。《春》为今人追捧,除唐诗鉴赏流变外,另一个原因是现代音乐的出现,各种乐器演奏的《春江花月夜》,使得此诗通过音乐雅俗共赏。作者认为,闻一多在《唐诗杂论 宫体诗的自赎》中所谓"诗中的诗"即是"宫体诗中的诗",所谓"顶峰上的顶峰"是"宫体诗上的顶峰"。《春江花月夜》实现的只是宫体诗的救赎,"孤篇盖全唐"是以讹传讹。

（七）张说研究

本年度研究张说的文章只见 1 篇。王山青《张说流寓岭南钦州及诗歌创作》(《牡丹江大学学报》2020 年第 2 期)认为,张说流寓钦州时期,其创作了大量的流寓诗,这些诗歌内容丰富多彩,真实记录了诗人的流寓经历,情感真挚,景物描写真切具体,形成了张说流寓岭南诗歌的独特风格。

（八）张九龄研究

在有关张九龄研究的若干篇文章中,有 2 篇值得一读。陈恩维《"曲江流风":明清岭南地域诗学传统的构建及其意义》(《苏州大学学报(哲学社会科学版)》2020 年第 3 期)认为,唐代张九龄创立了"张曲江体",明初南园五先生以创作实践将其发展为诗本性情的诗学观和追踪汉唐的诗学路径合一的"曲江流风"。明初以来,岭南后学一方面通过对地域先贤文集的刊刻,使"曲江流风"得以呈现;另一方面以南园为旨归,在创作实践中坚守"曲江流风",故而在诗风屡变的明代诗坛形成了独特的地域个性。清代岭南文人,以文献重刻和总集编纂的方式使"曲江流风"得以凝定与凸显,更以"曲江规矩"作为批评尺度和实践惯例,张扬粤派诗歌的地域主体性。明清岭南后学将"曲江流风"这一开放性的诗学概念,进行了创造性的转化,使之发挥了诗派宗旨的功能，起到了为岭南文学树立经典、规范写作、凝聚力量、促进地域文学认同的积极作用。钟志辉《张九龄朋党经历及其贬谪诗政治寓意新论》（《国学学刊》2020 年第 4 期）指出，张九龄两次贬谪，根本原因均是牵涉朋党。第一次是因依附张说，得其青睐而被超拔，故在张说罢相后受牵连被外贬。张说与张九龄通谱时间不在张九龄入仕前的长安年间，而在开元十年前后。第二次是因为他在朝廷与裴耀卿等人结成强大的权力集团，同时又涉身宫廷斗争，其行为引起玄宗的忌惮，导致被贬，李林甫的挤兑只是其贬谪的次因。朋党经历对张九龄创作的影响，一是在其贬谪诗文中，"单孤"之叹成为常见主题。频繁地表达"单孤"是他自证清白的方式，包含辩解自己无朋党的政治目的。朋党经历对其创作的另一影响，是他在感遇咏怀诗中隐晦地表达对自身遭遇的孤愤以及对君王作为的不满和隐忧等政治寓意。

综观 2020 年度初唐文学研究成果，从研究方法上看，多数是在扎实的文献基础上立论、求证，体现出文献资料溯源梳理与理论阐释结合的良好研究风气。同时，就研究的理路而言，既有对现有观点进行广泛、深入、细致的补充论证，以求充实、完善，也有对成说的反思、质疑甚至是驳论，力图破旧立新。两种研究理路各自发力，共同把初唐文学研究向前推进了一步，甚是可喜。期待来年有更多好成果出现。

一年研究情况综述

盛唐文学

一年研究情况综述

　　因受新冠肺炎疫情的影响,2020 年盛唐文学研究的成果数量较往年有一定幅度的下降。根据中国知网全文数据库和国家哲学社会科学学术期刊数据库统计,全年共公开出版或发表论文及著作 140 余篇(部)(不包括李白、杜甫、王维),虽然成果数量下降,但在盛唐文学研究的诸多方面仍取得了不俗的成绩。从成果内容上看,盛唐文学的整体性研究、山水田园诗派和孟浩然研究、边塞诗派和相关作家研究及张说、张九龄和其他作家研究仍然是盛唐文学研究关注的热点和重点。盛唐文人思想、心态对文学创作的影响颇受到研究者的关注;除诗歌外,文、赋等其他文体的研究使盛唐文学研究更加丰富多元。从研究方法上看,虽文献考证及文本阐释等传统方法仍居主流,但文化地理学、生态学、传播学等学科交叉的研究方法给盛唐文学研究带来了新的活力。现择要综述如下。

一、整体研究

　　2020 年盛唐文学整体研究,在学术著作出版方面,江建高《盛唐山水诗生态美研究》(吉林文史出版社 2020 年版)采用学科交叉与跨界对话的方法,从生态意识与生态美两个维度论述盛唐山水诗人的生存智慧、生态思想及山水诗歌中蕴涵的生态美,作者以生态美学的视角使诗歌文本解读别开生面,新颖的研究视角具有较好的借鉴意义。王辉斌《孟浩然和他的山水田园诗》（长江文艺出版社 2020 年版）对孟浩然的生平经历、文学成就、文体特征、历代批评和影响做出了详细的论述，是近年来孟浩然研究领域研究成果的总结，其特点是研究视野和角度比较丰富，对孟浩然其人、其诗及其在唐诗中的影响和定位都有比较全面的研究，从而展示了一个立体的盛唐诗人孟浩然。郑海洋《胡骑啸长安》（山西人民出版社 2020 年版）是一部盛唐诗人在安史之乱时期的传记小集，是书讲述了张九龄、王维、王昌龄、高适、岑参、李白、杜甫等盛唐诗人在安史之乱的动荡岁月中的际遇变化，并分析了安史之乱对诗人创作理念和诗歌风格产生的深刻影响。

在古籍整理方面，中华书局整理出版"中华经典指掌文库"丛书中，李云逸注《王昌龄诗集》（中华书局 2020 年版）是在其《王昌龄诗注》（上海古籍出版社 1984 年版）的基础上的修订本。本书校勘精审，对诗篇涉及的字词典故注释精准，收录了王昌龄存世的近 180 首完整诗篇及若干残句，为研究者提供了质量上佳的《王昌龄诗集》单行校注本。李丹编著《高适诗全集》（崇文书局 2020 年版）以《全唐诗》本《高适诗》为底本，对诗歌进行了系年整理，每首诗下用"提要"介绍写作背景、思想内容及艺术特色，用"校注"标注异文和疏通字词，用"汇评"汇集该诗的历代评论。全书除收录高适存世诗歌 246 首，误收诗 12 首外，还收录了其文赋疏表 21 篇，是较为完整的高适别集编年校注整理本。此外，还有邓安生、孙佩君导读的《孟浩然集》（凤凰出版社 2020 年版），精选孟浩然诗作，以题解、注释、全译的形式对诗歌进行解读和赏析，便于孟浩然诗歌的普及阅读。

在学术期刊论文方面，诗歌仍是盛唐文学研究的重点，黄琪《盛唐七律的功能发展及诗史意义》（《湖南大学学报（社会科学版）》2020 年第 5 期）和《初盛唐五言"古风"型诗歌的诗史意义》（《文学评论》2020 年第 5 期）均从文体发展的角度研究盛唐诗歌的诗史意义。《盛唐七律的功能发展及诗史意义》认为七律在盛唐摆脱了初唐时审美风格的单一局限，开拓了多种诗美类型。同时，盛唐七律应制体展示了壮远开阔的盛世气象；盛唐七律在体现普通文士的仕进渴望和功名意识上也较为直接，故较其他诗体更能体现盛唐的时代气象和文人心态,体现出盛唐七律独特的诗史意义。《初盛唐五言"古风"型诗歌的诗史意义》从文体发展的角度对初盛唐兴起的五言"古风"型诗歌进行了文学史梳理,认为初盛唐以来,题为"古意""拟古"的诗作,部分沿袭了南朝的声律体,而初唐王绩、骆宾王、陈子昂等建立了五言"古风"型诗歌的基本体制。盛唐时以李白为代表的大批诗人推动了五言"古风"的创作,使其创作蔚为风气。同时,论文对初盛唐五言"古风"创作风气形成的原因予以了较为深入的分析,认为五言"古风"的创作一方面是对沈宋新体声律加以反思和利用,一方面承载了初盛唐诗坛追求"建安风骨"的理想,对盛唐诗歌风骨内质的建构起到推助作用,从这一点出发,作者认为中唐以后五言"古风"诗型创作风气的衰歇,则正是因为中唐以降古诗趣尚走向多元分化,汉魏风骨和兴寄不再是诗坛的一致理想的必然结果。

戴伟华《"盛唐气象"及文学时运》(《中国社会科学报》2020年8月24日)从时代与诗歌、风俗与诗歌两个方面,论述了时运对诗歌"盛唐气象"构成的决定意义,论文从唐诗"初、盛、中、晚"四分法切入,指出高棅唐诗四分法使原本以作家论为主体的区分转向了以时段衡定诗歌品质的趋向,虽然四分法有着显而易见的缺陷,但历代论者对初、盛、中、晚各分段诗歌品质的分析有其合理之处,而格高境远、雄浑悲壮的"盛唐气象"成为了盛唐诗歌的时代特征。然后,作者对时代与诗歌的关系进行分析,认为时代兴衰与文学衰荣有着密切的关系,盛唐诗歌的"盛唐气象"便是盛唐气运在文学中的反映。同时作者也认为诗歌之变还关乎风俗,盛唐诗歌的繁荣也得益于盛唐社会爱诗之风俗。戴伟华的另一篇论文《〈状江南〉的艺术创新及其诗史意义——兼论敦煌〈咏廿四气诗〉的性质与写作时间》(《文学评论》2020年第3期)不仅论及创作于大历年间的《状江南》这一以比喻体叙事,具有独特风格和诗史意义的月令诗,同时也对敦煌《咏廿四气诗》的性质和写作时代进行了考证。作者认为敦煌《咏廿四气诗》具有鲜明的民间特色,通过对敦煌《咏廿四气诗》的风格特点、敦煌《咏廿四气诗》与《魏书·律历志》及《开元大衍历》比较,以及敦煌《咏廿四气诗》与孟浩然《过故人庄》比较等三个方面的深入细致的辨析，认为敦煌《咏廿四气诗》对节气的描写与《魏书·律历志》异，而与《开元大衍历》同，诗歌风格清新明丽，而其表现出的儒客与农人的关系与孟浩然《过故人庄》相似，故敦煌《咏廿四气诗》应作于开元、天宝年间，是配合《开元大衍历》推广普及的诗作。

周相录、田瑞敏《从盛唐到中晚唐：声诗的流播与文化中心下移》（《浙江学刊》2020年第4期）分析了盛唐至中晚唐时期，声诗的流播特点：一是开天年间，声诗从市井文化圈层跨越士人文化圈层直接进入宫廷文化圈层，确立了主流文化地位；二是中晚唐间，家国政治的变革使原有的文化圈层格局崩塌，士人文化圈层成为声诗新的主导圈层，客观上逐渐剥离了声诗与政治的关系，拓展并深化了声诗的主题范围和表现内容，加速了文化与文学的融合。

除诗歌外，也有学者对其他盛唐文体进行了研究。李明阳《初盛唐干谒书信中的"国士"心态》（《中国文学研究》2020年第1期）从概念史、制度史和文学史角度对初盛唐干谒书信中频频出现的"国士"一词所彰显的唐代士子"平交王侯"的入仕心态进行了分析，作者认为来源于先秦的"国士"一词，在初盛唐干谒书信中指任侠牺牲之意渐渐隐退，而用以指称读书人入仕前的文武才华和道德品格，以此自喻，表达自己定将知恩图报的政治态度，以此赞誉对方，则表达自己希望入仕为官的政治抱负。唐代实行的科举制和初盛唐的荐举风气对文人干谒书信中"平交王侯"气质的形成产生了重要影响。而对"士不遇"辞赋传统等文学遗产的继承，使初盛唐的干谒书信形成了在内容上，标举自身的高洁，反衬世道昏庸，咏叹自己的不幸，希望得到奖掖和提拔；在手法上，具有文采斐然、语气夸张的特征。

赵藩《论盛唐山水田园诗中的环境生态观》（《河南师范大学学报（哲学社会科学版）》2020年第6期）为盛唐山水田园诗的研究引入了生态学的视角，作者结合盛唐时的环境生态，探讨了盛唐山水田园诗歌体现出的自然生态观、社会生态观和精神生态观。就自然生态而言，盛唐是中国人改造自然的力量正在增

一年研究情况综述

强的时代,诗人们的艺术实践无论是在广度上还是在深度上都与其时代匹配吻合;就社会生态而言,盛唐的社会生态不可谓不好,诗人们也从中受益很多,大都满足了自我的功名之心;就个人精神生态而言,追求自然的和谐与社会的满足,是山水田园诗人们不可分割的追求。雅与俗,追名逐利与蔑视功名和谐地统一在他们的精神深处。自然和社会都是他们的家,诗人们对它们的矛盾态度在更多情况下是情绪上的,而不是理性上的。

在学位论文方面,刘梅《盛唐乐府诗学研究》(苏州大学2020年硕士学位论文)从盛唐乐府文献收录,盛唐乐府制度、盛唐乐府诗创作、盛唐乐府诗批评等方面对盛唐乐府诗学进行全面考察,论文辑录了郭茂倩《乐府诗集》以外散见的盛唐乐府诗173首;对于盛唐挽歌诗是否是乐府诗的问题,作者通过与唐前挽歌诗的对比分析,认为盛唐挽歌诗符合郭茂倩对"近代曲辞"的定义,应划入乐府诗的"近代曲辞"一类;此外,论文也考察了盛唐乐府机构,以及乐府机构的设置对盛唐乐府诗创作的影响,盛唐拟古乐府和新题乐府的创作情况。奥日莎《盛唐诗歌艺术特征研究》(内蒙古大学2020年硕士学位论文)着重从审美观、情感观与语言观三个角度探讨盛唐诗歌的主要艺术特点,通过代表诗作的文本分析,归纳出盛唐诗歌崇尚清真自然与风骨之力的审美观、表达至真至情的情感观及追求词约旨达的语言观三个方面的艺术特征。王霞《唐代岁时赋研究》(辽宁大学2020年硕士学位论文)将唐代岁时赋这一文体的创作发展分为初唐、盛唐和中晚唐三个时期,从时代背景、创作主体和创作情况等方面对唐代不同时期岁时赋的发展情况进行分析,盛唐时期是岁时赋创作的兴盛时期,不仅作品数量增加,同时融入了盛唐文士建功立业的远大抱负和雄心壮志,呈现出昂扬的时代精神;在体式上,盛唐岁时赋也一改单一的骈赋之风,形成了骈散兼备的风貌。

二、山水田园诗派和孟浩然研究

孟浩然研究成果不算多。张茜、张燕《孟浩然山水诗"诗中有画"的审美透视》(《唐都学刊》2020年第2期)分析了孟浩然山水诗的画意,"诗中有画"本是苏轼对王维山水诗的评价,作者通过分析孟浩然山水诗对绘画技艺的借鉴,分析孟浩然山水诗诗画交融的独特意境,认为在山水诗的创作过程中,孟浩然不仅巧妙借鉴和运用了绘画艺术中的技法,还在诗画融合中营造出独特的意境美,使得人与物、景与情、客观与主观能够达到完美的统一与融合。

杨照《论五言诗古律相参现象所见孟浩然的诗体观念》(《文艺理论研究》2020年第2期)对孟浩然五言诗古律相参的现象进行了细致的分析,其五言诗"以古入律"在声律上构成了局部平厚或拗峭的特点,在对仗上的变化形成了新的偶散相间的层次或更为连贯的意脉;"以律入古"的作品则由于局部或整体的律体要素,呈现精工与平畅的对立或转换。论文还对孟浩然这种五言古律相参现象与诗歌题材选择、诗人生平经历之间的关联进行了分析,诗人作品中的古律相参的背景是诗人失意的人生经历,两次在长安求仕失败的经历对孟浩然的情感有巨大的影响,而诗人失意闲游的过程又为其提供了较为自由的创作状态。而古律相参也体现了孟浩然既把握五言律体的艺术规则,又保持个性化认识的诗体观念,典型地反映出盛唐五言诗古律关系的复杂性。

钱志熙的《〈留别王维〉读后》(《文史知识》2020年第2期)、《读孟浩然〈早寒有怀〉》(《文史知识》2020年第4期)、《读孟浩然〈宿建德江〉》(《文史知识》2020年第6期)、《诗简,而天下之情得矣——读孟浩然〈春晓〉》(《文史知识》2020年第8期)多篇系列短文,对孟浩然的代表诗作进行赏析,即对诗意和诗艺予以了审美阐发,文章本身也隽永优美。

三、边塞诗派及相关作家研究

结合地域特征研究诗歌特色,及对诗歌异文或作者的考证在2020年度的盛唐边塞诗派研究中具有一定的普遍性,而岑参、王昌龄则是研究的热点。

高建新《"唐诗之路"与岑参的西域之行》(《唐都学刊》2020年第2期)认为,岑参的两次西域之行使他成为把西北边塞的唐诗之路延伸得最长的唐代诗人,西域与岑参相互成就,他对唐代"丝绸之路"、河西走廊及西域的描写具有典范意义,而西域之行也为其诗带来了奇丽壮阔之美,使其成为盛唐边塞诗的代表诗人。

邓桂姣、张艳如、邓海燕《边塞诗人岑参中晚年生平考》(《唐都学刊》2020年第5期)通过对岑参中晚年以长安作为生活中心的生平进行考察,认为这种生活面貌是岑参主动选择的结果,该选择的主要原因在于长安"近日",可仕可隐,满足了岑参始终以用世为主导的思想和长期仕途坎坷后的仕隐矛盾的心境。

李飞跃《王昌龄〈出塞〉诗的历史互文与文本场域》(《文学评论》2020年第3期)通过对王昌龄《出塞》一诗的文本场域和历史互文性细致深入的考索,对该诗存在的"龙城飞将"所指之争论的问题予以了解答。作者首先通过对历史文献的分析,指出李广并没有到过龙城,从而否定了将"龙城飞将"指为李广的错误。然后,通过《出塞》中的诗句与其他历史文本的比对,指出《出塞》诗中的多处语句与《史记》《汉书》有关李陵的记载及历来咏李陵的诗文文本成互文关系。最后,结合王昌龄作《出塞》正值被传为"李陵"后裔的黠戛斯归附的重大历史政治背景,得出"龙城飞将"或指李陵的结论。论文通过对王昌龄《出塞》一诗的考证,体现出古代咏史、怀古一类诗歌在特定历史背景和文本语境中创作,必然受到前代和同时文献及事件影响,从而在相关文本之间构成互文性的生成规律,对同类诗歌的研究具有较大的启发意义。

周洪才《〈高氏族谱〉中高适家世后裔考述》(《济宁学院学报》2020年第1期)在周勋初先生《高适年谱》的基础上,针对《高适年谱》对高适家世多属未确的情况,根据《高适族谱》等资料对高适家世后裔予以考证,重新认定其父仲舒,祖智周,曾祖审行,崇文乃其次孙也,并考列出高适先世及后人共六十代之事迹。

盛大林《王之涣〈凉州词〉异文全面考辨》(《商丘师范学院学

一年研究情况综述

报》2020 年第 7 期)针对王之涣著名的边塞诗歌《凉州词》异文庞杂的情况,运用数据分析的方法,通过对 37 种文献,50 个版本的查证,特别是同一文献的多版本比较,并结合历代对该诗异文的争论,认为该诗"黄河远上"与"黄沙直上"应取"黄沙直上","春风不度"与"春光不度"应取"春光不度",该诗原始的文本形态应为:"黄沙直上白云间,一片孤城万仞山。羌笛何须怨杨柳,春光不度玉门关。"论文利用大数据分析进行唐诗考据的研究方法令人耳目一新,其观点也较有说服力。

除上述对盛唐边塞诗人予以研究的成果外,乔志《从边塞地域特征看几首边塞诗的注释》(《文化学刊》2020 年第 8 期)亦值得留意。论文通过对岑参《白雪歌送武判官归京》和王维《使至塞上》两首著名盛唐边塞诗歌的通行注释进行辨析,指出注释唐代边塞诗必须要熟悉和了解边塞的地域特征和风俗民情,但也不能被地域特征和风俗民情所限,钻进地域特色的死胡同,造成对诗意的误读,注释不准确,给读者造成理解的偏差或不透彻。

四、张说、张九龄及其他作家研究

本年度对于山水田园诗派和边塞诗派以外作家的研究,张说、张九龄的热度有所下降,但研究的面有所扩大,更多的作家成为了论文研究的对象。

王山青《张说流寓岭南钦州及诗歌创作》(《牡丹江大学学报》2020 年第 2 期)对张说流寓钦州时期创作的大量的流寓诗的诗歌特征进行探讨,这些诗歌内容丰富多彩,真实记录了诗人的流寓经历,情感真挚,景物描写真切具体,诗人用朴实流畅的语言述说着一个流寓者的内心独白,流寓的人生经历促使其诗风转变,形成了张说流寓岭南诗歌的独特风格。

钟志辉《张九龄朋党经历及其贬谪诗政治寓意新论》(《国学学刊》2020 年第 4 期)通过对张九龄两次因朋党之因遭受贬谪的事件进行回溯,分析朋党经历对张九龄诗歌创作的影响:一是在其贬谪诗文中,"单孤"之叹成为常见主题。频繁地表达"单孤"是他自证清白的方式,包含辩解自己无朋党的政治目的。二是对其感遇诗中隐晦地表达对自身遭遇的孤愤以及对君王作为的不满和隐忧等政治寓意产生了影响。

李定广、裴江《千古名篇〈登鹳雀楼〉的作者真相》(《中国文学研究》2020年第4期)对《登鹳雀楼》一诗的作者进行了考辨，唐诗名篇《登鹳雀楼》的作者唐宋两朝典籍所载说法就有7种之多，自20世纪80年代以来，学界对此诗的作者归属也众说纷纭，莫衷一是。论文从反和正两个方面对上述争论予以考证。首先，对于记载文献最早的"朱斌说"予以分析，指出载于芮挺章、楼颖所编《国秀集》的"朱斌说"虽记载文献最早，离诗歌创作时间最近，但由于该集编纂粗陋，作者张冠李戴等问题严重，而且从《国秀集》对王之涣只录名字，不记身份头衔，且所收王之涣名篇《凉州词》有错误的情况，可见编者对王之涣了解甚微。《国秀集》历代均流传不广，直到明代翻刻后，才传播开来，这就造成了《登鹳雀楼》作者著为朱斌张冠李戴的可能性较大，而从盛唐至明前均不见有人纠正的情况。对于最早见于范成大《吴郡志》的"朱佐日说"，作者通过援引出土的《朱佐日墓志》，论证《吴郡志》所引《翰林盛世》朱佐日子朱承庆"年十六登秀才科"有悖事实，以及宋人王十朋在见过《翰林盛事》后，不把《登鹳雀楼》著作权归朱佐日，却把著作权归于"王文奂"的情况，证明《登鹳雀楼》作者为"朱佐日说"不可信。然后作者通过宋代司马光等人登鹳雀楼见《登鹳雀楼》题诗的记载，王之涣墓志所确认的生平尤其是籍贯，以及历代文献尤其是宋代文献对此诗归属的记载，认定该诗作者应为"王之涣"，而"王之美""王之奂""王文奂""王文涣"等则是因为宋人所见鹳雀楼上王之涣题诗漫漶不清而造成的传写错误。

唐定坤《李白接受崔颢〈黄鹤楼〉诗考论》(《中南民族大学学报(人文社会科学版)》2020年第1期)通过对外在客观条件及文本的比对分析认为，李白的《登金陵凤凰台》《鹦鹉洲》是其读到崔颢《黄鹤楼》诗后再作的客观条件是成立的，从文本来看，李诗可以通过对崔诗的体格、内容意境和造语的比较阐释，与之建立起一种文学创作的"通变"关系，即在体格上具有"以古入律"的源流关系，在造语和内容意境所指向的诗旨可能性上具有互通关系,从而证明李白确实接受过崔诗。盛大林《崔颢〈黄鹤楼〉异文考辨及当代论说指谬》(《湖北工程学院学报》2020年第4期)通过对《黄鹤楼》诗51个版本的文本异文情况进行考证和辨析,发现了以往不太被提及的几种异文,并指出了相关专著和论文中论述《黄鹤楼》异文中的讹误。

戴伟华《王湾〈次北固山下〉诗学史意义的确立——兼论"海日生残夜,江春入旧年"之政治寓意》(《中山大学学报(社会科学版)》2020年第2期)认为王湾的《次北固山下》是《河岳英灵集》所选《江南意》的改定之作,张说以宰相身份将其诗"海日生残夜,江春入旧年"一句题在政事堂,既有向往"开元"政治愿景的政治含义,也有昭示诗坛新风,引领文学潮流的意义,而《河岳英灵集》将《江南春》作为选诗的起点,以此乃标举"赞圣朝之美"及"声律风骨"兼备的诗学观。这两个事件使王湾诗成为盛唐之始的诗风标杆和政治旗帜,从而确立了此诗在诗歌史上的重要地位。

李鹏山《李颀〈听董大弹胡笳声兼语弄寄房给事〉诗题新探》(《西部学刊》2020年第16期)辨析了李颀《听董大弹胡笳声兼语弄寄房给事》在流传过程中出现的五种诗题版本,认为《河岳英灵集》所载"听董大弹胡笳声兼语弄寄房给事"最为可靠,诗题应当这样去理解:听董大弹胡笳声,兼语弄,寄房给事。"胡笳声"和"语弄"都是董大所弹奏的乐曲的内容,"胡笳声"是董庭兰以琴改写《胡笳十八拍》而来的琴曲,而"语弄"则是琴曲后半部分逼真模拟胡笳声音的部分。罗杰元《李颀生年新考》(《江海学刊》2020年第3期)通过对《唐故广陵郡六合县丞赵公墓志铭并序》所署"外男前汲郡新乡县尉赵郡李颀撰"中"男"字拓片字迹的辨析,推断"男"应为"弟",李颀为赵公之外弟,据墓志推算,赵公应当生于圣历元年(698),如是则李颀之生年上限应不早于698年。

学位论文方面,有2篇论文对盛唐诗人崔国辅的历代接受情况进行研究。张赛男《崔国辅诗歌接受研究》(北华大学2020年硕士学位论文)从各时代的选本选录情况和诗话评论中分析崔国辅诗歌在历代的接受情况,并考察不同时期文学观念的嬗变对崔国辅诗歌接受产生的影响。熊近宏《崔国辅体及其接受研究》（西南大学 2020 年硕士学位论文），不仅考察了崔国辅诗歌历代的接受情况，同时对崔国辅诗歌艺术特征，及崔国辅体的创作现象进行了分析探讨。作者认为崔国辅诗歌多以表现女性之"怨情"为题材，在风格上体现出清新流畅的六朝乐府韵味，形成了"婉娈"的总体诗风；"崔国辅体"因受韩偓"香奁体"和高棅《唐诗品汇》的共同影响而得以流传，清代定型的"崔国辅体"具有闺怨题材、五绝形式、表达含蓄、乐府韵味等共同特点；崔国辅的历代接受经历了唐代兴起，宋元低落及明清复兴的嬗变过程。

张鑫《李华古文研究》（华中师范大学 2020 年硕士学位论文）以唐代古文运动先驱李华的古文创作作为研究对象，通过对李华生平经历、古文思想、古文技法、古文风格等方面的探讨，较为全面地评价了其古文创作成绩及对唐代散文发展所作的贡献。作者认为李华的古文思想比较全面地批评了唐初"虚美"的文风，并通过提出"宣志明道""尚质为文"的观念，为改革文体奠定了理论基础。他以立意为根基，注重文章结构的经营，多种为文手法的灵活运用，绵丽而雅正的文章风格为后人的古文创作提供了参考的模板，但其古文存在的思想及创作上的保守性，也使其文名渐趋湮没，在后世的评价中逊于元结、韩柳。

五、文学理论研究

本年度，关于盛唐文学理论方面的研究，仍以王昌龄《诗格》为热点。韩经太和朱志荣两位学者都对王昌龄"三境说"在中国意象诗学和诗歌意境论的发展中的重要作用给予了关注。韩经太《中国意象诗学原理的生成论探询》（《北京大学学报（哲学社会科学版）》2020 年第 2 期）认为王昌龄源于晋唐山水诗高度成熟基础上的"物境"诗论，及其对"形似"美的诗学追求应当引起足够的重视，王昌龄"物境"诗论具有忠实于自然原生之美的艺术精神，与顾恺之基于"实对"而实现"以形写神"的原理阐释之间有着不可忽略的传承关系，而"诗有三境"贯穿着主观表现和客观再现的主客统一原理；王昌龄"诗有三境"说的整体创新价值,一方面是以"物境"的充分阐释总结并提升了山水"兴象"的审美价值,另一方面又以"三境"中单列"意境"而旨归于"得其真"的精神指向,从而对司空图"象外之象"的提出有先导作用。朱志荣《再论意象和意境的关系》(《贵州社会科学》2020年第2期)一文的第三部分也对王昌龄《诗格》中的"三境说"予以了细致的分析,作者认为物境是主体对山水自然的体验所生成的境界,王昌龄在《诗格》中言"以心击物,深穿其境",都强调了诗人主体对于物象的穿透和体验。情境是主体对内在情意中境界的反思,是主体心灵之境。意境则是物境和情境的统一,物境通过情境,使实景化为空灵的虚境,心物交融成就了意境。作者也指出王昌龄所言物境、情境、意境的"境"是指三个方面、三个领域,不是后来意义上"意境"的"境",王昌龄所言"意境"是诗歌最高境界的体现。古代大量先写景、后抒情的诗词,写景是物境,抒情是情境,合在一起构成全诗意境。王昌龄的"意境"虽与后来的"意境"内涵有异,但后来的"意境"思想是在王昌龄"意境"思想的基础上成熟起来的。

范雪飞撰写了关于王昌龄《诗格》的多篇论文,其研究主要是两个方面:一是对王昌龄《诗格》真伪予以考述,其《〈文镜秘府论〉所引王昌龄〈诗格〉真伪考述》(《今古文创》2020年第8期)、《王昌龄〈吟窗杂录〉本〈诗格〉真伪考述》(《文学教育》2020年第9期)分别论述了《文镜秘府论》和《吟窗杂录》所引王昌龄《诗格》的真伪,作者认为《文镜秘府论》所引王昌龄《诗格》的真实性可以确定,而其中存在的问题是《诗格》在流传过程中经后人补辑增录而成,对于《吟窗杂录》所引《诗格》多与《文镜秘府论》相异的情况,作者从王昌龄诗歌创作对《诗格》引诗的接受,以及王昌龄诗歌创作实践与《诗格》理论的相互验证两个方面进行了分析,但最后作者没有对《吟窗杂录》所引《诗格》的真实性给出明确的结论。二是王昌龄《诗格》对《文选》的接受,作者撰写了《王昌龄与〈文选〉关系初探——以〈文镜秘府论〉所引〈诗格〉为视角》(《长春师范大学学报》2020年第3期)、《王昌龄与〈文选〉关系初探——以〈吟窗杂录〉本〈诗格〉为视角》(《吉林省教育学院学报》2020年第5期)、《王昌龄诗歌证〈选〉》(《文教资料》2020

一年研究情况综述

年第 12 期)三篇文章,通过对《诗歌》所引《文选》诗的接受情况进行分析,作者认为《文选》是王昌龄撰写《诗格》时的主要参考书,萧统《文选》对王昌龄《诗格》产生了较大影响,王昌龄在诗歌史观、诗歌审美观念等方面与萧统多有契合之处。

卢燕新《殷璠〈河岳英灵集〉诗歌史论及其意义》(《山西大学学报(哲学社会科学版)》2020 年第 2 期)对《河岳英灵集》中《叙》《论》及诗人小传中的诗歌史论从"诗歌史分期论""诗体辨析""诗歌接受史论""选本批评史论"等四个方面进行了论述。作者通过论述认为殷璠《河岳英灵集》将选诗实践与理论构建相结合,关注不同时期的诗歌特征、辨析诗体及诗体史演变特点、研究学习借鉴前人诗歌创作经验、探索诗歌选本的编集理论,使《河岳英灵集》不仅具有选本的实践价值,亦具有很高的诗学理论价值。

综上所述,2020 年度盛唐文学研究虽受到新冠肺炎疫情的不利影响,仍然取得了不俗的成绩,主要体现在:一是研究的范围有所拓展,有更多的盛唐作家成为了研究对象,除诗歌外,文、赋等文体也有较好的研究成果。二是研究的方法更加多元,考证、阐释、比较等研究方法均有所使用,更重要的是生态学、数据分析等交叉学科方法的引入取得了较好的效果,展现出学科交叉在研究方法创新上的价值和意义。当然,本年度盛唐文学研究总体而言也还存在一些不足之处,一是研究成果的数量较去年有所下降,二是对盛唐文学整体观照的综合研究略显不足。期待来年的研究能够取得更为丰硕的成果和更多新的突破。

中唐文学

□ 李芳民

2020 年度有关中唐文学研究的论文,据中国知网学术期刊论文数据库及中国人民大学报刊资料复印中心《中国古代、近代文学研究》两者统计,约有 130 篇(不包括白居易、元稹与韩愈),论文的数量大致与去年持平。本年度研究的基本情况是,在宏观综合研究方面,出现了几篇角度新颖的论文,颇能给人以新启发。传奇小说研究,虽论文不算少,但出色者不多。本年度成绩较突出的,依然是作家作品研究,其中刘禹锡、柳宗元研究论文数量最多,二者几可占本年度中唐作家作品研究论文之半壁江山。以下围绕上述几个方面,略作介绍。

一

本年度宏观综合性研究的论文,有 10 篇左右,主要涉及中唐文学文化研究、中唐乐府诗、中唐文学族群、文学意象等几个方面。

有关中唐文学文化研究,田晓菲的《中唐时期老旧之物的文化政治》(《华东师范大学学报(哲学社会科学版)》2020 年第 4 期)是一篇角度新颖且富有新意的论文。作者通过对先唐及中唐文学中人对老旧之物处理方式的变化,分析了其中深层文化蕴涵与文化意义。文章指出,早期文学作品中人对因老而成精怪之物的处理大都是烧掉,而到了公元 8、9 世纪之交,文学作品中描写的人对由老旧而发生的精怪以及一般的老旧之物的处理态度则发生了变化，即不是烧掉而是掩埋，体现了一种对老旧之物的同情。这种风尚，一方面使这些老旧之物获得了与人类相匹配的尊严，另一方面，对于这些老旧之物同情的人，也因具备此种同情能力而显得与众不同。作者认为，对老旧之物从烧到埋的这种转变，是公元9世纪初文化转型的一部分，从中可以看到一种"感伤文化"在逐渐形成。而对旧物的眷恋在文本中的大量表现，一方面预兆了北宋时期对古董的热衷，另一方面也显示出深刻的差异，也即对于"故物"与"古物"态度的区别。作者指出中唐是中国文学史上一个独特和重要的时期，也是文化和思想发生深刻变化的时期，这一时期出现的对老旧之物悲悯同情的文字，显示了自我与他者之间关系的复杂运动。这种情怀与互动在文字中的再现，本身即构成了文化与思想变迁的一部分。虽然中唐和北宋存在千丝万缕的联系，但中唐的这种感伤文化却不能和北宋的好古收藏精神等同起来，也不等同于有宋一代对各种物类编撰记传和谱录的热度，认为如果只把目光集中在"转型"的叙事模式上，以"宋"作为出发点来回顾"唐"，就会对唐文化某些独特的性质视而不见、失之交臂。

日本学者增田清秀、樊昕的《唐人的乐府观与中唐诗人的乐府》（《杜甫研究学刊》2020年第3期）则对唐人的乐府观念与中唐诗人乐府诗创作概况做了论述，并在此基础上分析了几位有代表性诗人的乐府创作。关于唐人的乐府观，作者认为唐人并没有把乐府和诗加以区别对待的意识，他们中除了仅有的少数诗人外，即使同样的作者，也很少考虑音律而制作乐府，而是把乐府和诗视作一体，以和诗同样的立场来制作乐府。而唐二百八十九年中，其多姿多彩的乐府作家，主要在中唐德宗贞元至宪宗元和的三十五年间，辛文房《唐才子传》记述的三百九十七位诗人中，以卓越的乐府创作才能驰名一世的几乎都是贞元元和时代在世的诗人，不过因不少诗人行迹不详，乐府存世较少，故作者仅选择了八位诗人：李贺与李益、白居易与元稹、柳宗元与韩愈、张籍与王建，就其乐府创作做了论析，总结了他们各自乐府创作的特色。

唐代士族与文学关系的研究，近二十多年来受到了研究者

革意识，又通过颜真卿参与主导联句后皎然联句的变化分析其对皎然的影响，认为皎然作为一个具有文学责任担当的诗人，其联句创作体现出较为鲜明的变革意识，不仅在观念、内容、风格等方面呈现出的诗学价值超出了联句诗体所容纳的范围，而且在诗集的编辑安排上，也隐含着诗体评价重要成分，反映了群体文学创作的特殊面貌。联句中的文学思想，为后来《诗式》做了理论上的积蓄准备，并对中唐诗歌的发展演进产生了重要影响。

李文则讨论了大乘"有"宗之法华宗对皎然诗歌及其诗学思想的影响。文章在辨析佛教"空""有"二宗法义的基础上，从似"空"实"有"之境、似"空"而实"有"之感、出"空"入"有"之思三个方面，分析了皎然诗境似"空"而实"有"的特点。又结合法华"实相"之境、华严"融摄"之境分析了其诗歌的造境之法，从法华宗"法性不二"的思想，分析了皎然的"诗境说"。作者认为皎然受法华宗影响甚深，他多次在诗中袒露法华思想，并以法华境、华严境为造境规律，以诗境明"法身有色义"。由此进一步认为，佛教与诗歌的交涉并不限于表达禅意，或直陈义法，还有在"诗境"中表达"空""有"二宗。

周文则以皎然诗论中"情性论"为核心，讨论其与佛教心性论之间的关系，认为皎然的"情性论"既是对传统诗学"情性论"的继承，同时还受到佛教"心性论"的影响。其"吟咏情性"中的"情"，主要指作者在作品中所表达的思想情感，"性"则可理解为受佛学心性论影响的心性、佛性。这一"情性论"，丰富了"情性论"的诗学内涵。文章还在梳理佛教"心性论"的基础上，对皎然"情性论"的诗学内涵做了分析，并论述了皎然诗学情性论之美学意义。

孟郊研究本年度论文不多，而葛晓音的《孟郊五古的比兴及其联想思路的奇变》（《文学评论》2020年第2期）则是一篇出色之作。文章认为，孟郊的很多奇思和新创多与其比兴及联想思路的变异有关。孟郊诗中虽大量使用传统比兴的常见意象，但却并非简单的承袭，而是常常通过意象的重组，革新联想的思理，在常见比兴中出奇创变。对此，作者从生活逻辑的推演与场景的比附及印象的表现与感觉的强化两个方面做了分析。对于

一年研究情况综述

前者,作者认为这类比兴的联想思路奇变在于往往借助一个场景的想象,或将典故复原成生活场景,而其中的逻辑环节则暗含于场景之中并不明示或直接跳过,因而出人意料且耐人寻味。对于后者,则是其不少比兴往往会以非写实的画面表现一种突出的印象,使寓意自然包含其中,而这类已经带有现代意味的艺术表现,还可见于他在比拟物态声色时因运思过深而导致的感觉放大。由于这类比兴对内心和身体感觉的敏锐体察和深层发掘,其修辞构句有时也会越出古诗的语法常规,产生新奇的语感,从而使感觉的表现更加极端和夸张。

张籍的研究,本年度王园的《"张籍体"与中晚唐五律的裂变整合》(《江西社会科学》2020 年第 8 期)颇有新意。文章认为中晚唐的五律创作,在力主新变的元和时期裂变为三派,由元稹、白居易尤其是后期的刘禹锡、白居易唱和逐渐定型的"白体";由韩愈、孟郊生新苦僻的古题诗风在贾岛五律中旁逸而出的"长江体"以及在诸家之外别开一派的"张籍体"。"张籍体"就其审美心态而言,表现为一种冷官虽贫却获闲暇的自我慰藉,而这种贫病却闲适的学官生涯也构成了其主要题材来源。在艺术上,"张籍体"构建了"以古求淡"的诗学逻辑,将深苦运思融化于古淡诗风中,通过破除工切的对偶,强化叠字、虚字的使用,对苦吟与平易二派加以调和,最终在晚唐形成可与贾岛抗衡的张籍派。但张籍派后来随着姚合宗主地位的确立,在武功体巨大的诗学涵容中面目趋于模糊,张籍派诗人也在与姚合诗人集团的唱和酬赠中被整合入苦吟一派。"张籍体"与张籍派的演进历程,深刻地揭示了中晚唐五律发展的内在理路和艺术规律。

周裕锴的《坐禅与吟诗:贾岛的佛禅因缘》(《安徽师范大学学报(人文社会科学版)》2020 年第 5 期)则对贾岛诗歌与佛禅之关联做了颇为新颖的解读。文章指出贾岛交往的僧人众多,宗派复杂,但贾岛与南宗禅师关系更密切,其更信奉南宗禅的宗旨。贾岛诗中描写佛教生活最突出的是坐禅。这与其信奉南宗禅并不冲突,因为南宗禅只是反对把坐禅当作成佛的唯一途径,并非取消坐禅。贾岛诗歌描写僧人与寺院等方外题材比例甚大,其对僧人与僧居环境的偏爱,使他的诗充满"僧味",他好用清寒孤寂的形容词与名词,使其诗风偏向"冷格"。对于《二南密旨》与贾岛的关系,作者认为据贾岛诗并参晚唐五代学贾岛诗僧的诗格类著作,有理由认定其为贾岛所撰,即使出于伪托,其也与贾岛的诗学思想相通。晚唐五代诗格类著作受贾岛影响,被称为贾岛格。贾岛格诗"僧味"十足,但贾岛格诗论却颇有儒者的"头巾气",这种矛盾,在晚唐五代宗贾岛的诗人那里以"诗为儒者禅"得到了化解。

刘禹锡的研究本年度论文数量较多,其中以刘禹锡交游唱和诗研究及诗话选本中的刘禹锡诗歌批评最为出色。

关于刘禹锡的交游唱和研究,肖瑞峰近年已有多篇论文,本年度仍以其成绩最为突出,共有此类论文三篇,分别是《论刘禹锡与白居易的唱和诗》(《云南师范大学学报(哲学社会科学版)》2020 年第 3 期)、《论刘禹锡与韩愈的唱和诗》(《云梦学刊》2020年第 2 期)、《论刘禹锡与令狐楚的唱和诗》(《浙江学刊》2020 年第 1 期)。除此之外,其还有《论刘禹锡出牧同州、汝州期间的诗歌创作》(《中国韵文学刊》2020 年第 1 期)一文。而围绕刘白交游唱和研究除了肖之三文外,还有赵乐《论"刘白"唱和诗的交互合流》(《中国文学研究》2020 年第 4 期)一文。为省篇幅,以下仅就肖、赵两篇论刘、白唱和之文略作介绍。

肖文论刘、白唱和,以刘白近四十年唱和的时间为经,空间为纬,梳理了刘白唱和诗发生、演进和嬗变的轨迹,探讨了刘白唱和诗的创作倾向、艺术风貌和历史地位。作者将刘白唱和依时序先后分为四个时期,即扬州初逢以前、重入庙堂、三牧上州和晚居洛阳时期。在把握二人心态的基础上,作者对每时期二人的唱和诗作了细致的解读,分析各自诗作的思想情感与诗歌风貌,在此基础上,复对二人唱和的总体特点与价值做了概括。认为刘白唱和一直遵循着他们"相戒""相勉""相慰""相娱"的初衷,在不同时期、不同境遇、不同背景下赋予唱和不同的功能。刘白唱和所抒固然都是一己之情怀,但其中往往融入家国之思和身世之感。他们所抒的情怀大多是健康的、诚挚的、不假虚饰的。艺术上二人势均力敌,各有千秋。不过,刘诗中所表现出的豪迈壮阔胸襟和旷达、乐观情怀及生生不息的辩证法思想,为白

一年研究情况综述

所不及;刘诗语言的含蓄蕴藉,耐人寻味,也让白所心折。

赵文与肖文有似有异。其似者亦将刘白唱和分为四个时期,并略有概括论述,不同在于其此后主要着眼于刘向白之诗风合流,分析其原因与具体表现。文章认为自从与白相交后,尤其是大和三年白隐居洛阳后,刘受其影响的程度与年俱增,最终在开成元年刘分司洛阳,诗风完成了与白闲情逸致、平易直白诗风的合流。合流的原因在于,客观上由于政局的剧烈党争、仕途的宦海浮沉、人生的日益衰老等因素,主观上在于刘才华出众,性格耿直,需要寻求推心置腹、倾吐衷情的人,当他认定白为知己后,与之真心往来,就使白的思想与行为有了影响刘之可能。至于刘白诗风合流的表现,作者认为有三个方面:一是思想格调趋近;二是诗歌体裁趋同;三是诗歌新体式的共同追求。不过,作者在论白对刘的影响之外,也指出刘对白的影响亦不容忽视,如白受刘影响对"辞繁"的控制,刘委婉对白"矫激"的矫正等。

与上述诸文多以唱和诗为论述重心不同,吴夏平、张哲东的《清代诗话及选本中的刘禹锡诗歌批评谫论》(《中国韵文学刊》2020年第1期)则就清代诗话与选本有关刘禹锡诗歌的批评做了论述分析,并从文体批评、诗歌史批评与具体作品批评三个方面做了总结归纳。关于文体批评,也即刘禹锡诗歌的诗体论,指出清代诗论家对于刘七律的风格体貌、师法对象、章法句法、下字造语进行了全面考察,对其七律的诗史地位、开拓新变、题材风格等方面进行了阐述;对其名篇进行释读,完成了其七律、七绝的经典化;贺裳、翁方纲等人还对刘的古体诗做了探讨。关于诗歌史批评,清代诗论家多认为刘的创作师谟杜甫,而李商隐、杜牧等人则师法刘禹锡;他们确定刘禹锡为中唐名家,且在纵向与横向的比较中评判其诗歌价值,以唐宋诗之辨的视野解读刘诗,或以其为江西诗派滥觞,或以其为中唐正宗。关于具体作品批评,则主要为对具体作品的用事、句法、结构、意脉、本事进行细致评点,其中纪昀对刘诗的指摘,所论中的。对于清代的这些批评,作者认为其既有继承前人之处,也有翻新出奇之论。

柳宗元研究本年度论文数量最多,涉及面广泛,角度亦较多样,而以柳宗元的思想、作品、后世接受研究的论文较出色。

一年研究情况综述

围绕柳宗元思想个性研究,有何蕾《论柳宗元的"中庸"观——从"中""正"概念谈起》(《北京社会科学》2020 年第 12 期)与《柳宗元的"勇于为人"的价值取向与先秦实用主义——兼论韩愈评柳宗元"勇于为人"说》(《湖南社会科学》2020 年第 5 期)二文。前文着重就柳宗元与《中庸》的关系作了探讨,认为柳宗元是唐代少有的关注《中庸》的官僚知识分子,他虽未具体阐释《中庸》,但在文中反复强调"大中""中正"乃圣人之道,视之为修身、立身、为学、为政之道,显示出对于"中"的重视与坚守。柳如此看重"中",是其深厚儒学根柢的外在表现,也是其坚守理想、对抗环境压力的有效途径。而对于柳对"中"的阐释与宋人的区别,作者认为一是柳宗元既将"中"视为圣人之道,也将其视为达到圣人之道的途径,重在利用。二是柳宗元并未阐释"中"之具体含义,这为其坚守政治理想留有足够的空间,而宋代学者虽也承认"中"为修身立身乃至为政之道,但却逐步脱离了实用价值而向性理的方向发展。后文则以韩愈《柳子厚墓志铭》中评柳"勇于为人"一语为中心,剖析其涵义,发掘这一评语于韩愈与柳宗元二人各自所具有的意义。认为韩文于"勇于为人"内涵并未阐释,但从韩愈原文上下文看,其大致谓柳宗元个性过"勇",不能"自持其身",有躁进之心,以为将相之位唾手可得,而这是其人遭遇的源头所在。但"勇"是传统儒学较为看重的一种品质,韩愈以此评柳,褒贬不明。由此作者从中唐时代及二人思想根源做了分析,认为韩愈是典型的理想主义者,而柳宗元则是地道的实用主义者,两人思想体系之差异可追溯至先秦时代,一个坚定地支持儒家观点,试图整顿思想,意在重塑正统,一个吸收"兼爱""为人"的墨家精髓,看重行动,一切以实用为主。两人的目标相同,殊途同归,而在中唐特定的时代环境下,韩愈略去敏感的政治话题,将柳置于儒家话语体系内评价,情绪复杂而用心良苦。

本年研究柳宗元作品论文不少,但富有新意者,则以殷祝胜的《柳宗元山水奇文新说——〈柳州山水近治可游者记〉与唐代州郡图经》(《中国文学研究》2020 年第 2 期)与李小荣的《三昧酒与柳宗元之志:〈法华寺西亭夜饮〉新解》(《闽江学院学报》

2020年第1期)两文尤值得称道。

殷文指出,柳宗元《柳州山水近治可游者记》一文很奇特,其"无起无收,无照无应"的结构与行文不带主观情感的特点与《永州八记》等绝不相同。之所以如此,当缘于作者独特的写作动机。柳宗元刺柳后,于州政用力极勤,常自叹无暇游览山水,而此文记录柳州附近十几处山水,篇幅之长为柳氏"记山水"诸作之最,其费时费力不少。联系唐代州郡修纂图经风气以及柳州无完善图经于政事不便的背景,则此文写作乃有为柳州新修图经提供山水地理方面参考材料的意图,故其行文特点乃唐代图经记录山水的一般方式。图经的写法与《山海经》《水经注》等写法相通,昔人因之将柳此文之奇特溯源于此等古书,可谓"知古典"而不知"今典",于此文特色与欣赏不免未达一间。

李文则就柳文《法华寺西亭夜饮》中两个重要意象"夕阳亭""三昧酒"之意蕴以及其相关意象群的佛教问题做了探讨。文章分析了柳之夕阳亭与《洛阳伽蓝记》中出现的同名亭的共通之处,发掘了三昧酒作为佛经典故的意蕴以及柳宗元运用此典的深层含义。此外还揭橥了夜雾、陂池、池水、明月、莲花和窗户等意象群与佛教法华部的《佛说阿惟越致遮经》之间的关联,论述了柳宗元借酒言志与统合儒释问题以及三昧酒用典对后世的影响。文章从意象分析入手,揭橥其与佛教的关联,发掘幽赜,研究较为深入。

而张知强的《"桐城不喜柳州文"之检讨》(《北京社会科学》2020年第4期)一文则从柳文后世接受角度,分析了清代桐城派对柳宗元接受的变化。评论者多谓"桐城派不喜柳",文章认为柳宗元的思想、文学创作以及政治生涯在唐宋八大家中有一定的特殊性,致使其在后世接受中呈现褒贬不一的现象,而清代桐城派对柳的态度也呈现动态、多元情况。其中方苞对柳以批评为主,而自刘大櫆、姚鼐开始,则批评与赞赏并存,曾国藩以后则基本以赞扬为主。桐城派对柳文态度的转变,既与桐城派创作中对"阳刚"文风的追求、理论上对骈文态度的转变有关,也与桐城派成员对历史书写和古人遭遇的反思有关。

本年度在作家作品的文献考证研究方面,也有几篇值得称

一年研究情况综述

中唐文学

道之作,分别是李秀敏的《新出李益佚文〈李府君玄堂志〉考索》（《学术交流》2020年第8期）、孙雅洁的《〈陆宣公集〉版本考略》（《古籍整理研究学刊》2020年第1期）、孙利政的《刘禹锡撰〈和州志〉说质疑》（《中国地方志》2020年第2期）、曾涧的《权德舆〈颂师德教碑〉辨伪》（《五邑大学学报（社会科学版）》2020年第3期）、黄威的《"吴西塞"还是"楚西塞"？——刘禹锡〈西塞山怀古〉创作地考》（《天中学刊》2020年第6期）等。

李文为作家新出土墓志研究,主要分析了新出土李益为其父李存所写的墓志《唐故朝议郎大理司直李府君玄堂志》对于研究李益郡望、籍贯、家学背景以及李益在建中与贞元间的仕履与创作情况所具有的价值与意义。孙雅洁文则就陆贽的《陆宣公集》的版本源流作了考索,认为其版本虽繁多,而可分为以唐权德舆整理本为祖本的二十四卷本、以唐韦处厚整理本为祖本的二十二卷本及以宋郎晔注本为祖本的十五卷本三大系统,并就三大系统版本系统源流情况等做了考述。孙利政文则就传为刘禹锡所撰的《和州志》《和州图经》做了考证,认为《和州志》八卷实为万历三年（1575）齐柯等纂修本,后世因刘禹锡《和州刺史厅壁》文而传抄致误,《和州图经》则是在此基础上误读刘禹锡《历阳书事诗序》衍生的错误说法。曾文则通过文献来源、郡望地理、碑文内容等考证,认为列于陕西略阳灵岩寺并收录于《汉中碑石》《全唐文补遗》《全唐文补编》《全唐文新编》的权德舆《颂师德教碑》实系伪作。黄文则围绕刘禹锡诗中西塞山所在之分析,确定刘《西塞山怀古》的创作地点,认为西塞山有湖北黄石"吴西塞"与宜昌"楚西塞"两说,依诗中时令景物等,其西塞山当为黄石西塞山,复依创作主旨,诗创作地应是黄石西塞山。

三

本年度唐传奇小说的研究,有论文20多篇,但有新意与深度者不多,以下仅就几篇较为突出者略作介绍。

唐传奇兴盛原因的探讨,是唐小说研究中的重要论题,学界于此多有探索与争议。陈文新的《关于唐人传奇兴盛原因的三个争议》（《成都大学学报（社会科学版）》2020年第6期）就唐人传奇是否因科举考试而兴盛，道、佛二教对唐人传奇的影响哪家更大，民间通俗文学与唐人传奇三个有争议的观点，在评述诸家观点基础上作了讨论。文章认为，数十年来学界对唐人传奇兴盛原因的探讨虽未取得全面共识，但在某些问题上，或发现新材料，或对旧材料的解读较前人深入，或因争议深化认识，整体上提高了学术水准，但同时因受社会学的影响过深，这种从外部寻找兴盛原因的做法长期居于主导地位，内部研究处于蛰伏状态，畸轻畸重，影响了研究的深入，因此指出，外部影响是可以研究的，但不能忽略从"小说本身、小说传统"去寻找深层原因。

关于唐传奇文体之界定，学界尝有讨论，王庆华的《论现当代学者对唐人传奇作品范围界定之困惑》（《华东师范大学学报（哲学社会科学版）》2020年第1期）是对这一问题的再论。作者认为现当代对唐传奇的界定，大体集中于作品篇幅、情节结构、文笔描摹、想象虚构等，但以此界定还显得比较笼统且存在歧义，指出"唐传奇"并非一个独立存在、界限分明的文类或文体类型，其实际上涉及唐代单篇传奇、小说集、史部之"传记"及"杂记"，集部之"传记文"等多种文类、文体，而且也面临着如何将这些相关或相近文体区分开来的问题。文章由此分析了各种传奇作品选本、总集围绕单篇作品范围之出入，唐人小说集中甄选传奇作品取舍之诸种困难，并由现当代学者界定唐传奇这一个案，论及其对古代小说乃至古代文学研究所具有的启示意义。

李小龙的《中国古代小说传、记二体的源流与叙事意义》（《北京社会科学》2020年第2期）是一篇纵论中国古代小说命名特点的论文，但其中也多涉及唐人传奇。文章指出中国古代小说命名存在传、记两个系列，并追溯了其命名渊源以及二体文体之差异，认为传体重人，记体重事；传体以人为主，叙事紧凑，记体列叙事件，结构散漫；传体多单篇，记体多丛集。章回小说延续文言小说传、记二体各自特点而又有新变，大致传体占优，而因篇幅扩大不能拘于一人之事，故向记体倾斜。记体多神魔小说，而后来则渐与传体合流。此后翻译小说与早期新小说的命名，多笼罩于这一传统，随着西方小说影响力日深，这一传统

一年研究情况综述

中唐文学

逐渐消失。

从叙事角度研究唐人小说者，则有三文值得一提，分别是邵颖涛的《佛教文化对唐代叙事文学空间建构与情节塑造的影响》（《沈阳大学学报（社会科学版）》2020 年第 6 期）、刘贞的《论唐传奇中疾病的三种叙事功能》（《韶关学院学报》2020 年第 4 期）以及祖国颂的《〈莺莺传〉"互文"叙事的隐含作者主题探究》（《闽南师范大学学报（哲学社会科学版）》2020 年第 3 期）。

邵文主要聚焦于佛教文化对唐代叙事文学的影响。认为僧侣群体对唐代叙事文学的传播与继承居功至伟，僧侣传抄文士记录的有关世俗信仰中的灵验故事，加速了故事的普及化进程；佛教空间观念扩展了文学空间的疆域，在现实世界之外建构了一个鲜活、真切的虚拟空间，完成了打通天上、人间、地下三界的文学进程；佛教伦理、救济观念以具体要求和规则补充小说叙事细则，隐喻故事发展方向与情节态势；佛教风俗以其特殊性塑建文学叙事结构。

刘文则集中于唐人小说的疾病书写所具有的叙事功能，认为其一是作为情节推进的动力，在推动小说进程中发挥多方面的作用；二是作为人物塑造方法，在刻画主要人物性格、营造浪漫悲剧氛围发挥作用；三是其作为社会文化的载体，反映唐代文人对巫术文化和佛教文化的崇拜。

祖文则从"互文"叙事的角度，分析《莺莺传》的"互文"话语，探讨作者通过建构文本隐含价值理想来超越唐代现实文化价值准则之用意。认为作者元稹把理想自我的价值体系，以及现实自我功利化的价值标准全部融入到文本的叙事话语中了，其通过情节叙事与诗语用情以及文本内外参见话语的运用，肯定了男主人公张生对爱情的自然追求，否定他中止爱情的议论说理，肯定了文本内元稹、杨巨源们对男女主人公爱情悲剧的怜惜哀怨，否定了他们对张生"善补过"行为的认同和宣扬，从而表达了元稹在现实生活中无法遵从却又认为应该遵从的新的价值观，显示了唐代知识分子自我否定和自我救赎的文学努力。

晚唐五代文学

□ 亢巧霞　吴在庆

一年研究情况综述

　　2020 年晚唐五代文学的研究成果略高于往年,发表的期刊文章 80 余篇,另有近 10 篇硕士学位论文的选题集中于晚唐五代文学。整体来看,学界研究的视野更深化、问题视角更细化,现择其要者予以概述。

一、唐五代词研究

（一）《花间集》与花间词人研究

　　沈松勤《花间词的规范体系及其词史意义》(《文学遗产》2020 年第 6 期)提出以温庭筠为首的花间词人将宫体诗中唯美化、形式化的女性形象,以及"艳情"与声调、创作方法与艺术风格等多种元素"移植"到新兴的音乐文学样式词体之中。文章提出抒情内容普泛化、表现风格类型化、创作主体"他律"化共同建构花间词的规范体系,这种规范体系具有普适性趣味原则和艺术效应,为历代词人所认同和采纳。蒋瑞琰《花间清风皇甫松兼其"大隐"生活美学思想》(《广东石油化工学院学报》2020 年第 2 期)提出《花间集》中收录的皇甫松十二首词,具有清新的花间词风,内容多描写江南的风物人情。而《全唐诗》中皇甫松《大隐赋》则隐含因一生未仕的坎坷经历而练就的适时而出、适时而隐、顺势而"俗"的"大隐"生活美学思想。赵丹妮《论花间词人的地理分布及成因》(《绵阳师范学院学报》2020 年第 6 期)提出花间词人的地理分布具有鲜明的巴蜀特点。文章认为巴蜀地域分布特点的形成原因主要有两个方面：一是自然地理原因。蜀地据险而安的地理形势和优美的自然环境吸引了众多"移民"词人，并培养大批本土词人。二是人文地理原因。两蜀经济繁荣，且有丰沃的艺术土壤。自然地理和人文地理共同形成花间词人的地理分布特点。

花间鼻祖温庭筠研究。陈尧《男权视角下的女性书写——以温庭筠词为例》(《沈阳工程学院学报(社会科学版)》2020年第3期)从晚唐五代审美社会风尚角度入手，提出温庭筠词多表现对女性外形的物化书写，对女性心理的误解及伪女性化的语言叙述等特点。文章认为书写特点与传统社会中女性的附属地位密不可分。雷晶晶《论晚唐五代词的雅化逻辑进程》(《河北科技师范学院学报(社会科学版)》2020年第1期)对温庭筠词、韦庄词和李煜词从形式表现、内容书写和美学特质三个角度进行分析，进而归纳出词不断走向雅化的逻辑进程。刘淑丽《语工意妙精雕细呈的闺思与闺趣——读温庭筠〈南歌子〉七首》(《古典文学知识》2020年第2期)依次解读七首《南歌子》。学界多以温庭筠《菩萨蛮》十四首与《更漏子》六首为温词创作的最高水平，文章提出温庭筠《南歌子》七首各章各具特点，应受到更多关注。除去对温词关注外，也有温庭筠的诗歌研究。张振、胡传志《温庭筠诗风差异表现、成因及影响》(《山西大同大学学报(社会科学版)》2020年第5期)提出温庭筠诗歌具有"艳"和"清"两种诗风差异，文章认为温庭筠的诗风差异，是由物象的客观属性、作者不同的情感指向及师法对象这三个因素共同影响下形成的。刘佳薇、冯淑然《温庭筠〈牡丹二首〉其二赏析》(《名作欣赏》2020年第24期)认为在温庭筠这首牡丹诗中依然可见其创作倾向中的"香艳"本色。与此同时，诗歌又赋予对繁华转瞬即逝的感慨，壮志未酬的哀叹及对生命的思考等更深厚的内涵。

马一楠《花间词的音乐语境和文本构造研究》(上海师范大学2020年硕士学位论文)共分四章。文章立足花间词文本，阐释词作的音乐语境，进而思考《花间集》的文本构造及由此所延伸出的无语之言和词境构建之间的关联。

一年研究情况综述

一年研究情况综述

（二）南唐词人研究

张玉霞、马健《论李煜词的美学品格——"神秀"》（《山东理工大学学报（社会科学版）》2020 年第 5 期）认为李煜作品的"神秀"特质，应扩展到美学范畴。文章择取李煜词《清平乐》（别来春半）、《相见欢》（无言独上西楼）、虞美人（春花秋月何时了）等词为例，提出李煜词作在词情、词韵和意境上为后代词人树立了典范，丰富了"神秀"的表现形式。文章认为李煜作品中的"神秀"具有最本质的美学高度和内涵。王立娟《文学接受史视域下的李煜词平议》（《保定学院学报》2020 年第 1 期）提出在唐五代到北宋的词体演变过程中，李煜词并未发生质变，其"亡国之音哀以思"的题材内容与表现方法未被宋代文士所接受和模仿。文章认为王国维的评价有些夸大李煜词在词体演进过程中的地位和作用。贺未楠、周敏《李煜词中的水意象探析》（《名作欣赏》2020 年第 8 期）从李煜前后期词作探析水意象之间的区别。许骥雄《李煜词的章法结构》（《河北能源职业技术学院学报》2020 年第 1 期）从词之章法结构中起句、过片与结句三个基本方面入手，对李煜词展开探讨。文章认为李煜词的起句分为景起和以情起，且又可分为平起与陡起；过片常见承上启下之法；结句则分为以景象作结，以情貌作结，以情语作结和以比兴作结四类。另外，《名作欣赏》发表了数篇关于李煜词作的赏析文章。如郭锦《论李煜词的"真"》（《名作欣赏》2020 年第 12 期），唐九久《浅析李煜词中"愁"的前后期风格转变》（《名作欣赏》2020 年第 12 期），胡莹、闻峥《〈相见欢（无言独上西楼）〉作者考证》（《名作欣赏》2020 年第 14 期），曾雪莹《字字泣血，句句关情——李煜〈浪淘沙令·帘外雨潺潺〉赏析》（《名作欣赏》2020 年第 14 期）。文章皆集中探讨李煜词的特点。马亚情《李煜后期词中的空间内涵探析》（《佳木斯大学社会科学学报》2020 年第 4 期）从空间维度对李煜词进行分析。文章认为李煜后期词呈现出家宅空间、第三空间等，这些空间结构是词人情感和内心的重要载体。周旺《李煜诗词用韵考》（《湘南学院学报》2020 年第 4 期）从音韵学角度入手，归纳李煜诗词用韵特点。文章提出李煜诗歌都押平声韵，共 19 个韵部；词令押平声韵和仄声韵，共 69 个韵部。

的关注,且取得了不少出色的成果,本年度田恩铭的《胡姓士族文学群体与中唐文学格局之形成》(《北方论丛》2020年第2期)将研究的重心放在中唐胡姓士族群体及其文学创作的影响方面。认为盛唐时期胡姓士人的文学活动对于胡姓士族文学群体的形成起了重要的作用,而安史之乱后的大历时期,则是胡姓士人的成长期,进入贞元、元和时期,胡姓文学士族群体则已形成并举足轻重。文章分析了盛唐时期房琯、元结、独孤及等人在安史之乱期间的作为,指出这一时期的胡姓士人群体选择了思想与文学兼得的路径,笔下尚有盛唐余韵,却又儒道兼修,既关注时政,又能安身于静谧之中。而贞元、元和时期,胡姓士族文学群体堪称是中唐政事与文学空间的中流砥柱,他们从地方进入台阁,从边缘到核心,进入文学活动的中心地带,与山东士族、关中士族、江南士族鼎足而立且毫无愧色。作者还通过唐人唐诗选本,指出中唐胡姓诗人在选本中入选数量突出,认为这些唐诗选本发挥了保存胡姓诗人文本的文化传承功能,突出了中唐胡姓士人的创作地位,具有不可替代的文学史意义。文章还从胡姓士族与其他家族联姻的角度,分析了其所具有的民族融合及特殊的文学史意义。

吴嘉璐《元白诗派与中国古典诗的"胧月传统"》(《中国韵文学刊》2020年第4期)则从"胧月"这一诗歌意象入手,分析了其在中唐时期的变化及影响。文章指出中国诗歌史上最早书写"胧月"意象的是潘岳,其以"胧月"写哀愁,而齐梁宫体诗人写"胧月"多表现思妇离别。由此作者认为,在中唐元白之前,"胧月"书写已与闺房等较为封闭的空间、局限于男女情感的思妇悼亡的相关题材建立了比较密切的关系,但到了中唐时期,特别是元、白以后,不论是单纯观月还是以月寄思,对月的描写越来越精致细腻。不论是以月为主体,将他物纷纷作譬的,还是以他物为主题,以胧月作譬的,都凝于一事一境而极力描绘,颇具齐梁时期追求人工与形似的特色。作者认为,由元白建立起来的中唐诗人的胧月传统,具有以下几个特征:一是与文人"恋情"有密切关系;二是以唱和形成了群体表现的"诗意切磋"和"同情共感";三是体现出中唐诗坛部分诗齐梁化的特点;四是元白的"胧月书写"成为诗人个体心境的外在特征,和以明月表现诗人内心愁绪的传统构成了并立的传统。但是元白创作的"胧月传统",在中国古典诗坛上却没有得到强烈回响,反而在邻国日本得到了强烈的回响。文章由此辨析了中日诗歌中胧月意象的表现差异以及其没能在中国古典诗歌中得以延续的原因。

邱伟云、严程《心寄乐园,凝望人间:中唐诗空间方位的数字人文研究》(《西南民族大学学报(人文社科版)》2020年第8期)则是通过计算机数据处理技术对中唐诗歌空间方位词进行研究的论文。作者以数字人文的方法,对131位中唐诗人14566份诗文中的空间方位词进行数据分析,结合远读数据与细读分析以及综合共读的工作,以期揭示出中唐诗人所展示出的空间情感投射模式以及其背后的唐人气象。通过分析,认为"人间"是中唐诗人广泛使用的空间词语,而其作为中唐诗人广泛使用的空间感知,折射出中唐诗人心寄乐园、凝望人间的集体意识和情感,由此作者进一步认为,这个分析不但可以讨论旧说,亦可得出新的结论。以前学者认为唐诗由南朝仙化山水发展而来,经历初、盛、中唐逐渐产生桃花源乐园主题的幻灭与瓦解,连带而来的是时间意识的激化与死亡意象的出现,最后出现"乐园崩溃"的现象,但这种"乐园崩溃",无法解释中唐诗人观察"人间"的栖身之所,亦无法解释他们超脱人世所归去的方向,更与"人间"主题的涌现不相吻合。

除上述数篇外,张再林的《中唐至宋初的士风演进与词坛兴衰——兼论宋初词坛沉寂的原因》(中国韵文学刊)2020年第4期)、高子倩的《中唐曹操形象"臣僚化"新变研究》(《湖北文理学院学报》2020年第9期)也都有新见。前者主要从士风变化角度论述了中唐至宋初词的创作起伏变化之因,而后者则分析了中唐时期曹操形象的变化,认为中唐作品中"臣僚化"的曹操正是此后奸臣曹操的先声。

二

本年度中唐作家作品研究亦如往年,涉及的作家较广,大致有元结、戴叔伦、刘长卿、韦应物、李益、皎然、钱起、卢纶、严维、朱湾、灵一、皇甫冉、秦系、孟郊、陆贽、权德舆、李翱、刘言史、刘猛、李馀、张籍、李贺、贾岛、吕温、刘禹锡、柳宗元等二十余位。以下择其中较有新意者,略作介绍。

关于元结的研究,徐希平、彭超的《元结与杜甫关系再探》(《中国文学研究》2020 年第 4 期)就元结与杜甫二人的关系作了论析,认为虽然目前没有更多二人直接交往的信息,但通过几个重大史实考察发现二人有许多相似之处。文章通过杜甫《同元使君春陵行》等诗思想内容的分析、二人天宝六载参加玄宗制诏考试被李林甫所玩弄的共同遭遇及元结的《大唐中兴颂》与杜甫相关诗歌之微言大义的考索,指出这两位出身与遭遇相近的作家对当时社会重大事件的认识和政治态度均十分一致,他们都敢于真实地记录和表达意见,诗文艺术表现手法上都继承、发扬了《诗》《骚》和汉魏乐府优良传统,感于哀乐,缘事而发,关心民瘼,干预现实,因此认为二人是否有交集已不重要,他们是真正知己与知音。

戴叔伦近年来研究成果不多,本年度两篇论文都以戴氏诗歌与佛教相关,分别是沈加莉的《戴叔伦涉佛诗述论》(《湖北经济学院学报(人文社会科学版)》2020 年第 6 期)与赵盼龙、吴怀东的《论佛教对戴叔伦思想与创作的影响》(《法音》2020 年第 4 期),而以后者的论述较为全面细致。后者对戴叔伦涉佛诗做了数量统计,论述了青年、中年、暮年三个阶段戴叔伦接受佛教的特征,又通过其"朋友圈"涉佛诗,分析了其佛教接受情况,并细致地分析了禅意在其诗歌中的具体表现。

刘长卿的研究,本年度冷成金的《论刘长卿诗歌对悲剧意识的审美超越》(《山东社会科学》2020 年第 1 期)是一篇理论色彩较强的论文。文章从分析中国主流文化对人的价值建构的影响出发,指出悲剧意识的兴起是价值追询、建构的必要条件和价值净化的保障机制,而悲剧意识作为一种意识性的客观存在是不会消失或被征服的,只能消解、弥合或被审美超越。由此作者就刘长卿诗歌对悲剧意识的审美超越的特点做了论述,认为刘长卿的诗不注重凸显人生的有限性,不注重理性追问与思考,其主要是以境界的开启、深情感慨、人的自证方式来超越悲剧意识，并使悲剧意识形成了形式化的特征。而刘长卿大量隐逸题材诗歌所表现出的"本真"感是寻找精神家园而未得的栖遑感，这是其诗歌的精神特质，也是追索精神家园的现实力量。

　　韦应物的研究，本年度有数篇论文，而以吴怀东、黄晓宇的《韦应物修习〈楞严经〉过程及影响考论》（《华中师范大学学报（人文社会科学版）》2020 年第 1 期）最为突出。文章认为在韦应物习佛历程中，《楞严经》居于要津。但作者对学界韦应物接触《楞严经》始于其寓居洛阳同德寺时以及滁州琅琊寺修习《楞严经》的观点则提出了不同的看法。认为在游居两寺之前，青年韦应物任右千牛卫于大明宫期间，即可能因大安国寺净觉禅师而闻知此经，而韦应物之通过净觉禅师接触《楞严经》，除了宗教层面的因素，还与韦同净觉禅师同宗的家族因素有关。洛阳同德寺与滁州琅琊寺期间，韦应物确有机会修习《楞严经》，但滁州可能并非其牵涉此经的终点，晚年刺苏州时在吴地其犹可能接触此经，且其彼时交游的僧侣中也多有此经读者。在此基础上，作者还进一步论述了修习《楞严经》对韦应物其诗其人的影响，认为一是《楞严经》的"如幻"思想对韦应物的诗歌的影响，二是其素食等习惯的养成与《楞严经》影响密不可分。

　　皎然的研究，本年度有三篇论文较为出色，分别是樊庆彦的《皎然联句创作的变革意识及其潜蕴的诗学思想》（《中国文学研究》2020 年第 2 期）、李华伟的《皎然诗境"空""有"之辨——兼论法华宗对皎然"诗境说"的影响》（《文学与文化》2020 年第 1 期）与周燕明的《皎然诗学"性情论"与佛学心性论》（《河北学刊》2020 年第 5 期）。

　　樊文讨论的是皎然集中以前较少为人所关注的联句诗，并由此分析其所蕴含的皎然诗学思想。文章指出皎然《杼山集》中将联句单独成卷显示了皎然对联句价值的肯定与对读者的期盼。而与其他联句多以宴集、游览、寄怀、咏物为主相较，皎然以谈禅、论文、言德为主要内容的联句诗迥异于众，这说明是将联句作为一种具有高度包容性的诗体进行严肃创作的。文章通过皎然联句群体对齐梁文学的推崇，指出其鲜明而独特的诗体变布特点的形成原因主要有两个方面：一是自然地理原因。蜀地据险而安的地理形势和优美的自然环境吸引了众多"移民"词人，并培养大批本土词人。二是人文地理原因。两蜀经济繁荣，且有丰沃的艺术土壤。自然地理和人文地理共同形成花间词人的地理分布特点。

花间鼻祖温庭筠研究。陈尧《男权视角下的女性书写——以温庭筠词为例》（《沈阳工程学院学报（社会科学版）》2020年第3期）从晚唐五代审美社会风尚角度入手，提出温庭筠词多表现对女性外形的物化书写，对女性心理的误解及伪女性化的语言叙述等特点。文章认为书写特点与传统社会中女性的附属地位密不可分。雷晶晶《论晚唐五代词的雅化逻辑进程》（《河北科技师范学院学报（社会科学版）》2020年第1期）对温庭筠词、韦庄词和李煜词从形式表现、内容书写和美学特质三个角度进行分析，进而归纳出词不断走向雅化的逻辑进程。刘淑丽《语工意妙精雕细呈的闺思与闺趣——读温庭筠〈南歌子〉七首》（《古典文学知识》2020年第2期）依次解读七首《南歌子》。学界多以温庭筠《菩萨蛮》十四首与《更漏子》六首为温词创作的最高水平，文章提出温庭筠《南歌子》七首各章各具特点，应受到更多关注。除去对温词关注外，也有温庭筠的诗歌研究。张振、胡传志《温庭筠诗风差异表现、成因及影响》（《山西大同大学学报（社会科学版）》2020年第5期）提出温庭筠诗歌具有"艳"和"清"两种诗风差异，文章认为温庭筠的诗风差异，是由物象的客观属性、作者不同的情感指向及师法对象这三个因素共同影响下形成的。刘佳薇、冯淑然《温庭筠〈牡丹二首〉其二赏析》（《名作欣赏》2020年第24期）认为在温庭筠这首牡丹诗中依然可见其创作倾向中的"香艳"本色。与此同时，诗歌又赋予对繁华转瞬即逝的感慨，壮志未酬的哀叹及对生命的思考等更深厚的内涵。

马一楠《花间词的音乐语境和文本构造研究》（上海师范大学2020年硕士学位论文）共分四章。文章立足花间词文本，阐释词作的音乐语境，进而思考《花间集》的文本构造及由此所延伸出的无语之言和词境构建之间的关联。

（二）南唐词人研究

张玉霞、马健《论李煜词的美学品格——"神秀"》（《山东理工大学学报（社会科学版）》2020年第5期）认为李煜作品的"神秀"特质，应扩展到美学范畴。文章择取李煜词《清平乐》（别来春半）、《相见欢》（无言独上西楼）、虞美人（春花秋月何时了）等词为例，提出李煜词作在词情、词韵和意境上为后代词人树立了典范，丰富了"神秀"的表现形式。文章认为李煜作品中的"神秀"具有最本质的美学高度和内涵。王立娟《文学接受史视域下的李煜词平议》（《保定学院学报》2020年第1期）提出在唐五代到北宋的词体演变过程中，李煜词并未发生质变，其"亡国之音哀以思"的题材内容与表现方法未被宋代文士所接受和模仿。文章认为王国维的评价有些夸大李煜词在词体演进过程中的地位和作用。贺未楠、周敏《李煜词中的水意象探析》（《名作欣赏》2020年第8期）从李煜前后期词作探析水意象之间的区别。许骥雄《李煜词的章法结构》（《河北能源职业技术学院学报》2020年第1期）从词之章法结构中起句、过片与结句三个基本方面入手，对李煜词展开探讨。文章认为李煜词的起句分为景起和以情起，且又可分为平起与陡起；过片常见承上启下之法；结句则分为以景象作结，以情貌作结，以情语作结和以比兴作结四类。另外，《名作欣赏》发表了数篇关于李煜词作的赏析文章。如郭锦《论李煜词的"真"》（《名作欣赏》2020年第12期），唐九久《浅析李煜词中"愁"的前后期风格转变》（《名作欣赏》2020年第12期），胡莹、闻峥《〈相见欢（无言独上西楼）〉作者考证》（《名作欣赏》2020年第14期），曾雪莹《字字泣血，句句关情——李煜〈浪淘沙令·帘外雨潺潺〉赏析》（《名作欣赏》2020年第14期）。文章皆集中探讨李煜词的特点。马亚倩《李煜后期词中的空间内涵探析》（《佳木斯大学社会科学学报》2020年第4期）从空间维度对李煜词进行分析。文章认为李煜后期词呈现出家宅空间、第三空间等，这些空间结构是词人情感和内心的重要载体。周旺《李煜诗词用韵考》（《湘南学院学报》2020年第4期）从音韵学角度入手，归纳李煜诗词用韵特点。文章提出李煜诗歌都押平声韵，共19个韵部；词令押平声韵和仄声韵，共69个韵部。

郭浩健《浅析李煜诗词中的音乐文化》(《滇西科技学院学报》2020 年第 3 期)主要探讨李煜词中的音乐思想及其包含的音乐信息。吴健玮、赖诚诚《词帝之"冤"：李煜心理传记研究》(《阴山学刊》2020 年第 5 期)主要从三个方面论述。其一李煜帝王生平的重新审视及文学成就的评说；其二李煜生平与创作轨迹的情感分析；其三李煜之心理勾勒。

南唐词人除李煜外，冯延巳也是一位受关注的词人。蔡钰《冯延巳词中的风意象》(《连云港师范高等专科学校学报》2020 年第 2 期)提出冯延巳词多用风意象的原因有两个方面。一与风的特征及中国"伤春悲秋"的文学传统有关，二与冯延巳所处的时代环境有关。

二、唐五代诗风和诗人研究

本部分主要从诗人与地域文学研究，诗人作品与交游研究，诗词关系、意象和诗法研究三方面进行总结。

（一）诗人与地域文学研究

吴地文学与诗人。陈尚君《皮陆唱和所见唐代苏州的文化景观》(《古典文学知识》2020 年第 4 期)概述皮陆逢遇与松陵唱和始末后，立足作品阐析皮陆笔下的苏州虎丘、太湖西山、苏州藏书等景观，文章也将皮陆唱和作品中关于上海的一些早期碎片以及关于文人雅兴与工匠技艺的作品一一进行阐述。文末作者就皮陆唱和存有的困惑略论述一二。刘菁、王宇《论陆龟蒙诗文中的吴地特色及影响》(《图书馆学刊》2020 年第 2 期)认为陆龟蒙在诗文创作中全方位展现了吴地的物产风貌、自然风光、人文意蕴等，进而推动了其诗文风格的形成，以及吴地民俗的记录和吴地文化的发展。

闽南文学与诗人。范丽琴《唐五代固始移民入闽对闽南文学发展影响述论》(《河南科技学院学报》2020 年第 3 期)提出唐五代时期闽南文学创作主体主要包括三类：一是固始移民，如陈元光等；二是固始移民所招纳的文士，如韩偓、崔道融、徐寅等；三是闽南本土文人，如欧阳詹等。作者提出固始移民在多方面影响闽南文学的发展,而这一时期闽南本土文学的发展亦与固始移民入闽对闽南的开发有关。陈毓文《893—925年间的福州文坛》(《哈尔滨学院学报》2020年第11期)认为在王审知治闽期间,在外来文人与福州文人的合力下,福州文坛完成了从初具面目到特色鲜明的转变,中晚唐文风在闽地得到传承和发扬。

庐山文学与诗僧。吴昌林、丑送《意下纷纷造化机,笔头滴滴文章髓——庐山诗僧修睦诗歌创作初探》(《合肥工业大学学报(社会科学版)》2020年第5期)认为生活在庐山地区的侍僧修睦,是晚唐五代时期重要诗僧之一,现存诗31首。他的诗歌题材较为丰富,包含咏物、送别、怀人、闲适等众多内容,艺术特色也十分突出。文章认为修睦诗歌工于律诗,其诗歌带有浓厚的"清"味。他的诗歌创作上承贾岛,下启宋初晚唐体人。同时,修睦的诗歌创作不仅丰富晚唐五代侍僧群体的创作成果,也进一步充实了庐山地区的文化底蕴。另外,吴昌林、丑送《晚唐五代庐山诗僧内部交游诗创作及其价值》(《西南科技大学学报(哲学社会科学版)》2020年第6期)一文重点考察了齐己和贯休为代表的庐山侍僧们在群体内部积极开展诗歌交游活动。文章认为这些诗歌具有较高的审美价值,蕴含精雕细琢的苦吟之美、清幽冷峭的意境之美和水月交融的禅意之美。此外,作者提出这些诗歌也反映了晚唐五代僧诗在佛门中回归文学本位的发展状况。

(二)诗人作品与交游研究

作品和交游考论。牛庆国《晚唐文士卢肇著述流布考》(《古籍整理研究学刊》2020年第4期)考辨卢肇著述的版本源流,并厘清流传概况。文章认为卢肇《通屈赋》一卷亡于北宋末年至南宋初年之间,且最迟不会晚于绍兴三十年。《〈大统赋〉注》亡佚时间与《通屈赋》相同。《卢子史录》极可能在北宋后期已不复存在。《唐定州文宣王庙记》作于宣宗大中十三年(859)八月,时卢肇在河北定州且在卢简求幕,该记今已不存。《剑赞》发现于清江玉溪观,传世文献无征。作者又对卢肇缺佚文《逸史》做版本源流考。杨宝玉《晚唐敦煌著名文士张球崇佛活动考索》(《河北师范大学学报》2020年第3期)集中探讨张球崇佛活动的基本情况，为深入解读其作品提供借鉴。王程辉《李频黔中宦游考论》(《科教文汇(上旬刊)》2020 年第 11 期)以晚唐李频咏黔中诗歌为史料，对李频任职黔中时期的行迹进行考证，并阐述李频黔中诗对黔中文化研究的价值。郭倩《乱世游子的思乡悲歌：李中及其羁旅诗考论》(《龙岩学院学报》2020 年第 3 期)认为李中的羁旅诗在地点、时间、景物等意象使用方面均呈现鲜明的写实特征，李中诗歌中的思乡情感内涵也带有明显的变异，其诗歌中的"故乡"概念出现了所指窄化、内涵泛化现象。作者提出李中羁旅诗特征的形成与唐五代诗歌创作的"写实"倾向，与作者多舛的经历和个人情感特征密切相关。李博昊《牛希济文学主张与创作实践考论》(《古籍整理研究学刊》2020 年第 3 期)提出牛希济既有古朴的治世之文，亦有香艳清幽的小词创作。牛希济对文学的看法集中于《文章论》与《表章论》，核心观点是以"治化"为文章要务。《全唐文》今存牛希济 17 篇文章，皆为政论文，涉及治国、举士、历史等诸多内容，带有强烈的现实针对性。与此同时，《花间集》存牛希济词 11 阕，皆似闺阁怀人之音，词作风格和内容与他的文学主张不尽相同。李霞《五代后蜀崔有邻墓志考释》(《惠州学院学报》2020 年第 5 期)通过对崔有邻墓志文的考释，纠正了《旧唐书》与《新唐书·宰相世系表》中关于崔有邻家族世系记载之误，并对墓主的家族世系进行梳理。滑红彬《〈补五代史艺文志辑考〉订补十一则》(《图书馆研究》2020 年第 1 期)以《庐山记》《江州志》等庐山地方文献为中心对张兴武《补五代史艺文志辑考》进行增补和订正。

诗人研究。杨红莲、任强《鱼玄机首次道观生活初探》(《蚌埠学院学报》2020 年第 3 期)认为鱼玄机在咸通初首次入道观是因"志慕清虚"，是她自愿追求道观生活的。文章提出鱼玄机的首次道观生活是自由愉快的。吕璐《从薛涛到鱼玄机——唐女性诗人爱情诗中的女性意识觉醒》(《邢台学院学报》2020 年第 1 期)以薛涛和鱼玄机为切入点，探究唐女性诗人爱情诗歌中女性意识觉醒的表现和转变。王列生《从罗隐看才子如当末世》(《天水师范学院学报》2020 年第 1 期)一文以罗隐为个案分析才子如当末世的悲剧性人生宿命。孙振涛《论韦庄晚年蜀中诗歌创作》(《攀枝花学院学报》2020年第1期)认为韦庄入蜀后心态经历了由疑虑畏惧,到惊奇叹赏,最终融洽亲和的发展过程。韦庄寓蜀期间,创作的家事亲情诗、唱和酬答诗及蜀地风物诗,具有亲切、浅俗和含蓄雅洁之艺术特点。

娄凤南《晚唐薛逢诗歌研究》(上海师范大学2020年硕士学位论文)共五章,分别梳理薛逢的行年行踪与交游经历,继而考述薛峰诗歌留存情况,包括薛逢诗集版本、诗歌重出与系年整理。进而从诗歌风格和创作技巧上分析薛逢诗歌的艺术特点。钟蕾《晚唐诗人周朴诗集校注及研究》(西南科技大学2020年硕士学位论文)共三章,全面考证周朴的交游和生平,并对诗歌做了校注。另外,刘健榕《晚唐崔道融诗歌论稿》(吉林大学2020年硕士学位论文)、陆茜茜《晚唐五代湘楚诗人研究》(湘潭大学2020年硕士学位论文)也是两篇晚唐五代方面的学位论文。

外籍诗人崔致远。崔致远是中朝交流史上一位重要人物,他在唐朝生活16年,其诗文作品在中朝文学史上也极有价值。孙毅、梁晓晶《崔致远诗歌意蕴的当代隐喻学重构与新释》(《东疆学刊》2020年第3期)以《孤云崔致远先生文集》作为语料依据,探索崔致远诗歌作品中隐喻意象类别,该文运用语言学研究方法,考索文学作品中的隐喻手法。袁棠华《崔致远诗歌中的中国元素研究》(《延边大学学报(社会科学版)》2020年第4期)认为崔致远诗歌中的中国元素具体表现在:其诗歌中含有大量中国人名、地名、景物、风俗、古人故事等元素。崔致远诗歌创作受唐末诗人罗隐、张乔等影响,吸收了中国古典诗歌的创作技巧,这些中国元素的运用,增强了其诗歌艺术表现力。文章认为崔致远的诗歌不仅仅展现了他在唐朝的行迹,也表达了他对中国古人高扬生命价值观的赞赏。

作品研读。秦榕《文学地理学视阈下对〈秦妇吟〉的空间解读》(《名作欣赏》2020年第5期)用文学地理学的眼光,对韦庄《秦妇吟》诗中构建的地理空间进行解读。文章认为诗歌中的主人公秦妇辗转于长安、洛阳、江南等地域,诗歌的空间从女子的闺阁屋内转向恐怖的战争场面。诗歌中历史事件的呈现、人物的出场也与地理空间有密切联系。作者提出诗歌中塑造的地理

一年研究情况综述

环境与作者意图的表达有深刻联系。韦庄生于晚唐战乱之时，早年赴长安应试，下第后游江南等经历，无形中构成了《秦妇吟》创作的地理动因和地理素材。王正《"不惜相随入岛云"——项斯诗七首赏析》（《名作欣赏》2020年第20期）从项斯近百首诗歌中赏析了七首作品。这七首作品依次为《寄石桥僧》《欲别》《题太白山隐者》《夜泊淮阴》《宿山寺》《泾州听张处士弹琴》《山行》。秦振炜《杜荀鹤与曾几诗歌比较研究》（《蚌埠学院学报》2020年第1期）以晚唐杜荀鹤和南宋过渡时期曾几的诗歌作为研究对象，作者提出二人诗歌思想内容上共同展现出对杜甫家国情怀的继承，部分作品展现出儒释道思想的相互交融。高建新《明丽的江南水乡风俗图——读杜荀鹤〈送友游吴越〉〈送人游吴〉》（《古典文学知识》2020年第1期）择取杜荀鹤色调鲜亮的两首诗歌进行分析。文章认为这两首诗大约写于同一时期，属同一组诗。诗歌语言温婉浅近，描绘了一幅明丽的江南水乡风俗图。

　　司空图和《诗品》研究。司空图《二十四诗品》作为唐代一部重要的诗歌理论专著，一直是学界关注的热点问题之一。孙学堂《韩孟诗派影响与司空图的艺术追求——以"撑霆裂月"说和诗歌创作为核心》（《文学遗产》2020年第1期）认为司空图深受韩孟诗派影响，他在抒写愤激之情，表现奇异之美两个方面也与韩孟有一致之处。但由于个性、才力、思想观念等多方面原因，他并非沿着韩孟诗派的道路走下去，而是形成自己独特的艺术追求和风格。作者认为"撑霆裂月"的自评语概述了司空图深受韩孟诗派影响但并不蹈袭的艺术追求。文章认为司空图在唐宋诗歌转变的过程中较之韩孟诗派又向前迈进了一步。巩在兴《司空图〈二十四诗品·冲淡〉浅析》（《重庆科技学院学报（社会科学版）》2020年第2期）认为诗歌冲淡境界的创作，离不开创作主题丰富的人生阅历和深厚的艺术修养，司空图在继承前人的美学及哲学思想基础上，创造性地将"冲淡"这一概念引入美学范畴，并对"冲淡"进行具体阐释。"冲淡"是一种介于阳刚和阴柔之间的"中和"之美，是一种包含宇宙万物的大美。季雨欣、廖述务《论〈二十四诗品〉中的人与自然之美》（《洛阳师范学院学报》2020年第12期)认为《诗品》充盈自然清雅的人格意境。司空图对自然之境与人格之境的向往和追求，以及对自然与人文辩证关系的阐释渗透了人与自然的美学气息。司空图《诗品》对自然之美与人文之境的探讨和追求对诗歌的创作、评论和鉴赏都有重大的贡献和影响。郑义《〈二十四诗品〉的哲性诗学》(《吉林工程技术师范学院学报》2020年第8期)认为司空图思想深受道家哲学和道教影响，《诗品》也贯穿了道家哲学对"道"的追求。马东旭《〈二十四诗品〉批评意象的共同品格》(《湖北职业技术学院学报》2020年第1期)一文提出生命品格、自然品格和超越品格是《二十四诗品》批评意象的三个共同品格。作者认为这些品格不是孤立自足，而是相偕相生，共同织就出《二十四诗品》异彩纷呈、光怪陆离的批评意象世界，并对后世批评意象的丰富与发展、诗学批评的建构与新生有着较大的借鉴意义。

（三）诗词关系、意象和诗法研究

刘玉梅《唐五代诗词中"庭院"意象的发展》(《文化学刊》2020年第8期)认为五代词中"庭院"意象出现的频率高。一方面是花间词人多写女性闺阁生活，离不开"庭院"意象的运用；另一方面是南唐李煜和冯延巳赋予"庭院"意象更丰富的内涵，为后世词人提供新的思路。尚志会《论晚唐诗歌的落花意象及其内涵》(《滇西科技师范学院学报》2020年第3期)认为晚唐诗人借落花意象，表达伤春惜时的生命之感、功业未成的不遇之感以及盛衰有无的兴亡之叹。张静《论五代诗法著述的总体特征》(《乐山师范学院学报》2020年第3期)认为五代的诗法著述依然沿袭唐代诗法著述的习惯，但也有不少创新。在五代特殊的诗学环境中，美刺政教与讲求诗道成为诗法著述的主体内容。宋雪伟《无题诗与唐五代词关系新论》(《广西社会科学》2020年第1期)提出唐五代词与无题诗在审美特征、表意多样、和乐演唱上都具有同构性，文章认为唐五代词和无题诗关系密切。吴诗《唐末咸乾间"今体才调歌诗"研究》(华东师范大学2020年硕士学位论文)共三章，文章首先介绍"今体才调歌诗"的形成背景和原因，第二章分析"今体才调歌诗"的具体内容和表现，第三章阐述后世对"今体才调歌诗"的接受和评价现象。

一年研究情况综述

三、唐五代小说和文研究

　　葛焕礼《晚唐五代小说中的"仙境"：文士与道士构建之比较》(《四川大学学报(哲学社会科学版)》2020 年第 1 期)归纳晚唐五代小说含有仙境描写的文人小说共 74 篇，仙境共 76 处，作者根据仙境主体场域的构建，对仙境类型进行分类并确定其地理位置。进而对照道士杜光庭《洞天福地岳渎名山记》所记载的洞天福地的位置进行双向比较。文章认为晚唐五代文人小说中的仙境与道教仙境有相当程度的重合性和关联性，晚唐五代文人小说中仙境的构建，除受到道教仙境教理说的影响外，还受到之前文学传统中仙境说的影响。朱琳畅《〈酉阳杂俎〉传奇类小说中典型人物的叙事功能》(《文学教育(下)》2020 年第 6 期)以《酉阳杂俎》中典型人物为切入口，探讨老人、继母、飞天夜叉三类典型人物的叙事功能。另外，(美)罗曼玲《段成式〈金刚经鸠异〉里的叙事变异》(《长江学术》2020 年第 2 期)一文从叙事学角度解读段成式作品。

　　何亮、陈丹丹《论唐五代小说中表文的类型及其功能》(《广东开放大学学报》2020 年第 2 期)认为融入唐五代小说的表文，与朝堂和政事中使用的表文相比较，类型更简单，主要有请求表、陈政表和谢表三种，使用功能却比较丰富，可以自荐、他荐，也可以陈政、申诉冤情、请求官职、说情、嘲讽等。作者认为表文融入唐五代小说，一方面增强了其文学性，另一方面小说与政治现实相结合，扩大了题材范围，使作品表现出"有补世用"的世俗性和功利性。何亮《论唐五代小说中词的叙事意义》(《长江师范学院学报》2020 年第 2 期)梳理唐五代小说中的词作，结合叙事学、文化学等方法与理论，从词渗入唐五代小说的叙事角度，对叙事场景的情境化、叙事题材的生活化、叙事语言的通俗及口语化等若干方面对其意义加以论析。同时，作者也提出词在唐五代小说中出现的篇目与诗歌相比较数量远远不及，只集中在《伊用昌》《绿珠怨》《玄真子》《李贺》《广谪仙怨词》等作品中。何亮《论唐五代小说中的端午节俗》(《汕头大学学报(人文社会科学版)》2020年第2期)认为唐五代小说生动呈现端午习俗文化蕴意的多样性,及其与小说结合后的文学意义,如竞渡,由最初的宗教祭祀演变为寓意科考夺魁,甚至成为民众娱乐的竞技活动。与此同时,小说家通过节俗活动的描述传达批判社会现实的创作意旨。何亮、陈丹丹《论唐五代小说中奏章的使用情境》(《理论界》2020年第2期)对融入唐五代小说的奏章全面统计,认为奏章主要在以下情境中使用:一是朝会陈政,以备皇帝之问;二是帝王考察士子、大臣才干;三是推辞帝王赏赐或所受之官。作者提出唐五代小说的篇幅明显变长,其中一个原因就在于吸纳多种文体。在题材上,奏章多涉及军国大事,其融入唐五代小说影响了小说发展的方向和趋势。一方面,小说逐渐摆脱琐事微言,往政治,历史题材倾斜。另一方面,以戏谑、幽默的笔法叙写严肃的政治事件,小说进一步走向世俗。

李燕青、贾丙香《〈柳氏叙训〉的家教范例与忧患意识》(《运城学院学报》2020年第5期)认为晚唐士大夫柳玭撰写的《柳氏叙训》比较全面总结了唐代河东柳氏家族的家风家训,作品中流露出一定的忧患意识。文章提出《柳氏叙训》是继颜之推《颜氏家训》之后的又一篇较出色的家训著作,不仅是柳氏家族家庭教育的教科书,在中国家训史上也有一定影响。安丽珺《浅析〈五代会要〉的编纂思想》(《文化学刊》2020年第12期)从王溥生活的时代背景和《五代会要》的编纂体例等方面入手,作者提出王溥《五代会要》断代政书体现了以史资政、维护君王的编纂意图,随文而录的编纂方式,忠于史料、巨细兼收的编纂选材观。

综合来看,2020年晚唐五代文学研究,呈现更加细化的发展趋势。如学界对修睦、项斯、李中等晚唐诗人的关注,对外籍诗人崔致远的关注等。同时,诗人和地域文学的互动研究,也拓宽了晚唐五代诗人研究的角度。

一年研究情况综述

王维研究

□ 鹿 越 康 震

一年研究情况综述

　　2020 年的王维研究在承袭往年的研究成果之基础上又有一定程度的开拓与创新。由于学界多年对王维这一主题的持续性关注，相关研究成果呈现出纵深性与广泛性并行发展的良好态势，但是总体数量有所减少。据统计，本年度共发表了一百余篇相关的期刊论文，四篇硕士论文。王维相关书籍共八本，其中新出版王维诗集的选注本、鉴赏本共五部。《王维诗歌鉴赏辞典》（上海辞书出版社 2020 年版）的再版，对于王维诗歌的鉴赏与推广意义重大。另有曾宏根所撰，旨在书写王维辋川时期全景式的自然园林文化史的作品——《诗佛王维与辋川》（西安出版社 2020 年版）一部；霍丽婕撰写的传记《王维》（中华书局 2020 年版）一部；于 2020 年 10 月出版的中国王维研究会第八届年会暨国际学术研讨会论文集《王维研究（第八辑）》（上海三联书店 2020 年版）一部；赵彦春翻译的《王维诗歌全集英译》（上海大学出版社 2020 年版）一部，可以说是国人自译的王维诗歌中非常优秀的译本。

　　本年度的王维研究主要集中在以下几个方面：一、生平、交游与作品考证；二、思想与文化研究；三、艺术特征研究；四、接受与评点研究；五、跨学科影响研究；六、跨文化与译介研究；七、域外汉学研究。下面择要予以概述。

一、生平、交游与作品考证

　　本年度对于王维个人生平和作品考证的文章确有不少。但相较之下，学者们主要关注的还是王维作品的考证研究，对于其个人生平事迹进行详细考证的论文并不多，其中比较值得关注的主要有高萍的《论王维与王族的交往及其生命历程意义》(《唐都学刊》2020年第2期)，作者注重考察王维与王族的交往经历为他的人生历程和诗歌历程带来的双重影响。一方面阐释他与岐王等王族日常交往经历对早年仕途的助力作用，使其成功地进入京城文化圈，得到了主流文化的认可，而王维的诗歌成为当时都城诗风的代表。另一方面，与王族的亲密关系这把双刃剑也使他不得不陷入权力斗争，成为政治的牺牲品。仕途坎坷促发了王维在被贬济州期间，写出了行役与田园相结合的田园诗，进入了诗歌创作的新阶段。宋凯《妻子母亲形象的缺失——对王维诗文的一个考察》(《浙江万里学院学报》2020年第5期)讨论王维诗歌中缺失妻子母亲形象这一现象所具有的特殊性。产生原因主要是与他的佛学信仰取向有关，因佛教旨在通过自身的修行得到功德，并以此回报父母之恩，而不以传统的诗文形式呈现出来。文章具有一定的参考性。

　　在进行考证研究的论文中，既有系统全面地考订王维作品的文章，也有关注某些重点篇章的论文。其中王辉斌所作的《王维诗文编年考(上)》(《宁夏师范学院学报》2020年第9期)是作者试图重新梳理文献、史料的考证之作。据作者所言，《编年考》由上、中、下三部分组成，旨在将王维在玄宗、肃宗两朝的近百篇诗文进行"年表式"系年。目前只发表了第一部分，文中对王维的35题共40首(篇)诗文(赋)进行了重新考察与编年。《编年考》在王铁民《王维集校注》的基础上，编年更加细致，考证更加详细。对于李肇提出的"王维窃诗"这一诗学公案历来都有不少讨论，而姜克滨的《"王维取嘉句"考论》(《聊城大学学报(社会科学版)》2020年第3期)将李肇《国史补》中提及王维在《积雨辋川庄作》窃用李嘉祐诗句一论断，重新进行史料的梳理与考证。

作者首先指出李肇撰写《国史补》有许多失实之处，荒怪芜杂之笔，颇不可信，再提到李嘉祐诗集中并无"水田飞白鹭"一句，孤例难证。最后再从王维与李嘉祐生年来看，也无剽窃之机，因此作者推断这一诗家公案之产生多因王维变节，其人格污点为士人所不齿，传闻便逐渐为后人采信，实则是漏洞百出的。与前人的成果相比，本文的论证史料更加全面，可信度更高。

杨玉锋则从音乐的角度来进行研究，其论文《被误读的"乐府"——王维〈送元二使安西〉与〈阳关曲〉辨析》（《音乐研究》2020年第3期）中认为《送元二使安西》并非《阳关曲》，长期以来这首诗与"阳关曲""阳关三叠"的混用实际上是一种误读。唐代的"阳关曲""阳关调""阳关唱"等说法均指一种边地音乐的调式，只有旋律，没有歌词，可选词入乐。后来经由苏轼等宋代文人的接受与演绎，又有了"阳关三叠"之名，但以文本之"句"，解音乐之"叠"，是无法还原已经失传的《阳关三叠》的歌唱方式的。在日常的学习研究中必须将诗《送元二使安西》与乐府《阳关曲》加以区分。

对于王维作品的考证不仅仅局限于文本，还涉及到对其画作的研究。如万德敬《明代王维诗意图编年叙录与馆藏辑考》（《运城学院学报》2017年第5期），在此基础上又搜集整理并撰写了《清代王维诗意图编年叙录与馆藏辑考》（《运城学院学报》2020年第1期），清代王维诗意图的创作较比起明代来略显沉寂，但仍是一个非常值得关注的艺术现象，通过大量"王维诗意图"的辑录，反映出王维在中国绘画史上仍然有很高地位。吴笠谷在《〈伏生授经图〉非王维或唐人作品》（《中国书画》2020年第9期）中认为《伏生授经图》这一被称作最接近王维真迹的作品实际上并不是王维或其他唐人之作。作者凭借掌握的砚史、画史知识，从"以砚证画"这一新角度，考辨《伏生授经图》的断代问题，指出画中的"自然形砚"实际上是明清文人砚的主要形制，最早也是北宋时期才出现，故此画作的年代上限最多为五代北宋时期。论证过程理据结合，有很高的参考价值。

一年研究情况综述

二、思想与文化研究

一直以来，王维作为"诗佛"，其与佛教之间的关系最受研究者的关注，因此对于王维思想的研究依然以探讨佛禅思想为主流。本年度的研究从数量上看，对诗文的研究有所减少，但整体仍然占据主要地位，对于其绘画的研究成果有所增加。雒海宁《王维山水田园诗的"空"境界》（《青海师范大学民族师范学院学报》2020年第2期）依然对王维诗歌对"空"的阐释这一传统主题投以持续的关注，他注重山水田园诗歌自身的逻辑推移，认同其产生的客观与主观条件，试图解释王维山水田园诗中所特有的"空"之境界，不仅是佛教伦理观念下的哲学表达，也暗含着作者人生经历中的悲剧底色。而韦云鹤《王维山水田园诗的三层禅境》（《焦作大学学报》2020年第3期）从宋人讲参禅三境界的角度入手，重新审视王维山水田园诗之造境，描摹出诗歌创作中王维从未悟到开悟的禅修历程。

王维的诗歌有较为明显的前后期的差别。张鑫《禅宗视域下王维诗歌中的冷寒之境——以王维晚期山水诗为例》（《保定学院学报》2020年第6期）就是从其晚期山水诗入手，考察王维如何通过对冷色调的高频运用、对寒冷触觉的细腻描写、对清幽物象的精心刻画和对寂寥图景的集中描绘，营造出了清幽深邈的荒寒之境。这些诗中表现出来的诗人之审美取向与内心修为，恰恰与禅宗中摒弃物色、直抵真如的终极追求不谋而合。

除了佛禅思想这一研究主流，不少研究者将研究视点转移到王维的个人形象构建上，使得研究视野有所扩展。比如刘万川的《王维诗歌中的多重自我——兼论王维部分诗作的再理解》（《杭州电子科技大学学报（社会科学版）》2020年第1期），文中使用"创作场"的相关概念，说明王维构建自我形象的过程具有很强的时段性和场域性。指出对于诗歌的研究必须要结合"创作场"的相关因素来进行，以防止《辋川集》《偶然作》等诗歌的过度阐释现象再次出现。这一理念对于其他诗歌的理解与研究都具有启发意义。盛誉的《王维诗歌与"少年精神"》（哈尔滨师范大学 2020 年硕士学位论文)攫取了林庚提出的"少年精神"这一关键词,将王维的诗歌进行了重新解读。但是其主要的研究对象集中在王维早期的诗歌作品,缺少历时性、发展性的研究。宋凯《对仕隐关系的再思考——读王维〈与魏居士书〉》(《成都理工大学学报(社会科学版)》2020 年第 4 期)则是抓住了王维亦官亦隐的特殊模式,从《与魏居士书》文本切入,解释王维一生在儒释道的交相影响之下,入仕与隐居思想的交替进退,身体与心灵归属之矛盾,逐渐转化为"身心相离"后的兼容并存。当然除了大致刻画王维主干思想的流变之外,也提出在不同阶段,王维思想亦有其冲突,比如体现在对陶渊明的态度上,就有微妙的变化。而这一问题,梁学翠、刘宗保《论王维对陶渊明的接受》(《唐山学院学报》2020 年第 4 期)就有所论述,该文主要从王维对陶渊明生存方式的否定,对陶渊明格调境界、审美范式的接受这两个方面揭示王维对陶氏所怀有的褒贬共存的复杂情感。

王维自诩"宿世谬词客,前身应画师",作为当时一位著名的画家,在绘画领域颇有建树,因此其绘画观念也相当受到关注。魏征、冷万豪《王维〈辋川图〉中的空灵静寂美学思想》(《美与时代(中)》2020 年第 7 期)和毛文字《王维诗画里蕴含的禅宗美学分析》(《美与时代(中)》2020 年第 2 期)旨在通过对文本或画作的细读,捕捉禅宗思想在王维画作中的蛛丝马迹。匡枸仪《王维诗文中绘画观初探》(湖南师范大学 2020 年硕士学位论文)从绘画观的主要内容、产生原因、对后世影响及《山水诀》《山水论》这两篇画论的真伪与互释等角度,较为详细而全面地分析了王维的绘画观,为我们了解"画师"王维提供了丰富的材料。

三、艺术特征研究

对王维作品的艺术特征研究一直是其研究方向中最受关注、成果最丰的。但由于此领域研究起步早、历程长,近年来的研究成果总体渐少,有新意的论文也不多。本年度的相关研究仍然主要关注山水田园诗这一题材。《辋川集》作为王维诗歌中山水田园诗的集大成之作,被研究者投以相当的关注。罗兰《论王维〈辋川集〉对初唐山水组诗的突破》(《厦门广播电视大学学报》2020年第2期)抓住《辋川集》中"一诗一景"的写作形式,论述这一组诗化零为整地表现了辋川的全幅胜景,从而创制了分题赋咏山水组诗的模式和大型五言绝句的组诗结构。覃金凤《论王维〈辋川集〉意象的建构》(《长江师范学院学报》2020年第2期)是一篇较为成熟的作品。文中凝练了王维创作中独特的意象运用方法:求静于动,动而常静;寻常意象的"陌生化";比兴退场,隐喻淡化,现象直观三种。通过将王维与裴迪辋川诗对比,阐释王维意象建构的优势,并进行本源探究。作者认为,深受佛禅思想影响的王维,将宗教体悟内化于心,又融会在自己的诗歌创作中,展现出他圆融互摄的审美理想,任运随缘的生命境界。

其他论文的研究重点也都较为集中,如宁如愿的《王维山水诗中的"物色观"》(《名作欣赏》2020年第33期)以刘勰提出的"物色观"为参照,分析王维山水诗的书写是如何贯彻其独特的物色观念的。李籽菡在《试论王维山水诗的"召唤结构"》(《汉字文化》2020年第15期)一文中认为王维诗作呈现出的艺术结构,与德国接受美学家沃尔夫冈·伊瑟尔所提出的"召唤结构"十分相近。通过手法上的虚实相生、表达上的言内意外、结构上的空间意识以及美学追求上注重读者感受这四个方面进行建构。当然也有一些专注于个别文本或者文学问题的研究,如樊梦瑶、李定广《王维〈杂诗〉(其二)"寒梅"意象指向性新探》(《山西大同大学学报(社会科学版)》2020年第4期)首先纠正过去部分学者对"寒梅"意象的过度解读这一现象,并提出"寒梅"意象指代的是"思乡之情",这在《杂诗(三首)》这一组诗中是一以贯之的主题。作者指出希望在今后的研究中能突破读者习以为常的期待视野,给予古诗文以更客观的恰如其分的解读。孙敏强、谢文惠的《"凝情取象,惟雅则同":王维诗艺观及其创作的会通化成》(《中南大学学报(社会科学版)》2020年第6期)一文是对王维诗论、画论及二者应用的细致探讨。文中以王维提出的"凝情取象,惟雅则同"的审美理念为主导,考察王维的诗、画创作中雅正的终极追求。他通过诗艺观和画艺观的融合、诗艺观与诗艺创作融合，真正达到了诗歌和艺术、外在形式和精神内涵的相通，实现了理论与实践的会通化成。

四、接受与评点研究

本年度的接受与评点研究数量不多。有从文学史的角度进行整体分析的文章，也有对具体的人或具体作品的接受历程的考察，还有一些论文阐述后世对于王维绘画方式的接受。比如陈文新、岳可欣的《20世纪上半叶文学史中的王维叙述》（《江苏海洋大学学报（人文社会科学版）》2020年第6期）这篇论文，即系统地论述了20世纪上叶中国古代文学史中对王维叙述的历史演变，并通过大量案例，着重分析了产生这些变化的原因：一是文学史观念的现代转型，其直接后果是叙述内容由侧重于静态把握变为侧重于动态描述，使王维的文学史地位大幅提升；二是学者个人学术视野的差异，胡适、刘大杰、林庚等学者忽视王维的山水田园诗，与他们偏重乐府诗、积极的生活态度和"少年气"直接相关；三是执笔者自身的学术素养和文学偏好，胡云翼、钱基博的文学史著述便提供了这方面的典型例证。有助于我们了解王维在各阶段文学史叙述中的差异。赖辰《"贾岛存正始，王维留格言"——论齐己对王维的接受》（《今古文创》2020年第30期）的关注点在于晚唐诗僧齐己的诗歌创作对王维创作的学习与接受，主要体现在其作品风格的诗画结合、清新自然和诗禅结合三个方面。蔡志伟《理想的符号：王维〈辋川图〉的审美接受》（《美育学刊》2020年第5期）主要阐述《辋川图》这一画作在后世文人群体中的接受情况，对这一题材的审美接受，直接促成了明代董其昌的"南北宗"画派之定型。

对于王维诗歌的评点研究，主要集中在王夫之的《唐诗评选》上，有姚晓彤的《论王夫之〈唐诗评选〉对王维诗歌的评点》（《广州广播电视大学学报》2020年第4期）、戴数萍《从〈唐诗评选〉看王夫之对王维诗的评价》（《齐齐哈尔师范高等专科学校学报》2020年第6期）。评点研究既能体现诗歌的特色，又可以一窥评点人的思想倾向和审美趣味。王夫之的《唐诗评选》中选取了王维诗作 25 首,对王维诗有"清靡为时调之冠""王、孟于五言古体为变法之始"等评价,在批评之中,又强调了自己的诗学理念。因此对于诗文评点的分析研究,对文学研究具有双重意义。

王维作为南宗文人画的代表,其绘画理念的接受研究也很受关注。如薛征涛的《从辋川胜景到南宗代表——中国古代山水画辋川意象研究》(西安美术学院 2020 年博士学位论文)认为辋川意象已然成为一类山水画的母题。该文从王维的"辋川图"出发,梳理了从唐朝到清代被反复多次描摹的历史,通过不同画家的辋川图作品,论述南北宗画派的主要区别及历朝历代对于辋川意象的接受史。陈艳《存在的图说:项圣谟诗画长卷对唐代卢鸿和王维山水精神与图式的追认》(《美术大观》2020 年第 2 期)以清代文人画家项圣谟的代表作品为切入点,意在解释其"招隐"图系列中主题与技法的渊源。而这种多幅山水长卷配以长篇题咏而组成的组画形制,实际上是将唐代文人画家卢鸿单景式构图和王维连景式构图等诗画语言融合在一起而成的,体现了明清易代之际文化艺术的复古取向。

五、跨学科影响研究

由于王维本身身份的复杂性和多面性,对王维的研究自然也涉及不同的学科领域。随着学术研究的发展,对于王维相关学科的研究范围也在不断扩展。近年来,跨学科研究受到学者们越来越多的关注,使得王维的研究有了许多意想不到的成果,除了较为传统的对于绘画的研究,还在建筑学领域有了一席之地。去年曾有学者发表过王维诗歌中的意境构造方式在现代民宿设计中的应用的相关论文,提供了非常新颖的研究视角。而本年度的跨学科影响研究之成果,也有了较为多样性的变化。

传统的绘画领域依然受到关注,如丛子倩《南北宗论王维的画史地位与技法问题》(《文化产业》2020 年第 33 期)主要论述了王维在历代画史上的地位变化,分析了王维的绘画技法,以及从一名宫廷画家成为"南宗之祖"这一过程中暗藏的时代问题。而在建筑学领域,王维的辋川诗画对园林造景的影响又有了新的研究对象,即陈镭的《从王维辋川诗画看大观园的塑造》(《红楼梦学刊》2020年第5期),此文将造园的概念,从实体扩展到抽象,说明文人的"纸上造园"也自有其深远影响。文中将曹雪芹的大观园的塑造与"辋川派"园林联系到一起,大致连缀出了大观园与辋川的空间效果图,提出王维的辋川与曹雪芹的大观园具有互文关系。在互文性视角的考察下,发现二者不仅在外部特征有对照关系,内在的戏剧结构也有相承接之处,并且曹雪芹在继承文人造园传统的基础上也有自己的改造。作者认为,由辋川转化而来的建筑格局背后包含了逐渐远离权力中心的内在逻辑,次第展开的建筑多样性是不同人生哲学的呈现,因此曹氏对辋川诗画的理解运用已经超越了一般园林设计师的眼界。论文整体颇有可取之处。而黄水云、林洁雨的《王维诗歌之现代多元应用》(《辽东学院学报(社会科学版)》2020年第6期)将王维诗歌在现代生活中的应用进行了总体概述,这些应用模式不仅仅体现在文学上的借鉴化用,还体现在音乐上的延伸创作和谱曲,或者建筑界的设计与建造,彰显了王维诗歌在现代社会仍具有强大的生命力。

六、跨文化与译介研究

王维诗歌的海外传播十分广泛,并且已经有相当长的历史。因此王维诗歌的翻译与传播一直是研究的一个重点。吴静的《及物性视角下王维诗歌及其英译本的生态家园意识探析》(郑州大学2020年硕士学位论文)采用了"及物性"这个新颖的视角,以系统功能语言学中的及物性系统为理论框架,选取20首王维具有代表性的诗歌为中文语料,而英译本分别选取许渊冲的《王维诗选》及Stephen Owen的《中国文学选集》,使用定量和定性的研究方法进行研究。旨在帮助人们从耳熟能详的古典诗歌文本中,建立起一种符合生态规律的审美的存在状态,进而为中国古典生态美学国际化及当代生态文明建设提供重要的方向指导,可以说直接将王维的诗歌赋予了与生态环境相关联的现实意义。华海婷《从"以物观物"看斯奈德与王维山水诗的相似性》(《海外英语》2020年第7期)把视线锁定在美国生态诗人加里·斯奈德和王维之间,将"以物观物"的角度分解为意象叠加、视角变换、主题虚位和诗歌留白四个维度,以阐释斯奈德与王维诗歌意蕴叠生的表现手法,体现了斯奈德与王维两位诗人跨越时空的思想共鸣。而刘庆松《王维诗歌英译中盛唐气象的传达——以罗宾逊的〈王维诗选〉为例》(《牡丹江大学学报》2020年第11期)认为中国研究者对于王维诗译作的研究主要集中于单篇或者少量作品,缺乏总体性研究。因此他从文本细读的角度,以罗宾逊编译的《王维诗选》为研究对象,试图阐释王维诗歌英译本是如何传递出盛唐气象这一特殊的时代精神的。该文以诗歌的题材为分类,从山水诗、送别诗、边塞诗这三类诗歌的翻译作品中,分别举例分析罗宾逊在翻译过程中大量吸收现代主义的实验性技巧,不拘一格地再现了简约而不贫乏,细腻却不繁杂的盛唐诗艺术风尚。

除了诗人、作品的个体研究,洪越《七个译本,两种形象:王维诗在美国》(《文学评论》2020年第1期)则是从历时与宏观的视角,高屋建瓴地总结了王维诗歌在美国的翻译与研究状况。作者不仅对于美国现代诗歌的发展脉络有相当清晰的认知,也对美国的汉学研究有充分的了解,在此基础上,作者在文中细致勾勒出王维诗歌英译本之变化与研究之动态,使我们对王维英译本有了总体性的认识,有助于我们思考文学跨地域传播中的取舍、误读和创造性转化,以及传播、阐释和接受地的文学创作、文学运动、文化思潮间的复杂互动关系,二者之间的隐形互动对学界充分认识王维其人其诗的复杂性和丰富性产生了巨大的影响。

七、域外汉学研究

近年来,域外汉学领域愈发受到古代文学研究者的重视,而日本即是域外汉学研究之重镇。日本与中国自古以来就有广泛且持续的文化交流,日本学者对王维作品的整理与研究也早已有大量的成果。本年度域外汉学中对于王维的研究主要集中于域外(主要是日本)汉籍的梳理和域外学者之成果两个方面。

对于域外汉籍中王维的相关研究有刘洁的《日本"王维集二十卷"蠡考——兼论唐宋时期王维作品的东传状况》(《华中学术》2020 年第 2 期),文中提出,与唐宋目录文献中所记载的王维集有"十卷"有所不同,日本平安时代的目录书《日本国见在书目录》中,记载王维集有二十卷之多。作者认为安史之乱是一个关键节点,在安史之乱前后,王维集中作品的数量由多变少,"十不存一",而东藏日本的王维集却并未受到安史之乱的影响,因此最能体现出王维作品集的原始面貌。作者从这个极易被忽视的细节入手,为我们剖开了盛唐名家、安史战乱、唐代别集东传交织关系的一个侧面,也为探索唐宋时期王维作品的域外存留状态及其与日本的文化源流,提供了非常重要的学术线索。

史可欣的《日本诗话中的王维论》(《豫章师范学院学报》2020 年第 2 期)则是以日本诗话中留存的对王维作品的评价为主要研究对象,从王维的地位与诗歌流派、诗学观念、诗风鉴赏论、诗歌韵律四个角度分析日本诗话、诗论对于王维诗风的受容,亦可以与日本传统美学当中的"幽玄"之审美情趣相呼应。因此,对日本诗话中王维论的发掘与探讨,也是研究中国古代诗歌对于日本文化影响的一个重要剖面。

日本学者内田诚一是当代日本学界研究王维的重要人物,其研究成果也颇为丰富。于成君、赵睿才《日本学者内田诚一的王维研究》(《铜仁学院学报》2020 年第 6 期)对内田先生研究王维的成果进行了详细论述,重点总结了内田先生在王维研究中的继承与创新。他一方面继承了前辈学者"文献学研究"的研究方法,利用日本所藏王维文与画的优势进行缜密的文献学研究;另一方面,他也在不断探索新的研究角度,将西方的研究方法融解于中国古典文化之中,呈现出了极大的创造性,为王维研究注入了新的活力。总的来说,国内王维研究原始材料的匮乏,使得许多学者逐渐将目光转向域外汉籍,在域外汉籍中寻觅王维研究的新材料、新视角,为王维研究的进一步推进、对中外文化的交流都具有极大的推动作用。

纵观 2020 年度的王维研究,总体来看呈现出了细致化、多

一年研究情况综述

样化、跨领域的发展倾向。从书籍出版的情况来看，对王维的书写，开始向着大众化、普及化的方向前进，各类选本、鉴赏本的出现，有助于大众更好地理解和欣赏王维其人其作品。期刊论文在不同学科领域均有出色的研究成果，但重复研究、浅层研究的问题依然存在，尤其是突出表现在王维的佛禅思想、山水田园诗的研究等方面。不少论文的写作流于粗浅，文章立意与论证过程还需打磨。但可喜的是，对王维的研究开始有了积极的转向，例如对跨学科、跨文化、域外汉籍的研究逐渐增加，说明研究者的视野在不断扩大，并积极向外寻求新的研究材料、研究视角、研究方法，对未来古代文学研究具有指导意义。

王维研究

一年研究情况综述

李白研究

□ 雷子帧　王友胜

　　倘若仅从李白生前所引起的轰动效果而论,中国文学史上恐怕难有人可与其相匹敌。李白声名煊赫,其作品是历代作家学习、效仿的范式,是无数读者阅读、欣赏的文本,也是众多学者研究、探讨的对象。套用一句时尚的话,真是说不全的李太白、说不完的李太白、说不透的李太白。2020年学界对李白其人及其作品的研究与探索不曾因新冠肺炎疫情而停下脚步,成果可圈可点、蔚为大观。据我们不完全统计,本年度出版各类李白研究著作凡8种(含重版),发表论文170余篇(一般鉴赏文章与教研论文不计在内),其中硕士学位论文4篇。就研究方法而说,或从大处着眼,探讨李白诗史价值与意义;或深耕细作,在已有李白研究基础上不断向前推进;就研究内容而论,其人其诗依旧是热门与焦点话题,其词略有涉猎,而对其赋与文的研究付之阙如;就论文作者而言,一些资深学者仍在继续探索,而大量刚迈入学坛的青年学者不断涌现,堪称当今李白研究的主力军。

　　本年度李白研究著作有:詹福瑞、王红霞主编《李白研究文选》(四川人民出版社2020年版)收录20世纪以来陈寅恪《李太白氏族之疑问》、郭沫若《李白出生于中亚碎叶》等李白研究代表性论文25篇,前有编者所撰《前言》及詹福瑞《百年以来李白研究述略》,后附《重要论著索引》(1900—2018)。杨栩生、沈曙东合著《李白生平研究匡补(增订)》(四川大学出版社2019年版)由"李白蜀中行踪及诗文创作""李白首次入京求仕长安之始末""李白卒于宝应元年考辨"上、中、下三篇构成。其中上篇讨论李白"仗剑去国,辞亲远游"出峡的年月、"路中投刺"苏颋的时间地点、由蜀入京之有无以及《明堂赋》《大猎赋》《蜀道难》是否蜀中之作诸问题。本部分附有《李白蜀中年表》,编年始于李白生年(701),止于李白出峡(725),其中着重对李白出生地诸家之说进行排比辨正,认定李白生于蜀中。中篇讨论李白首次入京求仕长安的时间、秦中行迹和出京后的短期游踪。下篇讨论李白的卒年(一并涉及生年)问题。末附不能编入上述上、中、下三篇"生平"内容的文章,以利读者检读。本书在前人研究的基础上,对李白生平做了不少爬梳剔抉、探幽索微的研究工作,提出了不少新见,对深化李白研究不无裨益。赵斌《李白的意义:李白的人文贡献及当代价值研究》(西南交通大学出版社 2020 年版)一书,就李白的身世、学习励志、入仕用世、人格精神、文化贡献等方面进行专题探讨,重点阐释李白的青春精神、崇文精神、创新精神及爱国精神。吴达云《李白》(九州出版社 2020 年版)一书,以独特视角,追溯李白的政治抱负与抗争事迹,展示其诗人身份之外的伟大爱国志士与悲剧政治家的本色。李白作品选注与鉴赏的著作有 3 种。其中上海辞书出版社文学鉴赏辞典编纂中心所编《李白诗歌鉴赏辞典》(上海辞书出版社 2020 年版),系该社推出的名家名作鉴赏系列之一。该书选取李白最具代表性的诗、词、文名作 121 篇,所附马茂元、王运熙、霍松林、吴小如、何满子、沈祖棻、周汝昌、袁行霈、刘学锴等当代诸多名家的鉴赏文,诠词释句,发明妙旨,让读者一窥李白诗歌之堂奥。末附《李白生平与文学创作年表》。崔艺璇编著《李白集》(江苏凤凰文艺出版社 2020 年版),开辟"原文""注释""译文""创作背景""赏析""轶文异物录"六大板块,精心编著,具精美、精致、轻巧、便携的特点,方便读者随身携带。类似的著作还有张圆圆、李森合编著《李白诗选》(吉林文史出版社 2020 年版)及纪淮编著《李白诗歌选集》(巴蜀书社 2020 年版)等。

本文重点对 2020 年度李白研究论文择要归纳梳理,分别综述,以为李白研究者参考之资。

一年研究情况综述

一、名号与生平研究

李白一生漫游各地，行居不定，被冠以"谪仙人""诗仙"的名号，其生其死均有神奇故事，因此围绕诗人生平经历出现诸多迄今待解之谜团，学界众说纷纭。本年度有关李白生平事迹的研究主要集中在作者的名号、交游及行踪考证等论题上。

关于李白"诗仙""青莲居士"的出处与来源，主要有两文。其一即葛景春《李白"诗仙"、杜甫"诗圣"之称的出处与来源考辨》(《中州学刊》2020年第10期)一文，认为李白被正式称为"诗仙"应当始于北宋时期徐积，其《李太白杂言》曰："至于开元间，忽生李诗仙。"南宋杨万里则在其诗中多次以"诗仙"称李白，从此"诗仙"的说法渐渐流传开来；另一文即汤洪、任敬文《李白"青莲居士"名号再考》(《延边大学学报(社会科学版)》2020年第5期)，作者指出李白号"青莲居士"并非如一般认为的源于故乡名"青莲乡"之故，而是取自《维摩诘经》之"青莲"佛典，以彰显诗人尊崇佛教，向往"维摩诘"生活方式的理念，是其内心佛教情怀之外在身份的自我认同。再者，文章认为李白出生地"青莲乡"应作"清廉乡"，故"青莲居士"源自出生地的说法不攻自破。而对李白更多别称的研究则有崔际银的《论李白的"别称"》(《苏州科技大学学报(社会科学版)》2020年第1期)一文，文章指出李白的"别称"从出处上而言，部分是自我命名，更多是他人命名；从形式上区分，有单称、合称、实称、虚称和虚实共称；从内容上辨析，多属对其个性品格、自我爱好、文学成就等方面特征的概括说明；从时间上查验，自李白生前至清代，关注及添加李白别称者延绵不绝。因此可以说李白的别称是对李白进行评价的重要方式，其中包括正面评价和负面评价。这些别称具备传播的特征与功能，丰富了文学创作素材，构成文化建设平台，增进了李白的传播影响。

关于李白行踪研究方面，论文考证的时间段集中在李白应召入京至"安史之乱"爆发后，如围绕李白被"赐金放还"一事的研讨，徐贺安《"谪仙人"与"谪仙歌"——天宝初李白长安行止探

一年研究情况综述

微》(《古籍整理研究学刊》2020 年第 3 期)与席蓬《论李白的"赐金放还"》(《重庆师范大学学报(社会科学版)》2020 年第 1 期)两文比较典型。前文从察考李白"谪仙人"的称号入手,依詹锳、王运熙等人之说,指出贺知章、李白初次见面的时间当在天宝年间。作者通过对校"谪仙歌"异文发现,李白被"赐金放还"的直接原因为"赋谪仙之歌",深层原因是"北门(之)厄"。"谪仙人"与"谪仙歌"象征着李白入、出长安的宦海浮沉。后文征引李白遭谗的相关材料进行分析,深入察考李白《秋山寄卫尉张卿及王征君》一诗中"王征君"其人,认为王征君实则代指李白长安生活中起过重要作用的玉真公主,最后得出李白因张垍等权贵打压而离开朝廷的结论,进一步指出李白被"赐金放还"实则因政治斗争之故。又子规《抚剑夜吟啸 雄心日千里——"安史之乱"中的李白》(《文史杂志》2020 年第 3 期)一文,从李白在"安史之乱"时期多首爱国主义特征显著的诗歌入手,细致剖析其在"安史之乱"爆发前后所做的各种努力,展现李白即便在遭受冤狱流放的打击后依旧念念不忘报效祖国的殷殷赤血。

晚年李白的交游与行踪研讨论文,主要有孟国栋《李白晚年交游及行踪新考——以新出土〈何昌浩墓志铭〉为中心》(《楚雄师范学院学报》2020 年第 5 期),该文则通过排比《故邓州司户参军何府君(昌浩)墓志铭》中的记载,察考李白与何昌浩等人的交往,确定李白赠何昌浩两首诗的具体写作时地,从而对晚年李白的事迹有了更为清楚的认识。

二、思想研究

李白受同乡司马相如等人浪漫个性的影响,常与一些隐士奇人交往,兼之所学涉猎广泛,其思想极为复杂,其中既有儒家兼济苍生的理想,又崇尚道家的清净无为,纵横家的策士作风和游侠义气在他身上也屡有反映。本年度研究李白思想的文章主要从李白与道教的相互关系,李白诗歌中的诗酒精神、侠客精神和生命意识,以及李白作品与地域文化的关系等角度展开。

首先,关于李白诗歌与道教之间的相互关系,胡文雯《道家道教思想对李白创作的影响——以〈古风〉五十九首为例》(《衡阳师范学院学报》2020 年第 1 期)以《古风五十九首》为中心与重点,从李白诗歌在思想内容上对于道教思想内核的接受与化用,以及艺术特色上对道教语言美的学习与实践两个方面,论证道教思想对李白诗歌创作的深刻影响。李白究竟信仰哪一道派?学界从二十世纪九十年代伊始就进行了诸多探讨,夏培贤《李白的上清派信仰及对其诗歌的影响》(《哈尔滨学院学报》2020 年第 9 期)根据李白与上清派道士来往密切和其诗中频现上清派典故、术语两点判断,认同李白"上清派信仰"一说。作者指出,李白上清派信仰对其诗歌创作的影响主要有:一是常想象与描绘神仙世界,二是运用"玉女""紫色""云霞"等诗歌意象,三是奠定部分写景游仙诗的创作模式。也有学者认为李白的道教思想来源除了上清派,还有丹鼎派,倪宇航《从上清、丹鼎二派看李白对道教的认同》(《绵阳师范学院学报》2020 年第 6 期)即认为上清、丹鼎二派思想均在李白诗文中有所体现。该文从道教上清派的"漱咽津液"修行法门和对本草类之物的热爱,以及丹鼎派推崇金丹大道和"我命由我不由天"的思想出发,分析道教上清、丹鼎两派思想在李白思想体系中具有举足轻重的作用。与此不同,田明《神仙·求仕·隐逸——李白与中古道教文化关系再考察》(《江苏第二师范学院学报》2020 年第 3 期)却对李白与道教的关系进行了新的论述,否定李白是极度虔诚的道教信仰者,认为李白的信仰取向呈现出一种多元化的特征。该文指出,李白对于道教文化采取的态度更多是随取随用,并且唐代道教文化中"重玄"一派的思想与李白的行为和文学均相矛盾,其诗歌中经常出现的隐逸姿态虽导向神仙世界,但更多的是表明其自我的一种奇特认知。

其次,关于李白饮酒诗与生命意识、平等意识及酒神精神等关系的研究。詹福瑞《生命意识与李白之纵酒及饮酒诗》(《文艺研究》2020 年第 8 期)通过对李白饮酒诗的阐释,认为李白的纵酒主要是因不能施展政治抱负的失意、不能实现生命价值与意义的苦闷,同时也希望以酒来舒缓其对于生活、生命、人世间诸多矛盾的不解与愁绪。该文提出李白在纵酒诗中自觉融入庄子思想,使其对醉态的描写超越物质的、感官的享受,进一步上升到了审美境界。牟代群《李白涉酒诗中的平等意识》(《宁波广播电视大学学报》2020年第2期)认为在李白的饮酒诗中彰显了一种强烈的平等意识。"天子呼来不上船,自称臣是酒中仙"体现其阶级平等意识;"纪叟黄泉里,还应酿老春"体现其友谊平等意识;"虽为李白妇,何异太常妻"体现其男女平等意识。何为诗酒精神?朱承《诗酒精神:〈将进酒〉的哲学之维》(《江南大学学报(人文社会科学版)》2020年第2期)对此进行诠释,指出诗酒精神是以诗歌艺术的形式,借饮酒之事来表达对宇宙人生、性和天道的认识。该文以《将进酒》为例进行分析,认为李白在作品中以个人生命的感受为中心,对世界、人生及历史进行了哲学思考。

第三,李白诗歌与生命意识、时间意象关系的研究,主要有詹福瑞《中国古代文学"生命意识"的传统与现代——以李白诗文研究为中心的讨论》(《文学遗产》2020年第5期)及《时间意象与李白对生命本质之体悟和表现》(《北京大学学报(哲学社会科学版)》2020年第3期)两篇论文。前者以李白诗文研究作为中心,讨论中国古代文学研究中"生命意识"从传统到现代的转化过程,指出生命意识是李白诗文的重要表现对象,其内容涉及个体生命本质、生命的价值与意义及生命的解脱与自适;后文则以"生命的本质体现在时间"的观点作为切入点,认为诗人对于时间的认识就是关于生命有限与世界无限的体验,而李白对于个体生命的体验在唐代诗人中最为敏感突出,如浓厚的生命意识、惊惧时光的飞逝及嗟叹生命不永。

第四,探讨李白诗歌的琴乐思想与侠客精神。王红霞、唐宇辰《李白"尚素"琴乐思想探析》(《四川戏剧》2020年第8期)以李白涉琴诗歌为分析材料,认为这些诗表达了"尚素"的琴乐思想,即对本真素洁的琴乐境界的追求,具体表现在李白偏爱素琴、选择素洁琴曲以及批判淫乐三方面,指出这一思想的形成主要受到道教思想和李白其个性的影响。在研究李白游侠精神方面,李添添《论李白诗中的侠客精神》(《泉州师范学院学报》2020年第3期)从李白政治理想的角度去考察其诗中侠客精神的表

一年研究情况综述

现和联系,进而对李白诗歌中借侠言志的意义进行探索。类似论文还有刘美洋《浅谈李白诗的侠客精神》(《散文百家(理论)》2020 年第 11 期)。

第五,探讨李白思想情感与地域特征关系的论文,有张晓琳、尹文珺、张清涛《巴蜀地理特征对李杜诗歌情感的影响》(《长江丛刊》2020 年第 19 期)。该文侧重以巴蜀当地人李白与外来者杜甫为中心,选取巴蜀具有代表性的地理特征及相关诗歌为例,分析阐述这些地理特征对二人恐惧、愉悦、愤慨、同情、自信等诸多情感的影响。与此类似的文章如邓煜《论巴蜀文化对李白诗歌创作风格的影响》(《白城师范学院学报》2020 年第 3 期),该文从巴蜀文化的渊源与特色着手,认为李白独树一帜的诗风与其从小生长的巴蜀地区文化有着紧密的联系,巴蜀文化在长期的潜移默化中深刻地影响了李白的思想个性与文学风格。又程宏亮《李白天门山文学的符号意义》(《金陵科技学院学报》2020 年第 3 期)指出,李白是天门山文学的拓荒者,《望天门山》《姑熟十咏·天门山》《天门山铭》及其他涉及天门山水的作品共同筑起李白天门山文学的精彩境界,具有多重的符号意义,其构思、形态及其丰富的写作技巧为历代文人吟咏天门山提供了素材、范式与经验。

另有两文亦值得一提。程娟娟《以"柏拉图式的爱"解读李白与杜甫情谊》(《湖北理工学院学报(人文社会科学版)》2020 年第 5 期)从不同学科交叉研究的路径出发,以"柏拉图式的爱"介入李白与杜甫之间的情谊,以西律中,旨在通过这一独特视角来解读李、杜的儒道精神文化和儒道人格思想,把握李、杜至高的人生追求和生命境界,赋予李、杜千古之情的全新意味。刘瑞敏、李明《李白世俗与超俗的归因探究》(《黑河学院学报》2020 年第 1 期)界定了"世俗"与"超俗"的概念,认为李白采取干谒、入赘等途径来实现理想,并眷恋供奉翰林的经历,重构幽州之行与从璘入幕的记忆,表现出其随势而变的世俗心理,这种"世俗"因社会制度、出生地位、社会风气以及知识分子的依附性所致;而其超俗心理则表现在诗人高傲的个性,对社会现实的深刻认知与批判,为好友仗义鸣冤,以及创作上的豪迈恣肆,这种"超俗"则归因于家乡、时代、家世及道教信仰等方面。

三、题材研究

本年度学界研究李白诗歌题材内容的成果主要包括明月、绘画等专门题材的研究,也包括意象研究等。

明月题材诗歌研究的论文比较多,如张莎莎《我寄悲心与明月——论李白"月亮"诗的悲剧情怀》(《北方文学》2020年第18期)一文。作者指出,李白诗中的"月亮"不是以客观静止的物体存在,而是自然的人化,与其神思相通,是其情愫的流露与宣泄,认为其诗借"月亮"抒发时政衰落之感、怀才不遇之苦、思乡怀人之情及人生苦短之叹这四个方面的悲剧意蕴。刘艳《试析李白诗歌的明月情怀》(《文学教育(上)》2020年第3期)依次以《峨眉山月歌》《关山月》《玉阶怨》和《静夜思》四首诗为例分析,分别对李白"得月"之奥秘——"峨眉月"之依恋、"关山月"之苍茫、"玲珑月"之含思与"床前月"之深曲进行解读和阐释。类似论文还有慧绘《李白:难以释怀的月亮情结》(《文史杂志》2020年第4期)。

题咏绘画题材诗歌研究的论文也较多。伍联群《李白咏画诗文生成论》(《海南热带海洋学院学报》2020年第1期)指出,李白咏画诗文虽然数量不多,却反映了诗人中晚年的心理图像,在文学和绘画审美上都表现出鲜明的个性特征和时代风尚。这些咏画诗文表达出种种悲感,呈现出诗人在现实生活境遇中真实的生命形态。诗人注重绘画的神韵而不是工笔彩绘,表明他上追六朝顾恺之、近取唐代吴道子的绘画思想与审美趣向。沙鸥《李白笔下的盛唐绘画——"解密李白"之四》(《博览群书》2020年第9期)将李白的题画诗视作古代题画诗的滥觞。作者对李白题画诗影响盛唐美术作品的意义进行多层面的阐释,如保存盛唐美术作品文字资料,揭示盛唐美术西域绘画的设色方法与技巧,传达盛唐绘画审美观等。杨茗羽《李白山水图诗背后的寄寓》(《青年文学家》2020年第33期)聚焦于李白题咏画诗中的"山水图诗"一类,认为唐代以李白的山水图诗最具代表性,这类诗通过熔铸现实与传说中的典型意象，切换入画和观画的视角，虚实糅杂地创造出带有神仙色彩的山水世界，勾画出诗人对超越尘俗的美好向往。

其他题材诗歌研究的论文，比较有代表性的有杨晓霭《试论李白的"歌"》(《南京师范大学文学院学报》2020年第3期)。该文指出，李白与歌舞相关的500首左右诗歌，按文体可细分为四大类型，并各具不同的风格：其"诗"之"歌"类似今人的"采风"，展现了当地民间歌舞的风情；其"词"之"歌"或是"依声填词"，或是"随声随写"，体现了他"倚声家"的才华；其"曲"之"歌"或是"因旧曲创新声"，或是自创琴曲，或是"依曲拍为句"，使得他被誉为"百代词曲之祖"；其"舞"之"歌"，依照舞曲应舞而作，其句式错综且节奏明快；其"乐府"之"歌"则力尽"翻唱"之能事。李白可谓"歌舞一生"，堪称作词家、作曲家与歌唱家。周璇《李白诗歌中的民族乐器研究》(《散文百家(理论)》2020年第11期)旨在从乐器的角度来探寻李白的生活及李白的诗歌文化，分别从李白诗歌中的笛、琴、箫、笙、筑、箜篌、筝七个方面，展开论述。王虎胤《浅析李白诗歌中蕴含的音乐思想》(《甘肃教育》2020年第2期)认为李白的乐府诗和绝句与当时多元化特征的音乐环境相适应，与唐代曲子词通俗易懂、朴实无华的情调高度契合，且其乐府诗具有鲜明的音乐旋律。文章结合李白《静夜思》《越女词其三》《峨眉山月歌》《早发白帝城》《赠汪伦》等诗歌进行分析，认为其诗歌充满音乐的中和之美，将诗歌中的情与音乐中的节奏，恰如其分地结合在一起，语近情远、含蓄深沉、韵律和谐，从而得到诗乐舞相得益彰的效果。此外刘芯好《李白诗歌中的扇意象》(《现代交际》2020年第8期)及刘艳《试析李白诗歌的远游姿态》(《文学教育(下)》2020年第4期)两文亦有一定特色。前文通过解析不同时期李白诗歌中的"扇意象"，探索寄托于其中的不一样的内涵，认为李白在诗中对扇意象的使用既有对先前扇意象内涵的继承，又有自己的特色；而刘艳一文分别从长江上游的巴蜀文化、长江中游的荆楚文化及长江下游的吴越文化三个方面，深入剖析"远游姿态"和"远游意蕴"的内涵，认为李白的"远游姿态"是其诗对盛唐气象表达的独特美学方式。

四、具体作品研究

本年度研究李白具体作品的论文颇多，从研究的角度来分类，有对作品真伪的考辨，对作品内涵的剖析及对作品的审美鉴赏等。

首先，关于李白诗歌真伪考辨与系年的研究。李白诗歌流传迄今有千余首，其中部分诗真伪莫辨。南宋萧士赟《分类补注李太白诗》列有大量伪诗，明代朱谏《李诗辩疑》、胡震亨《李诗通》做了大量考辨工作。本年度出现数篇相关论文，如盛大林《李白〈望庐山瀑布〉的真伪、优劣及异文》（《九江学院学报（社会科学版）》2020 年第 3 期）认为李白的七绝《望庐山瀑布》存在许多的异文与异议，如"日照"或作"日暮"，"挂长川"或作"挂前川"，"三千尺"或作"三千丈"，"落九天"或作"落半天"，有人因此怀疑李白此诗的著作权。这些异文及异议中，比较重要的是"挂长川"和"挂前川"之间的异文及真伪之争。该诗的早期版本均作"挂长川"，而伪作之说却没有任何的实据支撑。李文艳《李白〈将进酒〉考索——基于敦煌唐写本与传世文献的比较》（《文史杂志》2020 年第 5 期）考察了版本源流，指出敦煌写本第 2567 页所载之《惜罇空》是现存最接近该诗原貌的文献，由此推测其原题当为《惜罇空》，因与乐府旧题《将进酒》相近而被冠以今名。诗中"将进酒，杯莫停"等文字并不见于唐代文献，应为后人增篡，今人所见《将进酒》的定型当不早于北宋初年。王青、曹化根《〈宣城右集〉所录李白两篇佚作论》（《南京师范大学文学院学报》2020 年第 2 期）对明代地方诗文集《宣城右集》收录的李白两篇佚作进行了考辨与疏理，指出其佚文四句见载于崔成甫碑记，而其佚诗《题宣州昭亭庙》则可以厘清一直以来关于李白作有两首《独坐敬亭山》的讹传。作者通过分析该诗文本后认为，该诗创作是为追慕、致敬谢朓。刘青海《从词史建构、文献考辨重论李白词的真伪问题》（《北京大学学报（哲学社会科学版）》2020 年第 1 期）坚决维护李白词作的著作权，认为《花间集序》中所标举的"应制《清平乐》词四首"是最为可靠的一组李白词作，流传至今的《菩萨蛮》与《忆秦娥》两首，在南宋时就被黄升《词选》、何士信《草堂诗余》及《景宋咸淳本李太白文集》等收录，现有对于此两首词的质疑还不足以证明其非李白所作，应当尊重宋人意见。刘玉莹《李白〈猛虎行〉考据》(《青年文学家》2020年第 2 期)分析了《猛虎行》其诗从宋代以来的辨伪之争，根据已有史料中对张旭之卒年的考据，进一步辨析《猛虎行》一诗的真伪，得出"《猛虎行》并非李白所作"的结论。关于诗歌系年的论文仅有谷维佳《李白〈古风〉其二〈蟾蜍薄太清〉系年新解》(《古典文学知识》2020 年第 4 期)。该文对李白《蟾蜍薄太清》诗作于何时何地、创作背景、旨意表达的各家说法进行了排比分析，最后认为此诗乃天宝三载(744)作于长安。李白由亲见类似"月蚀"事件的"星大如月""毁坠东南"生发联想，追忆上次"月蚀"事件中王皇后被废，对比此时杨妃恩宠之盛，借汉代陈皇后"长门宫"典故出之，托宫怨以喻己之见弃。

其次，关于李白具体作品内涵阐释与发掘的研究。查屏球《一首名作与一个县名的南迁——李白〈梦游天姥吟留别〉的文化解读》(《文史知识》2020 年第 8 期)一文，从中原文化扩散过程中地名由北至南的迁移着笔，通过对《梦游天姥吟留别》进行文化解读，论述该诗在县名南迁中所起到的关键作用。文章列举南北乐安、仙居县在唐宋的轮替，考证光州乐安县改名仙居县之缘由以及李白对当代传说的吸收，分析台州乐安县境内仙传的积累与移植仙居县名的过程，从而得出结论，李白的名作构建了天姥山与仙居的仙人文化内涵，推动了仙居县民的南迁，而天姥山与仙居文化也扩散了《梦游天姥吟留别》的影响。李忠超《仕与隐之间唐代文人的精神变奏——论李白〈梦游天姥吟留别〉创作主题》(《写作》2020 年第 5 期)指出，过去的研究者往往囿于儒、道二元对立的立场，偏执地肯定诗中隐逸求仙的思想，而否定蕴含其中对仕途渴望的真实想法，以至将其梦境描写完全视作对自由理想的浪漫追求，事实上外儒内道并非二元对立，该诗应该兼具儒家入世与道家出世的两重精神底色。杜菁锋《〈将进酒〉的独特魅力与其修辞文本建构》(《名作欣赏》2020 年第 23 期)对《将进酒》中夸张、排比、设问、用典、隐喻等一系列修辞手法构建的文本进行细致剖析，分别从夸张直抒胸臆、用典蕴含隐喻和排比联袂设问三个方面进行解读，认为此类修辞文本的建构在凸现诗人怀才不遇、壮志难酬之悲愤的同时，生动再现了诗人豪放飘逸、卓尔不群的人格形象。唐元《论李白〈古风五十九首〉中的灾异与祥瑞书写》（《天中学刊》2020 年第 4 期）认为灾异与祥瑞是一种体现天人感应思想的重要符号系统与学说体系，运用在诗歌中尤能营造意象和象征隐喻。《古风十九首》从第一首开始便达成了对"获麟"经学意义的巧妙运用，这种灾异祥瑞用在咏史诗与时事诗中有助于借古讽今、抒发胸怀，实现典故互文、沟通天人、达到虚实相生的境界；而用在游仙诗中则对其创造意象、构建神思和生成美感发挥了重要作用。张一南《李白〈拟古十二首〉及其意象构建》（《文艺理论研究》2020 年第 5 期）指出，李白拟写古诗，在"象"与"意"方面都较古诗更为丰富，是继承齐梁技巧而御以兴寄传统的结果。其构建意象的途径也独具特点，发挥了李白天才的创造力。高扬的主体意识是李白拟古区别于六朝拟古的最显著特征。

再次，关于李白名作文本解读的论文有莫砺锋《李白的两首峨眉山月歌》（《古典文学知识》2020 年第 5 期）。作者对李白两首歌咏峨眉山月的诗歌《峨眉山月歌》与《峨眉山月歌送蜀僧晏入中京》进行比较，指出晚作的《峨眉山月歌送蜀僧晏入中京》与前诗比较相形见绌，认为《峨眉山月歌》乃李白妙手偶得，即便其多年后重写也未能成功。葛景春《将悲愤之情，作豪放之语——〈将进酒〉新解》（《名作欣赏》2020 年第 10 期）对李白的《将进酒》进行剖析，认为此诗的内容和乐府旧题《将进酒》相合，乃是一首劝酒诗。吴振华《诗仙笔力贵妃美，盛唐气象牡丹香——李白〈清平调三首〉欣赏》（《古典文学知识》2020 年第 3 期）结合历史上源远流长的美女文化进行论述，指出四大美女中仅杨贵妃之美貌在李白笔下得到饱满充分的呈现，杨妃之美与李白之诗相结合，共同反射着盛唐气象。许多忠、杜小帆《长干儿女的风情画卷——李白〈长干行〉浅析》（《艺术评鉴》2020 年第 21 期）认为，《长干行》一诗为歌唱长干儿女悲欢离合的爱情赞歌。

五、艺术研究

本年度研究李白诗歌艺术特色的论文中，既有对其艺术特色的共性进行分析，也有对其中某类特定意象、词汇、元素、典故等具体个性进行探讨。

分析李白诗歌艺术特色的论文较多，其中曹转《试论李白诗歌的叙事性》（《青年文学家》2020年第3期）指出，李白诗歌的叙事性主要体现在其思维的序列性、多样的叙事角度与叙事手段以及变换的叙述时间等四个层面，认为这些艺术处理均服务于诗歌的抒情效果。黄炬、李忠洋《论李白诗歌中的阴柔美》（《广西科技师范学院学报》2020年第2期）通过分析李白诗歌中思乡念亲、愁苦哀叹的主题，认为其诗除了有着雄深雅健的风格，还具有细腻哀愁的情感之美。诗人以描写月亮、白云等柔和恬淡的意象来塑造空灵清静的意境之美，描写各类女子外在形象，以此展现女性柔婉之美。高宇璇《论李白的生活美学及其成因》（《豫章师范学院学报》2020年第2期）认为李白诗中的生活美学极其丰富，可归纳为功成身退、企慕神仙、回归自然和饮酒作乐等四个方面，指出文治政策、儒释道交融的文化背景、先人遗风的影响及歌舞艺术的高度发达是其生活美学的具体成因。李蕾《李白诗词的语言之美》（《青年文学家》2020年第14期）归纳李白诗歌的语言美：一是飘然不群、浑然天成的自然之美，二是气象万千、壮浪纵恣的磅礴美，三是深沉浑厚、直抒胸臆的质朴美，四是浪漫奇幻、想象瑰丽的意境美。滕瑜平《李白诗歌中的自称现象探析》（《常州工学院学报（社科版）》2020年第4期）指出，李白诗中"自称"时往往不考虑情景与对象，第一人称代词"我""吾""予""仆""身""侬"经常混用，不避自己的名讳，彰显了强烈的自我意识；李白诗中也存在着以"客"自称的另一套体系，此隐含着诗人的户籍失落与孤寂之感、怀才不遇与逐臣血泪以及家世遭遇与乱离窘境。张文婷《论"太白长于风"》（《美与时代（下）》2020年第9期）援引刘熙载《艺概·诗概》中"太白长于风"的指评，认为"太白之风"指其诗歌中蕴含的思想和情感表现

一年研究情况综述

的特点，其特征在于清新、显畅与豪放。李德辉《李白诗——雄逸何来——"解密李白"之一》(《博览群书》2020年第9期)援引王国维《人间词话》中"太白纯以气象胜"的评语，认为最适合李白的评判标准莫过于境界与气象。

分析李白某类题材诗歌艺术特色的论文，如郑小琼《论李白早年赠内诗艺术特色》(《绵阳师范学院学报》2020年第6期)，文章指出，诗人的赠内诗有着"诗言志"向"诗言情"的转变过程，并从思想内容、人物形象、创作手法及语言特点等四个层面来印证这一创作特点。倪宇航《山、仙人和谪仙——论李白游仙诗的独特模式》(《湖北职业技术学院学报》2020年第3期)探讨李白游仙诗的抒情模式：诗人往往以山作为"载体"与背景展开叙述；在作为载体的"山"中所遇到的仙人是"客体"，仙人无情离去是"情节"；诗人自身作为"主体"，结局是作为主体的"谪仙"李白修炼道法希望重回仙界。如此"主体""客体""载体"三位一体彼此互补，且背景、情节、结局相互贯通，共同构建了游仙诗。刘艳《试析李白诗歌的醉态思维》(《文学教育》2020年第5期)援引杨义的观点，指出醉态思维即李白凭借酒力创造出的诗之自由和美，醉态思维主要体现在酒情雅趣和醉态诗性上。

探讨李白诗歌意象与典故的论文有王禹然《李白诗词中"酒"元素的艺术赏析》(《名作欣赏》2020年第23期)。该文认为，"酒"元素在很大程度上是李白诗词意蕴的催生载体之一，对于传达作品的思想内涵和体现作者的个人情感均有重要意义。该文以"酒"元素作为切入点，分析其诗词中常见的酒器(如樽、鼎、斗、壶、杯、卮等)、酒名(如新丰酒、兰陵酒、菊花酒等)等，指出"酒"元素在李白诗词中具有跨越现实的情感寄托、实现自我的物质象征、挣脱秩序束缚的迸发渠道等多重作用。汤晨欣、卜杨城《"流水"在李白诗歌中的意象内涵》(《鸭绿江(下半月)》2020年第18期)认为李白通过"流水"在不同诗歌中表现不同内涵，以展现其不同的思想：思乡、惜别、壮志与襟怀。刘颂扬、陈程、吕思源《折柳·五柳·营门柳——浅谈杨柳典故在李白诗中的运用艺术》(《喜剧世界(下半月)》2020年第2期)以李白诗歌中杨柳典故的运用作为出发点，深入剖析杨柳典故与李白情感世界之间的双向联系,从而发掘杨柳典故在李白诗歌中所蕴藏的多元意味与含蓄属性。

研讨李白诗体艺术的论文主要有李鹏飞《李白"以古为律"与"以绝为律"探议》(《杜甫研究学刊》2020年第1期)。作者从明清诗论家批评李白律诗变体的视角作为切入点,探析李白律诗的两种主要变体,即"以古为律"和"以绝为律"之间的异同,认为两者虽在语意重复与不拘格调等方面相似,但是在用语方式、章法结构和意境风格上并不相同,尽管二者都不完全符合律诗的体制要求,但"以古为律"因其艺术效果自然圆转而获得诗论家的认可,而"以绝为律"则因诗境不够浑融一体而为人诟病。

六、渊源、影响与接受研究

李白受到古代浪漫主义诗歌传统的沾溉,不断开拓创新,并以其叛逆的思想与雄放的风格深深影响来者。学术界历来以其诗歌渊源与接受传播作为研究重点,特别是在二十世纪六十年代以来德国接受美学理论传入中国大陆更是如此。

探析李白诗歌渊源的文章有:康怀远《〈周易〉交感论与李白天地游》(《太原师范学院学报(社会科学版)》2020年第2期)与《〈周易〉"坎于马"与李白〈天马歌〉》(《重庆三峡学院学报》2020年第2期)两文,分别探讨李白诗歌创作所受《周易》中咸卦、坎卦思想的深刻影响。前文认为,李白的诗作将《周易》咸卦奠基的交感理论发挥到水到渠成的境界,例如其出蜀前后创作的一些留恋故乡山月的诗歌便是"参赞天地之化育"的匠心独运,其意象组合甚至消解了人与天地自然之间的对立,达到了"你中有我,我中有你"。后文指出,《天马歌》透露出的情感与诗人流放夜郎遇赦后多数作品流露出的悲愤、怨诘与不甘一脉相承,据此推测此诗也是其在这一时期所作的"自喻诗",旨在干谒求赎,而李白在诗中以天马自况正是其刚健奋力与乾天之马的暗喻。宋艾蒙《论庄子自然观对李白的影响》(《青年文学家》2020年第17期)论述了庄子包容天地、天人合一及以道为核心谈自然、论美丑的美学思想对李白豪放飘逸、清新明丽诗风形成所产生的影响。王晓婕《李白对阴铿诗歌的接受》(《青年文学家》2020年第9期)从杜甫的诗句"李侯有佳句,往往似阴铿"入手,选取阴铿与李白的部分诗歌进行对比分析,指出李白在诗歌创作中参考、学习和借鉴了阴铿的诗风。唐定坤《李白接受崔颢〈黄鹤楼〉诗考论》(《中南民族大学学报(人文社会科学版)》2020年第1期)指出,从创作时地来看,李白的《登金陵凤凰台》《鹦鹉洲》两诗应是其读过崔颢的《黄鹤楼》诗后所进行的再创作,其诗的体格、内容意境和造语都与《黄鹤楼》诗一脉相承,与崔诗建立起一种文学创作上的"通变"关系。

本年度关于李白诗歌历代传播与接受研究的论文十分丰硕。谢天鹏《契嵩与李白》(《中国诗学》2020年第28辑)指出,北宋诗僧契嵩在其《书李翰林集后》中,认为李白的乐府诗多怨刺,游览赠送诗则杂以神仙之说,由诗及人,复认为李白具有贤士人格。契嵩对李白其人其诗的评价具有明显的针对性,是对元稹、白居易于李白诗歌价值取向与内容上予以贬抑的更正。文章还指出,契嵩的五古组诗《感遇》《古意》在创作上明显有模拟李白《古风》《塞下曲》等古体诗的痕迹。邵莉莉《论韩驹诗歌对李白的接受》(《兰州工业学院学报》2020年第3期)认为,江西诗派诗人韩驹在诗歌创作中继承李白诗歌艺术的同时,还受到李白创作观念和经典诗句的影响,这种接受的出现是因韩驹的自身经历、诗学观念所致,并打破了宋代扬杜抑李的局面。

赵义山《侠肝义胆仇奸恶,诗酒风流傲王侯——论元曲中的李白形象塑造》(《中国韵文学刊》2020年第3期)认为元曲家们在杂剧和散曲作品中刻画李白潇洒豪迈、横绝古今、傲岸不屈、侠肝义胆的精神风貌,展现其任侠狂傲的诗仙、酒仙形象;李白这种形象特征的历史形成,除去其自身性格、自我书写及文献记载外,与元曲家在特定历史时期,根据自己审美需要对李白这一历史人物的选择性认同和塑造不无关联。尚芳利《论元代李白杂剧的文本流变与文体特征》(《东莞理工学院学报》2020年第2期)则从元代李白杂剧文本、文体着手进行研讨,值得一提。张亚楠《论明代戏曲中李杜接受现象》(《散文百家(理论)》2020年第8期)指出,明代戏曲作品以娱乐和教化的文艺手段叙述了李

一年研究情况综述

白、杜甫的故事，体现了明代戏曲家对李、杜的认识，也反映了他们的审美趣味和情感指向，表达了对恢复华夏文明的精神诉求。

王永波《明代李杜集合刻现象及其文学史意义》（《齐鲁学刊》2020 年第 4 期）指出，明代首次出现李白、杜甫集合编与合刻现象，代表了明代李杜接受史的一种倾向，而这种合刻现象主要分为汇刻宋元人编撰的李杜集、汇刻本朝人编撰的李杜集和明人注解李杜集三种。指出明人编选的李杜诗本具有以下三个特点：一是对自己感兴趣的李杜诗予以评点和注解，二是对李杜律诗的注解所下功夫颇大，三是选本时间跨度长、质量高，因此这种现象具有多种文学史意义。李靓《乾隆朝钦定选本中的李白评点》（《南都学坛》2020 年第 5 期）探讨乾隆时期的钦定选本《御制诗集》与《御选唐宋诗醇》对李白及其诗歌的评点，指出两书虽然形成途径相似，但观点各有不同：前者赞赏李白的"奇"与"狂"，后者则推崇其诗中的忠君爱国与复归风雅，究其原因主要是乾隆自身的观念发生转变，以及当时官方诗学批评观建立的需要。徐小洁《清诗话与李白经典接受》（《太原师范学院学报（社会科学版）》2020 年第 2 期）考察了清诗话中李白经典接受文献和经典接受论题，包括经典文本和接受文本的双重接受，前人的阅读经验和审美发现等。作者认为，清人对前代李白诗论的大量接受形成了厚厚的经典阐释层，既丰富了清代李白经典接受的诗学思想与审美意蕴，也体现了清代诗学实证性、累积性、专门性与细致性的学术特点。郑慧《胡应麟〈少室山房笔丛〉对李白的考辨》（《四川文理学院学报》2020 年第 3 期）是针对杨慎关于李白考据之再考辨。作者以胡应麟的《少室山房笔丛》中有关李白的考据十余条为基础，从胡应麟对李白身世的考证、对李白诗歌用事的考据、对李杜关系的评价及对李白词的辨伪等方面，阐释了胡应麟对杨慎有关李白考据的相关结论，体现了胡应麟对李白评论、考证时极其严谨的学术态度，对当时学界考据之风的推行有积极的作用。

毛淑静《李白在安陆民间传说研究》（《今古文创》2020 年第 30 期）指出，有关李白在安陆民间传说的故事聚焦着李白的生平经历，将其天资聪颖、狂放率真的个性气质与行侠仗义、同情

一年研究情况综述

弱者的英雄主义展现得淋漓尽致。该文疏理李白在安陆民间传说与正史文献之间的关联，肯定李白在安陆民间传说的当代价值。夏义梅、孙广军《浅谈李白对济宁历史文化的影响》（《中国民族博览》2020年第20期）一方面从李白对济宁历史的阐述、李白笔下的风土人情、李白和杜甫的交游及李白笔下的酒文化等四个角度来印证李白的诗篇对济宁历史文化的渗透；另一方面，又从济宁市区的文化遗存来证明李白与济宁历史文化的渊源，从而得出李白文化与济宁历史文化相互交融的结论。周梅芬《文学、历史与影像：诗仙李白的多重形象互文》（《电影评介》2020年第5期）认为传统文论史倾向将李白形象框定在是否具有道德价值这类维度，忽略了李白诗歌原本具有的多维生命意义，而现代影视剧则以其综合表现手法重新展现这种原始生命力。文章将影视剧中的李白与文学、文学史中的李白形象进行了对比，认为影视剧中的李白形象是对其文学形象的回归与再创造，但可能导致某种背离，因此必须在"回归人物和原作的生命活力"与"创新人物形象"之间寻找平衡，获得最具张力和表现力的人物形象。

　　本年度有两篇从李白诗歌别集、选集的视角探讨其在后世所受传播与接受的硕士学位论文值得我们注意，谭尧尧《明代李白集序跋研究》（西南大学2020年硕士学位论文）选取明代李白集序跋进行系统研究。文章首先梳理明代以前李白集流传及序跋编写概况，而后分析明代李白集序跋分类情况及形成原因，最后剖析明代李白集序跋内部的关联性及其影响，指出其反映了明代诗人的诗学观，促进了李白集的传播。刘铠齐《〈瑶台风露〉研究》（四川师范大学2020年硕士学位论文）以清朝同治七年刊刻的李白五言古诗选本《瑶台风露》作为研究对象，依照《李白诗文系年》与《李白全集编年笺注》对选诗篇目的编年，从创作时间，创作地点，应酬对象三方面探讨《瑶台风露》的选诗倾向，归纳出该书在思想上追崇诗教传统，艺术上以"高古"为主，技巧上重视行文章法的选诗宗旨。此外还提出《瑶台风露》善于以诗法、文法来分析李白五古的创作技巧，并从中归纳出了起法、接法、转法、提法、锁法、顿法、收法、结法等多种写作方法。

一年研究情况综述

随着综合国力的增强，中国传统文化对西方的影响日见显露，李白其人其诗越来越受到西方读者的关爱。张玉珍《李白诗歌海外传播研究综述》（《传播力研究》2020 年第 15 期）对李白诗歌海外传播进行多维度论述，如对李白某首诗歌译文的讨论，对李白诗中某些内容翻译的讨论，对李白诗歌英译翻译策略的讨论，对李白诗歌不同英语译本的比较，以及对李白周边材料的英译等等。探讨李白诗歌在德国接受的论文有张小燕、谭渊《世纪之交德国文坛中的"李白热"》（《德国研究》2020 年第 2 期）及范劲的《德语区的李杜之争》（《文学评论》2020 年第 5 期）两文。前文指出，20 世纪初自然主义诗人霍尔茨、印象主义诗人德默尔及表现主义诗人克拉朋等大批颇有影响力的德国诗人纷纷以自己特有的方式介入对中国诗歌的改写，从而使处于新旧交替之际的德国文坛涌现出一股"李白热"。德国诗人与李白的精神对话使唐诗间接参与了世纪之交德国现代诗歌的转型和重构，唐诗由此也为世界文学的发展做出了贡献。范劲一文则以李、杜在德语区的不同组合入手，认为李白式陶醉印证了欧洲人以中国精神为自然实体的哲学判断，也透露出和自然合一的诗性愿望；尊杜意味着走出合一，进入主客对立的世界结构；李杜在德语区的不同组合，暗示了中国文学进入世界文学的不同途径，对李杜的任何褒贬，也都是系统内操作的结果。

研究李白在东亚地区传播与接受历史的论文，如沈文凡、孙千淇《李白文化的东亚传播与接受——以韩国汉诗文献为中心》（《河北师范大学学报（哲学社会科学版）》2020 年第 2 期）。文章指出，东亚文化圈从盛唐开始受到李白文学创作的影响。该文辑考了李白自由疏狂、诗酒醉吟、游仙隐逸、仕途险阻和生命反思五个方面的文化文献，认为其疏狂、醉吟、飘逸都为东亚文人所推崇。李祥《近年来李白诗歌在韩国的影响研究述略》（《北方文学》2020 年第 3 期）统计，近十年来韩国的李白研究有 8 部专著、83 篇期刊论文、22 篇学位论文。这些成果包括李白诗歌意象研究、李白诗歌与中韩文人作品比较研究及李白在朝鲜传播接受研究等内容。李祥《浅谈李白诗歌对韩国诗人李奎报的影响》（《参花（上）》2020 年第 10 期）认为韩国古代三大诗人之一的李奎报的作品深受李白诗歌的影响，其诗中引用李白生涯故事和别称，还有将李白与其他文人进行比较的引用，除原文引用外，也有对李白诗进行缩略、变形、暗喻等的活用。类似文章还有周冰倩《李白对朝鲜李奎报文学创作的影响》(《青年文学家》2020年第11期)。

钟卓莹《日本新格调派对明代后七子诗论的接受与批判——以对李白诸体诗歌的评价为中心》(《中国诗歌研究》2019年第2期)选取了日本江户时代中后期的新格调派作为研究对象，认为新格调派肯定了李白七古的个性与艺术风格，并对李攀龙选诗不收包括李白在内的"唐古"作品表示不满。

七、比较研究

本年度运用比较方法研究李白及其作品的论文中，既有李白与国内诗人的比较，也有与海外诗人的比较；既有李白与同代诗人及其诗歌的比较，亦有与不同时期诗人及其诗歌的比较；还有同一诗歌题材下李白与其他诗人写作技巧的比较。视角各异，手法多样。

关于李白与中国诗人进行比较的文章较多，王小莹、杨宝茹《崔颢〈黄鹤楼〉和李白〈登金陵凤凰台〉〈鹦鹉洲〉之对比》(《青年文学家》2020年第32期)以崔颢与李白的黄鹤楼诗案为切入点，从格律、立意、布局、剪裁、语言和作者本体等方面分析对比《黄鹤楼》《登金陵凤凰台》和《鹦鹉洲》三诗，疏理此诗案中各方观点并作评述，表达了对文学纷争和诗意技巧的崇敬，以及对李白和崔颢两大诗人的尊崇。邵震琪《比较李白和李煜的浪漫主义》(《中国文艺家》2020年第1期)以中国古代浪漫主义文学为大框架，选取南唐李煜与李白进行比较论述，围绕二者浪漫主义的异同进行分析。周伟、张馨心《李白、苏轼诗词中月意象的审美内涵研究》(《洛阳师范学院学报》2020年第1期)分析明月意象在李白、苏轼二人笔下的异同，指出二者的月意象都具有"清"的特征，但李白多仙逸之气，苏轼多禅悟之境；二者都以诗文作为自我表达的工具，但李白侧重壮大自我情怀，苏轼主要悟透历史人生;二者均用月将人生及自我推向理想之境,实现短暂超脱,但李白表现为情重于思和超凌现实,苏轼表现为思重于情和出入现实。冯鲁青《李白诗与辛弃疾词剑意象比较》(《文学教育(下)》2020年第4期)指出,李白诗和辛弃疾词中均多次运用剑意象,但双方所处时代背景和个人际遇不同,因此他们的"剑"意象具有不同特点:李白的剑是其风流倜傥、桀骜不驯的标志,其描写剑多是"挥剑""倚剑""按剑"等有力的动词;而辛弃疾的剑是其报国无门、满腔愤懑的宣泄对象,也象征着他奔波半生而徒劳无功产生的倦怠之情。田爱平《浅析黄仲则与李白作诗的相似点——以〈笥河先生偕宴太白楼醉中作歌〉为例》(《汉字文化》2020年第4期)分析黄仲则《笥河先生偕宴太白楼醉中作歌》中技巧、诗风和情感与李白作诗的相似点,认为黄仲则其诗虽近于李白但同中有异,二人虽都有天生的豪情,然而黄诗中多了李诗没有的幽苦,且相较于李白诗句的清新俊逸,黄诗更为清雄刚健。

本年度还有两篇将诗人李白与史学家司马迁、小说家金庸进行比较的论文。郭建伟《文章太史公 诗歌李谪仙——关于李白与司马迁某些相似点的研究》(《青年文学家》2020年第29期)将能谱"无韵之离骚"的司马迁与"诗成泣鬼神"的李白进行比较,指出双方在漫游行踪、创作心理、对"侠"的看法、作品风格及世界观等五个方面均有相似之处。苗惠《豪放与狂欢——论李白咏侠诗与金庸武侠小说》(浙江大学2020年硕士学位论文)从侠义文化在中国文化的发展入手,将盛唐时期和20世纪末"新派武侠小说浪潮"时期分别视作古体诗和小说在狭义文学方面发展的顶峰,选取两个时期最具代表性的人物李白和金庸进行比较研究,对照分析李白咏侠诗与金庸武侠小说的传承关系,探索金庸对李白侠义观的继承与发展。

关于李白诗歌与海外作家作品比较研究的文章多以与英美作家比较为主,间有与阿拉伯作家比较的论文。袁辰《从概念隐喻的视角看李白诗作与沃尔特·惠特曼诗歌中的"舟船"意象》(《海外英语》2020年第11期)从概念隐喻的角度出发,分析二者在目标域、表达意图、题材选取、思维方式和认知方面的异同,并结合其时代背景和生平经历具体分析原因，从而深度理解概念隐喻的定义及运用。孙丽丽、王梓涵等人《李白与乔治·戈登·拜伦之比较》(《外语教育与翻译发展创新研究》第9卷)指出双方所处时代背景不同，李白幸逢开放包容、百花齐放的时代，拜伦则深受启蒙思想的影响；从诗歌风格来说，二者均有自我表现、想象丰富和浪漫情怀的相似点，但李白将对自由的向往和热爱融入诗歌并给读者带来美好感受，拜伦却在表达内心不羁与反叛时有着摧毁一切的气势。何新《李白与威廉·华兹华斯山水诗比较研究》(《青年文学家》2020年第2期)以文本细读和比较研究的方式探讨山水景观在其诗中的作用以及其中体现的山水观，并认为二者虽在诗中都表达了山水生态思想，但李白体现的是"人性化"的山水观，而华兹华斯则体现了"神性化"的山水观。秦晓盼、王果、谭文慧《比较视野下李白与雪莱的浪漫主义》(《名作欣赏》2020年第2期)探讨中英两国浪漫主义诗歌的典型代表李白与雪莱在创作背景、创作风格和创作主题上的相似之处，认为二者都生活在盛世，优越的经济状况为其大气磅礴、视野开阔的诗歌提供了物质基础；二者诗歌都具有想象奇谲、乐观豪迈的风格；二者诗歌主题都关注自然担忧社会民生。本年度还出现了李白与阿拉伯诗人艾布·努瓦斯进行比较研究的论文，即唐昕《酒与诗歌的内涵关系探析——以艾布·努瓦斯和李白的诗歌为例》(《青年文学家》2020年第15期)，该文剖析了李白与艾布·努瓦斯间不同的社会背景和生活历程，比较其酒诗创作的共性和差异性，并在对比自由之酒和禁忌之酒的同时，揭露了酒与诗歌的内涵联系。

八、英译及其他研究

随着中国传统文化逐步走向世界，英译李白研究已经成为李白研究中一个非常热门且日渐繁荣的领域，相关的论文不断涌现。本年度的英译李白诗歌研究主要有两大部分内容：一是李白诗歌翻译者的翻译理论研究，这些论文或对被誉为"诗译英法唯一人"的中国翻译家许渊冲英译李白诗歌理论与方法进行探讨,或对美国诗人兼翻译家埃兹拉·庞德翻译的《华夏集》中李白《长干行》《江上吟》《送友人》《登金陵凤凰台》等诗误读误译原因进行分析,或对日本学者小畑薰良的李白诗歌第一部英译本《李白诗集》价值与意义进行阐释;二是通过比较李白《黄鹤楼送孟浩然之广陵》《月下独酌》《蜀道难》《将进酒》《静夜思》《玉阶怨》《行路难》等诗不同翻译文本,以此探讨李白诗歌翻译的方法与策略。以上均属翻译理论与翻译史研究话题,与李白诗歌研究关涉不大,兹不详叙。

本年度其他有特色,必须推介的论文还有几篇。曾肖《英藏〈太白诗话〉的版本与价值考论》(《明清小说研究》2020年第3期)探讨英国图书馆珍藏之海内外孤本、广州富桂堂刻"诗话体小说"《太白诗话》的版本源流,指出该书是小说和诗歌选本两种体例结合的复合型文本,是李白接受史研究的新个案,也是现存中国古籍的一个特殊范例。全书前半部分的小说描绘李白的传奇人生,在叙事中穿插29首诗来代替人物的说话,其中22首出自李白之口;后半部分的诗歌选本共收录唐诗59首,其中李白56首、杜甫3首,皆为名篇名作。

王卫星《李白为词祖当非虚誉——〈菩萨蛮〉〈忆秦娥〉真伪考论》(《长江学术》2020年第4期)以将李白名下的诗词体式与意境相对照的方式对李白《菩萨蛮》《忆秦娥》两首词进行真伪考辨,依据精彩独造处相似、取境习惯相似、多重相似的标准,落实到字、词、句、篇上,并兼顾体势、意象、意境、章法、技法、风韵等方面展开对比研究,发现《菩萨蛮》《忆秦娥》与李白的《寄当涂赵少府炎》《灞陵行送别》及赠内、代赠内诗高度相似,同时结合李白生平经历、时代背景与李白词真伪之争的成因,认为李白的词祖之名应非虚誉,并肯定《菩萨蛮》《忆秦娥》在词史上的重要地位。

海滨《感悟、识力、会通——赵昌平先生的李白研究》(《古典文学知识》2020年第4期)设计"咀华百章""新探四题""诗传一篇"三个板块进行评述,对赵昌平的李白研究成就寄予高度评价,其中"咀华百章"从作品的角度解读李白,侧重感悟;"新探四题"从理论的角度探究李白,侧重识力;"诗传一篇"从史传的角

一年研究情况综述

度展示李白，侧重会通。

韩善滨、查清华《祇园南海的"太白医俗"说》（《古代文学理论研究》2020年第2期）认为，吟诵李白诗歌能够医治鄙俗、乐天之俗及宋诗之俗，其中医治鄙俗是指以雅正之风来调和卑鄙粗野的陋习，主张运用拟物象喻或者赋比兴等手法，以及雅景、雅物、雅字、雅语，来反对乐天之诗的浅俗，也认为诗应吟咏性情，而非如宋诗那般说教。

关于李白其人其诗学术史的梳理，主要有刘志斌《李杜文章在，光焰万丈长 李白vs杜甫：孰优孰劣的千年之辩》（《国家人文历史》2020年第14期）。该文以李白、杜甫孰优孰劣的千年之辩论作为研究中心，以历史进程作为研究的脉络展开论述，在盛唐时期，李白已誉满天下，杜甫难与之相较；而在文道并重的宋朝至明朝前期，杜甫因其在诗歌上的雕琢以及其忠君爱民的精神，地位远超李白；到了明朝中后期，随着诗歌与教化功能的切割，学者们以更为客观的态度来比较李杜二人的诗歌，李白与杜甫开始并尊；进入新中国时期，杜甫因爱民思想而受到追捧，郭沫若的《李白与杜甫》则完成了对杜甫最后的祛魅，此后李白与杜甫的研究进入了新的阶段。龙正华《李白〈古风五十九首〉百年研究的回顾与反思》（《厦大中文学报》2020年第0期）按时间脉络梳理从20世纪初至今学界对李白《古风五十九首》的研究成果，指出已经取得一些成绩，但也存在着诗歌流传史梳理不够详细、文本校勘亟需提升、未解决编年问题、接受研究不够深入及文本阐释有待深入等诸多研究局限。

一年研究情况综述

李白研究

杜甫研究

□ 张玉清 李 翰

据维普、万方、知网等国内期刊数据库,2020年杜甫研究相关论文有230余篇,硕博士论文20篇左右,覆盖范围比较全面,而重点集中在杜诗文献、杜诗艺术及杜诗学等方面。下面分类予以介绍。

一、作家研究

杜甫生平、行迹、交游,仍是本年度研究的重点。新突破不多,然部分论文针对以往的研究,有进一步的深入和细化。生平行迹方面,如孙启祥《杜甫是经连云栈道入蜀的吗?——张世明等〈由杜甫入蜀诗所见杜甫自同谷入蜀路线考〉指谬》(《陕西理工大学学报(社会科学版)》2020年第1期)对张世明、董瑞《由杜甫入蜀诗所见杜甫自同谷入蜀路线考》所考证的杜甫入蜀路线,提出商榷。张、董之文依据托名杜甫的《晓过凤岭二首》,将杜甫自同谷入蜀的路线定为栗亭—青泥岭—两当—凤岭—连云栈道—五丁关—宁强—广元—昭化—剑阁,孙文认为不妥,依据有四:一是自同谷入蜀绕行凤州不合情理;二是连云栈道路线不可行;三是《晓过凤岭》作为史据不可信;四是史料引用、论述方法不可取。师海军《安禄山的军事布局与杜甫北上灵州被俘事考论》(《甘肃社会科学》2020年第1期)结合当时的政治、军事、道路状况,尤其是安禄山的军事布局与朔方地区的民族形势,得出杜甫北上灵州,被安禄山派往朔方地区招诱阿史那从礼部俘虏。在此基础上，作者对杜甫《塞芦子》的系年提出了新解，认为该诗当是杜甫被俘押往长安当年所作，时间为至德元载十二月前，而非历代杜注所认为的是次年。

交游方面，徐希平、彭超《元结与杜甫关系再探》（《中国文学研究》2020年第4期）通过几件重大史实，梳理了二人诸多相似之处：天宝六载，杜甫与元结参加了玄宗为广求天下士而举办的通一艺之考，最终却因李林甫奏"野无遗贤"而遭愚弄；杜甫读元结《舂陵行》而极力称赞；元结《大唐中兴颂》主旨及微言大义与杜甫一贯的政治态度相契合。徐希平、查屏球《为何是元稹为杜甫作墓志铭——评〈唐代荥阳郑氏家族——世系与婚姻关系考〉》（《文汇报》2020年10月9日）虽是书评，然对杜甫交游中的一些问题多有发覆。文章从元稹婚姻、世系等方面，探析其与杜甫关联的结点所在，侧面考察了杜甫与荥阳郑氏的姻亲关系。杜甫作《唐故德仪赠淑妃皇甫氏神道碑》以及元稹为杜甫作墓志铭，均缘于这层关系。张朝富《李杜与扬马关联论》（《杜甫研究学刊》2020年第2期）通过分析李杜二人称引扬马以及时人对李杜的评价，得出了李白更多与司马相如对应，杜甫则多与扬雄关联的结论。倪超《杜甫交往诗人及其影响考论》（《陕西理工大学学报（社会科学版）》2020年第3期）对杜甫与岑参、房琯、裴迪交往的情形作了综合考辨。作者应用社会学"结构洞"理论，将杜甫及其交游诸人放在相互关联的网络中，比如在杜甫与元结、韦济的结识过程中，苏源明、李邕发挥了重要作用；杜甫在李白与高适交往中，也起到重要的连接作用。这样一种"结构洞"的理论视阈，增强了历史的现场感，深化杜甫交游及其社会关系的研究。再如程娟娟《以"柏拉图式的爱"解读李白与杜甫情谊》（《湖北理工学院学报（人文社会科学版）》2020年第5期）从生活经历、赠诗交往和人生悲剧三个方面，层层论述了李杜之间"柏拉图式的爱"，角度颇为新颖。

与杜甫行迹相关的历史遗迹，近年来引起越来越多的关注。王超《成州杜甫遗迹考论》（《杜甫研究学刊》2020年第2期）根据历代方志、前人的诗文等，对杜甫在成州同谷的遗迹做了详细的考察，认为杜甫故居位于凤凰山与万丈潭间的飞龙峡中，宋人晁说之因宅兴祠,则是用以弘扬杜甫的忠义品格。文章还对宋以后历代所建杜公祠的情况作了梳理,论析了明清时期成县杜公祠"以诗代文"的现象。左汉林《杜甫行经的寺庙及其遗址实地考察述略》(《陕西理工大学学报(社会科学版)》2020 年第 2 期)历经五年时间重走杜甫之路,对杜甫行经的诸多寺庙或其遗址的历史和现状进行了考述,展现了杜甫"写在大地上的文学图景"。贺卫光、陶鸿宇《杜甫〈秦州杂诗〉"诗迹"考察——基于三重证据法的实践》(《天水师范学院学报》2020 年第 2 期)以历代史料与杜甫秦州诗、民间口传文本、杜甫秦州遗迹为据,对杜甫《秦州杂诗》"诗迹"进行了考察。王超《延安杜甫崇祀考——以延安杜公祠文化价值为中心》(《延安大学学报(社会科学版)》2020 年第 5 期)梳理杜甫避乱延州说的出现及演变历程,对延安杜公祠的创建及兴衰历程作了详考,最后对延安杜公祠的文化价值的演变进行了总结。

宋红《杜甫游踪考察记》(人民文学出版社 2020 年版)是本年度杜甫遗迹研究的重要成果。作者曾于 2009 至 2015 年考察杜甫游踪,行程横穿河南全境,纵贯湖南、甘肃两省,并两入四川,三至陕西,拍摄图片数千幅。全书以杜甫生平为主脉,按中州篇、江南篇、齐赵篇、关陕篇、陇右篇、巴蜀篇、荆湘篇来记述作者所踏查之杜甫游踪及相关遗迹,并对历史旧说及悬疑问题加以辨析。本书与林东海先生《李白游踪考察记》(待出)为姊妹篇,李、杜行踪互有叠合,书中也有根据林东海先生提供的信息与图片,对三十年前的杜甫游踪纪念性遗迹作对比介绍。该书图文并茂,既有较高的学术性,也非常具有可读性。

与思想心态结合起来考察,是本年度杜甫行迹、交游研究的一个特点。胡永杰《杜甫在洛阳居地的转移与心态的转变》(《中原文化研究》2020 年第 1 期)探讨了杜甫早年在洛阳居地的转移以及背后心态的转变。文章认为杜甫在洛阳一带的居处主要有陆浑庄和土娄庄两处,早年主要居住在陆浑庄,这一时期他过着隐居漫游的生活。约在开元二十九年(741 年),移居土娄庄,直接原因可能是为父守制,但背后的深层原因则是由隐居漫游转向追求仕进的心态转变。冯臻远《从〈赠韦左丞丈济〉看杜甫

一年研究情况综述

长安十年的干谒》(《古典文学知识》2020年第3期)以杜甫赠韦济的三首诗《奉寄河南韦尹丈人》《赠韦左丞丈济》《奉赠韦左丞丈二十二韵》为切入点,通过比较三者在章法、技巧、情感等方面的差异,剖析杜甫干谒期间心态的变化,并结合其经历分析了造成这种变化的原因。王晓彤《杜甫疏救房琯原因新探》(《六盘水师范学院学报》2020年第4期)认为杜甫疏救房琯一是作为谏官忠于职守之举,二是出于国家中兴大业的考虑。文章否定了那种认为杜甫疏救房琯是政治幼稚,或仅仅出于私人交情的看法。蔡阿聪《论杜甫贬谪华州司功参军之心态》(《城市学刊》2020年第5期)用"忠而被逐,郁岔苍凉""伤怀悯乱,宽厚热肠""玩赏之乐,世外之想"几个方面,较概括地总结了杜甫被贬为华州司功参军期间的心态。杨胜宽《杜甫"始客"秦州的身份与心态》(《天水师范学院学报》2020年第1期)认为杜甫弃华州司功参军一职前往秦州是"忠而被贬""关辅饥荒""躲避战乱""投靠亲故"等多种因素综合发挥作用的结果,文章还从杜甫客居秦州所作的诗歌入手,分析了杜甫在此期间的复杂心态。

其他相关论文还有葛景春《李白"诗仙"、杜甫"诗圣"之称的出处与来源考辨》(《中州学刊》2020年第10期)、胡琳《对诗圣杜甫的浓郁家国情怀的原因探析》(《中国校外教育》2020年第13期)、常明《杜甫的性格特征对其文学创作的影响》(《青年文学家》2020年第18期)等等,都有一定的参考价值。

二、杜诗研究

杜诗本体研究,是本年度杜甫研究成果最多、内容最丰富的部分,包括杜诗的题材内容、思想情感、作品解读、笺释考证,以及对诗歌体式与艺术风格的探讨等方面。

(一)思想内容

杜甫一生辗转多地,人生处境与生活环境的变化,在其诗歌中打上相应的烙印,故地域与时段研究一直是杜诗研究的特色所在。沈加莉《论杜甫长安时期四时诗创作》(《保定学院学报》2020年第4期)将杜甫在长安十年所作的诗,按季节作了归类比较,总结出如下特点:四季描写比例失衡,具体表现为春景诗数量最多,秋景诗次之,夏季诗最少;选取了大量日常生活中的普通景物入诗;浸润了浓厚的长安文化,表现为对长安风俗和物产进行直接描写以及反复抒发收复长安的渴望。文章还将杜甫作于长安的四时诗作了前后对比,认为从前后的变化中,可以窥探"安史之乱"给诗人带来的生活上和思想上的转变。吴昌林、李琦《杜甫的秦陇行迹与丝绸之路题材诗歌创作——兼论文学地理学在古代丝绸之路诗歌研究中的价值》(《鲁东大学学报(哲学社会科学版)》2020 年第 2 期)运用文学地理学的研究方法,按不同时期考察杜甫丝绸之路题材的诗歌:在长安,杜甫描写了大量以胡马为主体的丝路地域意象,并由送别诗展开了对丝路空间的虚拟建构;在秦州,杜甫对丝绸之路的文学景观进行了全面且具体的描写,并在本籍文化与客籍环境的共同作用下,形成了有别于其他丝绸之路边塞诗的独特诗风。类似的论文还有陶鸿宇《文化互惠:杜甫秦州诗与秦州地域文化共生关系研究》(《天水师范学院学报》2020 年第 2 期),该文从互惠和共生理论出发,探讨杜甫秦州诗与秦州地域文化二者之间在过程和结果上的互惠共生关系。刘露萍《杜甫长安十年诗歌风格分析》(《佳木斯职业学院学报》2020 年第 3 期)立足于历史实情和诗人经历,论述了杜甫长安十年诗歌风格。陈江英《从杜甫陇右纪行诗看其安史之乱前后的心理历程及诗风变迁》(《咸阳师范学院学报》2020 年第 1 期)通过对比杜甫的陇右纪行诗和安史之乱前创作的诗歌,探究其安史之乱前后的心理历程及诗风变迁等。此外,梁舒钦《杜甫秦州咏物诗》(《青年文学家》2020 年第 29 期)、马旭《杜甫入蜀之后的战乱诗》(《学术探索》2020 年第 11 期)、晁旭《论杜甫陇蜀杂诗的思想意蕴》(《中国民族博览》2020 年第 18 期)、向俊《论杜甫荆湘时期诗歌的苦难意识与人文启示》(《九江学院学报(社会科学版)》2020 年第 1 期)等地域性的杜诗研究,也都各有所得。

杜甫地方诗的情感特征,也是学者关注的重点。魏烈刚、肖舒《飘零何处归:杜诗地方感的历时性考察》(《四川文理学院学报》2020 年第 1 期)从历时性的角度,考察杜甫在长安、成都、夔

一年研究情况综述

杜甫研究

州、湖湘四处的诗作,具有一定的综合性。文章认为杜甫坚守着以故园、长安和中原为代表的北方地区特有的"根植感",也在依赖与认同的矛盾中书写了对于巴蜀地区的依恋生成和认同缺失。而在晚年流落湖湘时,他又时时流露出"无归"的独特感受,进入"无地方感"的状态中。这种历时性的演变,不仅受诗人地方体验加深、人生经历变化的影响,也与时空距离改换、在地环境影响等因素密切相关。张晓琳、尹文珺、张清涛《巴蜀地理特征对李杜诗歌情感的影响》(《长江丛刊》2020 年第 19 期)、李倩《从杜甫诗探析其草堂时期的情怀》(《中学教学参考》2020 年第 25 期),杨嬪《杜诗中的蜀雨情感体现——论巴蜀文化对杜甫咏雨诗的创作影响》(《开封文化艺术职业学院学报》2020 年第 6 期)等论文,分别考察杜甫各地诗歌中物色与情感,也都值得重视。

依诗歌描写对象来作题材研究的,本年度成果也很多。如杜甫的"饮酒"诗。徐韬琪《论杜甫饮酒诗中的"醉"与"醒"》(《杜甫研究学刊》2020 年第 1 期)以"醉"与"醒"为线索爬梳杜甫现存涉酒诗作,认为杜甫关于醉、醒之间张力的探索逐步深入,诗中呈现的不同层次的孤独感亦呼应杜甫一生境遇的变迁。杜甫对"浊醪"概念的强调体现其任真自适的理想生命境界,后期诗作中的"独醒之乐"更启示后人对酒中"理趣"的进一步发掘。贺致远《杜甫饮酒诗中的愁苦与伟大》(《中国民族博览》2020 年第 18 期)、谈思园《论杜甫曲江诗中的饮酒》(《齐齐哈尔师范高等专科学校学报》2020 年第 2 期),分析了杜诗中"饮酒"蕴含的思想感情,都能给人很大启发。

其他题材也都有论文涉及。蒋寅《绝望与觉悟的隐喻——杜甫一组咏枯病树诗论析》(《文史哲》2020 年第 4 期)考察杜甫在上元二年写作的一组以枯病树木为题材的咏物之作:《病柏》《枯棕》《病橘》《枯楠》,认为这组诗改变了以往树木之咏的托喻方式,由寄托主体情志转向隐喻社会现实。包含着对个人、社会、王朝前所未有的深刻思索,涉及个人前途黯淡、民生凋敝、君主失德乃至王朝没落诸多重大主题。其中传达的从国计民生到个人命运的全面幻灭感,折射出杜甫晚年思想的重要变化,透露了他最终释放政治抱负而专注于诗歌创作的心理动因。在这个意义上，这四首诗也可以说是杜甫晚期创作中最具思想深度的开拓，具有不容忽视的价值。董利波、董利伟《论杜甫佛寺诗的多重文化意蕴》(《盐城师范学院学报》2020 年第 2 期)考察杜甫的佛寺诗，文章按诗人出入佛寺的动机缘由，将其佛寺诗分为酬唱、停住、造访、游览等五类，揭示了杜甫佛寺诗的价值，认为这是把握诗人与佛寺关系最为原始和直接的材料，也是了解当时佛寺状况及相关文化风俗的窗口。以佛寺为题材，不仅开拓与丰富了诗歌内容，也促进了杜甫诗歌风格的多样化。卫玥《论杜甫诗歌的一诗多赠》(《中北大学学报(社会科学版)》2020 年第 5 期)考察杜甫赠答诗中的较为特殊的一诗多赠之作。认为与单一寄赠之诗歌不同，此类作品中寄赠客体的作用可分为：传话者、旁观者、主脑者。在抒情方面，这类作品呈现出情感真挚自由、公共却又隐秘、有分寸感的特点。潘静芳《从杜甫题画诗看唐代绘画的素材和媒材》(《辽宁工业大学学报(社会科学版)》2020 年第 4 期)以艺术考古为视角对杜甫题画诗的内容进行探讨，对诗中所提及的绘画素材、媒材特性进行梳理，对还原唐代绘画风貌有参考意义。孙悦《从〈戏为六绝句〉看杜甫戏题诗之题"戏"》(《黑河学院学报》2020 年第 9 期)综观杜甫的戏题诗考察其《戏为六绝句》"戏"之用意。再如陈作行《杜甫论书诗沉郁风格与瘦硬主张》(《中国民族博览》2020 年第 22 期)、李胜男《杜甫涉病诗的情感解读》(《安康学院学报》2020 年第 4 期)、何梦颖《论杜甫的早朝诗与肃宗朝政治氛围》(《明日风尚》2020 年第 6 期)、葛淑君《杜甫和海涅社会批评诗的比较》(《大众文艺》2020 年第 5 期)、李睿《论杜甫之"啸"》(《名作欣赏》2020 年第 33 期)等，分涉杜诗不同题材，涵盖面极广。

杜诗思想情感方面，重要论文还有戴伟华《论杜甫乾元元年创作〈早朝大明宫〉〈饮中八仙歌〉的盛世记忆和现实情感》(《社会科学战线》2020 年第 6 期)。戴文认为《早朝大明宫》和《饮中八仙歌》皆作于乾元元年，而两首诗都没有述及与安史之乱有关的内容，是因为前者是诗人对盛世的记忆和现世景象的叠合，后者也是对昔日帝京风流的追忆和现实情景的慨叹。苏欢、许松

《杜甫诗歌"长安情结"详论》(《西安文理学院学报(社会科学版)》2020年第4期)分析了杜甫"长安情结"的原因、表现和意义。认为杜甫的"长安情结"涵融了社会百态的丰富面影,贯穿诗人创作的始终。"长安情结"缘于"奉儒守官"的家学渊源、长安的政治特殊性和"长安"对他的浸染,促进了杜甫的诗歌创作。吴怀东《杜甫的"伤春"心理及其诗史意义》(《江淮论坛》2020年第2期)考察杜甫面对花开花落、春和景明景象所产生的悲、喜情感,认为杜甫伤春的本质就是感时伤世。文章梳理了"伤春"文学传统的演变历程,认为杜甫在构建这一传统中发挥了推动作用。"悲秋"是杜诗的重要主题,李金坤《杜甫〈秋兴〉八首与"悲秋之祖"〈九辩〉——杜甫对宋玉悲秋意识的承继与发展探微》(《云梦学刊》2020年第2期)认为杜甫的《秋兴》八首从意象、意境及精神境界对宋玉的《九辩》都有全面的承继与发展,由此成为了唐诗悲秋主题的典范之作。与悲秋相关,杜诗中悲剧意识极为突出。王福栋、彭宏业《论杜甫之"悲"的历史人物表现》(《内蒙古大学学报(社会科学版)》2020年第2期)聚焦杜诗中的用典,把杜甫命运之悲分为求仕之悲、贫穷之悲、病痛之悲和家国之悲,并结合相关诗作,考察杜甫在诗中如何借助历史人物来表达自身的悲苦。冷成金《杜甫诗歌悲剧意识新论》(《甘肃社会科学》2020年第6期)将杜诗的悲剧意识分为四个方面:质疑政治本体而兴起悲剧意识,生命悲剧意识与价值悲剧意识的融合,在对历史的质疑中崛立价值,悲剧情怀中的审美超越。对杜诗进行新颖而深刻的解读,给人很大启发。

在人格精神方面,张思齐《从〈橘颂〉看屈杜的人格理想与文类贡献》(《大连大学学报》2020年第4期)比较屈原的《橘颂》和杜甫的《病橘》,认为杜甫从屈原及其作品《橘颂》中吸取力量,建构了自己的人格理想,杜甫学习屈原而得诗歌之正。高郡《以〈兵车行〉为例叙述杜甫的人道主义精神》(《产业与科技论坛》2020年第9期)、杨帅《浅析杜甫诗歌的现实主义精神》(《知识文库》2020年第7期)等,都对杜诗的思想性作了认真分析。此外,张慧敏《杜甫诗歌中的教育观念及其现实意义》(《梧州学院学报》2020年第4期)关注杜甫诗歌中的教育理念,较有新意。

（二）作品解读

文本细读，是研究诗歌的基础与关键，本年度这方面的论文不少。如胡可先《杜甫与武威》（《古典文学知识》2020年第2期）考察了杜甫六首有关武威的诗作。张姝燕《浅析杜甫〈登岳阳楼〉诗》（《文物鉴定与鉴赏》2020年第11期）和孙玉文《谈杜甫的〈登岳阳楼〉》（《中国典籍与文化》2020年第3期）赏析杜甫《登岳阳楼》诗。王世海《"一片冰心在玉壶"——杜甫〈春望〉赏析》（《古典文学知识》2020年第6期）赏析杜甫名篇《春望》。再如李娟《"以诗论画"与"以诗证史"——杜甫题画诗〈丹青引赠曹将军霸〉解读》（《今古文创》2020年第23期）、孙绍振《杜甫、孟浩然"洞庭诗"之比较》（《语文建设》2020年第11期）、陆瑶《望不尽，归何处——王绩〈野望〉与杜甫〈野望〉的对比分析》（《名作欣赏》2020年第33期）、段文君《地理空间视阈下的杜甫〈望岳〉同题诗解读》（《西安文理学院学报（社会科学版）》2020年第1期）、陈羽茜《"平易"与"轻狂"——试比较杜甫诗〈客至〉和〈宾至〉》（《名作欣赏》2020年第20期）、薛芸秀《盛世哀歌：杜甫写给盛唐艺术家的三首诗》（《天中学刊》2020年第3期）等，或对文本做精细探析，或在比较中阐发诗作的特色，扎实地推进了对杜诗的研究。

恰当运用现代文学理论与观念，阐释古典诗歌，能深化对古诗的理解。本年度一些论文就是采取这类方法解读杜诗。吴嘉璐《复式图景与幽隐书写：杜甫草堂二字题诗探微》（《重庆三峡学院学报》2020年第5期）论述杜甫草堂时期的"二字题诗"以两两之间、多首之间的互文性构成特殊的复式图景。二字题诗贯穿杜甫草堂生活的三个阶段，"幽隐书写"是其中不变的主题。王运华《基于图形－背景动态变化探析主题意义的生成——唐诗〈春望〉的认知诗学解读》（《中国文艺家》2020年第3期），基于认知诗学的图形－背景理论，尝试从句法、意象和情感层面，探寻此诗展开过程中所呈现的动态图形－背景关系及生成的主题意义。此类论文还有秦亚男《认知诗学视域下图形－背景理论对杜甫〈绝句〉的赏析》（《校园英语》2020年第37期）、黄姿权《西方文艺理论视角下的〈秋兴八首〉分析》（《文学教育（上）》

一年研究情况综述

（三）诗歌体式

本年度有大量论文从写作学的角度对杜诗的体式、句法乃至字词等展开研究，这与杜诗的特色密切有关，也有力推动了古典诗歌研究中文学本位的落实。

吴淑玲、韩成武《论杜甫古体诗的内容新变》(《南都学坛》2020 年第 3 期)和《杜甫古体诗的体类特征》(《南都学坛》2020 年第 6 期)从内容和体类上论杜甫的古体诗，认为杜甫古体诗的内容更加广泛，反映的社会生活更加深入，对前代古体诗有重要突破。艺术上，杜甫古体诗的语言形态具有三大特征：一、句子无声律规范，多用非律句；二、用韵上，平声韵仄声韵不拘，五古以不转韵为常例，少量作品使用邻韵，七古则大量采用平仄韵转换的方式，五古七古皆不避讳重复使用韵字；三、有意回避对仗，却大量使用无声律约束的对偶句。郑佳琳《论杜甫对酬赠对象的颂美之辞在五言排律中的新变》(《杜甫研究学刊》2020 年第 1 期)论杜甫五排，认为杜甫五排对酬赠对象的颂美之辞，渊源于诗歌史上的颂美传统，直接脱胎于初唐五排，并在章法结构与描写风格等方面推陈出新。从前期干谒到后期具有个人抒情性质的酬赠，杜甫五排中对酬赠对象的颂美方式发生了明显的转型，影响着他前后期诗歌不同的艺术风貌。吴淑玲、颜程龙《杜甫乐府诗的史诗性审美》(《杜甫研究学刊》2020 年第 3 期)论杜甫乐府诗，认为其完全具备传统审美的民族性、英雄性、全景性的审美特点和后史诗性审美的平民性、日常性、世俗性的审美特点。

律诗方面，赵继承《杜甫七律诗的结构方式论析》(《安徽大学学报》2020 年第 1 期)细致分析杜甫七律各类型的具体结篇方式及其特性，深入解析杜甫七律的结构方式和技巧。加藤国安、张思著《杜甫的"拗体七律"》(《杜甫研究学刊》2020 年第 3 期)比较杜甫不同时期的拗体七律的特点，并从韵律学的角度考察其意义。李卉《杜甫七律的情景研究——以〈唐诗三百首〉所收杜甫七律为例》(《河南广播电视大学学报》2020 年第 1 期)、刘纯友《七律形式的重要探索——评杜甫〈秋兴八首·其八〉》(《名作欣赏》2020 年第 2 期)论述杜甫《秋兴八首·其八》，以具体作品为例,揭示了杜甫在七律形式上所取得的艺术成就。

　　杜诗的笔法与章法、句法研究,本年度有几篇重要论文。吴怀东《〈月夜〉与思妇诗的"夺胎换骨"》(《杜甫研究学刊》2020 年第 1 期)认为《月夜》诗的基本体式是师承了传统代言体的思妇诗,又借鉴了闺怨诗甚至宫体诗的某些手法,将寄内、赠内诗的规则和经验嵌入思妇诗,将思妇诗转化为自己独有的亲情诗,实现了继承与创造的完美统一,表现了自己源自深刻生活体验的巨大文化创造力。程章灿《五句体与连章诗——杜甫〈曲江三章章五句〉体式发微》(《北京大学学报(哲学社会科学版)》2020 年第 1 期)考察了杜甫《曲江三章章五句》的体式,认为其命题格式脱胎于《诗小序》,章句格式则源自《诗经》以及《前溪歌》《白纻歌》等南朝乐府民歌,尤其是《乐府诗集》所载张率《白纻歌》等作品。此诗是杜诗题目中唯一称章者,也是杜诗中唯一名副其实的连章体诗。后人对此诗的评说和拟学,帮助其实现了经典化。黄若舜《何为"〈春秋〉之诗"——杜诗史法变古的文化成因与美学意义》(《安徽师范大学学报(人文社会科学版)》2020 年第 4 期)考察杜诗对"史法"的吸收,认为杜甫不但以"善陈时事"的"诗史"格局冲击着传统,更以其对于《左传》义例褒贬、书法曲直的独到领会,开创出体气刚健而中心仁柔、直书见意却温厚微婉的美感特质,遂令"风人之诗"演为"《春秋》之诗"。此外,陈岸峰《诗圣的技艺:杜甫诗歌的创造性及其成就》(《中原文化研究》2020 年第 1 期)总结了杜诗三方面特征:一是以口头语入诗,擅用典故;二是各种体裁,均有创造性突破与开拓;三是在诗史书写方面,注重细节描写,而其仿史书写,则可补正史之阙。作者认为这是杜诗取得创造性突破的重要因素。

　　杜诗的字词研究,进一步走向深入。丸井宪、张淘《艰难昧生理 飘泊到如今——杜诗双声叠韵对新考》(《杜甫研究学刊》2020 年第 3 期)研究杜甫双声叠韵中的用例。认为杜甫双声叠韵对的新颖之处,不仅在于他使用传统的连绵词,更在于他大量活用近似于双声和叠韵的复合词或自造词。芜崧、李雅倩《试论杜甫诗歌中的量义》(《惠州学院学报》2020 年第 5 期)总结杜诗中的量范畴为物量、动量、程度量、时间量、空间量五大类,有四个特点:客观性与主观性;"有界"性与"无界"性;实与虚;增量与减量。杜诗表达量义使用了数量词、副词、形容词等词汇手段,复叠等语法手段及比喻、夸张、衬托、婉曲等修辞手段,具有文化、语法及修辞功能。凌丽《杜甫用字艺术探微》(《理论界》2020年第1期)探讨杜甫诗法中的字法,考察炼字法、对照法以及重复出现的实字所具有的意义和作用。孙琪《杜甫诗歌语言"陌生化"探究》(《名作欣赏》2020年第30期)探究杜诗遣词造句上的"陌生化",则是从词语的表现功能上探索杜诗的艺术特征。

(四)艺术风格与诗歌笺证

本年度有关杜诗艺术风格的研究主要集中在意象、风格、叙事艺术、美学思想等方面。

意象方面,吴怀东《杜甫作〈江南逢李龟年〉补证——兼论此诗之情感内涵》(《浙江工商大学学报》2020年第5期)从诗歌意象以及审美反应方式角度,论证本诗为杜甫所作。此诗核心意象"落花"代表着最美的春景,符合当时及杜甫的审美习惯,而此诗对旧友相见场景的如实呈现,既符合杜甫荆湘诗的创作惯例,也有其独特性。刘紫昀《从"香草美人"到"实有其人"——杜甫诗歌中的女性形象》(《今古文创》2020年第16期)、金烨《从〈月夜〉看杜甫诗中不同的妻子形象》(《戏剧之家》2020年第10期)关注杜诗中的女性形象,饶有新意。刘志佳《杜诗中的杜鹃意象》(《保定学院学报》2020年第3期)总结杜诗中的杜鹃意象及其思想内涵,也值得参考。

杜诗风格研究,钱志熙《论安史之乱前的杜诗对初盛唐主流诗风的承与变》(《社会科学战线》2020年第6期)从文学史的角度系统考察了杜诗风格的主要特征及其成因。文章认为杜甫与初唐诗的关系,主要表现在与初唐词学体制造成的诗学风气的关系,即杜甫受这种词学体制诗风的影响;杜甫与盛唐诗的关系,主要表现在与盛唐基本审美风格的关系,即杜诗从作为盛唐诗主流的清新风格向具有突出个性的沉郁顿挫风格发展。总体来看,杜诗是在初盛唐主流诗风中发展出来,又对初盛唐主流诗风有巨大突破。赵晓华《论杜甫诗学思考的遣兴性质及其特点》(《杜甫研究学刊》2020年第2期)考察杜诗的"兴",认为杜甫突破了初盛唐较多吟咏山水林泉之"兴",将之扩展到日常生活中一切引发他创作的诗兴。"遣兴"诗题强调了创作对诗人情绪的排遣作用,他的诗学思考及以诗论诗的形式正是在这个过程中产生的,并成为他"诗兴"的一种。

杜诗沉郁顿挫的风格,本年度也有论文涉及,如焦健《杜甫诗歌的顿挫之美》(《桂林师范高等专科学校学报》2020年第2期)、赵开植《浅谈杜甫沉郁顿挫的诗歌风格》(《文学教育(上)》2020年第9期)等。

杜诗叙事艺术研究,本年度有所深化。郝若辰《心灵史的诗学技艺——杜甫〈秋兴〉中阻隔与联通的结构叙事》(《杜甫研究学刊》2020年第3期)认为杜甫《秋兴》创造了由首尾联推论语言和对仗联意象语言交错的立体网状结构,而八首之间的铺排关系也从更高维度重复着这种结构。同时,此诗也是一部诗人重塑时间的心灵史:推论语言是相对时间的叙事,意象语言是绝对时间的浸没。作为自传作者及有着超越时代的创作自觉的诗人,杜甫在《秋兴》中完成了对自己一生重要篇章的回忆与重构。杜松梅《论杜诗中的时空艺术》(《唐都学刊》2020年第2期)认为杜诗的时空书写具有特殊性,不仅在修辞中将其作为一种具体的时、空对仗手法,也将之整体艺术化,从而为其诗之风格增添了阔大、深邃的美感。杜甫的时空意识是历史、宇宙、个人观念的交织,但他最关注的仍然是现实。除此之外,他还突破了时空限制,使古今、彼此、时地错综,虚实互见,造就了一种时空艺术幻境。

杜诗笺证主要集中在字句笺释和文献考辨,本年度相关论文也不少。吴春生、杨羽《"恰"的本义考——兼释"自在娇莺恰恰啼"》(《山东农业工程学院学报》2020年第7期)从考察"恰"的本义切入,认为杜诗"自在娇莺恰恰啼"的"恰"为"刚好、恰好"程度的加深。蒲柏林《杜诗中的"江汉"》(《古典文学知识》2020年第6期)考察杜诗中"江汉"的指代问题,认为指代荆楚的"江汉"是从自然地理的角度考虑的,指代巴蜀的"江汉"则关涉用典问题,寓含人杰地灵之意。再如胡绍文《杜诗"乌鬼"考——兼谈注释对词义演变的影响》(《语言研究》2020年第2期)、陈道贵

《再论杜甫〈游龙门奉先寺〉之"天阙"》(《文史知识》2020 年第 3 期)、方圆《杜甫诗歌中的新词新义考论》(《邢台学院学报》2020 年第 3 期)、萧龙《"砚寒金井水,檐动玉壶冰"探微》(《杜甫研究学刊》2020 年第 2 期)、郝润华《杜诗"凡百慎交绥"意蕴索解》(《首都师范大学学报》2020 年第 6 期)、安天鹏《唐人"招魂"风俗与杜诗"剪纸招我魂"新释》(《九江学院学报(社会科学版)》2020 年第 2 期)、吴怀东《花儿也会流泪吗?——杜诗〈春望〉"感时花溅泪,恨别鸟惊心"释证》(《古典文学知识》2020 年第 4 期)、张金杰《杜甫"意惬关飞动 篇终接混茫"新解——兼谈杜甫诗歌的审美追求》(《晋中学院学报》2020 年第 1 期)等,通过相关字词的考释,深入解析杜诗的涵蕴。还有论文探讨了杜诗流传中产生的异文,如刘明华《杜诗"会当临绝顶"异文探讨——兼议古籍整理中的"较胜"选择》(《西南大学学报(社会科学版)》2020 年第 5 期)、陶慧《杜甫〈诸将〉诗"曾闪朱旗北斗殷"异文成因新探》(《古典文学知识》2020 年第 6 期)等,均值得注意。

杜诗的编次和系年,也有新的考辨成果。刘泽华《试论〈游龙门奉先寺〉的编次问题——兼谈对该诗的理解》(《中国韵文学刊》2020 年第 3 期)认为《游龙门奉先寺》系于开元二十九年的证据明显不足,在没有更多证据的情况下,应依据前人旧本置《游龙门奉先寺》为杜诗第一首。文章还对该诗进行了新的解读,认为此诗实紧扣题目,并非历代注杜者所认为的有跑题之嫌。赵睿才、刘冰莉《杜甫〈咏怀古迹五首〉作地系年考辨》(《杜甫研究学刊》2020 年第 1 期)认为《咏怀古迹五首》并非作于一时一地,时间跨度大概是永泰二年(766)暮春至大历三年(768)春末,地点是从夔州经归州到江陵,最终定稿于江陵。如果非得将组诗定于一时之手笔的话,那应是大历三年(768)。这些新的考辨成果,也都有参考价值。

三、杜诗的渊源影响、杜诗学、杜诗译介

本节主要从杜诗的渊源影响、杜诗学、杜诗译介三方面择要综述。

一年研究情况综述

（一）杜诗的渊源影响研究

杜诗渊源研究的成果不多。吴怡垚《儒家乐教文化对杜甫诗歌创作的潜在影响》（《江苏大学学报（社会科学版）》2020年第2期）、朱艳波《论儒家观念于杜甫诗歌之影响》（《辽宁经济职业技术学院·辽宁经济管理干部学院学报》2020年第2期），探讨儒家思想对杜甫诗歌的影响。李小成、田爱华《杜诗引〈史记〉与诗史的相关性》（《唐都学刊》2020年第5期）考察了杜诗对《史记》的征引以及对《史记》实录精神的继承和发扬。上述论文实际上是从经、史两个层面，考察了杜诗的思想与艺术渊源。

杜诗诸多名篇倍受推崇、广泛传播，但也有一些艺术价值较高的作品，却被忽视，这是杜诗传播中较有意思的现象。本年度部分学者关注到这一现象，魏耕原《诗传与诗史的悖论：杜甫〈八哀诗〉论》（《安康学院学报》2020年第1期）通过梳理后人对《八哀诗》的批评，发现其不受重视是受到其"传记体诗"的体制影响。吴怀东《杜甫"第一首长诗"为什么受到轻视——〈秋日夔府咏怀奉寄郑监李宾客一百韵〉探析》（《名作欣赏》2020年第10期）认为特定的创作动机限制了《秋日夔府咏怀奉寄郑监李宾客一百韵》的政治性、现实性、思想性。从根本上说，古今学者对此诗的态度实受中国独特政教诗学的深刻影响。徐文武《论杜甫七律的经典化过程——以唐诗选本为视角》（《中国韵文学刊》2020年第2期）梳理唐宋元明唐诗选本中的杜甫七律，认为其经典化经历了一个逐渐累积直至最终确立的过程。

杜诗的影响，自唐至今，源远流长，是一座丰富的学术宝库。吴怀东《唐代"当代诗选"与杜诗早期传播》（《淮南师范学院学报》2020年第4期）从唐人选唐诗的角度，考察杜甫从盛唐到中晚唐由沉到浮、由晦到显的接受过程，并结合时代的思想文化背景，分析其原因。左汉林《论宋人学杜的阶段性及其特征》（《中国文学研究》2020年第3期）总结了宋人学杜在不同阶段的特征：北宋初期是学杜的初始期，杜甫在这个时期尚未产生足够的影响；北宋中期是杜诗的广泛影响期，杜甫在诗坛的崇高地位于此时得以确立；北宋后期是杜诗的艺术继承期，杜甫在这个时期被奉为诗学典范，江西诗派普遍注重借鉴杜甫的艺术成就；南宋前期是学杜的高潮期,学杜的成就也最高;南宋后期,诗人学习杜甫的"诗史"精神,用诗歌歌咏和记录亡国的痛苦与悲哀,是以诗存史期。姚华《经典的游戏性接受:以宋人对杜甫诗歌的戏仿为中心》(《文艺理论研究》2020年第2期)关注宋人的戏仿杜诗,尤其注意到苏轼的《续丽人行》这一个案,由此探讨古典诗歌写作中的戏仿现象及其在经典接受过程中的意义。秦榕、吴怀东《论章甫学杜》(《阜阳师范学院学报(社会科学版)》2020年第1期)考察了南宋章甫学习杜甫其人其诗的表现和原因。黄楚蓉《少陵足迹与文本激活:南宋巴蜀诗歌中的杜甫记忆》(《励耘学刊》2020年第1期)梳理了南宋巴蜀诗歌中的杜甫记忆,将其概括为三种表现形式:杜诗意象、风景的唤起,杜甫遗迹、遗踪的凭吊与亲访,生命的共感与精神的共振。

唐宋以降杜甫影响研究的论文也很多。杨泽琴《幽淡似陶沉痛似杜——论吴嘉纪诗歌对陶诗、杜诗的继承与发展》(《兰州交通大学学报》2020年第6期)考察清初遗民诗人吴嘉纪的学杜。吴氏在明清鼎革之际,写下了一大批摹写社会现实、反映民生疾苦的诗作,与杜诗有着明显的血缘关系,具有时代"史诗"的价值。吴怀东、王亚男《鼎革之变与诗学演进——苗蕃及其集杜、拟杜诗考论》(《山西大学学报(哲学社会科学版)》2020年第5期)考察苗蕃《集杜百绝》的成书时间、体例、内容、特色,以及苗蕃的拟杜,认为其集杜、拟杜已经由"袭杜"走向"变杜",这反映了明清之际诗学观念及学杜方式的新变。杨澜《顾图河集杜诗及相关创作述论》(《淮南师范学院学报》2020年第4期)同样也关注到了明清易代之际的诗人对杜诗的学习。卫玥《"流离困厄赋〈北征〉"——北征纪行书写及其艺术特色》(《杜甫研究学刊》2020年第2期)则集中考察《北征》一诗的影响传播,认为在该诗的影响下,历代涌现出的取法《北征》、以纪行为主要内容、抒写乱世离情、叙议结合的五古仿作,即"北征体"。此外,王燕飞《诗梦草堂西,偏爱杜陵诗——论晚清四川女诗人曾懿对杜甫的接受》(《杜甫研究学刊》2020年第2期)考察了晚清同治年间四川女诗人曾懿对杜诗的学习与接受。多洛肯、买丽娜《顺应与选择:台阁诗学影响下的回族诗人韩雍的杜诗接受研究》(《西北

一年研究情况综述

杜甫研究

民族研究》2020 年第 1 期），将目光投注到明代回族诗人韩雍对杜甫的学习上，探索了杜诗接受与影响的新内容，值得肯定。

杜甫对后世的影响还体现在戏曲、书法、散曲等其他艺术样式上。徐江、赵义山《王九思以杜诗入曲现象探微》（《求是学刊》2020 年第 6 期）探讨了王九思以杜诗入散曲的现象，主要表现在融杜诗入散曲，或直用杜诗成句，或化用其意境，或借用部分杜诗以疏放之笔写愤郁之怀等方面。王曲热衷用杜，既因与杜甫有同样遭际的情感共鸣，也因推崇杜诗，将其视为诗歌创作的最高典范。杜桂萍《元明清杜甫题材的戏曲重构》（《社会科学辑刊》2020 年第 6 期）梳理了杜甫形象在元明清三代戏曲中的变化过程及特点，注意到杜甫曲江游春、浣花溪生活最为戏曲作家属意，诗歌作品以《饮中八仙歌》被隐括为戏曲者最多。借助杂剧、传奇为主要形式的戏曲阐释，杜甫形象从潇洒闲适的才子逐渐向积极进取的儒生贤臣转换，"才"始终是被关注的重点，内涵不断扩大，与之相得益彰的"情"则逐渐失去了疏狂、倨傲之特点，日益被符合礼教的雅正之旨所规约。

还有一些论文从文化层面考察杜甫在后世的影响，如沈润冰《元代鎏金银瓶纹饰上的隐士杜甫形象探微》（《杜甫研究学刊》2020 年第 1 期）以元代鎏金錾刻人物花卉纹狮钮盖银瓶为考察对象，研究杜甫在元代的形象，李小荣《禅宗语录杜诗崇拜综论》（《杜甫研究学刊》2020 年第 3 期）考察禅宗语录中对杜甫及杜诗的引用现象，谷曙光《曹霸的盛名与杜甫的"文艺话语权"——兼谈诗史与画史的微妙互动》（《美术研究》2020 年第 2 期），等等，角度新颖，视野广阔，极大地拓展了杜诗研究的疆域。

杜甫对现当代与域外的影响，正得到越来越多的关注。张羽、李朝霞《从诗圣杜甫到杜南远系列：龙瑛宗杜甫叙事之思想史研究》（《台湾研究集刊》2020 年第 6 期）研究台湾作家龙瑛宗以杜甫/杜南远为主人公的系列创作。文章认为龙瑛宗继承了杜甫沉郁顿挫的现实主义文风和潜隐精微的心绪表达，在其小说中，杜甫形象也经历了多次重构，从"诗圣"杜甫的经典符号，到"平民诗人"对弱小者的关怀，最后又从宏大的历史叙事中寻求情感修复和思想超越。

杜诗在域外的影响与接受，多集中在东亚汉文化圈国家。周锋《中岩圆月汉诗对杜甫诗的继承》（《韶关学院学报》2020年第7期）考察中岩圆月对杜诗的继承与吸收，中岩圆月是日本五山文学早期的代表人物，通过他的学杜，可窥见杜甫对日本文学巨大的影响力。左江《朝鲜文人次杜〈秋兴八首〉研究》（《域外汉籍研究集刊》2019年第1期）对朝鲜诗人次和《秋兴八首》之作进行了梳理与概括。文章将这些作品分为"正声"与"变调"：抒发"羁旅感慨、不遇悲伤之怀"的作品与原作一脉相承，为"正声"；用原诗之韵，但主题、风格发生了变化，为"变调"。相关论文还有陈圣雅《从"三吏三别"管窥朝鲜诗人丁若镛》（《文学教育（上）》2020年第4期）、朱曼曼《论杜甫的诸葛亮情结对韩国古代文人的影响》（《中国农村教育》2020年第11期）等。

杜甫在西方世界的影响，也有学者关注。周睿《彼岸他乡借石攻玉——三部域外书写的中国文学史中的杜甫形象》（《杜甫研究学刊》2020年第3期）以《哥伦比亚中国文学史》《剑桥中国文学史》及德文版《中国文学史》中的杜甫形象为研究个案，从编者学养、方法学理、风格学脉三层面总结域外中国文学史中呈现的欧美学术思维共性，然后通过与国内主流文学史的对比，分析域外书写的特性，从碎片化体系构建、另类化经典破除、随性化文本细读三方面客观评价其意义与缺陷。范劲《德语区的李杜之争》（《文学评论》2020年第5期）考察李杜在德语区地位此消彼长的变化过程及原因，对杜诗在德国的传播进行了较为细致的梳理，也对德国汉学研究进行了较为客观的关照。

（二）杜诗学

杜诗学在某种程度上，也属于杜诗影响接受的范畴，近年来一直是杜甫研究的热点，本年度也是如此。

历代注杜、评杜、研杜、学杜蔚然成风，产生了大量杜诗学文献。今人研究杜集，一方面从文献学角度考察其版本、作者、体例、流传等，一方面考察其论杜的具体内容。宋元时期的杜集研究有曾祥波《〈杜工部草堂诗笺〉注文的来源、改写与冒认》（《文学遗产》2020年第2期）、马旭《〈集千家注分类杜工部诗〉类编体系刍议》（《文学遗产》2020年第4期）、杜慧月《〈杜律虞注〉在朝鲜时代的流传》(《域外汉籍研究集刊》2020 年第 1 期)等。明代杜集研究有郑艳玲、韩京岑《〈诗归〉与钟惺的杜甫诗论》(《五邑大学学报(社会科学版)》2020 年第 1 期),孙微《许之溥及其〈庶庵说杜〉考论》(《杜甫研究学刊》2020 年第 1 期),汪欣欣《邵傅〈杜律集解〉考论》(《中国典籍与文化》2020 年第 4 期)等。王永波《明代李杜集合刻现象及其文学史意义》(《齐鲁学刊》2020年第 4 期)考察发现,明人编刻李杜集主要有三种类型:一种是汇刻宋元人编纂的李杜集;一种是汇刻本朝人编纂的李杜集;一种是明人注解李杜集。从书目著录与文献实物来看,这三种类型的李杜集合刻都有先后传承关系。明代还刊刻了不少李杜诗选本,包括白文本和注解本,这些注本各有特点,显示出明人对李杜的推崇与喜爱。钟卓萤《日本江户时代李杜合集考述》(《杜甫研究学刊》2020 年第 2 期)是域外杜诗集研究,文章通过江户时代的贸易记录、公私旧藏书目和出版记录等三方面的文献,对江户时代李杜合集进行梳理,考察文献在当时的传播情况。这些李杜合集多数是中国传入的明代刊本,其中四种为和刻本,还包括未见于其他古今中日书目的《李杜狐白》一书。和刻本方面,从出版书目及现存江户刻本整理出五种和刻本版本系统,其中两种为日本人自行编选的书籍。

清代是杜诗研究的又一个高潮,流传下来的杜集数量众多,房新宁、李川《李因笃〈杜律评语〉的编撰与流传》(《黑河学刊》2020 年第 1 期),张学芬、孙微《〈朱雪鸿批杜诗〉作者新考》(《中国文学研究》2020 年第 1 期),刘晓亮《广东省立中山图书馆藏吴梯〈读杜姑妄〉考辨》(《杜甫研究学刊》2020 年第 2 期),陈宁《许鸿磐〈六观楼读本杜诗钞〉评介》(《杜甫研究学刊》2020 年第3 期)。王辰有三篇对刘濬《杜诗集评》研究的论文:《刘濬〈杜诗集评〉所录俞玚评语考论》(《河北科技师范学院学报(社会科学版)》2020 年第 1 期)、《刘濬〈杜诗集评〉所录陆嘉淑评语考论》(《安阳师范学院学报》2020 年第 1 期)、《刘濬〈杜诗集评〉所录许灿评语考论》(《邯郸学院学报》2020 年第 2 期)。还有他人相关论文,如江跃霞、张洪海《论〈寒厅诗话〉中的韩、杜诗评》(《周口师范学院学报》2020 年第 4 期),王斯怡《〈杜诗详注〉对于宋

一年研究情况综述

人研杜资料的引用》(《红河学院学报》2020 年第 4 期)等,对清代杜诗学进行了广泛的探索。

除杜集研究外,杜诗学研究还包括多方面的内容。黄一玫《宋代杜诗学文献地理分布可视化及成因》(《中国石油大学学报(社会科学版)》2020 年第 3 期)借助大数据对宋代杜诗学文献分布进行可视化的呈现,清晰直观地展现了宋代杜诗学的分布情况。李欣《试论宋代杜诗"沉郁顿挫"论的生成与内涵》(《保定学院学报》2020 年第 1 期)从"沉郁顿挫"论的生成、"沉郁"之艺术境界、"顿挫"之艺术表现三方面对宋人有关杜诗"沉郁顿挫"的论述进行探讨。严瑶、邢云龙《试论李东阳对明代杜诗学的贡献——以诗学理论和现实主义创作为中心》(《湘南学院学报》2020 年第 1 期)考察明代李东阳的杜诗批评理论及其创作,认为其着眼点在于揭示杜诗艺术成就,探索杜诗格调意境,关注杜诗现实主义创作实践等方面。刘亚文《由苏入杜:论翁方纲学人之诗理论体系的建构》(《文学遗产》2020 年第 4 期)与《翁方纲杜诗学视野下的李商隐诗》(《中国文化论衡》2019 年第 2 期),讨论杜甫对翁氏诗学批评、创作的影响及翁氏对杜诗学的贡献,对翁方纲与杜诗的关系进行了全面的梳理。此外,王新芳《杜诗学史上的"以杜证杜"方法论》(《北京社会科学》2020 年第 9 期)考察杜诗学史上"以杜证杜"这一注释方法发生发展的嬗变轨迹和其在注释中的优势和不足。齐笑《清初杜诗学的江南地域性现象解读》(《汉字文化》2020 年第 2 期)考察清初杜诗学的地域特色,颇有新意。

本年度的域外杜诗学受关注度有所提高。大桥贤一、加藤聪、绀野达也、李寅生《日本一百二十年来(1897—2017)有关杜甫的著作解题》(《杜甫研究学刊》2020 年第 1 期)搜集了近现代120 年间(1897—2017)在日本发表的各种与杜甫相关的著作 95种,并按照这些著作出版的时间顺序进行排列、解题,为我们了解日本历代的杜甫研究提供了极大的便利。郝润华《隐逸与园林:关于杜甫农业诗中的几个问题——兼评〈杜甫农业诗研究〉》(《杜甫研究学刊》2020 年第 3 期)对日本学者古川末喜著、董璐译《杜甫农业诗研究——八世纪中国农事与生活之歌》一书做了

一年研究情况综述

杜甫研究

评价,认为其系统考察了杜甫三个时期的农业诗歌,对某些意象做了专门阐释,是一部视角新颖、论述细密的杜诗研究新作。袁成《朝鲜摛文院编〈杜律分韵〉版本述略》(《杜甫研究学刊》2020年第1期)详细考证朝鲜正祖时期摛文院奉教汇编《杜律分韵》诸版本,对域外杜诗文献的整理做了基础性的工作。李金阳《韩国诗话中的杜甫研究》(《开封文化艺术职业学院学报》2020年第7期)和李佳蔚《朝、日首部诗话对杜甫诗学思想的接受差异及成因》(《外国文学研究》2020年第6期)关注到域外诗话中的杜诗,亦值得注意。

近现代学者的杜诗研究也是杜诗学的重要组成部分。本年度相关论文有王元忠《杜甫的胡适存在》(《天中学刊》2020年第5期)、王猛《明代杜诗学指南——读王燕飞〈明代杜诗选录与评点研究〉》(《杜甫研究学刊》2020年第1期)、吴穹《再论胡小石先生的杜诗研究》(《杜甫研究学刊》2020年第1期)、冷浪涛《〈杜诗注解商榷 杜诗注解商榷续编〉指瑕》(《杜甫研究学刊》2020年第2期)、陈燕《〈杜甫草堂诗艺文研究〉评介》(《杜甫研究学刊》2020年第3期)、王人恩《读郭师晋稀先生的〈杜诗系年〉》(《兰州文理学院学报》2020年第3期)、冯宪光《马德富〈杜诗语言艺术论稿〉遗著整理小记》(《中华文化论坛》2020年第1期)等,既有对杜甫研究著作的评论和研究,也有对杜诗学者的研究,成绩可观。

(三)杜诗译介研究

杜诗译介与杜诗传播影响、杜诗学有密切关联,已经成为杜甫研究的热点。本年度相关论文不少。谢云开《论宇文所安对杜甫诗的译介与研究》(《中国比较文学》2020年第3期)从比较诗学的视野出发,结合中国文学传统对杜诗的阐释,对跨文化语境下宇文所安的杜诗译介与研究进行讨论。庄雅妗《宇文所安英译〈杜甫诗〉中的翻译缺失与补偿》(《福建师大福清分校学报》2020年第1期),文军、王曼《〈杜甫诗〉附翻译策略研究》(《外语教育研究》2020年第1期)也对宇文所安《杜甫诗》的翻译特色及其得失作了考察。林嘉新《诗性原则与文献意识:美国汉学家华兹生英译杜甫诗歌研究》(《中南大学学报(社会科学版)》2020

一年研究情况综述

年第 4 期)对华兹生杜诗译本展开全面分析,认为其译本兼顾译诗作为翻译文学的诗性与作为文学史料的文献功能,基本再现了诗人及其名下诗文的面貌,丰富了杜诗在美国的译介谱系与维度。刘庆松《雷克斯罗思的杜诗英译与盛唐气象》(《牡丹江大学学报》2020 年第 5 期)认为雷氏的杜诗英译成功地再现了盛唐气象的特质,同时也给盛唐气象注入了异质的、富有活力的西方文化因子。

唐佩璇《中国文学作品英译选集中的杜诗择选标准初探——以二十世纪下半叶四本选集为例》(《杜甫研究学刊》2020 年第 3 期)考察四本具有代表性的中国文学作品英译选集中的杜诗翻译,从诗歌内容、体裁、情境三方面分析其择选标准。文章认为,在内容上,国外英译注重作品"对感性叙事的观照"以"个人命运走向对社会现实的折射",倾向"蕴含时代意义的经典作品";在诗歌体裁上,以律诗为主,尤其是五言律诗数量居首,其次是七言律诗,古体诗中五言较七言更多,绝句被选入数量最少;在诗歌情境上,译者会受到国家文化背景和自身情感倾向的影响而有所取舍。

黄道玉《英语译介史视角下的杜甫文学地位变迁述论》(《扬州大学学报(人文社会科学版)》2020 年第 2 期)从译介史视角考查杜甫在英语世界的文学地位,发现其经历了一个复杂的变迁过程。20 世纪下半叶,杜甫作为"中国最伟大的诗人"和"世界最伟大的诗人之一"的地位得以确立;21 世纪,出现了多种杜诗的全译本,由此形成了杜甫的经典地位。

杜诗域外译本、译家众多,杜诗翻译的比较研究具有重要意义。穆纪首《杜甫诗〈月夜〉四家英译本解析》(《新乡学院学报》2020 年第 4 期)对比了许渊冲、吴钧陶、宇文所安(Stephen Owen)、路易·艾黎(Rewi Alley)四位翻译家的杜诗译作,指出各自的特色。胡翔羽、胡健《杜甫诗及其译文语法衔接手段对比分析》(《安徽理工大学学报》2020 年第 2 期)对比分析了两种译本(唐一鹤和 Innes Herdan)中的 10 首杜诗的翻译,比较二者在语法衔接手段上的异同。同题诗不同译本的比较,有助于进一步提高杜诗的翻译水准。

还有部分论文，从杜诗翻译扩展到相关的文化批评研究。如张梅、左项金《杜甫诗词翻译中的归化和异化策略与文化传播——以纪录片〈杜甫：中国最伟大的诗人〉中杜诗翻译为例》（《赤峰学院学报》2020年第11期），陈令君、王钰杰《评价理论态度视域下〈春望〉及其英译本的生态话语分析》（《惠州学院学报》2020年第4期）等。可见，这一学术领域具有强大的弹性，可做的课题很多。

四、专著和硕博士论文

本年度与杜甫有关的专著有二十多种，数量与去年相比有所下降。著作包括普及性刊物和学术著作，有的是旧书新版。著作集中在以下几类：杜诗选、杜甫传记、杜诗笺注、杜诗研究专著等。

杜诗选，本年度有倪其心、吴鸥《杜甫集》（凤凰出版社2020年版），李森《杜甫诗选》（吉林文史出版社2020年版）、《杜甫集》（江苏凤凰文艺出版社2020年版），苏小露《杜甫集》（崇文书局2020年版）、《杜甫诗歌鉴赏辞典》（上海辞书出版社2020年版），黄玉峰《说杜甫》（上海科学技术文献出版社2020年版）等。赵彦春《杜甫诗歌英译》（上海大学出版社2020年版），作为一部译诗选，也是本年度杜诗选的成果。

杜甫传记，本年度有金涛声《杜甫诗传（修订本）》（巴蜀书社2020年版），孙微、张学芬《杜甫传》（天地出版社2020年版），另有还珠楼主《杜甫传》（中国文史出版社2020年版）再版。

杜诗笺注方面，本年度有姜海宽、杜保才、孙宪周《杜甫全集详注》（中州古籍出版社2020年版），孙微、王冰雅、金莎莎所点校的元代董养性的《杜工部诗选注》（中华书局2020年版），郭晋稀《杜诗系年》（甘肃人民出版社2020年版）等。

杜诗研究的学术旧著，今年又有不少再版。如程千帆、莫砺锋、张宏生师生的《被开拓的诗世界》（凤凰出版社2020年版），萧涤非《人民诗人杜甫》（文津出版社2020年版），洪业《杜甫》（上海古籍出版社2020年版）等。程千帆先生的本科论文《少陵先生文心论》(凤凰出版社 2020 年版)出版,不仅为杜甫研究增加了珍贵的成果,也将是研究程先生学术思想的重要资料。

其他学术著作,还有曾亚兰《杜诗论集》(凤凰出版社 2020 年版),该书分杜诗学研究、杜诗学与杜集研究、杜甫中晚年时期诗歌研究、杜诗论史研究、杜诗与诗骚比较研究、杜甫草堂钩沉等六部分,是一部功底扎实、全面研究杜甫的重要著作。左汉林、李新《宋代杜诗学研究》(中国社会科学出版社 2020 年版)系统地梳理了杜诗对宋代诗歌的影响及宋代的杜诗艺术批评,较为完整和详细地勾勒出宋代杜诗学发展的基本情况和主要特征。宋红《杜甫游踪考察记》(人民文学出版社 2020 年版),徐金星、王建国《三杜与洛阳》(上海交通大学出版社 2020 年版)等,将自然人文地理与杜诗相结合,是杜甫研究的创获,也是文学地理学领域的重要成果。

本年度有关杜甫研究的硕士论文有 22 篇,包括杜诗本体研究、杜诗学研究、杜诗影响与接受研究、杜诗译介研究、杜诗教学研究。其中,杜诗本体研究、杜诗学研究和杜诗教学研究占比较大。

杜诗本体研究,有米雪绮《杜甫前、后〈出塞〉组诗研究》(广西师范大学 2020 年硕士学位论文)、李雅倩《杜甫诗歌中的量范畴研究》(长江大学 2020 年硕士学位论文)、管莉莉《杜甫诗歌动物意象研究——以"马""龙""凤"为中心》(西藏民族大学 2020 年硕士学位论文)、许璐《杜甫边地诗研究》(江西师范大学 2020 年硕士学位论文)、师怡子《杜甫音乐诗审美研究》(西安建筑科技大学 2020 年硕士学位论文)、张超《杜甫、杜牧文学思想比较研究》(河北大学 2020 年硕士学位论文)、刘真《杜甫诗歌中的灯烛意象研究》(山东大学 2020 年硕士学位论文)、孙筱纯《悲与兴——杜甫秋天诗研究》(山东大学 2020 年硕士学位论文)等,范围涵盖较广。杜诗学研究有程雪《民国时期杜诗选本研究》(四川师范大学 2020 年硕士学位论文)、王玉超《陈訏〈读杜随笔〉研究》(山东大学 2020 年硕士学位论文)、黄晨曦《清初杜集序跋中的注杜思想研究——以"比兴"为例》(山东大学 2020 年硕士学位论文)、徐菡《陆俨少〈杜甫诗意册〉研究》(山东艺术学院 2020 年硕士学位论文）、李雪莹《清中期集杜诗研究》（长春师范大学 2020 年硕士学位论文）、李欢《北宋杜甫七律接受研究》（河南大学 2020 年硕士学位论文）、张娇娇《清代齐召南〈集杜诗〉研究》（西南大学 2020 年硕士学位论文）。杜诗影响与接受研究有黄子珍《杜甫节令诗在韩国朝鲜时期的接受研究》（四川师范大学 2020 年硕士学位论文），杜诗译介研究有石英《宇文所安〈杜甫诗集〉翻译研究——以〈中国文论：英译与评论〉为对照》（鲁东大学 2020 年硕士学位论文），相对冷落一些。

值得一提的是杜诗教学进入硕士论文的选题，如王利《〈杜甫传〉的整本书阅读教学探索》（湖南师范大学 2020 年硕士学位论文）、张帅《杜甫诗歌专题教学研究》（河北师范大学 2020 年硕士学位论文）、宋筱晓《中学语文教材中杜甫诗歌的选编与教学研究》（河南大学 2020 年硕士学位论文）、杨俊飞《"群文阅读"在高中古代诗歌阅读教学中的应用探究——以杜甫诗歌作品为例》（云南师范大学 2020 年硕士学位论文）、黄文婷《高中杜甫诗歌课程开发与实施》（湖南理工学院 2020 年硕士学位论文）等。随着杜诗在中学教育中地位与权重的提高，这一课题确实值得研究，教好杜诗，无疑也将促进杜诗的进一步传播，发扬杜甫精神。

韩愈研究

□　张弘韬

　　由于新冠疫情的影响，2020 年很多学术活动不能正常开展，原定的韩愈研究学术年会未能如期举行，但各位专家学者的研究并未受到疫情的影响，检索中国知网、维普网、万方网等，2020 年共发表了百余篇韩愈研究相关论文、五篇硕士学位论文和五部专著，下面择要简述。

一、生平研究

　　本年度关于韩愈生平的研究不再是单纯关注一时一事的研究，而更注重挖掘其背后的深刻内涵。孙羽津《文本错综、天象书写与梦境映射——韩愈不入翰苑考》（《复旦学报（社会科学版）》2020 年第 3 期）通过本事考证，揭示《记梦》与《韩文公神道碑》的互文关系，认为韩愈自请分司东都事与翰林学士院人事倾轧密切相关。张清华《韩愈的"基因"与遗传——"解密韩愈"之一》（《博览群书》2020 年第 4 期）分析了韩愈有关家教的诗文，如《符读书城南》《示爽》和《祭郑夫人文》等，指出这些诗文既是对爱子的诫勉，也是诗人自己人生经验的总结。韩愈为家为国、自振一代的思想和行为，正可见韩氏一族的遗传基因，也是他对传统儒道修身齐家治国平天下思想的继承。杨国安《唐代文豪韩愈：诗书传家》（《公民与法》2020 年第 11 期）从政治情怀与民生关怀，敢于担当、刚直忠勇，读书治学、文章传家，奖引后学、栽培青年，孝友仁爱、诚朴醇厚等方面论述了韩愈诗书传家的理念。孙君恒、韩兆笛《韩愈收入支出研究——兼论韩愈"谀墓金"》(《周口师范学院学报》2020 年第 1 期)通过分析韩愈的主要收入,指出韩愈有儒家君子情怀,把求仕做官看作是笃行仁义、济世救民的高尚行为。他追求地位和财富,根本上不是个人利益和享乐,而是服务社会、造福民众。陈亚飞《韩愈、白居易交往考论》(《淮北师范大学学报(哲学社会科学版)》2020 年第 6 期)通过对韩、白交往相关材料的梳理,指出他们有着张籍、刘禹锡、元稹等共同的朋友圈和交际圈,在诗文、制诰等文章中也有提及对方,但由于在同一时空里的交集较少,以及在人生理想、交友态度、宗教信仰等方面有着较大的差异,二人的实际交往并不多。在主客观条件的影响下,韩、白并未成为密友,而是互相都有关注和了解的普通朋友。杨竣富《韩愈仕宦历程与诗歌创作关系研究》(台湾成功大学 2020 年硕士学位论文)探讨了韩愈仕宦历程与其诗创作的互动关系,论述了韩愈面临贬谪、升迁之际,其诗体、诗风亦各自产生的变化。

贬潮是韩愈一生之一大关节,对潮州及其周边地区产生了深远影响。李言统《韩愈寓潮的民间面相》(《光明日报》2020 年 2 月 10 日)认为寓潮韩愈是中国文化发展大背景下,官方与民间合力形成的具有多重面相的文化产物。他历经时间考验和广大民众的传承,自身价值常被重构,逐渐成为这个地方、区域乃至国家的集体记忆。张弘韬《潮州江山尽姓韩,何也——"解密韩愈"之四》(《博览群书》2020 年第 4 期)通过分析韩愈莅潮后的所作所为,说明了韩愈"有爱在民"是潮州"一片江山尽姓韩"的原因。郭真义《开辟岭表韩昌黎》(《客家文博》2020 年第 3 期)认为韩愈治潮对当时潮州蛮风的教化作用比其他谪宦要大,其赎放奴婢的举措,一定程度上抑制了当时尚武、尚力、尚富而弱肉强食的蛮风。其兴学教士举措对潮州产生的影响,更是得到后人高度评价。韩愈谪潮对梅州地区的蛮风渐开有较大影响。

一年研究情况综述

二、诗文研究

　　本年度关于韩愈诗文的研究,不仅关注诗文本身的作品分析,更有辨析与其文化意蕴的探讨。王娟《韩愈的"拟试诗"辨析》(《河南师范大学学报(哲学社会科学版)》2020 年第 1 期)认为《春雪间早梅》《早春雪中闻莺》《学诸进士作精卫填海》三首拟试诗或工稳细密,或求险出奇,或以意取胜,前人褒贬不一。那些微词,可能是与一般诗(非试诗)比较而言,或者说是用一般诗歌的标准来衡量韩愈的拟试诗。而在取士文学的标准下,韩愈的拟试诗则是既法度森严又卓然不俗的。凌郁之《韩愈诗"岁在渊献牵牛中"发覆》(《中国典籍与文化》2020 年第 4 期)认为《容斋随笔》所记韩愈佚诗"岁在渊献牵牛中"一句,误署韩驹之名,应出自《寿郑丞相》,诗中"郑丞相"指郑馀庆。郑馀庆对韩愈有奖掖教诲之恩,李翱、皇甫湜所撰《韩愈行状》《墓志铭》均未言及郑馀庆,似在刻意掩饰韩愈对郑氏的阿附。《寿郑丞相》之被刊落,其故或恐在此。吴振华《韩愈让人类与疟鬼和谐共存——"疫情与经典"之一》(《博览群书》2020 年第 5 期)指出韩愈的《谴疟鬼》是唐代众多关于抵御瘟疫作品的代表,体现了唐人面对瘟疫泛滥的重要观念:人类与疟鬼应该和谐共存。顾海霞《韩愈七绝的戛戛独造——"解密韩愈"之三》(《博览群书》2020 年第 4 期)认为韩愈擅长以七绝写景,通过细致的景物描写,来抒发自己对于人生和社会的体验,语言浅近而不失典雅,自然玲珑,清新蕴藉而理趣横生,开辟了诗歌发展的一条新径。陈岩琪《韩愈,那诙谐的〈落齿〉》(《博览群书》2020 年第 10 期)指出韩愈在杜甫的基础上,从身体意识入手对诗歌题材做了新的开拓。《落齿》的写作时间较早,不仅对韩愈同类诗作有明显的先导作用,也与韩愈其他表现个人身体意识的诗作共同影响了同时及后来的诗人。从文学史发展的角度来看,韩愈堪称杜甫之后以诗歌表现身体意识的先驱人物。杨晓霭、陈肖肖《试论韩愈体育诗的文化意蕴及治世情怀》(《甘肃广播电视大学学报》2020 年第 6 期)认为韩愈的体育诗,通过对打毬、骑猎、射箭、斗鸡、垂钓等体育事象的描写叙述,揭示了这些体育事象所包含的道义、礼仪、修身等文化意蕴,有寄兴,托讽喻,表达了自己的政治理想、治世情怀,为后世留存了宝贵的诗材与史料。张宏《韩愈〈符读书城南〉辨正》(《开封文化艺术职业学院学报》2020 年第 1 期)通过分析韩愈《符读书城南》诗中引起争议的"飞黄腾踏""蟾蜍""公与相"等句,发现对典故的不查导致了误解的产生,韩愈究竟是否为"官迷",在此诗中并没有证据,"饵其幼子以富贵利达"更是无稽之谈。相反,韩愈以诗训子论学,继承并发展了我国的诗教传统。陈怡君《韩愈近体诗异文辨析》(《宜春学院学报》2020 年第 8 期)以四种宋刻本韩集中的近体诗异文为对象,运用文字学、训诂学、音韵学、诗律学等多学科知识,辅以诗歌鉴赏和诗人用字习惯分析的方法,对韩愈诗中的 14 条异文进行了辨析。郭中华《韩愈贬潮诗文心境探析》(《五邑大学学报(社会科学版)》2020 年第 2 期)认为韩愈的贬潮诗文中清晰地展现着作者的心情与心境,其中有忠而遭黜的苦闷、远赴边地的恐惧、反省于内的懊悔、顺势独善的释然等。这些既是作者对"朝奏夕贬"一事所激发的反映,也映射出他对人生理想的坚定与执着。

刘宁《韩愈狠重文风的形成与元和时期的文武关系》(《文学遗产》2020 年第 1 期)认为韩愈早年艺术创新,多集中于"怪奇"一面,"狠重"风格在宪宗元和朝以后才得到充分发展,其狠重文风的成熟与政教追求的日趋刚猛相同步。元和时期复杂的文武矛盾,使士人言武难免矫激与奋厉。韩愈狠重文风的暴力血腥之嗜,在很大程度上,是这种矫激奋厉之气与诗人褊急性情合力作用的结果。陈文新《论韩愈古文谱系的外在理路与内在矛盾》(《哈尔滨工业大学学报(社会科学版)》2020 年第 3 期)认为韩愈所建立的以"载道"为宗旨的古文谱系与萧统等人建立的以辞、赋为宗的骈文谱系之间的差异只是表面上的,实际上,二者最为看重的其实都是"文";韩愈对"载道"的强调,乃是一种策略性的做法。二者所谓针锋相对只是表面现象,韩愈所追求的目标同样是成为一流文人;从外在的理路看,"文以载道"确有策略上的必要性,但由此造成的内在矛盾则对古文的发展造成了不容讳言的负面后果。刘宁《韩愈与"抑遏蔽掩"之美——"解密韩愈"之二》(《博览群书》2020年第4期)通过分析韩愈《送穷文》《送孟东野序》《送董邵南序》《答李翊书》《答陈生书》等文章,指出苏洵的"抑遏蔽掩"之说道出了韩文奔放中的深沉、愤激中的悲壮,精当地揭示了韩愈的心曲和韩文命笔的曲折。

李彬《〈师说〉:传"道"者的坚守与呐喊》(《语文建设》2020年第3期)结合中唐时代的社会状况、政治需求和韩愈毕生坚守的道统思想,认为《师说》的写作目的是呼唤"师者"要肩负安邦固民的"传道"责任,"学者"要把"行古道"作为学习要务,这与当今新课标所提出的"立德树人"之育人目标不谋而合。郭英德《"道之所存,师之所存也"——读韩愈〈师说〉随感》(《文史知识》2020年第3期)认为说体文以"自出己意"为尚,韩愈充分发挥论辩特长,《师说》全文论述错综变化而又混融一气,生动体现出"韩如海"的文章风貌。

何蕾《柳宗元的"勇于为人"价值取向与先秦实用主义——兼论韩愈评柳宗元"勇于为人"说》(《湖南社会科学》2020年第5期)认为韩愈在《柳子厚墓志铭》中评价柳宗元"勇于为人",是在中唐这个亟需重整国家秩序和重振国家权威的时期,略去敏感的政治话题,将柳宗元置于儒家话语体系内进行评价,情绪复杂而用心良苦。宋志坚《韩愈笔下的柳宗元》(《社会科学报》2020年10月1日)分析了韩愈在《柳子厚墓志铭》中对柳宗元"以柳易播"的赞赏、对柳宗元仕途得失的考量和对柳宗元在永贞元年的是非评说。

张炳文《从"送穷"到"留穷"——论韩愈〈送穷文〉与送穷类杂文拟作的流变》(《北京社会科学》2020年第8期)认为韩愈《送穷文》出于扬雄《逐贫赋》,行文亦庄亦谐,在"送穷"与"留穷"之间体现了文学作品的艺术张力。后世此类题材拟作题旨流变,宋人拟作转以"留穷"为题,表达安贫乐道的思想,但文学意蕴相对不足。从思想史来看,宋代此类题材的文章书写,由俳谐杂文的世俗嗟怨回归"君子固穷"的雅正主题,反映了书写主体在身份处境及时代思想等方面的变化。谭菲《以古文试作小说——以韩愈的〈石鼎联句诗序〉为例》(《江南大学学报(人文社会科学版)》2020年第6期)认为《〈石鼎联句诗〉序》文体复杂,叙事生动，文意隐晦，是以古文形制创作的小说。韩愈通过创作兼具娱戏与讽喻特征的小说，将"文"之独立性与"道"之超验性有机结合，使得古文文体在"载道"的意义上获得了合法性，为理解中唐古文运动提供了独特的视角。

三、思想研究

关于"道""道统"的讨论仍然是本年度韩愈思想研究的热点。张明《"道"与"文"的纠葛：韩愈"文以明道"观新论》(《东北师大学报(哲学社会科学版)》2020 年第 6 期)从韩愈自身及他所处的历史境遇梳理其关于"道"和"文"的真实思想和创作实践。在"道"的层面，韩愈从儒家士大夫的立场出发，着眼于现实政治，以儒家之道干政，重在践行。但由于身不居其位难以施展，才将"道"的意图表现于古文创作中；在"文"的层面，他以集大成的创作水准，提出"不平则鸣""气盛言宜"等理论主张，以"道"为"文"之根本和动因，并在文中融入了"道"的内容主题，充分贯彻了"文以明道"的理念。夏刚、陶水平《韩愈古文"修辞明道"的路径生成》(《江西财经大学学报》2020 年第 4 期)在对韩愈古文文本细读的基础上结合相关理论具体分析韩愈文章"修辞明道"的路径生成，即韩愈如何提出"辞事相称，善并美具"的文道统一标准，"约略六经之旨而成文"的宗经而造经之追求，批判继承和超越八代以来的骈文和"时文"，醇而后肆终至大成。这既扭转了六朝文章的创作方向和审美理想，又确立了中唐之后散文创作的新范式，对中唐之后的散文发展产生了极为深远的影响。张明《韩愈"道统"建构与荀孟地位变迁——中晚唐儒学之变革及结局》(《孔子研究》2020 年第 3 期)认为由韩愈树立"道统"并同步发生的扬孟抑荀风气于中晚唐引发了儒学变革，而终于程朱学派，"道统"借由"道学"而有了新的思想内涵与序列形式；孟与荀此长彼消，此兴彼衰，在新的历史境遇中各自走向极端。史少秦《韩愈"道统"论缘起辨微——以陈寅恪与饶宗颐的争论为中心》(《管子学刊》2020 年第 3 期)从陈寅恪与饶宗颐关于韩愈"道统"论缘起之争出发，考察了韩愈"道统"观念的

一年研究情况综述

思想资源与产生背景,指出韩愈"道统"思想的提出综合了多方面的资源,仅新禅宗"法统"抑或儒家的思想资源不足以解释,还要考虑到当时的历史语境和政治环境。韩愈继承了孟子所叙述的道统脉络为主要内容基础,结合佛家,尤其是新禅宗"法统"的"某传某"的承接叙述方式。韩愈在中晚唐时提出"道统",是对佛教日渐占领中华社会思想主流地位的严峻形势做出的阻击,是为了弘扬儒家思想而做出的努力,是一场思想领域的"华夷之辨",这一点与孟子所处的战国时期的境遇有相似之处,所以韩愈尊崇孟子,抬升孟子的地位,承接孟子而叙述"道统"。吴斌《论韩愈"道"之诠释对佛教思想的接受》(《岭南师范学院学报》2020 年第 4 期)认为在佛老大行其道而儒学逐渐衰落的社会背景下,韩愈"道"之诠释发生了重大转向——融佛以尊儒,即体现为:仿佛之法统创建儒之道统,效佛之教法倡导儒之教化,融佛之义理补充儒之心性,而其意旨在于接续"道统",复兴儒学。

贾新宇《韩愈送人序文中的儒学观念》(《韩山师范学院学报》2020 年第 2 期)认为韩愈送别序文的内容体现出来的儒学观念是中唐政权倾颓背景下力图重整思想纲纪的内在体现,韩愈借助诗、文的形式体现文体的实用性,贯彻"文以载道""文以明道"的文学理念。张华林《〈中国文学史〉韩愈"继承者和捍卫者"商榷——兼论韩愈之疑经》(《重庆三峡学院学报》2020 年第 4 期)指出袁行霈主编《中国文学史》第二卷《隋唐五代文学》认为韩愈"以孔孟之道的继承者和捍卫者自居",忽略了韩愈对孔孟经学的质疑。周游《中唐文人鬼神观念的分歧:兼论韩愈〈原鬼〉的思想史意义》(《北京社会科学》2020 年第 9 期)认为韩愈《原鬼》从本体论上明确区分了"鬼"和"物怪",并在鬼神观念上表现出了和同时代其他文人的分歧,他更喜欢描述抽象的"鬼",而同时代的其他文人则更热衷于描绘具体而形象的"物怪"。后来的宋代理学家在鬼神观念上与韩愈存在着一致性,体现了唐宋变革中的唐宋之同;但另一方面,宋儒在鬼神观念上走向了更加抽象与纯粹的方向,韩愈的鬼神观念则显得不那么深刻了。因此理学兴起后宋人对韩愈这一观念存在集体忽视,又可以体现出唐宋变革中的唐宋之别。

贾宏涛《韩愈论：在师古与本色之间》(《古代文学理论研究》2020 年第 1 期)发现韩文风格的形成实际与六朝之风存有密切关系，"昌黎本色"的内涵较为复杂。在古文家的争议和进一步讨论中，"师古"与"本色"的界限从明晰逐渐走向消解。李逸津《中国古代"文气"论与韩愈的"气盛言宜"说》(《古典文学知识》2020 年第 5 期)分析了中国古代文论中"文气"说的多重含义，认为韩愈的"气盛言宜"说是特指作者要有对理想信念的充沛激情和身心调畅的生命状态，并致力于创作出具有独创性的天然率真、超凡脱俗的言辞语句的诗文篇章。黄长明《论韩柳古文理论中的"气"》(《唐山师范学院学报》2020 年第 4 期)认为韩愈、柳宗元古文理论中"气"的思想均来源于孟子，其意为创作主体在写作时充盈内心的正义感、道德感，体现出维护统治秩序、教化社会大众的责任感。

李威璎《论韩愈以"道"为核心的师生观》(《周口师范学院学报》2020 年第 6 期)以"道"为线索，从"道"之于教师、学生、师生关系的重要意义来探析韩愈的师生观。认为在韩愈的教育思想体系中，"道"是教师合法性的重要乃至唯一来源，"道"是引导学生成长发展的方向与目标，"道"使得"师"与"生"成为辩证统一体。崔正升《韩愈写作教育观的现代阐释》(《语文建设》2020 年第 20 期)认为因韩愈丰富的诗文写作实践和长期的从教授业经历，他关于文章写作教育方面的见解更能得其要旨，其写作教育思想的指导性和实践性都很强。

李春《论韩愈朴素的生活观及其现实启示》(《中国民族博览》2020 年第 12 期)对韩愈朴素的价值观、思想观以及其行为带来的影响进行了分析。许四辈、马雪莲《不得其心 岂可外慕——从〈送高闲上人序〉探析韩愈的书学思想》(《青海师范大学民族师范学院学报》2020 年第 1 期)以《送高闲上人序》为主要依据论述韩愈的书学思想，认为韩愈对于学习书法讲求用心专一、师法自然、情感至上、书品与人品相统一等方面具有深刻体认，他以扬儒排佛立场观照书法学习和书法境界，从书学侧面反映了他思想深处的爱憎倾向。

一年研究情况综述

四、比较研究

赵静《韩愈、欧阳修古文语法特色比较研究》(《文教资料》2020 年第 29 期)从语法角度对韩愈、欧阳修的作品进行比较，认为他们的作品虽然都受到当时新兴语法形式的影响，但是对这些新兴的语法形式的采用还是比较个别的；在新兴词语、语法的使用上，欧阳修较之韩愈更加保守，有选择地吸收语言系统里某些新兴现象。韩愈、欧阳修这种继承与发展的创作态度，最终形成了独有的行文风格，推动了古文运动的革新。蔡文君《韩愈"性情三品"说与李翱"性善情恶"说之比较》(《青年文学家》2020 年第 32 期)通过比较二人在性情问题上的异同，分析了韩愈和李翱的性情论。作者认为韩愈发挥了董仲舒的理论，于《原性》一文中提出"性情三品"说；李翱以儒家心性学说为主，借鉴佛教的佛性论和修养方法，在《复性书》中提出"性善情恶"说。二说在儒家性情论体系中都具有承上启下的关键地位。韦亚玲《遗憾中的哀思，琐细间的深情——〈祭十二郎文〉和〈祭妹文〉赏析》(《青年文学家》2020 年第 23 期)认为韩愈的《祭十二郎文》和袁枚的《祭妹文》一反传统祭文叙生平、颂功德的固定模式，主写不起眼的家常琐事，抒写难以抑止的愧悔悲哀，表达了刻骨铭心的骨肉亲情。两文的区别显而易见，但所表达的感情是一样的。娄玉敏《金驲孙与韩愈孝道思想之比较——以金驲孙〈非鄠人对〉和韩愈〈鄠人对〉为例》(《湖北工程学院学报》2020 年第 1 期)认为朝鲜金驲孙和韩愈都重视儒家传统的孝道思想，但由于他们不同的早年经历和所处相异的社会环境，其对"孝"行为的表现有着不同的看法。韩愈站在正统儒家立场上，批判鄠人割股救母的"愚孝"行为，而金驲孙则从朝鲜性理学出发，认为鄠人割股救母是"至孝"思想的体现。二人的孝道思想虽有"异曲"之处，最后也殊途同归，一并汇入儒家思想的长河中。

一年研究情况综述

韩愈研究

五、接受研究

刘馨梅《韩愈文章对〈楚辞〉的接受研究》(《周口师范学院学报》2020 年第 3 期)指出韩愈文章对《楚辞》的接受主要表现在两个方面:一方面是对《楚辞》用语的借鉴和吸收,这体现在整体模仿《楚辞》的创作方法和局部借鉴《楚辞》的遣词造句两个部分。另一方面是韩文所体现的屈原情结。相似的经历,使韩愈对屈原产生了强烈的思想共鸣,于是借文章来抒发内心的惆怅之情。王文《韩愈、柳宗元引用先秦诸子文献研究》(华中师范大学 2020 年硕士学位论文)考察了韩愈、柳宗元对先秦诸子文献的引用,从文献学和思想史的角度来比较韩愈、柳宗元在思想和价值追求上的差异。

孙学堂《韩孟派影响与司空图的艺术追求——以"撑霆裂月"说和诗歌创作为核心》(《文学遗产》2020 年第 1 期)认为司空图"撑霆裂月"的自评语说明他深受韩孟诗派影响,但并不蹈袭,由崇尚巨大气势转向虚灵别致的艺术追求,在唐宋诗转变过程中,更接近宋人的"造平淡"之论。付航《有道能文,万世宗师——试析欧阳修的韩愈论》(《六盘水师范学院学报》2020 年第 5 期)指出欧阳修的韩愈论主要是由韩愈的文学成就与韩愈的思想道义成就两个部分组成的,虽然有褒有贬,但褒大于贬,他对于韩愈"有道能文,万世宗师"的论断,是韩愈接受史上的一面鲜明旗帜,标志着韩愈接受史上的一座高峰。徐镭《欧阳修对韩愈写作风格的继承与发展》(《青年文学家》2020 年第 21 期)从散文和碑志文两个角度分析了欧阳修对韩愈写作风格的继承和发展。康倩《苏轼之韩愈观》(《光明日报》2020 年 3 月 23 日)认为苏轼在充分肯定韩愈历史地位的同时,对韩愈及其弟子主张怪奇的文风提出了批评,体现了他论文讲求自然、平易的文体风格和美学思想,对北宋韩愈观以及其后文学史上的韩愈观都起到了矫正和定调作用。金欢《"雄文酬江山,惜无韩与柳"——黄庭坚诗文中的"韩柳优长"论》(《西安文理学院学报(社会科学版)》2020 年第 2 期)认为黄庭坚对韩、柳师古与创新的评价,旨在师法古人，畅通"文脉"，也为其自身诗学体系的建构奠基。其对韩、柳政治立场的评判，体现出超越党派，以实际功效作为衡量标准的政治态度。王培瑶《秦观韩愈论》(《青年文学家》2020年第3期)指出秦观认为韩愈是道统的继承者，韩文是"文之集大成者"，二人相似的个性与经历也是秦观推崇韩愈的重要原因。韩强《韩愈、李翱对宋明理学的影响》(《哈尔滨工业大学学报(社会科学版)》2020年第6期)认为韩愈是唐代反佛斗争的积极人物，他以孔孟之道作为反佛斗争的武器，提出了道统说和性情三品对应论，对宋明理学的形成产生了深刻影响。李翱继承了韩愈的性发为情的观点，扬弃了性情三品的思维模式，对心性情的关系作了新的解释。肖雅《试论〈古文观止〉选"二流作品"的合理性——以韩愈、苏轼文章为例》(《成都理工大学学报(社会科学版)》2020年第5期)根据《古文观止》的选文目的，从"二流作品"的教育价值以及其他古文选本的选文情况分析，指出选录韩、苏所谓的"二流作品"存在其合理性，这一合理性也在吴楚材、吴调侯所生活的时代背景下得到充分体现。李佳忆《南宋的韩愈批评研究》(内蒙古师范大学2020年硕士学位论文)认为南宋士人对韩愈为人与作文的评价是不平衡的——呈现出单面性地褒奖进而推尊其诗文，而双面性褒贬进而探讨其人格的总体趋势。

江跃霞、张洪海《论〈寒厅诗话〉中的韩、杜诗评》(《周口师范学院学报》2020年第4期)分析了顾嗣立在《寒厅诗话》中对韩、杜诗歌的论述，指出顾嗣立推崇韩杜诗，并将其融入自己的诗歌创作，使其诗歌兼有韩愈和杜甫之风。陈思晗《林纾〈韩柳文研究法〉探要》(《福建工程学院学报》2020年第2期)分析了林纾《韩柳文研究法》文法与鉴赏两方面突出的理论成就，指出他以深刻的古文思想为指导，以具体作品文本为基础的评点模式，给读者的启发不可小觑，也较易于引导初学者进入古文的语境，并从中品味古文各类文体的特色和文法的精妙。王婷《论林纾对韩愈的承续与调协》(《福建工程学院学报》2020年第2期)认为林纾对韩愈的承续，主要表现在道统思想、卫道济世、文道观念、古文与小说创作等方面。对韩愈其人其文，林纾有沿袭，又颇具选择,与其所处的时代及迥异的个人际遇有关。郭辰《从〈韩柳文研究法〉看林纾的古文观》(《广播电视大学学报》2020年第1期)指出林纾《韩柳文研究法》以韩柳文为研究对象,从古文之立意内涵、结构布局、艺术特色、结构技巧等方面作了细致入微的点评与分析。透过林纾对韩柳文之批评实践,可从整体上把握其"古文观",具体包括三个方面:一是取法乎上,出法变化;二是韩柳并举,重视承启;三是敛气蓄势,探求情韵。

孙羽津《毛泽东读用〈韩昌黎集〉——"文化经典与中国共产党"之二》(《博览群书》2020年第11期)认为毛泽东能够全面汲取韩愈思想和文学上的养分,同时也能清晰看到其间存在的种种问题,并在日后的革命实践中活学活用,结合新的历史条件予以批判性的继承与发展。陈志扬《章学诚重评韩愈古文史地位及其旨趣》(《文学评论》2020年第4期)认为章学诚以史家立场重评韩愈古文史地位:一方面肯定了韩愈"文起八代之衰"说,另一方面又补充"古文失传亦始韩子"。其中补充是章氏判断的核心。韩愈文贵在学传诸子,而其"宗经而不宗史"的偏向造成取道方向不正确和对史文隔阂的缺陷。章学诚基于文化史视角的判断抬升了著述文地位,并进一步将古文辞限定为史学的叙事文,借此敲打了盛极一时的桐城派与汉学派;另一方面,他指引究人伦世用的古文精神与嘉道之后的经世思想相通,已着嘉道之际批韩的先鞭。罗智伟、涂序勇《钱锺书的韩愈观》(《宜春学院学报》2020年第11期)认为钱锺书不仅还原了韩愈作为中古思想文化转型的重要人物,还通过文本比对,挖掘韩愈诗文的内在文化意蕴,对韩愈的评价的公允与否做平情之论体现了钱锺书论学"一以贯之"的范式。

卞梁、连晨曦《潮台韩愈信仰比较研究》(《韩山师范学院学报》2020年第5期)通过分析潮台两地韩愈信仰在祭祀的规模与方式、信仰的神格意涵、信仰的现代表现方式方面存在的差异,指出韩愈信仰在台湾更多地展示自身的儒学性,完成了台湾南部的儒学化,并将中华传统祭俗融入当地日常生活,在屏东地区信仰崇拜、族群认同及社会治理等方面无疑起到了重要作用。李春《潮州之韩文公祠考》(《客家文博》2020年第3期)考证了潮汕地区的韩文公祠,指出潮汕地区对韩愈的尊崇既是官方的,又是民间的,形成了潮州特有的"崇韩文化"。

娄玉敏《朝鲜文人对韩愈〈别知赋〉的接受》(《周口师范学院学报》2020 年第 1 期)认为朝鲜文人仿作中对《别知赋》进行了深化和发展:在表现技巧上将景物描写与心志抒发相结合,丰富了仿作的内涵;在思想内容上,通过追忆情境,加深了离情别绪,增强了作品的内在意蕴。安生《韩愈〈别知赋〉对古朝鲜送别赋传统形成的意义》(《国际汉学》2020 年第 4 期)通过考察韩愈《别知赋》在古朝鲜的接受史,分析了古朝鲜文人在接受中华文学经典时所表现出的文学观念及背后内寓的民族文化特质。娄玉敏《金驲孙散文对韩愈散文的接受与创新》(曲阜师范大学 2020 年硕士学位论文)认为金驲孙对韩愈散文的接受是朝鲜文坛对中国文学文化认同的象征,但认同并不代表趋同或者同化,而是建立在知己知彼基础上的接受并且赞同,因此,金驲孙积极对韩愈散文进行了创新,这是中国的文学文化在朝鲜半岛的本土化和民族化进程,也显示了中华文化对周边国家的辐射和影响,对研究东亚文化圈之间的交流有着重要意义。

罗春兰、史可欣《"异域之眼":日本文话中的韩海柳泉》(《南昌大学学报(人文社会科学版)》2020 年第 1 期)通过分析日本文话对韩柳接受的三个方面,指出韩柳之明道、宗经思想,务去陈言之文学主张以及如海似泉之文风等,均对日本汉文学产生了深远的影响,亦可谓日本文话中的一双反观中国的"异域之眼"。史可欣《日本文话中的韩柳研究》(南昌大学 2020 年硕士学位论文)以日本文话为研究对象,整理其中关于韩柳思想、文法、笔法、风格等的独特表述,对比分析了中日文学源流对韩柳接受的异同。

李海军、黎海嘉《〈中国评论〉韩愈译介研究》(《外国语文研究》2020 年第 5 期)从介绍《中国评论》和湛约翰入手,研究了《中国评论》中的韩愈译介。认为湛约翰的韩愈译介比较全面,但仍然存在对史实考据不足,存在误读;对文本细读不够,存在误译;未能设身处地,评论时以己度人等不足。彭汪鑫《美国汉学家田安韩愈研究的视角特点》(《韩山师范学院学报》2020 年第 5 期)分析了美国汉学家田安韩愈研究的独特视角,指出田安主张从群体角度观察韩愈,以韩愈与文人的交游和文人群体身份建构为切入点理解他的诗文和思想;在韩愈与文人交游对文学创作的影响研究中,按友谊发展阶段纵向探讨友谊与赠序、诗歌、书信和碑传文等体裁的文本实践的相互影响,这也是对宇文所安对韩愈人生阶段研究视角的传承;在韩愈后世影响研究中,田安则注重从文学生产视角探究韩愈文学遗产的后世重建。然而,田安对文人群体身份建构和友谊与诗文关系的论证稍显单薄,未能通过多方比较以佐证自己的观点。

六、文献研究

郝润华《〈五百家注韩昌黎集〉整理心得》(《古籍整理研究学刊》2020 年第 1 期)分析了《五百家注韩昌黎集》的辑佚、校勘、版本、研究价值,探讨了在整理中发现的问题,如底本校本的选择、文渊阁《四库全书》的文字可信度、断句标点、补充被校字或被注字等,对于韩集乃至古籍整理均有借鉴意义。关于郝润华、王东峰整理的《五百家注韩昌黎集》(中华书局 2019 年版),莫琼《宋代韩集文献整理的重要成果——评点校本〈五百家注韩昌黎集〉》(《古籍整理研究学刊》2020 年第 1 期)认为此书底本选择得当,校勘堪称精审,标点大体正确,体例基本统一,是值得信赖的整理本,足资学者研究利用。毛孟启《别集汇注本整理的优秀成果——评〈五百家注韩昌黎集〉》(《古籍研究》2020 年第 1 期)则指出该整理本的主要特色有:一、严选底本,广征校本,最大程度吸收前人整理与研究成果;二、发凡起例,贯穿如一,整理体例精当;三、态度谨严,校雠精审,力图恢复文献原貌;四、寓研究于整理,学术眼光独到。

王卫芬《〈读韩记疑〉的校勘特色及其价值研究》(《古籍整理研究学刊》2020 年第 5 期)认为清代王元启遵循言必有据的校勘原则,坚持实事求是的校勘态度,注重文意相贯的校勘方法,形成了自己的校勘特色,其《读韩记疑》不仅为后世的韩学研究提供了文本阅读的文献基础,也丰富了清代校勘学的内容。吴钦根《〈韩昌黎文集校注〉校点错讹举隅》(《古籍研究》2020 年第 1 期)罗列了马其昶校注、马茂元整理的《韩昌黎文集校注》在标点断句、文字校改等方面的疏漏。王习之《韩愈集现存宋集注本研究综述》(《安徽电气工程职业技术学院学报》2020 年第 4 期)对现存的宋代韩愈集本的研究进行了综述,指出研究热点集中在方本《举正》的版本流传与校勘细节的考论、朱本《考异》版本流传与对朱子学贡献的研究、魏本《五百家注》对韩集流传的贡献及意义等方面。而王伯大本、世彩堂本、祝充本、文谠本的相关研究则较少,虽有不小的成就,但也存在不少疏漏,依旧等待研究者的发掘。

一年研究情况综述

除论文外,2020 年还出版了五部专著:高建青主编《韩愈在袁州资料选编》(江西教育出版社 2020 年版)以韩愈守袁为主考,搜集韩愈涉袁的所有历史资料,纳入韩愈一生的部分背景资料,对研究韩愈守袁期间的历史很有帮助。丁俊丽《清代韩愈诗文文献研究》(人民文学出版社 2020 年版)对清代韩愈诗文文献进行了全面的研究,论述了清代韩集文献发展概貌,分析清代学术文化、文学风尚等因素对韩集编辑、整理带来的影响。并选取林云铭《韩文起》、方世举《韩昌黎诗集编年笺注》、李宪乔批方世举《韩昌黎诗集编年笺注》、高澍然《韩文故》及马其昶、林纾的韩文批注成果六个具有代表性的个案,分别进行深入系统的研究,探析清人研治韩集的成就与特点,揭橥清人对韩愈研究的贡献。张圆圆《物我相谐 韩愈生态伦理简论》(广东人民出版社 2020 年版)采用生态视角对韩愈思想作全新解读,从生态整体论、生态德性论、生态境界论、生态功夫论等方面构建了韩愈生态伦理思想体系。立足儒家思想的发展脉络探寻了韩愈生态伦理思想的渊源,并将其与同时代的柳宗元和刘禹锡作对比,突显了韩愈生态伦理思想的独特性。韩愈是唐代屈指可数的儒家代表之一,其生态伦理思想可视为唐代儒家生态伦理思想的一个典型。王路《韩愈传》(人民交通出版社 2020 年版)追溯了韩愈的一生,根据大量史料重新梳理了韩愈的人生历程,通过诗文来打通人物内心,深刻阐述了韩愈的哲学思想和文学思想的发展历程,为读者全景展现了一代思想家、文学家韩愈辉煌而又充满坎坷的一生。詹树荣主编《韩愈民本思想与潮州振兴发展》(深圳报业集团出版社 2020 年版)是 2019 年纪念韩愈治潮 1200 周年学术研讨会论文集,共收入论文 81 篇,分为韩愈思想探索、韩愈作品赏析、韩愈生平影响、韩愈文化流播四个部分。

　　总体而言,2020 年度的韩愈研究无论是论文还是专著,均有高水平的成果面世,视角多样,运用文献学、文艺学、文化学等多种研究方法。更值得注意的是,越来越多的学者关注日本、朝鲜、美国等海外汉学的研究,为韩愈研究扩展了新领域,提供了新思路。

一年研究情况综述

柳宗元研究

□ 李 乔

一年研究情况综述

  2020 年度的柳宗元研究呈现平稳发展态势,全年共出版学术著作 5 部,发表学术论文一百余篇,与上一年度基本持平。

  孙昌武的《柳宗元评传》(中华书局 2020 年版)为其文集之一种,该书介绍了柳宗元的生平事迹,论述了他在哲学思想、历史观念、政治思想、文学思想及宗教观等方面的理论成果和贡献。张勇的《柳宗元儒佛道三教观新论》(中华书局 2020 年版)以柳宗元眼中的儒、佛、道及其关系为对象,通过柳宗元对儒家之"道"与"统"内涵的独特理解,对禅宗、天台宗、净土宗、律宗等佛教宗派的理解与评价,对道家、道教的批评、改造与吸收的分析,揭示了柳宗元的三教融合观及其在三教关系张力下宇宙论与心性论的独特内容,以及柳宗元在中国佛教史、三教关系史及中国哲学史上的独特地位。任晓兵、李娜的《"不敢为人师"的教育家柳宗元》(山西人民出版社 2020 年版)分别从柳宗元教育思想述评、"培养君子"的教育目的观、"博极群书"的教育治学方法观、"顺木之天,以致其性"的教育主张观、"交以为师"的教育师道观、民族教育思想、教育思想著名篇章选读与简评等七个方面阐述了柳宗元的教育思想。徐菡等主编的《柳宗元与唐代思想变迁研究》(吉林大学出版社 2020 年版)将唐代的主流思想与柳宗元不同的人生经历相结合,讲述了柳宗元的思想变迁,及他对生命的理解。全书内容包括:初唐、中唐时期的文人及其思想,柳宗元与长安的氛围,重建古文传统,天、超自然与"道",柳宗元思想体系研究及其他,柳宗元文学作品分析,文学理论、经学研究及其他,柳宗元的美学思想等。殷作富等主编的《柳宗元散文艺术探索》(吉林大学出版社 2020 年版)以柳宗元创作的散文作品为基础,并以柳宗元所作散文的内容与特征为分类依据系统阐述了柳宗元是如何将自己的孤愤之情和对时局利弊的分析融入自己的散文艺术作品中的,通过具体散文作品分析了柳宗元在这些文学作品中所渗透的文人情怀与政治观点。

年度学术论文主要围绕柳宗元的生平与思想、诗文艺术、柳宗元与其他作家的比较、柳宗元思想渊源与接受、柳宗元与地方文化关系等展开,限于篇幅,择要予以介绍。

一、生平思想研究

关于柳宗元的为人,吕文郁《读柳宗元〈与刘禹锡论《周易》九六书〉》(《湖南科技学院学报》2020 年第 1 期)认为,柳宗元的《与刘禹锡论〈周易〉九六书》用直率、严厉的措辞批评了刘禹锡及其追随者关于《周易》"九六"问题的错误观点。柳宗元之所以敢于毫不客气地批评刘禹锡,正是基于他多年来对刘禹锡的信任和了解。柳宗元和刘禹锡同榜进士及第,又同年登博学鸿词科,后又因共同参与"永贞革新"而先后两次遭贬,可谓是患难之交。但他们并不因为私人友情而在学术上不分是非,盲目地相互吹捧或随声附和。董灵超《论柳宗元的为人与为文之峻洁》(《广西科技师范学院学报》2020 年第 1 期)认为,后世文人以韩愈所称柳宗元"不自贵重顾籍"为据,攻击柳宗元性情率然、行事鲁莽,是被后世文人断章取义误读的结果。实际上,韩愈作为柳宗元的同僚兼挚友,对其人品个性是高度肯定的,说柳宗元"不自贵重顾籍"并非是指责柳宗元为人躁进,恰恰是对柳宗元才不为用的惋叹和对柳宗元高贵人品与爽利个性的特别表达。

张景桐《柳宗元永州时期的诗歌创作与社会适应》(《汉字文化》2020 年第 11 期)对柳宗元被贬永州期间的心态做了研究。文章在分析柳宗元创作于永州的诗歌后认为,柳宗元在永州的十年,悲伤忧郁是长久的,而平静愉悦则是短暂的,他始终保持着"千里孤臣"的自负与自怜,与当地的环境时刻保持着距离。

其面对结构性处境,采取超脱的态度,从"安其所"和"遂其生"两个角度来看,和大多数贬谪诗人一样,柳宗元也未能完全地实现社会适应与自我角色的重构。陈文畑《士族优越感与蛮荒逃离欲——柳宗元"京华北望"情结的文化意味》(《咸阳师范学院学报》2020 年第 5 期)认为,"京华北望"在柳宗元南贬后的抒情文字中频繁出现,是其乡愁的情境表征。柳宗元的乡愁在唐代文士中具有特殊的文化意味,其乡愁并非仅仅由于仕途失意和遥远的地理距离,同时也源于一落千丈的文化落差,隐含的实质是强烈而无法愿遂的蛮荒逃离欲。这种欲望的根源在于他作为文化望族之后、士族精英以及京华人士的优越感。柳宗元借山水愉情以消弭远谪之苦,是效仿谢灵运以寻求精神上的解脱。

有两篇文章涉及柳宗元的医学实践,覃丹、戴铭《唐代文士柳宗元通医研究》(《中医药导报》2020 年第 15 期)认为,柳宗元是一个精通医药,并且在医学上有着诸多实践的文士。他为保身长全、调适身心而研习医药;在采药、种药、制药、用药的过程中,其深识药理;在探究医理中,其审证论治,能知荣卫脉理,明虚实、察阴阳、识气血;在身心交瘁之期,其推己及人,将其患病的治疗经验以病案形式详记以传,即现今的《柳柳州救死三方》,并远传海外;在任柳州刺史时,其崇医抑巫,引导百姓以医药治疗疾病,在一定程度上促进了当地医疗卫生事业的发展。田恩铭《柳宗元的瘴病与文学——"古代文学与医学"之一》(《博览群书》2020 年第 12 期)指出,因贬谪永州入瘴疠之地,恐疾病缠身使他被迫学医自疗,为预防瘴病,一面力求改变环境,种芍药、栽竹子,并四处闲游以发现风景愉悦内心;一面广植花木,以之入药疗疾。柳宗元种植花木的诗作虽然未有堪称文学经典者,却可以一览其身体疗愈的具体举措,也能够窥知其心灵疗愈的进程。

柳宗元思想研究是年度研究热点,涉及其哲学、史学、政治、教育、生态、建筑等多个领域。柳宗元的哲学思想方面,何蕾《论柳宗元的"中庸"观——从"中""正"概念谈起》(《北京社会科学》2020 年第 12 期)指出,柳宗元虽未对《中庸》做出具体的阐释,但在文中反复强调"大中""中正"乃圣人之道,视之为修身、立

一年研究情况综述

身、为学、为政之道，显示出其对于"中"的重视与坚守。柳宗元如此看重"中"，是其深厚儒学根底的外在表现，也是其坚守理想、对抗环境压力的有效途径。柳宗元关于"中"的理解看似与宋代学者对"中"的阐释有相通处，却有着明显的区别。一是柳宗元既将"中"视为圣人之道，也将其视为达到圣人之道的途径，重在利用。二是柳宗元并未阐释什么是"中"，这也意味着"中"有着无限的外延，这为柳宗元坚守政治理想留有足够的空间。相反，宋代学者虽也承认"中"是修身、立身之道，乃至为政之道，却逐步脱离了实用价值而向性理的方向发展，过于具体的阐释也将"中"局限在一个较为狭窄的空间内。何蕾《柳宗元的"勇于为人"价值取向与先秦实用主义——兼论韩愈评柳宗元"勇于为人"说》(《湖南社会科学》2020 年第 5 期)认为，倡导"人文化成"的韩愈是典型的儒家理想主义者，而柳宗元致力于政治革新事业的行为与先秦实用主义学说基本相通。两人目的相同，而一个从实用主义出发，一个从理想主义出发，可谓殊途同归。在中唐这个亟须重整国家秩序和重振国家权威的时期，韩愈略去敏感的政治话题，将柳宗元置于儒家话语体系内进行评价，情绪复杂而用心良苦。顾永新《刘禹锡论〈周易〉九六之数及柳宗元驳难平议》(《南京师范大学文学院学报》2020 年第 4 期)指出，刘禹锡《辩易九六论》认为阳爻称九、阴爻称六的实质是"举老而称""尚变而称"，此说为董生所从出之一行至毕中和学派首创。柳宗元不认同这一观点，他认为刘禹锡实际上承袭自韩康伯注和孔颖达疏，并非一行学派创见。韩注和孔疏只是略及成卦法，而从一行、毕中和直至董生、刘氏着重讨论变卦法，并与《左传》《国语》筮例相互印证，在《易》学史还是具有比较重要的意义的。王玉姝、孙德彪《柳宗元"统合儒释"思想试论》(《邵阳学院学报》2020 年第 1 期)认为，柳宗元同时发掘出儒家、佛教思想在关于"孝道""乐山水而嗜闲安""诚心"等方面有相通之处，积极将统合儒释思想应用于社会实践之中，并实现了佛教"佐世"的社会功用，因此其认为"佛"可以"佐教化"，能够实现儒家政治教化的目的。黄长明《论韩柳古文理论中的"气"》(《唐山师范学院学报》2020 年第 4 期)认为，韩愈、柳宗元"气"的思想均来源于孟子,其意为创作主体在写作时充盈内心的正义感、道德感,体现出维护统治秩序、教化社会大众的责任感。在"道""气"关系上,"道"更倾向于形而上领域,是一种绝对的理念;"气"则更加具体,它是在文章当中可以被读者具体感受到的一种力量,二者相互补充。郭华清《〈柳文指要〉论柳宗元的"大中"思想》(《关东学刊》2020 年第 2 期)指出,章士钊在《柳文指要》对柳宗元重要的哲学思想——"大中"思想进行了全面、系统、深刻的分析。章士钊认为,柳宗元心目中的"大中"就是"道","道"的核心内容就是"利安元元",有益于"世用""民用";"大中"就是处理事情要"当""中";"大中"就是中庸,在作文上体现为中和之美,等等。章士钊的处世哲学和学术思想都大受柳宗元"大中"思想的影响。丁柏伊《论柳宗元对中唐天人观的超越》(《喀什大学学报》2020 年第 2 期)指出,柳宗元对以天之时令来匹配人事的天人合一、天人感应论进行了批判,提出"天人不相予"的观点,认为世间事物变化的原因都在事物内部,是自身动力之故而非人类定义的人格化的"天"。柳宗元的天人观是建立在其元气宇宙论的唯物思想基础之上的。

在柳宗元史学思想研究方面,殷祝胜《柳宗元山水奇文新说——〈柳州山水近治可游者记〉与唐代州郡图经》(《中国文学研究》2020 年第 2 期)指出,《柳州山水近治可游者记》记录柳州附近十几处山水,篇幅之长为柳氏"记山水"诸作之最,费时费力不少,联系唐代州郡修纂图经风气以及柳州无完善图经于政事颇有不便等背景看,此文的写作应有为柳州新修图经提供山水地理方面参考材料的意图,仍与政事相关。在写法上,此文也效仿图经,其纳诸多山水于一篇,结构上"无起无收,无照无应"和行文不带主观情感,都是唐代图经记录山水的一般方式。图经写法与《山海经》《水经注》等书写法本来相通,昔人因之将柳氏此文之奇特溯源于此等古书,是可谓知"古典"而不知"今典",于此文特色之认识与欣赏不免未达一间。

在柳宗元政治思想研究方面,史少秦《中唐儒者的天人政治观——以柳宗元为中心》(《哲学动态》2020 年第 6 期)认为,中唐儒者的天人政治观弱化了"天"的主宰意义,柳宗元更是彻底分离"天""人",区别"天道""人道",只承认"天"的自然属性,认为人间政治以自身的内在逻辑与法则运转,与"天道"无关。这种对于天人关系的政治解读,实际上消解了"天"的神圣性,其中蕴含了中唐儒者的政治理性主义风格和务实精神,反映出他们试图祛除政治的神学之魅,以建立真正的"人"的政治之努力。刘碧璇《柳宗元政治思想之郡县制优越性》(《文物鉴定与鉴赏》2020 年第 1 期)认为,柳宗元的《封建论》通过分析夏、商、周三朝没落与分封制的关系及地方管理制度的优越性,论证了郡县制的历史必然性,反驳了废除郡县的言论,对中国古代政治思想影响深远。

在柳宗元教育思想研究方面,周霞《柳宗元为师之德的核心价值及传承影响研究》(《传播力研究》2020 年第 19 期)指出,柳宗元的传授"大中之道"应为师德之首,"轻名利重实教"应为师德之魂,"终身学习、扎实学问"应为师德之基,"爱加于生徒、交以为师"的师德观,对当今的教育工作者仍然具有深远的教益。

在柳宗元生态思想研究方面,金乾伟《柳宗元生态思想哲学思考》(《汉字文化》2020 年第 7 期)指出,柳宗元从人与自然万物的关系,提出"天人不相预"的生态论点,主张人的活动不要被神秘虚无的天人感应论所迷惑。从生存实践经验出发,认识到人在自然生物链中处于主体地位,"因人而彰"发挥人应有的主导力量,适应自然,并维持人与自然的平衡;人在现实社会中做到与自然万物和谐共处,"与万化冥合"展现了人与自然共创和谐美的世界,维系人与自然构建社会可持续发展的良好基础。

在柳宗元建筑思想研究方面,龚珍《中古时期文人园林的观景模式变迁——从谢灵运、陶渊明到柳宗元》(《中国园林》2020年第 12 期)认为,柳宗元的"旷奥两宜"观不仅完善了白居易的"中隐"观念下小尺度建园的内部景观要素的重组,还为宋以后的城市、城郊地建园的潮流提供了实践支持。

二、诗文研究

在柳宗元散文研究方面,刘城《〈永州八记〉中的不遇之景与谪弃之臣》(《语文建设》2020 年第 5 期)指出,柳宗元的《永州八记》所写的"景"均为"不遇之景",这些"不遇之景"与柳宗元的遭际高度契合,所抒之情皆是遭弃之情,不遇之情。刘城《柳宗元的"囚居"意识与山水描摹——以〈囚山赋〉与〈永州八记〉为中心》(《唐都学刊》2020 年第 1 期)认为,柳宗元的《囚山赋》《永州八记》所绘之景及表达之情看似不同,但实际都是柳宗元"罪囚"身份的自我认定与"囚居"意识强化的不同表现形式。"罪囚"形象的自我塑造与"囚居"意识的凸显,清晰地贯穿于柳宗元的永州诗文之中,甚至延续至其寓柳之作。刘城《柳宗元〈河间传〉的批评与研究》(《广西科技师范学院学报》2020 年第 2 期)认为,早期对柳宗元《河间传》的批评与研究主要在两个方面,一是关于其主旨,目的在于透过该文所影射、讽喻之人之事,发掘其文寄托的政治、道德深意;一是从文学创作的角度来探讨《河间传》为文的来源、因袭之处及文辞之污。近十多年来,从两性关系、性别和道德之关系以及《河间传》的影响与接受等角度的研究,开拓了《河间传》研究的视野。孙笑娟《试论柳宗元论体文之"三观"及独特风格》(《保定学院学报》2020 年第 1 期)认为,柳宗元的论体文包含着他与众不同的"圣人观""天人观"与"国家观",继承了中国古代论辩文的形式,利用排比反问、故事对话等形式展开论辩,词风犀利,论证严密,形成了独特的文章风格和特点。李小荣《三昧酒与柳宗元之志:〈法华寺西亭夜饮〉新解》(《闽江学院学报》2020 年第 1 期)认为,柳宗元的《法华寺西亭夜饮》使用的三昧酒、夕阳亭等关键意象,蕴含着深刻的佛学义旨,其中借三昧酒言志,重在抒发大乘佛教和儒家都提倡的济世思想。柳宗元首创的三昧酒意象对后世佛教诗歌的创作也产生了一定的影响。

在诗歌研究方面,王文远《好为"小人"谱华章——论柳宗元传记文学的"小人物"情结》(《黑河学院学报》2020 年第 5 期)认为,柳宗元的传记文学具有独特的艺术魅力,其中对"小人物"的立传描写,在传记文学发展过程中具有举足轻重的地位,是对传记文学写法的一大突破。这种写法与情结,受到了柳宗元家世出身、宦海浮沉以及"仁政思想"的重要影响,同时,在描写对象的突破、"务奇"技巧的使用、"人文精神"的彰显三方面也取得了较高的艺术成就。丘丽华《以严羽诗论管窥柳宗元诗歌》(《文化学刊》2020 年第 7 期)认为,柳宗元的学识涵养、诗歌创作方法和诗歌内涵表现手法同严羽的"真识说""妙悟说""兴趣说"等诗论观相契合。严羽对柳诗高度评价,并对后人对柳诗的评价产生重要影响。覃卫媛《柳宗元宦柳诗植物意象的概念隐喻研究》(《今古文创》2020 年第 28 期)认为,柳宗元宦柳诗中出现的植物意象反映了其对相关地理风俗的认知、对健康的渴望、对品格的坚守,和对生命飘零的体验。

三、比较研究

在柳宗元与韩愈比较方面,刘真伦《韩、柳与中唐春秋学——韩、柳比较研究(上、中、下)》(《周口师范学院学报》2020 年第 3、4、6 期)认为,韩愈、柳宗元集结众多春秋学者,斟酌是非,较量短长,切磋琢磨,形成了学术共同体的雏形,他们的理论建树与创作实践,汇成集儒学革新与文学革命为一体的古文运动。柳宗元深化了"尚忠"的理论,构建出自己独树一帜的国家学说体系,以及以"大公""大中""大和"为目标的国家治理学说;韩愈则接受了春秋公羊学的核心价值"从夏""尚忠",但不排斥春秋左传学的核心价值"从周""尚文",突破了公羊学的理论局限。就其核心价值观而言,柳侧重忠君,韩侧重守道;柳侧重政统,韩侧重文统。性恶与性善、尚力与尚德、霸道与王道、刑政与礼乐、征伐与合作、效率与公平、功利理性与价值理性、科学精神与人文精神,二者相反相成,共同支撑起中唐启蒙思潮的两翼。

刘雪婷《从寂寞的人生舞场走向率真的俗世凡间——论〈小石潭记〉与〈满井游记〉的冷暖艺术风格比较》(《名作欣赏》2020 年第 36 期)将柳宗元与袁宏道做了比较,文章认为,柳宗元和袁宏道虽有着相似的人生经历,但由于创作思想、审美方式、意象构设、对文体功能作用的认识等不同,使两人的山水游记在艺术风格上形成冷暖之别。柳宗元习惯寄情山水,打造独处的个人世界,而袁宏道却把目光投向世俗,对山水的审美也着意打破传统的束缚,回归自然的真与美。

四、影响与接受

在柳宗元思想渊源方面,王佳伟《"柳宗元山水游记上承郦道元"补说》(《中国社会科学报》2020年4月14日)认为,无论是从学者数量还是从学者所处的时代来看,柳宗元作记模仿《封禅仪记》之说,更胜于柳宗元游记上承郦道元之说。赵馨怡《论柳宗元散文对〈庄子〉的继承和发展》(《文学教育(上)》2020年第12期)认为,柳宗元散文深受《庄子》的影响,在思想上继承了《庄子》顺应自然、追求真朴的自然观和反对机心、鄙视贪婪的人生观;在创作上也继承了《庄子》浪漫主义的写作手法和独特的形象塑造方法。柳宗元在寓言写作上相比《庄子》体裁更多样,故事更完整,思想上也更贴近现实,将中国古代寓言文学推上了成熟。王文《韩愈、柳宗元引用先秦诸子文献研究》(华中师范大学2020硕士学位论文)认为,韩愈在接受、评价先秦诸子文献时往往持有一种儒家文化本位主义思想,不太能客观地对先秦诸子文献和学说予以评价和接受。柳宗元对先秦诸子文献和学说的接受有一种比较突出的理性精神,主要体现在两个方面:其一,较为客观地评价先秦诸子文献和学说,对儒家学派不盲目推崇,而能提出合理质疑,对非儒家学派也能认识到其价值;其二,在对先秦诸子文献的接受中适当展开考据、辨伪,这是一种理性的接受方式。

在柳宗元的影响方面,张知强《"桐城不喜柳州文"之检讨》(《北京社会科学》2020年第4期)认为,清代最大的散文流派桐城派对柳宗元散文的接受是一个低开高走的过程。对柳文以批评为主;刘大櫆、姚鼐之后,对柳文的评价褒贬并存。曾国藩推崇柳文不遗余力,此后,桐城派对柳文基本持肯定的态度。桐城派对柳文态度的转变,既与桐城派在创作中对"阳刚"文风的追求、在理论中对骈文态度的转变有关,也与桐城派成员对历史书写和古人政治遭遇的反思有关。金欢《"雄文酬江山,惜无韩与柳"——黄庭坚诗文中的"韩柳优长"论》(《西安文理学院学报》

2020年第2期)认为,黄庭坚对韩愈、柳宗元诗文所展现的创新精神予以肯定,并在创作中付诸实践,也为其诗学体系的建构奠基。"不烦绳削而自合"的写作态度、人生追求也从艺术自由与精神自由两个维度对黄庭坚的创作、人生给予了一定的启示,在对柳宗元、陶渊明的追摹中,其内心获得了一定的超越与解脱。基于"实用人材即至公",黄庭坚对韩、柳政治立场的评判,体现出其超越党派,以实际功效作为衡量标准的政治态度。罗春兰、史可欣《"异域之眼":日本文话中的韩海柳泉》(《南昌大学学报(人文社会科学版)》2020年第1期)认为,日本文话尊崇韩愈、柳宗元的古文宗师地位,对韩柳的评骘与中国文坛主流倾向相吻合,其自主意识从"文以明道"出发,突出表现为普遍的"尊韩略柳"倾向,尤以斋藤正谦《拙堂文话》"尊韩附经说"为典型。韩柳之明道、宗经思想,务去陈言之文学主张以及如海似泉之文风等,均对日本汉文学产生了深远的影响,亦可谓日本文话中的一双反观中国的"异域之眼"。史可欣《日本文话中的韩柳研究》(南昌大学2020硕士学位论文)以日本文话为研究对象,整理其中关于韩柳思想、文法、笔法、风格等的独特表述,比较中日文学源流对韩柳接受的异同。

五、柳宗元与地方文化

有多篇文章论及柳宗元与地方文化的关系,其中在柳宗元与柳州文化关系方面,郭春林《罗池庙与柳文经典化》(《广西大学学报(哲学社会科学版)》2020年第5期)认为,柳文经典化过程跟韩愈和柳州罗池庙有着极为密切的联系,表现为:韩愈撰写柳宗元墓志与罗池庙碑文,着力揄扬子厚功德文章,为柳文经典化的初步开端;宋代帝王的赐牒加封,罗池庙称谓渐次演变为柳侯祠,促成柳宗元德业文章的传承,属于柳文经典化的发展;苏轼手书《荔子碑》,诸多后辈文士对柳宗元德业文章的推尊,则是柳文经典化的强化;封建帝王政要等对柳宗元德业文章的尊崇,清乾隆帝评点柳文等,促成柳文经典化定型。肖悦、黄赫男《柳宗元笔下的岭南文化地理——以柳宗元在柳州的诗歌为中心》

《贺州学院学报》2020年第3期)认为，岭南独特的文化地理面貌，不但促成了柳宗元岭南诗歌的形成，而且还对柳宗元的人生追求和品格产生了直接的影响。岭南的社会政治环境险恶，社会治安态势十分严峻，这对柳宗元的诗歌创作情感倾向有着直接的影响；岭南的经济地理环境为柳宗元的诗歌提供了思维的角度，他的诗歌充分展示了岭南经济的基本状貌；而岭南的自然风光和文化习俗则在柳宗元的诗歌中留下了深刻的印记。赵岚《论柳宗元"明德"与柳州尚德文化的形成》(《中国民族博览》2020年第16期)认为，柳宗元"明德"是柳州尚德文化的源头，奠定了柳州尚德文化形成的基础。柳宗元治柳四年的政绩昭彰，他的思想及活动轨迹充分展示其作为刺史官员、学堂教师、诗文大家、游历行者以及文明居民等多重身份所体现出的浩然正气之德行，柳宗元"明德"对柳州尚德文化的延续、融通与发展影响深远。李文华《从柳宗元柳州"观游"中看其"明德"》(《科教文汇(中旬刊)》2020年第8期)认为，柳宗元柳州时期的"观游"经历彰显了其"明德"之精华，体现了格物求真、坚守初心、关注民生、实施惠政的特点，对新时代下柳州市民涵养文化，柳州党员干部立德修身以及柳州城市建设发展具有借鉴价值。

在柳宗元与永州文化关系方面，肖献军《中古文化遗址勘定的意义与方法——以柳宗元、元结永州文化遗址勘定为例》(《今古文创》2020年第33期)指出，中古遗址的勘定需要地域文化研究者具有本土情怀，同时对文化遗址的勘定应以原典为基础、以山川为经纬，慎用近古文献，这样才能有效避免中古文化遗址的"上古"化，使文化遗址不至于湮没于历史长河中。

六、其他

在文献考证方面，张廷银《嘉庆〈广西通志〉所见柳宗元佚诗〈花石岩〉再辨》(《中国地方志》2020年第4期)通过志书修纂、文献传播及柳宗元仕履几个方面的考察，确定见载于嘉庆《广西通志》的所谓柳宗元《花石岩》诗乃后人伪托，而非柳宗元佚诗。

在柳宗元形象建构方面，徐家贵、刘绍卫《地域文化与国家政治融合互动——以柳宗元神灵形象与文教圣贤形象的建构为例》(《广西民族研究》2020年第2期)认为,柳宗元形象不断被塑造,从神灵形象到文教圣贤形象,这种重塑是地方社会与中央朝廷相互影响的结果。在柳宗元死后,由于巫风昌炽和柳州地方的努力,柳宗元神灵信仰逐渐兴起。在柳州地方官员、百姓、文人学士的推动下,以民间神灵信仰为内核的地方文化由下而上,积极贴近国家政治,争取中央朝廷的政治认可。到宋元时期,当中央朝廷正式赐封介入后,上层文化下移,中央朝廷对地方、民间进行渗透,由上而下影响地方精英,地域性的神灵信仰明显呈现出正统化取向,此时,柳宗元神灵形象与圣贤形象并行不悖。明清之际,地域文化与国家政治意识相契合,并随着国家政治意识需要,其内涵不断调整和适应,尤其在清代,下层文化与上层文化、民间生活与国家政治之间达到了一种鼎盛和自觉,经过创新创造,柳宗元的文教圣贤形象突显,得到上层与下层的一致认同,成为社会各阶层共享的文化资源。

柳宗元评价方面,陈元锋《王十朋的唐宋经典作家论》(《新宋学》2020年第00期)认为,王十朋扬韩抑柳论虽然未能摆脱来自公私两面的"诗篇史笔"对柳宗元形象的污名化影响,但在政治与文学之间,王十朋很好地把握了不为尊者讳,而又不以人废文的批评尺度,仍然对柳宗元的散文艺术给予了高度评价。

白居易、元稹研究

□ 陈才智

学术发展日新月异,即使全球疫情也未能阻止元白研究的稳步推进。2020 年,对于白乐天(772—846)而言,是相距 1174 年的回眸;对于元微之(779—831)而言,是相距 1189 年的遥观。"元和主盟,微之、乐天而已",这是五代时期的正史《旧唐书·元白传论赞》的判断,时间距离元白过世尚不遥远,而距今却已逾千载,那么,是否结论依然? 学界有哪些新判断,新观点? 以下分为五个方面予以综述和概览。

一、史实与文献实证研究

史实与文献实证研究,是一切理论阐发的基础。没有文献支撑的理论,就像光鲜流丽的广告,让人悬心。理想之境,应如有源之水,有本之花。滕汉洋《才子崇拜、地域文化与轶事传闻——元稹与窦巩的浙东"兰亭绝唱"蠡考》(《地域文化研究》2020 年第 6 期)认为,《旧唐书·元稹传》等文献记载的元稹与窦巩在浙东的兰亭绝唱一事,与史实不符。窦巩未曾入元稹浙东幕府,所以他与元稹所谓兰亭绝唱不可能发生,当属好事者的传闻,具体而言,应是越地人对于元稹慕其名、重其诗而根据相关赝作铺排出的轶事,实际上是时人才子崇拜心理的产物。这一传闻的生成与传播,除了与元稹本人的巨大影响力有关,也与浙东文化传统有关。中晚唐时期浙东地区文人的诗酒唱和风潮,尤其是长庆、大和年间元稹与白居易等人的诗酒唱和活动,也对兰亭绝唱传闻的流播起到推波助澜的作用。这一传闻本身有违背历史事实之处，但在一定程度上呈现特定历史时期的社会心理和文坛风貌，可以窥见文学民间传播的真实样态，具有一定的文学史乃至文化史价值。

白居易《天寒晚起引酌咏怀寄许州王尚书汝州李常侍》诗题中的"汝州李常侍"，陶敏先生疑"汝州李常侍"为李仍叔。在此基础上，曾涧《白居易诗汝州李常侍考——以新出石刻材料为中心》（《湖南人文科技学院学报》2020 年第 1 期）根据 2002 年冬出土于洛阳市伊川县马营村的《唐故秘书省秘书郎博陵崔公（遂）夫人天水赵氏墓志铭并序》，断定"汝州李常侍"即李仍叔。李仍叔其人，两《唐书》无传，生平履历据有关史料和崔遂墓志及其妻赵氏墓志可大致勾稽。白居易与李仍叔至迟在长庆初已订交。现存白居易诗歌，至少七首是与李仍叔的酬唱之作。在两人长达二十几年的交游过程中，结下深厚的情谊，是真正的故交挚友，且李仍叔与刘禹锡等人也过从甚密。因此，进一步弄清李仍叔的生平和履历，对白居易、刘禹锡研究均有重要意义。

吴伟斌《元稹元和四年部分诗歌编年管见》（《宁夏师范学院学报》2020 年第 2 期）探讨了七个问题：一、《使东川·骆口驿二首》应赋作于元和四年三月八日，编排在《邮亭月》之前；二、《望云骓马歌》应作于元和四年三月十三日；三、《山枇杷花二首》应作于元和四年三月二十日前后；四、元稹酬和白居易之诗《酬乐天别元九后咏所怀》，与白居易原唱《别元九后咏所怀》都应赋成于元和四年七月初，但白居易原唱咏于长安，而元稹酬唱作于洛阳，时元稹正以监察御史分务东台；五、《饮新酒》应作于元和四年九月间；六、《醉行》应作于元和四年九月间；七、《竹簟》应作于元和四年九月间。这些结论，自然值得与其《新编元稹集》（三秦出版社 2015 年版）参看。

元和十四年（819）三月二十八日，白居易到达忠州，出任忠州刺史。陈忻《元和十四年朝廷大事件对白居易忠州诗的影响》（《重庆师范大学学报（社会科学版）》2020 年第 5 期）认为，白居易忠州诗的主要特点：一是记写政事的作品平和简淡，二是以个人生活为主题的作品普遍渗透着乐少愁多的诗情。这种情状的

一年研究情况综述

出现除个人仕途际遇的原因外，也与朝廷发生的大事件有很大关系。正是朝廷的大事件与白居易自身的仕宦遭遇共同作用，塑造了白居易忠州时期的诗歌表达形式及情感方向。

韩愈、白居易并为中唐文坛大家，白居易集中有酬赠韩愈之作五首，但韩、白关系十分微妙，所以一向受到学界关注。自周荫棠《韩白论》（《金陵学报》1930 年第 1 卷第 1 期）以降，已有三四十篇论文探讨这一话题。陈亚飞《韩愈、白居易交往考论》（《淮北师范大学学报（哲学社会科学版）》2020 年第 6 期）认为，通过对韩、白交往相关材料的梳理，可以看出他们有着张籍、刘禹锡、元稹等共同的朋友圈和交际圈，在诗文、制诰等文章中也有提及对方，但由于在同一时空里的交集较少，在人生理想、交友态度、宗教信仰等方面有着较大的差异，二人的实际交往并不多。在主客观条件的影响下，韩、白并未成为密友，而是成为双方都对彼此有所关注和了解的普通朋友。陈才智《韩愈与白居易——微妙的离合与迥别的风格》（《韩愈民本思想与潮州振兴发展——纪念韩愈治潮 1200 周年学术研讨会论文集》，深圳报业集团出版社 2020 年版）认为，同处中唐诗坛的韩愈与白居易，在交游方面有着微妙的离合，在诗歌风格上则迥别两途；因交游而成诗歌集团，因诗风而成诗歌流派。韩、白个体诗风的差异，也代表着整个韩派和白派的风格差异。中唐之有韩、白，如盛唐之有李、杜。然李、杜"但开风气"，韩、白则颇有开宗立派之势。李、杜优劣，乃后人之认识；而韩、白争胜，在二人在世时，既已有所显露。元白诗派之作，多无压力，无论新乐府之意为进谏，元和体之出于酬唱，元白体之直写生活，长庆体之感事而发，都少了一种压力，或者说激情，一种诗的激情。中唐文学之变，就在文学叙事功能与抒情功能矛盾之激化。在激化中，"韩孟诗派"选择了其间的张力，突写主观视野中荒悖的外在世界，"元白诗派"选择了其间的调合，注重描画内心情感对种种客观事件的消解过程。

刘白唱和诗是白居易、刘禹锡二人后半生友情的生动见证。赵乐《论"刘白"唱和诗的交互合流》（《中国文学研究》2020 年第 4 期）认为，刘白诗歌唱和延续了 33 年，经历了四个阶段，反映了两人感情的发展趋势和不同时期的主题变迁。在政治剧烈的变迁下,刘禹锡迅速地向白居易靠拢,在诗歌唱和中,形成共同的思想格调、诗歌题材和诗歌体式。刘禹锡的诗风向以雄直劲健著称,受到白居易的影响,形成闲适放旷的诗风。白诗的盛行并引领风气,刘禹锡的影响不可忽视。

元稹、白居易、刘禹锡"春深"诗唱和,每人 20 首,元诗遗佚。戴伟华《白居易、刘禹锡"春深"唱和诗中的江南与长安》(《暨南学报(哲学社会科学版)》2020 年第 6 期)分析说,大和二年刘白唱和只有时间"春深"之限而无地域南北之限。此前二人都有江南生活经历,刘禹锡在少年时居住江南,但白居易诗中有江南描写,刘禹锡无一首咏及江南。白刘"春深"唱和诗仍以长安咏唱为主,40 首唱和诗中的长安风俗人物展现,内容丰富,人物类型众多,合起来就是一部"长安春深风物录"。"戎装拜春设,左握宝刀斜"礼俗、"青衣传毡褥,锦绣一条斜"婚俗等考订,亦可补史载、史解之阙。白刘二人对江南书写或缺席,反映出诗人对江南认知和江南体验的差异。

刘怀荣《刘禹锡、白居易"扬州唱和"及其文学史意义》(《中国诗歌研究》2020 年第 1 期)认为,从文学史发展的实际来看,刘禹锡与白居易的"扬州唱和",不仅是他们后期频繁唱和的开端,也是其深厚情谊和并称刘、白的起点,堪称诗人交游史和文学史上不多见的标志性事件。由于学者们对刘、白初逢时间的认识,及"扬州唱和"诗的理解和评价,见仁见智,颇有分歧,故"扬州唱和"特殊的文学史意义,似未能得到应有的阐发。对这些问题进行重新探讨,有助于刘、白及中唐文学史研究的推进。

新出墓志对于解决白居易家族谱系和婚姻两大争议问题提供了新的信息。龙成松《新出墓志与白居易家族谱系、婚姻问题考论》(《新疆大学学报(哲学·人文社会科学版)》2020 年第 2 期)认为,新出墓志在很大程度上还原、纠正了《新唐书·宰相世系表》的相关内容,补充了白居易一些不见于传世文献的支系,更重要的是证明了白居易一系确实出自白建,陈寅恪"李树代桃"之疑可释。从墓志所见信息来看,白居易家族的婚姻有两个特点值得注意:一是白氏、陈氏两个家族的联姻情况,白居易父母"舅甥婚"的问题可能出现在这个背景之下;另一个是白居易家族"党派婚"的特点,这有助于重新认识白居易家族在牛李党争中的位置。

白居易《琵琶行》"幽咽泉流冰下难","冰下难"三字,有四种异文:一、作"水下难"——宋绍兴本《白氏文集》(有文学古籍刊行社影印本),清卢文弨《群书拾补》校《白氏文集》。二、作"水下滩"——明万历三十四年马元调刊本《白氏长庆集》,清康熙四十三年汪立名一隅草堂刊本《白香山诗集》,清康熙四十六年扬州诗局刊本《全唐诗》卷四三五(中华书局点校本第 7 册,第 4821 页),明隆庆刊本《文苑英华》。三、作"冰下难"——金泽文库旧藏本《白氏文集》,清汪立名一隅草堂刊本《白香山诗集》,扬州诗局刊本《全唐诗》在"水"下注"一作冰"、在"滩"下注"一作难",北京图书馆藏失名临何焯校一隅草堂刊本《白香山诗集》。四、作"冰下滩"——十七世纪日本江户时代那波道圆(1595—1648)刊活字本(翻宋本)《白氏长庆集》(有《四部丛刊》影印本),明隆庆刊本《文苑英华》在"水"下注"一作'冰'"。盛婷婷《白居易〈琵琶行〉"冰下难"新考》(《皖西学院学报》2020 年第 6 期)从白居易诗歌用词习惯这一新角度出发,分析"幽咽泉流"的"泉"在白诗中的含义,结合唐人诗句考释"泉流水下"与"泉流冰下"哪个更符合实际生活;结合白诗中"滩"和"难"的常用义,从而分析"滩"和"难"哪个更符合白居易诗歌的用词习惯,她认为在白居易诗歌中"泉"为普通的地下水,所以"泉流水下"讲不通,而"泉流冰下"更常见于诗文。无论是在白居易还是其好友的诗歌中,"滩"字常用义都是岸边时常露出水面的地方或水浅石多而水流很急的地方。而"滩"的这个含义,在"幽咽泉流冰下滩"中解释不通,而"难"字恰恰相反。在白居易的诗歌中,"难"常用作动词,副词或形容词,解释为不易、困难。当"难"释为困难、不易时,诗句"幽咽泉流冰下难"与上句"间关莺语花底滑"对仗工整,与下句"冰泉冷涩弦凝结"中的"涩"相照应。

白居易、元稹研究

二、多元文化阐释的研究

闲适诗写作贯穿白居易一生，其核心内涵是适性。叶跃武《适性与白俗：论白居易闲适诗及其诗史意义》（《北京大学学报（哲学社会科学版）》2020年第2期）意在分析白居易闲适诗的核心内涵。作者认为，适性是白居易借以安顿人生的方式，其依据在于人之"天性"。白居易把心理上的禀性和生理上的本能需求视为天性，进而把天性之满足称为"适性"。广义的闲适诗记录着诗人对适性生活的追求、体验和思考。白居易在此观念下的适性诗写作，将题材拓展到日常生活乃至身体感受等领域。这是对此前适性诗以田园山水为核心之写作传统的变革。但它也难以避免地导致诗歌在内容层面的世俗化，这是"白俗"的深层根源。但白居易闲适诗中还彰显出对宇宙万物"皆遂性"的社会理想和天地情怀，这是其闲适诗俗常之下的奇崛阔大之处。白居易适性思想导源《老子》、《庄子》、郭象《庄子注》及《列子·杨朱篇》。白居易从适性这一人生安顿的角度去体会日常生活的"深度"，从而放笔写物质安逸所带来的愉悦，这导致白诗给人"世俗"的印象。白居易闲适诗的诗史意义正在于适性与白俗的合一。适性是世俗层面的适性，是对此前山水诗、田园诗等适性诗歌传统的变革。白俗是适性意义上的俗常生活，是文人士大夫层面上的超圣入凡。在此层面，"白俗"虽受非议，但亦被后世文人所继承和大力书写。

白居易早年好道，中年曾亲自践行道教炼丹术，至晚年仍在炼丹。陈寅恪认为白居易中晚年涉道诗中也有不少否定道教丹药的内容，所以其言语行为有明显矛盾；部分学者因此认为白居易对道教并未深信，不如信佛教虔诚。郭健《白居易中晚年涉道诗之"矛盾"新解——兼论白居易的宗教信仰与佛道二教之关系》（《中山大学学报（社会科学版）》2020年第2期）认为，白居易中晚年追求的是《周易参同契》所描述的能使人长生成仙的"还丹"，否定的则是"资嗜欲"的其他丹药，其中晚年的涉道诗并不存在矛盾；白居易虽一直未炼出"还丹"，但他并未彻底否定相关道教炼丹术的真实性。白居易也曾信仰佛教禅宗,但修道服丹直接使肉体成仙才是其"第一志愿",学佛禅求心灵解脱不过是其求仙不成退而求其次的选择,其佛禅修为始终停留在较肤浅的层面。白居易虽自号佛教"香山居士",然其崇道程度更胜于崇佛,明确这一点,对于准确认识白居易生平思想和相关作品有重要意义。

吕家慧《灾异观念与灾难书写:杜甫、白居易时事诗新论》(《中华文史论丛》2020 年第 4 期)认为,传统的天人感应观念会深刻地影响文学家的思想与书写方式。安史乱后,开天之世的盛景不再,天人感应下的灾异观念凸显,成为观察与书写灾难记忆的重要基础。学者讨论杜甫以及中唐以后诗,往往突出其与时事的关联。但考察杜甫、白居易等人的创作,可以发现,这些纪实作品的背后有着深厚的灾异观念,他们乃是在传统灾异观念下观察、理解与书写的,这一面多被文学史家忽略。

唐代是宗教信仰开放的时代,诗人信奉佛教还是道教,抑或儒释道并信,都是自由的。白居易崇尚道教,他信奉佛教,在诗歌创作中使用了大量的佛教词语。白居易诗中出现 86 个偏正式佛教词语,包括佛教基本概念方面的词语,佛法、戒律方面的词语,佛教、道教通用的词语。黄英《白居易诗歌中偏正式佛教词语探析》(《广东第二师范学院学报》2020 年第 6 期)结合白居易诗歌语境,对这些词语逐一进行分析诠释,并探讨其佛教文化内涵,以及 86 个偏正式佛教词语所涉及的佛教文化,认为通过诗歌用词用语所反映诗人的思想境界,其宗教信仰是佛教。宋擎擎《白居易佛教思想与其诗歌中"心"的发展》(《文学教育(上)》2020 年第 12 期)分析在中唐特殊政治环境下,白居易等士大夫们接受洪州禅的原因及洪州禅对他们人生观的影响。白居易诗歌中频繁出现的"心",是一个渐次深入的连续哲学思考,反映出他逐渐接近洪州宗思想,并以洪州禅法为处世哲学的过程。

郭聪颖《白居易诗歌中"直"类意象与其思想变迁探析》(《乐山师范学院学报》2020 年第 11 期)认为,在字源义的抽象特征和中国文学以物比德审美规范的双重作用下,文学作品中的

"直"字拓展了表达外沿,从对物理特性的客观描述一跃成为忠义兼济、不计生死精神品质的抽象象征。这种象征作用在重视文学教化意义的中唐诗人白居易的作品中体现得尤为明显;白居易"直"类意象诗歌共计 36 首,且随着作者个人政治思想与人生哲学的几度变迁,诗歌中"直"类意象的内涵和感情色彩也相应的发生着变化,从侧面反映了其由崇尚兼济的民本主义思想逐步转化为看重独善的利己主义哲学的心理路程,颇具代表性地体现出诗人的中隐生存哲学建构。

胡适在 90 年前奠定了近代意义上元白研究的起点。徐小洁《"平民化"的民国白居易研究:以胡适〈元稹白居易的文学主张〉为中心》(《青海师范大学学报》2020 年第 2 期)认为,民国时期的白居易研究,无论是接受内容还是传播形式都具有鲜明的时代特点。受白话文运动与"五四运动"的影响,民国学者更注重研究白居易及其诗歌的社会现实意义,思想性更强,形成了比较显著的"平民化"特征。胡适的《元稹白居易的文学主张》突出白居易"有意作文学革新运动"的自觉性,强调文学是救济社会、改善人生的利器,贴合当时的社会文化环境与文学发展趋势,不仅标志着同时代白居易研究的学术水平,对民国时期白居易研究也产生了积极的影响。

三、文体文类与语言研究

新乐府运动是在古乐府的基础上,对汉代乐府诗的进一步发展,不仅诗歌的叙事主题、叙事手法等发生改变,新乐府在诗歌的叙事结构上也有所创新。曹译文、盖晓明《白居易新乐府与汉乐府在叙事结构上的比较》(《大众文艺》2020 年第 16 期)以新乐府中的白居易新乐府叙事诗为代表与汉乐府叙事诗进行叙事结构上的比较,探讨了二者在叙事结构上的相同点与不同点。

白居易读书诗在唐代读书诗中数量最多,内涵最丰富,艺术水平总体较高,取得突出成就。陈鸿喆《论白居易读书诗》(《文化学刊》2020 年第 7 期)选取白居易以读书为主题的诗,根据创作方式的不同,可分为托书讽喻、借书抒怀、翻案出新、檃栝主旨、泛写情境五类。其读书诗颇具诗学价值，尤其是对诗"穷"与"工"的论说开欧阳修"诗穷而后工"的先河。其读书诗在诗歌史上也具有一定意义，奠定了宋人读书诗创作的基本方式，并在实际上开启了宋诗重书本、重知识风气的先河。

白居易是唐代与李杜齐名的著名文学家，而就文体之全面、诗文之并擅而言，白居易的成就还要在李杜之上。在全面参考古今各类相关选本的基础上，陈才智编注了《白居易小品》（中州古籍出版社2020年版）。作为目前学界第一部白居易散文选本，《白居易小品》所选篇目几番斟酌，几经打磨，侧重选择文学性较强的小品文。全书分为记体、序体、书体、赋体及其他，共五类。注释部分，涵盖史实、人物、官制、地理等。赏读部分，主要品评分析白居易小品文之立意、结构、修辞和艺术表现等，循其文而申其意，阐其艺而畅其趣。着意介绍与所选白文题旨相关的其他作品，以资比较；同时联系所选白文对后世的影响，以见传承，借此勾勒白居易散文承上启下之接受与影响史的线索和轨迹，更好地再现了这位广大教化主之于前世的继承、之于后世的遗泽，这也是白居易接受史研究的有机组成部分。《旧唐书·白居易传》称："元和主盟，微之、乐天而已。臣观元之制策，白之奏议，极文章之壸奥，尽治乱之根荄。"评价如此之高，并非源自史书作者慧眼独具，而是当时文坛之共识。著者认为，与其闲适诗相应，白居易散文亦多有闲适之风，其中小品文"可以灵隽之思致，写令生活"，洁净中含静光远致，不仅是这位广大教化主的一生经历与思想情感的写真，同时也可窥见有唐一代的社会面貌以及生活点滴。

《策林》共七十五篇，是白居易元和元年，为参加制举考试，独自拟作而成。在《策林》中，白居易对农业的重要性有充分的认识和具体的论述。彭小庐《白居易〈策林〉"天人合一"的农业思想》（《南昌师范学院学报》2020年第5期）认为，在继承传统天人合一的哲学思想的基础上，白居易提出，农业发展应"上法天道"，要顺应自然规律，"均上下之田"，加强土地管理，强调人在农业生产中的作用。白居易的这些农业思想在其诗文中都有所体现，表现了对农民疾苦极大的同情，这点难能可贵。

李艳、梁亚杰《白居易诗歌并列成分类型学考察》(《齐齐哈尔大学学报(哲学社会科学版)》2020 年第 10 期)在调查清编《全唐诗》白居易诗歌的基础上,对并列连词"及""与"及并列项进行分析和归类,总结其基本面貌及表达特征。认为白居易诗歌中并列连词"与"在数量上占有绝对优势,且在五言诗中占优势。将并列连词"及""与"的并列项分为专有名词类、叙述陈说类和描写渲染类。并列连词"与"的并列项中占数量最多的是叙述陈说类五言诗中的单音词,其次是描写叙述类五言诗中的多音节词语。并列连词"与"连接的并列成分后有"与""俱""同"等副词出现,并列连词"及"未出现此类情况。

四、接受美学视角的研究

田恩铭《元稹和中唐士人心态》(中国社会科学出版社 2020年版)是其近年元稹研究领域学术成果之结集,侧重于元稹文学交游空间的梳理,希望以政事、文学、言语、德行等"孔门四科"为衡量元素揭橥元和诗风与士风的联系。涉及胡族身份与元稹的自我书写,元稹与中唐讽谏精神,元稹与中唐士人的参政情结,元稹诗文的文化情怀,元稹悼亡纪事文本的生命体验,元稹的文学活动与士风、贬谪生活及与政治事件的关联,元稹文学交游考论及文学接受史,根据接受状况考察元稹乐府诗与元白并称、元白优劣的关系,而后集中于元稹形象的传播与接受的探讨,意在寻索元稹的文学家形象与士人形象的关联性。

白居易《效陶潜体诗十六首》是对陶集全体诗作的仿效,以体道的整体结构仿效《饮酒》组诗,语言、句法、章法则有《归园田居》《连雨独饮》《形影神》等诗的影子。白居易采用复杂的模拟策略却未见成效,导致拟陶而不似陶。吴嘉璐《白居易"拟陶而不似陶"原因探析》(《九江学院学报(社会科学版)》2020 年第 4期)认为,不似陶的原因有三点:象征系统之不似、表现手法之不似、与陶诗表现出不同美学的特质。终其一生,白居易都自觉地追随陶氏诗风,却仍未近陶,最根本的原因是白之哲学理念近于待逍遥,而陶以无待逍遥实现了超越。

诗史上的孟襄阳之于白香山，除了相互比较，还可从影响与接受的视角加以分析和探讨，并兼顾时间与空间的考量。陈才智《从影响与接受的视角讨论孟襄阳之于白香山》(《孟浩然研究论丛 2018》，人民出版社 2020 年版)分析说，因为父亲在襄阳为官三年并卒于此，白居易青年时代便与襄阳及其代表性诗人孟浩然结缘，并撰有《游襄阳怀孟浩然》，由中唐而追慕盛唐，在心中树立起一位秀气清风的前贤榜样。此后经过十多年宦海风波，白居易对孟浩然穷悴终身的命运，增添了感同身受的认知和理解，诗文创作中乃时见孟浩然影响之迹。而且，白香山对孟襄阳的接受，不仅仅在一词一句的点化或模仿，主要是在"语淡而味终不薄"这种风格气度的学习。在强调中唐诗歌之变的同时，不应忽略其对盛唐的承继与接受，兼顾区域文学的传承与前辈遗泽，孟襄阳之于白香山即为一例。

萧楚敏《乌台诗案前苏轼诗对白居易诗的接受》(《广东第二师范学院学报》2020 年第 4 期)认为，苏轼诗对白居易诗的接受包含了宋诗成长初期对中唐诗变成果的扬弃。一般认为苏轼对白居易的重视始于黄州期间，其实应提前至首次到杭州时，且苏轼对白居易的态度尚未达到敬慕的程度，而是理解与寓托。以乌台诗案为节点，从诗歌化用的角度讨论苏轼人生前期对白居易诗的接受，发现苏轼少年时已对白诗有印象，青年时从态度疏淡到入京后渐有共鸣；倅杭期间，他体验、反思了中隐生活并大量化用白诗；在密州、徐州、湖州，苏轼提出时人慕白实为自托，对白诗的化用方式也从沿袭模拟过渡到以故为新，展露出宋诗特色。

从宋代诗话看，白居易接受群体庞大而复杂，接受状况全面而具体。殷海卫《宋诗话视域下的白居易宋代接受论》(《信阳师范学院学报(哲学社会科学版)》2020 年第 5 期)认为，传统的伦理批评与宋代崇德尚贤的社会风尚使白居易的品格赢得各阶层的尊重。君主的嘉奖、批评家的赞誉、藏书家的传布、文人群体的追贤、民众的敬爱等，共同营造了浓郁的接受氛围。文人群体的影响接受论、不同阶层的文本接受论、道德及文学批评论等，构成较为完整的白居易接受体系，呈现出鲜明的时代性、阶段性和地域性,反映出社会文风改革、政治教化、怡情悦性的多重需求,显示出宋人的思辨精神和理性批判,转法华而不为法华转,最终塑成一种新型内省人格和平民气质,召唤着后世的接受与再批评。

日常性譬喻指以日常性物象作为喻体、体物形似的修辞手法,发端于元和,以白居易为典型。陆嘉琳《形似的变相——论宋人对白居易日常性譬喻的承变》(《中国诗歌研究》2020 年第 1期)认为,白居易将想象的路径引入凡庸的日常,不仅奠定了一种近俗的形似语,也意味着特殊的观物方式与艺术思维。日常性譬喻在宋诗中的绵延,迎合宋人规避陈熟的艺术自觉,成为宋诗即景赋物的重要手段。宋诗以喻、拟结合的方式开拓日常化想象的空间,虚设情境以体贴外物的瞬息万变,使原本限于平面赋形的日常性譬喻在时、空逻辑上有所纵深。这一修辞线索的承中之变,是修辞与认知交织互动的结果。宋人透过日常化的想象实现外物的微缩、变形,在写实中兼具写意、于庸常中注入智性,折射出比肩造物的观者心胸,从而在其近俗本色之中孕育出不俗的精神气象。

唐代文学在日本平安时代的传播与接受研究,是中国文学影响和融入日本古典文学与民族文化的重要视点,而白居易闲适诗则是审视唐宋时期中国文学"跨文化"传播、流变及对他族文化构建意义的典型案例。以往白居易的接受研究,多局限于白诗的语言浅俗以及文风契合日本民族风月审美等内容。刘洁《日本平安文坛对白居易闲适诗的新型接受与民族文化构建借势》(《西南大学学报(社会科学版)》2020 年第 3 期)则结合白居易文学的内在矛盾性,平安时代汉学思潮的流变脉动,白居易形象的佛教化等因素,为它的域外影响与创造性接受提供新的思考维度。作者认为:白居易以道禅二家为主的后期"闲适"文学,是平安文坛"闲适"思想的主要来源;白居易闲适观中的"不适之适",是平安文人接受白居易"闲适"文学的重要分流点;仕宦顺达的大江维时通过对《千载佳句》的编撰,呈现出平安文人的汉诗学自觉以及对白居易闲适思想的诗学偏离,却没有真正体认白居易闲适思想的"不适之适";"不适之适"注入"狂言绮语"的文学表达范式中，后随着白居易形象的异域佛教化，而被仕宦"不遇"的平安汉学文人发扬为一种新的时代观点。探讨白居易"闲适"文学在日本的传播和接受，会发现随着平安中期的汉文学思潮流变以及汉文士诗学自觉，其相关接受呈现出以下特点：第一，从最初的被全面追崇转为被有选择地创造性接受，如相较于以儒家修身思想为核心的前期闲适诗，以道禅二家思想为主的后期闲适诗，更为当时的日本文坛所接受；第二，"不适之适"成为平安文人接受白居易"闲适"文学的重要分流点。"不适之适"在仕宦顺达的大江维时那里无法得到共鸣，这从《千载佳句》的择诗标准即见一斑；但在与大江维时同时代的"不遇"汉文士们那里，却已悄然注入"狂言绮语"的特殊表达范式中，并被发挥成一种新的时代观点。白居易的"闲适"书写因此突破了单纯的文学范畴，而成为构筑域外宗教理论的文化要素。这在中国文学接受史上实属罕见；第三，"不适之适"之所以促成"狂言绮语观"的产生，其缘由还在于白居易自身形象的异域佛教化。

《源氏物语》深受中国文学的影响，其中对白居易诗歌的受容尤为突出。蓝月卿《浅析白居易诗歌在〈源氏物语〉中的投影》（《武汉冶金管理干部学院学报》2020 年第 4 期）运用案例分析法，分析白诗在《源氏物语》中的引用情况及其特点。作者认为，《源氏物语》采用散文和诗文相结合的写作方式，包括引用的白居易诗歌在内，全篇穿插的和歌数量近 800 首，极大地增添了物语的意趣，成为一大特色。付春明《论朝鲜朝末期文人李建昌对白居易诗歌的接受》（《长春大学学报》2020 年第 3 期）认为，朝鲜王朝末期文人李建昌在汉诗创作上积极学习并借鉴白居易诗法经验。其对白居易诗歌的接受，一方面体现在对白居易醉心诗酒、吟咏情性的闲适诗以及针砭时弊、忧国爱民的讽喻诗的青睐和效仿，另一方面体现在追求白居易式平易自然的诗风上，包括学习白居易平实的叙述方式，追摹其质朴、不晦涩的造词用语，甚至化用其诗语。

一年研究情况综述

五、空间与地域视野研究

白居易于元和十三年末由江州司马量移忠州刺史，并于元和十五年春末夏初离任返京。付兴林《论量移忠州之于白居易的政治意义》(《河南科技大学学报(社会科学版)》2020 年第 1 期)认为，白居易的忠州之任，对其政治生活具有多方面的意义和影响，不仅终结了其三年半的屈辱贬谪生涯，预示着其政治生态的向善转好，而且也为检验其施政能力和践行其早年施政主张，提供了机会、搭建了平台。此外，贬官江州的宦途风险及就任之地的偏远荒蛮，也造成其失落情怀的蔓延和警戒心理的滋长。

从空间领域展开的唐诗之路，与从时间线索上展开的接受史研究合在一起，一横一纵，构成两个重要方向。作为江南文人重要雅集之地，上海松江醉白池与北京宣南陶然亭南北对应，均取义于对江南文化做出重要开拓的唐人白居易。陈才智《日常与风流——从醉白池看清代江南文人对醉吟诗风的接受》(《文学评论》2020 年第 4 期)认为，江南文人对醉白池的书写，在松江雅集内外时时可见。由此醉白池已由背景转为胜景，又随雅集升级为诗社，进而建构为诗境，衍生为文学意象，其中可以看出摅写日常、行在独善的醉吟诗风的遗响和余波。绍承醉吟诗风的江南文人，浸润于风骚两种诗歌传统，将日常与风流组为双重变奏，融纳人生的反思和体悟，酿为诗歌史上融风流于日常的别有意味的诗意江南。在诗意的江南和江南的诗意里，虽日常亦足以为乐，有风流亦不足以为病，白乐天的醉吟诗风已融入无形，化身千万，然万川映月，形影随神，这是广大教化主白居易醉吟诗风绵延未绝的影响，也是这位有唐一代诗魔的接受史上不可忽视的重要一环，值得仔细梳理和认真分析。

与北方的陶然亭、江南的醉白池遥相呼应，长江岸边的九江琵琶亭诗迹，是白居易接受史上一道靓丽的风景线。陈才智《琵琶亭唱和》(《光明日报·文学遗产》2020 年 10 月 12 日)认为，蔚为大观的琵琶亭唱和，概而言之，主要围绕着叙写故事与遗迹咏怀两大主题,却逗惹出不同身世境遇诗人的千姿百态的情感取向,成为琵琶亭主题诗歌中一道道靓丽的风景线,使得《琵琶行》原作所抒发的天涯沦落之感,由此绽放出多种接受样态;而琵琶亭因为诗歌、故事、胜景等诸多元素的融入,也早已从诗歌胜迹衍为文学意象,并通过琵琶亭唱和文本的不断叠加,从物质空间(第一空间)和历史空间(第二空间),升格为真实与想象交织的"第三空间",一个真正永垂不朽的空间。

王悦笛《窗内观竹:白居易诗歌的"窗竹"意象与文人画中的"无窗之窗"》(《中国社会科学院研究生院学报》2020 年第 6 期)认为,白居易对"窗竹"意象的表现做出了极为重要的开拓,他将观察窗竹的视角,由侧重室外转向侧重室内。室内所独有的卧观竹形、卧听竹声、卧感竹风及竹阴等多种品赏方式,增添了窗外翠竹的韵味,也象征化地体现了窗纳万物的园林审美方式。白居易对室内视角审美内涵的丰富和开拓,对后世相关题材的诗歌和绘画均产生了一定的影响。文人画中隐去窗框、以暗含的室内视角表现窗外之竹的"无窗之窗"表现法,以及作为"无窗之窗"前提之一的"窗景如画"观,都与白居易的窗竹书写有密切的联系。

最后补充介绍 2020 年出版的相关书籍。新版新出者有李郁葱《白居易》(杭州出版社 2020 年版)、署名东篱子解译的《白居易诗集全鉴》(中国纺织出版社 2020 年版)、金涛声《白居易诗传》(巴蜀书社 2020 年版),以诗文解读为基础为诗人立传。重版者有清人曹文埴(1735—1798)《香山诗选》(文物出版社 2020 年版,收入"拾瑶丛书",据中国国家图书馆藏清乾隆写刻六卷本影印),哈佛燕京图书馆亦藏有清乾隆写刻本,此外有光绪十七年黔县李宗煝金陵书局重刻本、上海扫叶山房 1915 年石印本、上海扫叶山房 1918 年石印本、上海扫叶山房 1927 年石印五卷本。傅东华(1893—1971)选注《白居易诗》以清汪立名编《白香山诗集》为底本,选注白诗 549 首,导言部分介绍白居易生平和诗歌创作成就,上海商务印书馆 1928 年 9 月初版以来,多次重印;其中祝祚钦校订本,武汉崇文书局有限公司 2014 年 8 月出版,收入"民国国学文库";北京商务印书馆 2020 年 12 月版又收入《万有文库珍本》一集。吴大奎(1930—)、马秀娟选译,宗福邦审阅《元稹白居易诗选译》,成都巴蜀书社 1991 年 10 月初版,收入"古代文史名著选译丛书",选译元稹诗 23 篇、白居易 49 篇;台北锦绣出版事业股份有限公司 1993 年版,收入戴月芳主编"中国名著选译丛书";南京凤凰出版社 2011 年 5 月版,2020 年 6 月新版重印。朱金城(1921—2011)《白居易集笺校》2020 年 5 月出版了"中国古典文学丛书典藏版",全书 268.8 万字数未变,但篇幅由原来的六册改为八册,较 1988 年初版和 2004 年重印版更为舒朗美观。陈寅恪(1890—1969)《元白诗笺证稿》,2020 年有两种新版面世,一种是译林出版社(北京)2020 年 3 月版,收入"陈寅恪合集·史集",简体横排,另一种是团结出版社(北京)2020 年 5 月版,收入"陈寅恪著作集"丛书,看来都是要赶在五十年版权期这个时间点。

就年鉴综述而言,其实也要赶一个年度性的时间点。白居易 52 岁时曾向朋友感叹:"莫嗟一日日催人,且贵一年年入手。"在匆匆的时光和历史脚步面前,研究者和研究对象之间会取得合解性的暂停吗?综述者和综述对象之间又如何呢?以一己之陋见,衡一年之元白研究;虽有管中蠡测之嫌,或挂一漏万之讥,亦在所不计。曰:承千载之元白文脉,或有取于一二,则足矣。

李商隐、杜牧研究

□ 杨新宇 陈旭慧 吴振华

一、李商隐研究

2020 年李商隐研究在继承往年研究成果的基础上有一定创获,各类学术期刊共发表论文 60 余篇。下面从生平与思想、诗歌艺术、文章艺术、比较和译介、书法艺术及艺术传承、接受史几个方面择要分类予以介绍。

（一）生平与思想研究

本年度李商隐生平与思想的研究较少。董乃斌《李商隐昭州诗,毕竟是写诗啊——"解密李商隐"之一》(《博览群书》2020 年第 3 期)介绍李商隐在昭州前后一两个月的经历并分析李商隐昭州诗作,展示了他的心灵世界。黄金华《李商隐在昭州的舒心及其他——解密李商隐之四》(《博览群书》2020 年第 3 期)分析李商隐的昭州诗作,还原李商隐在昭州的所见所闻,并得出李商隐曾作为代理特使整肃昭州风纪的结论。

（二）诗歌艺术研究

1.诗歌艺术特征与艺术技巧

李商隐诗作有鲜明的艺术个性,对其诗歌艺术特征与技巧的研究一直是学术界的热点。本年度从宏观角度分析李商隐诗歌艺术特征与艺术技巧的文章较多。陈德喜《多维视角下基于认知诗学的李商隐诗歌美感解读》(《淮南师范学院学报》2020 年第 3 期)简要回顾了认知诗学的缘起、发展及主要研究领域,并在文中运用认知诗学的四个主要理论:概念隐喻、可能世界、图形——背景理论、概念整合理论，对李商隐《牡丹》等六首诗歌进行认知诗学分析，而且还详细解读并探讨了李商隐的诗歌，分析诗人创造传世优美诗篇背后的认知机制，深挖读者钟爱其诗歌主题的认知动因，促使读者发掘蕴含于李商隐诗歌中的新的美感，并赋予新的涵义，为读者解读李商隐诗歌含蓄朦胧幽远的艺术境界提供借鉴。薛怡然《李商隐诗中的伤逝之情》（《名作欣赏》2020 年第 5 期），分析了李商隐诗歌所呈现的伤逝之情，指出李诗针对不同的伤逝对象有不同的情感表达，对具体事物之消逝采用直接呈现的方式，对意识存在之消逝采用间接呈现的方式，对精神意绪之伤逝使用浑融虚括的呈现手法，并指出伤逝之作的特质及伤逝的深痛对李商隐诗风的影响。于波《试论李商隐诗中"碧"字的艺术效果及成因》（《名作欣赏》2020 年第 27 期），对李商隐诗歌中"碧"字数量与结构、表达效果及好用"碧"字的原因进行分析，指出李商隐诗歌中"碧"字的运用形成了他词语表达的独特表现力。刘青海《他每首诗都是一个小宇宙——"解密李商隐"之二》（《博览群书》2020 年第 3 期）指出受道家文艺观的影响，李商隐的诗歌思想具有尚真、任情的艺术倾向，这体现在艺术风貌上，是其诗歌突出的"缘情"特征，并指出了李商隐诗歌"缘情"特征的三种表现。张媛媛《浅论李商隐诗歌的美学意蕴与经济价值》（《汉字文化》2020 年第 22 期）结合李商隐的诗歌特点和人生经历，阐述其诗歌的内涵与美之间的辩证关系，展现了李商隐的政治忧思和烂漫情怀之下的美学情思，并进一步探讨了其经济价值。谢冰冰《由李商隐〈锦瑟〉探析其诗歌气质》（《中学课程辅导（教师通讯）》2020 年第 3 期）通过对《锦瑟》一诗的探析阐述了李商隐的诗歌特质，即对怅然若失的爱情题材的钟爱、清丽幽邃的语言风格及自闭梦呓式的意识流写法。陈仙炯《李商隐七言律诗"拗救"情况研究》（《文学教育（上）》2020 年第 12 期）重新划分了格律诗"拗救"的类别，通过对李商隐七言律诗格律的分析，探讨其七律的"拗救"情况与"拗篇"的创作规律，并找出了其诗内容与形式的隐含联系。李玉琦《论李商隐讽刺诗中神话典故的运用》（《青年文学家》2020 年第 32 期）通过分析李商隐讽刺诗讽刺的内容及运用神话典故的特点,指出他的讽刺诗既不同于两晋的游仙诗,也突破了中唐元白诗派写实讽刺的范畴,体现了超越语境中的现实观照,开拓了诗歌描写的题材,扩大了中国古典神话的内涵。李商隐这样的写法既可以视作对齐梁风格的回归,又具备了一定的词体特征,具有承上启下的特色。

2.诗歌意象研究

李商隐诗歌意象研究也颇受学界关注。张学椿《李商隐诗作意象美感解析》(《北京印刷学院学报》2020 年第 7 期)对李商隐诗作意象进行了全面系统的分析,指出李诗的诗歌意象凄艳而不失幽美,具有擅用比兴寄托的意象美、语言追求完美的极致意象美、呈现语言丰富而精巧、色彩运用契合诗境、音律和谐、注重锤炼字句以及修辞运用巧妙的特点。王晓婕《李商隐常用诗歌意象分析》(《北方文学》2020 年第 5 期)将李商隐诗歌中出现的高频率意象分为自然景观、仙道、室内物品、昆虫几类并分别进行分析。刘嘉娟《在缤纷的意象丛林中呈现诗心——细读李商隐的〈春雨〉》(《文化产业》2020 年第 23 期)通过对《春雨》一诗的意象进行分析,指出李商隐诗歌陶冶性灵而独具审美价值的意象丛林正是源于诗人的艺术心灵,传承了唐诗以情见长的特色,并将其发挥到极致;他在反观自己生命时,有颓废感伤的成分,更有反省的成分,由此触碰到生命的本质问题。

3.无题诗研究

对李商隐无题诗的研究一般分为整体研究和单首作品研究两类。对无题诗整体研究的文章有助于我们更好地把握李商隐无题诗的艺术特色,如雷晶晶《"风骚"还是"艳情"——论李商隐无题诗多维解读成因》(《西安石油大学学报(社会科学版)》2020年第 1 期)。该文针对学界解读李商隐无题诗"风骚"还是"艳情"的争议,指出争议的解决最终需要回归无题诗本身的艺术特色,进一步指出李商隐诗歌中叙事与抒情的紧密结合、"士不遇"与"女失时"心理共通性的书写、风骚精神里纤柔圆融的特质、艳情趣味中真切遥深的品格等艺术特色,最终促成了无题诗中风骚精神与艳情趣味的融合。而这种独特的艺术特色一方面是构筑李商隐无题诗美学特质的根本原因,另一方面也是解决"风骚"还是"艳情"争议的根本途径,同时也是奠定李商隐无题诗在中国文学史上"不可无一,不可有二"地位的根本缘由。宋雪伟《无题诗与唐五代词关系新论》(《广西社会科学》2020年第1期)论述了无题诗与唐五代词关系,指出李商隐的无题诗在抒情文学发展中具有重要地位,它是抒情文体以诗为主体表达向以词为主体表达的过渡性标志。丁玉娜《论中国古典无题诗中的留白——兼论李商隐无题诗》(《作家天地》2020年第2期)分析了李商隐的无题诗的留白手法,指出李商隐正是使用了留白手法才创造出朦胧的美感,也才能在后世的传承中获得了长久的生命力。

研究李商隐无题诗中单首作品的有潘玉凤《论李商隐〈锦瑟〉的经典化》(《青年文学家》2020年第14期),文章追溯《锦瑟》一诗从唐五代一直到清代的经典化过程,认为人们对于《锦瑟》的阐释是经过了一个从表面到深层,从单一到多样,从分散到融合的过程,经过不同阶段及形式的接受与阐释,《锦瑟》一诗才在当今彰显出了巨大的艺术魅力。

4.其它题材诗歌研究

李商隐其他题材的诗歌如爱情诗、咏史诗等也有所研究。解舒淇《试论李商隐爱情诗的艺术特色》(《名作欣赏》2020年第6期)从意境营造、情感宣泄表达的方式及作者自身的情感表达几个方面论述了李商隐爱情诗的艺术特色。黄筱雯《李商隐爱情诗浅析》(《牡丹》2020年第10期)分析了李商隐爱情诗的思想内涵和艺术独创性,指出李商隐的爱情诗,展现了一种平等而纯粹的爱情观念,暗含着进步的女性观和先进的爱情观,表现了美好的理想、情操,表现了人性中纯正、高尚的一面。刘依依《浅析李商隐爱情诗中的女性形象》(《文化学刊》2020年第7期)将李商隐笔下的女性形象分为神化的女性形象以及现实生活中的女性两类。张自华《论温庭筠、李商隐的咏史诗及其淑世情怀》(《武陵学刊》2020年第1期)分析了温李咏史诗的历史内容、政治态度以及温李的淑世情怀与现实处境,肯定了温李咏史诗的政治价值,称他们的咏史诗虽风格艳丽但有"艳骨"。肖尊烨《杜牧与李商隐的咏史诗探微》(《青年文学家》2020年第11期)分析了晚唐咏史诗创作的时代背景及杜牧李商隐咏史诗的创作背景、创作目的和艺术特征,肯定了二人咏史诗创作推动了晚唐咏史诗创作的高峰。但上述两篇文章只论述了二人咏史诗的共性,没有分析二人咏史诗的差异,有一定的缺憾。贾海增《妙用神仙开境界——李商隐艳情诗用神仙事研究》(杭州师范大学2020年硕士学位论文),以李商隐艳情诗所用神仙事为研究对象,着重探析神仙事的运用造就了李商隐诗歌何种艳情特质,及其对以往艳情诗的发展和超越。指出神仙艳异典故的大量运用,极大地促成了李商隐艳情诗幽奇杳幻、凄迷惝恍的风格特征,开辟了一种新的艳情境界,即一方面呈现为古今关联、真幻同生的艺术世界,一方面在诗境的跳跃与重叠中表现浪漫幽雅的艳情体验与广袤绵眇的心灵世界,从而实现对传统诗歌艳情题材的超越与开拓。

(三)文章艺术研究

对李商隐文章的研究较上年相比有所增加。程文的两篇文章对李商隐尺牍研究作了很好的补充,《李商隐尺牍的文献价值及思想意义》(《名作欣赏》2020年第2期)以李商隐尺牍作为研究对象,结合李商隐的诗文作品和唐代历史文献资料,指出李商隐尺牍围绕追求实现个人抱负的主线,呈现了对国事时局的辨析、对权贵人物的干谒、与政治人物的交往、幕府生活的记录、心灵怨愤的吐露等内容。总结出李商隐尺牍所蕴藏的文献价值和思想意义,在于记载、反映并揭示李商隐一生的仕进经历、干谒活动和奋斗心曲,有助于后人深入探讨、了解李商隐并进而认识、把握他的时代。《李商隐尺牍的艺术特色和审美价值》(《名作欣赏》2020年第17期)则探索了李商隐的尺牍所具有的独特的审美价值与艺术魅力,分析了其对偶工巧、用典精切、辞藻惊艳、声律谐婉、深幽诗境的创作特点,认为李商隐的骈体尺牍风格典丽,散体尺牍风格畅达,在创作中往往融会骈散,更将身世之悲慨、心灵之愁思融入其间,使其尺牍富有浓郁的诗意悲情,超越了尺牍文体的应用性和程式化,与其诗歌一样成为承载情怀和抱负的艺术作品。韦云鹤、杨宝春《李商隐代拟类公文叙事用典的特征》(《齐齐哈尔大学学报(哲学社会科学版)》2020年

一年研究情况综述

第 8 期)分析了李商隐代拟类公文作品,认为其文章创作成就体现在典故运用上,表现为形象和意韵的融合以及典故意象间的交互映衬。有助于我们深刻认识其骈文能够"为后世文章开辟新的审美范式"的缘由。陈塪《李商隐〈为濮阳公檄刘稹文〉的文体特色研究》(《辽宁教育行政学院学报》2020 年第 3 期)分析了李商隐《为濮阳公檄刘稹文》的檄文体式、骈体书写以及以骈文之笔作檄文的文体特色,认为此文巧妙地将檄文、骈文两者的长处融合在一起实现了审美性和实用性的统一,肯定了此文檄文骈化的价值,有助于我们更好地理解李商隐的文章创作特色。程文《21 世纪二十年李商隐骈文研究综述》(《名作欣赏》2020 年第 26 期)通过回顾近二十年李商隐骈文研究的状况,梳理已取得的研究成果,对研究取得的成就和存在的不足与盲点进行了总结,有助于推动李商隐研究的深化与发展。

（四）比较和译介研究

1.比较研究

李商隐的比较研究集中在研究具体诗作上。常家诚《巫山沧海,殊途同悲——元稹与李商隐悼亡诗之比较》(《名作欣赏》2020 年第 15 期)运用比较研究法,辅之以文本细读法,以元稹及李商隐的悼亡诗为研究对象,对比二人悼亡诗创作上的不同。该文指出二人悼亡诗创作的相异点体现在风格、语言、情感等方面。在风格上,前者是直叙、明晰,后者是婉曲、含蓄;在语言上,前者平实,后者浓艳;情感上,前者是自责与丧子之痛,后者是自伤与感时等。此文对悼亡诗研究有一定的启发意义。王希萌《黄景仁〈绮怀〉与李商隐〈无题〉的比较》(《哈尔滨职业技术学院学报》2020 年第 1 期)从《绮怀》与《无题》的界定、艺术手法的异同、诗歌体式之异同几个方面对二人的诗歌进行比较,认为黄景仁爱情诗深受李商隐的影响,但他在继承的基础上也有发展。

2.译介研究

刘锦晖、文军《李商隐〈锦瑟〉四种英译文翻译策略体系的比较研究》(《燕山大学学报(哲学社会科学版)》2020 年第 2 期)借助汉语古诗英译策略体系对李商隐的《锦瑟》选取的四种较有代表性的译文(Bynner、刘若愚、Turner 和 Hinton 四位译者),从汉语古诗英译策略体系的语言易化策略、形式多样化策略、词语转换策略和附翻译扩展策略四个层面,逐一对《锦瑟》四种英译文的翻译策略体系进行描写与分析,发现四位译者的策略在语言、形式、词汇转换和附翻译层面上各有特色,每个译文的内部策略自成体系。进一步对比后发现,汉语古诗英译策略的选择受到译者身份、诗学、翻译观及翻译目的等多重文本外因素的影响。周晨芮《李商隐诗歌意象特征及其英译研究》(华东师范大学 2020 年硕士学位论文)从意象特征的角度来分析李商隐诗歌英译,对比分析现有的李商隐诗歌译本,为李商隐诗歌翻译提出新的视角——从意象特征上尝试重现李商隐的多重诗境。论文以许渊冲和刘若愚两位翻译家的翻译为例,辅以宇文所安、宾纳和葛瑞汉的译本,分别从意象的复现、意象的串联和意象的本体和喻体三个角度出发,探讨李商隐诗歌英译本中对诗歌意象特征的重现,对李诗的英译研究提供了新思路。

(五)书法艺术研究

对李商隐书法艺术的研究,仅田熹晶《从〈杜綝墓志〉谈及李商隐书法的相关问题》(《中国书法》2020 年第 10 期)一文,作者根据千唐志斋所藏唐代《杜綝墓志》中的"陇西李义山篆"款识,由李商隐与陇西的关系、李商隐是否善书,以及从李商隐撰写《杜綝墓志》的缘由展开探讨,进而引申出李商隐与杜氏家族及杨氏家族的关系。从文献中李商隐书法的相关记载,得知李商隐在当时以篆书名世,其亦有正、行书流传。以近年出土的李商隐撰书《王翊元夫妇合祔墓志》书法样貌为旁证,论证《杨宇墓志》是否为李商隐所书,因未找到确凿证据,亦根据他们的社会关系以及书法本身进行推论,故以待后考。

(六)艺术传承与接受史研究

卢源源《论〈才调集〉在李商隐诗歌接受史上的价值》(《西部学刊》2020 年第 9 期)通过分析韦縠《才调集》中对李商隐诗歌的选录情况肯定了《才调集》在李商隐诗歌接受史上的重要地位。刘春景《论金圣叹对李商隐诗的接受》(《江苏科技大学学报(社会科学版)》2020 年第 2 期)主要根据金圣叹效仿李商隐的诗作,讨论金圣叹对李商隐诗歌的接受及其缘由。论文主要从诗语接受、诗艺接受、典故运用、意象运用、接受原因及相似的人生经历、思想倾向几个方面进行分析，认为金圣叹对李商隐诗歌的接受完善了李商隐诗歌接受史上的重要一环，肯定了金圣叹对李商隐诗歌接受的重要作用。董晨《韩国诗话中李商隐诗歌接受研究》(山西大学 2020 年硕士学位论文)从写作方式、咏史诗、爱情诗、咏物诗及山水诗的接受这五个方面，对韩国诗话中对李商隐诗歌的接受进行整理、分析与研究，探讨韩国诗家对义山诗的态度，并对比中韩诗家对义山诗的品评，辨析两国诗家对李商隐接受的异同。通过研究得出韩国诗家对李商隐诗歌的评价褒贬有加，言辞更为犀利直接，具有客观性和指导性意义。在写作方式上，韩国诗家继承了中国早期典籍的观点，持批评态度，涉及"西昆体"时批判意味尤甚。在诗歌感伤文风和缠绵爱意上，韩国诗家多有赞许之意。在评析义山咏史诗、爱情诗、咏物诗及山水诗时，由于义山诗在韩传播不广，韩国诗家主要关注的诗歌基本为李商隐较为著名的诗篇。韩国诗家在诗话中十分注重对李商隐各类诗歌的词、句的释义与考证，亦有部分诗话引义山诗以评事、论事，展现了韩国诗家对李商隐诗的独到理解。潘静如《论晚清民国李商隐集句诗的隐微书写与褶皱》(《文学遗产》2020 年第 2 期)分析了晚清民国时期诞生大量李商隐集句诗的原因，即与大变局下朝事纷纭、宫禁秘事诡谲及士人凄惘密切相关，受惠于李商隐诗本身的"诡秘"，部分李商隐集句诗成为了规避政治风险的"隐微书写"，从而使哀艳凄迷的宫廷意象与末世氛围得以充溢于文本间。除此之外，晚清民国时期人们情感、认知或思想中的矛盾或张力同样是不可忽视的一大因素；借由李商隐集句诗的"褶皱"而依稀流露出来。这种形式可以说是李商隐诗歌在新时代环境中的新生，有重要研究价值。张宏锋《〈红楼梦〉引李商隐诗释论》(《明清小说研究》2020 年第 3 期)分析了《红楼梦》中引用晚唐诗人李商隐诗句的现象，指出李商隐的许多诗歌与《红楼梦》的基调具有异曲同工之妙，使其作品能够恰到好处地与《红楼梦》的文本内容相融合，体现了两位作家在文学观念上划时代的共鸣与融通。高艺文《从明清诗话看李商隐诗作特点》(《长江丛刊》2020 年第 3 期)立足明清诗话，对李商隐诗作批评进行梳理总结。指出明清诗话对李商隐诗歌批评主要集中在以下四个方面:李商隐诗歌成就堪称晚唐第一;李商隐诗歌风格多样,且尤为擅长律诗;是为学杜甫之最优者,其拟作本质上仍有艳丽之姿;诗中又有好积故实、犹存比兴的特点。明清诗论家持这种批评态度也与当时经世致用的精神有关,所以诗论家推崇李商隐咏史诗的批评精神以及爱情、政治诗中的比兴手法。陈冠明《"何当共剪西窗烛"的影响力——解密李商隐之三》(《博览群书》2020 年第 3 期)介绍了李商隐"听雨诗"的代表作,并从用李商隐《夜雨寄北)的诗句、词句、文句等;以集句形式袭用"何当共剪西窗烛";化用李商隐《夜雨寄北》诗意;袭用"何当共剪西窗烛""剪西窗烛""西窗剪烛""剪烛西窗""剪烛""西窗"等诗句、词句几个方面,论述李商隐"听雨诗"名句"何当共剪西窗烛"的影响史。

综上所述,本年度对李商隐的研究热度依旧,虽然存在不少重复研究,但也有创新成果提出,总体上在继承往年研究成果的基础上有一定创新,尤其有关李商隐诗歌翻译的论文,开辟出一种新的研究方向,值得注意。为接下来的李商隐研究做出了很好的铺垫。

二、杜牧研究

近两年,杜牧的研究似乎趋于冷淡。去年相关的研究论文有 24 篇,而今年仅有 10 余篇。现综述如下。

(一)比较研究

大小杜的比较。张超《杜甫、杜牧文学思想比较研究》(河北大学 2020 年硕士学位论文)从杜甫和杜牧的历史、家族、文化、家族背景来分析大小杜文学思想的异同。指出二人在儒家功利主义文学观的传承之上都重视文学的现实功用、教化作用,主张文质并重。但二人也有很多不同之处,比如在反映社会现实方面,杜甫倾向于详述,而杜牧则是概述;杜甫追求清新之美,而杜牧追求高绝之趣。总之,无论是诗歌创作的集大成者,还是独树一帜的另辟蹊径者,大小杜都是唐诗创作这片璀璨星空里一颗耀眼的星。

相同母题诗歌的比较。贺颖《试析〈清平调三首〉与〈过华清宫三首〉诗词特色异同》（《湖北开放职业技术学报》2020年第13期）试图从李白和杜牧生活的社会背景及创作缘起、创作风格等方面来比较《清平调三首》和《过华清宫三首》这两组组诗。李白和杜牧的这两组组诗都是称赞杨贵妃的美及描写唐玄宗对杨贵妃的宠爱。但两位诗人的目的不同：李白是违心的赞美和奉承；而杜牧则是发自内心的反讽帝妃骄奢淫逸的生活。李白生活在盛唐时期，政治也较清明，促成了李白自然简练、乐观豪放的诗风。而杜牧生活在国运渐衰的中晚唐时期，借古抒怀、讽刺时事是他诗歌的一大特点。

除此之外，孔见、景迅《异曲同工咏赤壁》（《语言文字报》2020年第5版）将杜牧七绝《赤壁》和苏轼词作《念奴娇·赤壁怀古》进行比较。两者都以描写赤壁为主题，都是"发思古之幽情"，但各有千秋：杜诗以工巧见长，而苏词以豪放著称；杜诗借物入题、以小见大，苏词平铺直叙、直奔主题。

历来名人和古迹名胜都是相互成就的。王圆圆、方正《周郎事业坡公赋，递与黄州做主人——文学母题与赤壁文化建构》（《黄冈师范学院学报》2020年第1期）指出历代的文人墨客相继以赤壁为中心，联系古黄州及与之相关的人、事、物，从不同的角度、情怀、旨趣、笔法等方面展开，创作出了大量的文学作品，促使赤壁文化交流交融向更深层次发展。作者认为在众多的名作之中，杜牧七绝《赤壁》自有其独到之处。杜牧这首诗增加了以主观情感咏怀客观历史的情调，加入个体的审美体验，使诗句整体看起来古朴苍劲，但内涵却活泼灵动。

相同题材诗歌的比较。张佼《四唐咏史诗比较研究》（西北民族大学2020年硕士学位论文）通过分析初唐、盛唐、中唐以及晚唐各个时期几位典型的咏史诗诗人的代表作品，指出各个诗人咏史诗的特点，并推及整个时代咏史诗的风格特点。文中对杜牧咏史诗给予高度评价，通过对《赤壁》《题木兰庙》等诗作的赏析，将其特点概括为不泥古、不媚俗、不涉奇险而天然高绝。

一年研究情况综述

（二）接受史研究

张鑫诚《不遇·放归·比兴——论杜牧骚体赋对〈楚辞〉之接受》（《海峡教育研究》2020 年第 1 期）以杜牧的《望故园赋》《晚晴赋》为主要研究对象，结合杜牧与屈原的历史社会背景和生命历程进行文本比较分析，得出杜赋与《楚辞》有几大共同点：表现出"小人与不遇"和"孤身与放归"两大主题；广泛运用"山川""花草"等意象；运用"香草美人"等比兴手法，最终作者得出《楚辞》对杜赋影响较深这一结论。

（三）思想研究

徐晓峰《理、辞之辨与杜牧咏史绝句"叛理"倾向的再思考》（《河南师范大学学报（哲学社会科学版）》2020 年第 1 期）指出宋代以来，众人批判杜牧咏史绝句"叛理"的言论是不对的，因为他们未能正确理解杜牧所谓的"理"，并指出杜牧对"理""辞"的看法："辞"是指语辞的形式、风格、表现等；"理"在内容上应基于历史现实、社会伦理而不是梦幻想象之景，所指向的应是理乱、怨刺。据此，作者认为杜牧咏史绝句的"叛理"是对古代之理的推翻，目的是切入当世之理，通过质疑调侃古代来思考当代的家国君臣、礼乐教化之理。因此杜牧好异叛理其实是对理的追求趋于极致，是"理"与"辞"的高度结合。

（四）诗文艺术研究

杨忠平《阿房宫赋："一"字细读不寻常》（《语文建设》2020 年第 9 期）认为杜牧非常善于在诗文中使用数字，尤其是"一"这个数字。作者认为"一"这个数字在杜牧的《阿房宫赋》中发挥了重要的作用：夸饰、对比、反讽。通过夸饰揭示统治者的穷奢极欲，通过对比反映了秦王朝和六国一样都是可悲的，通过反讽表达统治者需得仁政爱民的道理。

除此之外，还有间接研究杜牧诗文所用艺术手法的论文。张月《论宇文所安咏史怀古诗研究的方法与视角》（《长江学术》2020 年第 3 期）通过研究宇文所安的研究方法和视角，如怀古诗用韵、互文性方法、文本互读与诗歌修辞等，概括出杜牧怀古诗的艺术手法特点：喜用一些特定的韵脚，尤其"尤"韵和"东"韵。文章将杜牧诗歌的互文性和李白诗歌的互文性作对比，感知两者之间情感基调的不同;并指出宇文所安采用文本细读法,开创了理解杜牧《赤壁》怀古诗的新视角。杜牧《宣州开元寺南楼》一诗中场景的缺失,造成了巨大的冲击,这使诗人经常采用对比手法,揭示自然的永恒和历史荣光的稍纵即逝。

从不同的角度来看待文学作品,显得别具一格。牛政威《从历史学视角看诗赋——杜牧〈阿房宫赋考〉》(《学理论》2020 年第 10 期)从史学的角度来看《阿房宫赋》,考证了《阿房宫赋》中所载阿房宫的规模、建造时间以及宫人实际居住地,认为杜牧的这篇赋在记述秦阿房宫的规模等方面确实有一定程度上的夸张、虚构。客观清楚地认识这一点,对我们研究秦始皇其人以及秦朝相关的制度等方面都有积极的意义。

(五)作品考辨研究

熊仕喜《"多少楼台烟雨中"当作何解?》(《语言文字报》2020年 3 月 27 日)指出,寻常对杜牧《江南春》中"多少楼台烟雨中"这句的理解太过肤浅,认为应当理解为即使南朝有那么多的寺庙,终究难逃覆灭的下场。所以一个国家、一个王朝如果希望能够安定长久,不应寄希望于虚无缥缈的东西,而应改革弊政,依靠人民。作者认为此句是杜牧借古讽今、劝喻当权者发出的诘问。对作品文义的考辨,还有左高超的《再辨"绿云扰扰"》(《文史杂志》2020 年第 1 期)。《阿房宫赋》中"绿云扰扰"一句历来争议纷纭,有认为是乌黑的长发、有认为是一种独特的润头油使得头发呈现墨绿色等。作者认为这些说法都太过牵强,联系文本中的上下文以及对比其他古诗词中相似的语词,提出了一个很有说服力的看法:"绿云"是"绿云鬟"的简称,代指佩戴一种翠绿色发饰的发型。"绿云扰扰"是形容发饰之纷乱。

总的来说,"小李杜"研究热正在逐渐冷却,而"重李(商隐)轻杜(牧)"的现象还没有改观的迹象,选题重复也较严重。像《博览群书》那样集中相关主题,推出一组论文的做法,值得肯定。其实,小李杜散文及赋的艺术成就都很高,目前还缺乏深入细致的研究,如何开辟新的研究方向,做出有价值的成果,是我们亟待思考的问题。

新书选评

《刘禹锡新论》

□　方坚铭

（肖瑞峰著　浙江大学出版社　2020年3月）

　　肖瑞峰先生是刘禹锡研究的资深专家，是文才和学识兼备的学者。近几年来，他进入了厚积薄发的状态，研究论著的撰述和出版，都在加快，并且一部胜似一部，并没有因高产而影响质量。更兼小说创作也进入丰产期，掀起了一股不小的高校非虚构写作现象。继《刘禹锡诗论（修订版）》《刘禹锡诗传》出版后，2020年3月，他新出了《刘禹锡新论》。这部书，并不是对已有著述的简单重复，而是自有其独特成就和价值。正如该书后记中所言，"本书旨在匡补作者本人前所未逮者——或许也可以说是学界迄犹锄犁未罕及者"。

　　该书在创新精神的引导下，以刘禹锡诗歌的创作个性和作品研究为核心，进而进行历史文化的综合研究。一经一纬的框架结构，全景式的历史场景呈现，对文学作品的解读入微；既坚持研究立场的客观性，又具备"了解之同情"；体系严整，视野宏通，论证严密，语言优美，凡此种种特色和成就造就了一部学术经典，可为同类研究提供参考和借鉴。

　　从学术价值来说，该书对刘禹锡研究的推进，主要表现在：解答了"诗豪"的艺术特质和内涵是什么，展现了其如何在动态过程中形成和深化，并推进了中晚唐唱和诗的专题研究。

　　从阅读体验来说，给人印象最深刻的是，严谨的学术研究和诗意化的语言美妙结合，使文学研究达到了诗意化高度，对"诗豪"研究臻于新美境界。该书措辞洁净,阐述清晰,叙述动人,处处可见高超的语言艺术。吴夏平说:"《新论》不仅是一部嘉惠学林的学术著作,而且也是一部充分展示语言艺术的才子之书,值得所有爱好文学艺术者学习。"(吴夏平《学术创新与门径开示——评〈刘禹锡新论〉》,《浙江社会科学》2020年第7期)

一、一经一纬:宏通视野中"诗豪"之秘尽显

刘禹锡的研究,已经积累了比较丰厚的成果。肖先生的写作策略,是在已有研究的基础上,凸显"诗豪"这一核心命题,并进行深耕细作。正如李锦旺所论,该书"最具突破性的贡献体现为回应并解决了刘禹锡研究领域两个最为基础性的核心命题:一是通过纵横交错的研究思路蹑其诗踪、探其诗心,系统论证与解答了一代'诗豪'究竟是怎样育成的这一学术难题;二是以辩证的眼光审视、剖析刘禹锡诗普遍呈现的'悲''豪'相生的艺术特质,对'诗豪'的丰富内涵作了全面而完整的阐释"。(李锦旺《才识胆力交相济,诗豪妙谛见真诠——评〈刘禹锡新论〉》,《中国韵文学刊》2020年第3期)

为使其研究目的达成,肖先生运用了一经一纬的框架结构,有效地解决了这个学术难题。上编是"且随仕履寻诗踪",沿着其仕途履历探究其诗歌创作,侧重于研究"诗豪"艺术特质的历时性生成。下编是"试从嘤鸣探诗心",嘤鸣,即唱和诗,从唱和诗的角度来研究刘禹锡与中晚唐诗人、政治家的关系,以及"诗豪"的最终命名、在唱和诗中的"诗豪"艺术特质的表现。上篇的纵向勾勒和下篇的横向扫描,形成一经一纬,互为补充,纵横交错,有效地避免了单一视角,跟以前的几部著作相比较,不仅体系迥异,更可贵的是常出新见,写下了作者对刘禹锡其人其诗的宝贵认识和感悟。

这就形成了其学术研究的几大特征,具有很高的学术品位。

(一)条分缕析:研究对象的细化

这是指对于刘禹锡的仕途履历中产生的诗歌作品,予以更细化的研究。无论是朗州、连州、夔州、和州、苏州、汝州、同州,

还是重入庙堂期间、晚居洛阳期间的诗歌创作,肖先生都按其题材分类,大小无遗地予以分析研究。

在分前后期研究其诗歌的基本倾向与特征的基础上,分题材研究其抒情诗、咏史诗、讽刺诗、民歌体乐府诗,对刘诗的内容无所不包。

又如刘禹锡的唱和诗,研究者也多会触及,但是系统而全面地梳理刘禹锡和时人唱和诗的,则不多见。该书在这方面可谓首次予以系统整理,并呈现出丰富的文本样貌,史观和诗心兼美。

(二)追踪蹑迹:注重动态过程研究

事件和诗歌的发展本身处在动态过程之中。肖先生非常重视刘禹锡的生命遭遇与诗歌之间的关联,尽量予以复原。因此他对刘禹锡贬谪时期、出牧时期的作品进行全方面的扫视,阐发每个时期的独特风貌,探究"诗豪"艺术特质的形成和演变:朗州为诗歌创作的起点,自悲身世而不甘屈服,开始了从政治家到诗人的角色转换,"诗豪"艺术特质初步形成;连州时期讴歌平蕃胜利,融入地方乡土;夔州时期以诗养心,于咏史怀古诗、民歌体乐府诗开拓新境;和州时期袒露胸襟,坚守理想;重入庙堂则希冀与失望并存;出牧苏、汝、同三州,心意渐平,去意已决;及至洛阳文酒之会,则俨然一"诗豪","精华不衰"。随着时、地、人、物的不同,诗歌的丰富多面性随之呈现出来,"诗豪"的主要艺术特征和不同时期的侧重点也予以清晰的表露。

还有同一诗体在不同时期的演变轨迹,肖先生更予以充分的描述。笔者颇为感兴趣的是刘禹锡的民歌体乐府诗的演变,肖先生在书中有充分的描述,展示了任职朗州、夔州、苏州几个不同时期的变化。从朗州时期采风于楚地民歌,到夔州时"竹枝词"、苏州"杨柳枝词"名篇的产生,将有唐一代民歌体乐府诗的创作推向巅峰。

(三)笼络古今:宏通的文化视野

在论述诗歌诸问题的过程中肖先生将各种文化背景闲闲写出,引入宏通的文化视野,从而使诗歌诸问题的论述不单薄,有层次感,避免了单一化。这可见肖先生是对整个唐代乃至整个古代的历史文化有通盘的了解和认识。卞孝萱曾在肖先生早期著作《刘禹锡诗论》一书的序中评："著者对刘诗不作直线、平面之演绎，而致力于纵横交错、时空合一之立体考察，回旋度大，穿透力强，见他人之所未见，发前人之所未发。辨析透彻，迥非寻常。"(肖瑞峰《刘禹锡诗论》，浙江大学出版社 2013 年版)

（四）文心观照：善于把握诗歌艺术特征

该书在动态过程中把握住"诗豪"艺术特征，解答了"诗豪"之谜。"诗豪"，可以归纳为"既悲且豪"四字。上编第一章第四节对"诗豪"概念作了定义式的集中表述，奠定了全书研究的基石："然而，'韵本悲'，绝不是软弱、消沉的同义语。这种'悲'是与执着的追求和积极的进取相伴始终的'悲'，是发自带火焦桐、挟着耀眼的光焰和震撼人心的嘶鸣的'悲'，因而虽然凄婉，不失沉雄；尽管苍凉，犹见亢奋。刘禹锡之所以被誉为一代诗豪，不是因为他未曾'悲'，而是因为他悲而不失气骨，悲而不易其节，既作悲语，亦作愤语，更作壮语。他的不同凡响就在于自觉沉沦而不甘沉沦，明知无望而偏不绝望，从而最终以理智战胜了感情，没有成为'悲'的奴隶，而以胜利者的姿态雄踞于它之上。"

法国学者吉尔·德勒兹认为，一般学者的写作范式，往往是根—树模式，即围绕某个主题（根部）展开多层次的论述（树）。这点，可谓现代著述概莫能外。但是，如果一部著述里出现了丰富性的表述，互相链接，甚至互为衔接，无有始末的状态，那可以说具有了"块茎"形式特色。肖先生此书，或已有"块茎"形式特色。

二、文心史识：深入中晚唐文史研究的阃域

在这种经纬框架下，以文心史识行之，取得了不菲的成就。

（一）诗史结合：研究刘禹锡与中晚唐政治的关联

"诗史互证"是一种重要的文史研究范式，其治学主旨是"在史中求识"。肖先生即在把握有唐一代文史的基础上解读刘禹锡诗文。

首先，行文中展现刘禹锡避祸全身的过程。刘禹锡之所以

能避开牛李党争的牵连，或许还要感谢他的贬谪生涯。永贞革新失败后，先贬连州刺史，再贬朗州司马，元和十年（815）二月，招回京师，因赋玄都观看花诗得罪执政，复迁出，历任连州、夔州、和州刺史，被弃置在凄凉的巴山蜀水间达二十二年之久，直至宝历二年（826）才罢归洛阳。在这段时间，正值前期党争充分展开和牛李党争初步定型的时期，刘禹锡因任外官，故避开了朝廷中党争的风暴。大和初入朝后，虽受到了党争的一定波及，但是很快就又出为苏州刺史，转汝、同二州刺史。开成元年（836）秋后，始改任太子宾客、分司东都，成为东都闲职官僚、酬唱诗人群体中的重要成员之一。

其次，对刘禹锡与重大政治历史事件关联的研究。中晚唐时期发生的"永贞革新""平定淮西""甘露之变""牛李党争"等重大历史事件，是研究刘禹锡时避不开的。而肖先生在解读作品时更是有不少精妙的抉发。比如，对刘禹锡与大和九年（835）十一月甘露之变关联研究，就很经典。《新论》考索发现《有感》中有"死且不自觉，其余安可论"句，即为悼念在此事中遇难的王涯、贾餗等人。这起政治事件，也让作者去意已决，与残酷的现实政治彻底疏离。

（二）专题研究：以牛李党争为线索推进唐代唱和诗研究

安史之乱改变了唐代历史的走向，也终止了宫廷唱和诗的发展，取而代之的是地方的唱和集团与唱和诗，私人唱和成为唱和诗的主流，如韩孟、元白、刘白唱和等（岳娟娟《唐代唱和诗研究》，复旦大学 2004 年硕士学位论文）。该书以刘禹锡为核心，深入研究了中晚唐唱和诗。

首先，是对唱和交游者的考证。如对刘禹锡晚年居洛阳期间，对"刘白诗人群"的梳理，有崔玄亮、李德裕、牛僧孺、令狐楚、裴度、李绅、王起等兼涉政坛与诗坛的名宿。最早在大和三年（829）便已拉开序幕。其中，裴度对推动唱和活动起了重要作用。

其次，根据不同的对象，作者研究其唱和诗的侧重点、内容和功用，做到了条分缕析、个案化。尤其是以牛李党争为主线，来梳理其唱和诗，显得简明清晰。

跟白居易一样,刘禹锡跟牛李两党党魁都保持着交往,跟李党之李德裕、裴度、元稹、李绅,牛党之令狐楚、牛僧孺都有酬唱。当然,他跟牛李两党人物的交往中,是有亲疏之分的,也有时段性。《新论》对唱和诗进行专题研究,对刘禹锡与交游者的丰富形态予以具体的描述,有助于我们认识这批政治家兼诗人的复杂关系和历史原貌。

无论生疏还是亲密,他都没有认同于某党,没有党附于某党,而两党也各自没有认同他为党人。刘禹锡始终没有忘记他作为永贞革新集团成员的身份,他对王叔文的敬仰也是始终的,如果说他有党派,那么他始终是属于永贞革新集团的。

至于韩愈、柳宗元、白居易之间的唱和,亦多阐发,有助于认识这批政治家兼诗人的复杂关系和历史原貌。

这些唱和诗,既是刘禹锡得名"诗豪"之由,白居易集其诗而序之曰:"彭城刘梦得诗豪者也,其锋森然,少敢当者,予不量力往往犯之。"(欧阳修、宋祁《新唐书》,中华书局 1975 年版)同时也是"诗豪"艺术特质的持续生成过程之体现。如第四章剖析了刘禹锡与韩愈之间仅存的唯一酬唱之作,即刘禹锡永贞元年(805)赴谪途中创作于江陵的《韩十八侍御见示岳阳楼别窦司直诗,因令属和重以自述,故足成六十二韵》。肖先生认为,该诗在刘禹锡创作史上有重要的意义,以这首"属和"之作为契机,刘禹锡的角色定位"开始由政治家向诗人嬗变","这既是刘禹锡第一次尝试鸿篇巨制的创作,也是他第一次从事怨刺之诗的创作","支撑其历史地位的饶有思想意义和艺术价值的创作是以这首诗为起点的。诗人从此开始了摘取'诗豪'这一桂冠的艰难跋涉和奋力探索"。李锦旺指出:"这一系列精辟的论断不仅揭示了酬唱环境对于育成一代'诗豪'所具有的特殊意义,也间接补充解释了上编何以对永贞革新及以前的诗歌创作均忽略不计的原因,形成上下编之间的有机互补。"(李锦旺《才识胆力交相济,诗豪妙谛见真诠——评〈刘禹锡新论〉》,《中国韵文学刊》2020 年第 3 期)

(三)哲人意远:考察刘禹锡思想并推进其小品文研究

刘禹锡的思想,深受啖赵春秋新学和杜佑《通典》为代表的中唐经世学说的影响。哲学思想方面,《天论》一篇素来也受到学界的重视。

值得我们关注的是《新论》附录中两篇文章:《〈天论〉与元和年间的哲学论战》《从〈天论〉到〈因论〉:刘禹锡哲学思想的演进》,可以看出肖先生出色的哲学思辨能力。肖先生细致梳理了元和年间韩愈、柳宗元、刘禹锡三人论天的具体经过,揭露了《天论》为永贞革新合理性辩护的真实内幕。

更有意思的是,肖先生还分析《因论》小品文的文学技巧,"这组小品文的贡献是双重的,跨界的,在文学与哲学两个领域都是可以彪炳后世的"。古人写作文史哲不分家,肖先生撰文也是文史哲不分家,可谓典范之作。

三、结语

总之,肖先生的《新论》,是义理、考据、辞章三合一的学术专著,是一部史论合一、文笔优美的大作。对唐代文史的熟悉,对刘禹锡作品的体悟,对古代文化生命体的"了解之同情",铸就了这部嘉惠学林的《新论》,而一扫当前僵化、板滞的八股文风。

这部专著撰写的成功,给予我们的经验主要是这几个方面:1.当于学界大格局中寻找学术的生长点、突破点。肖先生在卞孝萱等专家精熟刘禹锡考证、已进行部分论述的格局里,紧紧抓住"刘诗的创作个性的综合研究"这个要点,衍伸而成专著,获得学界认可。2.作家研究,必须牢牢地以其作品研究为核心,精读、细读之,得其余韵,然后进行文学研究,方不致有隔靴搔痒、雾里看花之讥,致使其研究成果亦成"夹生饭"。对文学感悟力强的学者尤当如此。3.文学研究是综合性很强的研究,若非全局在胸,对时代政治、文化诸多方面了如指掌,则研究必难以深入,阐述难以到位。

目前,古代重要作家的研究已然逐步深入,然而研究者不能仅停留在考证、考订、辑佚或文化研究的层面上,应乘势追击,深入进行以文学作品为本位的历史文化的综合研究,提供更多的以文学研究为本位的学术精品。

《唐诗镜像中的丝绸之路》

□ 马宝记

（石云涛　中国社会科学出版社　2020 年 6 月）

　　《唐诗镜像中的丝绸之路》是石云涛教授的一部新作,这部著作无论是厚达 800 页、多达 90 万字的外在形式,还是含蕴深刻、内容宏富、气势壮阔的内在价值,都实实在在称得上是一部"沉甸甸"的巨著。本书诗史互证,利用唐诗资料展现了唐代丝绸之路波澜壮阔的生动景观,也从文化交流的背景揭示出唐诗繁荣发展的外来动因,是唐诗和丝绸之路这两个研究领域的新成果。其特点和价值可以从严谨、创新的学术精神,客观、准确的诗歌评论和翔实、丰富的文献资料三个方面来概括。

一、严谨、创新的学术精神

　　《唐诗镜像中的丝绸之路》充分体现了严谨、创新的学术精神。本书围绕"唐诗"与"丝绸之路"两大主题,分为五大板块。第一板块按照丝绸之路从长安出发的路线,分为丝绸之路起点、关陇道、河西路、玉门关与阳关、西域道五章,重点探讨丝绸之路主路与唐诗的关系。第二板块可以称为"草原丝绸之路",分为北方草原丝绸之路和西南草原丝绸之路,探讨天山南北和青藏地区丝绸之路与唐诗的关系。第三板块为南方丝绸之路,探讨川滇地区丝绸之路与唐诗的关系。第四板块为海上丝绸之路,探讨海上丝绸之路与唐诗的关系。第五板块为"法宝之路",探讨中印交通和佛教交往与唐诗的关系。

在每一板块之内，以唐诗为观照点，按照内在逻辑关系，将内容细化，详细解读唐诗与丝绸之路的镜像关系。如第一章探讨丝绸之路的起点时，重点突出长安的"国际大都会"价值，除了唐诗中长安本身的美丽与繁华，还将唐诗中反映的长安"域外人""域外诗""域外风俗""域外物产""域外乐舞"等作为基本内容，勾勒出了一幅极具域外色彩的风俗画。第五章论丝绸之路西域道，在论述了"唐朝对西域的开拓和经营""唐征服突厥和平高昌在唐诗中的反映"之后，重点放在了唐诗中出现的"西域南道""西域北道""葱岭以西的道路"等大量的地名上，通过这些地名形象地展示唐代的西域丝路走向。如"于阗与于阗镇、莎车"一节中作者写道："于阗是西域古国，唐朝夺取西域后，在此地置于阗镇，是唐朝前期'安西四镇'之一，在丝绸之路上处于重要位置。"然后借贯休《遇五天僧入五台》五首之三"河横于阗北，日落月支西"说："这位从天竺来的僧人是经过于阗来到中原的。"这样的结构安排，涵盖了丝绸之路各条路线与唐诗的关系，各板块之间既有显著区别，又有密切联系，相互补充，构成了一个完整的学术体系，既反映了作者扎实的专业功底，又体现了全书宏富、博大的容量和作者严谨、精审的学术态度。

除了结构严谨，该著作还具有诸多创新之处。首先，该著作在唐诗与丝绸之路的关系上，构建了一个立体化的镜像关系。全书以丝绸之路为横线，以唐诗为连接点，贯穿着一个个人物、地点、事件、风俗等，既有客观的、宏观的分析与介绍，也有细腻的、具体的论证与考辨，还有对内涵的深入剖析。如第四章"玉门关与阳关"中"唐诗中的玉门关"先介绍了玉门关的历史、所在位置的争议等，然后一一列举了唐诗中咏及玉门关的作品，再谈唐诗中"边塞、战争前线与丝路交通要道"等内容，最后深入挖掘了诗中"对和平生活的向往和立功异域的志向"，以及"唐后期失地的象征"等更为丰富的内涵，并以大量的诗歌作为论据，使唐诗所蕴含的思想价值得以升华。如分析张宣明《使至三姓咽面》诗："张宣明出使其地，来到遥远的西域，虽然山川险阻，诗人报国的热情丝毫不减，他不为远离家乡而悲伤，一心想着建立功名。"在谈"唐诗中的阳关"时,列"阳关音信:征夫思妇的情感纽带"和"渭城一曲动千古"两节,很明显是对阳关诗歌的情感进行挖掘、阐释。从而说明"'伤离惜别'并不能概括唐人赋予两关的丰富复杂的思想情感,阳关、玉门关这两座屹立在汉唐边陲的雄关,充满了阳刚之气、神奇的魅力和深厚的意蕴,承载了中华民族不畏艰险、不畏强敌、开放进取、顽强奋斗的精神,成为诗人喜欢吟咏的素材,引得千百年来文人墨客魂牵梦萦、反复吟唱,把雄关的沧桑留在了不朽的字里行间,使之成为中国文化史上永恒的意象和符号。"

其次,在论证丝绸之路与唐诗的关系时,作者条分缕析,从一首诗、一个词、一个句子入手,深入探讨,对作品的内涵、时代环境、生活习俗、衣食住行,甚至中土域外等内容,广征博引,由点到面,由内到外,由表及里,详加论述,精确阐释,深入挖掘。如第二章"丝绸之路与关陇道"论述唐诗中的《陇头水》乐曲,先回顾汉乐府中的同名旧题,厘清汉代以来《陇头水》乐曲的发展线索及主要作品,然后论述唐人以此旧题写诗,继承了写边塞生活、征役之苦和离别相思的传统。作者引用了杨师道、沈佺期、员半千、张籍、皎然等大量唐诗中的同题诗歌,谈到张籍诗时说"这首诗真实地反映了当时的边防局势,'陇头已断'和'陇西地'失陷都是事实,而不仅仅是文学意象",借历史事件深入挖掘诗歌主题,将历史和文学相互印证。在第八章论南方丝绸之路时谈唐诗中来自南诏的物产,书中列举了历史上南诏进献唐朝的各种贡物,重点谈了唐诗中涉及的药物与赤藤杖,尤其是"南诏特产"赤藤杖,作者着墨较多,列举了张籍、韩愈、白居易、李洞等人的作品。赤藤杖作为一种"特产"被大量诗歌所提及,这确实是一种值得注意的文化现象。

二、客观、准确的诗歌评论

在利用诗歌资料说明丝绸之路发展变化时,书中对这些诗歌作品进行了客观、准确的评论,显示出了作者所具有的深厚的诗歌鉴赏和文学评论功力。

其一，诗歌内容与丝绸之路的关系把握准确，解读翔实。对诗歌所具有的丰富内容来说，了解其所产生的环境十分重要。本书引用了大量诗歌，总是首先将这些诗置于相应的丝绸之路变迁的大环境中，准确定位诗歌反映丝路的价值。如第六章论述草原丝绸之路时谈诗中的天山、天山路与天山雪，先介绍了天山的位置和天山终年积雪的特点，接着又引用日本学者对天山地理的研究成果，即"天山路"的问题，然后再对这些诗歌进行点评，最后对相同或相近的诗歌进行总结性概括，达到前后内容的有机统一。这种布局充分说明作者掌握了大量的唐诗原始资料。与此同时，作者将这些大量的唐诗原始资料与丝绸之路的历史、文化紧密结合，完美地展现了唐代诗人用丰富的情感铺成的"丝绸之路"。

其二，对这些飘洒在丝绸之路上的诗歌的评价见解独到。有关丝路的诗歌有的不被人注意，属于"冷门"，作者苦心孤诣地搜集、解读、评论，将这些"冷门"作品连缀起来，并赋予它们亮丽的光泽，使之成为丝绸之路上的串串珍珠、颗颗碧玉。作者在对这些作品进行解读时，既有总体的论述，更有具体的点评。如论"天山雪"时概括道："天山终年白雪皑皑，这是给来到西域的人最深的印象，因此天山成为边塞苦寒的象征，常与'雨''雪''寒''冰''风''雾''霜'等自然意象组合，构成酷冷严寒之意境。"评李益《从军北征》："月亮历来是思乡意象和亲人团聚的象征，此诗写征人望月思乡的情景。天山脚下风月严寒的夜晚，哀怨的笛声勾引起征人思乡之情，他们不约而同地仰望天上明月，因为明月既照到边关，也照到家乡。月出东方正是家乡所在，身处西域，故而回望。笛声、月光传达出深沉悲凉的思乡情怀，天山雪则有力地烘托了这种情感的悲苦。这些诗以'天山雪'为背景，渲染了征战西域的苦寒，从而写出远征将士的艰辛，渲染其边地生活和离别相思之苦。"这些评论赋予自然物象以丰富的人文情感。

其三，对诗歌所蕴含的文化内涵挖掘透彻。唐诗中的丝绸之路是一条极具美丽色彩的商贸之路、人生之路，包含着丰富的文化内涵，作者对诗歌文化内涵进行了深入的挖掘，展示了这条文化之路上丰富的文化生活，既有边关要塞特有的西部风情，也有殊方异客带来的域外色彩；既有当时国际都市所拥有的分外繁华，也有大漠深处戈壁孤城的清冷凄凉；既有从征将士杀敌卫国留下的缕缕踪迹，更有他们以身殉国守护的断壁残垣。作者还在唐诗中挖掘了大量的城镇道路、山脉河流名，并将与之相联系的文化内涵逐一辨析，充分体现了丝绸之路是一条文化之路、处处蕴含着丰富的文化内涵的特点。如在第一章论述长安作为丝路起点时写道："长安是首都，朝廷和宫廷的生活成为诗人们歌咏的重要内容。朝廷的庄严、宫廷的豪华和宫殿的巍峨代表着这座都市的繁华、皇家的崇高和帝国的强盛。"书中引用大量描写长安繁华的诗，指出"长安是全国文士最向往和最集中的地方"。作者将丝绸之路上这颗最大的明珠——长安的繁华及其凝聚力、包容力、影响力阐释得清晰、明了，这也就是长安的文化价值所在。又如第五章论丝绸之路西域道时论及昆仑山，用了"昆仑山：神话意象与西域象征"的标题，认为"中国有很多神话与昆仑山有关，古人称昆仑山为'龙脉之祖''万山之祖'。……唐代诗人笔下的昆仑山有时是实指，有时则是神话中的昆仑山，这要看诗人用意所在"。通过"神话传说中的昆仑山"和"西域南道上的昆仑山"两部分，结合大量诗歌内容，详细解读了唐诗中关于"昆仑山"的文化内涵。类似的论述在书中大量存在。

其四，诗化的语言彰显了诗歌评论的优势与特长。本书是通过唐诗资料探讨丝绸之路的发展变化，涉及大量的诗歌评论。作者在评论这些诗歌时，采用了极其诗化的语言，诗歌的美与评论的美有机地融合到一起，给读者十分愉悦的阅读感受。诗化的语言有时体现在标题上，如"唐诗中长安的美丽与繁华""阳关音信：征夫思妇的情感纽带""天山、天山路与天山雪"等。更多的则体现在行文中，如第七章"吐谷浑之路与唐蕃古道"评论吕温的诗："当洞庭湖上风吹樯折的景象映入眼帘时，他又想到了当年在吐蕃之地时的生活环境，依然有风沙射面的感觉。风力是不由人决定的，就像人的命运，人无法改变自己的命运，他由风力产生世事沧桑、人生如寄的感慨。"通过这种诗化的语言，读者可以体会到诗人的内心世界，领悟到唐诗对丝绸之路的诗意的美的表现。

三、翔实、丰富的文献资料

本书在文献方面的利用堪称典范。这首先表现在诗歌文献方面，作者穷尽了唐诗中的丝绸之路资料，在此基础上进行融会贯通，从而展现出唐诗中丝绸之路的生动风貌，自不必说。除此之外，还利用了大量的历史文献、地理文献、考评文献等，既有古代文献，也有现当代、外国文献；既有原典文献，也有历代研究文献；既有宏观研究，也有具体的历史人物、事件、文物、考古发掘简报等文献；既有学术专著，也有大量的学术论文，数量相当可观。全书后附参考文献多达50页，约1500条，足见参考和征引文献之丰。

（一）历史文献

历史文献是诗歌所反映历史事实的佐证，通过历史事实可以深入了解作者创作时的具体感受和真实心态，对认识诗歌所表现的社会内容具有重要作用。在论述唐诗创作与丝路发展变化的背景时，作者引用了诸如《旧唐书》《新唐书》《通典》《唐会要》《太平广记》《资治通鉴》《隋唐史》《1973年吐鲁番阿斯塔纳古墓群发掘简报》《西突厥史料》，以及各时期墓志等大量历史文献。尤其是在论述某些有争议、有疑义的历史问题时，作者更是采用多家并举、兼收并蓄的方法，详加探究，抒以己见，表现出了客观、严谨、科学、独立的学术思想。如论述受降城时，作者结合历史文献介绍了受降城的来历、位置、分布、变迁、作用等基本情况，又结合诗歌详细分析了受降城所蕴含的诗人情感体验。其中，中受降城的具体位置争议较大，作者引用了梁坚的大段分析论证材料和民国学者张相文的实地考察资料。通过这样的介绍、引证，为后文分析诗歌中有关受降城的内容奠定了坚实的基础。还有一些笔记、野史、佚闻等资料，也被作者所采纳，如唐代封演《封氏闻见记》、明代倪格《南诏野史》等。

（二）地理文献

地名、地貌、地理环境是文学作品赖以生存的土壤，准确、充分地利用地理学著作,对于阐释文学作品的内涵具有重要作用。为了更好地解读丝绸之路上的唐诗,作者引用了大量的地理文献,这些文献既有正史中所记载的地理志文献,如《汉书·地理志》《旧唐书·地理志》《新唐书·地理志》等,也有地理学专著,如《水经注》《元和郡县图志》等,还有后世对这些地理学著作的校注、考释等,如《敦煌地理文书汇集校注》《唐代交通图考》等。甚至是一些实地考察资料,如民国学者张相文对中受降城的考察,梁坚《包头历史名城:中受降城和拂云堆祠考证》。还有一些外国学者的地理著作,如阿拉伯学者伊本·胡尔达兹比赫《道里邦国志》、日本学者松田寿男《古代天山历史地理学研究》等。作者用大量历史地理文献阐释诗歌,在第五章"丝绸之路与西域道"一章论述"赤亭"时,引用了严耕望《唐代交通图考》和《新唐书·地理志》的史料得出结论:"由此可知,伊庭道和伊西道在赤亭交会,这里连接着伊州、庭州和西州。正是因为这是一个连接西域三州的要道,所以岑参多次路过此地,他有 4 首诗写到赤亭,写了他到此地的具体感受。""从岑参诗的描写来看,赤亭地处火山山口,是交通要道,而且此处有'客馆',即供行人住宿和换马之驿站,但环境极其恶劣。"这样文、史、地的交汇融合,给读者提供了一个客观、立体化的诗歌背景。

（三）考评文献

沿着丝绸之路探讨唐诗的精髓,是该著作的核心内容,而丝绸之路上为数众多的诗歌并非尽人皆知,所以作者精心挑选、详加析绎。在这个过程中,征引了大量的考证和诗论文献,有对诗歌产生背景、作者经历、诗歌写作具体环境、内容的相关考证文献,也有历代对诗歌艺术特点的评析文献。这些文献有大型的类书、诗文集,如《先秦汉魏晋南北朝诗》《乐府诗集》《文苑英华》《全唐五代诗》《全唐文》等,也有大量唐人别集,还有考古新发现的《敦煌诗集残卷辑考》《敦煌变文校注》等。作者利用这些文献对涉及的诗歌及其相关内容进行了详细的考证,将文学史上大量的疑惑问题、争议问题、空白问题等辨析得十分清楚。

唐诗数量众多,内涵深厚,饱含着诗人丰富的情感体验;丝绸之路漫长悠远,山川优美,承载着沉重而美好的历史记忆。石云涛教授的这本书将唐诗的内容和丝路的发展变化互相印证，以特有的学术眼光、精辟的文学阐释，通过大量的文献资料，对丝绸之路的深刻文化内涵予以充分的挖掘，在学术性、文学性、文献性方面达到了完美统一，新意迭出，功底深厚、内容充实，是近年来唐代文学研究的新创获。

新书选评

《唐诗镜像中的丝绸之路》

《元稹和中唐士人心态》

□ 李　伟

（田恩铭著　中国社会科学出版社　2020 年 7 月）

　　改革开放以来,古典文学研究步入正轨,一批具有学科指示性和奠基性的著述问世,不仅显示出古典文学研究的勃勃生机,还彰显了学术研究方法论的更新与转向。在这些颇具影响的研究著作中,以文人心态与文学创作关系为主题的内容占据了相当大的一部分,这其中体现出"文学是人学"的价值命题引领文学研究的总体趋势,经典成果包括罗宗强先生的《玄学与魏晋士人心态》(浙江人民出版社 1991 年版)、尚永亮先生的《元和五大诗人与贬谪文学考论》(文津出版社 1993 年版)、陈桐生和刘怀荣主编的《中国历代文人心态史》(河北教育出版社 2001 年版)、刘子健的《中国转向内在》(江苏人民出版社 2002 年版)和徐乐军的《晚唐文人仕进心态研究》(社会科学文献出版社 2014 年版)等。近些年来,士人心态研究已不如上世纪末那般热闹,并开始转向专题化,体现出精耕细作的研究取向,即结合具体时代背景的特点,着重探讨某一时期的士风与文学创作的互动关系,其中王德权的《为士之道:中唐士人的自省风气》(中西书局 2020 年版)较有代表性。而田恩铭新近出版的《元稹和中唐士人心态》(中国社会科学出版社 2020 年版)则延续了此种专题化的士人心态研究,选取元稹作为透视中唐士人心态的视角,结合其身份、生活和政治活动等特征要素,深刻分析了元稹诗文创作中的心态内涵,并借此展现了中唐士人的心态嬗变。

二十余年前,陈桐生和刘怀荣主编的《中国历代文人心态史》从历时性的线索上对文士心态进行了全面的呈现,时代跨越之大,研究覆盖面之广,可谓文人心态研究的集大成之作。正如刘怀荣先生所言:"文人心态研究是集行为方式与价值观念、理性认识与感性体验、现实生活与精神创造等多种要素为一体的一种综合性研究。"(刘怀荣《才人灵心的诗性呈现——〈唐代文人心态史〉导论》,《东方论坛》(青岛大学学报)2000 年第 1 期)这种心态研究在一定程度上不仅引领了改革开放以来古典文学研究的风气,还能从跨学科的宏阔视野中拓展文学研究更大的空间。在《中国历代文人心态史》这部集大成之作撰成后,如何开拓这方面的研究则成为显示后来学者识力的试金石。

田恩铭先生的新著《元稹和中唐士人心态》接续了此前文人心态研究的传统,并且取得了可喜的成果。首先,田恩铭先生《元稹和中唐士人心态》一书研究对象的选择,表明了田恩铭先生的良苦用心。复杂时代的风云际会可以体现于很多方面,而经典作家则是透视一个时代的最佳窗口。英国著名诗人奥登曾指出:"就作家与其所处的时代关系而论,当代能与但丁、莎士比亚和歌德相提并论的第一人是卡夫卡。卡夫卡对我们至关重要,因为他的困境就是现代人的困境。"每个时代总会出现具有象征意义的代表作家,他们身上彰显的是时代的个性,因而要深入理解特定时代的文化特征,选取代表作家展开细致研究无疑是一条捷径。作为承接盛唐气象之后的中唐时代,历来是文史研究领域的热点,安史之乱后的唐帝国亟需重振雄风,很多士人也是以此为己任,怀抱着积极用世的政治热忱,投身于大刀阔斧的政治革新。而涌现于这一时代的经典人物更是不可胜数,韩愈、白居易、刘禹锡、柳宗元、元稹、李德裕、张籍、王建等都是其中的佼佼者。历数这些代表士人,此前的研究则更多的集中在韩愈、白居易、柳宗元等人身上,特别是韩愈,有关韩学的研究成果可谓是汗牛充栋。

当然有所得必有所失,借经典作家来透视时代特点的做法在学术研究中可以收到事半功倍之效,但某种程度上也会造成对其他作家研究的忽视和遮蔽,胡姓出身的元稹就是中唐文学史上颇具个性而没有得到充分发掘的研究对象之一。后世对他的印象大多停留在他在新乐府运动中的贡献、创作传奇《莺莺传》和悼亡诗等方面，而对元稹诗文创作及其文学史意义的全面研究则相对缺乏。因此，田恩铭先生在新著中从元稹切入来研究中唐士人心态，可以看到此前研究中所忽视和难以揭示的部分，本身就具有一定的新颖性。就心态研究的成果而言，此前将元稹和中唐士风联系起来研究的显著成果，以尚永亮先生的《元和五大诗人与贬谪文学考论》较具代表意义。尚先生主要从贬谪现象出发，着重考察贬谪传统对中唐五位代表文人的影响及其在文学创作中的作用。而在这一研究中，无论是创作的代表性还是贬谪心态的典型性，对元稹的研究都有所欠缺，并不是贬谪文化研究中的重点所在。田恩铭先生《元稹和中唐士人心态》则是在一个更为广阔的历史文化视野中去分析元稹的心态表现和面向，以及由元稹这一点出发来揭示他周边所呈现出的中唐士风嬗变，这种具有互动性的研究可以更为深入地展现中唐士人心态的共性面貌和元稹创作在中唐士人群体中的特殊性。

其次，田恩铭先生在考察元稹文学创作心态时采取了宏观与微观相结合的研究方法，而且重点从身份意识、生活背景和政治参与等视角深入分析元稹的心态侧面，显示出一些突破此前研究路数的新内容。陈贻焮先生曾指出元、白在新乐府运动中创作的诗歌具有鲜明的政治意义，是"谏官的诗"（陈贻焮《从元白和韩孟两大诗派略论中晚唐诗歌的发展》，后收入钱志熙、杜晓勤编选《陈贻焮文选》，北京大学出版社 2010 年版）。但陈先生没有对此做进一步的申说，此后也鲜有人能由此继续深入研究。田恩铭先生则在本书中专列一节，结合元稹的谏官、御史官和翰林学士等三重身份特征，广泛汲取了傅璇琮先生和傅绍良先生等前辈学者的研究成果（傅璇琮《唐翰林学士传论》（初盛唐卷）、《唐翰林学士传论》（晚唐卷），辽海出版社 2005 年版；傅绍良《唐代谏议制度与文人》，中国社会科学出版社 2003 年版），重点分析了元稹的诗文创作内容及其文学革新意义，这也从一个侧面揭示了中唐士人在文学与政治的交界面上所做的时代努力，使得极易蹈空的士风心态研究落到了实处。此外，田恩铭先生重点梳理了元稹与中唐时代众多士人的交往，如窦巩、卢载、"四李"等，即使是为大家所熟知的元白交往，本书也从生活的细部给予更为深入的呈现，由此可见研究者是想从历史深处挖掘士人心态并赋予文学史研究以更贴切的理解。

再次，田恩铭先生在本书中贯穿了鲜明的"问题意识"，将元稹所经历的时代大事件与其创作结合起来，运用综合的历史文化研究方式，对中唐士人心态的某些趋向进行新阐释，显示出突破陈规的学术锐气和胆识。例如将"阳城"作为元和士风骏发的时代起点、从吕温切入去透视元和士人的贬谪书写，以及挖掘"平淮西"事件带给元和文学创作的时代影响等，这都是此前研究中较为忽略的内容，或者是前人很少观察的研究视角。特别是从"阳城"这一视角出发，将中唐士人信奉的"直道而行"的实践理念与当时的政治风气密切结合，为韩柳元白等人的政治实践找到了历史的渊源，指出士风丕变的现实意义，这给人以耳目一新之感。

毕竟，安史之乱瞬间打破了盛唐的繁华，中唐士人亟需整合历史、政治和文化的多重资源，提振士风、政风和文风，试图恢复唐帝国昔日的光荣。这一努力需要时间的经营，更需要士人的努力、事件的推动和对文化走向的总体把握。因此，韩愈、元稹、白居易、柳宗元、刘禹锡等人都是怀抱同样的政治期望来推动中唐士风和文风的变革。在这一历史背景下，传统的儒学思想获得了全新的阐释，诗文创作中的政治参与意识空前高涨，此前不为人所重视的史才也可以与文笔相融合，成为士人著书立说和参与政治的重要凭借。这些研究命题都是关涉中唐士风和文风的重点，而田恩铭先生在本书中所研究的这些问题，又并非散漫无章，而是借此回应一个宏观的社会文化转型的重大命题，即士人如何通过改变自身型态的文化转变来因应时代政治的嬗变和发展，从"文儒型"士人逐渐过渡到宋代集政治主体、学术主体与文学主体为一身的士大夫，而这一转型正是由中唐时期开启。有了这一宏观考察的统摄，元稹和中唐士人心态的众多具体问题的研究才会有所归依。

除了所取得的研究实绩，本书在某些方面仍有值得继续开拓之处。其中元稹作为胡姓文人在唐代的代表,这方面的研究稍显薄弱,在《元稹与元氏家族的婚姻关系》一节中虽有提及,但研究内容仍显单薄。另外,元稹在中晚唐制诰文革新中的文学地位,还有继续研究的必要,毕竟"制从长庆辞高古"的文学转型还未得到文学史的认真对待。而元稹那些颇具生活气息的诗文创作,反映了中唐士人的何种心态,苏轼所言之"元轻白俗"能否从这个视角获得某些新解?这些待发之覆是未来中唐文学研究的重点,也说明唐代文史研究仍有很大的学术空间。

总而言之,田恩铭先生在《元稹和中唐士人心态》一书中以深刻的理论识见和广泛的史料搜集,为我们呈现了中唐士风的多元变化,我们完全有理由期待田恩铭先生能够继续开拓中唐文学和元稹的专题研究,在未来取得更大的成绩。

《知我者:中唐时期的友谊与文学》

□　张含若

（田安著，卞东波、刘杰、郑潇潇译　中西书局　2020 年 9 月）

　　《知我者:中唐时期的友谊与文学》是美国普林斯顿大学东亚系主任、胡应湘终身讲席教授田安（Anna Shields）的又一力作。该书英文原版 *One Who Knows Me：Friendship and Literary Culture in Mid-Tang China* 于 2015 年由哈佛大学出版社出版，中译本于 2020 年由中西书局出版，南京大学卞东波教授主译。田安教授长期以来致力于唐五代文学史和文化史的跨学科研究，尤其关注诗词选本文化、文学知识的历史构建以及文学经典的历史塑造等课题。其第一本专著《缔造选本:〈花间集〉的文化语境和诗学实践》（英译本,哈佛大学出版社 2006 年版;中译本,江苏人民出版社 2017 年版）考察了五代时期前蜀词集《花间集》的编纂背景和词学创新，以丰富的历史材料论证了前蜀宫廷宴饮文化和唐亡后的社会剧变促成了词这种非精英文体的发展和演化。该书熟练地将历史背景研究与文本细读相结合，为中古选本研究指明了新的跨学科研究方向。田安教授的最新研究兴趣扩展至唐代文学在 9、10、11 世纪的传播与重塑。在这部暂名为《书写大唐:唐代文学遗产在五代和北宋的形塑》（*Writing the Tang：The Shaping of the Tang Literary Legacy in the Five Dynasties and the Northern Song*）的书中，她将研究唐代作家文集的整理与形成，探寻北宋文人整理唐代文学作品的逻辑和认知，并思考这种认知如何影响"唐代文学"

新书选评

《知我者：中唐时期的友谊与文学》

的后世经典形象。

在写作第一本专著时，田安教授追寻唐代浪漫文学作品的发展线索，敏锐发现了元稹曾就其青年时代与"崔莺莺"之间的风流韵事与白居易进行过一次略显激烈的通信论辩，并由此关注二人对友谊的书写，从而激起了对中唐时期的友谊写作这一更宏大问题的兴趣。《知我者：中唐时期的友谊与文学》详述了以韩愈和白居易为中心的中唐文人社交圈的友谊创作，并重点阐明友谊这一社会关系在中唐文学文化转型中的重要影响与作用。作者聚焦于唐德宗统治后期到宪宗统治时期（8世纪90年代到9世纪20年代）这四五十年的文学写作，试图通过这一短小的时间窗口展现友谊写作在剧烈转变的中唐文坛中的特点与影响，并为唐宋转型的历史叙述提供另一独特的文学文化视角。在原始文献的选择上，作者不仅涵盖了经典文体如诗歌、散文，也吸纳了应用性文体，如书信和祭文，从多文体、多角度来分析友谊在中唐士人的政治生涯、私人社交方面的地位和重要性。在二手文献的选择上，作者对比了中世纪西欧和中古中国对于友谊的描写，从历史横向比较中凸显中唐友谊书写的独特性。

为什么选择友谊作为研究课题？友谊作为儒家传统五伦关系之一（君臣、父子、兄弟、夫妻、朋友），在历代文学作品中都有所描绘，但在社会政治环境发生巨变的中唐时期，友谊写作展现出全新的书写模式。我们观察到，在中唐文坛上，以当时的文坛领袖为核心，出现了数个紧密联系的团体——其成员在官场上互相提携，在文学上相互唱和，甚至会操办不幸早亡的朋友的丧事并照料遗孤。例如，以韩愈为核心的群体包括孟郊（751—约814）、李翱（772—836）、张籍（约767—约830）、侯喜（卒于823年）以及樊宗师（卒于824年），而与白居易交往频繁的主要是元稹（779—831）和刘禹锡（772—842）。这种新型的文学群体明显区别于初唐时组织松散的宫廷诗人和地方诗人，亦不同于南北朝时或以皇室为核心（如竟陵八友）、或以高僧为核心（如庐山诸贤）的文学群体。产生于中唐的文学群体，其身份认同并不来自政治身份或宗教信仰，而是来自科举出身的士人的"友道"——其成员间的联系既来自共同的教育与入仕背景，也来自对文学知音的渴求。

安史之乱后剧烈的社会变动是中唐友谊书写的宏大背景。第一个剧变是由于世家大族逐渐衰微,大量非世族出身的士人通过科举考试踏入仕途,逐渐成为唐代官场的中坚力量。缺乏强大家族背景的士子不得不通过各种渠道——包括恩主(patron)的提携,有利的婚姻及友谊的纽带——建立自己的社会资本,而横向的社会关系则为科举晋升提供有力帮助。第二是地方藩镇势力的崛起,导致唐代宫廷对于文学创作的重要性和约束性大幅下降。文学创新精神蓬勃生长,而文学群体是实验新文学的有效组织形式。在这种社会背景下,关于友谊关系的构建与表达成为中唐文学革新的特色。

本书结构明晰,第一章从理论话语和历史发展两个方面阐述友谊在文学发展中的地位,第二到第五章以友谊为线索串联起不同文体的文本分析。第二章分析入仕早期的友谊写作基础(包括写给恩主的文字与写给同侪的文字),论证仕途初期的友谊关系如何帮助士人在文学竞技场上博取功名并建立群体身份认同。第三章细读朋友间的酬和诗和诗歌联句,阐明友谊在双人写作中所创造的文学空间。第四章转向对书信往来的解读,探索作者如何在书信这种文体中认知友谊、定位友谊关系的主体与客体,并如何解决友谊中的见解冲突与矛盾。第五章着眼于友人死亡之后的祭文写作,通过对祭文和碑志两种不同文体的分析,探寻友谊关系在身亡之后的维系和书写。

第一章"中唐文学文化语境中的友谊"梳理了友谊文学书写的历史脉络,并分析了中唐的社会变化如何催生友谊写作的新特点。先秦儒家典籍中对"友道"核心价值的论述持续影响着中唐文人对友谊的思考:虽然友谊可以是功利性的——友谊可维系官员间的横向关系并因此带来政治利益——但朋友之间的"信""义""知音"等儒家理念也是中唐文人交友时思考并发掘的重要价值。和欧洲中世纪相比,中古中国文本中的友谊是边缘化的:在唐代以前的社会关系及伦理观念中,友谊并没有固定的地位和实质,它每每让位于更强势的宗族伦理关系,如孝道。但剧烈的社会变化会导致交友行为发生变化,比如 15 世纪欧洲社会的流动性加速、人口剧变及政治动荡使得社会等级结构发生重组，从而为友谊提供自由发展的空间。南北朝和中唐的剧烈社会变动同样也使得友谊这种社会关系变得更为重要。中唐士人不仅在政治活动中赋予友谊更大的影响力，而且积极开拓介于私人领域和公共领域之间的话语空间：友谊书写超越个人和亲族的私人领域，却比宫廷社交写作更为亲密化。可以说，中唐时期友谊的发展也是唐宋士人转型的一部分：唐代的贵族精英逐渐转型为北宋的科举士大夫。

作者认为，中唐时出现的三个社会变动推动了新型的友谊书写。第一，安史之乱后官员职位竞争愈发激烈，通过科举入仕的非显赫出身的士人急需建立朋友圈来与"官僚贵族"相抗衡。在经由科举考试和吏部铨选的政治晋升过程中，建立"同年"（同一年通过科举的进士）间的横向关系及与座主、恩主的纵向关系显得尤为重要。第二，中央政府对地方政权的控制力下降，导致中唐文化有去中心化的倾向，而拥有相似的教育背景、志向和趣味的精英共同体成为中唐文人身份认同的新趋向，这也成为友谊关系蓬勃发展的新动力。第三，中唐文人针对弊恶的社会现实有一种强烈的革新精神，而文学创作则是他们参与社会改革的利器——他们渴望通过文章来改造国家和社会。友谊关系则促进了中唐文学革新：一是朋友圈可迅速传播新文学并产生社会影响力；二是友人间对共同话题的讨论和书写可以激发思考的火花和提供文学灵感。基于这种文化背景，作者开始对中唐友谊文本进行分文体的讨论。

第二章"建构网络：友谊、恩主与名望"分析了入仕早期（包括干谒、准备科举，以及初踏仕途）建立官场社交网络的功能作用，重点考察在确立群体身份中描写友人的两种手法。如前所言，非显赫出身的士人需要组建朋友圈来推广自身文才并建立政治人脉，而在实际写作中有两种描写友人群的方式，一是反对主流品味，二是认同当代价值。前者以韩愈为代表，他的群体以打破陈规的文学创新而闻名；后者则以白居易、元稹为代表，他们在主流价值体系中突出自身的才能并以此举扬声名。这两者都是为赢得文化资本以及相应的政治回报所采取的文学策略，而这些修辞手法在士人入仕初期的文本中有最淋漓尽致的展现。一个显著的例子就是贞元年间韩愈友人圈所作的举荐孟郊的文本。这些举荐文本的修辞策略根植于《论语》中对举荐贤才和"己所知者"的推崇，韩愈及其群体在举荐信或推扬孟郊才华的诗文中，重点强调了他们对孟郊的"知"，以及将孟郊与"古"这种价值紧密联系在一起。"古"既代表了孟郊在古体诗上的成就，也赋予了孟郊"古"之人的淳厚道德品格。举荐孟郊对韩愈等人并无实际政治利益，但却代表着韩愈友人圈对古文的文学兴趣和革新精神，并以此确立了集体身份认同。与之相对，白居易和元稹则采取了不同的修辞策略，他们倾向将自己塑造为一群为当权者所赏识的科举进士，具有青年官员与风流才子的双重身份。这些作品展现了新晋进士的闲暇与才华，和他们典雅精致的都市生活，以此来塑造精英形象来提高他们的政治与社会地位。

第三章"同声相应：友谊与诗歌酬唱"考察了友谊关系在诗歌酬酢中的表达。中唐文人集体唱和并将众人之诗编为一集的做法颇为流行（如元白唱和诗高达九百余首），而唱和诗则为友谊书写提供了一个独立于政治生活之外的社会文化空间。在这个关系平等的空间中，文人们在创作竞争中激发文学创造力，并积极探索诗歌写作的新模式。本章重点讨论了韩愈和孟郊的联句，以及白居易和元稹的酬答诗。韩孟联句在体裁和韵律上的创新性向来被认为是中唐"尚奇"文风的一种体现，但在这些联句中，韩孟二人也在同一文本中塑造两个诗歌主体并让他们展开知音的对话。例如，在《遣兴联句》中，两个诗歌主体针对友谊和忠诚等话题展开对话，扩展了诗歌文学的表达空间。白居易和元稹在被贬为地方官的九年间，也有多篇怀念长安青春岁月的唱和诗。这些类似自传性唱和作品不仅维系着他们的友谊，也塑造着他们在地方的名望。

第四章"知与被知：友谊的认识论"探索了中唐文人书信写作。书信这种文体成熟于中唐文人的手中，他们不仅在书信中积极探寻个人感情和精神，也深入讨论了道德困境等难题。感性表达和理性讨论的结合是书信这种文体的独特魅力和功能，从而也成为考察中唐友谊认识论的一个有利视角。对于友谊关系，中唐文人格外强调"知人"和"被知"这两种行为的价值，并往往将朋友相知的关系拓展到更大的层面——例如，韩愈在致崔群的信中从友谊之知转向了对于天人关系更为深刻的讨论。在这些致友人的信中，作者也注重对自我形象的塑造和表演：他们不仅是朋友认知的对象，同时也通过提出关于人类社会、圣人名言甚至天道的观点来塑造读者对他们的认知。此外，中唐文人在书信中经常提出朋友交流方面的诸多问题：自己是否能被对方理解？对方误解自己时的沮丧和焦虑如何化解？当书信作者对同情和理解的期待落空时，一般会采取两种回应策略：一是质疑朋友的判断能力，进而质疑这段友谊的稳固性；二是质疑写作作为一种工具能否充分地承载作者的观点和情感。中唐书信文本强调了友人间书信所具有的思想和文学活力，可以促成作者和收信人之间更深入的理解，并展现对深刻认识论文体的激烈辩论；同时也展现了朋友"相知"的复杂性，即远距离书信交流所导致的理解的缺席。

第五章"同慰死生：友人去世之后的友谊践履"则将视角转向死亡后的祭文写作，以及友谊在祭悼文学中的修辞表达。祭仪和葬礼是古代中国极为重要的仪式，而与之相关的一系列文体（如祭文、墓志铭、诔文、挽诗、行状）也在祭仪中发挥重要作用。中唐是祭悼文学的黄金时代：祭悼文篇幅更长、数量更多、风格更多样，且擅长碑志写作的文坛巨擘（如权德舆和韩愈）还对这种文体进行了文学革新。他们在程式化的应用性文体中更为深刻细腻地表达个人情感：不仅为至亲撰写的祭文感人至深，为好友所作的祭文也情真意挚。这些作者将特定的私人化和政治性细节引入到他们的作品中，意图建立宗族血缘之外的友谊情感空间。尽管祭文是祭仪的一部分，但作为文本形式，却在更广阔的范围流传。当这些祭悼文学在朋友圈传播时，这个群体的情感纽带和身份认同也得到加强。友谊关系对中唐祭悼文学的变迁产生了重要影响：中唐文人对知己的深切哀思使他们在创作中注入了情感、智识和文学上的创新抱负，并深刻发掘了这种保守且程式化的文类的抒情潜能。

新书选评

《知我者：中唐时期的友谊与文学》

《知我者：中唐时期的友谊与文学》是中唐文学研究的一种崭新尝试：它试图通过"友谊"这一社会关系将中唐重要作者划分为不同朋友圈的核心人物，并依此关系重新审视和组织中唐文学文本。田安教授将抒情文类和应用文类共同纳入研究范围来探寻友谊关系在中唐士人政治生涯和文学创作中的地位和作用。中唐剧烈的社会变动推动友谊在中唐成为重要的社会政治关系，并在更大范围内影响了中唐文学写作，也成为理解唐宋变革的一个崭新维度。中唐作家敢于在公众生活中赋予友谊更多的价值，并通过对友谊的表达和反思来进行新文学实验和革新程式化文体。一些可以改进的地方包括引入更多文献（如唐代笔记等）来补充第二章的观点，例如，晚唐笔记《唐摭言》中保留了韩愈及其群体的数量可观的举荐信，可印证中唐士人在入仕初期构建了错综复杂的社交网络来向中央官员或地方掌权者推荐其友人圈。此外，第五章中讨论的具有创新意味的祭悼文本在中唐卷帙浩繁的祭悼文中占比颇低，以少量文本为证据是否能支撑起作者的"中唐文学新转向"的结论似乎可存疑。本书为中唐文学研究展现了新的可能性，也可启发研究者对宋元明清文学中友谊文学的思考，比如可从"知我者"的角度重新检视苏轼、黄庭坚、秦观、晁补之等人的诗歌酬答和书信往来。

新书选评

《知我者：中唐时期的友谊与文学》

《唐代教坊考论》

□ 胡秋妍

（张丹阳著　中国社会科学出版社　2020 年 9 月）

　　张丹阳博士的学位论文《唐代教坊与文学》获得首届国家社科基金后期资助"优秀博士论文出版项目"立项，经过修订后改为《唐代教坊考论》由中国社会科学出版社出版，这是唐代音乐文学研究的一大优秀成果。

　　教坊是管理宫廷音乐的官署，主要掌管燕乐，为宫廷娱乐活动所用，与民间俗乐交流频繁，与太常寺掌管的国家礼仪活动所用雅乐相区别。唐代教坊是中国古代音乐史与文学史研究的重要范畴，著名学者任半塘先生撰写了《教坊记笺订》《唐声诗》《唐戏弄》等，极大地扩展了唐代教坊研究的范围，任先生的弟子们延续了他的研究框架，在深度和广度上作了进一步拓展，如王小盾《隋唐五代燕乐杂言歌辞集》《唐代酒令艺术》等，建构起一个体系庞大的"唐代音乐文艺学"。但是因教坊问题极其复杂，遗留问题很多，尚有不少空白有待填补，由于材料缺乏，牵涉面广，要解决这些遗留问题并非易事，丹阳的《唐代教坊考论》从唐代教坊制度、唐代教坊音乐、唐代教坊与文学关系三个层面，揭示了三位一体格局之下唐代教坊制度、教坊音乐、教坊文学以及地方教坊、教坊商业化演变等方面的重要问题，是《教坊记笺订》问世半个多世纪以来唐代教坊研究的重要推进成果。

一

　　作者以唐代教坊制度、唐代教坊音乐、唐代教坊与文学关系三大主题为纲领统摄全书，除绪论外共设置七个章节，从内容来看可以分为三部分。

　　第一部分为唐代教坊制度文化等综合研究。第一章《唐代教坊及相关音乐机构研究》是对唐代各种教坊名号的考辨，诸教坊名号的成立与其性质密切相关，对诸教坊名号的辨析就关系着唐代音乐机构分合、沿革的问题。唐代不同时期、不同空间存在武德内教坊、左教坊、右教坊、内教坊、仗内教坊、鼓吹教坊等用法，开元以后，由于武德内教坊的衰微，仗内教坊也称为内教坊，俗乐教坊是仗内教坊和左右教坊所形成的三位一体的格局。作者在本章还论述了教坊与其他音乐机构之间的流动现象，唐代梨园初设于禁苑，随后由于其乐艺职能的扩大而逐渐东移至大明宫东内苑中与内教坊共处。这种机构位置的变动促进了梨园、教坊乐工的交流和乐艺的交融，也为玄宗巩固了大明宫东面的政治力量。教坊职官作为唐代音乐管理者亦受到研究者的重视，因此作者在第二章《唐代教坊职官问题研究》中利用大量的传世文献和出土文献，对教坊职官作了积极的补正。"教坊使"属于兼职，主要职责是负责教坊的日常事务，并以家族为视角，对教坊使的任职作考察，田章家族、梁元翰家族、吴德鄘家族等就显示了家族化的特征，也从侧面显示了唐代阶层分化的结果。地方音乐遗迹研究是古代音乐史的研究范畴之一，研究方法是对历史上音乐文化遗存丰富的地区进行历史文献爬梳和实地调查，陕西眉县教坊村的形成便与当地历史上的教坊遗迹有必然联系，因此第三章《唐代地方教坊考——以眉县教坊为个案》作者通过对眉县相关历史文献的梳理，辅以历史演绎法，对眉县教坊村形成的时间、背景等诸多复杂问题作出解释。晚唐五代时期教坊乐工的流散与聚居对当地造成了一定程度的教坊音乐文化渗透，因此一些关于教坊的历史遗迹和特殊地名的"历史记忆"对研究者而言就显得尤为珍贵。

第二部分是唐代教坊乐的研究,包括了教坊乐部和教坊曲。教坊乐部主要有清乐、云韶乐、太常四部乐、教坊四部乐,四者是相互融合与消长的关系。清乐包括汉魏以来的华夏旧曲及在此基础上俗乐化建立的清商部。云韶乐本为雅乐,盛唐以后俗乐性质不断加深,同为雅乐的太常四部乐则渐次消亡。本为俗乐的教坊四部乐则随着雅乐的消亡而逐渐转盛,这种转换是教坊音乐发展演变的关键,称为中晚唐音乐的主流。第四章《唐代教坊四部乐考》就是基于雅俗此消彼长的发展脉络下,从目前学界争议未决的太常四部乐与教坊四部乐的关系、教坊四部乐具体所指、胡部兴盛的原因等具体问题入手,补充和拓展了此前的研究。作者认为,从太常四部乐到教坊四部乐,从武德雅乐教坊到开元俗乐教坊,既是唐代宫廷音乐发展、演变的表现,也是中古音乐向近古转变的表征。教坊四部为胡部、云韶部、龟兹部、鼓架部;云韶部进入教坊四部的历程较为复杂,是唐代雅乐与俗乐升沉的结果,而"胡部"一家独大则是雅、俗两股音乐潮流转变的缩影。第七章《唐代教坊曲生成模式研究》以《文淑子》这一曲调为中心,考察了文淑俗讲的底本和音乐特色,教坊曲《文淑子》的乐曲源流正是源自这一宗教活动,并经历了教坊乐工的采择、创作与文宗皇帝的改编。通过《文淑子》这一个案观摄教坊曲的编排与运用,总结了教坊曲调的创作规律:其一,教坊曲本事与选诗主题相呼应;其二,教坊曲本事与选诗内容相契合;其三,教坊曲调与曲辞的格律、体式相配合。

第三部分是唐代教坊与文学的研究。聚焦于唐代教坊文学发生的空间形态,第五章《唐代教坊音乐与藩邸文学》是特定文化空间和文学场域下的音乐文学研究,唐代藩邸的文学活动、音乐活动与教坊音乐密切相关,既对教坊曲调的生成产生了影响,也是教坊音乐由宫廷走向民间的一种空间过渡,对研究教坊曲调、乐舞形态的创承具有重要意义。本章以宁王府文人对《簇拍相府莲》的改编为案例,探讨了作为教坊曲调的发生场域文学尤其是词调生成的影响,更进一步探究曲辞与曲调的制约作用在词体确立过程中的意义。同时,对唐玄宗在藩邸和即位后如何推进教坊音乐进入诸王府的研究,将音乐、文学、地理、政治四者融汇在一起，也表现了教坊与文学的复杂关系。第六章《教坊商业化与唐两京饮妓文学》，中晚唐时期，外廷教坊机构（包括府县教坊）开启了商业化的进程，广泛参与官方、民间的宴饮活动。与这种潮流相应，城市中形成了各种娱乐中心，而教坊饮妓即为主角。孙棨《北里志》"京中饮妓，籍属教坊"是其中典型，"平康坊"的兴盛不仅使得教坊商业化和世俗化，同时依托于这一场域形成了俗讲、曲子词、诗文创作、唐传奇等雅俗文学蔚兴的局面。这样的商业化倾向也不仅限于长安，在洛阳等重要城市也出现了类似的妓乐中心，成为教坊商业化的重要补充，并与文学发生了密切联系。

二

《唐代教坊考论》是一本非常扎实的实证研究著作，唐代教坊文献十分稀缺，是唐代音乐文学研究难以推进的困难之一，作者从多方面爬梳整理，争取穷尽传世文献，力求再现唐代教坊的面貌，最独到之处是注重出土文献以及其他稀见文献，作为传世文献的补充，诸如新出墓志中出现的教坊使墓志、教坊歌舞乐人墓志，以及地方志中的史料。作者运用这些史料在细心地辨析、补充、补正、深化、细化已有研究观点的基础上，提出自己一系列创新的见解。如作者在"唐代教坊职官的家族化"研究中，利用新出墓志文献，对教坊职官的家族性做出积极尝试。作者运用《唐故桂管监军使太中大夫行内侍省奚官局令员外置同正员上柱国赐绯鱼袋梁公（元翰）墓志并序》（《梁元翰墓志》）与《唐故（梁公）太原郡王夫人墓志铭并序》（王夫人墓志）可知，王夫人祔葬地为"京兆万年县浐川乡上傅村观台里"，即梁公祖茔所在，与梁元翰葬地相同，可见二人出自同一家族。墓志记载王夫人之夫梁公的官衔与梁元翰同为内侍省官员，而王日盈为"内常侍、赐紫金鱼袋、充教坊使"，亦为内侍省官员。王日盈之女与梁公的联姻是内侍官员家族的横展，可见教坊职官的家族性，不仅体现为家族纵向的继承或延续，还体现为横向的扩展和联系，这主要表现为家族之间互相通婚的情况。

从行文架构上看,全文建立在三大系统结构之上:分别为制度研究——关注教坊机构设置、职官等;音乐研究——关注教坊乐部、曲调等;文学研究——关注乐人与文人、音乐空间与文学场域等。这三个板块是相互联系的有机整体,作者虽然用大篇幅着力于教坊机构、职官、乐部、曲调等文化史与音乐史范畴下的研究,但不忘落实到文学研究领域,始终保持着一种清醒的自觉。作者认为教坊音乐活动的中心是人,教坊乐人是音乐机构、制度框架的构成者,也是自上而下、由内而外文艺活动的媒介。以《唐代教坊音乐与藩邸文学》一章为例,作者将教坊乐官、乐人的活动放置于空间的角度来理解,乐人的活动空间一方面意味着教坊文化向这些空间的流动,另一方面意味着教坊可能熏习这些空间中的文化,这就是教坊文学展开的场域。作者在"文人与乐工的合作:宁王宅邸《簇拍相府莲》曲辞生成场景还原"中试图从乐工的角度还原教坊曲调于王宅环境下生成的特殊性。《簇拍相府莲》的曲辞创作源于诗人王维在宁王宅中的一次赋诗活动,据孟棨《本事诗》"情感第一"所载,王维是因宁王宪夺饼师之妻事而赋诗以讽。乐工以五言八句入《簇拍相府莲》者,乃欲借《相府莲》曲调本事为创作背景:给人造成一种此调乃因"时王座客十余人,皆当时文士"之雅集活动而起,附会王俭府中人才济济、宴会雅集之情形者。一方面以王维《息夫人》诗四句达到了怨刺的目的;另一方面,利用两曲调之联系,将曲辞创作之难言消解于两调名的区别之中,保全了宁王的颜面。可见教坊曲调在"特权"环境中生成、传播,无论是乐工还是文人的创作都需要迎合特权群体的需求和审美,那么作为文本的曲辞也一样会受到这种影响,这一思路是从乐工对曲辞改制的现象出发,利用乐工的行为将教坊曲调的发生场域和文人创作、文本风格等文学现象联系并挖掘,是非常积极的尝试。

三

如果作者可以再深挖与文学文本联系更为紧密的曲调的音乐特征,也可以从另一侧面窥见教坊与文学研究的价值。就《簇拍相府莲》而言,笔者想提出一些建议:有歌词的唱曲段落往往就有固定的节奏,文辞因固定的断句模式或是有固定的意义,就反向决定了乐曲节奏的固定。"簇拍"即"促拍",是指一种音调急促的乐拍。《乐府诗集》中就载有两组"簇拍"曲辞,分别为《簇拍陆州》和《簇拍相府莲》。簇拍没有改变乐曲的性质,但在篇章字数和句式句法上都发生了改变,也表现在文本格式的改变上。就诗体而言,七言以4—3体为正格,五言以2—3或3—2为正格,但在乐曲演唱中,节奏、气口等停顿、分节比阅读或吟诵更为多变。多数情况下,一曲内的"曲拍"有长有短,歌辞相应的有长有短,演唱时应当考虑语言表达的完整性,每一拍中所填都应当是相对独立的文学单位。因此在声辞配合上,歌辞语义单位的切分和音韵句读都是需要考虑的因素。

丹阳这部著作的出版,并不意味着她对唐代教坊研究的终止,而是阶段性的成果以及更广阔学术道路的起点。阅读完本书,笔者想提出一点展望。本书的研究亮点有二:一是"二重证据法",传世文献与新出墓志相结合,新出墓志不仅在具体问题上能够提供强有力的证据,同时也以其独特的笔法使我们拥有开拓新领域的可能,在这一点上,作者的完成度非常好;二是图史互证法,近年来唐代教坊歌舞戏、教坊乐舞等研究都大量使用了新出墓葬壁画,作者也利用了古人绘制的地域、城坊图像对传世文献进行补充,比如运用吕大防的《长安城图》重新考订了内教坊位置,而对音乐歌舞实物图像的运用相对较少。部分教坊曲(尤其是法曲)是辞、乐、舞有机统一的共同体,那么舞容、乐器等存在于文献、壁画的具象实体,与乐曲旋律、声情等抽象艺术能够相互印证进而促进理解。如前蜀高祖王建墓棺椁浮雕石刻二十四乐伎图,是唐五代宫廷乐队表演最直观的反映,同时在诗词中也存在对乐器形制、演变和欣赏时的心理活动描写,将两者对读有助于我们获得更深层的文本理解。

《唐代教育与文学》

□ 吴相洲

（郭丽著　中国社会科学出版社　2020 年 10 月）

　　《唐代教育与文学》是郭丽在博士学位论文基础上修订而成。论文当年在外审和答辩时就获得极高评价，外审专家和答辩委员都不吝赞美之词，后来还被评为天津市优秀博士学位论文，很遗憾那一年全国优秀博士学位论文停止评选。我当时忝列外审专家，对论文印象十分深刻。按照现在的惯例和大家的期待，这篇论文应该很快出版，但是一来郭丽毕业后致力于乐府学研究，倾注了很多心力；二来她对做学问要求很高，一直在做进一步的思考和打磨。好在现在她的乐府学研究出了成果，全八册的《乐府续集》很是厚重，另一部《乐府文献考论》也已出版。而这篇论文，也终于经过她的精心修改后付梓。这些都是令人高兴的事。近十年的沉潜和默默无闻，一下子拿出这么多有分量的著作，很是不容易。以下谈一些我阅读《唐代教育与文学》的感受。

　　首先，直面问题、凸显价值。文学是人学，"一部文学作品最明显的起因，就是它的创造者，即作者。因此，从作者的个性和生平方面来解释作品，是一种最古老和最有基础的文学研究方法"。（[美]勒内·韦勒克、奥斯汀·沃伦著，刘象愚等译《文学理论》，浙江人民出版社 2017 年版，第 63 页）而教育是培养和塑造人的事业，深刻影响着人的个性。一个人甚至一代人的精神风貌和价值取向，都与教育有着密切关系，教育是影响文学潜在的巨大力量。反过来,很多优秀的文学作品会进入教育领域,成为教育的经典读本,在一定程度上又影响了教育活动和教育方式。很多文学家本身就是教育家,或者从事过教育活动,其文学创作和教育活动是密不可分的。《论语》《苏格拉底对话录》等,既是文学和哲学著作,也是教育学著作。可以说,在文学生产、文学作品、教育知识、教育成效、时代精神、个性气质之间,存在着明显而隐秘、直接又复杂的联系。研究和揭示这些联系,至少对于解释文学风格、文学现象以及文学史发展成因来说,具有重要价值。教育和文学的关系问题,是教育学研究和文学研究两个领域中的大问题,宏观地、系统地讨论唐代教育与文学关系的著作,此前尚未有过,因而本书就具有了重要的拓荒意义。而本书所建构的恢宏体系,所进行的深入开拓,也为前贤及时人所未逮。

　　本书直面唐代教育和文学的关系问题,从多个层次和维度深入分析唐代教育和文学现象,发掘出很多教育和文学的关联点,梳理出很多教育和文学的互动线索,对人们熟知的文学现象做出了别开生面的阐述,这是相当有价值的。比如她考察唐代教育普及和教育规模的变化,从而揭示了唐代文人群体扩大的教育原因。文人群体的扩大,在影响文学发展的诸多因素中,是非常重要的一个。在文学生产方面,文人群体扩大意味着从事文学生产的作家队伍的扩大,这自然使文学作品的数量极大增加。同时,文人群体扩大也使更多的社会生活内容、更生动的个性形象以及更丰富的情绪情感进入了文学领地。本书拈出教育资源社会化作为关键词立论,将其与文人群体扩大、文学繁荣发展建立事实与逻辑联系,很大程度上巧妙回应了唐代文学之所以繁荣兴盛的时代之问,这是很有创见和价值的发现。而且,这种从宏观上把握教育,并且将其与文学发展深层的、内在的原因联系起来考察的思维方式,也跳出了仅就作家接受教育的具体个例来讨论问题的束缚。本书中这方面的研究还有很多,比如唐代文教政策和四杰文学理想的建构,既从宏观角度阐述了唐初文教政策与文学理想的一致性,也从微观层面分析了王勃、杨炯等的教育背景给他们文学创作带来的影响,突出了儒家教育思想在教育和文学中所起的作用。这个分析相对来说侧重于理论辩证，但又不只限定在对唐初文化图景和时代精神的勾勒，更是突出了教育的纽带作用，即一定的时代精神是如何通过教育影响作家，从而进入文学领域，影响和改变文学风貌的。换句话说，本书一直力图揭示在一个特定时代背景下，政治和教育领域的主流思想如何影响作家本身，并进而影响到其创作。这样的做法，摆脱了论教育是教育、论文学是文学的两张皮问题，对作家和文学现象的解读也更深入了一层。又如中唐古文运动的原因，一直是文学研究的热门话题。本书从教育视角出发，将诸多人物及事件纳入一个系统之中，从教育的价值还原、社会功能、学者关系、制度迁变等多个层面考察，对原来的很多研究成果有所发明和补正。当然，其中的一些论述未必十分确当，但郭丽的思考角度和努力方向，本身已经揭示了一种研究上的可能性，是很值得进一步开拓的。

其次，善于思考、开掘深入。郭丽很善于深入思考问题，往往能够独出机杼，守正创新，大处着眼，小处下笔，书中的一些章节很好地体现出这个特点。比如在唐代文学教育与文学创作一章中，由于思考的深入，一些一般性的材料被发掘出了新意义。隋唐时期出现了编撰类书的高峰，不仅在朝廷组织下编成了很多规模较大的类书，如《瑶山玉彩》《艺文类聚》等，而且民间也流行着很多部头较小、便于携带的类书。近年来有学者指出，从思想史的角度看，类书编撰体现了当时人整理知识的倾向，甚至可以视为时人观察把握外在世界的一个角度。但是对于类书的作用，一直以来似乎发掘得并不充分。郭丽从考察《初学记》的成书目的入手，指出当时从皇家到平民，都有相当于文学教材的类书，《兔园府策》等书籍，是当时士子们的随身读本。这样，不仅解释了在一个诗歌艺术发达的时代，为什么系统性较差的类书可以大行其道；而且，对类书教育作用的集中阐释，实际上补充和还原了唐代文学活动的实况，使我们可以合理推测，唐人的文学活动不是单一的行吟哦咏，还包括对这些类书的购买、传阅、记诵和研习，这应该是当时更为常见的文学活动。唐人的文学生产，有些也可能就是直接受这些类书影响的结果。类书其实反映出唐人文学活动和文学教育的技术性特点。这些看法和传统认识很不相同，对还原唐代文学活动场景、探讨唐诗的生成原因是十分有益的。

结合文学类书的特点和种类，本书还详细考察了唐人文学教育的方式，其中关于文学语言积累的论述很有理论意义。李善注《文选》，同时也进行教育活动，这是人们普遍了解的。但是其教育活动的文学属性如何，其教育目的是如何实现的，由于史料缺失，很难再做出具体说明。本书从李善注《文选》"释字忘义"和"征引释义"的特点入手，分析出"释字忘义"实际上是一个把词语的含义从经典的超强场域中解放出来，使其获得一定的独立意义和应用自由。而"征引释义"又是一个在文学指向的约束下，词语的含义互相参详补充、丰富圆润的过程。如果说《文选》编纂是以篇章为材料建构经典的大厦的话，《文选》注实际上是在词语的微观层面使经典的文学性进一步生长、发酵并醇化的过程。而这个复杂潜在的思维过程，很有可能是实际教学中质疑、启发、讨论、引证、领悟等活动的固化和积累，是一个个热烈鲜活的教学场景的拓影。本书还通过细读《诗格》，发现《诗格》不仅是创作经验的总结，而且也与直接传授诗歌写作技巧有关。如对"十七势"，"每一'势'先做解释，再举诗句作例，唯恐学生不能得其门而入"。应该说，这个解读是颇具心得的。郭丽从教育教学的角度去阅读《诗格》，发现其不是死板的教条，把诗歌"框"起来，而是亲切活泼的入门导引，甚至可以感受到写作活动的"温度"。书中所举出的几条，如"凡诗人，夜间床头明置一盏灯，若睡来任睡，睡觉即起，兴发意生，精神清爽，了了明白，皆须身在意中"。既是十分个性化的活动，又确实说明了写诗所需的条件和前提，从中可以窥见唐人文学活动的趣味性和多样性。

再次，注重方法、精于考证。唐代教育与文学的关系，是一个多层面、综合性、高难度的复杂问题。层面不同，内在的逻辑联系就不同，研究考察的方法也应该不同。本书对研究方法的选用很是熟练得当。对于宏观的教育现象与文学现象之间的联系，多采定量分析和定性分析相结合的方法，先是从时间和空间维度梳理呈现出教育现象和文学现象产生发展的基本脉络，同时对相关材料进行深入处理,从量化层面进行统计,再采用现代教育学理论深入分析,探讨其对当时文人和文学现象产生的影响。这不光显示出方法论上的特色,而且使其立论建立在坚实的基础上。如对唐代教育资源社会化和文人群体扩大的分析、对寡母教孤与教育成效的考察都是如此。而在梳理教育和文学现象的时候,作者又特别注意和科举取士、官员队伍、政治经济矛盾等时代问题结合起来考察,以期对教育和文学现象的定位和成因的揭示更为准确。如中唐古文运动的教育背景分析,就很好地体现了这个思路和方法。书中还娴熟运用比较的方法,官学与私学、中原与敦煌、留学生与本土士人,都进入了作者比较的视域中,移行换步,光景常新,但又都紧扣全书论题。

对于微观的具体问题,作者又特别注重史料考证,从而使具体问题更为确定。如对唐代女教用书《女孝经》《女论语》、对唐代蒙书《蒙求》《兔园策府》《太公家教》等书名、作者、作年、内容等的考察,引用了大量古籍和今人研究成果,互相参证,精确辨析,解决了很多有争议的问题。再如书院起源,前人多有讨论,难定于一,本书从对书院起源于丽正书院的质疑入手,分书院之名、书院之实两个层面分析,厘清了争议,得出书院起源于山林寺院的结论。这种不从成说,从细微处提出问题,并进行精密考证的做法,很见学者的功夫。

最后,材料丰富、征引广博。对于学术研究来说,材料的重要性是不言而喻的,材料的质量直接影响着研究的科学性。由于本书研究的是一个具有创新性的高难度命题,所以材料决定了研究的成败。从书中看,作者特别注重材料的占有和搜集,很多问题都是在大量阅读和研究原始材料和已有研究成果之后才形成看法和观点的,因此书中的材料非常丰富。对于唐代教育发展的情况,不仅参阅了现有的教育通史、教育思想史、教育学理论著作和唐代教育断代史,而且从文集、诗集、史传、类书、墓志、笔记、敦煌文献、甚至海外文献中广示搜罗,许多材料之间相互印证,使得本书对唐代教育状况的考察不是表面的、浮泛的,而是具体的、深入的。在论述唐代教育资源的分布时,书中选取的法藏 P.2005《沙州都督府图经》残卷内容就足以说明问题,但是也有孤证嫌疑,作者又以敦煌文书《唐西州某乡户口帐》残卷为平行材料,使得这个论述更加令人信服。在讨论唐代教育资源社会化下教育方式与受教育文人阶层的时候,为了能够更加清晰直观地显示唐代教育资源社会化下文人接受教育的状况,书中按不同的教育方式将搜集到的材料列表呈现,可以视为唐人受教育方式的一个集成。从其集合的大量信息看,作者为搜集材料花费了大量心血。这些基础性的史料搜集和整理工作,不仅对本书研究的问题很有价值,而且对同类研究也大有裨益。在对唐代留学生教育问题的研究中,有很多材料都来自域外文献。对于研究的问题来说,这些材料无疑具有更高效能,但是其搜集难度也更大,然而郭丽却都做到了。在材料的搜集和利用上,郭丽确实下了很大功夫,真正做到了"上穷碧落下黄泉"。

郭丽是李浩教授和卢盛江教授的高足,在硕士和博士阶段就受到了良好的学术训练,博士毕业后到首都师范大学文学院工作,加入我的乐府学研究团队。在讨论和实践乐府学研究规划的时候,她就表现出极高的悟性和极度的勤勉严谨,以及对重大原创性课题的高度敏感和兴趣。这些年她在乐府学研究中逐渐挑起大梁,使我以前的很多构想得以落实,尤其是编撰的《乐府续集》,在我看来很有分量,其价值可与郭茂倩《乐府诗集》并列,堪称乐府学史上里程碑式的著作,已为她今后的乐府学研究奠定了坚实基础。而她的这部《唐代教育与文学》,无论在开创性还是学术性上,也都有很高价值,可以成为她以后学术研究的另一个领域。就我而言,当然希望她能够在这两个领域都继续深入,做出更令人惊喜的成绩。以郭丽的勤奋刻苦和聪慧颖悟,我相信她完全能够做到这一点。但同时我也很担心,她多年来已经是超负荷工作,长时间坚持身体恐怕吃不消。做学问其实非常消耗人的健康,古人就说"毕竟文章误我多",希望郭丽以后的道路平顺而长远。

《摩石录》

□ 王雨晴　田子爽

（李浩著　联经出版社　2020 年 11 月）

　　《摩石录》是李浩先生近年所撰有关唐代墓志研究论文的结集,亦为《榆阳区古代碑刻艺术博物馆藏志》整理工作的阶段性成果。全书计收九篇论文,均已在各种刊物上发表。其主要研究对象,是近年新刊布的来自陕西省榆林市榆阳区古代碑刻艺术博物馆的九方唐代墓志。作为墓志个案研究成果,该书集文字释读、史事考证与综合探讨于一体,将单方墓志中的细碎或片段的记载,准确还原到完整的历史现场当中,视野开阔,考证精审,发现颇多,彰显了作者较高的学术眼光、深厚的知识积累和严谨的治学态度。关于九方墓志的史料价值,书中代序已有详细交代,此处恕不重复。简言之,九位志主的身份对中古史研究来说,具有较强的典型性与代表性,具体包括:乐律学家祖孝孙、名将薛世雄之妻冯五娘、文学家兼史学家李百药、李白姻亲宗氏夫人、石刻名家邵建和、吐谷浑慕容成月公主、入华粟特人安优婆夷,以及旅居长安的回纥贵族(会宁郡王移建勿和天水郡王李秉义)。上述墓志当能对唐代乃至中古的历史、政治、社会、文化、宗教和艺术等多个学科的研究产生积极意义。

　　下面本文将从研究视野、研究方法和研究风格三个角度,对该书的学术特色做一评述。

一、广博开阔的研究视野：线性超越与多维考察

《摩石录》作为墓志研究专著，并未停留在"金石证史"的层次上，而是放眼更宽阔的领域，将墓志的琐屑叙述置于学术史和中古史发展的大脉络中解读，力图以小见大、以点带面，所涉学科甚广，眼界亦高，是吸收前人成果又加开拓的创新之作，带有综合性研究的色彩。概言之，即做到了研究视野的广博开阔，这具体通过两个向度的努力得以实现：一是纵向的学术史梳理，二是横向的跨学科伸展。

第一，溯源穷流，坚持对学术史的回顾梳理。重视对学术史的回顾，是李浩先生一贯的研究特点。正如王水照先生评《唐代三大地域文学士族研究》："使自己的研究汇入本课题的学术史序列之中，其创新点既来源有自，又坚确可信。"（李浩《唐代三大地域文学士族研究》序，中华书局 2008 年版，第 5 页）《摩石录》延续了这一特色，在研究某一问题之前，习惯扼要地梳理前人成果。这样一方面有助于读者很快地掌握问题的研究现状，获取相关资料、信息，为后来者有效合理地利用墓志提供重要参考；另一方面，也为在原有基础上的突破与深化奠定了可能。

《唐代士族转型的新案例——以赵郡李氏汉中房支三方墓志铭为重点的阐释》是一个典型例子。（李浩《摩石录》，联经出版社 2020 年版，第 123—149 页）文章将李百药未随祖父母归葬原籍而葬于京兆府万年县一事，置于中古士族乃至社会转型的视角下考察。作者首先明确，陈寅恪早在《论李栖筠自赵徙卫事》和《李德裕贬死年月及归葬传说辩证》二文中提出一重要观点：直到中唐，山东旧族仍坚守旧习，把葬地置于祖茔之所在，这表现了旧族能守护慎终追远的本意。（陈寅恪《论李栖筠自赵徙卫事》，《中山大学学报（社会科学）》1956 年第 4 期；陈寅恪《金明馆丛稿二编》，上海古籍出版社 1980 年版，第 8—51 页）接着，又引述毛汉光的士族新贯迁移到两京的"双家型态"与中央化趋向理论，即，中古士族的丧葬地和家族活动中心从桑梓故里向政治文化中心转变。（毛汉光《从士族籍贯迁移看唐代士族之中央

化》,《中国中古社会史论》,上海书店出版社2002年版)基于此,作者指出,陈寅恪和毛汉光的结论虽然都引赵郡李氏为例证,但李百药家族属汉中房,而陈氏所引的李吉甫父子属西祖房,毛氏所罗列的众多房支也不包括汉中房,且陈氏所选个案时代为中唐,而李百药则处于隋末唐初,这表明至少初唐时期士族便出现了中央化的迁葬行为,从而补正了陈氏结论,并为毛氏理论提供新的支持。再如,回纥墓志一文,先引述学者胡鸿的研究:通过罗列长安周边的突厥系人物墓志二十方,发现葬于南郊的只有一方墓志,据此推测南郊不是突厥人物的集中埋葬地。对此,作者指出,《移建勿墓志》和《李秉义墓志》都清晰地记载了其葬地在长安城南郊的京兆万年县凤栖原,这虽然尚改变不了南郊少的事实,但可知南郊不是突厥系(回纥)人物的集中埋葬地的结论并非完全准确,还有待新出土文献的补充(第286页)。又如,祖孝孙墓志一文因关于祖孝孙的乐律学成就学界讨论已多,故仅就祖孝孙志与传统文献的异同处稍作论列(第80—83页)。此类新见的得出,均是建立在对学术史的熟悉与自觉的创新意识之上的。《摩石录》基于已有成果,着重在现存的疑点、难点和争议点上用力,适时针对前人观点提出自身见解,对学界流行的说法做出回应,力图抉发新意,从而促成了对新问题的发现与对旧问题的重新审视。

第二,博览精研,在多学科维度中发掘墓志价值。墓志包蕴内容丰富异常,所涉学科广泛。近年来,关于使墓志研究从单一的史料考证走向综合性分析,学界呼吁日频。因而,如何全面挖掘和充分利用墓志的历史信息,以新材料引出新问题,从而避免同质性成果的堆积,真正推动学术研究的突破与深化,成为研究者面临的重要挑战。当然,这无疑对学者的学术视野和知识积累提出了更高的要求。《摩石录》以其综合性、跨学科的研究特质,为我们提供了良好参照。作为唐代文学领域的学者,李浩先生不囿于一隅,密切关注不同学科研究现状,将墓志中碎片化的史料有机地附着到中古史研究的各个命题之下,生发新的学术生长点。书中所触及问题,关涉文学、语言文字、宗教、音乐、石刻艺术、民族史、中外交通史、士族研究及丧葬习俗等多个领域。

《摩石录》

虽然有时仅作了问题的提出和初步的尝试性探讨,但足以推进我们对相关议题的认知,并提示了诸多研究思路与切入点。

例如,书中发现,《安优婆姨塔铭》中"优婆夷"一词书写形式是"婆姨",而非常见的"婆夷",可为研究汉语词汇书写演变的进程增加新例证(第240—241页)。又如,安优婆姨未按世俗葬法祔葬其夫,而以林葬起塔形式陪葬三阶教创始人塔侧,与学界现有的孀居女性信众才会林葬起塔的认识相悖。并且,来华粟特人集体信奉祆教,亦有信奉摩尼教者,而安优婆姨信奉三阶教,以及安优婆姨的卒时与建塔时间相隔三年之久,这些都将催生我们对唐代三阶教粟特信众与葬俗葬制的新认识(第252—265页)。另如,《安优婆姨塔铭》对其居于群贤坊私第的记载,可为粟特人在长安聚居地研究提供例证(第248—251页);回纥贵族墓志中的一系列记录,对了解旅居长安回纥人的葬地、丧葬资费、居所、与朝廷联姻及质子身份等问题极有帮助(第278—279页);《邵建和墓志》对唐代石刻名家的简要罗列,为研究唐代刻工提供了重要资料(第188—194页);《祖孝孙墓志》所述其乐律学成就,对考察唐朝音乐文化活动颇有意义(第74—83页);薛氏家族墓志对家族历史的叙述,对了解唐初政治斗争有所裨益(第110—111页)。此外,成月公主生平之于唐与吐谷浑关系研究(第210—214页),成月公主和孙法澄入寺修持之于唐代贵族女性修佛研究(第214—218页),成月公主所修习的兴圣寺之于长安寺庙研究(第219—224页),冯五娘抚育遗孤之于唐代母教文化研究(第109—110页),以及安优婆姨起塔地终南山大善知识林之于三阶教在长安丧葬景观研究(第255—264页)等,都有一定的参考价值。

值得提及的是,士族研究是墓志研究的重要课题。近年来,依托大量新出土墓志的士族个案研究亦渐成大观。李浩先生致力于唐代士族与文学之相关研究有年,著有《唐代三大地域文学士族研究》与《唐代关中士族与文学》二书,故而士族话题成为《摩石录》关注的一个焦点。且作者没有满足于对世系、婚宦平面化的连缀和描述,而是立足"转型"视角,特别注意志中涉及家族迁徙流动、知识风气等能够反映中古士族变迁的讯息,逐一予以揭示。例如,书中指出,《邵建和墓志》中邵氏刻工家族化、集团化之现象,可作为唐代寒庶技艺类家族社会地位得到长足发展的有力证据(第181—196页);《李百药墓志》所记迁葬一事,则是士族流动迁徙和中古社会转型的缩影事件,据此能够将传统"唐宋变革论"中转型变化的时间上限前推(第140页);薛世雄家族墓志显示其家学由尚武向崇文的转变,可视作士族文化传统变化的现象之一(第110页);《祖孝孙墓志》及祖氏成员史传资料,显示祖氏作为经学世家,亦擅算术、乐律、天文、历法等技能,进而反映了南北朝以来天下动荡,士族为家族延续修习多种艺能,以求有用于时务,迎合执政者需求的历史现象(第63—74页)。以上解读,均为从中古士族转型的视角考察墓志做出了有益努力。

二、规范多样的研究方法:灵活利用与准确把握

广泛全面地占有材料,对传世与出土文献的熟练掌握与充分利用,是将墓志研究引向深入的必要途径。《摩石录》在灵活利用、准确把握各类史料的基础上,解决旧问题,发现新问题,展现了规范多样的墓志研究方法。具体可归纳为如下几点。

第一,将墓志资料与传世文献有机结合。将出土墓志与传世文献结合,是墓志研究的主要方法之一。《摩石录》利用二者互补互证,既勾勒出人物世系和家族历史,又解决了其他诸多问题。如,利用《祖孝孙墓志》《冯五娘墓志》《宗氏夫人墓志》及《邵建和墓志》中对世系的记录,补传世文献之阙。再如,《薛万述墓志》和《薛万备墓志》均记其丁母忧及守孝的事迹:"太夫人玄衣月制。君去缨晨省,及风枝屡切,毁骨三年","寻丁太夫人忧,水浆不入于口,有过礼制。并剪发以为母毛也。及葬,庐于墓侧,负土成坟。孺慕婴号,柴毁骨立。皇帝屡遣中使存问,并令旌表门间"。作者将此与《旧唐书·薛万彻传》中"万彻寻丁母忧解职"及《新唐书·薛万均传》薛万备附传中"万备有至行,居母丧,庐墓前,太宗诏表异其门"的叙述相参合,印证并细化了薛家的孝行(第109页)。又如,关于李百药的生卒年问题传世文献有

两种记载，两《唐书》记其八十四岁而卒，而《谭宾录》及《唐诗纪事》记其八十五岁而卒，后人多斥后者不知所据，未予采录。今按墓志："贞观廿二年二月廿六日寝疾，薨于京师胜业里第，春秋八十五。……以其年十一月十九日迁厝于雍州万年县少陵原，礼也"，卒时卒地及葬时葬地都具体明确，由是解决了李百药的年龄争议问题（第 119—120 页）。如此，充分实现了新见墓志补史证史之价值。

第二，将多方墓志资料串联、比较。单篇墓志中的史料往往显得单薄、零散，难以呈现历史的全貌，有时甚至不足以反映历史的某个侧面，这也造成墓志个案研究容易趋于量的累积，而难以有质的突破。《摩石录》却善于将多方相关墓志联合考察，采取串联或对比的方式，以充分挖掘其中的历史信息，进而发现或解决许多依靠单方墓志难以触及的问题，为墓志个案研究提供了良好范例。比如，目前史传及学者的研究仅提及慕容诺曷钵有三子，而《弘化公主墓志》提及"嗣第五子右鹰扬卫大将军"，《成月公主墓志》谓其为诺曷钵第二女，联合二志可判定诺曷钵至少有五男二女（第 208 页）。另如，将祖孝孙与李百药家族成员墓志串联，考察其家学传统与文化背景（第 63—74 页、第 134—136 页）；将《安优婆夷塔铭》与《比丘尼坚行塔铭》《优婆夷张常求塔铭》对读，确证安优婆姨塔铭中"普别两种佛法""一乘"等概念作为三阶教义旨，标示了其三阶教信仰（第 252—254 页）；将《成月公主墓志》与《法澄塔铭》参合，知成月所修习的兴圣寺与李唐皇室关系密切，乃是有政治背景的大寺，从而为研究长安寺庙与政治之关系提供了有用素材（第 219—224 页）；将五方回纥墓志综合，据其对回纥称法的不同，推断回纥改名回鹘的时间发生于贞元四年（788）或五年（789），同时借此集中观察了旅居长安回纥人的葬地、丧葬资费、居所和婚姻等问题（第 284—285 页）。诸如上例，将个案考察引向了深入与立体。

第三，对文献的性质与关系准确把握。墓志文体具有隐讳虚饰的特点，记载的未必完全符合事实。面对墓志资料和传世文献，《摩石录》能够准确把握材料的性质，辨别主次真伪，尽可能地还原历史真相。如，《李百药墓志》称其"情忘宠辱，心混是非",作者认为这不过是盖棺后冠冕堂皇的表扬话,转而通过李百药的《封建论》《赞道赋》和《请放宫人封事》等政论和奏议,判断李百药非如墓志所言般"淡泊出世",而是在政治生活中具备鲜明的是非判断标准(第144—145页)。另外,墓志某些修饰性的表达,能真实反映撰者或志主家族成员的心态,此点亦为作者注意并发明。比如,《宗氏夫人墓志》《旧唐书》和李白诗歌对宗楚客坐罪伏诛事件都有评价,但褒贬色彩差异明显。《宗氏夫人墓志》曰:"少康祀夏之典,中令缉熙……家荣族逼,易世何常?覆巢焚次,贞姬未亡。"李白在写给宗楚客孙宗璟的《穷夜郎于乌江留别宗十六璟》中赞美其"皇恩雪愤懑,松柏含荣滋"。二者均是正面评价。而《旧唐书·宗楚客传》史臣评论则曰:"楚客、晋卿、处讷等谗谄并进,威虐贯盈,不使逃刑,可谓政正。为唐重臣,食唐重禄。颠危不持,富贵何足。二宗、一纪,逸邪酷毒,与前数公,死不知辱。"作者佐以王琦注,指出墓志和李白诗都不能算是一种史笔,而只是应酬文字的一种客套,故有愧叹赞誉之语,并强调,据目前已有史料未见官方公开的平反昭雪,只是对宗氏后人的态度随时过境迁愈加和缓,而史臣最后的定性评价仍然是负面的(第163—166页)。凡此,均能体现作者在材料鉴别与运用上的审慎态度和独到眼光。

同时,《摩石录》还注重梳理发明文献之间的源流关系。例如,《冯五娘墓志》对丈夫薛世雄的死因一字未提,而《隋书·薛世雄传》中详细记载了薛世雄讨伐窦建德大败而归、不久病卒的经过。作者认为,这种详略差别的原因是,墓志撰写之时,《隋书》的帝纪、列传已经完成,薛氏家族成员及墓志撰写者褚遂良知晓此事,故与正史互见,略其所详,详其所略(第98页)。这为我们进一步认识墓志与史传之间的内在联系,以及墓志文本的形成机制提供了启示。

三、自成家数的研究风格:严谨有序与刻意创新

《摩石录》体现了作者鲜明的学术个性和自成家数的研究风格。要言之,共有四个方面:纲举目张的体例编排、敏锐犀利的

学术目光、周密有序的考证章法,以及精细详备的资料搜录。

第一,体例明晰,纲目犁然。《摩石录》的研究论文叙次明晰,结构规整。内容大致遵循以下顺序:1.墓志和墓盖的基础信息(涵盖形制、尺寸、纹饰、书体、行款、碑面清晰完整程度以及现存地等);2.录文、标点;3.释读(包括对疑难词语、概念的疏解,以及相关史事的考证等);4.综合研究;5.初步结论和推论。尤值一提的,是每篇文章末尾的分点结论归纳,使得论旨显豁,有助于未及详览该书的学者迅速了解每方墓志价值与作者研究结论。

第二,善于质疑,目光敏锐。《摩石录》体现了作者出色的问题意识和敏锐的学术目光。正如复旦中文系博士后流动站专家组评《唐代三大地域文学士族研究》所言:"作者具有自觉的'问题意识',善于从大量原始文献中发现问题和解决问题,尤能从无疑处质疑。"(李浩《唐代三大地域文学士族研究》序,第2页)例如,《李百药墓志》记其迁葬一事,引述四位古人的事例作为支撑迁葬的根据:"昔京兆杜预托邙山而建茔,河内张文相牛亭而卜地。长彦亲无反鲁,时贤谓之通人,季札子不还吴,元圣以为达礼"。作者认为,这一不起眼的细节,背后体现的是撰者心态和时代风气。因李百药不归葬故里而迁厝长安的行为正处于时代新旧风俗的交替之际,故当其以这种隐晦的方式强调迁葬行为的合法性时,反而凸显出其可能面临的礼仪争议,其实暗含辩护意味(第120—122页)。又如,《邵建和墓志》中提及唐代不同时期刻工多人,几乎可以构成一部唐代石刻工简史纲要,唯对同时的天水强氏家族的刻工不著一字。作者揭出这一细节,认为两个家族成员互相合作镌刻过不少石刻,应该互相了解和往来,而邵氏墓志不提及,是因为技艺行业同行为敌的陋习,还是别有原因,值得进一步探讨(第187—188页)。再如,回纥墓志一文通过比较五方回纥墓志,发现唯《回纥琼墓志》记其信息曰"姓回纥,字琼",仅书墓主表字,名姓均缺漏。对此作者提出,隋唐时期昭武九姓及归化的西域诸族,石国人以石为氏,米国人以米为氏,史国人以史为氏,在在不少,唯以回纥为氏者仅见此一例,是撰碑文者疏忽还是有意为之,待考(第292—293页)。通过以上例子,不难见出作者从细微处发现问题,从点滴中窥见端倪的学术眼光。

第三,考释精审,周密有序。在对于墓志关键词句的考释中,《摩石录》彰显了严谨的态度与有序的章法。其步骤大致有三:1.对词语含义进行溯源;2.引述相关文献佐证;3.举出相近或相同时代的文献相印证。如,在探讨李百药迁葬问题之前,文章首先对志文中"迁厝"一词的准确释义进行考证,先引《颜氏家训·终制》"先君、先夫人……旅葬江陵东郭,承圣末,已启求扬都,欲营迁厝",次引《南史·孝义传下》"(沈崇傃)家贫无以迁厝,乃行乞经年,始获葬焉",最后引骆宾王《上吏部裴侍郎书》"藜藿无甘旨之膳,松槚阙迁厝之资",从而得出结论:古时习惯上是将"迁厝"作为改迁归葬的替换词,与"权厝""暂厝"的用法是有差别的,遂廓清这一墓志常见词汇的含义(第 139 页)。又如,考释《宗氏夫人墓志》中"少康祀夏之典,中令缉熙"的"缉熙"一词,依次引《诗·大雅·文王》毛传中"穆穆文王,于缉熙敬止"、《诗·周颂·敬之》郑笺中"日就月将,学有缉熙于光明"、班固《典引》中"宣二祖之重光,袭四宗之缉熙"、刘勰《文心雕龙·时序》中"并文明自天,缉熙景祚"以及李邕《赠安州都督王仁忠神道碑》中"缉熙远略,绳准嘉言",方释其义为:"指光明,也可引申为光辉"(第 157—159 页),足称引证完备、周密有序。以上均不难见出《摩石录》于传统注释工作上重视证据与法度森严的特点。

第四,搜录精详,嘉惠学界。《摩石录》重点研究的九方墓志,均是随论文发表首次公布于世。故作者撰文时,以诚挚恳切、不遗余力为学界贡献新材料的态度,汇合旧说新见,做了很多细致的搜录工作。例如吐谷浑成月公主墓志一文,首先简要介绍吐谷浑研究的重要学者和著作(第 197—198 页),继而引录吐谷浑慕容王室出土墓志基本信息列表(第 198—202 页),最后附录与文章相关的吐谷浑大事记(第 227—229 页)。再如祖孝孙墓志一文,结合墓志与传世文献列出祖孝孙的生平履历简表(第 57—62 页)。又如双语安优婆姨塔铭一文,开篇即对西安及周边新出土的北朝至隋唐双语墓志进行简要梳理,以列表的形式展示五方双语墓志的基础信息,并对包括《安优婆姨塔铭》在内的三方粟特文汉文双语墓志加以简介与分析（第 235—238 页）。又如邵建和墓志一文，吸收前人成果为志中所涉朱静藏、史华、徐思忠、卫灵鹤、郑振、陈英、常无怨和杨暄八位唐代石刻名家逐一编辑词条，形成一初唐至邵建和时代石刻名家的简要排行谱（第 188—194 页）。诸如此类，均为相关专题的继续研究提供了资料线索和学术信息，为学界贡献了高水平的"熟文献"。

四、余论

《摩石录》考论精彩，创获良多。由于书中所涉问题繁难，故仍存在一些细节可以进一步讨论，笔者就阅读所感，略陈浅见于下。

首先，细读全书后，笔者对个别具体结论产生了些许疑问，谨此向作者及学界先进求教。其一，是成月公主生母问题。目前史传及学者的研究仅提及慕容诺曷钵有三子，《弘化公主墓志》则记其"嗣第五子右鹰扬卫大将军"，《成月公主墓志》又谓公主为"吐溶(谷)浑可汗国王慕容钵第二女"，作者据此考知诺曷钵至少有五男二女，论证并无问题。接着，作者推断道，诺曷钵娶弘化公主一般谓贞观十四年（640 年），《弘化公主墓志》则曰"贞观十七年出降于慕容诺贺钵"，则"即以最晚的贞观十七年来说，十八年生长女，十九年生此女也是正常现象，据此来看，成月当为弘化公主所生"（第 208 页）。成月为弘化所生的结论不知如何得出，据文中所给材料，未见有更直接的证据以坐实。其二，是成月公主入寺修行的原因问题。作者通过比较《成月公主墓志》和《法澄塔铭》，认为成月公主入寺修持"要么是一种坚定的信仰，要么就是一种处罚"（第 218 页）。这一观点似未见清晰的推断过程，不知背后是否有更详细的依托。

其次，书中抉出了众多有价值的细节问题，值得进一步引申探索。笔者不揣拙陋，联系所见材料，就其中两处试谈一些看法。

其一，是《回纥琼墓志》不书名姓问题。该志名姓缺漏，仅书表字，这在目前所见的回纥墓志中是孤例（第 293 页）。仔细分析，这一现象的特殊之处有二：一、该回纥贵族以回纥为姓，实属罕见；二、北朝隋唐墓志中屡见不书名、字之现象，叶炜《试析北朝隋唐墓志文中的不书志主名字现象》也说明，北朝隋唐墓志中无名有字现象为数不少（叶炜《试析北朝隋唐墓志文中的不书志主名字现象》，《唐研究》2018年第23卷），但《回纥琼墓志》是直接将名省去不提，与常见的"讳○"空格形式非为一类。据学者研究，从北朝开始，"以字行"风气较盛，人的名与字往往混淆，以字行于世者比比皆是。（聂溦萌《唐初元勋的家族历程——以〈李药王墓志〉与李靖家族为中心》，《唐研究》2011年第17卷）那么，回纥琼志仅书表字，是否与这种"以字行"的称谓风俗有关，抑或是出于避讳的考虑，有待进一步探讨。

其二，是《李百药墓志》呈现的其思想世界的问题。作者指出，志文中"情忘宠辱，心混是非"的表述，"不过是盖棺后冠冕堂皇的表扬话"（第145页），理解准确。而若将这一表达置于更加普遍的层面上来理解，或可与其时的墓志书写模式乃至时代思想风气联系起来。陈弱水曾以大量墓志为考察对象，发现唐前期墓志中大量存在一种模式化的书写内容，即对志主思想中儒与玄、出世与入世两方面的赞语并置出现，如"研精孔墨之场，放旷老庄之圃"（上元○二六，《□□□□□□□□□君墓志铭并序》，周绍良、赵超编《唐代墓志汇编》，上海古籍出版社1992年版，第611页），"播芳声于□海，腾妙响于九皋；志存名教之中，性远风尘之外"（圣历○○八，《大唐故雍州新丰县令朝议郎上柱国司空府君墓志铭并序》，周绍良、赵超编《唐代墓志汇编续集》，上海古籍出版社2001年版，第366页）等。由此，陈氏提出唐代前期的士人思想世界具备一"二元世界观"特征，即，认为世界由两个领域构成：一是社会（包括政治）和家庭生活，一是个人生活精神追求。前者的指导原则是儒家思想，诸子百家、文史知识也包括在内；后者则以古典道家、玄学、佛教、道教为主要资源。前者是求知治世的凭借，后者则帮助体会宇宙人生的真谛。（陈弱水《墓志中所见的唐代前期思想》，《新史学》第19卷第4期）陈氏从思想史研究角度出发，认为墓志中这种类型化的赞语，虽未必是对志主思想的忠实反映，却是当时普遍文化理想的表露，可资探测时代思想的特征。再回看《李百药墓志》关于其思想的完整描述："振民轨物之治方，体国经野之政术，茂陵魏家之逸篇，三雍七郊之礼典……对鲁国之坟羊，多识亚于尼甫；辩汉世之豹鼠，博物逾于子云……常诫满盈，追魏舒之逸轨，每怀丘壑，重樊英之芳风。抗表归闲，挂冠辞禄。青春韶景，开筵招三益之宾……情忘宠辱，心混是非。玩庄周之七篇，歌荣期之三乐。保名全誉，树德立言。"（第118页）显然，这正是一种典型的"二元"赞颂模式乃至"二元世界观"的反映。此外，墓志并述李百药学识广博（见"振民轨……博物逾于子云"一段）。这也正和陈氏论文总结的另一现象吻合，即，唐代前期墓志中多存在对志主学术思想多元化的类型描述，志主学识每每强调其广，罕见"纯"的观念，儒家的正统地位并不鲜明。陈氏认为从思想研究角度看，这或与唐前期士人看重博学的心态相关。（陈弱水在《墓志中所见的唐代前期思想》中认为这种广博可能仅是一种观点而非实际："不过个人怀疑，当时士人学问的广度，跟其他时代未必有太大的不同。广博可能基本上是观点的问题，也就是说，在唐前期的学术场域，诸流奔竞，相对而言，儒家的正统地位不鲜明，再加上此时士人文化具有贵族性格，重视个人的学养才艺，'广'的面向就突显出来了。"）因此，《李百药墓志》又可看做这种多元化书写方式的一例。综上可见，无论陈氏所言的"二元世界观"与推崇广博的文化理想是否广泛存在，至少能知这种"二元"乃至"多元"的赞词，是唐前期墓志中的习见表述，《李百药墓志》当为其中一代表。

以上是笔者对于本书几点不成熟的看法，不当之处尚祈作者及前辈同仁指正，所涉诸多细节，也期待学界日后做出更加深入的解读。

单方墓志包含的信息是支离零散的，有时甚至不足以反映历史的某个侧面。《摩石录》则综合各方材料，借助众多"历史的碎片"，成功地构建起通往中古社会真实现场的路径。从中我们可以看到作者对碎片性史料的充分提取、准确还原、多维解读和

新书选评

《摩石录》

深度透视。笔者有理由期待,随着《榆阳区古代碑刻艺术博物馆藏志》整理工作的不断推进,李浩先生及其研究团队将为学界贡献更多的新材料与新成果,进一步拓展唐代文史研究的新空间。

新书选评

《摩石录》

《李白传》

□ 胡永杰

（葛景春著　天地出版社　2020 年 12 月）

　　葛景春先生新撰的《李白传》于 2020 年 12 月由（北京）天地出版社出版，全书共 36.4 万字，可谓李白研究领域的又一部大作。葛先生多年来一直专注于李白研究，自 1980 年师从詹锳先生攻读硕士研究生算起，至今已 40 年有余，先后出版《李白思想艺术探骊》（中州古籍出版社 1991 年版）、《李白与唐代文化》（中州古籍出版社 1994 年初版，安徽大学出版社 2009 年增订再版）、《李白诗全译》（河北人民出版社 1997 年版，与詹福瑞、刘崇德先生合著）、《李白研究管窥》（河北大学出版社 2002 年版）、《李白诗选》（中华书局 2005 年版）、《李杜之变与唐代文化转型》（大象出版社 2009 年版）、《文化盛唐的诗仙李白》（安徽大学出版社 2013 年版）等著作，又为詹锳先生主编的《李白全集校注汇释集评》主要校注者之一。不难想见，在此积累的基础上撰写而成的《李白传》，将全面体现他对于李白生平认识之特色，也将是代表学界关于李白生平研究新境地的一部力作。

　　就笔者初步阅读此传的粗浅认识而言，它至少有这样几个方面的显著特点：其一，这是目前最为详实的一部李白传。其二，此著大量体现了葛先生对李白生平独到的看法和理解。其三，此著以传为体，融评于传；以学术性为主，适当加以合理的想象；具有集李白形象的完整性、内容的准确性、可信性，文笔的流畅性、可读性为一体的特点。

一、这是目前最为详实的一部李白传

　　此传之详实，从篇幅、章目即可看出。就篇幅而言，此著共36.4万字，而此前具有代表性的几部李白传，如李长之先生的《李白传》约6万字（百花文艺出版社2004年版），王瑶先生的《李白》为7.3万字（上海人民出版社1979年版），安旗先生的《李白传》18.3万字（三秦出版社1994年版），篇幅都远小于此传。周勋初先生的《李白评传》为35万字（南京出版社2005年版），总字数与此相当，但其著重点在评，传记部分"李白的家庭""李白的行踪"两章仅占全书篇幅的不足三分之一，也略于葛著。就章目而言，葛著共分十四章，每章又分三至八节不等，章、节皆有题，总计为14个章目，70个节目。仅这些章目、节目就已勾勒出一个不算粗略的李白生平梗概，和上述几部李白传记相比，显然也是目前最为详细者。此列表如下，以供参考。

著者和书名	传目		
李长之《李白传》	一 楔子 二 李白的故乡和他的少年生活	三 壮年的漫游 四 李白在长安 五 漫游生活的第二期	六 天宝之乱和永王璘的一幕 七 李白的诗 八 简单的结论
王瑶《李白》	一 人民热爱的诗人 二 蜀中生活 三 仗剑远游	四 长安三年 五 李杜交谊 六 十载漫游	七 从璘与释归 八 凄凉的暮年 九 诗歌艺术成就

著者和书名	传目		
安旗《李白传》	序幕 一 开元少年 二 初试锋芒 三 仗剑去国,辞亲远游 四 出三峡 五 初游金陵,卧病扬州 六 入赘安陆许氏 七 初入长安(一) 八 初入长安(二) 九 初入长安(三) 十 黄金买醉未能归	十一 高冠佩雄剑,长揖韩荆州 十二 北游太原 十三 南游江淮 十四 移家东鲁 十五 再入长安(一) 十六 再入长安(二) 十七 再入长安(三) 十八 被斥去朝 十九 两曜相会 二十 总为浮云能日,长安不见使人愁	二一 幽州之行 二二 三入长安(一) 二三 三入长安(二) 二四 南下宣城 二五 安史之乱 二六 浔阳冤狱 二七 流放途中 二八 中兴梦 二九 日暮途穷 三十 千秋之谜 尾声
周勋初《李白评传》	第二章 李白的家庭		第三章 李白的行踪
	一 李白的出生地 二 李白的世系 三 李白往返西域的路线 四 李白的父亲 五 李白的姓名字号	六 李白的妹妹 七 李白的儿子 八 李白的女儿 九 李白为胡人说辨正	一 迁居昌隆 二 蜀中行踪 三 吴楚漫游 四 酒隐安陆 五 二入长安　　六 梁园之恋 七 随从永王 八 长流夜郎 九 寂寞馀哀
葛景春《李白传》	第一章 身世之谜 第二章 蜀中岁月 第三章 江汉之游 第四章 东游吴越 第五章 酒隐安陆	第六章 移家东鲁 第七章 长安风云 第八章 李杜相会 第九章 再游吴越 第十章 北探幽州	第十一章 退隐江东 第十二章 平叛报国 第十三章 徘徊湖湘 第十四章 终老当涂

　　葛先生此传之所以能做到如此详实,当然有其体例之便的原因,即该著以传为体,可集中笔力,有充裕的空间去叙述李白的生平行迹。但仅凭这一条件其实并不足以产生一部这样详实

的李白传,他还需以学界对李白生平行迹、诗文系年研究所达到的程度为支撑。关于此,王瑶先生在《李白·后记》中曾谈到:"这工作却十分不容易作,笔者个人的修养过差固然是主要原因,但在工作进行中也的确常常遇到许多一时难以解决的问题。……到现在为止,李白的诗还没有一部编年的集子,许多作品我们都很难确切地断定是何时写的。……此外集中还有许多为后人怀疑过的伪作,因此辨别真伪也是个麻烦问题。……正因为事实上有这许多种困难,而笔者的能力又很低下,因此现在这本小书的内容不只是很粗浅,甚至也难免会有一些错误。"(上海人民出版社 1979 年版)即道出了撰写李白传对于李白诗歌系年、作品真伪辨别等工作的依赖性。时至今日,学界在李白集的编年、年谱的编订、诗文写作时地的考定、行踪的考辨等方面都有了很大的进展,这奠定了一个较好的基础。葛先生对此稔熟于心,自己也做过不少考证性工作,这正是他能撰写出一部更为详实的李白传的主要原因。

举例来说,比如约开元十八年(730)至开元二十四年(736)李白首次来到两京寻求入仕这段经历,由于诗文写作时地的不甚明了,以前论者一般称之为"初入长安"(参看上表),强调他在京师长安的活动,而对他在东都洛阳的经历颇为忽视。葛先生撰写第五章"酒隐安陆"则分为"相府招亲""秦海观风""襄阳识荆""洛阳献赋""随州访道""太原之行""嵩山之会""告别安陆"八节,不仅把他在长安和洛阳的活动区别开来,凸显了东都洛阳在他这次经历中的地位,还把在东都的活动进一步细化为"东都献赋"和"嵩山之会"两个阶段。之所以如此,关键就在于他对李白《明堂赋》写作时地及目的的考定(葛景春《李白东都洛阳献赋考》,《中国李白研究(1995—1996 年集)》):明堂在东都,赋中明显具有对唐玄宗歌功颂德的倾向,而开元二十二年(734)正月至二十四年(736)十月这将近三年的时间,玄宗和宫廷主要臣僚乃驻跸东都,此赋显然是这时李白赴东都献呈玄宗之作。这一问题的解决,便可纲举目张,其他作品如《洛阳陌》《古风五十九首·天津三月时》《古风五十九首·一百四十年》《春夜洛城闻笛》《行路难》《酬崔五郎中》《元丹丘歌》《将进酒》《赠嵩山焦炼师》《冬夜醉宿龙门觉起言志》等作也可定于这一时段，从而可较为具体地梳理出李白这时在洛阳的行迹，窥得他此行的目的和心态。

当然，一部详实的历史人物传记，也离不开必要的想象。因为时空的悬隔、材料的不足，后人不可能完全了解古人生活的具体细节。欲呈现这些细节及传主人生经历的连贯性，除了依靠尽可能丰富的史料勾稽考辨，还有赖合乎情理的想象。葛先生在序言中说："除了大体上有一个叙述的框架，其基本史实在可靠的范围内，在细节方面也要有一些故事情节的构思，使其传记具有一定的文学性，这是符合中国史学的历史传统的。……这样就可以使人物和文字生动起来，有可读性。"此传读来生动流畅，李白的生平行迹及其前因后果连贯完整，一气直下，李白的音容笑貌、内心的波动曲折，时时能跃然眼前，也颇得力于此。

二、这是一部具有著者学术特色之作

虽然经过学界长期的努力，李白的生平经历及诗歌创作过程已大体清晰起来，但毕竟李白诗歌不像杜甫诗歌那样提供了较为明确的时地信息，他的生平中还是有不少幽眇难定、众说纷纭之处。葛先生研究李白有年，许多方面都有自己独到的看法，所以这部李白传也是有着他自己学术特点的著作。

其一，在李白的身世方面，传中第一章"身世之谜"在介绍众说之后，专门列"身世辩证"一节，表达了葛先生自己的看法。如李白的籍贯，认为他郡望应为陇西，出生于西域，迁居于蜀中昌隆。再如李白的种族，认为其父系为汉人。但推断其母亲可能是西域胡人，李白为汉胡混血的可能性很大。同时葛先生也强调："其实，生于西域，并不能说明李白是胡人，也不妨碍西蜀是李白的家乡。因为李白不管是'五岁诵六甲，十岁观百家'，还是'横经籍书''轩辕以来，颇得闻矣'，都说明他是五岁以后在蜀中昌隆县才开始接受华夏文化教育。说蜀中是家乡、故乡，是毫无疑义的。"

其二，关于李白的人生分期。传中分十四章（详见上表），等于把李白的人生分为了十四个时期。应该说这是比较详细又具有合理性的一种见解。

其三,在李白生平经历的具体阶段方面也提出了诸多独到、新颖的看法。比如把李白出蜀和隐居安陆之前的这个时期分为"江汉之游"和"东游吴越"两个阶段,更加细致准确。第五章"酒隐安陆"时期,专列"洛阳献赋""嵩山之会"这些阶段。第六章"移家东鲁"至奉召入京之间,专列了"梁园待起"一节,认为李白居住东鲁被召入京之前,即开元末年,曾到颍阳、洛阳一带元丹丘的隐居处游访,然后乘船离开黄河至梁宋之地的梁苑和梁园游访,《登广武古战场怀古》《梁园吟》(我浮黄河去京阙)即作于此时。还有李白天宝初年应召入京的地点问题,过去学界一直认为他是由江南东道的南陵入京。葛先生和刘崇德先生首次考出李白是由东鲁的南陵入京(葛景春、刘崇德《李白由东鲁入京考》,《河北大学学报》1983年第1期),这个观点得到了詹锳、安旗、郁贤皓等先生的认可和赞同。本书第六章"移家东鲁"之"诗嘲鲁儒"一节即主张李白从任城移家南陵乃是兖州之南陵;第七章"长安风云"第一节"奉诏入京"写李白从南陵奉诏入京也用直接由东鲁入京之说。第八章专列"李杜相会"一章,并下列"洛阳初会"一节,主张李杜初见是在洛阳,而且二人结交相与"细论文"的地点,应该是在杜甫所隐居的洛阳之南陆浑山的陆浑庄一带。

其四,把李白的去世时间,断定为宝应元年(762)。关于李白的去世,李阳冰《草堂集序》中云:"公又疾亟,草稿万卷,手集未修,枕上授简,俾予为序。"并明确记载序作于宝应元年十一月乙酉。但其中之"亟"字,清人王琦《李太白集》本作"殛"。殛与"极"通,如作"疾殛",乃病笃之义,则作序时李白尚未去世。所以有论者认为李白卒年或在宝应元年(762)之后。葛先生在第十四章"终老当涂"之"垂辉千春"一节中认为,"殛"字宋本《草堂集序》乃作"殂",殂为殊、死之义,疾殂即病死。所以主张应从宋本作"殂"为是,李阳冰序应作于李白去世之后。

这方面的见解,传中还有不少,限于篇幅,不再一一罗列。

三、这是一部李白诗歌发展历程的评传

　　李白是一位诗人,为诗人写传,除了梳理传主的人生经历,显然还需梳理其诗歌的发展历程和特点。葛先生在李白研究方面著作甚丰,对李白的思想、文化渊源、诗歌艺术都有深入的考论,故此著以传为体,不追求对李白其人其诗作专门评论。但传中也适当引用了李白的诗歌,既以之为论证其行迹的依据,同时也做了必要的分析评价。这些评论汇集起来,李白诗歌风格、艺术发展的脉络也历历可见。

　　例如第二章"蜀中岁月"下"少年苦学"一节中指出,李白"十五观奇书",奇书当指纵横家书(其中主要包括《长短经》)和辞赋之类(辞赋尤其是汉大赋也是受到夸大其辞、游说之风气颇强的纵横家书影响的)。说明李白小时在辞赋上下过功夫。此章还专列"从师赵蕤"一节,指出李白的思想深受赵蕤《长短经》一书的影响,书中提到,"赵蕤的《长短经》确实对青少年时期的李白有着举足轻重的作用,对他以后思想的形成和人生道路方向的确定,有着重要的影响,在其诗文风格上也烙下了明显的痕迹"。(又参见葛景春《李白与赵蕤的〈长短经〉》,载《中日李白研究论文集》,中国展望出版社 1989 年版)具有纵横家色彩的《长短经》是李白后来游说人主、诸侯的方略和从事政治活动的锦囊秘籍,李白常引以为自豪的王霸大略、纵横之术及其诗文的纵横捭阖之风,全来自这本书。这一见解确为独到,发前人所未明,对读者理解李白诗风形成的原因大有帮助。

　　此章"巴蜀之作"一节中指出,从李白现存辞赋和诗文中我们仍然可以看到《文选》对他创作影响的痕迹。李白少年之作有齐梁体的特色,这和他少年时期学习《文选》、受其影响是分不开的。从李白现存的蜀中诗作来看,他的五言律诗还是占多数,这些五律皆合平仄格律,遣词造语多清新可爱,但风骨尚欠强健。又据《别匡山》诗指出,从七律发展史上来说,李白能在青少年时期就作出合乎格律的七言律诗来,也是有可能的。这就把李白早年文风的特点、渊源揭示了出来。

第三章"江汉之游"下"江陵访道"一节中说："李白在江陵所学的南朝乐府民歌，开阔了他的眼界。他在蜀中所写的诗歌，多是学习初唐才形成的律诗，律诗自然是文人之诗，格律对仗多有限制。李白虽然在青少年时期也对律诗特别是五律下过功夫，写得有模有样，平仄格律、对仗无一不合，但正格律诗与李白自由旷放的性格不合。他出蜀到了江汉之后，学习了当地的乐府民歌，一下子受到启发，开阔了他的思路，拓展了他的眼界，诗风开始有了转变。于是李白开始将二者结合，逐渐形成了既婉转工丽又清新自由的诗风。"这则揭示出李白诗风转变、自身风格形成的一个关键点及其原因。第七章"长安风云"下"名尊谪仙"一节分析《蜀道难》指出："此诗是一篇乐府长篇，构思奇特，想象丰富，寄寓深刻，惝恍莫测，体制恢宏，诗思奇纵，音节错综，声调铿锵，确实是李白诗七言乐府歌行的代表作。此诗一出，遂将李白之前的乐府歌行比得黯然失色。"这不仅道出了《蜀道难》一诗的艺术特点和成就，也点出了它在李白乐府歌行体诗歌发展中的重要位置。第九章"再游吴越"下"吴越情深"一节分析《梦游天姥吟留别》一诗指出："这首诗显然是李白经过长时间的考虑和思想斗争，对自己的思想进行的一个总结。"这则点出李白一生思想心态转变的一个关节点。此章"心怀忧国"一节分析《答王十二寒夜独酌有怀》《古风五十九首·胡关饶风沙》《古风五十九首·羽檄如流星》《战城南》等诗时指出，天宝八载（749）是李白对朝政极为愤怒的一年，思想转向了忧国的一面。同时还比较了李白和杜甫对于战争态度的异同，认为不同于杜甫的完全反战态度，李白并不一味地反对战争，但主张要慎战，具有辩证性。第十三章"徘徊湖湘"下"笑傲江城"一节分析李白在江夏写《鹦鹉洲》一诗，指出他是有意再次向崔颢的《黄鹤楼》挑战，但最终此诗还是稍逊崔诗。这不仅利于读者了解李白思想艺术的特点，而且对于理解整个唐代文学都是有帮助的。

这类分析传中随处可见，不必赘举。寓评于传，既利于读者了解李白诗歌的发展脉络，又不妨碍对李白生平了解的流畅性、连贯性，可谓颇具匠心。

总之，葛先生这部《李白传》内容翔实博赡，集学术性与文学

354

新书选评

《李白传》

性于一体,既体现了学界关于李白生平研究的最新境地,也多有他自己独到的见解,是一部可雅俗共赏的佳作和力作。笔者以上所述,仅是初读此著的一些粗浅认识,挂一漏万,不一定准确,更谈不上全面。之所以不揣谫陋,意在抛砖引玉,也欲就正于葛先生和学界方家。

《石上人生：传记文学视域下的唐代墓志铭研究》

□ 屈玉丽

（孟国栋著　浙江古籍出版社　2020 年 12 月）

一

　　二十世纪以来，伴随着各地考古活动的兴盛，大量的墓志碑刻也进入世人的视野。墓志因其特殊的史学价值，迅速得到学者的重视与研究，根据墓志记载考证人物史实也成为学界关注的热点。唐代墓志出土数量最为可观，相关的研究成果也较丰富。

　　周绍良、赵超主编的《唐代墓志汇编》（上海古籍出版社 1992 年版）与《唐代墓志汇编续集》（上海古籍出版社 2001 年版）收录了大量的唐代墓志资料，二十一世纪以前出土的墓志大备于此。吴钢主编的《全唐文补遗·千唐志斋新藏专辑》（三秦出版社 2006 年版）收录了千唐志斋自二十世纪九十年代开始征集的唐五代墓志 521 方，多为首次发表。赵文成、赵君平编选的《新出唐墓志百种》（西泠印社出版社 2010 年版）亦收录刊载了新出土唐代墓志的影印拓片和文字释录，并考订了墓石形制、墓志撰写时间等信息。李明、刘呆运等人主编的《长安高阳原新出土隋唐墓志》（文物出版社 2016 年版），刊布了 2001 年至 2006 年长安高阳原地区出土的 113 种隋唐墓志。尚民杰《唐长安家族葬地出土墓志辑纂》（商务印书馆 2018 年版）亦以地域为切入点,收录了唐代长安上至皇亲贵戚、下至平民百姓的墓志信息。朱关田编著的《隋唐五代署书人墓志年表》(浙江工商大学出版社2019年版)则以年表的形式收录了迄今为止出土的隋唐五代带有署书人信息的墓志条目。徐卫民主编的《陕西帝王陵墓志》(三秦出版社2017年版)则收录了陕西省省级以上重点文物保护单位中帝王陵出土的墓志铭。以上所列著作,或以朝代为主,或以地域为限,录存了大量的新出土唐代墓志,为研究工作的开展奠定了良好的基础。但此等著作多为辑纂,缺少对墓志的细致挖掘,更缺少史学与文学研究的贯通交融,幸而这类问题在其他学者的研究中得以弥补。胡可先教授撰写的一系列专著,如《出土文献与唐代诗学研究》(中华书局2012年版)、《考古发现与唐代文学研究》(浙江大学出版社2014年版)、《新出石刻与唐代文学家族研究》(北京大学出版社2017年版),着眼于融通文史,侧重于挖掘墓志的文学价值。不唯如此,戴伟华《从贞元、元和墓志谈韩愈研究中的三个问题》(《华南师范大学学报(社会科学版)》2002年第4期)、程章灿《墓志文体起源新论》(《学术研究》2005年第6期)、陈尚君《新出高慈夫妇墓志与唐女书家房嶙妻高氏之家世》(《碑林集刊》2011年第0期)、李浩《新发现唐代刻石名家邵建和墓志整理研究》(《文献》2018年第6期)等均为墓志文学研究的代表性论文。与此同时,墓志文学价值的研究也成为学位论文撰写的热点,缐仲珊《唐代墓志的文体变革》(中国社会科学院研究生院2003年硕士学位论文)对墓志的文体发展变化情况进行了总体阐述;康光磊《初唐诗人墓志铭研究》(华中师范大学2010年硕士学位论文)从文献学视角切入分析了初唐诗人群体墓志的相关情况;张媛《唐代行状及其相关问题研究》(陕西师范大学2015年硕士学位论文)则以唐代行状为主要分析对象,与墓志、传记资料进行对比,均在一定程度上涉及文史的融通研究。

需要注意的是,墓志文学相关研究成果都较少提及墓志的传记文学价值,对此进行专题研究的论著更少;传记文学类研究成果则较少有对墓志资料进行发掘与运用者。因此能将墓志与传记文学联系起来,发掘墓志中传记文学价值的研究成果寥寥

《石上人生:传记文学视域下的唐代墓志铭研究》

可数。谢志勇《逡巡于文与史之间：唐代传记文学述论》（福建师范大学 2011 年博士学位论文）阐述了唐代传记文学的文学价值与史学价值，对墓志虽有提及，但缺少对墓志与传记文学之间关系的系统论述，相关理论研究亦有缺失。

总而言之，唐代墓志主要侧重于史学价值探究；而传记文学的研究则侧重于史传作品，少有对墓志资料的运用。因此，关于唐代墓志的研究成果虽然已经较为丰富，但研究视角仍有可开拓之处。孟国栋副教授的《石上人生：传记文学视域下的唐代墓志铭研究》（下文均简称为《石上人生》）一书在学界原有的研究基础上，确定了墓志作品的传记文学属性，敏锐捕捉到两者之间的关联，从传记文学视角出发，深入挖掘墓志的史学与文学价值，为文学史补充了相关资料。该书考证与分析并重，补充订正了现有文献的缺误，并力图恢复唐代墓志事实的本来面目，为研究领域的拓展提供了新的空间。

二

《石上人生》一书分为上编、下编、附录三个部分。

上编"综合研究"，共六个章节，对唐代墓志的传记文学价值进行了全面阐释，揭示了唐代墓志求真和人物形象塑造的传记文学特点，对学界原有认知进行了突破，为墓志的传记文学研究构建了完整的理论体系，并且从整体上阐述了唐代墓志的发展变化情况。第一章为"墓志铭的传记文学属性论略"。作者极为细致地对传、传记、传记文学等概念进行了区分论证，从对传记文学定义的解析与墓志传记载体性质的确定生发开来，在蔡仪、朱东润等先生的理论基础之上加以创新和完善，突破了原有思想观念的桎梏，进一步确定了墓志与传记文学之间的关系。第二章为"求真观念与唐代墓志铭记载的可靠性"。作者运用考证手法检验唐代墓志记载的准确性，进而确认唐代墓志铭创作的求实之风，为挖掘墓志中的传记文学特点奠定基础。本章从唐文创作的求实观念论起，详细考证了唐墓志铭中唐人世系、姓名字号、仕宦经历等一系列内容的准确可靠性，不仅打破了世人简单的"谀墓"认知，还解决了传世文献对传主生平记载方面的疑惑。第三章为"创作范式的转变与人物形象的凸显"。明代王行在《墓铭举例》中曾对墓志记载的十三事进行了详细归纳，唐代墓志自然也存在一定的创作范式。创作范式体现了社会的整体审美趋向，写作范式的变化则凸显了当时社会审美风趣的改变。伴随着唐代"古文运动"风潮的兴起，唐代墓志创作者的思想观念发生转变，逐渐抛弃了之前单一叙事的写作模式，开始运用多种手法和叙述方式进行创作，也尝试通过语言对话等刻画人物，以凸显传主形象。作者大量征引史实，进行相关数据分析，解读时人墓志作品，深刻把握唐代墓志重视人物形象凸显的写作特点，进而与传记文学定义比较，从唐代墓志的特点与内容上肯定了墓志为传记文学载体的立论。第四章是"人际关系的叙写与唐代墓志铭的情感表达"。人物关系叙写是唐代墓志所要表现的重要内容，对人际关系与感情表达的分析也是研究唐代墓志传记文学价值的重要突破口。作者在大量实例的基础上，着重分析唐人的墓志铭作者选择理念，亲属、宾朋与自撰墓志铭之间情感表达的特点和差异，深入研究了传主的人际关系网，也解读了墓志创作者对传主的态度。尤其对墓志铭中感情表达的分析，不仅能够印证唐代墓志的传记文学属性，还有利于拓展相关文学研究。第五章为"疾病医疗与唐人生命历程的轨迹"。作者着重分析了新出唐代墓志中关于疾病医疗过程的书写特点，以及疾病医疗对传主生命历程的影响，旨在揭示其中所体现出的人性关怀，这不仅有利于了解传主的人生经历，也有助于勾勒相关家属的形象、表达传主与家属间的深厚感情，对传主家属传记的研究也有重要参考价值。第六章是"丧葬观念与唐人最后的嘱托"。作者通过"遗令薄葬""拒绝合葬""归祔祖茔""指定墓志铭作者""训诫子孙"五个方面展开论述，勾画了时人丧葬的诸多情况，分析说明了传主临终前较为关心的问题，也体现了唐代墓志创作内容的相关影响因素。同时作者还指出"唐人临终之际对身后事宜的安排"是唐人传记文学研究的新材料，对进一步了解唐代墓葬具有重要意义。

下编"个案研究"，共四章，分别以王勃、李白、于汝锡夫妇、

新书选评

《石上人生：传记文学视域下的唐代墓志铭研究》

皇甫钰为主要研究对象,结合相关墓志,对上编论述的部分问题展开进一步的分析和探讨,以便更为清晰地凸显唐代墓志铭的传记文学价值。第一章为"王勃隐逸生活研究"。以新出土的《王洛客墓志铭》为切入点,确认了王勃的归隐经历,归隐的时间、地点及隐逸期间的文学创作。在此之前,几乎没有学者对王勃的归隐生活有过专文论述。作者证据确凿,论证深入,环环相扣,详细分析了归隐时期王勃的个人生活。第二章为"李白晚年交游及行踪新考"。作者运用包括《何昌浩墓志铭》等新资料在内的一系列史料考证了何昌浩与宋若思的关系、宋若思曾经的职务、李白与何昌浩的交游经历,以及李白后来的行踪,分析论证了李白此阶段的诗歌创作,并对相关学者的研究成果进行了探讨。第三章为"长安新出于汝锡夫妇墓志铭的传记文学价值"。作者发现于汝锡夫妇墓志铭在文章结构、遣词用句等方面多有特色,对其中的传记文学价值进行了专门分析。通过研究其家世与婚姻、科考与仕途、文学观念与家传、身后事宜安排等,展示了于汝锡夫妇墓志铭的传记文学色彩与文学价值。第四章为"《皇甫钰墓志铭》与中古皇甫氏谱系的重构"。《皇甫钰墓志铭》记事详赡、文学性强的特点使它成为论述墓志传记文学价值的重要样本。作者通过研读《皇甫钰墓志铭》,挖掘了中古皇甫氏后人皇甫钰的人生经历,介绍了皇甫钰家族的文学成就,重构了皇甫钰家族的世系。该章将《皇甫钰墓志铭》与一般墓志铭的特点进行了对比,对《皇甫钰墓志铭》特异的叙写手法进行了分析说明,展示出其中所蕴含的较高传记文学价值。

附录为"新出墓志铭与唐人传记资料新证"。作者以示例的形式将新出墓志铭及据其对唐人传记所做出的订补资料附于文后。借助新出土墓志铭,作者对唐人姓名进行了订补,对唐人的生平仕历进行了订正,也对唐人职官迁转进行了重构,以供相关研究者参考。

三

《石上人生》的出版为墓志铭相关研究提供了诸多启示。

新书选评

《石上人生:传记文学视域下的唐代墓志铭研究》

首先，敢于打破思维定式，统一理论与实践。作者解析了诸位学者对传记文学的定义，抓住传记文学的要旨，并且创造性地将墓志与传记文学研究关联在一起，提供和发展了墓志铭研究的新视角，还为传记文学的发展史补足了墓志方面的资料。作者认同朱东润先生所提出的传记文学应"从史料真实性和人物形象塑造两方面去关注"，并以之为理论基础，进一步展开与墓志铭的关联分析，结合大量新出土墓志的"传记文学特性"打破原有的固化认知，通过上编第一章"墓志铭的传记文学属性论略"相关论述，完成了墓志研究与传记文学研究的融合。作者从墓志的历史渊源与出土墓志的基本情况，以及朱东润先生对《晏子春秋》的评价中小心求证，确定了唐代墓志铭的传记文学价值。虽然墓志与传记文学的关联研究前人已有涉及，但理论并不完善，相关成果依旧匮乏，专题研究更是缺少，《石上人生》一书可谓弥补了这一方面的缺憾。

其次，乐于运用多种方法，解决学术新题。作者采用史实考论、文学分析、文史互证等方法，从多个角度研读墓志作品，力求切中肯綮。以下编第三章所举于汝锡夫妇墓志为例，作者先通过对两篇墓志铭的分析与史载相互印证，运用史学考证方法订补错误的史书记录，如纠正《旧唐书》记载失实之处（于筠非于邵曾祖，而是五世祖）。又在此基础上梳理了于汝锡的人生经历，运用文学研究方法展示了墓志中于汝锡的个人形象、文学观念与家传情况。同时作者还借助这一个案的多个方面证明了唐代墓志"求真与人物形象描写并重"的写作特点，挖掘了两篇墓志的传记文学价值，深化了研究主旨，使得《石上人生》一书的结论更加成熟，更有助于实际研究问题的解决。

最后，勇于坚持学术创新，拓展学术争鸣。作者本着求实存疑的精神，在书中多个章节都对史籍文献或相关学者的研究成果进行探讨。在下编第二章中，作者就李白交游情况与诗歌创作时间对前人的结论提出质疑，并梳理了自己的见解以供学界讨论。关于李白赠何昌浩的两首诗歌，作者认为《泾溪南蓝山下有落星潭，可以卜筑，余泊舟石上，寄何判官昌浩》一诗作于李白上元二年（761）再游宣州之时，而非至德二载（757）。此外，在

新书选评

《石上人生：传记文学视域下的唐代墓志铭研究》

"《皇甫鈺墓志铭》与中古皇甫氏谱系的重构"中,作者纠正了皇甫铺一支的世系;在"王勃隐逸生活研究"中,作者纠正了前人对王勃隐逸时间的推考;在附录中,作者还通过新出墓志铭对唐人传记资料进行了新证。作者不拘陈说,大胆质疑,小心求证,思维严谨,论证切实,有利于相关学术研究的推进。

以上所列,只是《石上人生》一书的冰山一角,作者在挖掘唐代墓志的传记文学价值时极具创新思维,打破固化认知的同时,又能谨慎求证,具备较高的学术研究水准。不过书中也还有许多问题值得深入探讨,比如关于墓志传记文学特色的叙述可进一步深化,同时还可再增加些详实的个案研究。但瑕不掩瑜,整体而言,本书乃是墓志铭与传记文学研究的代表性论著。希望作者在未来的学术道路上不断完善创新研究成果,使《石上人生》一书能够经受住历史和学界的双重考验,为后人拓展唐代文学研究提供新的角度和方法。

新书选评

《石上人生:传记文学视域下的唐代墓志铭研究》

《杜甫游踪考察记》

□ 小 鲁

（宋红著 人民文学出版社 2020 年 12 月）

　　"李杜文章在,光焰万丈长。"唐诗的两大重镇,身后声誉日隆,研究也越来越广泛和深入。历代资料浩如烟海,以一己半生之心力,几乎无法穷尽。只好各取途径,各具只眼,各有各的读法。

　　宋周紫芝《竹坡诗话》中曾现身说法:"余顷年游蒋山,夜上宝公塔,时天已昏黑,而月犹未出,前临大江,下视佛屋峥嵘,时闻风铃,铿然有声。忽记杜少陵诗'夜深殿突兀,风动金琅珰',恍然如己语也。又尝独行山谷间,古木夹道交阴,惟闻子规相应木间,乃知'两边山木合,终日子规啼'之为佳句也。又暑中濒溪,与客纳凉,时夕阳在山,蝉声满树,观二人洗马于溪中。曰,此少陵所谓'晚凉看洗马,森木乱鸣蝉'者也。此诗平日诵之,不见其工,惟当所见处,乃始知其妙。作诗正要写所见耳,不必过为奇险也。"虽未亲临其地,但相似的情境唤醒了读者对原作的真切共鸣,这些零碎而灵动的感悟,弥足珍贵。也告了我们,增加游历,广博见闻,当是"读懂"的有效途径之一。

　　略早于此,宋王直方《诗话》曾言:"信乎不行一万里,不读万卷书,不可看老杜诗也。"颇获赞同。千余年来,如此躬行者,也代有其人,心得文字,历历俱在。宋红《杜甫游踪考察记》,则是当代学者践行此言的一项重要收获。

　　在"引言"中,宋红介绍了考察杜甫游踪的缘起和经过:二十

新书选评

《杜甫游踪考察记》

世纪八十年代,林东海曾考察李白游踪并出版《太白游踪探胜》(人民美术出版社 1993 年版)诸书。"然而二十世纪八十年代以后的这三十多年,是中国历史急剧变化的三十年,移山填海、筑坝修路、开矿建楼等人力行为,使山形地貌发生了极大改变,三十年前的实景照片,今天竟然面目全非,这促使林先生萌生了重走李白路的想法,于是我们相约联合行动,同时对李白、杜甫游踪做全面考察。""我们在 2009 年至 2018 年的十年时间里,分省、分段出行,全程考察李白、杜甫游踪,行程横穿河南全境,纵贯湖南、甘肃两省,并两赴陕西,两至四川,两入山东,亦行走湖北、江苏、浙江、河北等省份,拍摄图片二万七千帧、短录像近百条,考虑相同景点不同点位的占比情况,取景点大致应在五六千处之多。"

这项跨越三十年、走遍大半个中国的考察,使两位作者收获颇丰。他们着意考索踏查杜甫诗中所咏、足迹所到之地。"引言"中介绍,主要做了如下工作:"一、钩沉旧名故地。在地理沿革中,杜甫咏到、走到的很多地方因地名变更,已经与杜甫脱钩,当地人完全不知道自己生活的这片土地与杜甫有何干系;有些撤销改并的旧县,连名字都已经淡出了人们的记忆。考察中对这样地方的历史遗痕尤其关注。诸如杜诗中有着最美月色的'鄜州',如今的名字是'富县',以盛产苹果著称。行走在富县,有几个人能想到这就是杜甫咏过'今夜鄜州月'的鄜州呢?……杜甫和岑参兄弟一同游玩过的渼陂就位于鄠县。而'户县',只能让人联想到曾经称名一时的农民画。而隶属于富县、杜甫写过《羌村三首》的羌村,如今已经变名大申号村,只因村里有过一个大申号油坊,便失去了本来应该不朽的名字。""二、勘正旧注误说。也有些古地名延续至今,脉络清楚,只因被旧时注家所误,终至以讹传讹,陈陈相因。如杜甫住过的'陆浑庄',一直被包括闻一多先生在内的很多治杜专家说成位于河南偃师,认为'偃师故庐''尸乡土室''土娄旧庄'与'陆浑庄'都是一处。但洛阳之南伊水上游的嵩县境内便有陆浑旧县的所在,如今是陆浑水库。""三、吸纳考古成果。……如杜预墓,今只存墓碑,几经辗转后立于偃师前杜楼村城关第三中学校园操场的后方、杜甫墓东北大约十米远的地方,但杜预墓的位置杜预生前已经勘定,并在《遗令》中明示:'东奉二陵,西瞻宫阙,南观伊洛,北望夷叔。''二陵'指追封为晋文帝的司马昭及其妻王元姬的合葬陵崇阳陵,以及晋武帝司马炎的陵墓峻阳陵。今'二陵'的位置已为考古发掘所证实,由此我们完全可以推知杜预墓的准确位置,而杜预墓的位置是判定杜甫偃师行踪包括'偃师土室'位置的重要参照。在'二陵'考古成果出来之后,杜甫研究中的相关内容已不应再维持固有成说。""四、记述古迹遗踪。随着矿山、公路和水库的建设,这些年消失的历史遗迹、山川地名也不在少数,比如河南陆浑岭消失,变成洛栾快速通道;湖北岘首山消失,变成唐城影视城,而原来的虎头山正在被打造成新的岘首山,但虎头山的名字则要消失了;还有被淹没在黄河小浪底库区、三门峡库区、长江三峡库区的一系列历史旧迹。……追寻李杜游踪,记录这些消失和正在消失的历史文化遗迹,为之存照写真,是我们义不容辞的责任。""五、展示社会状况。对三十年间两次考察的记述,客观上也展示了中国社会的发展状况。"

　　这种实地考察,自有其重要意义。但不得不提的是,经过一千多年的历史变革,今天所能看到的"杜甫游踪",绝大多数都是纪念性遗迹。特别是黄河、长江的中下游地区,经过多次洪水泛滥、河道摆动,加之地震、风化等自然灾害及人力改变,除了个别高大山体,唐代遗迹早已深埋在地表之下。王国维曾提出二重证据法:"吾辈生于今日,幸于纸上之材料外更得地下之新材料。"两位作者此次行走,已经努力追求足迹与文献相印证,也在努力追求与地下材料相印证,但近几十年来,考古成果日新月异,解读尚有极大空间。另,受停留时间、足迹所到之限,偶尔难免有走马观花之憾。

　　清钱泳《履园丛话》曾言:"读万卷书,行万里路,二者不可偏废,然二者亦不能兼。每见老书生矻矻纸堆中数十年,而一出书房门,便不知东西南北者比比皆是。然绍兴老幕,白发长随,走遍十八省,而问其山川之形势、道里之远近、风俗之厚薄、物产之生植,而茫然如梦者,亦比比皆是也。"空读万卷书,不知地理远近、无以致用,难免"两脚书橱"之讥;读书不精,即使遍游天下,则又与"白发长随"何异。

　　书已面世,作者编者个中甘苦、笔墨长短优劣,惟付读者评说。

新书选评

《杜甫游踪考察记》

问题研究综述

网络时代的传统学术

——兼谈《唐五代诗全编》的编纂

□ 陈尚君

一

我这里所说传统学术,指西学传入以前的中国固有学术,是以四部分类为格局,以修齐治平为目标,以文本解释为重点,以文献会聚与考证为特色的学术工作,绵延两三千年。专家多皓首穷经,得成就一书以存名后世;大家通人则博通群籍,淹贯浩博。西学之科学严谨,分野清晰,学科壁垒森严,探讨深入,近代以来取旧学而代之,是必然趋势。将近四十年前,国家号召整理古籍,传统学术获得新的生机,本人工作也适应了这一趋势。就我之认识,传统学术之学科格局与现代学科设立有重合,更多有其特殊性,如经学、方技、术数、谱牒即被排除在现代学术以外,而传统学术之治学方法,如以经学为指导,以小学为入门,以辞章为润身,以札记为初阶,以博通为有识,有合理因素,与现代教育也明显取径有别。

本人从学四十多年,前期多承传统。比如唐诗文辑佚,前期多受南京师范大学两位前辈学者孙望先生与唐圭璋先生之影响,更增加了从复旦王运熙先生所得通目录以掌握全部存世典籍的指导,也从史学大家陈垣先生处体会凡引书皆求史源的律条,从本师朱东润先生处体会读书务存怀疑并追求力透纸背之融通,也间接从蒋天枢先生处体会读书必先校书、务求善本之必要,虽然后起,而能有超越前辈的收获。本人从学的前二十年,生活在前数码时代，书是一本一本读的，学问是一点一点积累的，同人间比较学问大小，以读书多少、见解通达、探讨深密、发明新警为标志。

网络时代的到来，我的感觉很迟钝，全未得风气之先。就此言，中国学者之了解网络，用计算机写作，大约始于二十世纪九十年代初的 286 时代，我则到 2001 年才采用计算机写作，2008年方决定用电子文本处理全唐诗歌。互联网的普及当然带来获取信息的便捷，但更让我震撼与兴奋的是以四库全文检索为起点的古籍文本阅读与取资方法的变化。以往的文献辑佚与考订，完全依靠遍检群书与博闻强记，最大的困惑是见宋人引一句唐诗，无法确知《全唐诗》中有否。记得最初提出重编《全唐诗》的河南李嘉言先生，为此组织师生编《全唐诗》首句索引，再编每句索引，但如果元人诗歌误为唐人呢，仍然很无奈。四库全文检索开始的古籍检索，很方便地解决了这一问题，凡治文史之学者，无不欢欣鼓舞。我的工作得到众多便捷，但同时也遭遇许多困扰。有学者断言，从此以后，以文献考订辑佚为标志的传统学术，不再有存在的意义。此话有一定道理。比方唐人李繁《邺侯家传》之辑佚，现知逸文存于唐宋三十多种古籍里，以往不通读数百种古籍，不可能将其逸文收齐，现在一加检索，几百条线索就堆在你的面前。再如治语词者，以往几乎每人都有特殊语料的卡片箱，长期积累，现在要证明"孝子贤孙"晚出，唐人习用"孝子顺孙"，一检即得，似乎不用再翻书。在现代技术面前，博通群籍的大学者与粗知皮毛的初学者，几乎回到同一起跑线，真让人情何以堪。

传统学术如何应对现代科技的便捷与挑战，不同学者可以有不同的思考。我在改用计算机写作后不久，就在一段当时未发表的文字中感慨："古籍电子文本不仅查阅、剪贴方便，而且能作逐字逐句的检索，改变了传统学术靠记诵和个人资料积累的习惯，必将给文史研究带来巨大的革命性的变化，其中如汉语史（特别是文字训诂学）、古籍辑逸和训释，以及古代人事、典籍、制度、地理等方面的研究，得益最为直接。"认为"传统文史之学应利用网络时代的种种便捷，提升学术层次，改进研究方法"。甚至曾幻想可以在网络空间完成《全唐诗》的重编，每天展示进度，不断吸取批评，逐渐增订完善。2009 年在为门人史广超博士论文《〈永乐大典〉辑佚述稿》作序时，认为"古籍数码化提供了古籍全面检索的极大便利，无疑可以带来文史研究的革命性变化，一些倚靠文本积累的基本文献工作，得益尤大"。那年曾作文《〈中国基本古籍库〉初感受》，表彰该数据库的巨大成就的同时，也就分类未允、版本未善、繁简误失等问题提出商榷。

那以后我一直用电子文本做《全唐诗》的新编，逐渐积累了较多的体会。2014 年 10 月上海《文汇报》副刊《文汇学人》改版，约我与台湾学者黄一农先生分别撰文，谈 E 时代的文史考据。黄先生从事于此甚早，最突出成就是用文本检索考证与《红楼梦》相关的人事，最早提出 E 考据之治学方法。我起步太晚，且目标是以唐诗为平台试图重新建立一代文献的基本文本。拙文原题《E 时代如何做唐诗文本考证？》，发表时改题《E 时代考证的惊喜与无奈》。其中谈到五点惊喜：一是在一个界面中可以展开无数文本的操作。那天的记录是 13703 个文件，大约 6000 个在渐次写作，每个文件都可以在一两秒内打开，增补新的内容。二是文本可以反复推敲修改，再三斟酌，逐次写定，不断完善，因此而能将唐诗流传千载中的文本变化立体地加以展示。三是搜寻文献的方便。以往辑佚，要遍检群书，现在输入一个书名，立即给你许多线索。四是通校文本的便捷。清编《全唐诗》的基础是明人的唐诗积累，错误多到不可胜举。彻底清理就必须通检以唐宋总集、史乘、类书、地志为重点的几乎全部引及唐诗的记录，重要著作还必须征及多种版本，不仅工作量大，还有学术观念之转变。我又特别认死理，凡唐宋人曾引录的唐诗，几乎完成全部通校，不存任何侥幸心理。在这方面，现代技术提供了意想不到的便捷。五是辑佚、辨伪掌握全部线索后，可以客观精密地在两造或几造间做出准确的判断。当然也谈了十点困惑，大约涉及数据库的学术质量、文献检索的精确度、检索不能代替读书、读书贵在融通体会等，不一而足。

网络时代的传统学术——兼谈《唐五代诗全编》的编纂

二

十多年间，学术环境与学术风气都已经发生根本的变化，我自己跟跄前行，今年十月终于完成汇校唐一代诗歌的《唐五代诗全编》的初稿，更看到前辈、同辈与后辈取得惊人的成就。就我交往不太广的朋友圈而论，我觉得近年来在学术史上可以占据一席之地的著作，可以举出以下这些。

复旦大学李晓杰教授主编《水经注校笺图释》，已经出版渭水、汾水两卷，《水经注》本文曾汇校数十种珍稀文本，且将古水道与现代地理逐一契合标识，成就卓著。复旦大学周振鹤教授主编《中国行政区划通史》，以十八卷一千多万字的规模，理清从上古到民国间中国行政区划的变化，足以取代历代正史《地理志》。上海师范大学李时人教授（1949—2018）积二十年之力，在组织几十篇明代分地域作者研究博士论文基础上，出版《中国文学家大辞典·明代卷》，为明代几千名重要作家理清了生平与著作成就。中华书局退休编辑许逸民先后出版《金楼子》与《酉阳杂俎》的笺证，是南朝与唐代学术难度最大的两部大型笔记的首度全注。苏州科技大学凌郁之教授即将出版《容斋随笔笺证》，对宋代最博学的学者洪迈的这部重要笔记完成全部文本阐释。复旦大学出版社退休编辑陈士强，积四十年之力，独立完成《大藏经总目提要》，首次对全部佛典加以介绍品读，其中《经藏》《论藏》《律藏》《文史藏》已经出版，《大乘经藏》即将定稿，其中仅《大般若经》即历时两年，成文35万字，可称当代三藏。浙江大学束景南教授继完成朱熹逸文辑考与《朱子大传》后，又完成《王阳明年谱长编》与《阳明大传》，为宋明儒学最伟大的两位学者的研究开创新局。复旦大学汪少华校点《周礼正义》、山东大学杜泽逊教授主编《尚书注疏汇校》、南京师范大学王锷教授《礼记汇校集注》，均足代表当代学者研究传统经学的水平。而汪少华《〈考工记〉名物汇证》，则广征百年来新发现的考古实物，与上古文献所记名物参证，发明尤多。唐集校注是宋代以来的显学，近十年成就卓著，重要学者有吴企明、罗时进（均苏州大学）、郁贤皓（南京

网络时代的传统学术——兼谈《唐五代诗全编》的编纂

师范大学）、王锡九（江苏教育学院）、蒋寅（华南师范大学）、刘真伦（华中科技大学）、谢思炜（清华大学）、尹占华（西北师范大学）、吴在庆（厦门大学）、郝润华（西北大学）等，其中江苏学者贡献巨大。唐诗研究在辑佚、辨伪、互见推证、本事追究、作者生平研究诸方面成就，举世瞩目。

拙编《唐五代诗全编》正是希望总结前贤今哲的成就，用今天的学术准则来重新写定全部唐诗，倾尽心力，方近底成。与清编《全唐诗》比较，篇幅从九百卷增加到一千两百卷，另附疑伪诗为《别编》二十五卷；清编原有作者2567人，现删去约200人，新增作者逾千人；清编原收诗49403首又1555句，现删去误收互见诗约5000首，新增诗逾万首（以上数字均属估计）。更重要的是努力廓清明后期以来对唐诗的任意改动，尽量恢复或接近唐人所作诗的原貌，且通过会校群籍，立体展示唐诗在各时期的变化轨迹。

以上工作，完全拜现代网络条件、写作手段及文献公开普及之所赐。就善本征用来说，由于国内外公私所藏善本孤本的广泛公开，得以利用许多珍贵文本。如张籍文集的宋本，通行的是宋蜀本《张文昌文集》，惜缺末卷，而台湾存宋书棚本《张司业诗集》缺首卷，二本重合部分相同，恰可拼成宋刊完本。日本静嘉堂文库藏宋书棚本韦庄集、南安军本韩愈集，都是难得的善本。我曾在日本、台湾与香港访学或任教，得以广备海外论著与善本，近年通过网络所得尤丰，是可珍惜。比方佛藏，以往得取资一藏即称难得，现在可见藏经有十多种，各时期都有，取得不难，得以突破《大正藏》局限，追踪唐宋，还原文本。当然现代的古籍文本检索仍然重要。我将见于宋人笔记中所引唐人诗者几乎作了全面复核，发现凡好诗而作者不详，宋人习惯就称唐诗，没有现代手段，简直无法知其真相。再如白居易诗，存三千多首，中日保存早期文本极其丰富，以往要校其中一句，翻遍三千首诗仍难免错漏，现在用文本检索，一检即得，即校即记，为文本写定提供了莫大便利。

网络时代的传统学术——兼谈《唐五代诗全编》的编纂

问题研究综述

三

举今贤与本人的上述工作为例,是要说明,在以文、史、哲、商、法及管理、新闻等为主的现代人文社科学科格局以外,中国传统学术另有独立存在的价值,其中很大一部分无法为现代学术所覆盖。在全球化与网络化的国际大环境中,传统学术也在发生本质的变化。传统集部以收个人诗文为主,目的是为写诗作文提供参考。现代编纂一代文学全集,目的是提供可资信任的基本文献,以满足各种不同目标的学者取资,编者的编修态度绝不可标新立异,成一家之言,而应折中群说,务求平允,剔除谬误,还原真本。前举李晓杰《水经注校笺图释》和汪少华《〈考工记〉名物汇证》尤其值得推崇,不仅旧籍文本做到精密无讹,而且将现代卫星地图与实地勘察与古文献结合,将文献记载名物与出土实物作充分比读,可以说是传统旧学今后的操作方向。

传统旧学在每一个分支都有悠久的传统与基本的规范,现代学者也应严格遵守,不得妄为。比方以"二十四史"校点为代表的新中国古籍整理范式的成立,在会校众本、写定新本的定本式整理原则上,还有一点是不轻易改动文本,尽量少作或不作理校的改动,这是不能轻动的金律。网络时代更高的标准则是,在古籍整理中是否充分参考了海内外存世的善本,在专题研究中是否参考了海内外已有的研究业绩。在这方面,如我已经感到心力不济,而近年崛起的年轻一辈学人,在这方面表达的气象、格局与追求,足以代表中国学术的未来。

网络时代的传统学术,展示出无限的可开拓空间,我特别希望学者不要满足于各种数据库提供的便捷,更不要因此而满足于草率的学术快餐的制作,应利用现在的各种有利条件,创造一流的学术。观念转变,立场调整,好题目层出不穷。比方我前面说辑佚时提到的一本小书,唐人李繁《邺侯家传》,原书十卷,是李繁在深陷死牢时凭记忆写其父一生功业,司马光特别推崇其治国理念,摘录近万字入《资治通鉴》。现在要辑佚,唐宋有许多书征引,辑佚不难,但司马光引录的万字,是据原书改写,辑佚也

网络时代的传统学术——兼谈《唐五代诗全编》的编纂

应采及。它还有一变异，即《邺侯外传》，接近小说家言。更特别的是，该书说其父在肃、德两朝参与内廷机密，纵论天下要务，说得头头是道。其中谈府兵源流的一大段，唐长孺《唐书兵志笺证》认为多出虚构。要将此书文本辑出，将真相还原，纠正司马光的误失，恐怕非动用涉及政治、军事、制度、人事、礼仪等各方面的手段不能完成。

（原载《中华读书报》2020 年 12 月 9 日第 9 版）

问题研究综述

网络时代的传统学术——兼谈《唐五代诗全编》的编纂

唐诗选本对小家的影响

□ 莫砺锋

唐诗选本对唐代诗人的知名度及唐诗作品的经典化有着极大的影响，但主要体现在小家身上。许多小家及其作品免于湮没，主要原因便是入选选本。有些小家作品稍多，风格也较为多样，选本对他们的影响主要体现在突出其代表作以及主导风格。选本对小家的作品有多方面的影响，如异文的取舍，风格的认定等。选本对小家也有负面影响，主要在于作者、诗题的张冠李戴，或文本的讹误失真。从总体看，历代唐诗选本是构成唐诗接受史的重要因素。

一

选本对于文学家与文学作品的知名度有极其重要的作用，鲁迅早有深刻的论述："凡选本，往往能比所选各家的全集或选家自己的文集更流行，更有作用。册数不多，而包罗诸作，固然也是一种原因，但还在近则由选者的名位，远则凭古人之威灵，读者想从一个有名的选家，窥见许多有名作家的作品。所以自汉至梁的作家的文集，并残本也仅存十余家，《昭明太子集》只剩一点辑本了，而《文选》却在的。"（《选本》，《鲁迅全集》卷七，人民文学出版社 1981 年版，第 136 页）钱钟书则注意到选本对大家与小家的影响差异甚大，他说："对于大作家，我们准有不够公道的地方。在一切诗选里，老是小家占便宜，那些总共不过保存了几首的小家更占尽了便宜，因为他们只有这点好东西，可以一股脑儿陈列在橱窗里,读者看了会无限神往,不知道他们的样品就是他们的全部家当。大作家就不然了。在一部总集性质的选本里,我们希望对大诗人能够选到'尝一滴水知大海味'的程度,只担心选择不当,弄得仿佛要求读者从一块砖上看出万里长城的形势!"(《宋诗选注》,生活·读书·新知三联书店2002年版,第20页)这是钱先生选注宋诗时的自道甘苦之言,话也说得相当中肯。这两段话是关于选本的名言,但是对其准确程度,仍需具体分析。试以唐诗为例。虽然有许多唐诗选本的选目不够公允,对于某些大家尤其"不够公道",但这对大家的地位并无太大的不利影响。例如杜甫,在今存的16种唐人选唐诗中,除了晚唐韦庄的《又玄集》外,完全不见其踪影。尤其值得关注的是殷璠的《河岳英灵集》与高仲武的《中兴间气集》,前书选诗的年代从唐玄宗开元二年(714)至天宝十二载(753),后书选诗的年代从唐肃宗至德元载(756)至唐代宗大历十四年(779),两者相加正好涵盖了杜甫的全部创作时期,杜诗居然一首未录!《中兴间气集》成书于唐德宗贞元初年(785),可见在杜甫身后十馀年间,他尚未引起选家的注意。但是时隔不久,杜甫的诗名与日俱增,进而与李白并驾齐驱。据陈尚君考证,从贞元十年(794)到唐宪宗元和五年(810),经过韩愈、元稹、白居易等人的揄扬,"前后历时十七年,没有任何的争议和提倡,没有任何的论说或非议,李杜在诗歌史上的地位已然稳如磐石,不容讨论地似乎成为诸人之共识"。(《李杜齐名之形成》,《唐诗求是》,上海古籍出版社2018年版,第501页)而成书于唐宣宗大中十年(856)的顾陶《唐诗类选》中入选杜诗甚多,且在序中称:"诗之作者继出,则有杜、李挺生于时,群才莫得而问。"(《唐诗类选序》,《文苑英华》卷七一四,中华书局,1966年版,第3686页)这与韩愈等人的论点互相呼应,显然正是时代思潮的体现。可见《河岳英灵集》《中兴间气集》虽是盛、中唐时代最为流行的两种诗选,但是它们不选杜甫,并未对其名声产生严重的不利影响。相反,到了后代,人们还将不选杜甫视为两部选本的最大缺点。

其他大家在唐人选唐诗中也有类似的遭遇,比如《中兴间气集》未选李白与王维,《御览诗》《唐诗类选》《极玄集》未选白居易、元稹、刘禹锡、柳宗元，也并未影响诸人在唐诗史上卓然名家的地位。此中原因可能在于大家都有较多的作品，自成一集，不必借助于选本来传世。例如顾陶《唐诗类选后序》云："若元相国稹、白尚书居易，擅名一时，天下称为'元白'，学者翕翕，号'元和诗'。其家集浩大，不可雕摘。今共无所取，盖微志存焉。"（《唐诗类选后序》，《文苑英华》卷七一四，中华书局 1966 年版，第3687 页）明确指出此集不选元、白诗，乃因二人"家集浩大"之故。再如李贺的别集自唐至今保存完整，传承有序，今人为其别集作笺注者即有叶葱奇、刘衍、王友胜、李德辉、吴企明诸人，诸本并行于世，并不难得。李贺诗的选本也有梁超然、傅经顺、流沙、吴企明、尤振中、钟琰、祖性、冯浩菲、徐传武等人所撰之多种，可见深受读者欢迎，即使《唐诗三百首》中未选其诗，也未能影响他在唐诗中自成一家的声誉。王步高在《唐诗三百首汇评》中甚至称"不选李贺诗是《唐诗三百首》的最大缺憾"，并自行增选李贺诗达 10 首，与杜牧并列第八名。可见虽然李贺在家喻户晓的《唐诗三百首》中缺席，但他仍是今人心目中的唐诗大家。所以笔者认为，诗人及其作品的知名度受到选本极大影响的情况，主要发生在小家身上。至于这种影响属于正面还是负面，则不可一概而论。下文对此进行具体分析。

二

所谓"小家"，只是一个约定俗成的名称，并无严格的标准。《荀子·正名》云："故知者论道而已矣，小家珍说之所愿，皆衰矣。"王先谦在《荀子集解》中指出"小家"指"宋墨之家"，也即宋钘、墨翟这两位著名思想家。（《荀子集解》卷十六，上海书局1986 年版，第 285 页）清人蒋士铨《临川梦·隐奸》中讽刺明人陈继儒："妆点山林大架子，附庸风雅小名家。"（《临川梦》，上海古籍出版社 1989 年版，第 19 页）而陈继儒其人，博学多才，诗文、书画俱足名家。可见"小家"或"小名家"，都是颇有名声之士，只是在"大家"面前相形见绌而已。清末陈衍云："学文字当取资大家，小名家佳处有限，看一遍可也。"（黄曾樾《陈石遗先生谈艺录》,《陈衍诗论合集》上,福建人民出版社 1999 年版,第 1018 页)就是出于这种价值判断。

况且对于大家、小家的认定,历代并不一致。例如盛唐前期诗人张若虚,存诗仅有 2 首,《唐才子传》中不列其名,当属小家无疑。但其《春江花月夜》在明代以后渐得大名,清末王闿运乃称其曰"孤篇横绝,竟为大家"。(《论唐诗诸家源流》,马积高主编《湘绮楼诗文集》,第 2 册,岳麓书社 2008 年版,第 37 页)王氏所谓"大家",显然只是一种夸张的说法。相反,在唐人选唐诗中入选的诗人,当时均以为名家,但不少入选者在后代湮没不闻。比如殷璠《河岳英灵集》选诗人 24 人,称其"皆河岳英灵也",明人毛晋在《河岳英灵集跋》中亦称此集"选开元迄天宝名家"。然此集所选李嶷、阎防二人,在后代诗名不著,自宋迄清之诗话中几乎不见其名。二人存世诗作亦寥寥无几。李嶷诗见于《全唐诗》卷一四五,存诗仅有 6 首。其中 5 首见于《河岳英灵集》,另有一首《读前汉外戚传》见于《国秀集》。阎防诗见于《全唐诗》卷二五三,存诗仅有 5 首,全部见于《河岳英灵集》。而且二人诗作中仅有李嶷《林园秋夜作》一首曾被后代唐诗选本入选 4 次(《唐诗解》《唐诗归》《唐贤三昧集》《唐诗摘抄》),其余作品均很少入选或寂无所闻。若以今人观点来看,二人皆为小家无疑。又如高仲武《中兴间气集》选诗人 26 人,"间气"乃上应天象之英杰,然其中如刘湾、窦参、郑常、郑丹、李希仲、姚伦诸人,在后代均声名不彰,存世诗作亦甚少。(刘湾诗见于《全唐诗》卷一九六,存诗 6 首。窦参诗见于《全唐诗》卷三一四,存诗 3 首。郑常诗见《全唐诗》卷三一一,存诗 3 首。郑丹诗见《全唐诗》卷二七二,存诗 2 首。李希仲诗见《全唐诗》卷一五八,存诗 3 首。姚伦诗见《全唐诗》卷二七二,存诗 2 首)在今人看来,此六人无疑也是小家。宋人严羽云:"唐人如沈、宋、王、杨、卢、骆、陈拾遗、张燕公、张曲江、贾至、王维、独孤及、韦应物、孙逖、祖咏、刘眘虚、綦毋潜、刘长卿、李长吉诸公,皆大名家。"(《沧浪诗话·考证》,《沧浪诗话校释》,人民文学出版社 1961 年版,第 243 页)但在今人看来,孙逖、刘眘虚、綦毋潜诸人只是唐诗小家而已。独孤及虽是古文大家,但就诗而言,亦不得称为"大名家"。所以本文所论及

问题研究综述

唐诗选本对小家的影响

的唐诗"小家",只取约定俗成的说法,并不具有严格的定义,也不是唐诗史上严格的定位。

　　小家的作品留存很少,不足自成一集,在《全唐诗》之类总集编成之前,小家之作主要依靠入选选本得以存世。纵览历代的唐诗选本,入选的小家相当之多。其中有许多诗人原来声名不显,或作品甚少,只因受到选家青睐,才免除了湮灭无闻的命运。例如中唐诗人柳淡,字中庸,乃柳宗元之族人。柳宗元云:"柳氏兄弟者,先君族兄弟也。最大并……次中庸、中行,皆名有文,咸为官,早死。"(《先君石表阴先友记》,《柳河东集》卷十二,上海古籍出版社 2006 年版,第 192 页)其事迹附见于《新唐书·柳并传》:"并弟淡,字中庸,颖士爱其人,以女妻之。"(《新唐书》卷二○二,中华书局 1975 年版,第 5771 页)因与李端有交往,故在《唐才子传》卷四中附见于李端名下。此外寂无所闻。其诗作仅存 13 首(《全唐诗》卷二五七),但其中的七绝《征人怨》入选《万首唐人绝句选》,又入选《唐诗三百首》,遂成名篇,柳中庸之诗名也为今人所知。又如晚唐诗人秦韬玉,因出身低微,应举不第,乃依附宦官谋取功名,名列"芳林十哲"。"芳林门"乃通往宦官内侍省之宫门,故"芳林十哲"之名意含嘲讽。(详见周勋初《芳林十哲考》,《周勋初文集》,第 3 册,江苏古籍出版社 2000 年版,第 481 页)然秦韬玉的七言律诗颇受选家青睐,其诗入选《才调集》者多达 8 首,其中 7 首为七言律诗。《文苑英华》录其诗 4 首,其中七律 2 首。《瀛奎律髓》选其诗 3 首,均为七律。秦诗中最著名者莫过于《贫女》,宋末方回选入《瀛奎律髓》,且评曰:"此诗世人盛传诵之。"(《瀛奎律髓汇评》卷三一,上海古籍出版社 2005 年版,第 1344 页)其后又入选《唐诗鼓吹》《唐诗选脉会通评林》《山满楼笺注唐诗七言律》《唐诗别裁集》等选本,及至入选《唐诗三百首》,遂成家喻户晓之名篇,擅长七律的诗人秦韬玉才广为人知。再如金昌绪,生平不详。《唐诗纪事》称其为余杭人(《唐诗纪事校笺》卷十五,巴蜀书社 1989 年版,第 411 页),未知所据。存诗一首,即《春怨》:"打起黄莺儿,莫教枝上啼。啼时惊妾梦,不得到辽西。"此诗最早见于顾陶《唐诗类选》,该书成书于唐宣宗大中十年(856),故金氏当是中唐以前诗人。(明人高棅

《唐诗品汇》卷四五称"诸家选本以此篇作《伊州歌》,按郭君茂倩《乐府集》无此篇,未知孰是"。今检《乐府诗集》卷七九《近代曲辞》载《伊州歌》十首中无此诗,然其题解引《乐苑》曰:"《伊州》,商调曲,西京节度盖嘉运所进也。"据《新唐书》卷二一五《突厥下》,盖嘉运于唐玄宗开元二十四年至二十七年间(736—739)任碛西节度使,和抚西域诸国并击破突骑施,其进乐当在此后。伊州地处西域,与"辽西"一西一东,相隔万里,《伊州歌》中不应有涉及"辽西"之内容。谢榛《诗家直说》卷一径称此诗为盖嘉运诗,无据)明清的唐诗选本屡次选入此诗,如《唐诗品汇》《唐诗解》《唐诗选脉会通评林》《唐诗笺注》《唐诗摘抄》《唐诗别裁集》《网师园唐诗笺》《读雪山房唐诗钞》《唐诗三百首》等,且多有好评,例如《唐诗笺注》中评曰:"天然白描文章,无中移易一字。"《网师园唐诗笺》评曰:"真情发为天籁。"《读雪山房唐诗》甚至评曰:"虽使王维、李白为之,未能远过。"一位生平事迹湮灭无考的诗人,仅凭一首作品被选就留名后代,选本的力量,于此可见一斑。

有些小家的情况比较复杂。比如盛唐诗人刘方平,其人家世显赫,从高祖刘政会起代有高官,清人俞樾甚至有"唐诗人刘方平家世最贵"之说(《茶香室续钞》卷三,《茶香室丛钞》,中华书局 1995 年版,第 560 页)。方平本人则德才兼备,李颀赠诗曰:"二十工词赋,惟君著美名。童颜且白皙,佩德如瑶琼。"(《送刘方平》,《全唐诗》卷一三三,第 1357 页)然方平性格高洁,应举不第,即归隐颍阳,皇甫冉赠诗曰:"潘郎作赋年,陶令辞官后。达生贵自适,良愿固无负。"(《寄刘方平》,《全唐诗》卷二四九,第 2804 页)元人辛文房赞刘方平曰:"工诗,多悠远之思,陶写性灵,默会风神,故能脱略世故,超然物外。"(《唐才子传校笺》卷三,中华书局 1987 年版,第 591 页)所以刘方平生前寂寞,并无籍籍之名,在当代唐诗学界也不受重视,至今未见文学史著作论及其诗。但是刘方平的诗在唐代就受到选家重视,在《御览诗》中选录 13 首,在《又玄集》中选录 2 首,在《才调集》中选录 2 首。及至宋代,在《文苑英华》中选录 7 首,在《乐府诗集》中选录 7 首。上述诸诗去其重复,共得 24 首。清人所编《全唐诗》收刘方平诗共 26 首,其中仅有《铜雀妓》《拟娼楼节怨》二首未详出处。可见刘方平诗之留存于世,历代唐诗选本是最主要的文献载体。而且刘方平有几首诗频繁地出现在历代唐诗选本中,所以流传甚广。例如《秋夜泛舟》,曾被选入《御览诗》《又玄集》《才调集》《瀛奎律髓》《唐诗选脉会通评林》《网师园唐诗笺》《读雪山房唐诗》等多种选本。又如《秋夜寄皇甫冉郑丰》,曾被选入《唐诗归》《贯华堂选批唐才子诗》《唐诗摘钞》《山满楼笺注唐诗七言律》《读雪山房唐诗》《网师园唐诗笺》等选本。又如《春怨》,曾被选入《御览诗》《又玄集》《才调集》《唐诗解》《唐诗归》《唐诗选脉会通评林》《读雪山房唐诗》《网师园唐诗笺》等书。又如《夜月》,曾被选入《御览诗》《唐诗笺注》《唐人万首绝句选评》《读雪山房唐诗》。最后二首因被选入《唐诗三百首》,更为当代读者所熟知。

中唐诗人朱可久,字庆馀,以字行。晚唐张为在《诗人主客图》中将朱庆馀列为"清奇雅正主"李益之及门,然五代人张洎在《项斯诗集序》中称张籍诗"为律格诗,尤工于匠物,字清意远,不涉旧体,天下莫能窥其奥,唯朱庆馀一人亲授其旨"(《唐文拾遗》卷四七,《全唐文》,第 11 册,中华书局 1983 年版,第 10906 页),李益与张籍诗风不类,从现存作品来看,朱庆馀的诗风更近于张籍。晚唐范摅《云溪友议》载:"朱庆馀校书既遇水部郎中张籍知音,遍索庆馀新制篇什数通,吟改后,只留二十六章,水部置于怀抱而推赏之。清列以张公重名,无不缮录讽咏,遂登科第。"(《云溪友议》卷下,《唐五代笔记小说大观》下册,上海古籍出版社 2000 年版,第 1320 页)朱庆馀诗深得张籍推重,二人诗风接近当是主要原因。《唐才子传》因而称朱庆馀:"得张水部诗旨,气平意绝,社中哲匠也。有名当时。"(《唐才子传校笺》卷六,中华书局 1990 年版,第 190 页)朱庆馀诗在唐人选唐诗中仅有一首入选,即《宫词》入选《才调集》。(按:《唐人选唐诗新编》据《四部丛刊》本整理之《才调集》卷八录朱庆馀《惆怅诗》一首,点校者傅璇琮指出此篇乃误收王涣诗,汲古阁《唐人选唐诗八种》本则无此诗而录朱氏《宫词》,可从)其诗受选家关注始于明代,高棅《唐诗品汇》中选其诗 7 首,包括五律 2 首,五排 1 首,七绝 4 首。值得注意的是七绝《宫词》被选入《唐诗品汇》《唐诗解》《唐诗归》

《唐诗选脉会通评林》《唐人万首绝句选》《读雪山房唐诗》《而庵说唐诗》《唐诗合解》《唐诗笺注》。另一首七绝《闺意上张水部》则被选入《唐诗品汇》《唐诗选脉会通评林》《读雪山房唐诗》。此外，这两首七绝均被选进《唐诗三百首》，因此成为家弦户诵的名篇（《闺意上张水部》在《读雪山房唐诗》《唐诗三百首》中题作《近试上张水部》，非是。施蛰存指出："唐人制诗题有一个惯例：先表明诗的题材，其次表明诗的作用。如孟浩然诗有《临洞庭赠张丞相》，诗的题材是'临洞庭'，诗的作用是'赠张丞相'。同样，朱庆馀这首诗的题材是'闺意'，作用是'上张水部'。如果此诗题作'近试上张水部'，那么诗中必须以临近试期为题材。虽然'待晓堂前'一句隐有'近试'的意义，但全诗并不贴紧'近试'。"（《唐诗百话》，华东师范大学出版社 2011 年版，第 500 页）朱庆馀也由是著名。

盛唐诗人刘眘虚，生平不详。《唐才子传》中称其："姿容秀拔。九岁属文，上书召见，拜童子郎。开元十一年徐征榜进士。调洛阳尉，迁夏县令。"然据傅璇琮校笺，所谓"九岁属文"云云，皆为刘晏事迹之附会。（《唐才子传校笺》卷一，中华书局 1987 年版，第 186 页）《登科记考》中亦无其进士登第之记录。（详见孟二冬《登科记考补正》卷八，北京燕山出版社 2003 年版，第 311 页）事实上刘眘虚的可靠事迹仅见于《河岳英灵集》，此书选其诗 11 首，且有作者小传云："眘虚诗，情幽兴远，思苦词奇。忽有所得，便惊众听。顷东南高唱者十数人，然声律婉态，无出其右。惟气骨不逮诸公。自永明已还，可杰立江表。至如'松色空照水，经声时有人'……又'道由白云尽，春与青溪长。时有落花至，远随流水香。开门向溪路，深柳读书堂。幽映每白日，清晖照衣裳。'并方外之言也。惜其不永，天碎国宝。"（《唐人选唐诗新编》，中华书局 2014 年版，第 186 页）奇怪的是，小传中举示的"松色"等四联，皆见于所选诗作，惟"道由白云尽"八句，则不在所选诗中。刘眘虚其人其诗留名后世，全靠《河岳英灵集》之选录。宋初的《文苑英华》将此 11 首诗全部收入，此外仅增补一首《积雪为小山》。至清人编《全唐诗》，也仅能补录 2 首，而且皆为误收他人之诗。（按：《赠乔琳》实为张谓诗，《戎葵花歌》实为岑参诗,详见佟培基《全唐诗重出误收诗考》,陕西人民教育出版社1996年版,第150页、152页、204页)可见刘眘虚的作品所以能留存于世,主要原因便是入选《河岳英灵集》。至于那首阙题的"道由白云尽"诗,则被明人的唐诗选本如《唐诗归》《唐诗选脉会通评林》等以《阙题》为题而予选录,清代的《唐贤三昧集》《读雪山房唐诗》《网师园唐诗笺》《唐诗摘抄》《唐诗快》《唐诗别裁集》《唐律消夏录》《唐诗三百首》等沿之,从此流传众口,广受赞誉。一首连题目都已亡佚的唐诗,竟成为传诵千古的名篇,唐诗选本的影响力之巨大,可见一斑!

三

某些唐诗小家的作品稍多,风格也较为多样,选本对他们的影响主要体现在突出其代表作及主导风格的地位。例如祖咏虽曾登进士第,然"流落不偶,极可伤也。后移家归汝坟间别业,以渔樵自终"(《唐才子传校笺》卷一,中华书局1987年版,第208页),存诗亦仅三十余首。虽然严羽称其为"大名家"(《沧浪诗话·考证》,《沧浪诗话校释》,人民文学出版社1961年版,第244页),其实只能算是小家。但是祖咏的《望蓟门》《终南望馀雪》二诗却非常著名,究其原因,与频繁地入选唐诗选本有很大关系。选录前者的选本有《国秀集》《文苑英华》《瀛奎律髓》《唐诗品汇》《唐诗选》《唐诗解》《唐诗选脉会通评林》《唐贤三昧集》《网师园唐诗笺》《贯华堂选批唐才子诗》《山满楼笺注唐诗七言律》《读雪山房唐诗》《唐诗别裁集》《唐诗三百首》等;选录后者的选本有《河岳英灵集》《文苑英华》《唐诗品汇》《唐诗选》《唐诗解》《唐诗归》《唐诗选脉会通评林》《唐贤三昧集》《而庵说唐诗》《读雪山房唐诗》《网师园唐诗笺》《唐诗笺注》《唐人万首绝句选》《唐诗别裁集》《唐诗三百首》等。正因如此,在王兆鹏《唐诗排行榜》中,这两首诗分别名列第45名、第82名之高位,成为名符其实的唐诗名篇。因为《唐诗排行榜》评价作品的各项参数中,选本的权重高达50%。

又如韩翃是"大历十才子"之一,可算中唐诗坛上的名家。

但在整个唐诗史上,仍难跻身于大家之列。韩翃诗中最早为选家注目的是其五律,如《中兴间气集》选其诗 7 首,均为五律。在此书的作者小传中推赏的韩诗名句如"星河秋一雁,砧杵夜千家",也出于五律《酬程近秋夜即事见赠》。然而韩翃最负盛名的诗作当推七绝《寒食》,其原因有二:一是此诗曾见赏于唐德宗,并因此擢其为驾部郎中知制诰(详见《本事诗》卷一,《历代诗话续编》,中华书局 1983 年版,第 8 页);二是此诗曾多次获得唐诗选家的青睐,包括《唐诗品汇》《唐诗正声》《唐诗选》《唐诗解》《唐诗选脉会通评林》《唐人万首绝句选》《而庵说唐诗》《唐诗摘抄》《读雪山房唐诗》《网师园唐诗选》《唐诗别裁集》《唐诗三百首》等。其中如《而庵说唐诗》仅选韩翃诗一首,即《寒食》是也。而《酬程近秋夜即事见赠》却仅入选《瀛奎律髓》《唐诗品汇》《读雪山房唐诗》《唐诗三百首》等少数选本。入选次数的多少决定了作品被接受程度的高低,于是《寒食》一诗不径自走,传诵万口。在《唐诗排行榜》中,《寒食》高踞第 35 名的高位,主要原因是它在"古代选本"中入选达 12 次,在"现代选本"中多达 20 次。

当然,一首唐诗因入选选本而成为名篇,有一个关键因素是选本自身的通行程度。在上文论及的一些例子中,凡是知名度较高的名篇几乎都曾入选《唐诗三百首》,便是最明显的征兆。比如盛唐诗人綦毋潜有两首诗经常入选唐诗选本,其一是《宿龙兴寺》,曾入选《唐诗品汇》《唐诗选》《唐诗解》《唐诗选脉会通评林》《读雪山房唐诗》等书,其二是《春泛若耶溪》,曾入选《河岳英灵集》《又玄集》《唐诗品汇》《唐诗归》《唐诗选脉会通评林》《唐贤三昧集》《唐音审体》《网师园唐诗笺》《读雪山房唐诗》《唐诗三百首》等书。后者入选的唐诗选本更多,其中还包括《唐诗三百首》在内,由此成为名篇,前者则较少为人所知。又如晚唐诗人张乔集中颇多名篇,其中在后代唐诗选本中入选次数较多者依次有如下作品:《题河中鹳雀楼》入选《文苑英华》《唐诗品汇》《唐诗正声》《唐诗解》《唐诗正声》《贯华堂批点唐才子诗》《唐诗摘抄》《唐诗贯珠》《此木轩五言律七言律诗选读本》《山满楼笺注唐诗七言律》《唐诗肤诠》等 11 种;《试月中桂》入选《文苑英华》《唐诗品汇》《唐诗选评》《唐风怀》《唐诗摘抄》《唐诗笺要》《网师园唐诗笺》《唐诗观澜集》《唐诗别裁集》等 9 种;《宴边将》入选《文苑英华》《唐诗品汇》《唐诗选》《唐诗解》《读雪山房唐诗》《唐诗笺注》等 6 种;《书边事》(五律)入选《文苑英华》《唐诗品汇》《唐诗矩》《唐诗三百首》等 4 种。然而由于《唐诗三百首》的流行程度最大,《书边事》一诗便成为张乔诗中传诵最广的名篇。

　　选本对唐诗名篇同诗异题的取舍有重要的影响。例如盛唐诗人张继,其诗《中兴间气集》中入选 3 首,其中包括《夜宿松江》:"月落乌啼霜满天,江枫渔火对愁眠。姑苏城外寒山寺,夜半钟声到客船。"《文苑英华》卷二九二录有此诗,题作《枫桥夜泊》,第二句作"江村渔父对愁眠",下注云:"诗选作'江枫渔火'。"第四句作"半夜钟声到客船",下注云:"诗选作'夜半'。"(《文苑英华》卷二九二,中华书局 1966 年版,第 1491 页)小注中的"诗选"或即指《中兴间气集》而言。此后,仅有《而庵说唐诗》中题作《夜泊松江》,而在《笺注唐贤三体诗法》《唐诗品汇》《唐诗正声》《唐诗选》《唐诗解》《唐诗选脉会通评林》《唐诗万首绝句选》《唐诗别裁集》《唐诗三百首》《读雪山房唐诗》《网师园唐诗笺》等唐诗选本中均作《枫桥夜泊》。当代学人或对此题有所怀疑,比如施蛰存说:"如果张继的船就停泊在寒山寺外枫桥下,那么他听到的半夜钟声,一定就从岸上寺中发出,为什么他的诗句说是'姑苏城外寒山寺',而且这钟声是'到'客船呢?我以为《中兴间气集》选此诗,题为《夜泊松江》,这是张继的原题。他的船并不是停泊在寒山寺下,或说枫桥下,而是在寒山寺及枫桥还相当远的松江上。这样,第三、四句诗才符合情况。"(张继《枫桥夜泊》,《唐诗百话》,华东师范大学出版社 2011 年版,第 435 页)上述观点貌似有理,但与事实不符。杨明曾作专文对"寒山寺"进行考证,指出张继诗中的"寒山寺"并非专名(《张继诗中寒山寺辨》,《汉唐文学辨思录》,上海古籍出版社 2005 年版,第 264—272 页。原载《中华文史论丛》1987 年第 2—3 合辑),甚确。韦应物《寄恒灿》有句云:"独寻秋草径,夜宿寒山寺。"孙望解曰:"此诗之'寒山',盖谓有寒意之山,'寺',即指西山寺(琅琊寺)。"(《韦应物诗集系年校笺》卷七,中华书局 2002 年版,第 340 页)张继诗中的"寒山寺",也是泛指姑苏城外的某座山寺而已。枫桥是姑苏城外运河上的一座桥,距离姑苏城的西北城门阊门不足十里,故过往客船多泊于此。张继另有《阊门即事》云:"耕夫召募逐楼船,春草青青万顷田。试上吴门窥郡郭,清明几处有新烟?"二诗当是同时所作,可证《枫桥夜泊》的诗题比较合理。至于松江,则是流经姑苏城东南的一条河流,离城较远,如此诗题作《夜泊松江》,则泊舟荒江,怎会有"夜半钟声到客船"的情景?所以我认为后代的唐诗选本大多弃《夜泊松江》之题而取《枫桥夜泊》,是因为后者才与文本切合无间。由此可见,《枫桥夜泊》成为一首扣题甚紧的唐诗名篇,唐诗选本起了很大的影响。

　　选本对唐诗名篇的异文之取舍也有重要的影响,例如王湾为盛唐著名诗人,但作品流传不多。殷璠《河岳英灵集》录其诗8首,且于其名下评曰:"湾词翰早著,为天下所称最者不过一二。游吴中,作《江南意》诗云:'海日生残夜,江春入旧年。'诗人已来,少有此句。张燕公手题政事堂,每示能文,令为楷式。"《江南意》全诗即在所录8首之中:"南国多新意,东行伺早天。潮平两岸失,风正数帆悬。海日生残夜,江春入旧年。从来观气象,惟向此中偏。"芮挺章《国秀集》选王湾诗1首,即《次北固山作》:"客路青山外,行舟绿水前。潮平两岸阔,风正一帆悬。海日生残夜,江春入旧年。乡书何处达,归雁洛阳边。"《江南意》与《次北固山作》显然是同一首诗,但首、尾两联完全不同,次联中也相异两字,一诗之内异文如此之多,唐诗中所罕见。由于《河岳英灵集》与《国秀集》的编纂年代相近,我们无法从文本出现的年代来决定取舍,但不妨将历代选本的入选情形作为参考。在后代的著名唐诗选本中,仅有《唐诗归》《唐诗评选》选录前者,其余如《瀛奎律髓》《唐诗品汇》《唐诗选》《唐诗解》《唐诗镜》《唐诗选脉会通评林》《唐诗镜》《而庵说唐诗》《唐贤三昧集》《唐诗别裁集》《唐诗三百首》《网师园唐诗笺》等选本中均选录后者。有趣的是,清人沈德潜在《唐诗别裁集》中也取《次北固山作》,但其第三句则从《河岳英灵集》作"潮平两岸失",且加按语曰:"'两岸失',言潮平而不见两岸也。别本作'两岸阔',少味。"(《唐诗别裁集》卷十,上海古籍出版社 1979 年版,第 336 页)对此,潘德舆驳云:

"沈归愚《别裁》亦主芮氏,而'失'字独从殷氏,未免任意取携。"(《养一斋诗话》卷八,《清诗话续编》,上海古籍出版社 1983 年版,第 2127 页)时至今日,《次北固山作》已成为家喻户晓的唐诗名篇,而《江南意》则仅在学者讨论唐诗异文时才为人提及。可以说,在对王湾此诗的异文之取舍中,历代唐诗选本起了决定性的影响。

选本对唐代诗人风格的认定也有重要的影响。唐诗僧皎然,一生作诗甚多,今存者尚有五百余首,《全唐诗》编为七卷。其诗无论是题材还是风格,均取径甚宽,不像一般的僧诗那般寒俭枯窘。比如《从军行五首》《塞下曲二首》《咏史》等诗,词意慷慨激昂;《昭君怨》《铜雀妓》《长门怨》等诗,则词丽意切。至于以山川行役为主题的长篇五古如《答黎士曹黎生前适越后之楚》等诗,则字句精丽、刻画工细,颇如其远祖谢灵运之诗风。诚如于頔所云:"得诗人之奥旨,传乃祖之精华。江南词人,莫不楷范。极于缘情绮靡,故辞多芳泽。师古兴制,故律尚清壮。"(释皎然《杼山集序》,《全唐文》卷五四四,中华书局 1983 年版,第 5520 页)皎然的诗论也主张:"取境之时,须至难至险,始见奇句。成篇之后,观其气貌,有似等闲,不思而得,此高手也。"(《诗式》卷一,张伯伟《全唐五代诗格校考》,陕西人民教育出版社 1996 年版,第 210 页)相传"时韦应物以古淡矫俗,公尝拟其格,得数解为贽。韦心疑之。明日,又录旧制以见,始被领略,曰:'人各有所长,盖自天分。子而为我,失故步矣,但以所诣自句可也。'"(《唐才子传校笺》卷四,中华书局 1989 年版,第 199 页。按:赵昌平笺曰:"此事实未可征信。"然此事首载于《因话录》,《唐诗纪事》因之,可见流传甚广,即使出于编造,亦反映出时人对皎然诗风的看法。又按:"得数解为贽"之"贽",原作"赞",此据(上海)古典文学出版社 1957 年版《唐才子传》第 68 页校改,此版所据底本为日本天瀑山人刻佚存丛书中之十卷本,即"元椠而翻雕"之"五山版",较为可信。)可见平淡萧散之风格,仅为皎然诗风的一个方面,而且并非其主要风貌。然而后一种风格的皎然诗较多进入后人选本,例如《寻陆鸿渐不遇》一诗,曾被选入《才调集》《碛砂唐诗》《唐诗品汇》《唐诗归》《唐诗快》《读雪山房唐诗》《唐

问题研究综述

唐诗选本对小家的影响

诗摘抄》《唐诗别裁集》《唐诗三百首》等书,于是不胫而走,成为皎然最著名的代表作,而平淡萧散也就被广大读者认作皎然诗风的主要特征。

四

如上所述,唐诗选本对唐代诗人的知名度及唐诗作品的经典化均有相当大的作用,这对唐诗之传播无疑具有积极的影响。然而成也萧何,败亦萧何。有些小家的诗作因入选通行选本而知名,但在选录过程中有时会产生作者、诗题的张冠李戴,或文本的讹误失真,以至于以讹传讹,曲解诗意,反而影响唐诗的正常传播。例如《国秀集》卷下入选《登楼》:"白日依山尽,黄河入海流。欲穷千里目,更上一重楼。"署名是"处士朱斌"。但在《文苑英华》卷三一二录此诗,题作《登鹳雀楼》,尾句改成"更上一层楼",署名则是王之涣。此后虽有明代赵宧光《万首唐人绝句》、钟惺《唐诗归》等少数唐诗选本作朱斌诗,但是在洪迈《万首唐人绝句》以及《唐诗品汇》《唐诗选》《唐诗解》《唐诗选脉会通评林》《而庵说唐诗》《唐贤三昧集》《唐人万首绝句选评》《唐诗别裁集》《读雪山房唐诗》《唐诗三百首》《网师园唐诗笺》等众多的选本中皆作王之涣诗。时至今日,多数读者从牙牙学语时就已诵读此诗,亦都认其为王之涣诗。据王兆鹏《唐诗排行榜》的统计,此诗以王之涣《登鹳雀楼》之名义入选的古代选本多达 20 种,现代选本更多达 30 种,从而雄踞百首唐诗名篇的第 4 名。至于真正的作者朱斌,只有少数专事唐诗研究的学者承认其著作权(参看佟培基《全唐诗重出误收考》,陕西人民教育出版社 1996 年版,第157 页),在一般读者的心目中早已湮没无闻。又如中唐诗人刘皂的《旅次朔方》:"客舍并州数十霜,归心日夜忆咸阳。无端又隔桑干水,却望并州是故乡。"入选令狐楚《御览诗》,且于题下注云:"向见贾阆仙集原题渡桑干。"可见此诗的作者当时曾有两说,然令狐楚与贾岛相识,他将此诗系于刘皂名下,当有所据。宋人王安石《唐百家诗选》中录此诗于贾岛名下,题作《渡桑干》,清人何焯批曰:"此诗见《御览集》中作刘皂,恧士选进当元和之初。贾,范阳人,桑干正其故乡,诗意亦不相合也。"(《唐百家诗选》卷十五,《王安石全集》,复旦大学出版社 2016 年版,第 523 页)何焯的驳正理由充分,但从南宋开始,《万首唐人绝句》等许多唐诗本均将此诗题作贾岛《渡桑干》。与此类似的是中唐诗人孙革的《访羊尊师》:"松下问童子,言师采药去。只在此山中,云深不知处。"此诗首见于北宋《文苑英华》卷二二八,南宋的《万首唐人绝句》方以《寻隐者不遇》之题系于贾岛名下,但明清两代的唐诗选本大多沿袭后者,乃至入选《唐诗选》《唐诗别裁集》《唐诗三百首》等著名唐诗选本。于是刘皂、孙革之诗名湮灭不彰,贾岛却得到不虞之誉,比如清人周容曰:"阆仙所传寥寥,何以为当时推重?'客舍并州'一绝,结构筋力,固应值得金铸耳。"(《春酒堂诗话》,《清诗话续编》,上海古籍出版社 1983 年版,第 112 页)其实贾岛长于五律,并不擅长五、七言绝句。再如盛唐诗人丘为的《山行寻隐者不遇》是其名篇,最早选录此诗的是《国秀集》,其后《文苑英华》《网师园唐诗笺》《唐诗别裁集》从之。但是此诗在《又玄集》中题作《寻西山隐者不遇》,其后《唐诗品汇》《唐诗归》《唐诗选脉会通评林》《唐诗三昧集》《唐诗清雅集》《唐诗三百首》从之。照理说《国秀集》的成书年代远早于《又玄集》,《文苑英华》则早于《唐诗品汇》等书,但由于后一个诗题见于更多的唐诗选本,其中又包括家喻户晓的《唐诗三百首》,所以后者的接受程度反而更高,而前者却几乎湮没无闻。类似的情况还发生在盛唐人张旭身上,张旭本以书法著称,诗作则寥若晨星。然而南宋洪迈将北宋蔡襄的 3 首七绝误作张旭诗收入《万首唐人绝句》,后代唐诗选本沿袭其误纷纷选录,比如《山行留客》入选《唐诗归》《唐贤三昧集》《唐诗别裁集》等,《桃花溪》则入选《唐诗归》《唐诗摘抄》《唐贤三昧集》《唐诗三百首》等著名选本,于是张旭也俨然成为唐代著名诗人。[详见拙文《唐诗三百首中有宋诗吗》,《文学遗产》2001 年第 5 期,第 42—50 页。按:学术界对此尚有不同意见,但周勋初主编《全唐五代诗》(陕西人民出版社 2014 年版)卷一〇三已据拙文将此诗归入"存目",正在重编《全唐诗》的陈尚君则称"张旭《桃花溪》,我较认可莫砺锋教授认为诗出北宋蔡襄所作的考证"(见《两种唐诗选》,《文汇读书周报》

问题研究综述

唐诗选本对小家的影响

2018年4月23日）]这真是由选本而带来的不虞之誉！

选本对唐诗名篇最严重的负面影响是由异文取舍之不当导致对作品主旨的严重歪曲，试看二例。郑畋是晚唐名臣，但诗名不彰。其诗之有名者，惟《马嵬坡》一首。晚唐高彦休《唐阙史》云：“马嵬佛寺，杨贵妃缢所。迩后才士文人经过，赋咏以导幽怨者，不可胜纪。莫不以翠翘香钿委于尘土，红凄碧怨令人伤悲，虽调苦词清，而无逃此意。独丞相荥阳郑公畋，为凤翔从事日，题诗曰：‘肃宗回马杨妃死，云雨虽亡日月新。终是圣明天子事，景阳宫井又何人。’后人观者以为真辅相之句。公之篇什，可以糠秕颜谢，笤挞曹刘。……议者以为倪遇评于精鉴，当在李翰林、杜工部之右。”（《唐阙史》卷上，《唐五代笔记小说大观》下册，上海古籍出版社2000年版，第1341页）对此，宋人魏泰驳云：“唐人咏马嵬之事者多矣。世所称者，刘禹锡曰：‘官军诛佞倖，天子舍妖姬。群吏伏门屏，贵人牵帝衣。低回转美目，风日为无辉。’白居易曰：‘六军不发无奈何，宛转蛾眉马前死。’此为歌咏禄山能使官军皆叛，逼迫明皇，明皇不得已而诛杨妃也。噫！岂特不晓文章体裁，而造语蠢拙，抑已失臣下事君之礼矣。老杜则不然，其《北征》诗曰：‘忆昨狼狈初，事与古先别。不闻夏商衰，中自诛褒妲。’乃见明皇鉴夏商之败，畏天悔过，赐妃子死，官军何预焉？《唐阙史》载郑畋《马嵬诗》，命意似矣。而词句凡下，比说无状，不足道也。”（《临汉隐居诗话》，《历代诗话》，中华书局1981年版，第324页）此诗因被选入《唐诗三百首》而为人传诵，郑畋也由是知名。然《唐诗三百首》据王士禛《万首唐人绝句选》将首二句改成“玄宗回马杨妃死，云雨难忘日月新”，遂使诗意南辕北辙。对此，陈寅恪辨之云：“盖肃宗回马及杨贵妃死，乃启唐室中兴之二大事，自宜大书特书，此所谓史笔卓识也。‘云雨’指杨贵妃而言，谓贵妃虽死而日月重光，王室再造。其意义本至明显平易。今世俗习诵之本易作‘玄宗回马杨妃死，云雨难忘日月新’，此固甚妙而可通，但此种改易，必受《长恨歌》此节及玄宗难忘杨妃令方士寻觅一节之暗示所致，殊与台文元诗之本旨绝异。斯则不得不为之辨正者也。”（《元白诗笺证稿》，上海古籍出版社1978年版，第36页）

崔颢的《黄鹤楼》是久负盛名的唐诗名篇,宋人严羽已云:"唐人七言律诗,当以崔颢《黄鹤楼》为第一。"(《沧浪诗话·诗评》,《沧浪诗话校释》,人民文学出版社1961年版,第197页)在王兆鹏《唐诗排行榜》中,此诗更是高居百篇唐诗名篇之冠。《唐诗排行榜》的评价参数中入选选本的次数占有极大的权重,《黄鹤楼》在"古代选本"中入选17次,在"现代选本"中入选24次,便是它在百首名篇中独占鳌头的重要依据。然而频繁地入选选本也对此诗产生了不利的影响,那便是文本的变异。《黄鹤楼》一诗有多处异文,其中最重要的是首句"昔人已乘白云去",一作"昔人已乘黄鹤去"。刘学锴指出:"'白云',自明代中叶以来诸家选本、总集及评论均作'黄鹤',但唐人选本《国秀集》《河岳英灵集》《又玄集》《才调集》,至宋初《文苑英华》,南宋《唐诗纪事》,再到《瀛奎律髓》《唐诗鼓吹》,再至明初《唐诗品汇》,无一例外均作'白云',可以确证崔颢原诗首句定当作'昔人已乘白云去',作'黄鹤'者乃明人中叶的选本如《唐诗解》的擅改。"(《唐诗选注评鉴》,中州古籍出版社2019年版,第313页)从版本学的角度来看,刘先生的结论可称定谳。但是由于作"黄鹤"者包括《唐诗解》《唐诗选脉会通评林》《贯华堂选批唐才子诗》《唐诗选评》《而庵说唐诗》《唐贤三昧集》《山满楼笺注唐诗七言律》《唐诗别裁集》《唐诗三百首》等著名选本,所以这个异文后来居上,喧宾夺主,竟被视为定本,还得到理直气壮的辩护。例如清初金圣叹曰:"有本乃作'昔人已乘白云去',大谬。此诗正以浩浩大笔,连写三'黄鹤'字为奇耳。"(《贯华堂选批唐才子诗》卷四下,《金圣叹全集》,凤凰出版社2008年版,第190页)清人赵臣瑷亦曰:"妙在一曰黄鹤,再曰黄鹤,三曰黄鹤,令读者不嫌其复,不觉其烦,不讶其何谓。"(《山满楼笺注唐诗七言律》,《唐诗汇评》,第1册,上海古籍出版社,2015年版,第572页)纪昀亦曰:"改首句'黄鹤'为'白云',则三句'黄鹤'无根。"(《瀛奎律髓汇评》卷一,上海古籍出版社2005年版,第24页)近人高步瀛甚至说:"起句云乘鹤,故下云空余。若作'白云',则突如其来,不见文字安顿之妙矣。后世浅人见此诗起四句三'黄鹤'一'白云',疑其不均,妄改第一'黄鹤'为'白云',使白云黄鹤两两相俪,殊不知诗之格

问题研究综述

唐诗选本对小家的影响

局绝不如此。"(《唐宋诗举要》卷五，上海古籍出版社1978年版，第546页)时至今日，在许多唐诗读本例如《唐诗鉴赏辞典》中，竟对首句作"白云"的异文只字不提。(《唐诗鉴赏辞典》，上海辞书出版社1983年版，第367页)于是这首唐诗名篇便被后代的唐诗选本实行了以假乱真的文本臆改。这种臆改甚至逆时传讹，影响到它发生之前的著名选本。例如北宋王安石的《唐百家诗选》卷四入选崔颢《黄鹤楼》，首句本作"昔人已乘白云去"，今存两种宋本《中华再造善本》据上海图书馆所藏宋刻本影印之《王荆公唐百家诗选》，以及日本静嘉堂文库影印《宋刊分类本唐百家诗选》皆是如此。但是清人翻刻之宋荦本、双清阁本等竟然擅改"白云"作"黄鹤"，当因此时后者已经谬种流传也。

五

　　综上所述，唐诗选本对于唐诗小家的影响是形形色色、利弊参半的。但从总体来看，在长达千年的唐诗接受史上，选本对小家作品的保存、传播以及小家名声的免于湮没起着相当积极的影响。尤其重要的是，小家们在唐诗史上的地位之确立，选本起着决定性的影响。试看一例。大历诗人钱起与郎士元生前齐名，唐德宗贞元初年，高仲武在《中兴间气集》的钱起小传中云："士林语曰：'前有沈宋，后有钱郎。'"(《中兴间气集》卷上，《唐人选唐诗新编》，中华书局2014年版，第459页)此时钱、郎去世未久，可视为诗坛对二人的盖棺论定之评。北宋欧阳修、宋祁的《新唐书·文艺传》中转述此语，可见后人对此种评价的认同。有趣的是，在唐代的唐诗选本中，《中兴间气集》对二人之诗各选12首，《极玄集》对二人之诗各选8首，此外仅有《才调集》选钱诗1首而未选郎诗，可见在唐代选家的心目中，钱、郎二人确是旗鼓相当。可是到了后代，钱、郎入选唐诗选本的多寡程度渐行渐远，试据历代较重要的唐诗选本列表如下：

	钱起诗	郎士元诗
唐百家诗选	6	21
瀛奎律髓	3	7
唐诗品汇	114	38
唐诗选	5	1
唐诗解	43	6
唐诗归	16	0
唐诗选脉会通评林	39	10
贯华堂选批唐才子诗	4	4
而庵说唐诗	4	0
唐诗摘抄	6	4
山满楼笺注唐诗七言律	5	2
唐诗笺注	13	3
唐音审体	11	0
唐诗别裁集	29	8
唐诗三百首	3	0
读雪山房唐诗	67	20
网师园唐诗笺	18	5

由此可知,在 2 种宋代选本中,郎士元的地位远胜于钱起;在 5 种明代选本中,钱的地位远胜于郎;在 10 种清代选本中,钱的地位胜于郎,但不如明代选本那样悬殊。考虑到二人存世作品数量的差别(钱诗今存 530 余首,郎诗今存 60 余首),清代选本对二人的取舍是比较合理的,这与现代学者的评价基本一致。(参看蒋寅《大历诗人研究》第二章,中华书局 1995 年版,第 176—205 页、第 281—293 页)可见虽然某一种唐诗选本对小家的评价或有偏颇,比如王安石《唐百家诗选》选郎诗远多于钱诗,又如钟惺、谭元春《唐诗归》选钱诗 16 首而对郎诗付之阙如,均属轻重失宜。但从总体来看,历代唐诗选本对小家地位的确立有着相当有利的影响。笔者认为其中缘由在于:选本虽然体现

着选家的独特眼光,但也间接反映着读者的集体选择,越是流行程度较高的选本,后一种因素就越是重要。所以从总体来看,历代唐诗选本对于唐诗小家有着至关重要的影响,是构成唐诗接受史的重要因素,值得深入探讨。

(原载《文学评论》2020 年第 4 期)

问题研究综述

唐诗选本对小家的影响

东亚唐诗学资源的开发空间及其现代意义

□　查清华

　　唐诗审美特点的呈现和典范意义的形成是一个动态的历史过程。从唐宋以至现代，人们对唐诗性能和意义的理解不断发生变化，从而赋予唐诗以永久的生命活力。千余年来编选、赏读和评论唐诗的经验及其成果浩如烟海，成为唐诗学研究的富矿。自 20 世纪 80 年代以来，国内唐诗学研究已取得丰硕成果。但唐诗不仅是中华民族优秀传统文化的代表，同时也是世界艺术的瑰宝。在东亚的日、韩等国，由于文化上同源，从 8 世纪至近世，学唐、崇唐的风气长盛不衰，唐诗以各种形式广泛传播，而且被奉为汉诗创作的典范。经一代又一代人的努力，唐诗文献增添了极其丰富的新资料。研究者们通过辑佚和校勘，推出了新的校本；通过注释与考证，提供了各种批注本；为传播和导读，他们出版了许多选本、讲义本和翻译本；通过品赏和研习，产生了丰富的研究论著；通过模仿和借鉴，留下了大量带有唐诗印记的汉诗。唐诗在东亚的传播和接受，不仅扩大和深化了唐诗的既有传统，显示出唐诗的丰富内涵和巨大魅力，亦汇聚了丰富的审美经验，传递着不同国籍、不同时代的文化信息，甚至影响到东亚各民族传统的承继和新变，极大地推动了东亚的文明进程。东亚的唐诗接受活动，主要涉及辑校、编选、注释、评论、翻译与创作等形式，其间蕴藏着丰富的唐诗学资源，有待开发和利用。

一

日本最古的汉籍书目录是藤原佐世9世纪编的《日本国见在书目》，这部敕编目录记录了日本国止于平安前期的传世汉籍，其间收录唐代诗人唐太宗、许敬宗、王勃、杨炯、卢照邻、骆宾王、上官仪、李峤、崔融、刘希夷、陈子昂、杜审言、宋之问、王维、李白、王昌龄、元稹、白居易等人的诗集。大典禅师《全唐诗逸序》述及唐诗东传盛况："当时遣唐之使、留学之生，与彼其墨客韵士，肩相比，臂相抵，则其研唱嘉藻，记其所口，誊其所记，装以归者盖比比不已。"[竺显常《全唐诗逸旧序》，河世宁辑《全唐诗逸》，江湖诗社藏文化纪元(1804年)春版，第1页]林恕的《史馆茗话》则描述九世纪日本人学唐诗的热情远不只是学白居易："本朝朝士之作诗，多是效白氏体，故不斥其名，唯称《文集》。或曰居易存时，其集既传来……然空海传来《王昌龄集》，菅相读《元微之集》、慕温庭筠诗，且江维时所辑本朝《佳句》，公任《朗咏》杂载李峤、王维、刘禹锡、皇甫曾、许浑、杜荀鹤等句，《江谈抄》引卢照邻句，载杜少陵事，则岂唯白集而已哉？"[林恕《史馆茗话》，池田四郎次郎编《日本诗话丛书》卷一，日本株式会社凤出版，昭和四十七年(1972)复刊本，第361页]有些唐诗流转至日本，但后来在中国失传，如《翰林学士集》《赵志集》《新撰类林抄》《唐人送别诗》《杂抄》等，不但新、旧《唐书》及宋代诸家书目皆无著录，其中更有不少《全唐诗》未收佚诗。又如唐代张庭芳注《李峤杂咏》二卷，国内未见，有敦煌写本存残卷，分藏于伦敦、巴黎图书馆，而在日本宽政十一年(1799)刊木活字《佚存丛书》第一帙第十册里保存完好。这类典籍有的已被介绍到国内，有的还罕为人知。日、韩等国还藏有颇多唐人诗集的重刻本、抄本和活字本，有些在辑佚、校勘和辨伪方面做了富有成效的工作。如江户时代的河世宁即从日本留存的多种典籍中辑出清修《全唐诗》未收佚诗，编成《全唐诗逸》。关于这些，学者多有论及，此不赘。

唐诗的编集起于唐代，主要是为保存诗作；而后世搜辑、整理唐人诗集所进行的补正和辨伪等工作，就进入了唐诗接受的范围。

数量众多的唐诗典籍，经古代东亚各国汉学家依多种善本进行过校勘整理，显得尤为珍贵。服部南郭编校《唐诗品汇》和《唐诗选》，皆川愿辑校《王昌龄诗集》，熊谷维辑校《崔颢诗集》《常建诗集》，那波道圆辑校《白氏文集》，山胁重显整理《分类补注李太白诗》，芥川丹邱重校《王勃集》，后藤松阴校勘《三体诗》，高楠顺次郎等辑校《王梵志诗集》，林衡辑校《李峤杂咏》，椎名宏雄辑校《寒山诗》《拾得诗》，恩田仲任辑校《王建诗集》等，皆有重要文献价值。如淀上菊隐训点《岑嘉州诗集》，乃以唐代杜确所编为依据，参以明代李本芳、许自昌校本，"对映同异，并存无遗。且历代选唐诸集有少出入者，亦取而收"。在编排体例上，未沿袭杜确按内容分类，而是依照许氏以体式编次，将原书所注全部收入；间亦考疑辨误，如"公《送杨子》五律，误在《太白集》；又高适《送郑侍御谪闽中》五律，误入杜编。今据而改之，各得其正"。[淀上菊隐《岑嘉州诗集识语》，《岑嘉州诗集》，日本宽保元年(1741)水玉堂刻本，第 4 页]明治中叶，近藤元粹辑王、孟、韦、柳诗集，旨在使本邦读者"吸取四家之清气，溯而入陶诗冲淡清真之域"。[近藤元粹《王孟诗集绪言》，明治三十二年(1899)序刻本，嵩山堂藏版，第 2 页]据明治刻本前《绪言》可知，近藤元粹是以清代胡月樵《唐四家诗集》为底本，参考宋代刘辰翁，明代顾可久、顾元经、凌初成，清代赵松谷诸家注本，以及《唐诗品汇》《唐诗正声》《唐诗鼓吹》《古唐诗合解》《唐诗贯珠》《唐才子传》《唐贤三昧集》等合选本编纂而成。近藤元粹的《笺注唐贤诗集》，则在王士祯编选、吴煊与胡棠笺注、黄培芳批评《唐贤三昧集》的基础上，"订正其谬误，更增补批评"。而朝鲜世宗不满意王伯大《朱文公校昌黎先生集》和魏仲举《五百家注昌黎先生集》，遂命集贤殿学士崔万里等重修《朱文公昌黎先生集》；佚名所撰《樊川文集夹注》，现存永乐十三年(1415)公山刊本及正统五年(1440)全罗道锦山刊本，所附郑坤跋语介绍刊刻缘由："小杜诗古称可法，而善本甚罕。世所有者，字多鱼鲁，学者病之。今监司权公克和与经历李君蓄议之，令详校前本之讹谬而刊之。"此书很有可能出

问题研究综述

东亚唐诗学资源的开发空间及其现代意义

自韩国学者之手。(参见金学主《朝鲜时代刊行中国文学关系书研究》XI,《关于杜牧的〈樊川文集夹注〉本》,首尔大学出版部2000年版)这些编校、辑佚成果,为后人编集唐诗提供了极大便利,也成为后世整理唐诗的重要文献基础。

二

大体而言,每一唐诗选本都贯穿了选家的美学趣味和诗学观念,包括对唐诗的质性、功能、体式、流变、宗主等问题的认识与态度,从而构成其选诗的价值取向。这些,既体现于选诗的相对范围、数量比例及风格面貌等客观展示之中,也表露在选本的序跋、凡例、圈点批注及其他相关主观论说里。

选唐诗是东亚"选学"中最为发达的分支之一,选诗的品种繁富。有依据汉传典籍进行增删编选,如朝鲜许筠《唐绝选删》即参考《唐音》《唐诗品汇》《古今诗删》选录绝句10卷。有通选唐诗,如日本石作贞编《李唐名家诗选》,朝鲜崔瑆焕选《三唐五代诗》;有选某一时期,如朝鲜许筠《四体盛唐》、日本馆机《中唐二十家绝句》;有专选某体,如日本蓝泽南城《中晚唐七绝抄略解》、朝鲜李祥奎《唐律汇髓》。有按类编选,如日本冈崎信好《唐咏物诗选》、朝鲜闵晋亮《唐诗类选》;有按韵分列,如日本源修安《唐诗分韵》、朝鲜姜世晃《唐诗七律分韵》。有合选,如日本山本泰顺《李杜绝句》、朝鲜李瑢《唐宋八家诗选》;有单选,如宍户方鼎《新选白诗集》、李瑢《香山三体诗》等。其中不少选本有随文注释。

甚至,还有为了某种实用目的如应制、应试、唱酬、启蒙等而特加编选的。这些选本或附以序跋,或添加评点,以显示编选者的意图。如高丽僧人释子山《夹注名贤十抄诗》是一部七律选本,现存残本中保存了刘禹锡、白居易、温庭筠等26位唐代诗人共260首作品。释子山《序》谓:"偶见本朝前辈巨儒据唐室群贤,各选名诗十首,凡三百篇,命题为《十抄诗》。传于海东,其来尚矣。体格典雅,有益于后进学者。"(释子山夹注,查屏球整理《夹注名贤十抄诗》,上海古籍出版社2005年版,第1页)其所谓

"体格典雅",是对所选中晚唐诗审美特征的认识。日本明和五年(1768)梓行大江玄圃的《唐诗冕》,其凡例称:取初、盛唐近体诗之"音响明亮、词华靡丽"[大江玄圃《唐诗冕凡例》,《唐诗冕》,明和五年(1768)刊本,第8页]者,中、晚唐取一二,分为四卷,通列二十七部为纲,一百八十六类为目,各以类从。如地部,分出江、湖、海、潮、池、潭、浦、渡等34类;身体部,分出年龄、须发、涕泪、梦魂、身躯等9类。分类颇细,方便学者寻索涉猎。筱弼编《唐诗遗》,以明代格调论诗学为宗,称赞明代李攀龙之选"委婉和庄,不失为正轨",同时又认为李攀龙《唐诗选》"方隅有阈,变化不足",遂从沈德潜《唐诗别裁》近两千首诗中选出500余首编辑成册,以为李攀龙之选补遗。至于何以要从《唐诗别裁》中择取,筱弼如此解释:"吾邦于诗,体制可论,气格可辨,情可尽而辞可修矣。至于声调,则虽为名家,或不可不更隔一靴。第强言之,亦为虞芮聚讼,无官听断,安所准则?诗主声调,锱铢一谬,权衡皆差,即有编集,头会箕聚,岂曰能选?故余一意取材《别裁》,不复别裁。"[筱弼《唐诗遗自序》,《唐诗遗》卷首,文化二年(1805)序刻本]筱弼陈述日本人不谙唐诗音韵的事实,流露出以格调论诗的唐诗观。此外,馆机编有《晚唐百家绝句》等五个中晚唐绝句选本。日本文化四年(1807)立秋日,馆机序《晚唐十家绝句》曰:"李唐三百年,诗风全备矣。初盛之雄浑变而为中唐之清逸,至晚唐则文采机杼,变幻错陈,豪纵奥峭,绮糜密致,光华四射,不可端倪。"[馆机《晚唐十家绝句序》,《晚唐十家绝句》卷首,日本文化四年(1807)序刻本]其主新变、重晚唐的诗学旨趣由此可见。

而一个选本流播的范围和时间,很能说明它所代表的诗学思想在社会上产生影响的程度。如李攀龙《唐诗选》,是明代格调论诗学的代表性选本,户崎允明谓:"沧溟之选三唐,伯乐之一顾,冀野无马矣!"赞李攀龙眼光精当,将唐人好诗尽括其中。因之该选本在日本江户时期流传甚广,"髫龀之童,亦能言沧溟之选者"[户崎允明《唐诗选余言题识》,《唐诗选余言》,安永七年(1778)序刻本,第1页],"辑唐诗者数十家,而行于此间者于鳞为最,三家村亦藏历下之选,人人诵习"[赖襄《唐绝新选例言》,

东亚唐诗学资源的开发空间及其现代意义

《唐绝新选》，文化庚午(1810)赖襄序刻本]。孩童能言，乡人诵习，足见明代格调论唐诗观在日本社会的影响力。而所有这一切，又有着丰富的文化内涵，折射出不同时期哲学思潮和人文精神的消长与更迭，为我们了解和认识东亚文学与文化思想的嬗变提供了很好的视角。

三

在初级阅读阶段，为便于读者顺利理解本文，注释无疑是一重要手段。唐诗之有注，大概以张庭芳撰《李峤杂咏注》为起始。日、韩进入 14 世纪后，注释唐诗愈形发达，不仅唐人别集有注，一些通俗的唐诗选本亦加入注文，注释已成阅读和研究唐诗的重要方式。

最常见的注释是名物训诂，而字句的解说往往涉及整首诗意，体现了解说者的审美情趣和阅读经验。朝鲜时代世宗曾命文臣编注杜甫诗，遂成《纂注分类杜诗》。这是朝鲜半岛第一部杜诗注本，此后多次重印，影响深远。日本学者宇野明霞《唐诗集注》、简野道明《校注唐诗选》亦属此类。

也有为唐诗作注而书名不用"注"字。如竺显常的《唐诗解颐》实为《唐诗选》注本，熊谷荔墩的《三体诗备考大成》亦在《三体诗》原注基础上进行增注。"解"有分解之意，即分析结构层次，这已属章法范畴。如朝鲜仁祖朝诗人李植完成《纂注杜诗泽风堂批解》，注重考辨异文、分析结构、阐明句法，这是朝鲜文士所纂首部评解杜诗的选本，在朝鲜时代汉文学史上极具影响。（左江《李植杜诗批解研究》，中华书局 2007 年版）类似还有日本素隐《三体诗素隐抄解》、宇都宫遯庵《三体诗详解》、大江玄圃《三体诗解》、冈嶋安斋《唐诗要解》、入江南溟《唐诗句解》、武田梅龙《唐诗合解》、津阪孝绰《杜律详解》，以及朝鲜朴泰淳增订《玉溪生集纂解》、洪淳泌《增订注解七言唐音》等，皆重视章法句法的解析。

有些属于串解性质的讲义。如松本仁吉《唐诗选讲义》、池田芦洲《唐诗选详解讲义》、大田才次郎《唐诗选三体诗讲义》、三宅少太郎《杜诗讲义》、森槐南《李诗讲义》《韩诗讲义》《李义山诗讲义》、若生国荣《寒山诗讲义》等，重在系统串讲。也有"解"名为"说"的，如释雪岩的《唐诗译说》。

而"注"和"释"相配合。"释"为阐发诗篇意蕴，集中体现了说诗者的诗学观念。如久保天随的《唐诗选新释》，就李攀龙的《唐诗选》中每一首诗，按"题意""自解""诗意"三部分进行详细释义。

"注"又常用"笺"来补充。"笺"着重于指明词语和典故的出处，不仅有助于理解诗意，且能将相关诗句与语典所出之语境关联起来，从而增添新的意涵。如户崎允明的《唐诗选笺注》，注疏严谨，取材丰富，引用古籍 367 种，辞赋诗文 106 篇，为后世研究提供了珍贵的文献资料。东裛的《唐诗正声笺注》，侧重于对高棅《唐诗正声》选诗的字、句加以训释和事典考证，逐句分疏，标明来处，经史子集皆有引证。还有对唐宋诗合选本进行笺注，如大洼诗佛《联珠诗格笺注》。

就这样，注、解、说、笺结为一体，形成东亚固有的解释学系统，其间有着各国学者大量独特的见解，即便是引用和借鉴中国学者的意见，仍有其本土学者自己的判断和选择，显示了丰富的审美趣味和文化信息。

将唐诗翻译成本民族语言并进行解说，正是日、韩等国传播唐诗的有效途径。如朝鲜的成宗曾命柳允谦等注译杜诗，撰成《分类杜工部诗谚解》。时人金䜣序曰：杜甫诗"词严义密，世之学者患不能通"，阁臣受命后，"分门类聚，一依旧本，杂采先儒之语，逐句略疏，间亦附以己意；又以谚字译其辞，俚语解其义。向之疑者释，窒者通。子美之诗，至是无余蕴矣"。（金䜣《翻译杜诗序》，《颜乐堂集》卷二，《韩国文集丛刊》，第 15 册，景仁文化社1996 年版，第 241 页）杜诗由此被本国人理解和接受。日本服部南郭的《唐诗选国字解》为第一部用日文翻译解说的唐诗选本，此后类似译注本层出不穷。如新井白蛾于宝历六年（1756）编撰成《唐诗儿训》，用和文对所选五、七言绝句进行简要解说，便于儿童诵习。明和五年（1768）浪华书肆刊行新井白蛾的《唐诗绝句解》，选初、盛唐绝句，原诗附录先"事"后"解"，"事"用汉

问题研究综述

东亚唐诗学资源的开发空间及其现代意义

文注明典故出处，"解"则用和文译释诗意，"间亦书看诗之法，及诗家之文字同训异义类关其要者"（新井白蛾《唐诗绝句解凡例》，《唐诗绝句解》，明和五年刻本，第1页）。

为使唐诗在用本民族语言表达时能呈现出更好效果，译者不免运用增译、减译、转义等方法，对唐诗本文进行解构与重构；而对本文语词的对应选择和语言结构的重新组织，也必定注入译者的审美思维，诗歌本文的审美功能由此愈益丰富。其间就存有大量关于唐诗接受的学理信息。为适应更广泛的阶层阅读和欣赏唐诗，进而学习汉诗创作，日本学界对传入的唐诗典籍进行了本土化和普及化的尝试，如围绕李攀龙的《唐诗选》，有《唐诗选墨本》《唐诗选字引》《唐诗选画本》《篆书唐诗选》等普及性唐诗读物相继刊行，加速和扩大了唐诗的传播。

对唐诗进行评论，则由感觉阅读的期待视野进入反思性阐释阶段，更多地指向诗歌整体艺术风貌。如森槐南和野口宁斋这对师生都曾致力于唐诗评释。森槐南的《唐诗选评释》即对所选唐诗逐一释解，同时有意识地发掘每首诗潜藏的体式特征及典型法则；野口宁斋的《三体诗评释》在评释诗歌时，常引发诗歌史上的重要话题加以讨论，由此建构起自己的唐诗观。这两书皆有明确的审美指向和逻辑体系，在19世纪末到20世纪初的日本汉学界颇受重视。久保天随则在《唐诗选新释》卷首的"发凡"目中，述论李攀龙的生平、创作及其在文学史上的地位，中日学者对《唐诗选》真伪问题的讨论，《唐诗选》的价值，历来流行的注释本情况；在"唐诗之大略"目中，论及近体的创制及音韵学的变迁，四唐的主要诗人的代表性作品及风格特色，颇具理论价值。

东亚各国诗话丰富，江户时期和朝鲜时代诗话创作尤盛，均超百部，其中就存有不少颇有价值的唐诗论评资料。日本首部诗话是五山文学开山之祖虎关师炼所著《济北诗话》，书中评论李白、杜甫、王维、韩愈、韦应物、"大历十才子"等多位唐代诗人及其作品，有对旧注的质疑和纠正，有对诗作的赏读和评价，有对诗句来源和影响的发蒙，也有对诗歌格律和诗人才气关系的讨论。宽延四年（1751）正月刻印芥川丹邱的《丹邱诗话》，以论析唐诗为核心,征引前人相关观点加以评断,构成较为明晰的逻辑体系。《丹邱诗话》分设"诗法谱""诗体品""诗评断"三部分,分别提挈唐诗艺术的基本法则,微观辨析几位盛唐诗人的经典作品,以及评述一些重要的唐诗观念。尤其在"诗评断"部分,多就明代格调论者的唐诗观阐发己意,涉及变体与正体、气运与才学、格调与性灵、解诗与味诗等重大理论问题。此外,太宰春台的《斥非》论及唐诗律法;其《诗论》则将明诗和唐诗相参照,辨析明人接受唐诗的特点,指出其诸多不及唐诗处,最要者莫过于以花为喻,断言唐诗"有生色,出乎自然",明诗"无生色,人工所成",体现了其对明代复古派诗人的否定。(太宰春台《诗论》,池田四郎次郎编《日本诗话丛书》卷四,第 294 页)而铃木松江的《唐诗平仄考》、谷斗南《全唐诗律论》等则专门探究唐诗的声律及各式法则。

在韩国诗话里,车天辂《五山说林》对杜甫和李商隐诗的讨论,李睟光《芝峰类说》中"诗""诗法""诗评""唐诗""丽情""诗艺"等条目对唐诗的探究,梁庆遇《霁湖诗话》对唐宋诗之别和遣词用韵的分析,申钦《晴窗软谈》对《唐诗品汇》和《唐音》的推举,李植《学诗准的》对各体唐诗范式的选择,南龙翼《壶谷诗话》对唐代"齐名"诗人的风格比较及成就品评,金万重《西浦漫笔》对"唐律第一"的梳理与论说,金昌协《农岩杂识》对唐宋格调和明人学唐得失的品评,以及李瀷《星湖僿说》对李杜诗的辨析等,也都汇聚了珍贵的审美经验。

在东亚数量可观的诗文别集和学术刊物中,亦多见探讨唐诗的篇章,有些评论虽以本土诗人诗作为中心,却常有关于唐诗的真知灼见。如在朝鲜朝著名汉学家许筠的文集《惺所覆瓿稿》中,不仅收有《诗辨》,长文论及唐诗,且收有《唐诗选序》《题唐绝选删序》之类颇有深度的论唐诗专文。总体上看,即便是精通汉语、汉文化的学者,他们在解读唐诗时也会依凭自身积累的先在知识,其经验背景中的地域个性必然导致理解上的文化差异,从而赋予唐诗新的美学内涵。

东亚唐诗学资源的开发空间及其现代意义

四

　　不同时期的东亚诗人面对唐诗经典，都会做出各自的文化解读与范型选择。他们或在诗歌创作时有意模仿，或在潜移默化中不自觉受容。在本国文坛形成汉文学之初，多仿唐人模式，经过长期受容，才开始致力于诗文的本土化。例如日本平安朝主要学白居易，室町时期主要学宋代周弼所编《唐三体诗》，江户时最流行李攀龙的《唐诗选》。据江村北海的《日本诗史》介绍，平安时期日本"言诗者莫不尸祝元、白"，甚至世传大江朝纲梦见与白居易论诗，"此后才思益进"，可见白居易在当时文坛的地位和影响；五山僧林诗人则多"师法晚唐，深造巧妙"；江户诗人先是"大抵于唐祖杜少陵、韩昌黎"，至物徂徕、柳川沧洲出，"始以盛唐为正鹄"。（江村北海《日本诗史》，池田四郎次郎编《日本诗话丛书》卷一，第 174、204、114 页）诸如此类的评述，呈现不同诗人对唐诗经典的取向和仿作范型的差异。又如，日本最早整理校订《唐诗选》的服元乔，不仅仿初唐七言歌行创作《明月篇效初唐体》，且其中多袭用张若虚《春江花月夜》的语词。

　　东亚各国诗人主要依据自己的审美标准，确定学习的唐诗范式。或为经典作品，如朝鲜学者金万重的《西浦漫笔》记载："李白洲少时，月沙使读退之《南山诗》千遍。白洲甚苦之，强读至八百遍，终不能准数而止。"（金万重《西浦漫笔》，蔡美花、赵季主编《韩国诗话全编校注》，第 3 册，人民文学出版社 2012 年版，第 2270 页）或为典范诗人，如南龙翼《壶谷诗话》指导朝鲜学诗者云："五律则学王摩诘，七律则学刘长卿，五绝则学崔国辅，七绝则学李商隐，五古则学韦苏州，七古则学岑嘉州。"同时传授学习方法："余思学诗之法，李、杜绝高，不可学，惟当多读吟诵，慕其调响，思其气力。"（南龙翼《壶谷诗话》，蔡美花、赵季主编《韩国诗话全编校注》，第 3 册，第 2194—2195 页）李植亦在标举学习范式时，示人以学诗门径："先学古诗、唐诗，归宿于杜。"（李植《学诗准的》，蔡美花、赵季主编《韩国诗话全编校注》，第 2 册，第 1545 页）

而当汉诗创作出现偏差时，人们也往往引唐诗以矫时弊。朝鲜时期李睟光指出，近世之弊，"一篇之中，用事过半，与剽窃古人句语者相去无几"，于是他建议学唐诗以救之："唐人作诗，专主意兴，故用事不多；宋人作诗，专尚用事，而意兴则少。"（李睟光《芝峰类说》，蔡美花、赵季主编《韩国诗话全编校注》，第2册，第1047页）日本江户时期广濑淡窗亦指出，正德、享保年间（1711—1736）诗人，受明代"后七子"格调论影响，所作诗"有格律声调而无性情"，天明（1781—1789）以后诗"以性情为主"，却忽视声律，皆有偏颇，因此他明示应"以学唐代为主，兼学宋明"；针对诗人趣味低俗，他提议的"见识养成之道"是：体味唐人的温腴，李白的飘逸，杜甫的沉郁，王、孟、韦、柳的清微淡远等，"如此，古人的风神气韵，自然就能浸润我心"。他批评"今人的诗，多是冗长松弛，缺乏气象"，而要养成气象，就需要认真阅读李白、杜甫和韩愈等大家的作品。（广濑淡窗《淡窗诗话》，池田四郎次郎编《日本诗话丛书》卷一，上卷第233页，下卷第259、272—273页）可见，广濑淡窗特别重视唐诗对日本诗人艺术素养的涵育功能。

其实，东亚诗人对唐诗的接受不仅表现在汉诗的创作方面，他们在创作和歌时也自觉地到唐诗中寻找养料。日本镰仓时代前期著名歌人、和歌理论家藤原定家，一生创作三千多首和歌，室町时代诗僧正彻说"在和歌领域，谁要否定藤原定家，必不会得到佛的庇佑，必遭惩罚"（正彻《正彻物语》卷上，王向远《日本古代诗学汇译》，昆仑出版社2014年版，第418页），可见藤原定家在日本诗坛享有很高地位。他曾说"和歌是日本独特的东西"，却又强调《白氏文集》第一至二卷中的诗，都有丰富的素材，特别重要，务请披阅"。（藤原定家《每月抄》，王向远《日本古代诗学汇译》，第176、183页）他不仅要求创作和歌需到白居易诗中汲取素材，还倡导通过吟诵白诗以修炼心灵：

构思和歌的时候，要常常吟诵《白氏文集》中的"故乡有母秋风泪，旅馆无人暮雨魂"，吟诵此诗句，可以使心地高洁，吟出好歌；又，吟咏"兰省花时锦帐下，庐山雨夜草庵中"，可以感受独自在外旅宿，听着潇潇雨声，那种寂寥不安的心。（正彻《正彻物语》卷下，王向远《日本古代诗学汇译》，第 425 页）

虽然日本诗人在学习汉诗时一直进行着本土化的努力，但唐诗的影响一直有迹可寻。平安时代菅原道真在日本享有"文道之祖"的美誉，他曾建议废除遣唐使，又倡导文学创作"和魂汉才"，希望借此实现汉文学本土化。延喜帝读其诗集后曾作七律一首，末云"更有菅家胜白样，从兹抛却匣尘深"（林鹅《史馆茗话》，池田四郎次郎编《日本诗话丛书》卷一，第 36 页），赞曰其诗超过白居易，从此可以抛却《白氏文集》了。而据日本学者统计，在菅原道真的《菅家文草》中，引用、化用白居易诗者多达 500首。可见，长期受唐诗熏陶的诗人，颇难摆脱对唐诗经典的承袭。日本学者在评说汉诗作者的艺术特色和成就时，亦往往绳之以唐诗。如江村北海《日本诗史》评平安时代智子的诗"殊初唐遗响"，菅文时的诗"优柔平畅，元、白遗响"，参议篁的诗"骨气韵格，直逼盛唐"，五山时诗僧天祥的诗"声格清亮，唐人典型"。（江村北海《日本诗史》卷一，池田四郎次郎编《日本诗话丛书》卷一，第 207、172、184、205 页）类似评语，既揭示出这些诗人的师承所自，亦视不同风格的唐诗为供人仿效的审美范式。

在日、韩等国，为了指导汉诗创作，有不少供人选用诗料、字韵和模仿格式的书籍问世。如石川大凡的《唐诗础》、释雪岩的《增补唐诗础》、三村石床的《唐诗擢材》、清田儋叟的《唐诗府》、大江玄圃的《盛唐诗格》、诸葛琴台的《唐诗格》、田玤晋卿的《唐诗材》、公西维恭的《增补唐诗材》、冈崎庐门的《唐诗联材》等，都对汉诗创作具有指导价值。此外，西成喜著《诗家用字格》，主要用日语解说诗中常用的若干虚词，列举的词条均为唐人用字格，其书中范例亦只选取唐诗为例；鹰见爽鸠著《诗筌》五卷，分类收集唐诗语料；释大典著《诗语解》，核心内容为虚词，阐释的资料以唐诗为主，所引用文献为《唐诗品汇》《古今诗删》《李太白诗集》《杜工部诗集》《三体诗》《唐诗鼓吹》等；释大典著《诗家推敲》，与《诗语解》一样，亦奉唐诗为典范，引例亦以唐诗为主；三浦梅园著《诗辙》，以唐诗为例，对作品及作诗方式进行详细解说；东条琴台撰《新联珠诗格》，从唐宋诗中选诗成册，以供效仿；根据大湟诗佛的序言，东条琴台另著有《广唐宋联珠诗格》二十卷、《唐宋联珠诗格余》二十卷。朝鲜学者申景濬的《旅庵诗则》，详论诗的体格声律及写作方法，多举唐诗为例证，如作诗之法的"铺陈影描"条载："铺陈者，直叙其实也；影描者，绘象其影也。同一山岳，而韩退之之《南山》诗是为铺陈，李太白之《蜀道难》是为影描；同一乐律，而白乐天之《琵琶行》是为铺陈，贾浪仙之《击瓯歌》是为影描。诗之作法虽多，而无出于此二者矣。"（申景濬《旅庵诗则》，蔡美花、赵季主编《韩国诗话全编校注》，第 5 册，第 3569 页）通过示例，他将"铺陈""影描"两种创作方法清楚地传达给学诗者。从现存文献看，大多唐诗研究者都有诗集存世，也大都存有或隐或现的唐诗影迹，其间蕴藏着丰富的唐诗学资源，有待发掘和总结。

　　总之，若从建设"唐诗学"这门学科的意识着眼，在已有成果的基础上，将日、韩等国千余年来传播与接受唐诗的情形与实绩加以整体考察，当能更完整地体现唐诗的典范意义。对东亚各国唐诗接受资源的清理和总结，不仅能为今天的唐诗研究提供新的基础材料和理论参考，亦可为当下东亚汉文化圈的精神文化建设提供富有效用的历史资源。更重要的是，有了对不同民族唐诗学的相互参照和整体反思，我们对整个中华民族诗歌传统乃至文化精神的把握当会更周全，立足于传统之上的创新也会更顺畅。

（原载《上海师范大学学报（哲学社会科学版）》2020 年第 5 期）

问题研究综述

东亚唐诗学资源的开发空间及其现代意义

港台及海外研究动态

台湾唐代文学研究概况（2019—2020）

□　林淑贞　洪国恩

唐代是一个融合与转变的时代，不仅创造了许多的典范，也将典范融合与转变，让文学不断继承、突破与超越，变成一种既个体，又群体的综合模型。诗文创作如繁星点点，串成星河，如今唐代文学也迈入世界，具有宏观的视阈和深厚的文化底蕴。唐代文学的研究者益发众多，其研究更从基础文本、诗人研究等进入更多样的研究领域。

承袭诸多前人之研究成果，及承继笔者前所撰写之《典范的继承与文化观察——2017年7月至2019年6月台湾地区唐代文学研究概况》，本文义界为2019年7月至2020年6月，梳理台湾地区本年度研究唐代文学的论文，冀能彰显台湾地区此期唐代文学的研究成果。本文细分为诸文体类别，包含总论、专家诗、唐代文、唐人小说及其他等，并依学位论文、期刊论文、专书等分门别类，望能清楚呈现本次唐代文学研究在台湾地区的突破和新观察。

然本文实囿于近年包含期刊资料、学位论文等在流通上的限制。近年来期刊资料、学位论文等不仅刊载渠道众多，大多搜集不易，更有甚者，主要以图书馆实体刊物《汉学研究通讯》为依据。该刊虽有整理部分硕博士学位论文、期刊论文及研讨会论文，但名称常与正式发表有所扞格；或者在线查询之台湾期刊论文索引系统、台湾硕博士学位论文加值系统在内，无任何一平台统整全文，甚而部分连摘要、关键词皆无；刊物不对外流通，或者存在论文未公开和遗失等状况，仅能分别至北中南各大图书馆和学校,通过逐个翻找或索取信息的方式查询。因此在资料的搜集与编汇上,犹如雪上添霜,笔者仅能尽己所能搜罗,若有疏漏处,还望诸先贤指正。

一、唐代研究之学位论文

本年度有关唐代研究的学位论文,数量甚繁,建构新视阈的倾向也较为明显,尤其在于博士学位论文书写唐代文学,或者以唐代文化作为建构的范本,透过文学、文化、思想等不同面向,勾勒出一个唐代文学的研究地图。相关研究部分,可分成唐代诗学研究、唐代文化研究、唐人小说研究及唐代赋学研究四个方向。相较于过去,唐代诗文综述研究及唐代文学研究今年较少,取而代之的是唐代诗学与唐人小说研究的盛行,以下分类别综合论述之。

（一）唐代诗学研究

本年度唐代诗学研究,可说是专家和专题并重,大抵仍能寻出一个研究的脉络。首先,是"战争"主题,如林恒雄《李白诗中的战争意识》(世新大学 2019 年博士学位论文)。论文不仅用现代的战争意识观之,突显出"六战"(思想战、组织战、情报战、谋略战、心理战、群众战)的作战功能,也展现了"作战原则""治军要领"及"国政理念",表现出李白的爱国热忱——"安社稷"与"济苍生"。而"战争"的延伸,则构成一片"边塞"的风景,故有陈济安《论岑高边塞诗之治平情怀与域外视野》(中兴大学 2019 年硕士学位论文)。论文首先从尊王攘夷去阐发民族意识,以鉴别华夷;其次怀治平之情,对于如何安邦定国进行阐发;最后则对域外进行猜想和深入探讨,进行异国风物之叙写,借以映现文化论述与士大夫情志,建构唐人对域外之视野与想象。"边塞"更进一步,则是透过"边塞"反思"诗学流派"及并称之建构,如王润农《高岑并称与唐代"边塞"诗派之建构》(政治大学 2019 年博士学位论文)。论文的核心命题在于"高岑"并称的源流发展始末,及边塞诗派的出现与形成,从并称的转化与边塞诗之连结,透过宋元明清不断的拓深与扩增,让高岑并称与边塞概念不断得以完善和呈显。

透过诗来深化"生活",让生活跟诗歌进行联结,借以深化研究,也是唐诗的一个重要命题。这样的深化可能会透过"宗教",譬如欧嘉心《唐代诗歌中的佛寺园林与文人生活——以〈全唐诗〉为例》(东海大学 2019 年硕士学位论文)。论文以游寺、寄寺,以及寺中之交游为线索,并联系到诗人的理想境界,推论唐代佛寺园林对文人而言,既是一个提供接触佛法之宗教场所、多元文化之交流中心,也是一个具备普世性之公共空间,亦是一个能够促发诗作生产之场域。这样的深化也可能会透过"政治",如林禹之《刘长卿的政治生活与诗歌表现》(台北市立大学 2019 年硕士学位论文)从刘长卿切入,连结其政治与诗歌,并在二者间建立出一种独特的关联性。

而本年度另一主题重点则在于"水文"。隋唐以降,修筑大运河致使水路有不少变更,发达性提高,这使得唐诗中有关水文的描写增多。如李春颖《唐代运河诗研究》(中正大学 2019 年硕士学位论文)即认为唐代诗人笔下多篇创作皆取材于运河,或围绕着运河进行相关书写,而这样的诗作在《全唐诗》中占有不少数量。论文讨论唐代运河诗兴起的背景、繁荣的原因,探讨唐代诗人如何书写运河,除呈现风貌形象外,也阐发文化意蕴与人文精神。又如徐资雅《盛唐诗舟船书写研究》(台湾师范大学 2019 年硕士学位论文)从文人以舟行旅,略及文人的迁徙流动,其中的经验在书写时也变成了一种文人的想象,论文总结出其"隐逸与内在超脱""仙境世界的向往""悲苦与寂寥的自我""历史连结的想象"四种特性。上述两篇论文,不约而同将唐诗联结向了船舶、运河等水文书写,尤其在于把"运河"的人工开凿导向一种人文风景和思维。关于水文相关书写的论文尚有金文超《空间与记忆:唐诗的曲江书写》(台湾大学 2019 年硕士学位论文),但此篇和前述的运河书写不同,更多的是创造一种联结,重探曲江对于唐代诗人及唐朝的意义和价值,既为曲江研究开辟新的视角,也为唐诗研究提供新的论证。

最后,特出于主题分类之外,姚金英《唐代六言诗之研究》(铭传大学 2019 年硕士学位论文)则以文体研究为主,自初唐、盛唐、中唐，乃至于晚唐，借写景、记游、题画、赠答等呈现出六言诗的独特风貌。论文中收录了七十二位诗人，总共一百六十二首六言诗，这些六言诗在文学史上有其独特的风貌。

（二）唐代文化研究

本年度唐代文化研究，以博士学位论文为主，综合研究唐代历史相关议题，并将唐代历史、文学和文化进行结合，展现出融合与多元式的可能，譬如陆穗琏《敦煌讲史性汉将变文与史传之比较研究》（铭传大学 2019 年博士学位论文）。敦煌讲史性的汉将变文四种（包含《汉将王陵变》《捉季布传文》《李陵变文》《前汉刘家太子传》，计有二十四件写本），其主角都曾是汉代将领，实载于汉代史传中，但变文故事情节极具传奇性、戏剧性，这有别于自汉至唐的史传文本。为深入研究这些汉将变文与史传文本间的关系，陆穗琏透过背景分析，解构史传与叙事部分，并两相对照，寻出其互文性之手法运用，借唐人之眼，观察汉代史传，形成了一种文化融合与对照的景况。

而赵佩玉《中唐墓志铭研究》（铭传大学 2019 年博士学位论文），主要着墨在权德舆、韩愈、柳宗元、元稹、白居易这五位所撰写的墓志铭，体现了原本墓志铭是为了标志坟茔、悼念先人，后来加入赞扬逝者、安慰生者的作用，甚而呈现出中唐时人的生命观。而中唐时期将专属权贵阶层的墓志铭普及至民间，在维持"题""序""铭"三大结构的基本框架下，扩大对象及写作方式，使墓志铭能反映当时社会状况与人文风貌，并可以裨补正史不足，呈现唐时社会民情的真实面貌。

更有学者从文化研究向外扩张，探讨到文化空间与性别议题的脉络之可能性。颜讷《出入规范/闺范内外：唐宋词性别文化空间研究》（台湾清华大学 2019 年博士学位论文）一文，即结合"性别文化"与"空间文化"两个关键性概念，以"性别文化空间"为观点展开讨论。三种男女"性别文化空间"意识，如何在权力、价值观与审美上，相互竞逐、排斥与协商，让唐宋词开拓一个创新的诠释视域，更推进"中国性别传统"研究，反映出唐代社会文化史中多元且丰富的诠释空间和可能性。

（三）唐人小说研究

在唐人小说研究方面，洪至璋《中晚唐下层士人的生活与心态研究——以唐人笔记为主》（东海大学 2019 年博士学位论文）认为士人多选用"笔记"这个文体撰写自己的史书，唐人笔记盛行，而不同于正史，在唐人笔记小说中，更能真切反映出士人的处世心态与生活样貌。故论文于第二章多阐发唐代史料笔记小说的特色与价值。而第三、四章则延伸到日常生活，透过笔记小说反映出士人的生活样貌与处世心态，该时的士人都有选择的悲欣与无奈，而这样的选择跃然于笔记小说中，反映了当时最真实的情感与风貌。

在关注中、晚唐下层士人生活与心态之余，汤佑筑《〈太平广记〉所收唐五代之定命论述研究》（中兴大学 2019 年硕士学位论文）进行了关于定命论述的研究。《太平广记》是一部按类编纂的小说总集，由宋代李昉等人编著。这部大型类书，在卷一四六至卷一六〇"定数类"收录了唐人经由口传、文字叙述后的定命观故事，深刻描述唐人上至君王臣子，下至平民百姓，将任何事视为前定之概念。在定命安排下，有无奈、消极之感，人既无法逃避定命安排，又无法靠个人主观意志改变，所以一方面尝试以各种趋吉避凶的方法努力去影响既定命运，另一方面又以知命、安命的思维，力求超越，获得心灵上的安慰。薄东昀《唐人小说"知名"叙事及信仰研究》（台湾师范大学 2019 年硕士学位论文）则以唐人小说中的"知名信仰"为题，探讨唐人小说中主角刻意隐藏，或执意知道、逼问主角姓名等情节所出现的结构意义与文化现象，并联结到对他物、他人之名字的认识与掌握，产生、存在着对人与名字之间的实在联系信仰。论文分析叙事结构、探究内容意涵，最终从历史文化、文学叙事及宗教政治的竞合关系出发去尝试建构一种叙事研究理论，并能充分地对仙界、自我内心及宗族传统进行认识，这也是该论文在市庶阶层生活与心态方面研究的贡献。

不仅着眼于下层士人生活与心态，唐人小说的研究更向外扩及到文化的比较和诠释，尤其是与异域的比较。如连诗镱《唐人小说反映的域外文化——以〈册府元龟·外臣部·朝贡〉记载之唐代南蛮贡品描写为参照核心》（暨南大学 2019 年硕士学位论文），观察外国物品的流入历史，包含域外及南蛮相关物品以及主要的几个朝贡品类别，如象、鹦鹉、犀牛、火珠以及香料；再借着观察唐人小说中书写的外国物品，探寻这些外来物品在唐人文化、社会中留下的痕迹及文化符号意义。这不仅呈现出唐代文人思想的改变与多元文化交流的状况，更呈现出观念的变化。张嘉娟《唐传奇〈虬髯客传〉与韩国〈洪吉童传〉故事研究——以两则故事为探讨文本》（淡江大学 2019 年硕士学位论文）则更明确地将中韩两国文本进行对照。论文从两则故事之时代背景入手，直接对故事进行比较，包含故事内容、异同处等文本明确显示出的部分，以及文本内隐藏的思想内蕴，如儒、道两家对其影响及故事的终极追求。在两相对照中，我们可以看出域外不同的生活风貌会影响唐代文人的心态，呈现出唐代一种独特的景况。

（四）唐代赋学研究

在唐代赋学方面，吴慕樱《杜牧诗赋之宦游书写研究》（政治大学 2019 年硕士学位论文）以杜牧宦游过程之诗赋为主要文本，观察诗人在各地辗转漂泊时的心境变化。其高度聚焦兵防议题，并以功成身退作为理想展现，而诗人却时常感受到外在现实与内在理想的不一致，这必须思考与回应在"积极用世"与"归隐故园"两种生命价值下，因宦游变动所产生的"弃逐""归属"命题。因此论文深究杜牧之论兵与忧国书写，以及杜牧弃逐与咏史书写，最终通向杜牧隐逸与乐土书写，探究杜牧面对自我与世界之间的连结与关系，开展杜牧诗赋更多元的考察。

（五）小结

本年度台湾地区硕博论文关于唐代文学的研究成果丰硕，无论是唐诗还是唐人小说，都多有建树。就本年度研究资料分析，虽仍以唐诗及唐人小说为研究大宗，但唐代文化研究的范畴与数量有明显的增长。在唐诗部分，本年度以主题研究为主，尤其集中在"战争"与"水文"上，这样的增长反映出了唐诗的延长性，尤其从唐代的背景到唐人生命间的联系。在唐人小说方面，仍然讲求的是一种"社会性"的凸显，不仅集中在生活及叙事上，更高度地反映了唐人小说的精神趋向及思考方式，进一步能够演绎出唐代文化的型廓。在唐代赋学方面，则透过"宦游"之变动因素进行文本考量，视角独特。最后，唐代文化研究是本年度最为特出者，这些学位论文透过史学与文学的综合比较，更多元地呈现出唐代文学与文化之间缤纷的脉络。

综言之，本文以唐代文学之相关研究为中心，囿于篇幅，唐诗或小说的中文教材编制、应用，以及唐代较无涉于文学的文化研究等未加论述。诸如音乐、艺术、绘画等，还有唐史的研究，尤其在唐代史学方面，不论法制史还是医疗史等都是研究重点，但因本文着重在与文学相关的著述，故其不在本文的论述范围，甚有遗憾。

二、唐代研究之期刊论文

本年度唐代文学研究之期刊论文，多散见于各大学的学报，以及部分研讨会所出版的定期性期刊中。在资料搜集方面，仍以台湾期刊论文索引系统之资料为主，并循图书馆之途径查找。然而，部分论文数据杂沓、全文缺漏、关键词难以连接，资料较不完备，加之要将部分非学术的文章屏除于此文之外，仅能以分别翻查为主。我们大抵可以切分为几个部分观之，分别为唐代诗学研究、唐诗专家研究、唐代文研究、唐人小说研究等，这些皆是近年期刊论文较为常见之类目，以下分别论述。

（一）唐代诗学研究

本年度唐代诗学研究的成果不少，如由黄泰霖、宋传钦、姜志铭、谭克平、高桂惠等合著的《唐诗流通度之探讨》（《中国统计学报》2019 年第 57 卷第 4 期），旨在探讨影响唐诗流通的原因，以因子分析为主，期望能为唐代诗学提供新的研究方向。该文总结出"历史性强度"与"诗学经典性"是影响唐诗流通的两个原因，在这样勾陈并提出"经典性"后，不仅证实了唐诗的经典价值，更突出了选本的重要性。

选本是目前学界的研究热点，尤其在唐诗这样具备典范性质的文学中，选本的研究主要围绕在透过所选内容观作者之立场。在唐诗选集上,尤其着重唐人选唐诗的部分。如徐国能《令狐楚编〈御览诗〉旧说释疑及内容辨证》(《国文学报》2019 年第66 期),论文认为令狐楚编纂的《御览诗》这一重要官方选集中,有大量特殊考虑的部分,包含作品所选皆属近体而不纳古风,作者只选前辈而不录后辈,但选才子而不收巨卿的原则。同时辨析了以往对于《御览诗》的评述,如"只选中唐"之论、政治立场影响选诗标准等。而其更因保存中唐时期某些小诗人的作品,同时具有校勘的意义,这让我们得以见到中唐诗歌的真实面目。林淑贞《〈搜玉小集〉编选蠡测与述评》(《嘉大中文学报》2020 年第 13 期)对《搜玉小集》未标注作者及序跋的作品进行外围与内在的分析,从其诗歌篇数、诗人数量、诗题谬误等方面进行勾陈,并进行归结。

前述《御览诗》《搜玉小集》都是唐人选唐诗的重要著作,然唐诗的典范特征在后世则更加明显。有的是透过一种诗史观的角度来展开,如郑宜娟《论明、清之唐诗选本中的李颀七律演变》(《云汉学刊》2019 年第 38 期)借统计法表格呈现选本收录之差异。又或者更近现代,并将选本深化到一种"政治性"的目的与功能。如杨筑琪《论 1958—1998 年中国当代唐诗选本选编的政治性——以六个版本的唐诗选本为例》(《云汉学刊》2019 年第38 期),即发觉中国唐诗选本有"政治第一"的社会主义政治色彩,并传递出一种"政治优先论"的特质,而这样的特质被融入在"诗教"的行为中,呈现出政治凌驾文学之上的现象。

(二)唐诗专家研究

唐诗专家研究的期刊论文,呈现出多点开花的研究态势,包括主题研究、知人论世、咏物、生命思想等方面,这正体现出唐诗,或者说唐代文学、唐代专家在中国文学史中的典范意义。

1.杜甫

在专家诗研究方面,主题研究仍是重要一环。朱孟庭《杜甫天灾诗析论》(《东海中文学报》2020 年第 39 期)讨论杜甫诗的天灾主题,将杜甫天灾诗分为水灾、旱灾、酷暑、风灾、冰冻、疫瘴六大类,计 61 首。论文先将杜甫天灾诗分类列表,以诗史互证的方法,分析其天灾与人祸密切相关的书写,包括描述天灾中暗喻人祸、上言天灾而下兴人祸、讽天灾由人祸所召、叹人祸甚于天灾四种情形；然后论述灾后的救灾书写；最后阐明杜甫于天灾中自觉产生出关于灾害的忧患意识，借灾情表达出民胞物与、厚生爱物的仁者情怀，并有一定的启发与省思。

这样自天灾到内在情怀的论述，也勾勒出杜甫自我塑造的议题。如蔡锦宽《杜甫诗歌中塑造自我形象的方式》(《问学》2019 年第 23 期)从杜甫诗歌内容，分析研究其塑造自我形象之方式，主体部分分二点进行论述。第一点概述杜甫自我形象，分析论述杜甫自我形象的特点。第二点探究杜甫塑造自我形象的方式，以五种手法进行分析论述，最后总结出杜诗自我形象实际具有多重性，且笔下颇多自我形象的书写，亦呈现出多样性及超越时代本身的历史意义与价值。而杜甫更因与李白并称，引出了"知人论世"，尤其是关于李杜间关系与连结等的叙述。

2.李白

在李白专家诗方面，"知人论世"的篇什成为今年研究李白，或者说从史学探入文学的重要方式。如钟芷嫣《李杜关系新探——从李杜的诗文交游说起》(《佛光人文学报》2020 年第 3 期)认为李杜关系并非如披上面纱般朦胧，而是从一开始时的拘束，同游后逐渐亲密，最后到心灵上的契合，并以两人之诗文交游来印证，认为杜甫对于李白是"师大于友"，这样的分析也让李杜关系更明朗。陈彧朗《李白干谒失败原因探究》(《佛光人文学报》2020 年第 3 期)认为李白干谒对象和所处时代，身世背景先天不足，个性触犯法律和官场规则，使其希望入仕而不得。

3.白居易、李商隐、杜牧、刘禹锡等诗人

其他专家诗部分，则包含着与主题相关的咏物诗。如陈群分《刘禹锡茶诗研究》(《树德科技大学学报》2020 年第 22 卷第 2 期)，即深入研究刘禹锡的约十首茶诗，以"茶"及"诗"两方向进行探讨，体现出刘禹锡诗歌"随物感兴，寄言无限"的特点。钟尚佑《论杜牧之〈遣怀〉〈赠别〉》(《中国语文》2019 年第 125 卷第 1 期)也是此类，论文透过个别诗作及类型分析，进行细读。而苏玳仪《李商隐〈无题之二·飒飒东风〉解析》(《中国语文》2019 年第 125 卷第 2 期)则深入李商隐作品《无题之二·飒飒东风》，对其进行分析及新诠。最后,何儒育《论白居易江州时期气化体验中的〈庄子〉思想:以成玄英〈南华真经疏〉为参照系》(《文与哲》2019 年第 35 期)则渗入作品的思想之中,展现了庄学视阈下白居易在芦山草堂中的气化体验,并以气化体验跟物主心境,开启对其"吏隐"思想的探究。

(三)唐代文研究

在唐文研究方面,虽有主题研究,如吴智雄《论唐代散文中的海洋书写》(《海洋文化学刊》2019 年第 27 期)整理《全唐文》之中的海洋散文,进行海洋之于唐代文的分析。而更多的则是连结到文化史的脉络,将文化史与唐文联结在一起,或者透过历史故事,进行更加深入的分析与脉络梳理。如郭菁蕙《唐代玄奘法师西行求法及归国翻译佛典之贡献》(《逢甲中文学刊》2020 年第 10 期)即通过《大唐西域记》及相关史学,梳理玄奘西行之价值与贡献。空间方面,曹淑娟《唐代官亭的建制及其书写》(《台大中文学报》2019 年第 67 期)从"官亭"的角度,检视唐人"亭记"文献,聚焦官员修造官亭的行动与其仕宦履历的关联,结合州府邑郊风景园林的早期形态,投映出唐代文士游宦历程的心境和与民同乐的儒家理想。

冯志弘《李贺父讳问题之礼法及流俗考——以韩愈〈讳辩〉及唐代嫌名律为中心》(《成大中文学报》2020 年第 69 期)一文,从李贺"父讳"问题切入,指出唐代避嫌名的风俗,源自"周人以讳事神亦恶夫音之斥"及《礼记》"闻名心瞿"传统,字形差异无法解决音韵所产生的情感反应,而这是韩愈为李贺父讳问题申辩触发争议的根本原因,也反映出当经、律无法解决某些问题时,唐人风俗的不成文之礼往往在判断之中有其作用。礼制的文化史也反映在魏献恩《唐代石刻刻工研究——以唐代墓志为例》(《兴大中文学报》2019 年第 46 期)中。论文分析唐代墓志刻工题署 106 例,并区以时代、题署形式、题署所称等,发现题署情况自初唐到晚唐依次递增,题署籍贯常是郡望,而"刻工不只一人"的墓志,按其书迹的分布,当可推想刻工并不按着文章的顺序,而是凭书丹的记号奏刀,依势借力,以求速效。也就是从志石的四个边角奏刀,渐次向中央辐射进展,以达省力省时的目的。

这种与史学的结合,也连带地涉及唐时独特的文化,形成一种医疗史的脉络。如丁威仁《唐代医书的房中思想——以孙思邈〈备急千金要方·房中补益〉为研究主轴》(《屏东大学学报·人文社会类》2019 年第 4 期)即从考察孙思邈"房内医学"的脉络与根源、隋唐时期房中思想的系统与脉络,一方面回归两汉以前的中医学系统,另一方面则继承道教学说的发展脉络,就形式上则成为中医书的专章,表面虽脱离两汉独立学科的概念,实际却影响至一般民众。房中术透过"导引养生""生产求子""回精补脑"的方式,通过医书传播普及民间。类似的研究论文,还有吴敏慧《唐代医书中的道教养生思想——以〈备急千金要方·养性〉为例》(《逢甲中文学刊》2020 年第 10 期),论文以道家的思维作为主轴,与《备急千金要方》相互参照,标举梳理出"养生观",这些都是对于唐代文化非常重要的擘划与建构。

(四)唐人小说研究

在唐人小说研究的范畴中,黄东阳《至诚则必感——段成式〈金刚经鸠异〉所记叙佛教徒皈依之历程与体悟之教义》(《兴大中文学报》2019 年第 46 期),从段成式这位立于传统探索、解读佛教徒生命经历的儒生的目光,发现其《金刚经鸠异》系循志怪小说的叙事系统。论文以"变异"作为论述核心,揭示唯有信从佛法,方可获得延续血气的利益,并在人生走到终点时往生佛国,从个人"生命"的叙事重点,回应当时排挤佛教文人的主张,并尝试整理时人面对的主体意识至终归趋的生命扣问。

廖秀芬《对照与互文——由敦煌本〈唐太宗入冥记〉之结构考察唐代"入冥"叙事的模式与意涵》(《文学新钥》2020 年第 31期),以入冥、游冥进行一种"地狱"之旅,让"冥界"的叙事,能够在文本中具备"互文性"的性质。而在康韵梅《陈翰〈异闻集〉的编选辑存与唐代小说的经典化》(《国文学报》2020 年第 67 期)一文中,我们可以看到,《异闻集》所辑多为唐代小说在情节内容和叙事修辞上较为成熟的作品,故所编已有经典意义;又其编辑目的在于更广泛地传播唐代小说,将唐代小说扩及"说话"与戏曲领域,这展现了陈翰《异闻集》的编选有经典化价值。

（五）小结

唐代文学在本次的台湾期刊论文里，仍以唐诗的专家研究为多，杜甫、李白研究为目前的热门。唐代小说的研究，在数量上也有逐渐增长的趋势。研究的主题近乎百花齐放，如淑世关怀、空间场域、文化、数据等，都在细致化的前提下，扩大唐代文学的研究面向与范畴。综言之，本次台湾地区的唐代文学研究同样致力开创新局，与过去相比，本次的研究不再以细致研究为主，而是更侧重于大关怀式的研究，如医药、房中术及和自身生命的结合，除了文学作品重新分类外，又结合其他领域，甚有独特性。

然与唐代文学，尤其是中唐诗文背景相关的，尚有翁源《白行简及第时间及相关人物浅议》（《国文天地》2019 年第 35 卷第 3 期）。白行简，是唐代赋学大家，同时也是中唐诗人白居易之弟，两人交谊甚密，于该时期有很长的时间相处，故可以从诗文中窥见两人之相处、时序及背景等不同面向之资料。而唐诗学的研究面向，更从"唐人选唐诗"向外扩张到之后的朝代，尤其是清初诸人如何面对唐诗这一经典文本的问题。如董就雄《家风映先后——试论清人王士禛对王维的接受》（《佛光人文学报》2020 年第 3 期）即透过王渔洋的神韵说，谈论其对于王维的相关接受。郑宜娟《〈网师园唐诗笺注〉与〈唐诗别裁集〉杜诗选评之比较——兼论乾隆时期选评杜诗的朝野之分》（《东吴中文在线学术论文》2020 年第 49 期）则透过比较《网师园唐诗笺注》与《唐诗别裁集》，谈论杜诗在朝野间不一致的选评标准。

尚有一系列"读唐诗学作文"，包含林树岭《读唐诗学作文——以李白〈早发白帝城〉为例》《读唐诗学作文——以孟浩然〈过故人庄〉为例》等夹叙夹议之散论篇什，皆收录于《中国语文》第 746—751 卷，可供参考。这些都足见唐诗影响至深，且并非一人所成，而是遍地开花，造就了唐诗的盛世，迄今也仍被我们反复作为当代教育的范例与题材，对今日文学与文化有许多的启迪。

三、学术研讨会及其他

因新冠疫情的影响，由中国唐代学会举办的"第14届唐代文化国际学术研讨会"，原预计举办于2020年5月15日、16日，则顺延至2020年11月27日（星期五）、28日（星期六）举办。会议主题为"唐代文化的传统与变迁"，在淡江大学守谦国际会议中心及台北大学文学院召开会议，邀请王三庆、气贺泽保规、杜文玉三位先生分别进行《从丝路遗珍到东亚秘藏——以应用文献为中心》《关于新发现的〈隋炀帝墓志〉及其墓葬之新阐释：作为唐初政治史的一个侧面》《唐大明宫西掖、西院考》专题演讲。会场上发表题目类别众多，发表人次亦足有58人，参加学者（包含现场及在线互动者）更达百人以上。此外，会议特别设有"青年学者午餐论坛"，延邀青年学者踏入唐代研究的领域。

近年来，唐代相关议题在一般非专门唐代的研讨会上也多有发表。譬如在中兴中文系举办的"第十三届通俗文学与雅正文学——'文学与信仰'国际学术研讨会"中，有杨明璋《官吏死后为冥官传说与唐宋冥官信仰》、徐小洁《儒道视域下李白的自我意识与生命图像》等文。又或者可见研究唐代的学者年龄有青年化的趋势。如"第七届台大成大东华三校论坛学术研讨会"有韩愈诗研究及贞观之治的研究。"古典文学新论：台大/哈佛博士生学术研究工作坊"也有柳宗元、白居易、唐代狐妖小说等研究。成功大学中文系等单位合办之"第一届《群书治要》国际学术研讨会"，则以《群书治要》为核心，围绕诸多议题如哲学、文学、史学、社会科学、比较文学等展开，可谓琳琅满目、目不暇接。

专书中也多有收录相关论文，譬如罗珮瑄《鉴赏与记忆——唐女郎鱼玄机诗的收藏、印刻与复现》（杨玉成、刘苑如《古今—相接：中国文学的记忆与竞技》，"中研院"文哲所2019年版）。在佛教相关的书籍中也多有敦煌、长安、佛教等唐代文化与文学建构的论文，如武绍卫《唐后期五代送出敦煌沙弥的学习与培养——以佛典的学习与阅读为中心》、高继习《唐初玄奘"中土之佛陀"身分的建构》（释妙江《身分认同及群体建构：第四届五台山信仰国际学术研讨会论文集》,新文丰出版公司 2019 年版)。

各大学基本也有开设相关课程、进行科技部计划,或者延邀相关学者进行唐代专题的讲座,如徐国能"唐代骚体诗歌研究"计划、林淑贞"织女形象的颠覆与悖异——唐小说《郭翰》对神话传说之沿承与新创"演讲等,此则不一一论述。

四、结语

风景苍茫、文本依旧,唐代文学塑造出一种经典的模板,让更多的学习者前仆后继,不管是研究、阅读,还是仿创,都是以最细致的方式,展现无比清晰的指标性和价值。在诗学或者文学里,都体现出唐代文学及文化的风华。回顾去年台湾地区的唐代文学研究与发展,其透过经典的继承与文化观察,在细致化的前提下,扩大唐代文学的研究面向与范畴,尤其在于大关怀式的研究方法,促使唐代文学与生活、生命结合。本篇文学研究概况,笔者整理 2019 年 7 月至 2020 年 6 月的台湾地区研究唐代文学的期刊论文、学位论文、学术研讨会和专书,诚然,文中必有疏漏,尚待更多专家学者指正。以下简单对学位论文、期刊论文及研讨会论文做概括性的小结。

(一)学位论文

本次收录硕博论文十八篇,博士学位论文尤多,主要是关于"文化"的核心论述,体现出唐代文学的"经典性"与价值。在研究取向方面,仍主要集中在唐诗研究。在唐诗研究方面,本次专家与专题并重,呈现出唐诗的大关怀,从战争、生活到水文,都能体现其深入研究的不同面向;在唐人小说方面,本次讲求的是一种"社会性"的凸显,反映唐人小说的精神趋向及思考方式,进一步勾画唐代文化的型廓;在唐代赋学方面,则透过"宦游"之变动因素进行文本考量,有相当大的特殊性;最后,唐代文化研究方面,是本次最为特出者,它透过史学与文学的贴合,更多元地呈现唐代文学与文化间脉络的独特与炫彩。

(二)期刊论文

本次唐代的期刊论文共计二十六篇,仍以唐诗研究为众,最多的是综合研究,专家部分则以杜甫、李白研究为大宗,其余诸家虽有呈献,却名额稀少。其间,方法学和新科技等技术的兴起便利了研究。同时,传播和选本也是本次研究的大宗,在这样的传播下,唐代诗文研究逐渐通过对于自身生命的认知,结合义理、宗教、房中等方式,挑战并体认唐代文学与文化。

(三)学术研讨会与其他

于学术研讨会方面,有"第 14 届唐代文化国际学术研讨会——唐代文化的传统与变迁""第一届《群书治要》国际学术研讨会"等。不仅如此,各大学开设唐代相关课程、演讲或者科技部计划所在多有,可谓令人眼花缭乱与赞叹。

(四)其他

借由唐代经典的建构与传播,唐代文学正进行着转变与融合。唐代文学融合其他领域和现代的学术思维,转变成一种一方面凝视唐时名家,另一方面置入自身生命的过程,这恰恰证明了唐代的文学与文化已流淌进我们的生命与生活。时至今日,虽受唐代文化陶冶的人群仍以研究者为主,但从选本、传播到跨领域,唐代文学的转变与融合正在进行,其不只继承着经典的价值,更昭显着唐代文学的研究能够在未来益发多样和精进。

日本唐代文学研究概况（2020）

□　佐藤浩一

2020年度日本唐代文学研究成果主要集中在李白、杜甫、王维、白居易几位大诗人身上，兼及唐人小说和其他。

一、李白

本年度李白研究著作有乾源俊先生的《李白形象的生成》（研文出版2020年版）一书。该书本论分为乐府论和歌行论两部分，以李白文集的序、乐府作品、歌行作品为主要材料，考察李白的诗人形象是如何形成的。对于"李白科举不应说"，作者提出了反对意见，广泛反映了玄宗时期宗教、社会思想方面的问题。

另有石硕先生的《谢朓诗的研究——其接受和展开》（研文出版2020年版）间接对李白作品展开研究。谢朓作为六朝时的重要诗人，其诗其人对唐人和唐诗有着很大的影响。石先生通过考察李白等人的作品，研究谢朓诗歌的后世接受。在日本，专门研究谢朓的学者较少，石先生的书十分珍贵，有着开创意义。该书是石先生的博士论文（早稻田大学），期待它能开拓今后日本谢朓研究的新局面。

二、杜甫

本年度杜甫研究的成果为一部专著和十余篇论文。专著为

日本唐代文学研究概况（2020）

二宫俊博先生的《津阪东阳〈杜律详解〉全释》（椙山女学园大学学术机关 2020 年版），论文有兴膳宏先生的《杜甫做的冷面——关于〈槐叶冷淘〉诗》（岩波书店《图书》864）。佐藤大志先生的《国破的记忆——关于杜甫〈春望〉的"国破"》（《日本文学研究》13）等，下面分别述之。

2020 年是日本杜甫学会第三年刊行《杜甫研究年报》（勉诚出版），其中包含五篇论文和三篇书评、综述类文章。下定雅弘先生的《杜甫的泪》分析了杜甫流泪的原因和与其相关的诗歌的表现手法。以往诗人流泪大都是因送别、哀悼、闺怨等，而杜甫的泪水中还含有喜悦的成分。其表达方式也突破了以往的框架，运用写实、比喻、夸张等，且被中唐以后的诗人继承。丸井宪先生的《关于杜甫七言古诗的双声叠韵的排列》一文，是近年研究杜甫双声叠韵的一篇独具特色的论文。丸井先生本人是诗人，所以对诗作方面十分关注，同年发表了《关于杜甫五古纪行诗的双声叠韵的配列》（《中国诗文论丛》38）。后藤秋正先生的《杜甫诗的真伪——关于佚诗五篇等》，考察了《风凉原上作》《寒食日经秀上人房诗》《绝句》《峡中铁锁诗》《贺城阳王太夫人加寿邓国太夫人诗》五篇。后藤先生认为前四篇是伪作，引用了陈尚君先生《新发现杜甫佚诗证伪》（《唐诗求是》，上海古籍出版社 2018 年版）的观点，《贺城阳王太夫人加寿邓国夫人诗》是伪填年月而作的赝品，但是后藤先生认为说伪作有些过分。后藤先生之前曾撰文讨论过杜诗的真伪问题，2020 年又作《杜甫诗的真伪——"避地"诗札记》（《中国文化》78）一篇。田中京先生发表《杜甫与高适的制举关联诗——以奉赠排律为中心》。田中先生是研究高适的专家，去年曾撰《关于大东急纪念文库藏〈高常侍集〉残本及高适集诸版本》（《学林》68）、《关于高适的家系和开元年间的事迹》（《学林》69）两文。田中先生的指导教授芳村弘道先生对她寄予厚望。此外，还有谢思炜先生的《同罗叛逃事件与杜甫"陷贼"经历》一文，由其研究生向日本杜甫学会推荐。三篇书评、综述类文章分别是：刘宁先生的《中国大陆新世纪杜甫研究综述（2000—2018）》，加藤聪先生的《书评 松原朗〈杜甫与玄宗皇帝的时代〉》，大桥贤一、加藤聪、绀野达也三位先生的《日本的杜甫研究集录（2018）》。

杜甫的作品是通过僧人在日本流传开来的。广田隆子先生的《五山禅僧虎关师炼对杜甫诗如何评价、接受——以〈济北集〉为中心》（《中国学研究论集》38）、陈茜先生的《策彦周良和杜甫——以〈谦斋南游集〉为中心》（《东亚文化研究》5，国学院大学文学研究科），都是以诗僧的文集为出发点，来讨论杜甫的。

2020年最值得注目的杜甫研究，就是二宫俊博先生的《津阪东阳〈杜律详解〉全释》。江户时代，杜甫的律诗备受欢迎。津阪东阳是江户后期的儒学者，其《杜律详解》以《杜律集解》为底本，用文言文注释，黄永武的《杜诗丛刊》第四辑收录了津阪东阳的注释本。二宫俊博先生对津阪东阳的《杜律详解》进行了详尽解释。令人十分惋惜的是，这篇论著竟成了二宫俊博先生的遗作。各位如果希望阅览二宫先生的遗稿，可以从网络下载。（https：//lib.sugiyamau.repo.nii.ac.jp/？action = repository_action_common_download&item_id = 2799&item_no = 1&attribute_id=22&file_no=1）

三、王维

此期王维研究主要集中在辋川别业和王维的画作两个方面，另有从教材研究视角出发的。

2019年起，由川合康三先生主编的《新释汉文大系——诗人篇》（明治书院）顺次刊行，2020年斋藤茂先生的《杜牧》，二宫美奈子、好川聪两位先生的《王维、孟浩然》相继出版。二宫先生负责《王维、孟浩然》一书中有关王维的内容。她以作为文学空间的园林，王维的辋川别业为研究对象，该书充分展现了她的研究志趣。

绀野达也先生的《唐、北宋期对王维的画业的评价——到苏轼"画中有诗"》（《中国诗文论丛》38）认为，有唐一代将王维的画与诗分开评价，而进入北宋后，文人开始把王维的画和诗一起评价。苏轼对王维"画中有诗"这一评价也应是出于这一时代背景。

日本高中、大学的中国古典教材,常常采用王维的作品,因此有学者将王维作品作为教材展开研究。先坊幸子先生的《王维〈送元二使安西〉的学习——汉诗中与朋友别离的表现》(《汉文教育》45)、原田爱先生的《汉诗教材研究——阅读王维〈送别〉》(《金泽大学人间社会研究域学校教育系纪要》12)都是有关教材研究的文章。

四、白居易

2020 年白居易的研究取得了丰硕的成果。日本人自平安时代就喜爱读白居易的作品。白居易虽比杜甫年少,但是在平安时代,日本人读杜甫作品的并不太多。因为平安时代中国文学的受容阶层只是贵族,他们对流行风尚十分敏感。白居易是当时在海外颇有人气的作家,了解他的文学作品也是顺应时代潮流,而且白居易的作品通俗易懂,对外国人来说容易理解。日本人用心感受杜甫的作品是在镰仓时代以后。平安 894 年菅原道真提议废除遣唐使制度,贵族们失去了去中国的机会。到镰仓时代,留学僧去中国学习当地的佛教,当时禅林文学的代表是杜甫,日本留学僧也就理所当然地学习杜甫。

在内容丰富的白居易研究中,特别值得提及的是《白居易研究年报》(勉诚出版)在经历二十个年头后,终于画上了圆满的句号。最终刊行的第 20 号是一部总共一千多页的大册,可以说是多年来研究的集大成。《白居易研究年报》每期都有一个主题,第 20 号的主题是"歌舞音曲"。其中收录了如中纯子先生的《霓裳羽衣曲的虚幻——为连接唐宋音乐而充当桥梁的白居易》、山崎蓝先生的《流出的汗、渗出的汗——以描写白居易的舞妓的汗水为中心》、谷口高志先生的《白居易的音乐爱好——表现在诗文中的感性与嗜好》、大谷节子先生的《能乐"花筐"与"李夫人的曲舞"》、神鹰德治先生的《卷三、四〈新乐府〉五十篇——从旧钞本到刊本的位相变化》、中木爱先生的《战后日本的白居易研究(关于白居易、白氏文集的研究)》。在每期《白居易研究年报》的末尾,下定雅弘先生都会撰写《日本的白居易研究》,第 20 号改为《日本国内白居易研究文献解题目录》,仅这篇解题目录就占400页,可以说是下定先生的精心之作,也是了解日本白居易研究的指南。

埋田重夫先生的《白乐天研究——诗语与修辞》(汲古书院)是埋田先生十三年前出版的《白居易研究——闲适的诗想》(汲古书院2006)的续篇。第一部分序论是关于《新乐府五十首》的修辞技法的考察,第二部《诗语的诸相》中有九篇论文,通过"谁家""颜色"等词来分析白居易的诗语运用。第三部分《修辞的诸相》中也包含九篇论文,主要考察白居易是如何运用数字的。卷末附有《那波道圆本白氏文集引用作品编目索引》。虽然白居易的研究很多,但是针对诗语与修辞的专著以往还不曾有,这本书可谓是独辟蹊径。

山崎蓝先生发表《关于白居易新乐府"井底引银瓶 止淫奔也"的"瓶沉簪折"——唐诗的术数文化》(《亚洲游学》244),该文是她的博士论文《中国古典文学的厕、井户、簪——以民俗学的视点考察》(勉诚出版2020)中的一部分。

新间水绪先生的《关于〈方丈记〉最终章——和白居易闲适诗的关联》(《花园大学文学部研究纪要》52)与岩原真代先生的《末摘花故事和白氏文集上阳白发人》(《山形县立米泽女子短期大学附属生活文化研究所报告》47),都是有关日中比较文学的论文。《方丈记》是用汉文混合文体写成的随笔集,也是日本三大随笔(《枕草子》《方丈记》《徒然草》)之一,作者鸭长明过着礼赞山中的隐遁生活,但是他在《方丈记》的最终章反省了闲居生活也是违背佛教的。平安末期、镰仓初期的鸭长明受到白居易的影响,在写《方丈记》的最终章时参考了白居易的闲适诗《归田三首》和《风雪中作》。新间先生将白居易与鸭长明相比较,来考察二者的不同之处。而末摘花则是紫式部创作的《源氏物语》中的人物。末摘花有着一头美丽的长发,却是主人公光源氏的情人中唯一相貌丑陋的女性。紫式部在《源氏物语》中五次引用了《上阳白发人》,岩原先生认为紫式部通过末摘花的相貌影射了上阳白发人的形象。

其他有关白居易的论文,还有竹村则行先生的《从对句来看杨贵妃传说之中的〈长恨歌〉〈长恨歌传〉的袭用》（《中国文学论集》49，九州大学中国文学会）、桐岛薰子先生的《白居易与武元衡——以翰林制诏与其拟制和韵诗为中心》（《筑紫女学园大学研究纪要》15）等。此外还有考察元白的论文，如 2020 年《中唐文学会报》刊载了柳川顺子先生的《元白交往诗初探——以白居易的〈八月十五日夜禁中独直对月忆元九〉为起点》、长谷川真史先生的《元稹〈琵琶歌〉解释的再研究》。

五、小说

增子和男先生是日本研究唐代小说的专家，今年他出版了《日中怪异谭研究》（汲古书院）。怪异谭一般不被看作文学的主流，被认为是不愿涉及的领域。但实际上，从一流文人到市井平民的各个阶层，对怪异谭都很感兴趣，并且积极撰写故事，互递信息，致力于传播。增子先生论述了在中国产生的怪异谭，是怎样在日本被改头换面的。这部论著可以说是本年度中令人振奋的一项研究成果。

赤井益久先生的《唐代传奇小说的变虎谭诸相——也谈中岛敦〈山月记〉》（《国学院杂志》1359），挑选了《太平广记》卷四二六至卷四三三，"虎"字条下 80 条中的 10 条，关注变虎谭和异类婚姻谭，考察了其各种形象。最后提到中岛敦写的《山月记》（《人虎传》的翻案）时，作为粉本使用的《唐人说荟》。从《山月记》的主题中已经能够看到唐代传奇小说的影子。赤井先生对中岛敦文学的着眼点做了评价。

六、其他

松原朗先生的《佛寺集会诗的出现——开元二九年洛阳发生的事》（《中国诗文论丛》38），考察了开元以前佛寺诗很少的原因，以及突然大量产生的契机。松原先生关注到，开元二九年，在长安吟诗聚会之前，文人们在洛阳早已举行过同样的聚会。

顾羽宁、铃木健司的《宫泽贤治〈北守将军与三兄弟医生〉里的中国古典——晚唐诗人张蠙的五言律诗〈过萧关〉的介绍》（《言语文化研究科纪要》6），指出《北守将军和三兄弟医生》中的"狐""沙鹃"与晚唐诗人张蠙的五言律诗《过萧关》中的意象是一致的。

2020年还有如下唐代文学的论文。衣川贤次的《唐代的禅僧与行脚》（《禅文化》258），伊崎孝幸的《李商隐的咏史诗表示的机智》（《山梨大学国语国文和国语教育》23），橘英范的《消失的秦女休——唐诗里没提到的女性形象》（《中国学研究论集》38），张悦的《中日的李贺诗理解和接受的比较研究——以〈感讽〉五首与〈苏小小歌〉为中心》（《比较文化研究》141），土谷彰男的《李绅的韦应物文学——〈和韦应物登北楼〉诗的考察》（《人文论集》58），川口喜治的《张果关连文献译注稿（上）》（《山口县立大学学术情报》21）、《张果关连文献译注稿（中）》（《山口县立大学国际文化学部纪要》26）。

港台及海外研究动态

日本唐代文学研究概况（2020）

韩国唐代文学研究概况(2020)

□　金昌庆　晁亚若

2020 年韩国学界的诸多学者在前人研究基础上,从宏观和微观两个维度呈现出了丰硕的研究成果。从研究对象上看,作为唐代文体代表的诗歌研究仍占据大部分;研究内容上,涉及作家生平、作品分析、文化交流、文本译注与接受影响等多方面;研究方法上,大多以文本阐释为主,同时也涌现出一批利用其他学科视角,如认知语言学、社会学、历史学、文艺批评、心理学等审视文学本体的研究。

针对研究内容的变化,本文拟从唐代文学整体及作家群体研究、个体作家及作品研究、比较文学研究及敦煌学研究四个方面对 2020 年韩国学界的唐代文学研究情况做一综述。

一、唐代文学整体及作家群体研究

唐代是中国文学兴盛的时代,其整体风貌与不同时期的文学发展、交流均是学界关注的研究对象。本年度学者们从文人社交网络的形成、文学价值的利用和文化现象等方面对唐代不同时期的文学风貌进行了研究。

中晚唐时期,诗歌流派的形成十分活跃,僧侣和女诗人等新成员也加入其中。金俊渊在《中国学报》(2020 年第 91 辑)上发表的《唐代诗人社交网络分析》一文,以《全唐诗》中收录的中晚唐社交诗 3903 首为对象,将其作为大数据分析了诗人间的社交网络,指出了当时在社交网络扩大中发挥主要作用的群体。综观大历年间的社交网,"大历十才子"作为其中的代表为大众熟知,此外还出现了被称为"君"的社交网络。作为中唐时期的代表性诗歌流派,"韩孟诗派"和"元白诗派"通过刘禹锡和张籍这样具有"媒介"作用的诗人,得以通过实质性的交流扩大了社交网络。而晚唐时期,杜牧、温庭筠、李商隐等诗人虽凭借相似的诗风("悲伤而华丽")产生了某种连接,但这种联系是微弱的。作为节度使的范进则对当时社交网的构筑做出了更大的贡献:通过行使聘请诗人的人事权,使诗人们聚集到藩镇,以幕主为中心进行诗歌交流,从而形成了一种"诗社",打破了诗歌流派的壁垒。

在现代人的观念中,唐代诗歌的文学地位与价值之高是毋庸置疑的,而其价值在当代应如何被更好地利用呢? 编写教材无疑是一种重要方式。高真雅在《探索唐代乐舞诗作为人文学教材运用的可能性》(《韩中语言文化研究》第 57 辑)中认为,从《诗经》《楚辞》到梁国的宫体诗,有不少以乐舞为素材的诗,但从未像唐代乐舞诗那样对乐舞本身进行如此细致、充满活力的描写。与以往不同,唐代形成了新的乐舞诗境界,主要呈现在以下三方面:第一,关注艺人的高超技艺,将高超的技艺细腻而富有活力地表现出来。第二,对隐藏在艺人们高超技艺背后的痛苦感兴趣,表现出一种感同身受的人道主义关怀。第三,重视挖掘乐舞的感化效果,积极将其运用到诗歌的政治讽刺、教化等方面。

2020 年韩国唐代文学研究的一个新变化是出现了文学研究向文化研究的转向,很多学者针对唐代文化现象进行了一些探讨,包括新兴与外来文化现象,也包括对传统文化传承发展的探讨。

中华民族历来重视家庭教育,几千年来积淀了丰富的家训文化。在家训文化发展过程中,唐朝可以说到达了较为成熟的阶段,这一时期的家训不仅在理论和内容上比前代更加完善,而且在形式上也发生了很多变化,出现了许多家训类诗歌。这种家训诗歌是古代诗教传统在家庭教育领域的具体体现,不仅蕴含着唐朝丰富的家训文化,还表明唐朝的诗文学在内容和艺

韩国唐代文学研究概况(2020)

形式上的诸多变革。全北大学的朴瑞增在《唐代家训诗研究》（全北大学 2020 年博士学位论文）中，便以此为研究对象，通过对社会各阶层家训诗创作的深入研究，揭示了唐朝各阶层家庭的教育状况和唐朝家训诗的丰富内涵。

出仕与隐逸也是传统文人书写的重要话题之一。"朝隐"思想是封建专制时代的王权正统和儒生阶层的道统之间的矛盾所导致的，是伴随当时社会和政治文化思潮的必然结果。关美、崔矜傅在《魏晋唐宋时期"朝隐"思想的演变》一文中，梳理了自魏晋至唐宋时期"朝隐"思想演变过程的特征：一是"朝隐"的处世方式越来越鲜明，变得明朗化；二是"朝"和"隐"的行为朝着自己无意的方向转变；三是"朝隐"思想对抗现实和政治的斗争精神逐渐减弱；四是社会对"朝隐"思想的认可和接受度有所提高。作者认为由于"朝隐"思想在绝对的对立角度上保持了其间的平常心，因此在任何时代都可以说是具有生存战略意义的积极行为。

另外，也有学者对书院文化进行探讨，中国唐代的书院设立于宫廷，起源于丽正书院，是专指特定的个人读书及讲学的场所。柳浚炯的《对唐代书院形成的再探究——以其存在形态和背景为中心》（《韩国书院学报》2020 年第 10 卷）通过文献研究发现唐代书院以个人学术和教育场所为基础，逐渐扩大为社会性的以教育为中心的讲学形态，多人同时读书和教育的趋势逐年上升。另外，从个人形式开始的读书和讲学活动并非只以获得官职为目的，文人们在致仕以后也会一直进行此类活动。所以书院中以个人及扩大形式构成的读书和讲学逐渐被认为具有社会意义，并很快形成了一种社会风气。这种情况成为唐代书院形成及之后发展的重要背景。

二、个体作家及作品研究

本年度对个体作家及作品的研究延续了前两年的趋势，形成以李白和杜甫为重点研究对象，其他诗人各表一枝的研究态势。研究角度也呈现多样化：文学境界、结构形式、文学人生、语言表述等。

　　首先，谈到文学境界，意象是表达诗境不可或缺的工具。金昌庆、黄玥明所写的《论李白〈古风五十九首〉中的海意象》（《中国学》2020 年第 73 辑）对《古风五十九首》中出现海意象的 20 首诗歌进行了分析，对其中海意象的生成、组合、表达与审美特色进行了较为深入的考察，发现运用海意象的诗歌大多为临海而作，有感而发，但其中之"海"多为"虚拟的海"，并常借助典故通过大胆的想象与夸张展现诗人胸中之大海。这些诗歌既是对大海的描写也是对自我感情的抒发。在风格与创作原则上，这类诗歌延续了《离骚》中的"自我"以及《诗经》中的"风雅""美刺""现实"精神。在审美上，其中的海意象则展现出大开大合的气势之美、奔腾恣肆的生命之美与心怀天下的博大之美。崔恩祯《唐代李白·杜甫登望诗比较研究》（崇实大学校 2020 年博士学位论文）则通过对比唐代两位诗人的诗歌，阐述了登望诗的体裁独立性与诗体特色，认为登望诗是在登临高处的空间上，全方位捕捉眼前的现实世界，以独特视角描写诗人所承载的思想，并形成风格特殊的意境。登望诗与山水诗、纪行诗、怀古诗、游仙诗、乡愁诗等诗歌类型虽有相似，但实有相异之处。登望诗涉及登高空间、望远视线、登望意境等综合性要素，更进一步融合成异于其他诗歌类型的独特诗歌艺术。郑元皓《白居易闲适诗的诗境考察》（《中国学》2020 年第 70 辑）通过作者诗歌中流露出的意境，观察、分析了白居易的闲适诗所蕴含的精神世界。研究发现，在他的闲适诗中，由于不堪回首现实的压力，吟诵出了对闲适的向往之情，且所有涉及闲适题材的诗篇都是充满生活乐趣的。仔细观察其内容，我们难以察觉诗人对现实的不安和心灵的束缚。由此作者认为，白居易闲适诗的创作是对闲适永恒的憧憬和追求，是其实践的成果之一。这是从传统文学阐释的角度研究诗歌境界的代表性文章。

　　同时也有学者另辟蹊径，从心理学和认知语言学角度分析诗歌境界，或曰空间。金俊渊、金叡琳《李白诗歌中的空间结构及其特征》为了揭示李白诗歌中"哀伤"的根源，重点关注了李白一生中的行迹和作为转折点的空间。李白诗中空间移动的特征是"直线型",这反映了李白的心理纠葛;虚幻的空间结构必然会留下几处伤痕和后遗症。由于很多场所化的具体空间无法确定,我们在看到李白组织正常家庭生活的同时,也给人留下了像游子一样漂泊的形象,这均是受其"客寓意识"所影响。另外,他对杜甫的"成都草堂"等具体空间视而不见,执着于"别天地"等抽象空间,使现实空间的整体性减弱,并暴露在二律背反的矛盾中,因实际存在的疏远(existential isolation)而倍感痛苦。此外,对于生命最终的归处,其选择也不是故乡,而是寄托在亲戚李阳冰身上,在异乡凄凉地逝去。通过对李白人生经历的分析,作者认为李白的悲哀意识是在一种"双重约束(double bind)"的情况下产生的。金宜贞《李白乐府诗的话者问题与影像学解释——以〈乌栖曲〉〈雉朝飞〉为中心》,对李白《乌栖曲》《雉朝飞》描述的场面颇感兴趣,为研究其中的问题,作者对 31 首乐府诗进行了话者研讨,发现其中既有更换话者的非回归型诗歌,也有中途重新回到原话者的回归型诗歌。从话者问题的角度看,可以发现其中的多样性,论文又进一步以焦点话者理论为基础,对两部作品进行了影像分析,由此详细地观察到问题场面的叙述者是谁,观察者又是谁。

王斐《冯延巳词的概念整合解读》(《中国文学》第 102 辑)以认知语言学概念整合的四个网络整合模式为框架,对冯延巳的词进行了尝试性分析,为冯延巳词的解读提供了一个新的视角。文章运用简单型、镜像型、单域型和双域型四个网络整合模式对冯延巳词进行了认知性解读。简单型中主要构建起了共享等待框架、时光易逝框架,以及比较框架等网络整合模式;镜像型中主要构建起了共享传信框架、消亡框架,以及相似性的处境或特征框架等网络整合模式;单域型网络整合模式中主要通过人们认知上较为容易理解的具体物象的框架来描述抽象的情感;双域型网络整合模式多表现为词中主人公的主观情感体验与客观自然景象基于相似性而整合在一起生成合成空间。为了实现作品的诗学效果,诗人经常有意将不同的意象进行创造性整合,形成弱关联甚至不关联的信息。借助弱隐含、弱关联的语言表达,用涵义丰富的诗体吸引并鼓励读者对诗中信息进行创造性的理解,从而产生预期的诗学效果。

作者的人生经历是造就其文学成就的路径之一,也是探索其文学美的重要通路。卢根静则在《李白的功成身退——考察其以商山四皓为题材的诗作》中通过相关诗歌对李白的出仕与退隐进行了再考察。在李白的精神世界中,儒家自我与道家自我共存,荣华富贵时是儒家的自我,穷困潦倒时则是道家的自我支配着他,使其由出仕又走向了退隐。李白最终追求的是悠然自得、享受人生的道家式的生活。但他也期盼通过为官展现自己的才能,以经世济民,完成梦想后功成身退。李白虽在自己的诗中感叹自己怀才不遇,才能未得以施展,但其道家自我并没有让他停留在失败者的位置。

玄宗时期,皇室官员与私人常在周边打造庄园,这里是他们主要的交际场所,也是他们扩大土地所有权的手段。而王维的辋川庄不局限于这两种功能,还具有农业经营体功能,可以说与其隐居生活密不可分。郑淳模的《王维隐居生活与辋川庄》(《中国学报》2020年第90卷)就探讨了二者之间的关系。王维既有出仕经历,又隐居于辋川庄,仕宦与隐居看似矛盾,但在王维看来并非如此。辋川庄可以说是调节仕宦和隐居心理的空间。以高层官员们为亡者建立寺院的趋势为背景,王维也为母亲建造了辋川庄寺院。最终王维在土地兼并的浪潮中取得辋川庄的所有权,它既是农业经营体又是别墅,后又在王维归隐后变成了"家寺"。辋川庄不仅与王维的一生息息相关,而且很好地展现了唐代庄园向寺院改造的过程。

柳宗元本无意做歌咏山水的诗人,所以长安时期他主要着力于朝廷的应制之作。但在被贬永州后,长期的流放生活中,他在对自然山水的流连中排遣内心苦闷,在幽寂之境中行禅定,求解脱,体悟山水美景的同时做禅思、行禅悦,可谓尽得世间妙法。王玉姝《柳宗元山水文学禅境论》(《中国文学研究》2020年第80号)便对柳宗元"永州八记"中的《始得西山宴游记》《小石潭记》《石渠记》《钴鉧潭记》中的禅境进行研究,挖掘禅境的幽静美好和生机勃勃。他的"愚溪"系列、《赠江华长老》等诗歌在描绘自然之景中,传达出佛家恬淡安适,心无挂碍的情怀。同时,《觉衰》《雨晴至江渡》《种柳戏题》《柳州城西北隅种柑树》等诗歌则是对南宗禅任运自然、日用是道的书写。柳宗元作为创作者主体徜徉于自然山水中，排遣寂寞和忧愁，安放他那颗在贬谪生活中焦灼、无可依止的心。对于理解女性诗人的诗作来说，人生轶事似乎占据了更大的比重，如朴惠敬《鱼玄机及其诗歌的叙述与批评研究》(《中国文学研究》第78辑)。鱼玄机是晚唐代表性的女诗人，流传后世的诗作48首(或曰49首)，数量仅次于薛涛。而传奇小说集《三水小牍》和《北梦琐言》记载了鱼玄机的相关轶事，把其描绘成才女、荡女、恶女形象，且晚唐以后的记录大多受其影响，但人们却忽视了对其诗歌本身的研究。鱼玄机之诗是在唯美主义思潮和齐梁诗风复活的晚唐时期的文人交流中诞生的。她根据自身经历，坦诚地表达了对爱情的渴望与绝望，内心与俗世之间的矛盾，虽受到了批评，但在儒家统治力减弱的晚唐社会，其创作没有受到约束，并在文人之间得到了一定范围的传播。

对于外国读者来讲，原文的译介也是十分关键的问题之一。申夏润的《20世纪有关李白诗翻译的争论与事例》以20世纪初发生的，围绕闻一多和Shigeyosi Obata对李白诗歌翻译的争论为切入点，提出了今天我们在翻译李白诗歌时需要思考的问题。文章选取了汉诗韩译的代表李秉岐《李太白诗选》中的200首有关韩国人和韩国历史的诗歌，通过分析这些翻译案例指出，在译诗中较多地展现李白诗的韵律美固然很重要，但与其拘泥于原文的词汇或语序、词组，不如遵循与译诗文脉相匹配的词汇、语序和词组，对于固有名词，与其一味地依靠脚注，倒不如根据需要进行省略或拆分。

作为李白译注研究者的代表，赵得昌和赵成千两位学者2020年对于李白的赠诗系列开展了一些合作研究，如《李白〈赠〉诗译解及考查(8)—从第32首到第34首》(《中国语文论丛》2020年第98卷)、《李白〈赠〉诗译解及考查(9)—从第35首到第38首》(《中国学论丛》2020年第69卷)。金贞姬则对闲适诗这一大类的翻译注解进行了考察。(《李白的闲适诗译解》，《中国学论丛》2020年第69卷)

其实，现代人对古诗的新解读也是一种"翻译"。崔皙元《杜甫解读的现代中国视角——21 世纪杜诗阅读的多面考察》(《中国语文论译丛刊》2020 年第 46 号)从对杜诗这一古典文本的现在性解释和接受的观点出发，综合研究杜诗意义在现代中国的各个领域里进行再生产的过程。为此，作者以中国小学、初中、高中正规课程使用的语文教科书等为基础，对现代中国社会中杜诗的重新诠释和接近方法等进行了考查，同时通过大众文化领域电影、电视剧等影像作品中的杜甫和杜诗的运用，探究了反映现代观点的杜甫及杜诗的面貌，借此对现代中国社会杜甫乃至杜甫诗歌的意义和价值进行了考察。阐明了中国现代社会的文化政策及其文化意义，为立体了解现代中国社会提供了又一线索。

诗歌相较于其他文体是一种形式美感突出的表达方式，因此对绝句、律诗的结构形式和修辞运用的探讨也从未停止。李揆一《古诗〈东城高且长〉的拟诗形式考察》(《中国学》2020 年第 71 辑)分析了陆机、韦应物的拟古诗，并考察了这些作品的特征和创作重点。二位诗人的拟古诗，既模拟了原文的句式，又反映了魏晋南北朝和唐代的时代特征。陆机的拟古诗根据原作的诗意展开内容，着重于作品的语言和形式特征。但韦应物的拟古诗在衔接前后部分诗歌时，使用了修整句式的方式，这种改变模拟对象或改变典故用法，将自己的感情投射到拟古诗中的创作方法，是比直接拟古难度更高的。虽然形式是拟古，但其内在是展开自我抒情的创作。降旼昊《白居易七言排律的成就和意义》(《中国语文学志》2020 年第 72 号)认为，白居易的七言排律以短篇为主，经常使用单数韵，合律度高，具有仄韵七言排律的特征。白居易将七言排律像一般的诗体一样用于吟诵各种题材，用七言排律吟诵日常交游和景物时，有时会给人一种单调的感觉，但诗人会带着真情实感、融入游戏性来掩饰其缺点。诗人也用七言律诗这一严格而苛刻的诗体写闲适诗，在狂欢的咏怀诗中唱出自己的心情。通过这种看似追求不协调的尝试，诗人为容易变得生硬的七言排律注入了生机，为加深普通人对汉诗诗体美感的理解做出了贡献。申载焕《对〈唐诗别裁集〉中收录杜甫诗的"兴观群怨"表现形式的考察》(《退溪学论集》2020年第26卷)以过往研究成果为基础,从沈德潜的格调说角度阐明了"温柔敦厚"诗教的含义后,以历代主要诗学理论家的评述为依据,观察了温柔敦厚诗教与"兴观群怨"的有机联系。杜甫在战乱中也没有忘记"忠君爱民",因此他创作了很多描写温柔敦厚诗教的诗。表现形式也是得到高度评价的含蓄美,蕴含"言外之意",通过"完整地讽刺"体现出了温柔敦厚的诗教精神。宾美贞《李商隐永乐时期的田园诗研究》(《中国文学研究》第78辑)也着重从形式和修辞方面进行了探讨。作者通过分析总结出以下特点:第一,不拘泥于形式,使用长篇排律,在保持工整的条件下自由地抒发感想;第二,使用日常素材,将事物拟人化,将隐喻对象化,以"托物抒怀";第三,追求首尾呼应,把起承转合作为基本展开结构,重视叙述结构和诗歌的形式美;第四,诗歌以"出仕与隐居"的人生经历为背景,用理智的比喻和不显著的比兴手法吟诵出了他的现实状况与理想。河娃延、金俊渊的《杜牧诗歌中数词的活用研究》(《中国文学》2020年第105卷)分析了被称为"算术博士"的杜牧,其作品中所出现的数字运用情况及特征。在中国古典诗歌中,数词早在《诗经》中就被广泛运用于诗歌创作。诗人们为了最大限度地发挥其修辞的功能,不断琢磨。杜牧诗歌中对数字的运用果敢而又新颖,再加上对仗上的精致美,以及对调查数据的灵活使用,不由得让人叹其为"匠人",其文学性也因此而进一步提升。

在诗歌研究之外也有个别对散文的研究。《新唐书》包含了丰富的唐代历史、政治、制度、统治观等,陆贽的奏议文也对朝鲜和日本产生了很大影响。虽然骈文与散文是并立的文体样式,具有悠久的历史,被广泛应用,但在韩国学界,对骈文装饰性、空疏性强的认识较为根深蒂固,缺乏对骈文最基础的研究。因此,金愚政《陆贽骈文的特征和〈新唐书〉的改写情况》(《韩国汉文学研究》2020年第77号)便对陆贽骈文的特征做了一些探讨,概括了骈文的主要特征,认为陆贽的奏议文在音律方面属于"声调交替式"的骈文,而在结构上则呈现"连锁并排式"的结构,有效地克服了骈文的形式上的束缚。柳宗元用敏锐眼光看待现实,关注现实问题,并努力解决这些问题,再加上清晰的逻辑阐述,他的议论散文今天仍然值得研究者关注。曹惠真《柳宗元议论散文研究》(汉阳大学 2020 年硕士学位论文)试图确定议论性散文的判断标准,通过作品的内容重新划定柳宗元议论散文的范围,并以精选出的 48 篇作品为基础,探讨其议论的内容和方式。柳宗元以学术、文学、信仰、信念、政治为主题进行了自己的议论,其内容都与现实生活有着密切的关系。这些议论性散文大都是推翻现有观点,提出新观点的驳论性文章,其中共使用了三种逻辑发展方式:第一,阶段性分析;第二,具体的实例立证;第三,假设问答论证。

三、比较文学研究

作为中国古代文学兴盛期的唐朝,其遗留下的文化无论对后世还是对周边国家都具有一定的影响力,但具体的接受方式和影响力度均有所不同,因此大批学者也对相关问题开展了研究。

第一类是中国前代文学对后世文学的影响研究。如韩永杰《〈庄子·蝴蝶梦〉与〈南柯太守传〉的比较考察》(《龙凤人文论丛》第 57 期)。《庄子》的《蝴蝶梦》和《南柯太守传》都是以梦为素材的文学作品。《庄子》虽然是哲学作品,但文学价值也十分突出,在中国文学史上产生了深远的影响,《南柯太守传》是唐代梦幻类传记小说的代表作。《南柯太守传》结合了唐代《枕中记》和魏晋《搜神记·审雨堂》中的内容,但有关梦想和现实问题的素材追根溯源都来自"庄周梦蝶"。为了查明两者的关联性,文章从道家倾向、构成方式、儒家倾向、叙事方式等方面研究了《蝴蝶梦》和《南柯太守传》的同质性和异质性。

李瑛、安赞淳《唐传奇〈虬髯客传〉与〈聂隐〉中的女侠形象比较分析》(《中国语文学》2020 年第 84 辑)指出,唐传奇《虬髯客传》和《聂隐娘》中所塑造的红拂女、聂隐娘,是中国古典武侠小说史上最早成熟的女侠形象的典型代表。她们的出现,为后世女侠形象的创作提供了可供借鉴的文学典型,同时也开辟了女性行侠的新境界。红拂女和聂隐娘，特色鲜明，优势互补，她们二人形象的两相结合，就成为后世女侠人物的创作范本。文章通过对这两位女侠的身份背景、婚姻爱情、特色优势、侠义精神这四个方面的异同进行比较，深入挖掘其形象特征及后世文学对其形象的改造和利用。

第二类则是唐代文学对周边国家尤其是韩国历代文学的影响研究。首先涉及对唐代诗歌集的影响研究，郑啓曅《唐代与东南亚相关叙事与地理想象力——以段成式的〈酉阳杂俎〉为中心》（《东亚细亚古代学》第59辑）以段成式的《酉阳杂俎》为中心，查阅了有关东南亚的相关记载，探讨了其对中国史产生的影响。唐代经海上丝绸之路传入东南亚的《酉阳杂俎》促进了人们对中国的幻想，并在当地叙事中被活用为新素材，具有独特形象和风俗的异族人的记录融入了中国元素。而这一创造过程既强调了东南亚人物的特殊形象，创造出了具有神秘能力的人物，还出现了与道教神仙相结合的中国化倾向。全明顺《朝鲜前中期文人的次韵诗考察——以对李白〈寻阳紫极宫感秋作〉诗的次韵诗为中心》（《中国人文科学》第75辑）以朝鲜文人次韵李白《寻阳紫极宫感秋作》所作之次韵诗为考察对象，按照次韵诗的具体情况，从对次韵诗的理解、次韵创作的经纬、对典故的接受等几个方面，考察了朝鲜前期与中期具有较高知名度且在次韵创作中常被提及的诗人的创作情况。赵宪哲《庐仝的茶诗〈走笔谢孟谏议寄新茶〉里体现的茶情神》（《茶文化和产业学》第49辑）指出，唐代（618—907）是茶开始广泛进入普通百姓家庭的时期，被认为是中国茶文化史上的重要阶段，通过茶文化最早的专著和茶诗可以了解茶文化。卢仝（795—835）在其留下的茶诗《走笔谢孟谏议寄新茶》中，用七个阶段说明了达到神仙境界的茶的效用，蕴含了三种茶之精神：展望理想世界的仙境指向的道家精神、活在现实世界的守己治人的儒教精神，以及饮水思源、救世济民的爱民精神。不仅如此，这篇代言受苦百姓的茶诗还直接影响了朝鲜时代李穆的《茶赋》、李德履的《东茶记》、艸衣的《茶神传》《东茶颂》等。

文学与文化时刻是双向互动的，文学不仅可以影响文学，也

港台及海外研究动态

会影响文化的传播，文化的变迁也会影响文学的表达。具美真《〈唐大和上东征传〉的叙述特点和历史意义》（《东亚细亚佛教文化》2020 年第 42 卷）指出，《唐大和上东征传》是日本奈良时代文人大宫淡海三船撰述的唐代僧人鉴真的传记。《东征传》在追求僧传的结构的同时，融入了大量的旅行记和朝圣记等从佛教典籍而来的叙事样式。结构上基本是描写鉴真生平的传记性结构，但在内容上，对到达日本过程的描述占很大比重，整体叙述方式是综合性的。这种叙述特性体现出鉴真对当时日本佛教界和佛教文化的影响。另外，书中还介绍了多彩的异国文化，为当时日本人的观念和认识的提升发挥了引领作用。可以说，《东征传》是展现 8 世纪东亚国家间佛教交流和文化影响力的主要记录。韩枝延《丝绸之路东西文化交涉对佛教中国化过程的影响——以敦煌地区佛教文化和中国道教文化的融合事例为中心》（《东亚细亚佛教文化》第 49 辑）关注了丝绸之路中敦煌佛教和中国道教的交流情况，重新探讨了丝绸之路特别是敦煌地区在佛教进入中国和在中国落脚方面的作用。从后汉时代开始经过五凉时代，敦煌地区融合了汉的原始道教文化和佛教文化，是佛教融入中国历史和中国地理的第一阶段。另外，北魏佛教中，也出现了原始道教和敦煌佛教的融合现象。经过这样的阶段后，敦煌佛教正式进入了中国化的过程。而随着佛教文化的发展，有关佛教的文学叙述也发生了某些变化。李廷宰《唐代文献中出现的目连救母传说的变化——以〈弥勒会见记〉和〈佛说净土盂兰盆经〉为中心》（《中国文学》第 102 期）对唐代讲唱中出现的《弥勒会见记》和《佛说净土盂兰盆经》的目连救母传说的特征和历史意义进行了探讨。《弥勒会见记》中目连救母的轶事从 7 世纪左右开始在西域地区流传，而几乎同时代的《佛说净土盂兰盆经》在净土思想的影响下形成，并借用其他佛教文献记载的目连救母传说，大幅增加了目连母亲的恶业的内容。并且对因恶业经历的地狱之痛的描述，出现了详细化、多样化、形象化、叙事化、通俗化、长篇化的倾向。

四、敦煌学研究

敦煌文献为唐代文史的研究打开了一扇大门,其中的多种文学样式均值得进行更为细致深入的考证和研究。前文中的部分研究已涉及敦煌学,本章则是以敦煌文学为中心研究对象的学术成果。去年韩国学界的相关代表性学术成果主要集中在敦煌歌辞和抄本方面。

金金南《敦煌问答体歌辞的叙事特征及演行形式研究》(《中国文学研究》第80辑)以敦煌联章体歌词中运用问答形式的非佛教性题材为对象,分析了其叙事特征及随后的演行形式。为此,首先将问答类型分为"先问后答型"和"问答混合展开类型",然后对以对立结构为中心的敦煌问答体歌辞的叙事特征进行考察,就演行形式分析其可能性,试图全面理解作为现场艺术的敦煌问答体歌辞。敦煌歌辞中连章形式的歌辞,比起一首曲子,更容易展开故事情节或添加戏剧性要素,作品的叙事性或连章性质非常突出。运用问询形式时,至少会出现2人以上的角色,这使得叙事结构更为复杂,加深了人物之间的矛盾,进一步强化了作品内的戏剧性质。

金贤珠、白然珠《〈敦煌曲校录〉内定格联章抄录写本的考察》(《中国文学》2020年第83辑)根据任二北先生首次区分了定格联章的《敦煌曲初探》和《敦煌曲校录》,对相关曲调和那些草绿色的副本进行了考察。他首次将其中的歌曲命名为敦煌曲,扩大了敦煌民间文学的范围,并区分出了敦煌曲中的定格联章。此后流行到形成宋词的词牌,直至明清时期,也促进了一些通俗文学的发展。其特征为:第一,大多数为伯希和(Paul Pelliot)的笔记;第二,定格联章抄本中收录了与佛教有关的内容;第三,定格联章是渗透到民众生活中,使佛教容易传播的一种形式;第四,当时的抄本是寺庙为讲唱的演出而准备的,具有一定的道具性质。

港台及海外研究动态

五、结语

　　综观 2020 年韩国学界在唐代文学领域的研究成果,其广度与深度都有所拓展。在整体研究方向上,2020 年明显出现了文学研究向文化研究转向的趋势,援引其他学科理论进行文学研究的学者也有一定程度的增加。而在各类文体的研究中,著名文人仍是学者们关注的重点。同时,以此为中心向外拓展的主题也有增多,如涉及唐代文学整体或阶段性风貌的研究等。

港台及海外研究动态

韩国唐代文学研究概况(2020)

盛德清风

半壁红霞流不散，特然独照万山青

——深切怀念林东海先生

2020 年 4 月 21 日，人民文学出版社在网络公众号上发出一则讣告：

> 中国共产党党员，中国古典文学学者，作家，人民文学出版社原总编助理兼古编室主任、审编室主任，编审，国务院特殊津贴获得者，中国老教授协会会员，人民文学出版社专家委员会委员林东海同志因病于 2020 年 4 月 20 日 20 时 21 分在空军航空医学研究所附属(466)医院逝世，享年 83 岁。
>
> 林东海同志，笔名南山、左溟。1937 年生，福建南安人。1962 年毕业于复旦大学中文系，1965 年同系研究生毕业。1959 年开始发表作品，1983 年加入中国作家协会，著有专著《诗法举隅》《古诗哲理》《文林廿八宿 师友风谊》等 30 余部，论文《辩秦王》《漫说方位与地名》《"南""风"辩说》《从礼到经》等及《清风吟萃》《清风馆诗稿》等旧体诗词自选集。曾两次进行李白、杜甫游踪的全程考察，足迹遍及大半个中国，拍摄图片数万帧，著有《李白游踪考察图录》《李白游踪考察记》。
>
> 经与家属协商，疫情期间决定丧事从简，谨此讣闻。
>
> 林东海同志千古！

人民文学出版社

2020 年 4 月 21 日

449

盛德清风

半壁红霞流不散，特然独照万山青——深切怀念林东海先生

虽然说"疫情期间决定丧事从简",但并未止于"谨此讣闻",我们还是在医院告别室为东海先生举行了一个正式的告别仪式,以期把亲朋好友、家乡父老、同窗同事、学界同仁、出版界同行、大专院校科研院所等学术机构和各界社会团体的哀悼之情呈现于东海先生的灵前。新冠肺炎疫情正紧,告别仪式没有主动通知任何人到场,打算只为东海先生一人举办,但仍有二三十位好友闻讯前来,向他作最后告别。在层层鲜花、花圈、挽联、挽辞的簇拥下,这个循着诗仙李白游踪走过两遍的人,去与李白相会了。他孜孜矻矻笔耕不辍的一生,为我们留下了丰富的文化遗产。

盛德清风

半壁红霞流不散，特然独照万山青——深切怀念林东海先生

一

东海先生出生于闽南山村,家境贫寒,初中毕业、高中毕业、大学本科毕业之际,都险些终止学业,但最终却读完研究生,成为复旦大学刘大杰先生的关门弟子。

在榕桥小学读书时,他要帮家里做捡猪粪(山村的猪都是放养的)、放牛等农活,而且连"可以履霜"的"纠纠葛屦"也没有,都是赤脚上山,脚底板磨出厚厚一层硬茧,小学毕业和老师一起拍照留影时还是打着赤脚,直到上中学才真的做了"童鞋"。他曾在与朋友的赠答诗中说:"牧牛我亦山中竖,赋得遂初境界宽。"(《清风吟萃》,岳麓书社 2019 年版,第 227 页)是小学老师的训导,让一个天资聪颖但顽劣调皮——"经常逃学,四处游戏,钓鱼、捕鸟、捉蝉、摸虾,无所不为"(《清风吟萃》,第 538 页)的山野村童,变成奋发向上、刻苦读书的好学生,还是学校第一届学生会的主席,在配合形势宣传的讲演中获得"口若悬河奖",并一举考入地区排名第一的南安一中。然而到南安县城上学,要走二十多里山路,所以初中时东海是和同学在县城合租房间居住,每周回家一次,背负给房东当租金的粮米和自己一周的口粮及萝卜干咸菜返回县城,路上单程要走两个多小时。而租住的小阁楼木板墙四面透风,冬天只能挂满粮店房东的麻袋来遮挡,被子

单薄，也加盖麻袋御寒。东海就是在这样艰苦的条件下，点着自备的花生油油灯读书学习——因为煤油要花钱买，花生油是自家花生榨的，所以那时的小伙伴都是用花生油点灯。东海有《忆旧书怀》诗记当年苦况曰：

> 青灯半点挂床头，破席麻衾暗小楼。淡粥三餐非易得，残书一卷复何求。
>
> 自怜身世萍翻雨，谁解壮心浪激流。砥砺经年频看剑，长川欲济俟方舟。（《清风吟萃》，第9页）

诗中颇可见出颜回的影子。题序说，这首诗是高中住进学校，回忆初中情景而作，大学一年级改定。东海初中时从同窗那里读到一册袖珍本诗律，从此开悟并开始格律诗写作，之后终身不辍。初中毕业，家庭无力支撑他继续读书，而他已在知识的宝山中看到迷人的风景，村中耆宿也认为他停学可惜，最后是家里托人带信，向在南洋讨生活的大伯父、三叔父求助，大伯父从印尼托人捎来几百块钱，东海才得以在南安一中读完高中，并有条件住进学校宿舍，在学生食堂吃饭，结束了每日放学自己在出租屋里煮稀饭、啃萝卜干的苦日子。

得到生长所需最基本的阳光雨露，东海的生命开始绽放，除了各门功课继续保持在年级名列前茅，还承担了学校墙报组的出刊工作，并在同学中组织了课余南音小组，吹拉弹唱样样来得，也曾担任地区的学联秘书，组织辖区内各学校学生的文艺汇演，最终以优异成绩考入复旦大学中文系。

从小山村来到大上海，眼见同学们都是各路精英，大城市来的同学见多识广，熄灯后联床夜话时，有人能整本复述福尔摩斯探案故事，有人对三十年代上海文坛、影坛的掌故如数家珍，这些都是东海的弱项，不过他发现唯有在古典文学领域，大家不相上下，而他的半文言和格律诗写作，以及对古诗词的掌握和积累也许还更强一些，于是他便在厚今薄古的风气中逆向而行，把古典文学作为自己的主攻方向。本科阶段，东海是朱东润先生"陆游传专题课"的课代表，故而经常同老师联系；讲授"魏晋六朝隋

盛德清风

半壁红霞流不散，特然独照万山青——深切怀念林东海先生

唐五代文学史"的王运熙先生,课下也给与东海很多指导;蒋孔阳先生的"文艺学引论",则使他打消了文学青年的创作冲动,开始对文艺理论发生兴趣,喜欢起形而上的思维;讲授"先秦文学史"的蒋天枢先生知道东海对中国绘画有兴趣,便主动借给他自己订阅收存并装订成册的全部解放前《大公报》"艺术周刊"。东海常在周末进城,到旧书店淘书,也参观博物馆和美术馆。他欣赏绘画作品绝非看看了事,而是用心揣摩画家用笔用墨的技法,并将构图设色等信息记录下来,回来后再自己默临。别人的午休时间,就是他的练字习画时间。努力和天分让他很快成为复旦知名画家,虽然谢绝参加美术组,但到了美化环境、布置会场、举办画展的时候,总会看到东海的画作。有一年迎接新生,他的画作在饭厅里占了半壁江山。中学时代就擅长吹拉弹唱的东海,也不愿受束缚参加乐器组的日常活动,但逢年过节乐队登台演出人手不够时,往往要拉他友情客串,所以他在复旦舞台上拉过二胡,还吹过洞箫和口琴。其实他家里没有半件乐器,但竟然无师自通,用别人的乐器三弄两弄就学会了。家乡的传说是:东海有孔的都能吹,有弦的都能拉。

当时复旦大学本科学制五年,东海先生 1957 年入学,1962 年毕业,但他 1961 年即已完成将近两万字的毕业论文《古典诗歌艺术技法试论》,此文便是 20 世纪 80 年代风行一时的《诗法举隅》一书的雏形。他在《文林廿八宿 师友风谊》记王运熙先生的《德教光熙》一文中谈到自己当年这篇本科论文时说:

> 1961 年,我写完大学本科毕业论文,指导老师是教《毛泽东文艺思想》课的郝孚逸先生,他虽然能在理论方面加以指导,但却不长于古典文学,而我谈的却是古典诗歌的艺术技巧,因此我就私下拿去向王先生求教。我的毕业论文并没安排他来指导,跟他没有任何工作关系,但他没有推托,很乐意地接过那将近两万来字的文稿。王先生对我这篇长文,很仔细地审读了,对于材料的订正,词语的斟酌,都具体地作了批改,很费心神。当他把文章还给我时,语重心长地告诉我:"你还年轻,不要急于建立自己的理论体系,以免受

半壁红霞流不散,特然独照万山青——深切怀念林东海先生

到束缚。"这不仅反映了先生的治学经验，也反映了复旦开放与进取的学术精神。我听了这话，十分感激，也十分佩服先生眼光的敏锐。我在文章中并没建立什么体系，但的确有过这方面的努力。我不止一遍地阅读黑格尔的《美学》，对他的美学体系很赞赏，总想联系中国的诗学实际，建立起自己的诗学体系，冥思苦想，弄得经常失眠。当时我在文学史方面的知识基础，还很薄弱，自然很难凭空构建什么体系，即便虚构出什么体系，那也一定是个空中楼阁。把自己封闭在空中楼阁当中，那对于学术来说，无异于自毙。幸亏王先生及时指点迷津。所以本科毕业后，我接着报考研究生，在刘大杰先生的指导下，攻读魏晋六朝隋唐五代文学史，踏踏实实地阅读《文选》以及这期间的文学大家、名家的专集，为尔后理论上的探索打下了基础。（《文林廿八宿 师友风谊》，人民文学出版社 2007 年版，第 391 页）

论文总结了"化虚为实""正反互比""众宾拱主""视听通感""以动写静"等十数种古典诗歌的艺术手法，放置十七年后，在改革开放之初的 1978 年改定，准备发表，但上海文艺出版社觉得论文观点很浓缩、材料很密集，完全可以改成一个小册子，于是东海先生很严谨、很负责任地将论文撤回，用一年多的业余时间，改写成十万字的小册子，1981 年初版，轰动一时；1982 年加印一版二次，至 2004 年修订版第 4 次印刷时，印数已达十万。看了很多年在古典诗词中找人民性、思想性、社会性，并纠缠作者是儒家是法家、是改革派还是保守派之类的新八股之后，东海先生鞭辟入里专门总结古诗词艺术手法的著作不啻为一股涤尘洗心的清流，在学术界和读者群中掀起不小的波澜。很多年里，"写《诗法举隅》的林东海"，都是读者加在林先生头上的一顶桂冠。

东海先生说："在复旦期间，我对古典文学的研习，本科生时更多地得益于王运熙先生的指点，研究生时更多地得益于刘大杰先生的指导。"然而考研究生并非东海先生最初的选择。他在《文林廿八宿》记恩师刘大杰先生的文章里披露：

盛德清风

半壁红霞流不散，特然独照万山青——深切怀念林东海先生

1962年，我在复旦中文系本科即将毕业之时，领导要我报考研究生。因家境困难，我想早点工作，家父也反对我继续读书，因此把发下来的申报表搁置一边。有一天，我到中文系阅览室，领导问我填表了没有，我摇了摇头，他似乎有点生气，急忙从办公室拿来一张表，要我立即填写，报考刘大杰先生的中古文学史。我只好服从，填表报考。就这样，我便成了刘先生的研究生，结下了这段因缘。（《文林廿八宿》，第124页）

东海先生事后回忆：专司研究生报考之事的领导之所以逼着他在最后时间填了表，想必那时已知毕业分配去向很不理想，很多同学分配到远郊区县当老师，也有同学去了工厂职工学校，还有同学去了部队。原本想早点挣钱养家的东海先生觉得继续读书违拗了父亲的旨意，所以每月都从自己的44元研究生助学金中分出15元钱寄回家中，贴补家用。而他还要攒够寒假回家的火车票和给家里买礼物的钱，自己还要买书，有时到月底没钱了只好找同学借，同学批评他大手大脚，不知节省，他报以微笑，不做解释。研究生二年级的中秋之夜，东海独自凭窗望月，乡思涌动，感慨万端，写下《水调歌头·中秋忆故山》一词：

> 皓月当空挂，此夕正中秋。金风漫卷落叶，瑟瑟奏离忧。欲借管弦理乱，一曲乡音未尽，却惹满怀愁。回首窗前望，灯火照重楼。　　思前事，徒有恨，泪空流。不知多少好梦，搅破自难收。每念故山风物，常恨人情冷暖，穷达定亲仇。且对金樽酒，醉眼送闲鸥。（《清风吟萃》，第24页）

词中满是浓重的乡情，也蕴含"人情冷暖，穷达定亲仇"的伤感与无奈，猜想这是他流着泪写下的作品。然而三年的研究生学习至关重要，决定了他一生的学术方向，也让他和老师之间建立了很深的感情。东海在《文林廿八宿》中谈到复旦大学的师资队伍时说："老一代古典文学工作者，主要出身于清华国学院和无锡国专，还有一部分是留洋归来的，今天称'海归派'。国专长于考据，学院长于论证，海归长于思辨，各有所长，各有专擅。经过院校调整后，复旦的老教师中，各色人等都有，这倒有一个好处，就是避免近亲繁殖，因而学术思想相对地说，比较活跃。"（《文林廿八宿》，第390页）东海先生正继承了复旦的优良传统，而且"转益多师"，得到多位名师的指点，除留日之业师刘大杰，尚有留英之朱东润、"国专"出身之蒋天枢、复旦出身之鲍正鹄、王运熙等，他博采众长，既能考据，更长于论证和思辨。我看过《文林廿八宿》后对东海先生说："你得到了导师刘大杰先生的真传！"他颔首而笑。

盛德清风

半壁红霞流不散，特然独照万山青——深切怀念林东海先生

二

东海先生1965年9月研究生毕业，但毕业之际，上海市委把这批研究生都留下来，由学校派到上海郊区农村搞"四清"；转年6月，"文革"风暴乍起，又被召回学校参加运动。1966年11月才有分配方案，但方案并没有立即执行，直至1967年4月东海才由复旦到北京的中国文联报到，成为音乐家协会的一员。彼时偌大中国已没有一张安静的书桌，单位里不同群众组织间"派仗"正酣，东海初来乍到，成了"逍遥派"。1968年春，"中央文革领导小组"号召各造反派开展革命大联合，东海全票当选音协大联委头头，掌管音协大印。1968年冬，各地开始遵照最高指示兴办"五七干校"，对党政机关干部、科研文教部门的知识分子集中进行劳动改造、思想教育。东海先生在《文林廿八宿》中记述干校经历曰：

> 1969年9月，北京的许多机关干部都得下干校，不能留下过国庆。我被下放到文化部干校，先是到怀来官厅水库附近的西辛堡，嗣后迁到宝坻高康马，最终定在静海团泊洼劳改农场。（《文林廿八宿》，第344页）
> 我和杨（荫浏）先生编在一个连队，叫"四连"，这个连的人员来自三个单位，即中国音乐家协会、中国音乐研究所、

中国音乐出版社。我在复旦研习古典文学，却莫名其妙地被分配到中国音协，未曾工作，便又下了干校，成了干校的一等劳力，所干的都是重活、累活、脏活。（《文林廿八宿》，第 22 页）

1972 年底，我奉人民文学出版社音乐组（即人民音乐出版社）之调，从团泊洼干校回到北京，为使专业对口，经领导协商，转入古典文学编辑部（室）。（《文林廿八宿》，第 33 页）

东海先生 1972 年 12 月进入人文社古典部，转年 1 月受命编辑《红楼梦》研究资料，这是他离开大学校门踏进社会开始从事的第一项业务工作，此时他已迈向三十六岁，孩子也有四岁半了。从研究生正常毕业的时间算起，已在"革命洪流"中漂流了七年有余！

在看不到前景的岁月里，东海先生始终未肯"废诗篇"，"五七干校"白天繁重的体力劳动之后，每晚他都在灯下苦读，曾打算编一本成语辞典，已积累了一箱卡片；也曾关注历代农民起义，设想以后能做点为环境所许可的研究工作。与他同宿舍的"校友"说："难怪人家都说你渊博，原来你是这样用功的。"东海先生是颜值很高的人，三十岁的照片不输任何一位电影明星，加之"腹有诗书"，一眼望去便给人聪明灵秀的印象，所以在学校里就常有人称他是才子，但他并不喜欢这个称呼，说"称我'才子'的人大都出于好意，然而我自认为是一个相当勤奋的学生，并不耍小聪明。"他的确一直都是勤学、善思，不肯偷懒的人，做任何事情都尽力做到最好。画国画画到参加画展，玩乐器玩到登台演出，下象棋下到能和国手下盲棋，而且是在干校扛着麦子走长路的时候。后来启功先生集《北史·邢邵传》《南史·柳恽传》典事为联书赠东海，曰"思误书更是一适，分才艺足了十人"，洵非过誉。但他游于艺而不耽于艺，始终把对中国诗学的研究探索作为终极目标。

他接受的第一项业务工作是编辑《红楼梦》研究资料，上方的指示原本是想整合人民日报社所编《红楼梦参考资料》和华东作家协会所辑《红楼梦》参考资料重新结集,但东海先生认为:这两种资料主要是为1954年批判俞平伯的《红楼梦》研究而编的,多数为1949年以后的文章,据此结集,必然不能反映《红楼梦》问世后,世人研究该书的全面情况。于是提出:应该乘此机会全面蒐辑有关《红楼梦》的研究资料。最后拟定的编选方案是:第一辑选录胡适论文,第二辑选录俞平伯专著以外论文,第三辑选录建国前研究文章,第四辑选录建国后至1954年10月16日(毛泽东写批俞信件之日)的研究文章。林东海先生在《我与红楼梦研究资料》一文中以"受命""蒐辑""复制""加工"四个小题,记述了20世纪70年代编辑出版《红楼梦研究参考资料》的始末。由文中可知:在1973年至1974年,为完成编选任务,东海先生大部分时间包括星期日都泡在图书馆,翻遍了当时"北图三馆"的期刊旧报,除第四辑确定选目并完成基本目录卡片后交由他人担任发稿责编,其他三辑均由东海先生一手完成。第三辑虽然只选收了33篇文章,但却附了500多篇目录索引,其中绝大部分都是东海先生从积满灰尘的旧报刊中淘出来的。在此之前,见于各种目录的解放前评红文章总共只有170多篇;在此之后,新发现的旧文也为数寥寥。由此可见其穷尽材料之功。虽然当时署名"人民文学出版社编辑部编",实际却是东海先生独力完成的职务作品。既然500多篇解放前的评红文章都已找到,东海先生又进一步提出:可以趁此机会拍成缩微胶卷,这不仅便于核校,也便于日后扩展重编。此议得到批准,东海先生在选编之外又增加了拍摄和复印的艰巨任务。他在文章中记述:

> 拍摄和复印可是个繁琐而艰巨的工作,倘非北图的全力支持,这项任务肯定无法完成。我到柏林寺办理提取期刊的手续就花了几天时间,然后再到什刹海北京图书馆办理复制手续;期刊复制的手续办完了,再到西什库办理提取报纸的手续。解放前的旧报纸,经不起翻阅,所以大都已拍成胶卷,读者检阅,只能用显微阅读器阅读。按当时的技术条件,胶卷中分散的评红文章是无法集中复制(拷贝)的,只能取出报纸拍摄。而为了妥善保存原报,所有拍成缩微胶

卷的报纸,全都装进木箱堆存在库房里,报库借阅处无权提取,说必须经馆长批准。于是我便去找鲍正鹄老师,跟他讲提报拍摄的事。他说:"你打个报告,现在就写,署上你的大名。"——他不忍让我再跑趟出版社,于是我当即抽出张纸片,打了报告,他在边上批了"请开箱取报。鲍正鹄"的字样。我拿着批条去复制组办手续,并请拍摄时在文章边上注明 X 报 X 年 X 月 X 日 X 版 X 副刊,X 刊 X 期(号)X 年 X 月。复制组说:"这个要你自己办。拍摄时通知你给你设个办公桌。"于是,在拍摄期间我真的到北图本馆的地下室拍照车间办公。带上毛笔墨盒和准备好的白纸条,每篇文章的详细出处用毛笔写清楚,拍照时将纸放在文章之前或文章之侧。这样,在查阅或复制时,使能一目了然地知道文章的出处。从柏林寺提取运到拍摄车间的解放前期刊堆积在一处,从仓库开箱取出的旧报纸堆积在另一处。报库工作人员运送报纸来,在地下室见到我高声对我说:"老林啊,你弄得我们好苦,一张批条,让我们开箱。你知道仓库这些报箱是怎样堆的吗?一箱箱地往上摞,直顶到天花板。你可以想象开箱取出这些报纸有多难、多累,力气小点都不行。"虽然叫苦,却露出一脸笑容。我站起来频频向他们作揖:"罪过,罪过!多谢,多谢!为了事业我不也是挺累的么。这堆期刊还有这一堆报纸,我得把其中的文章一篇篇找出来用墨笔写明出处。你看那摄像师傅,不也忙得不亦乐乎?彼此彼此。"说完大家便都笑了起来。说实在的,大家都真不容易。(《红楼梦学刊》2002 年第 4 期)

这批东海先生费尽移山心力蒐集到的解放前评红文章,在21 世纪之初终于重见天日,红楼梦研究所吕启祥先生邀请林东海先生与她共同担任主编,编成《红楼梦研究稀见资料汇编》上下册,仍由人文社出版,收录 1949 年以前评红文 246 篇(则),书后附有"红楼梦研究稀见资料汇编未收文章索引"270 篇(有一篇多则者),从这两项数字即可推知,《汇编》中出乎东海先生当年目力所及者应该不多。

盛德清风

半壁红霞流不散,特然独照万山青——深切怀念林东海先生

《红楼梦研究参考资料选辑》第四辑（最后一辑）初选目及1919.5—1954.9的评红文章目录刚刚完成，便接到社领导通知，告知他被借调到国务院文化组（相当于文化部）创作办公室评论组，让他把工作安排、移交一下。于是从1974年7月22日至1975年8月31日，东海先生成了"创办"的一员，先被安排去写"儒法斗争"的文章，嗣后又进入录音录像组，作古诗词注释。此组据说专为毛泽东主席服务，录制诗词音乐和传统戏曲。诗词是毛主席亲自圈点的，曲调则由当代作曲家现配，调来全国各地著名演员演唱、录音，连同诗词注释一起呈送"毛办"。组内还有从北京大学和社科院文学所抽调来的学者。直至1975年8月底，下达毛主席关于《水浒》的批示，指令人文社整理和出版《水浒》（这是评《水浒》运动的前奏），东海主动请社里以此为由，把他要回出版社，9月1日正式上班，参加标点和校改容与堂百回本《忠义水浒传》。1976年1月又受命担任《唐诗选》责编，打破"凡文研所的书稿，人文社不得改一个字"的约定，以浮条形式提出不少修改意见，并因此与时任文学所所长的余冠英先生订交，至有余先生想调东海先生到文学所古代室的后话。（《文林廿八宿》，第148—149页）那年月出书很慢，《唐诗选》1978年4月见书，赶上噩梦醒来后的美好辰光，至1988年的十年间印行了将近100万册；东海先生责编并代拟书名的《新选唐诗三百首》，1980年初版印行了15万册，第二年二次印刷就达到89万3千册；责编的《唐人绝句精华》，1981年初版印行了37万册，其间有作者的学术声望，有东海责编的功力与用心，也因为那令人难忘的80年代，乃是古典部的"流金岁月"。

1981年5月3日至1982年12月27日，人民美术出版社借调东海先生编撰《诗人李白》画传，开启了他第一次全程考察李白游踪的行程，所著《诗人李白》上下册，于1983年、1984年以日文形式由人民美术出版社和日本美乃美出版社联合出版。首次考察途中，东海先生还写有考察日记和旧体诗，这促使他日后出版了《江河行——揽胜诗草》（江西人民出版社1988年版）和《太白游踪探胜》（人民美术出版社1993年）。外出考察之际，他的成名作《诗法举隅》也问世了，一时间稿约纷至沓来，于是有了

盛德清风

半壁红霞流不散，特然独照万山青——深切怀念林东海先生

1988 年问世的《古诗哲理》一书。该书责编,原学林出版社社长雷群明先生在 2020 年《出版史料》上刊发了林东海先生写给他的 23 封信,其中大量内容便是关于《古诗哲理》一书的讨论。从信件中得知,最初是雷群明先生约东海先生作一本《中国哲理诗选》,但在选诗过程中东海先生的想法有了变化,他在 1984 年 4 月 7 日的信中写到:

> 弟考虑选诗有三个阶,先考虑选一百首全诗,但总觉得有许多佳句无法入选,如"白日依山尽"一首,原非哲理诗,"更上一层楼"一联实是后人赋予哲理性的,如迳目为哲理诗,似未为妥。这类情况很多,所以选全诗感到十分困难;于是想按全诗与选句相结合的方式来搞,即全诗一半,选句一半。但像"不识庐山真面目"这样的诗能选出几首?连选出十首都有困难。有许多古人写哲理的诗,今日已失去哲理性,如选上读者也未必欢迎。各半的想法似乎也行不通,所以最后暂定为选句,觉得选句还好办一些,也更有实用价值。至于上次定的选目,有滥入者,有遗漏者,匆忙之间未及推敲,反正只是作个样子。究竟采用何种方式,望兄也仔细琢磨一下。至于怕选句与别人类同,似不必担心,正如选全诗也不怕与别人类同一样。哲理诗选析,能否站住,主要在"析","析"得好也可以是很有点学术性的书。

1985 年 4 月 22 日信中说:

> 由于哲理诗的界限很难划定,作为选析全诗的选本处理恐有困难。弟拟将书名定为《〈古诗哲理〉释例》,将常见的一些具有哲理性的诗句(或全诗)作具体的诠释。可遵兄意,写得活泼一些,使之具有趣味性。不知尊意若何?

嗣后想法又有调整,1985 年 6 月 26 日信中说:

> 关于哲理诗,经反复考虑,拟定名为《哲理诗话》,前有

"引"，简单介绍诗与哲理关系的历史演变，即诗与玄理、佛理（禅理），义理、性理以至近代所论人生哲理的关系。此《哲理诗话》所话，只限诗与人生哲理的关系，选诗以此为准。书中拟收五六十首诗（不超过七十首，怕篇幅逾十万字）。每诗为一则，以哲理性的句子为题，如王之涣《登鹳雀楼》诗，题取"欲穷千里目，更上一层楼"，题下录全诗，简介全诗的情况，可带点趣闻，与畅当、李益鹳雀楼诗稍作比较，引出其哲理意味；然后重点分析今人赋予"更上一层"几种哲理性的内容，以及这些哲理是如何通过读者的再创造引伸出来的（即艺术手法）。写法拟用漫话的语气和笔调，近似于俞平伯父亲俞陛云《诗境浅说》。个别处加解释或补充说明的地方，加附注，以免影响行文。最后加跋语一篇，总结从诗中引出哲理的类型和手法。总之，全书拟写成近似选讲性质的"诗话"，不知合要求否，过几天寄两篇草稿请兄审正。

1986 年 2 月 16 日深夜信中说：

《哲》稿搞成什么样的书，一直未弄清，丛书的具体要求和总的体例也不清楚。后来实际上已不是搞什么选本（弟不同意用"哲理诗"这个概念来看待古诗），而是分析古诗哲理性的再创造，在搞的过程中，弟有意通过这种再创造的分析，探索一点古诗鉴赏中的理论问题。《诗法举隅》谈创作手法，《〈古诗哲理〉今解》则谈鉴赏问题，意欲搞成姐妹篇，这必然带有更多的学术个性。这与原先弟自己的设想不一样，与兄的意图也有距离（在样稿中想缩短距离，其实反而不讨好）。……此稿弟比较看重学术色彩，是对鉴赏学（接受美学）的探索。如果与丛书距离太远，弟只好另谋出路。弟向来喜欢作探索工作，喜欢开新路子，对李白研究亦然。希望得到兄的谅解。如何定夺望来示。

1987 年 3 月 20 日信：

盛德清风

半壁红霞流不散，特然独照万山青——深切怀念林东海先生

拙稿已发稿，甚慰，谢谢。关于书名，弟同意兄之意见改为《古诗哲理》，至今犹觉得兄之意见甚是，比加"丛谈"或"新解"之类要好得多。写法上虽是"丛谈"的形式，但就内容而言，则是探讨古诗哲理化的一些问题……

从《中国哲理诗选》的构想到《古诗哲理》的成书，信件充分展示出责编与作者间的切磋琢磨，的确是一份难得的出版史料（更令人惊异的是，这 23 封信是从东海先生以毛笔行楷写给他的 60 封信中遴选出来的，60 封信见雷群明先生所编《师友飞鸿》第二辑）。此书虽不似《诗法举隅》那般反响热烈，但却是东海先生很看重的一本书。他为《古诗哲理》2001 年 6 月版写下的《重版附记》是对自己这本书的准确评价和概括，文曰：

十几年前草就这本小册子，对古诗哲理化过程作了些探索，试图从读者介入作品并加以再创造的现象中，总结出若干本质性的规律，为鉴赏学奠下一方基石。

三

林东海先生 1985 年出任人文社总编辑助理，次年 5 月又兼古典部主任，为人文社的出版事业做出很大贡献。首先是建立了人文社版本库，从建社后的第一本书开始，把历年出版物全都上架陈列，这实际上是一部具象的社史，为后来人文社三十五周年、四十周年及以后的几次大型社庆活动，奠下丰厚的基础。其次是开拓海外市场，如由台湾光复书局刊行古典部"精华丛书"繁体本，为来自新西兰的周林先生设计"中国古典诗歌英译丛书"（已撰写并英译了《诗经》、唐诗二选本的前言，后因联系不利而未果）。规模最大的合作项目是 1989 年应新加坡出版商之约设计了"中国古典文学故事丛书"一百二十种，分为十二集，每集十种，每种五万字，包括文史人物、戏剧故事、神话传说等不同类别，1991 年东海先生还曾受出版社委派，为这套书到新加坡与

半壁红霞流不散，特然独照万山青——深切怀念林东海先生

彼方编辑共同处理稿件。丛书迁延数年，最后改名"中国文史人物故事书箱"，1997 年由人文社出版，但整个过程都是在与新加坡合作的环境中完成的，东海先生的设计总算没有白费。担任古典部主任以后，东海先生又相继开辟了多套丛书，诸如"古诗类选"十种、"精华丛书"二十种（十种为断代诗歌精选，如《先秦诗歌精华》《汉魏六朝诗精华》《唐诗精华》《清诗精华》；十种为不同文体精选，如《古代白话短篇小说精华》《古代文人自传精华》《古代文人书信精华》《古代抒情赋精华》）。为与普及古代文学作品的"精华丛书"相呼应，1994 年又推出了相对提高型的"中国古代文体丛书"，分《散文》《诗》《赋》《骈文》《词》《小说》《戏曲》共七册，对不同文体做深入浅出的理论描述，也收到了良好的效果。进入 90 年代，经济大潮的奔涌已使文学边缘化，在学术研究已不景气的大环境下，东海先生还是决策推出开放式的"中国古典文学研究丛书"，以期推动学术的发展。并亲撰"出版说明"曰"本丛书不强调策划，不刻意编排，虽不成体系而又自成体系。丛书作者不分老中青，不问知名度；入选著作长可百万言，短可数万字，举凡在中国文学发展史某一时期、某一方面或某一专题的研究上有所创获而能成一家之言、并经专家评定认为合格者，即可列入本丛书"。丛书以林庚先生研究《西游记》的新著领衔，迄今已延续了三十一个年头，在学术界产生深远影响。东海先生任上，还促成了已有丛书项目的完成或运转，如旧有项目"中国历代文论选"，"文革"前只推出一种，在东海先生任上全面启动，并最终于 1999 年七种全部出齐。社科院的"中国文学通史系列"是国家"六五计划"，到 20 世纪 80 年代还未见成果，此时"重写文学史"呼声正高，东海先生根据 80 年代学术研究蓬勃发展的状况，认为这套文学史再不推出就会过时，所以与社科院文学所的编委会多次接触，敦促他们尽快拿出成果。至"万叠银山寒浪起"的 90 年代，终于推出六种，算是撑起了局面。因部头巨大，被称为"大文学史"，是新时期文学史写作的标志性成果。虽然至今也没有出齐，但似乎也没有过时，东海先生后来说这是他当年所没有料到的。

十年浩劫造成了各个行业的专业断层，编辑行业也不例外。

盛德清风

半壁红霞流不散，特然独照万山青——深切怀念林东海先生

为了青黄相接，1978 年（也就是 1977 年恢复高考后 77 级、78 级大学生开始入学的这一年），人文社为已招收到社里的二十几名工农兵学员举办了为期一年零八个月的社内脱产培训班，请社内和社会上的专家学者到班上授课，东海先生即是社内的授课老师之一。执掌古典部编政后，东海先生也非常注重对年轻编辑的培养，力主编辑要边干边学，要培养一定的研究能力和动笔能力，避免眼高手低。因此他会让年轻编辑承担一些小型书稿的写作任务，如我担任主要策划和责编的"古诗类选"，他为新加坡设计的"中国古典文学故事丛书"，其中就组织了部分内稿。内稿尤其不能失水准，所以都由他终审把关，格外花费了大量心血；同时他又结合工作任务，给年轻编辑讲课，作业务培训，这的确使年轻编辑得到锻炼，快速成长。在他任上，古典部空前（或许也是）绝后地成长起多名复合型人才。

东海先生在繁重的行政工作、编辑工作之余一直笔耕不辍，1997 年退休后接受返聘，继续为人作嫁和传帮带，又三年才真正致仕还家。1995 年为人文社"红叶丛书"选注古典"诗歌""散文""词曲"三书，1997 年与我合作完成《中国古代诗歌精华》上下册的选注（重庆出版社），1999 年选注《李白诗选》（山东大学出版社），2000 年编写《袖珍诗韵》，2002 年选注点评《唐人律诗精华》，2003 年编著《黄河之水天上来》"唐宋诗词名家精品类编李白卷"（河南文艺出版社），2007 年完成存人存史、议论高奇的《文林廿八宿 师友风谊》，2011 年用一百天时间与我合作完成中国出版集团分派下来的紧急任务选注《南社诗选》；2015 年应约编成自选诗集《清风吟萃》，从平生所作一千馀首诗词中遴选出三百八十余首，惟出版过程颇为周折，最终于 2019 年见书（岳麓书社）。他们那一代在厚今薄古舆论导向中走出来的大学生，旧体诗能达到东海先生那般数量和质量的，为数寥寥。1982 年，他把考察途中所作的《吊白少傅坟》录呈业师朱东润先生，先生复信曰：有此一诗，便可"平揖古人"。诗是这样写的：

孤坟底事拥琵琶，长记寻阳听荻花！欲济苍生成逐客，却抛宏愿付流霞。

464

盛德清风

半壁红霞流不散，特然独照万山青——深切怀念林东海先生

醉吟伊阙诗当酒，隐遁龙门寺作家。自古儒冠多寂寞，瓣香拜罢日西斜。

　　很多年里，东海先生都是一个晚上当一个白天在用，每晚伏案写作到深夜，准确说是到凌晨，白天照常骑车去上班。他最喜欢的头衔就是不知在什么环节加入到《南社诗选》作者简介中的两个字："学者"。

　　东海先生 2003 年开始"换笔"，2004 年用电脑写出第一篇论文《漫说方位与地名》(《中日学者中国学论文集》，复旦大学出版社 2006 年版)，2007 年写出换笔后的第一部著作《文林廿八宿》，2009 年又开了"南山豹的新浪博客"。一直非常擅于利用工具书并长于资料查找的东海先生，在掌握电脑古籍检索和网络后更是如虎添翼，他很享受网络时代的学者生活。在人生的最后阶段，他一直为撰写《中国诗歌流变史》做着前期准备，一本接一本地读书，已草成两页纸的全书大纲，并开始爬梳先秦典籍。首先从"三百篇"入手，下笔就写出两篇振聋发聩的雄文，一曰《"南""风"辨说》(《南京师范大学文学院学报》2007 年第 2 期)，提出"南"就是"风"，二者为同音假借，记乐时代用"南"，说诗时代用"风"。在诗教传承中"南"演化为"风"，在音乐传承中"南"又派生出"乱""盐""艳"等音乐名词。一曰《从"礼"到"经"——〈诗三百〉演化轨迹初探》(四川《国学》集刊第 2 辑，巴蜀书社 2015 年版)，旨在探究"经"前诗学，钩沉"三百篇"从歌到乐、从乐到礼、从礼到经的运行轨迹，探索和描述了"诗三百"胎于"礼"，萌于"乐"，成于"教"，入于"经"，而后归于"文"——魏晋六朝"诗"作为一种诗体入于"文章"，近现代"诗三百"也从"经学"入于"文学"，从而还原为"诗"这样一个否定之否定，即从诗到非诗，又从非诗到诗的演化过程。文章精辟地指出：

　　《诗三百》在由"诗教"转向"诗经"之时，性质也发生了变化，学术性随即向政治性蜕变。……"诗经汉学"属于政治教化，"诗经宋学"属于道学义理，"诗经清学"属于训诂考据，都从不同角度服务于宗法政治制度。作为经学概念的

半壁红霞流不散，特然独照万山青——深切怀念林东海先生

盛德清风

《诗三百》，长期与经学相终始，直到清末民初，文学观念发生第二次大变革，经学走向式微，被文学所取代，是文学异化数千年后的一次回归，才跳出经学的樊笼，人们重新用文学观念审视《诗三百》的文本，作文学的解读和诠释，并进行学术性的研究；文学化的文本解读又有进化论的解读与反映论的解读，不同时期的这两种解读，都依然拖着经学时期遗留下来的一条又粗又长政教化尾巴。

　　两篇论文已经是非常精要的《诗经》学流变史概说，也是《中国诗歌流变史》的序篇。接下来东海先生又着手爬梳楚辞，越深入研究他就越认同业师朱东润先生对楚辞的看法，同时说："越学越觉得自己无知。"楚辞的"政教化尾巴"更为粗长，这使东海先生的研究遭遇瓶颈，加之我们一直在进行李杜游踪考察，流变史的研究便被搁置下来，终至成为他今生的未竟事业，令人叹惋。在东海先生之后继任古典部主任，又曾担任人文社总编辑和社长的管士光先生以"千古文章未尽才"哀挽东海先生，诚乃剀切之评。

　　窗下读书的日子，东海先生最常吟咏的便是宋末翁森《四时读书乐》中的两句："读书之乐乐何如，绿满窗前草不锄。"他认为这是人生最美好的时光。窗下临池也是他的日课。东海先生的书法出于王字，早年由王字而多些瘦劲，看上去风流日丽，满眼碎金；晚年由王字而更添朴拙，气韵生动，笔墨醇厚，实乃反复游走于王字与汉隶北碑之所成。很多人喜爱他早年的书法，他自认为晚年的书法更有韵味。家乡人都以能得到"安石碎金"为幸事，但他坚持不卖字，惟 2010 年，由江西三线厂校退休的复旦同乡同学因工厂易主，厂房和宿舍均被回收，他家作为搬迁户无力交钱盖集资房，眼看就要流落街头，东海先生义卖他的十幅作品，为同学募捐（钱分文未沾，均直接打款到同学的账号上）购得江西德安市区一处八十多平米的两居室，被班上同学誉为"壮举"，而他自己却一直住在 52 平米的斗室中。其实东海先生在总编助理任上还曾提出要为出版社募捐一座"文学大楼"，当时正是海外华商巨贾开始为内地大学捐楼的时候，惜提议未被社

半壁红霞流不散，特然独照万山青——深切怀念林东海先生

方响应。

　　1981 年至 1982 年，东海先生成为当代全程考察李白游踪第一人，艰苦的实地考察换来丰硕的成果，在四川三台长平山，他首次发现李白的纵横之师赵蕤隐居过的赵岩洞遗址；在安徽池州，他不惮辛劳，长途跋涉，通过摩崖物证，坐实李白笔下的白笴陂在县志所载城南八十里的曹村，而非府志所说的"城西南二十五里"；在长江三峡，他提出李白确已抵达夜郎贬所，并非巫山赦还，所谓"半道放还"是时间概念，不是空间概念；在山东兖州，东海先生吸纳当地学者的看法，在学界率先提出：李白"移家东鲁"是移家兖州而不是移家济宁（如今兖州市变成济宁属下的兖州区，从大概念上说，移家济宁竟也说得过去了），诸如此类。当年的考察成果见于日文版《诗人李白》和人美社版《太白游踪探胜》，前者在日本引起不小轰动，后者当时在国内并未产生很大影响，但随着时间推移，越来越多的人开始重视林先生独辟蹊径的李白研究，《中国李白研究》2018 年集以卷首位置刊登了朱易安、续鹏撰写的《试论李白研究成果在当代文化建设中的运用——重读〈太白游踪探胜〉》的文章，对林东海先生的学术贡献给予高度评价，此距书的面世已然过去二十五年！

　　因为《太白游踪探胜》比较简约，所以东海先生一直想写李白游踪考察记，全面记述考察情况。后来发现，改革开放后的这些年，山形地貌发生很大变化，要写考察记，非得再跑一遍不行，于是与我商议，对李杜游踪进行二度考察，他写李白，我写杜甫，"共同考察全程，分别完成两部著作，对历史，也是对时代作个交代"。于是，从 2009 年开始，我们十六次从北京出发，自费对李杜游踪作全面考察。做出这个决定时，年逾古稀的东海先生前列腺指标已在飙升，医生怀疑有癌变，但我们二度全程考察的决心并没有动摇。其间我们还临时受命，在纪念辛亥革命一百周年的 2011 年，为出版社完成了《南社诗选》的选注工作。2016年当我们准备动手写考察记时，东海先生出现血压波动和心房纤颤，三次住院，做过纠正房颤的射频消融手术后，2017 年用一年时间完成了 65 万字的考察记初稿；2018 年，我们又五次从北京出发，对李杜游踪作补充考察并修改全稿，真正是老当益壮，

盛德清风

半壁红霞流不散，特然独照万山青——深切怀念林东海先生

不移白首之心。

书稿甫交出版社，东海先生就突发急症，并于辗转病榻一年又十一天后辞世。如今，我的《杜甫游踪考察记》已于 2020 年 12 月见书，东海先生的《李白游踪考察记》也即将问世（惟应出版社的要求已将书稿删削成 40 万字）。可以说，他生命中从古稀到耄耋的最后十年，是全身心投入学术的十年，也是辉煌壮烈的十年，癌症的阴影和房颤都没有让他停下探索的脚步，他用生命在行走，他有着学者的使命感和献身精神。

东海先生对我说过："我们的这两本考察记，时间越久越能显示出它的历史价值。"我期待，我确信！

2001 年，东海先生在《古诗哲理》"重版缀语"中说：

> 清夜静思，这一辈子营营于文坛，原非毫无目标，然而甫举足前迈，似乎便有一只无形的手，一会儿将你东拉，一会儿将你西扯，不由自主，以至晕头转向，连自己也不知走到何方，端的是"此生非我有"呀！拙作《诗法举隅》之问世，本意是作为治中国诗学的一支小序曲，谁料歌头唱罢，便戛然而止。若干年后，又仓促写成《古诗哲理》，以为继响，然而嗣后同样竟成寂寥。中间不时变调，乃至走调，未能按原定主旋律展开，"霓裳羽衣"也随之烟消云散，终于不成乐章。及至进入老境，回首前尘，一段尘缘依然未能忘却，还幻想着消散的烟云能化为暮霞。这或许就是前哲乡贤卓吾老所说的"童心"，也可能如世人所嘲讽的"返老还童"。

这段夫子自道，很可见出东海先生对学术的坚守与执着。反观东海先生的这一辈子，大部分年代都没有良好的学术环境，甚至没有良好的物质环境，但他却一直都在努力做事，做能做的事。身后留下的数十种著作、数百篇文章，绝大多数都是在本职工作之外完成的，这已经相当难得，等于他用一份时间铸就了编辑和学者的两种人生，而且还留下了足可"轻万户侯"的千首诗篇，在书法上也有很高造诣。生命的宽度，已足可弥补生命的长度。黄庭坚有诗曰："平生几两屐，身后五车书。"这虽然是咏猩

半壁红霞流不散，特然独照万山青——深切怀念林东海先生

猩毛笔的,但如今赠给东海先生也非常合适。在为东海先生举行的告别仪式上,我写的一副主挽联是:

有子建才　潘岳貌　圆智方行　长怀东坡逸气
承右军笔　王维艺　酒肠诗胆　不让太白英风

我想以此来概括东海先生的一生,也借以表达我对这位真正学者的哀悼、敬仰与纪念。

东海先生在考察路上有诗咏赤城山曰:"赤城雉堞信如城,方塔高标入紫冥。半壁红霞流不散,特然独照万山青。"我相信:东海先生所期望的"暮霞"不会消散,他的学术成就和人格魅力就如诗中所咏的半壁红霞,永远"特然独照万山青"。

庚子岁末于北京天然斋

盛德清风

半壁红霞流不散,特然独照万山青——深切怀念林东海先生

索引目录

2020 年唐代文学研究专著索引

□ 李青杉

2020 年唐代文学研究论文索引

□ 李青杉

总　论

诗　词

传奇小说

散文、赋

书　评

作家作品

索引目录

刘禹锡

敦煌文学